深圳新文学大系

我的光辉岁月

深圳散文四十年 上

邓一光 主编

海天出版社
·深圳·

图书在版编目（CIP）数据

我的光辉岁月：深圳散文四十年：全二册/邓一光主编．— 深圳：海天出版社，2020.8
（深圳新文学大系）
ISBN 978-7-5507-2898-1

Ⅰ.①我… Ⅱ.①邓… Ⅲ.①散文集－中国－当代 Ⅳ.①I267

中国版本图书馆CIP数据核字(2020)第069209号

我的光辉岁月——深圳散文四十年（全二册）
WO DE GUANGHUI SUIYUE——SHENZHEN SANWEN SISHI NIAN (QUANERCE)

出 品 人	聂雄前
责任编辑	简　洁
特约编辑	于爱成　陈　珺
责任技编	梁立新
责任校对	万妮霞　叶　果
封面设计	思　绪

出版发行	海天出版社
地　　址	深圳市彩田南路海天综合大厦（518033）
网　　址	www.htph.com.cn
订购电话	0755-83460239（邮购、团购）
设计制作	深圳市龙瀚文化传播有限公司 0755-33133493
印　　刷	深圳市希望印务有限公司
开　　本	889mm×1194mm　1/32
印　　张	22.875
字　　数	545千
版　　次	2020年8月第1版
印　　次	2020年8月第1次
定　　价	96.00元（全二册）

版权所有，侵权必究。
凡有印装质量问题，请随时向承印厂调换。

目录
contents

第一个十年（1980—1989）

2	范汉生	隐没了的小镇
8	叶君健	蛇口一日
13	黄裳	深圳
24	华嘉	《来自特区的报告》序
29	李兰妮	深圳大学速写
36	季羡林	深圳掠影

第二个十年（1990—1999）

42	戴木胜	夏夜，在汇食街……
46	张良	我为特区建设唱赞歌
		——《特区打工妹》创作体会
53	陈锡添	东方风来满眼春
		——邓小平同志在深圳纪实
73	胡经之	唱晚岭南应无悔
80	侯军	收起你的辉煌
84	陶萍	鸽趣
88	林祖基	不要夸大深圳的富裕程度

91	梁晓声	有野心的深圳人
97	李小甘	祖屋
100	王小妮	假设灵魂能够闪光
104	江冠宇	奶奶
108	郭海鸿	我的乡下
113	邓康延	每天的风都很年轻
115	彭名燕	月光小夜曲
125	蔡秀文	相依手足
130	安石榴	走在深南大道上
135	卡雅	我与母亲相约在冬季

第三个十年（2000—2009）

144	孙向学	斗蟋蟀
154	杨黎光	走不出外婆的目光
158	胡晓梅	夜空不寂寞
165	尹昌龙	别处的家园
168	黄楚熊	"无齿之徒"陈国凯
177	王京生	共一城风雨
184	胡洪侠	宝玉其实真得很
186	张黎明	很想属于自己
200	塞壬	月末的广深线
205	王振文	敬畏生命
220	张伟明	为女儿种一棵树
225	姜威	前尘书事成云烟
233	朱蔓青	坐巴士经过深圳的夏天
240	叶耳	从客里山来的孩子
249	王石	生命在高处

252	李鸿忠	红树礼赞
259	梅毅	跋：天若有情天亦老
263	郭建勋	桂香园
270	戴斌	有祖坟的地方叫故乡
278	王十月	总有微光照亮
291	苏曼华	爱上深圳
298	胡野秋	聪明人用嘴能刮十二级台风
301	李松璋	没有尔乔的花园
308	徐敬亚	一个人与两个人
312	李兰妮	第23篇
319	王绍培	概念深圳
322	蓝艺	我要去海边，我要闯深圳
329	黄灿然	文明如此衰落
331	张清	深圳鸟事
334	秦锦屏	女子女子，你转过来
343	宋唯唯	墟落
346	曹征路	野草档案
349	齐霁	故往三牵
354	黄啸	深圳男人

第四个十年（2010—2019）

360	聂雄前	生命的底片
		——写给15岁的儿子
367	李瑄	游园不惊梦
371	赵倚平	关于雕塑《闯》的一段故事
374	南翔	最后的疍民
378	张若雪	回乡记

384	萧相风	打工
393	王熙远	《神巫毛拜陀》自序
407	蓝予	八次搬家
413	吴亚丁	去弘法寺拜佛
416	厚圃	在那边
426	唐诗	2012年11月7日 我跟你很熟
429	游利华	斜阳岸
435	南兆旭	在"家"与"国"之间,还有一个家园
439	远人	木垒三章
451	毕亮	"深圳"的馈赠
457	李业康	逝者
462	陈再见	我一直想壮着胆子说话
466	凌春杰	城里的村庄
477	程鹏	南方
482	陈诗哥	《童话之书》:童话在寓言世界里的故事
491	许石林	他们趴在"正确"的床上赖着不起
495	廖虹雷	深圳独特的风土人情
503	张樯	旧时光里的主人公
512	段作文	从故乡归来,从固戍出发
522	张茂	城中村
527	李江波	玩具厂
541	杨争光	我和深圳
544	张黎明	解放路
550	孙重人	不仅自然,而且文学(前言)
555	薛忆沩	回归母语的"深圳人"(新版序)
558	王先佑	在烈日和暴雨下

575	虞宵	三城散记
585	黄宝琴	是我的海
590	金克巴	在大鹏坐看云卷云舒
604	马虹玫	摇摇晃晃穿越城市的人
609	存朴	骑行笔记
622	吴晓雅	牛尾、刺螺、香椿芽，小巷菜市
625	蔡东	迷人的写作
632	吴君	写到与命运狭路相逢
635	徐东	作家的事业（三题）
643	徐扬生	摆渡人
649	老亨	马化腾：深大毕业生和他的"腾讯帝国"
653	张子逸	难忘儿时茶粿香
658	李双鱼	河西三坊
676	王国华	躲进南方的深夜里
687	范明	再写天台
695	陈小虎	蜘蛛
703	陈瑛	心安处即故乡
708	刘艺彬	时光之城

713　　**编辑说明**

(1980—1989)

范汉生

笔名范若丁,曾用名汝伊、梅米。1981—1994年历任广东人民出版社编辑,花城出版社社长兼总编辑,《花城》杂志主编,《沿海大文化报》常务副社长兼常务副总编辑。1984年加入中国作家协会。1995—2000年任广东省出版工作者协会副主席兼秘书长、《读书人报》总编辑。著有长篇小说《旧京,旧京》,小说、散文集《并未逝去的岁月》《相思红》《暖雪》《莫斯科郊外》《皂角树》等。《暖雪》获广东省鲁迅文学艺术奖,《皂角树》《我和父亲》分获第一、二届广东省秦牧散文奖。

隐没了的小镇

这次陪杨沫同志到深圳访问,离我上一次来深圳,已经整整25个年头了。正因为我是第二次来,我同杨大姐的心情,似乎就有那么一点点不同。望着耸立在面前的高楼,望着紧张施工的工地,望着虽然还未连接起来,但已显出宏伟轮廓的市区,我的心在振奋中,总被一种悠远的追忆萦绕着;穿越蒙蒙春雨中迅速矗立起来的那些现代建筑,我张望,我寻觅,那萦绕在心际的追忆,就像绵密的雨丝一样,拨不开,抹不去。

我寻觅什么呢?我寻觅那个小镇,寻觅那个在我的被凄风苦雨吹打过的记忆之海里,常常闪射出一缕熹微晨光的小镇。

如今,它隐没了,难以寻觅了⋯⋯

1957年,也是这种有着霏霏春雨和拂拂春风的四月天,我来到深圳。那时候,深圳是宝安县城,是一个典型的珠江三角洲上的小镇。如果说它和其他这类小镇有何不同,那就是它有一座连接香港新界的罗湖桥,车站站台上有比较多的过往旅客罢了。这座边境小镇的生活,像深圳河的流水一样,从容不迫地流着,同其他小镇一样安宁静谧。路旁新植的银杉,在海风中飒飒轻响;海燕从云端冲下来,贴着水泥路面一扫而过,留下许多淡淡的剪影。夜晚,人们悠闲地聚在新建的文化宫里观看象棋和篮球比赛,把欢声笑语交给海风插入大街小巷。星转月移,满街像湖水一般泛起一阵呱哒呱哒的木屐声之后,全镇人都知道文化宫散场了。我很喜欢边境小镇这种生趣盎然的宁静,这种对生活充满自信的宁静。坐在小招待所里,面对窗口的星光,闻着海的气息,感受着四周宁静中的热浪,我写了几首诗。我写小镇,写边防战士,写春天的希望。记得有首诗是这样开头的:

> 我要为我的同代人写一支歌——
>
> 我爱生活,
>
> 这支歌永远也唱不尽,
>
> 因为,希望在为它谱乐。

我写着,我感应着搏跳在祖国心脏里的一个伟大的希望。

小镇的生活很有趣,淳朴而有意趣。那时它只有一条热闹的大街,不长,两旁排列着各种各样的商店。大街上一家咖啡馆,是唯一带点"洋味"的地方。小镇著名特产,是蚝豉。渔妇们把一个个银元大小的蚝豉用竹签串起来,摆在街边论串叫卖。现在已记不清当年的价格了,只记得很便宜。由于同志们的托付,我买了许多串。我这个对蚝豉毫无偏爱的北方人,却将一串串蚝豉同衣物一起放在旅行包里,弄得衣物都沾了一种浓重的异味，还被同志们作为笑料谈了一阵。

那时，由深圳往盐田只有单车可搭。标志边界线的铁丝网两旁，有两条蜿蜒在崇山峻岭间的公路。我们这边的公路未铺沥青。铁丝网那边常有巡逻车开过。单车工人在山路上载人前行虽然吃力，却不停地向我谈着边境的一些趣事。有一处，两条公路贴得很近，铁丝网那边正有一辆巡逻车经过。单车工人瞧瞧巡逻车说："过两年你再来，咱们这边也是柏油马路，到时，我用汽车送你……"单车工人的话语中，有一种生活在新中国的自豪。我在盐田住了一夜，住在一家商店的楼上。楼下就是大鹏湾。山峰在海湾两边伸展，像一双巨大的羽翼轻轻抖动着；海水涌起一个又一个闪光的波浪，透露出扶摇九万里的壮志激怀。我同一位老售货员凭栏闲谈，从流动渔民的需要谈到大鹏湾的前程。他是1949年后从香港回来的，对香港社会深有了解，对新生的祖国充满希望。"干吧，只要这样一直干下去，一定会胜过他们的。"他几次向我重复这句话。也许正由于这种信念支持着他，他才甘愿离开喧嚣的香港，到这偏僻的渔港开辟第一个国营商店。寥星浮波，渔火拍岸，直到熄灯入梦，还似乎听到老售货员和大鹏湾的絮语。

1957年春天，是一个产生无限生机、无限希望的春天呵！在那个春天里，每个中国人，每个中国的山峰，每个中国的海湾，每个中国的城市和乡村，每个中国的小镇——像深圳这样的小镇，都有理由满怀希望……因为，希望就在面前，像一朵朵五光十色、伸手可摘的鲜花！

但是历史的航船，正当中国人民看到希望举起的花束时，却转了弯。二十多年前，它的航线成了一个巨大的弧形。

大鹏湾收起了翅膀。深圳，作为一个边境小镇，又延续了二十几个年头。正在这时，罗湖桥那边，却在畸形地发展着……

党的第十一届三中全会，拨正了中国历史发展的航向。这几年，祖国各地社会主义"四化"建设事业大发展的消息，组成了一支进行曲，把沉睡在人们心头的希望唤醒了；而深圳经济特区的飞跃发展，为这支进行曲谱写了一个高亢的乐段。

这两年，我不断听到深圳飞速前进的消息，但在我想象的画图中凸现起来的，仍是那个小镇。

当我又来到深圳，那座记忆中的小镇在现实的图画中，隐没了。我寻觅着，辨别着，好不容易地找到了那条街，那个文化宫……

两年多，仅仅是两年多一点的时间，这里发生了多么巨大的变化啊！

我想，那位卖蚝豉的渔妇，如今正在新建的别墅式的楼房里逗孙儿吧；那位单车工人，如今正在为筹建一个宏大的运输公司奔忙吧；而那位售货员，可能早已退休，如今正悠闲地在小梅沙的沙滩上散步，望着新出现的海岸线，在捡回他那一度失去的梦想。但是有一种耸人听闻的传言，说这里已经"洋化"了。当然，这里的"洋东西"，比当年仅此一家的咖啡馆是多了点。可是看到深圳建设者们的风貌，我为制造传言的人，感到惶愧。有一件事，使我颇有感触。一天同一位同志上街，他执意要我买一件衣服，我不买，他笑着说："现在不同那几年了，你也该穿好衣服了。"我知道他想起了困苦的年月，想起了当"五七战士"穿的那种打补丁的衣服；我深领他的情谊，但我看看他，看看周围的同志，他们的穿着却是那么朴实！想想我见到的市委书记们、工程指挥部的负责同志们，他们的穿着又是何等朴实！他们在建设现代化，他们并没有在洋染缸里变色。我深信他们将经受住一切考验。他们是建设"四化"的尖兵，是站在前哨上的战士，可能在战斗中，他们会有这样那样的失误，但他们毕竟已经打开了走向胜利的通道。看到他们在介绍情况时，眼中忽然闪现的泪花；看到他们出没在风雨中的身影，我真想面向全国呼吁："同志们，支持他们，信任他们吧！"我深信共产党人能在这里打开一个通向世界的窗口的同时，也能筑起一道现代化的铜墙铁壁！没有现代化，就没有今日的铜墙铁壁！我们不能停留，不能犹豫彷徨。小镇二十几年不无酸楚的历史，难道不值得我们去细细咀嚼吗？

如今，生活在这里举着一度黯淡的希望的火炬，阔步前进。小镇在白炽的火光中，隐没了。

那失去了的，又激起了我美好的回忆……

一晚，在市委大楼我又看到了那个小镇。在深圳市整体规划的模型中，我看到了由数百座高楼组成的高层密集区的新罗湖城，看到了现代化的蛇口工业区，看到了西沥水库、深圳水库、大梅沙、小梅沙、笔架山之类环境优美的旅游区，同时也看到了保持并丰富原有特色的深圳小镇。我感佩规划设计者的匠心。保留这个小镇——保留下我们的起点，也许可以更清楚地察看我们的足迹，也许可以使我们在回顾和展望中，开阔历史的视野，从中得到更多的启示和激励吧！

从市委大楼的窗口，望着边界线上一长排橘色的灯光，我感到隐没了的小镇突然发出愈来愈亮的光芒,并将使边界线那边相形失色。

1982年5月13日于广州
原载于《羊城晚报》,收辑于散文集《相思红》,
花城出版社,1987年9月版

叶君健

作家、翻译家、儿童文学家。笔名马耳。著有长篇小说《土地三部曲》(《火花》《自由》《曙光》)、《寂静的群山三部曲》(《山村》《旷野》《远程》),散文集《两京散记》,文集《西楼集》,短篇小说集《叶君健小说选》《叶君健童话故事集》等。译著《安徒生童话全集》等。

蛇口一日

在广东宝安县的西南边有一座山,形状像个蛇头,伸向南海,像是在向这个水域张嘴,想一口把它吞掉。它的身躯由后面一组群山组成,它的尾巴究竟在什么地方,谁也不知道。这情状加强了它的气势,也赋予了它一种神秘感,一般说来,人多的地方蛇总是不大出现的。人们把这地方叫做"蛇口",大概是想要说明这里的特点吧:荒凉,很少人烟。

"三年以前——精确地说,也就是1979年8月以前,如果你站在这蛇头上向四周瞭望,你会见到荒坡野岭、乱石杂草和茫茫的大海一片,别的东西就没有了。"

这是我的朋友对我所作的关于这个地方的历史的简略描述。我是刚从国外经香港回来的,在深圳口岸一下火车,我的这位朋友就在分界线的桥这一边等我。他要接我到蛇口去住一天,因为他现在就在那里主持开发这个半岛的工作。

时间正是1982年的年尾,离这位朋友描述的情况已经三年了。在这三年中,这块地方发生了很大的变化,一条新修的公路已经划破了荒凉原始的地带,把它和外间的世界联结了起来;各种类型的车辆正在上面来往奔驰,有的运载物资,有的输送乘客。这个沉睡了不知多少年的半岛也苏醒过来了。当我乘坐的面包车到达终点时,我步出车向前一望,只见一幢幢新砌的房屋,沿着海岸向远方展开。它们有的巍然耸立,伸向蓝天,像办公大楼;有的端庄朴素,依山面海,像别墅或私人住宅。同样吸引人们注目的,还有一些现代化的工厂。它们星罗棋布地组合在一起,新鲜而又整齐,使这块地方既像城市,又像住宅区,看来它们的出现不是源于偶然或自发的演变,而是根据一个经过周密思考过了的蓝图来设计的。

据说这个设计本来并不夸张,只限于 2.4 平方公里的土地上建设一个小型的工业区。工业所涉及的方面也不太奢华,这从一些工厂的名字就可以看得出来:面粉厂、饼干厂、饲料厂、游艇厂、货箱制造厂、玩具厂,等等。但工厂一开始生产,就没有什么框框能够限制这儿"工业"的发展。具有重工业性质的一些工厂也逐渐出现,如铝材厂和生产高拉力螺丝网的钢铁厂,等等。我在它们之间穿过的时候,有的厂已经投入生产,有的还在热火朝天地修建。这些工厂的资金绝大部分来自海外,也就是说,它们是与外资合营。据我的朋友介绍,它们的产品还有一个特点,那就是专销国外,换一句话说,它们的收益全是外汇。

通向海外的交通线现在也有一个相当现代化的船码头在启用。当我正在走近它的时候,有一条气垫船正在它旁边靠岸。可是它没有卸下物资,却"吐"出一大群观光的游客。他们是从海那边的香港来的。他们没有带旅行箱子，甚至连皮包都没有携带。无疑，他们打算在当天就离去。

他们到这里"观光"什么呢？我走近他们中间的一位中年人，和他攀谈了几句。原来他是一位在香港从事工程技术工作的人，这天得以休假，特带妻子和孩子到这里来"散散步，休息休息头脑，因为，这里空气特别新鲜；香港是既噪又闹，简直弄得人要发晕"。他的话说得那么随便，好像这里就是香港郊区的一个花园。这时我猛抬头向对岸一望，香港果然不远，它的那些高大的建筑物就清晰地呈现在我的眼前。原来从那里乘船来只需要 45 分钟的时间。

这个新局面的出现，在我的脑海中不禁掀起了一种富有传奇色彩的联想。原来开发这个半岛的意图是源自我国交通运输部在香港经营的航运企业招商局——它现在事实上是这个半岛的独家开发者。它最初只不过想在香港开设一个工厂，制造与航运和修理船舶有关的诸如货箱和油漆一类的用品，但香港的地价太高，而蛇口与香港的距离又非常近，只不过二十海里，为什么不在这里设厂呢？这里不仅地价便宜，劳力便宜，而且还可以给许多年轻人创造就业的机会，蛇口的第一个工厂就是这样产生的。从这个厂开始，创业者们又进一步联想，为什么不引用外资建立更多的工厂呢？蛇口"工业区"就这样发展起来了。但是现在每天既然有由香港到此来"休息休息头脑"和"呼吸新鲜空气"的许多观光者，为什么这个联想不再向前发展一步，把此地同时变成游览区呢？

海滨沿岸排列着的一幢幢两层楼的小别墅，就是从这个新的联想产生的。这些别墅后面是一些六层楼的高级公寓。它们同样变成了外销商品,港澳人士把它们购买一空,作为家属住宅,或作为在周末或假日休息的别墅。于是商场、中餐馆、西餐馆和海鲜店应运而生。此外还出现了一座专为游客短期居留的、规模可观的南山宾馆。我也对这些建筑和餐厅作了一次走马观花的巡礼。它们的设备不仅已经达到了国外类似建筑的水平,它们的室内空间和周围的自然环境还远远超过一般现代化旅游城市所能提供的条件。

在这些建筑的后面,有一条新辟的路伸向更后面的群山,我和我的朋友沿着它向山中步去,原来这里真是一个很别致的公园。但它没有围墙,也没有界线,而随着山谷的曲折向群山的深处伸展,每拐一个弯就出现一个新的意境。与这些意境相对称的还有一些现代化的娱乐设施,如游艺场、旱冰池、打靶区、餐厅和茶座,也有专为青年男女度周末和休假甚至度蜜月的简易实用招待所。对从港澳闹市来的青年们来说,这样一个环境也可以算是世外桃源。它所提供的不仅是清洁的新鲜空气,而且是彻底的休息。

这个小小半岛的开发者们,如果以现在这样的想象和速度发展下去,将来这里会出现一个什么样的新局面?现在实在无法预测。我在它的南端正看到有大批推土机和载重卡车在紧张地工作。原来人们正在这里开山填海,为修一个深水码头而作准备。南海有丰富的石油蕴藏,而且有的钻井已经在准备。这里接近南海,这里的建设者们还想把这个半岛变成海上油田的大后方。他们在憧憬一幅新的图画:国际油船在这里来往,油管在这里纵横,炼油厂从现在开山腾出来的空地上耸入云端。

这个憧憬听起来倒很像一首未来派的诗。这首诗,同"大跃进"时期的"狂想曲"不同，是基于实际，是远见和魄力、实干精神和严格科学态度相结合的产物。这也是我在这里"观光"了一天所得到的印象和结论。但我的"观光"并没有就此结束。我的朋友最后带我登上两三里以外的一座高山。山上有一尊大炮。它已经布满了铁锈，但是炮口面对前方的海面，依旧昂然屹立。当年关天培（1781—1841）就在这里炮轰海上护卫偷运鸦片烟船和入侵中国的外来舰队，保卫了我国的尊严。

　　前方的这片大海，就是历史上所谓的伶仃洋。关天培曾在这里显示过我国的威风。只是由于当时高高在上的政府的腐败无能，他的英勇行为没有取得应有的成果，而他本人只有孤军奋战，于1841年2月在英军进攻虎门时壮烈牺牲于靖远炮台。从此伶仃洋也就沉默无言，近似死寂，以蛇口命名的这个半岛，也被人遗忘。现在，由于几个搞航运的同志大胆的设想，加上他们坚韧不拔的干劲，它又获得了新的生命。它的新生，正象征了我们今天中国实现四个现代化的实干精神。

选自《人民日报》1983年4月4日

黄裳

原名容鼎昌,当代散文家、藏书家、高级记者,曾用笔名黄裳、勉仲、赵会仪。祖籍山东益都(今青州)人,满族人。他的代表作包括《过去的足迹》《银鱼集》《翠墨集》《榆下说书》等。

深圳

从广州开往深圳的火车上是装了空调设备的。节气刚过了谷雨,在北国、在江南还是乍暖还寒的时分,这里却已经是盛夏了。坐在阴凉的车厢里望着窗外的田野、农舍,满眼是绿,一切都覆盖在金黄色的骄阳之下。在人家屋角篱边、水溪山脚的高地上,时时出现单株或成丛的树,几乎接连不断。树身都矮而茁壮,各戴着一顶浓密如伞的树冠,有的枝头还缀满了白色的碎花。入粤以来时时可以看见榕树,它那带着南国的丰足与慵倦的巨大躯干,落地生根的习性曾经引起过诗人苏轼的惊叹。我自信已经非常熟悉,可以不必踌躇就能辨识了。可是眼前出现的这些树呢?似乎有点像,可是比起榕树来它们却更挺拔而秀特、壮健而整饬,何况有的还开着细白微黄的花。同座的朋友看出了我的专注与迟疑,就带着几分骄傲为我解释:"看,这就是荔枝。"

荔枝,我是知道的。从书本上,从书卷中,从诗句里。我也吃过。吃过新鲜的,也吃过制成罐头的荔枝,这使我明白了杨贵妃那么喜爱它的因由。在这一点上,她的欣赏鉴定倒是无可非议的。可是亲眼看到生长了这神奇果品的母树,这还是第一次。我的惊喜更远远超过了在洞庭东山第一次看到成片的枇杷林。

苏轼还唱出过两句几乎谁都知道也不会忘记的诗:"日啖荔枝三百颗,不辞长作岭南人。"这里"不辞"有的本子作"不妨",虽然只是版本的细微不同,也可以从中体会出诗人细微感情活动的差异。东坡真是一位快乐的诗人,就是在那样不幸的处境中还能随处发现生活中的美丽。从"不辞"到"不妨",可以看出他不再是勉强的,而是有点心甘情愿地在这"万里蛮荒"地方作久居之计了。在北宋,这地方确是远离中原的荒徼,但不论如何边远,它依旧是在祖国母亲的怀抱之中,又是那么美丽、丰足。诗人的心思是与今天相通的,似乎也只有在今天,人们才更容易透彻地理解诗人的胸怀。

东坡诗中曾好几次说到荔枝,尽情地用最美的语言加以描摹、赞颂。"海山仙人绛罗襦,红纱中单白玉肤。"怕是迄今最能写出荔枝神理的诗句。他又写下了长诗《荔枝叹》,从荔枝想到了封建统治者为了满足私欲加给人民群众的无穷灾难。从荔枝想到了列为贡品的名茶、奇花。终于喊出了"我愿天公怜赤子,莫生尤物为疮痏"。他赞美为人民带来欢乐的"尤物",又诅咒为人民带来苦难的"尤物",这里表现的不是诗人的矛盾,而是现实生活中的矛盾。

铁路两侧连绵不断的荔枝树,就这样一直把我们送到了深圳。

走下深圳车站,停车场上是一片大太阳。

车站也许本来并不小，可是现在显得很小。到处是土、车辆。一阵阵土灰是开过的汽车卷起的，形成了一阵阵混浊的旋风。太阳光好像把空气里的水分全吸尽了，只剩下弥漫着的汽油味，周围零乱地散布着木板、铁皮临时搭成的小房子，供应着饮料和杂货。等车时我们在太阳底下站了并不太久，可是感觉却很长，四面察看也找不到一小块可以躲进去的阴凉。

好像在什么地方看见过这种场面。我喜欢这一切，喧闹、繁忙、杂沓、灰土、汽油味，这一切充满了生机的人间味。

我想，这也许就是小时候从电影里看到的那种美国西部小城镇的场景。

这是一种奇异的联想，那些描写美国中西部早期开发故事的电影，照例有牛仔、警长、强盗、美人种种角色出现，演出着几乎是千篇一律斗殴、枪杀的爱情故事，很有点近似我们的武侠小说。过去了许多年，故事早都忘了，只剩下一些零碎片段背景的印象。还有，就是那氛围。而这正是我所喜欢、怀念着的东西。

离开车站，眼前就展开了更为广大而真实的画面，也进一步落实了那点迷茫、朦胧、似乎是被唤醒了的喜悦与激动，一切都一下子变得明确了。在这里，人们用双手紧张而忙碌地安排着未来美好的生活，而且是用了那样的速度；在这地方，现在和未来的距离好像比很多地方都更小。这是不能不引起人们激动的。

平坦、宽展的路面几乎一半还是裸露的，没有披上柏油外衣。工人们在路上挑土、运料，使用的还是古老的扁担、粪箕；可是就在那路侧，十几层的楼房耸立起来了。它们也是裸露的，只是一连串钢筋水泥的框架，没有一点装饰打扮。这样的高层建筑在整条街兴建着。有耸入云霄的吊装机的钢架，有五颜六色、各种型号的推土机、铲车和起重机械，大小卡车就在裸露不平的路上穿梭般来去，扬起了更高的阵阵烟尘。

深圳并不大，车子转了几个弯，只花了三五分钟就来到了住处。可是就在这块两平方公里的地方（后来知道这就是"罗湖小区"）几乎不留空隙地建造着高楼。到处都是一路上所见的忙碌施工景象。在这里，只有18层以上的才能算高层建筑。计划兴建的198幢高楼现在施工的就有近40幢，这中间就有48层150米高的国际贸易中心大厦。工人们平均六七天完成一层结构。更快的如湖心大厦是5天，翠竹楼只用3天半。他们采用的是滑模施工的新工艺。

住处一安置好，我就跑到屋顶平台上去看风景。4月中的太阳有一种透明的金黄色，从高处可以看到远山和天空中的云彩。这种澄明、鲜丽的彩云，好像除了昆明以外我还不曾在别处见过，只差不能那样快速地变换着颜色。身边近处是一块老城区，这就是宝安县的旧地。后来我们曾在这里走过，县人民政府的一些机构依旧设立在这里。人民法院门口照样放着两条黑漆长凳。整条街上无论是机关还是店铺，都还保留着旧日的风习，保留着一个古老的广东小县城的格调。可是围绕着这古老城区，一大群崭新的高楼拔地而起了。有的还只是空落落的骨架，有的则已完工。现代化的、高耸的、像孩子堆的积木似的高层建筑的群落包围了古老的城区。这真是一种壮观的风景。高楼脚下有临时建起的各种工棚，身边是各种型号的起重塔吊，它们伸出了长长的手臂，稳重安详地将大小水泥构件提高、放下,从远处几乎听不到任何噪声。傍晚了,塔吊还在工作。吃了晚饭回来再看,塔吊依旧在默默地工作。天黑下来了,塔吊高处亮起了红色、绿色的灯,在深圳的夜空里缀满了炫目的星光,恍如迪斯科舞池的天幕。只是这里没有疯狂、急促的音乐,一切都是静静的,但建筑工人们依旧在默默地紧张地工作。夜已经深了。

在袖珍的《中国地图册》里,广东省《广州附近》附图中,在大鹏湾的嘴边,可以找到"沙头角"这个不起眼的地名。但在这一带,总共也只标出了两个地名,另一个是"宝安",也就是如今的深圳。

沙头角是一个小小的沿海渔村。深圳河经过这里入海,注入大鹏湾。从深圳乘车来,要经过梧桐山。山上有盘山公路,公路两侧是布满山峦的松杉,葱葱郁郁,增添了山中的幽邃。除了行驶着来往的车辆,这里几乎是没有人迹的。车子攀上了山巅,眼前的视野顿时开阔了。极目望去,远处是一片碧色的海,与绿得带些沉黑的山相映衬,让人不禁眼睛一亮。这是很美丽的风景。从山头望海,与海滨所见感觉是不同的,并没有浩瀚、平衍、雄奇之类的感受。大鹏湾里的海,就像安置在书桌上的一只别致的注满清水的笔洗。圈口边缘处有异样的纹饰,细看时才发现这儿有一排小小的建筑物,这就是沙头角的一条街。

1898年,清政府在一项卖国条约中把从九龙到深圳河南的土地"租"给了英国,在划定新界时,沙头角的一条街被割成两半,取名"中英街"。这地方颇有点神秘,谁都有兴趣来看一看。一条街两侧居住的是炎黄子孙,但却生活在不同的社会制度之下。

汽车下山时沿着峡谷前行。在公路一侧三五十米的地方就是"分界线",这是用高矮两重铁丝网组成的,不时还可以见到些碉堡。"十年动乱"中在这里搞过所谓"政治边防",到今天我们还可以从人们口中听到一些有关的故事。不过从说故事人的口气中可以听出,他们已经丧失了一点必要的兴致,意思仿佛说:"事情已经过去,就不必再让它在心里占领不必要的位置了。"就在公路一侧,在山崖平地处有大树生长的地方左近,可以看到新盖起的一座座小洋房,有人就索性称之为"别墅"。这倒是有点夸张的。房子小巧玲珑,多半是双层的小楼,材料是砖木水泥,装饰带着明显的广东地方色彩,有点洋气但不多,还少少沾点俗气,质量也说不上是怎样高级。没有时间下去参观,可是听说,这种普通农民的住宅,里面装备了高级的家具,彩色电视机、洗衣机、电冰箱、收录机、音响组合……人们述说这一切时,显得平平常常,并不以为有什么值得大惊小怪处。我相信这也确是普遍现象。

也许这就是人们称沙头角为"特区里的'特区'"的原因。同样,人们为什么对十年前的"政治边防"带来的一些真正奇奇怪怪的事件丧失了兴趣,也可以从这种变化中得到解释。这两年,人们不是走出去,而是搬来定居了。这一切变化都是党的十一届三中全会以后逐渐出现的。

进入沙头角前在海关入口处等候了好半天。人们排着长队在等候检查证件,这时是十时半,已经有人陆续从沙头角街上回来了。这多半是住在近处的农民,也许就是那些"别墅"的主人。他们是去采购食物和日用品的。每人都有一副小扁担,挑着饼干、快速面等以食物为主的杂货。引起我很大兴趣的是一些中年、老年妇女的装束。她们穿着可能称作"唐装"的民族服装。这是一套缝制得非常细巧的黑绸短衫裤，料子是讲究的，式样是纯粹中国式的，而且是古的，我想。她们头上有的罩着一块黑纱巾，顶端束着花样新巧艳丽的丝带，衬着黑底的绿叶红花好看得很，花样各不同。有的老太太头上戴的是竹笠，也编织得极精巧。顶部有一圈空隙，露出了发髻。圆圆的竹笠周边缀了一圈黑纱边，下端是精巧的流苏，恰好下垂到眼角处，这真是一种非常美丽实用的夏日服饰。猛然想起，似乎在什么地方看见过这种竹笠。是了，那是昆曲《千种绿》里的建文帝，好像戴的就是这种帽子，也许细节上有点差异，但无疑造型是一致的。

建文帝在燕王攻破南京、火焚大内宫殿时下落不明了。是被烧死还是逃出了火海，后来就一直成为疑案，好像到今天也还没有定论。像《从亡随笔》这样的著作在明代中晚期也出现了，好像说建文帝确是逃出虎口，逃到西南一带，在许多地方住过，后来终于当了和尚。有一本《月山丛谈》就记着："或又谓建文出走，自闽入广，止于贺县，娶妇而生孝穆。寻又他徙。"照野史的说法，他是到过广东的，后来又到了广西，那么舞台上建文帝的服饰与今天深圳妇女头上戴的竹笠有没有一点关联呢？

胡乱想着这类有趣的问题，不觉已经轮到自己进入沙头角街上的机会了。关于这条"神秘"的街，人们的结论是，如果只是走马观花地来回走一转，五分钟也足够了；如要过细地观察、浏览，怕就要两三个小时。这结论是的确的。这地方据说是"百货杂陈"的,但并没有书铺。

等我们走出海关,回到广场上等车时,太阳已经升到了中天。小榕树已不起作用,只能逃到一个堆放垃圾的水泥房子的檐下去。好在垃圾不多,还有很好的过堂风,也没有什么气味。

从什么地方看到过,现在每天来到深圳的中外客人已经几乎接近了它原来的人口数。这恐怕正是事实。就在我们住宿的旅舍,每天在餐厅里都能看到圆台面上放着好多张卡片,上面写着就餐者的单位和人数:XX市政府、XX矿务局、XX校教授、XX参观团……卡片常常调换,但从不空缺。这些来自全国各地不同身份的客人,当然都有他们各自的任务,交流经验、洽谈业务、讲课、开会……像我们这样只是来"观光"的是很少的,但也许并不少,我没有准确的统计材料,说不清楚。

观光也有种种不同的方式,其中又有许多讲究,各人的目标与收获也是不同的。像我们这样来去匆匆的过客,说不上什么深入的调查、了解,至多也只能感受一点气氛。但我觉得,即使如此,也还是得到了很大好处。譬如,当我们乘车驶进蛇口工业区,在新开的、很好的公路上行过时,经过了几个建成不久的厂区,看那规模并不太小,却几乎没有工人在这里走动,这就是一种看来奇特的现象。照我的经验,国内类似规模的工厂,照例必有一个堂皇的厂门,必有一间或几间传达室,经常会有不少人进出或聚拢来议论这样那样的事情。但在这里却一切都不见。

汽车再开进去,我在路边发现了一面熟识的大标语牌,注意看时，才知道上面写着的是少见的新鲜口号。还不等我取出小本，车子就匆匆地过去了。这使我一直很懊恼，直到在一张报纸上发现了口号的原文为止："时间就是金钱，效率就是生命。事事有人管，人人有事做。"

最初看到这标语时的反应是，这不是资本主义的口号么？接着思路一转，忽地觉得它简直就是一道声讨"铁饭碗"和"大锅饭"的檄文。紧跟着自然就悟出了那些工厂"门前冷落"的真正原因。人人都去管自己分内的事去了，因而没有闲谈的余裕。悟出了这点简单的道理使我异常高兴。

没有找到负责人，我们真的是"走马观花"地转了一圈。一下子就开到了一处新辟的游乐场地。这在一个山坳里，中间还有个水塘。山边水涯都点缀了一些风景点，有红红绿绿的亭子、水榭……看得出这是在很短的时间里匆促布置起来的。如果请园林专家来参观，大概可以指出不少缺点来。但我想也不必如此严格地要求这些创业者。太阳实在厉害，四处寻找可以遮阴的地方，忽然发现前面有几排铁皮搭起的小房子。姑且走上去看，不料意外地找到了带领一批年轻作者在这里修改作品的韦丘。

他们就住在这些小房子里，每间又隔开前后两半。一张床，一个小写字台、两张沙发，就占去了房间的五分之四。主人正穿了背心、短裤在埋头修改文稿。要是没有空调机，这铁皮小屋大约就是一座利用太阳能的理想烘箱了。

韦丘同志给我们介绍了蛇口工业区的概况。有一些报纸上没有作过报道的情况倒是值得思索的。

他提到特区中青年人普遍的"不满现状"，不过这说的是从积极方面对现状产生的不满。在经济生活得到改善以后，经济结构也随之改变，青年人站到十字路口了。在这地方，几乎每个青年人都成了拥有电视机等的"七机部长"，接下去要追求些什么？推动生活的力量从哪里来呢？

在我们曾经参观过的"西丽度假村"，25元港币一张门票的主顾是青年工人，1元2角一瓶汽水的买主也是他们。这是一个方面。青年人中更为严重迫切的"危机感"则是害怕落后。他们拼命地学文化、搞写作，探求人生哲理。他们中间确有人才，人才来自四面八方。业余学校人满为患了。这些新产生的问题，是不应被忽视的。

坐在铁皮小屋里（这种小屋租给假日从香港来度假的旅客时每天收费港币90元），听着新奇的情况介绍，我想了许多。想到20多年前，我在上海郊区闵行黄浦江对岸农村里劳动。在田里干活，有时会看到壮实如小牛犊的青年农民，忽然扔下手中的农具，对江长叹，说："一见闵行大烟筒，生产干劲就要松。"往往使我疑虑、畏惧，无从解答也不敢思索，不知道到底出了什么问题。今天也听到了不少出现在青年农民中新鲜而奇特的问题，不过比起闵行农民的感叹，则是属于完全不同性质的了。何况人们今天是无保留地摊开，大声地议论，思索着问题产生的原因，寻求着解决的途径。这可完全不再是20多年前的情景了。要说这不是进步、不是飞跃的进步是不可能的。

在党的领导下，带头奋勇改革、逐步摸出了"蛇口方式"的人们也有过这样的感叹，历史上搞改革的都没有好下场。不过他们并未被这"历史真实"所吓倒，因为他们懂得今天的社会主义祖国已经不再是过去的旧中国,也不会再走大的曲折、折腾的痛苦道路了。

离开了铁皮小屋,我们又到海滨去转了一转。为什么会有"蛇口"这个名字呢?那是因为在深圳湾畔有一座80多米高的小山,它延伸入海的部分正像扁平的蛇口。在正午的阳光下的海滨是非常美丽的。正是万里晴空,碧蓝无际。隔海对望就是香港的元朗。从地图上可以知道,珠江口这一带海域,就是著名的伶仃洋的所在。中国人民从文天祥的诗句中早就熟悉了这名字。海滨有新设的餐厅、百货店,顾客如云,我看旅游者并不多,多半是这里的建设者,而且多是年轻人。他们推着自己的自行车,停下来,走进去,极有兴趣地看陈列着的商品,研究着,挑选着。他们是这地方的主人。他们用自己的双手建设着新的生活。

深圳是一个可爱的地方。这里正在进行着一种重要的没有前例的实验。实验的成果不论是成功的,还是失败的,对向"四化"进军的中国人民都有重要的参考价值。可惜只有短短的三天,还没有细翻这本大书,就离开了。

1983年7月9日
选自《深圳读本——感动一座城市的文字》,
海天出版社,2010年8月版

华嘉

原名邝剑平。广东南海人。1949年后历任《南方日报》副刊主编,华南文联秘书长,广东省文化厅党组书记、副局长,中国戏剧家协会广东分会党组书记、主席,广州市文化局党委书记、局长,中共广州市委委员、宣传部副部长,广东省文联副主席,广州市文联主席。1934年开始发表作品。著有长篇小说《冬去春来》,散文集《海的遥望》《奔流集》《满城风雨》《华嘉散文选》,评论集《春耕集》《门外戏品》《论方言文艺》,小说集《复员图》等。

《来自特区的报告》序

我刚从深圳回来,广东省文联编辑部给我送来了一本书稿,说是中国文联出版公司出版的《经济特区文学丛书》的报告文学集,要我写篇小序,我只好答应了。

说起来我同深圳和珠海两个经济特区确是很有缘分。1949年8月我回东江解放区工作,就是在大鹏湾上岸的。后来1950年年底我来到宝安县参加土改,最后是在深圳开总结大会。1953年我转到珠海去深入生活,定居香洲,那时珠海县刚刚建制,一切都在草创时期,十分简陋。这都是初期的往事了。但是,当这两县改成市并创办经济特区以后,可能由于这些历史关系,我对这里办经济特区深感兴趣,只要一有机会我就来特区看看,开开眼界,动动脑筋。这几年少说也来了五六次了,每一次来都能看到新的变化,新的发展,使我惊奇和感叹。想当年，深圳不过是边境小镇，香洲不过是个荒凉的渔港，如今却是一条条开阔的马路，把市区一再伸延；两旁的高层建筑，如林似塔，构成了一座座新兴的、现代化的城市。如果我不是年年都来看看，我一定以为我走进了童话世界，很难相信都是这几年的经济特区开拓者的精心和艰苦的创业。

当然，凡事都不是一帆风顺的，经济特区的开发和建设，免不了引起各种各样的议论，也免不了碰上各种各样的困难。但是，有党中央的英明领导，以及中央负责同志多次亲临视察和具体指导，给了经济特区的开拓者和建设者以极大的勇气和胆识，并在实践过程中及时总结经验；他们克服了困难，不断前进。他们冲破了很多清规戒律，改革了很多陈规旧习，开创了"快节奏、高效率"的争攀高峰的新局面。蛇口工业区提出的口号——"时间就是金钱，效率就是生命"，已经成为经济特区建设者的新的生活节奏。在深圳，人们不仅在工作时是快节奏、高效率的，业余学习也讲究快节奏、高效率，甚至吃饭也喜欢快餐，或即食面。现在已经有人把这叫做"深圳速度"了。如果我们不是来做客而是住下来生活一段时间，我们是会为这样快的生活而感到吃惊的。正是这个"快节奏、高效率"，使得经济特区的面貌在飞速地变化。这个变化不是以年来计算的，也不是以月来计算的，而是以日来计算的。这绝非言过其实，而是有目共睹的。

我最近应邀到深圳作了三天的参观访问，虽然来去匆匆，见闻不广，但也对"深圳速度"增加了一点感性认识，感受甚多。这次我们去的是银湖旅游中心，是罗湖区独资经营的。从外表看来还是一片乱七八糟的工地，土建和内部装修齐头并进，现场施工的工人不算太多，但却都是各司其事。好像个大交响乐团，分开来看是各吹各的乐器，合起来奏的是优美和谐的交响乐，这就是"深圳速度"的现代化建设的交响史诗。主楼土建刚完成，内部装修已搞了三层，我们住进去关上门，就能享受所有我们见过的高级宾馆的现代化的设备，而门外的那种伴随闪闪弧光而来的锤声叮当的工地噪声，虽仍隐有所闻，但已不会使人烦扰，而且在你不注意时也淡忘了。倒是拉开那颜色深浅不一的三层窗帘，透过那茶色的落地玻璃门，放眼望去见到的紧张施工景象，好比一幅描绘劳动的油画，引起人很多联想。我想起几位年轻的创业者给我们介绍情况时说：深圳市交给罗湖区的任务是在这里建一个旅游中心，特点是有山有水而且靠近中心市区，全部占地四平方公里，包括两个人工湖。现在是第一期工程，围绕被命名为银湖的第一个人工湖，兴建包括一座主楼，一座大型酒家，一座供游客购物、娱乐、运动的康乐服务大楼，还有一座仿广东四大名园的别墅区。总投资已付出了约一亿元港币。他们很有信心地说：六月份可部分交付使用先行开业，八月份一定要全部完成，因为还有第二期的金湖旅游中心的规划已定，时间不等人啊！

"时间不等人啊！"这话说得多好！我为此想得很多。眼前这个银湖旅游中心工地，不过是深圳经济特区千百个工地中的一个，算不了什么大事。但是，它是深圳市属下一个罗湖区的许多新兴事业中的一个，罗湖区在办的新兴事业不知有多少，何况深圳市属下不止一个罗湖区，而罗湖区属下又不知有多少乡和村。每一个新兴事业的工地，都好比经济特区建设交响乐的一个音符，而每个音符都集中到这部交响乐的主题上来，这不就是扣人心弦的音乐史诗了吗？这是经济特区创业者共同创造的音乐史诗，它表达了他们办好特区、振兴中华的时代感和责任感，也表达了他们那争分夺秒的"时间不等人"的紧迫感和快速感。我为这些英雄的创造者的建设交响史诗陶醉了。

这三天，热情的主人还带我们去看了很多地方，先后到了雅园宾馆、东湖宾馆、新园宾馆、国际贸易大厦、友谊商店、华园海鲜酒家、香江酒家、假日酒店，最后还到了沙头角新建的碧海宾馆及其商场。以前我们曾经多次去过的西丽湖度假村、深圳水库、小梅沙、蛇口工业区，甚至连旧市区、罗湖火车站广场，都没有时间再去了。还有不少著名的工业新建筑也无法再去，只好留待下一次再看了。这次看到的不少是区一级的、个别还是乡一级的新建设；但是使我留下深刻印象的，却不仅是特区经济建设引进了多少外资和技术，盖起了多少高楼大厦，办起了多少现代化的工业，更重要的是培育和造就了多少社会主义现代化的建设人才啊！我在深圳结识了很多新朋友，他们都那么年轻有为，二十多岁就可以扛起一个大企业；他们工作起来争分夺秒尽力拼搏，同时又能抓紧业余时间勤奋好学因而知识渊博。每一次从深圳归来，我都想念他们，他们那种创业的冲劲，经常鼓励着我，好像我也变年轻了。

现在，我又在这本报告文学集中找到了他们。我好像又来到经济特区，同这些新结识的青年创业者坐在一起，听他们畅谈艰苦创业的成就和经验。这本集子写的人和事，大部分我或者认识其人，或者听他们讲过这些故事，读起来倍感亲切。这些大智大勇的经济特区的开拓者和创业者，为祖国的社会主义现代化建设立下汗马功劳，早已名扬四海，为大家所熟知。我相信，随着这本集子的出版，必将会让更多的读者增加对经济特区的了解和向往，这就不用我多说了。

这本集子的作者，不少也是经济特区的年轻人。他们对经济特区建设的熟悉和热爱，读者也可以从他们的作品中看得到的。报告文学本来就是能够最迅速地反映现实的，近年来发展很快，产生很多很好的作品。但是，这里我们不能不提醒一下读者，由于我们经济特区建设更快，真有点日新月异的变化势头，因此当读者看到这本集子时，经济特区建设又不知涌现了多少新人新事了。最近党和国家决定开放沿海十四个城市和开发海南岛，一批新的经济开发区已在筹划，我们的社会主义现代化建设的步伐将会迅速加快，希望有更多更好的报告文学，更加迅速地反映经济特区的沸腾生活。

1984年5月14日于广州
选自《来自特区的报告》，中国文联出版公司，1984年11月版

李兰妮

1989年毕业于南京大学中文系作家班。1981年开始发表作品。1990年加入中国作家协会。现任深圳市作家协会主席，写有多部长篇小说、影视剧本和长篇散文，曾获"五个一工程"奖、"飞天奖""庄重文文学奖"等。

深圳大学速写

乡下来的少年

他从揭阳乡下来。全公社当年就他一人考上大学。由于消息闭塞，接到录取通知书，他才知道，深大不设助学金！

听说深圳是个繁华热闹的"洋"地方，人情薄如纸，没有钱寸步难行。他望望年老体弱的父亲、长期卧病在床的母亲，想想哥哥们已分家另过，家里盖新房后尚欠债几百元，心中好不恓惶。

"我……不敢去那里读书。"他抹了一把眼泪。

"去，一定要去！"没有多少文化的父亲生气地瞪他一眼，"这通知书上不是写着鼓励学生勤工俭学吗？你有的是力气，多少都能赚几个钱。"

"拿着。"大队党支部书记塞过来一沓人民币，"别看咱这儿穷，但不管谁家孩子考上大学，大队一律发五十块钱作为奖励。去吧，争口气。"

就这样，他穿着一身土里土气的肥大衣褂，夹着薄薄的旧铺盖卷儿，揣着五十元奖金。空着肚子坐了一天的长途汽车，来到深圳大学。

深圳是一个彩色世界。兴奋的深大新生们忙着组织各种各样的社交活动，四处参观游览。可他却缩在宿舍里，天王老子都请不动他——出门就要花钱，多吓人哪。他宁可任人说他孤僻、呆气。

别人吃饭打冲锋，他总是挨到最后，只是怕人笑话他总吃最便宜的青菜。同学们每人每月伙食费至少五十元，而他抠了又抠，不敢超过二十五元。

勤工俭学开始，这是他盼望已久的事。他迫不及待地抢着包下了一间厕所，每月清扫费三十元。他总算把一颗悬了好些天的心儿放回了肚子里。学校没骗人，他可以自己养活自己，抬起头来面对这个世界。

他洗厕所的认真态度简直称得上虔诚。学习起来像着了魔似的，下的是死力气。

第一个学期过去了，新学期一开始，他在全校大会上听到了自己的名字——二等奖学金获得者！会不会是老师念错了名字？他从没敢打过奖学金的主意，那是城里来的高才生才有的福分。身旁有人轻轻捅了他一下，还有人转过身来羡慕地望着他。没错！他真想跑到一块僻静的草地上，痛痛快快地翻几个跟头，耍他一套自己村里的功夫拳。

当晚，他写信回家报喜。

他美滋滋地躺在床上盘算来盘算去：如今每月多了三十元

奖学金，总得买点东西纪念纪念吧？班里许多人买奶粉，说是喝了可以补脑，我为什么就不能偶尔也补一下呢？还有录音机，全班几乎人人都有……不，可不能当败家子。每个月应该存几块，积攒起来，寄回去给妈妈治病。

一天下午，老师把他叫到办公室。

"你爸爸来了一封信，"老师的眼里满含着同情，"你妈妈病危，很想见你一面。"

信，展开着，摆在他面前。母亲治病花了两千多元，父亲没钱拍电报，也没钱给他作路费，恳求学校帮孩子一把。

第二天傍晚，他赶回家中，贴身的衣袋里装着班里同学捐的一百多元钱。

暑假，学校要搬新址，老师们要搬家，总务处把这活儿包给学生。学生理应给老师帮忙，何况还有报酬，老师们还亲亲热热地把点心、水果直往他们手里塞。

他还包了为学校搬办公用具、挖树坑。暑假结束时，他的手指点起钱来有点不听使唤。四百多块钱。他啥时候点过这么个大数目？

第二个学年开始，又有喜事等着他：他成为全校五位一等奖学金获得者之一。最近，学生党支部通过他为中国共产党预备党员！

"幸亏我报考的是深圳大学，不然的话，我今天顶多只是个依赖别人救济的学生。"他咧着阔阔的嘴巴，笑着告诉我。他笑起来憨得有趣，使人想起那些吹着牧笛、骑在牛背上的乡下少年。但细细打量，那白边眼镜，米色夹克，浅灰西裤，棕红色皮鞋，还有那晃眼的手表，又明明白白地告诉我，这已经不是一年前那位乡下少年。

1984年10月

书亭经理

A.他用肩膀拱了拱第一副校长室的门,门无声地裂开了一道缝。他满心欢喜地侧身钻了进去。

正跟客人谈话的副校长立即发现了他。

"你是哪个系的?有事吗?"

"八三级工业管理系。"他瞅准空子粘了上去,"我是来向你借钱的!"

"?!"

"我、我想在深大办个书亭。"他发现屋里那位客人盯着他,心里有些着慌,但他那三寸不烂之舌却依然动得飞快。

"这么大的一所院校应该有个书亭。可是办书亭要很多钱,没人愿意借钱给我。"

"那你为什么要办书亭呢?"

"第一,给全校师生提供方便;第二,给自己一个锻炼的机会;第三,给同学提供勤工俭学的场所;第四……唔……没了。"

第四——

去年盛夏的一天,他空着手大汗淋漓地挤出新华书店。啊,这么一座现代化的新城市,却只此一家新华书店。他忙乎了半天,竟没有买到一本教学参考书。他发誓:"有朝一日我要是有了权和钱,头一件事就是办书店!"

"我到哪儿去弄钱给你呢?"副校长问。

他答不上来。但直觉告诉他:死粘住副校长,准没错儿!

果然,第二天,副校长拿来一沓厚厚的钞票,摆在未来的书亭经理面前。

"别丢了。这可是我养活老婆孩子的钱。"

他的本意只是想通过副校长向公家借钱,怎么居然借到副校长的工资袋里去了!这岂不是没大没小,无法无天?

他心里嘀咕着,右手却不由自主地抓起钞票往兜里揣。

四百块!没打借条。

B. 他在盯梢,盯的是校办一家公司的总头儿。副校长那四百块钱,仅让他高兴了两天。他要办家像样的书亭,而不是摆个小书摊。于是,他要打那位总头儿的主意。目标——一万元!他在窥测时机。

总头儿走进第一副校长室。他知道,机会来了。

他闯进去向副校长递交预算报告。那七页纸上详细列着目的、人员、工资、贷款数目,等等。

副校长兴致勃勃地看着报告:"一万元?哎唷,这回我可掏不起了。"副校长把目光移向那位总头儿。

他的心儿扑通通地狂跳起来:有希望!

"支持支持行吗?"副校长把报告转交给总头儿,"是件好事。"

总头儿冲着报告来来回回扫了两遍,终于在上面签了一行字。末了,还摇头笑了笑。是表示无奈呢,还是表示赞赏?

C. "我是来洽谈代销生意的。"他极力镇定地向新华书店的业务人员申明。

"你?"对方似乎想笑。

他心里忽然不那么踏实,没有官方介绍信,只掏出个学生证亮了亮,以此证明自己绝非无赖。

"请问,做这种代销生意,我能拿多少利润?"

"百分之七。"

太少!这点钱还不够给他的店员们发工资。

"你们这么抠哇?出版社能给百分之三十,我还是去跟他们直接挂钩得了。"

"不行!那样做是违反规定的。"对方急了。

这回,轮到他笑了:"据说,有这种先例。"

"好吧,给你百分之十五,干不干?"

"签合同吧。"

走出书店,他得意地舔着嘴唇笑了。其实,他还没有摸到出版社的门在哪儿。

D. "书亭的生意好吗?"

"头一个月营业额三千元,第二个月一万元。"

他坐在我的对面,个儿不高,五官清秀,乍看上去蛮机灵,但由于眼睛有点细眯,因此,细看又有一丁点儿小迷糊的味道。我听说他曾遭遇过不少白眼。有人压根瞧不上书亭的小本生意,认为他胸无大志。就连找辆车帮忙运书这类小事,他都得把好话说尽,求人家开恩。

"曲折？《大趋势》这本书你看过吗？我们进过一次货，特好销。我赶忙继续进货，可没等提货，就听说这书在市内饱和了。"他挺沮丧。

我想起了电影《英俊少年》中的插曲："小小少年，很少烦恼，眼望四周阳光照……"心里很有点嫉妒：十九岁！多么令人羡慕的年华。它能使人忘却一切不愉快的往事，充满信心，微笑着面对未来。

"对了，你有没有门路推销《大趋势》？那批书印刷质量挺好的。帮帮忙吧！你当记者的走南闯北，还能没有门路？"

我算领教了这位书亭经理的厉害。

1984年10月
选自《雨中凤凰》，中国文联出版社，2004年1月版

季羡林

国际著名东方学大师、语言学家、文学家、国学家、佛学家、史学家、教育家、社会活动家,北京大学教授。其著作汇编成《季羡林文集》,共24卷。

深圳掠影

对我来说,深圳并不陌生。我在过去三十几年内,出国经过这里至少已有五六次之多了。1951年秋天第一次经过这里,只觉得这是一个破烂简陋的小车站。让我忆念难忘的只有一个罗湖桥。因为从国外归来,过了罗湖桥,就算是走进了祖国的怀抱。我曾几次在这里激动得流下眼泪,恨不得跪在地上吻一下祖国的土地。以后几次经过这里,每次都有一点变化。1978年最后一次走过,只觉得车站贵宾室相当富丽堂皇。至于镇内,则所见不多了,不敢臆猜。总之,深圳并没有给我留下什么深刻的印象。

两个星期前,我因为开一个会,又来到了深圳。这是唯一的一次不是因为出国而到这里来的。我们从广州乘汽车来到这里,本来是想到蛇口附近的深圳大学去的,可是因为迷了路,车子一直开进了市内。只见到处高楼林立,凌云摩天,而正在建筑的高楼则更是比比皆是。柏油马路,四通八达。行人摩肩接踵,熙熙攘攘。这是我所久已熟识的深圳吗?我有点怀疑起来。但是明确的事实是，这就是深圳。我熟悉的深圳已经大大地变了样子。

仅就我们借住的深圳大学来说，新鲜事物就说也说不尽的。在这个学校里，流行全国的根深蒂固的"铁饭碗"已经被打个粉碎。系、处领导与校长签合同，为期两年，到期视工作成绩，合则续聘，不合则炒鱿鱼（卷铺盖也）；教职员与系、处领导签合同，为期也是两年，到期照上述规定办理。被炒了鱿鱼的自谋出路，没有什么客气，没有什么面子。"铁饭碗"一打破，则人人精神抖擞，不敢懈怠。至于工人，则全校几乎完全没有，所有的服务工作，食堂服务，打扫卫生，会场和教室清扫管理，无一不是用勤工俭学的办法，由学生来承担，学校根据情况，付与报酬。学生还自办书店，自办小卖部，甚至还自办银行，自任经理。其他大学一些独生子女的娇气，在这里也一扫而光，连娇气也无立锥之地了。这不但提高了工作效率，还教育了青年学生。那种不爱护公物，随便乱丢脏东西，不知稼穑之艰难，张口吃饭，伸手穿衣的公子小姐根本绝迹。这要比空口进行政治伦理教育，效果要好得多。提高效率，教育青年，真可谓一举两得了。

我也曾到著名的沙头角去参观过一次。汽车从深圳开出。现在时令在北方虽然已是在严冬，但是在这里却沿途树木蓊郁，繁花似锦，使我们这些从冰天雪地的北国来的人大为诧异。快到目的地的时候，青山连绵。马路的右边沿着山麓架上了长城似的铁丝网。网的那面就是香港。汽车在山路上弯曲盘旋而下。下到海边的时候，就到了沙头角。这是一个极小的镇子。只有一条街，叫做中英街。从里面走出去，街的右边属香港，左边属深圳，虽然都是中国的领土，但是在英国的占领下，街中心实际上成了"国界"。街宽不过几米，长不到百米，谁也不知道这一条"国界"究竟是在什么地方。两边全是商店，鳞次栉比，一个紧挨着一个，货物塞得满满的，抬头一看，只见到处都是货物，汇成了一个货物的海洋。街上的人也挤得满满的，几乎都是来买东西的。拥拥挤挤，吵吵嚷嚷，一派繁华兴盛的气象。我感兴趣的不是五光十色令人眼花缭乱的商品，而是这一个十分奇怪、十分有趣的地方。街中间在深圳一面长着一棵老树，看样子年岁可能已有几百年了，它歪着身子，头顶歪到香港一面去，"国境线"大概就在它身上穿过。它大概亲自经历了英国殖民主义者霸占香港那样艰苦的岁月，它也将会经历香港回归祖国那样普天同庆的日子。树若有知，不知作何感想？到了那时，它大概也会由衷地高兴吧！

此外，我还参观了蛇口工业区、西丽湖度假村、银湖度假村、深圳湖游乐园、香蜜湖度假村，以及全国最高建筑53层的国贸大厦，印象虽然扑朔迷离，但是用一个"新"字可以概括。

我每天晚上打开窗子，面对着在黑暗弥漫下的茫茫的大海，看到远处一串珍珠似的灯光——这是深圳同香港的边界，心潮起伏，思绪万端。我想得最多的是人们的思想必须赶上形势的发展。人的思想最容易保守。许多千百年遗留下来的观念、想法，往往被认为是真理准绳，正确无误，甚至神圣不可侵犯，用不着变化，也改变不了。然而我们伟大祖国和世界的情况却是日新月异。大家都承认，现在是"知识爆炸"的时代，知识更新的周期越来越缩短，每隔几年，知识就必须更新,否则就会落后。现在新生事物层出不穷。被英国统治了多年的香港经过中英两国的长期谈判,确定了归还日期,英国首相不远万里亲自来到北京签字,这难道不是新鲜事物中最新鲜的事物吗?就拿眼前的珍珠串似的灯光来说,1997年以后,它还能像现在这样闪闪发光吗?一个很简单明了的道理摆在我们眼前:我们必须改变旧观念、旧想法,接受新概念、新想法。深圳掠影给我的教训也就是这一点,而我认为,这是最重要的、最有意义的一点。

1984年12月23日
选自《季羡林文集》第二卷,江西教育出版社,1995年10月版

(1990—1999)

戴木胜

1941年生，1966年毕业于中山大学中文系。20世纪60年代开始发表作品，涉猎各类文体，曾任《深圳特区报》副刊部主任、深圳市文联副主席、党组副书记，《特区文学》杂志社社长、总编辑、编审。著有散文集《望深圳，望香港》等，主编系列报告文学《黄金十年》丛书。

夏夜，在汇食街……

深圳有一条"汇食街"，报上早已登了消息，人们也常说那里如何有独特的韵味，而我直到最近才有空一睹它的风采。

那是一个南风拂面的夏夜，我发完电报，从邮局出来，独自在街上踽踽西行。夜色朦胧中，两边的高楼如峻拔的山峦；光洁的深南东路宛如一条笔直的大江；那穿梭般往来的各色车辆恰似艘艘夜航的快艇。这瑰丽壮观的景象，正使我陶然欲醉，猛抬头，忽见一灯光招牌，那"汇食街"三个大字，一下子打动了我的情怀。平日忙于编务，无暇消受各式风味小食，今晚偏得宽余，何不尽兴体味一番呢？

踏着街口昏黄的灯光走进汇食街，眼前豁然明亮：一条宽不过三丈、长不足百米的小街，两边排列着几十间装修一新的小食店。五颜六色的灯光，闪闪烁烁；络绎不绝的人群，熙熙攘攘，空气中弥漫着肉香酒味。置身其间，仿佛到了天上的街市，令人有一种飘飘欲仙的感觉。

我怀着极大的兴趣，细心观察两边的店铺：这些食肆的面积大抵只有十五六平方米，最宽敞的恐怕也不超过三十平方米，除一两间写着"冷气开放，推门请进"外，其余都装了电风扇。店铺的招牌、字号，大多数含有兴旺发达的意思，鲜红的大字在灯光辉映下，耀眼夺目。再看各家力荐的风味食品，有北方水饺、桂林米粉、东江盐焗鸡、客家酿豆腐、广州太爷鸡、卓记肠粉、五华牛肉丸……林林总总，不可胜数。如此众多的食品，荟萃在一条小街上，我以为取名"汇食街"是最恰当不过的了。

汇食街的各家店铺自然不是吃"大锅饭"的。你看，家家门前都一字儿摆着桌椅，使本来就不宽的街道只有一条窄窄的通道，熙来攘往的食客只能摩肩接踵而过。我小心地穿行其间，每走几步，就有一位衣着入时、搽了淡淡脂粉的小姐，热情地招呼你："先生，在这里吃吧！"她们诚心欢迎你在她的店里品尝美食，虽然店铺林立，竞争激烈，热情的背面藏着多赚钱的意思，但你不乐意，她们也不敢强拉硬拽，只是惋惜地望着你走过她们的铺位……

我在汇食街考察一番之后，在又一位小姐的盛情招呼下，欢快地踏进一家店门，尚未站定，就有两位年轻的女服务员迎上来，笑容满面地询问想吃点什么。我拣了当门的卡位坐下，点燃一支香烟，将店堂巡视了一遍：小小的铺面只有六个卡位，左右两边各三个，每个卡位的靠背高出人头，前后座位互不干扰，给人安适的感觉。店内的灯光并不强烈，四周的彩灯散射出柔和的光，别有一番情趣。

也许这样的环境较适合亲朋小聚和情人约会吧，我孑然一身，未免有淡淡的孤寂感。斜对面的那个卡位，有两位少女相对而坐，一位穿白底碎花连衣裙，另一位则穿T恤、西装短裤。她们的台面上摆满杯盘碗碟，看样子，在我进来前已吃得不少了。我很羡慕她们"食不厌精"，无拘无束的风度，心想自己像她们那般年纪时，别说上馆子，就是在街边吃碗猪红汤，还要摸摸口袋哩。

"先生，你要的炒田螺和啤酒拿来了。"服务员的甜美声音，把我从沉思中唤醒。啊！一碟热气腾腾的田螺摆在面前，散发出诱人的香味，尽管我吃过晚饭不久，肚子并不饿，也食欲大振。刘禹锡曾用"白银盘里一青螺"的诗句来形容洞庭湖中的君山；今天，我这盘中可是有上百颗青螺呵，足够慢慢受用了。我悠悠地喝着啤酒，用牙签将螺肉挑出来，慢慢地送到嘴边，细细地咀嚼着。此时此刻，尘世的烦扰、工作的压力、脸上的倦容都消失了，先前的孤寂感也随之一扫而光，心中只觉得有无限的人生乐趣。

正当我喝得微醉时，进来一对年轻的恋人，而且就坐在我左侧的卡位里。他们将粉红色的"食谱"打开，一页页地看下去，慢声细语商量着、挑选着心爱的食品。他们眉目传情，时而喁喁细语，时而又开怀大笑，仿佛这小小天地都是他们两人的。

我在这间小食店整整消磨了一个小时，啤酒喝完了，碟中的田螺也所剩无几了，于是，起身到柜台付账。收款的是位胖大姐，我问她："生意不错吧！"她笑着说："麻麻地（过得去）啦！"再问她店铺营业到几点，她说一般要到凌晨两点左右才关门呢。当我离开时，她一再说："多谢，多谢，欢迎下次再光临。"

　　走出汇食街，来到解放路，又见灯火璀璨，车水马龙。人们在炎热的夏夜，似乎更显得热情奔放、充满活力。回家的路上，我默默地思索着：汇食街的独特韵味在哪里呢？深圳有不少装修豪华、气派不凡的大酒家，为什么许多人（包括港澳同胞、华侨、外国游客）却乐意光顾小小的汇食街呢？

　　我想起了香港专卖女性用品的"女人街"，大排档多得数不清的庙街，那些地方的经营形式与深圳的汇食街有许多相似之处，也是顾客如云，别有风韵。人们的爱好千差万别，有人喜欢"大江东去"，有人却偏爱"小桥流水"。丰俭由人，即使花不多的钱，也能品尝到可口的食品，得到良好的接待——也许这就是汇食街的魅力吧！

选自《深圳特区文艺丛书·散文选》，
海天出版社，1990年8月版

张良

生于辽宁本溪。中国影视演员、导演。1990年编导《特区打工妹》,获第四届广东省鲁迅文学艺术奖。

我为特区建设唱赞歌
——《特区打工妹》创作体会

这些年,我以广东改革开放为背景,拍了几部"南国都市片"。我认为,作为南国影人必然首先关注本地区在改革大潮中的新人新事,而反映经济特区的建设新貌,更是我们珠影电影工作者义不容辞的责任。1990年是深圳经济特区建立10周年的大庆年,我很想为这10年唱唱赞歌,因为我目睹了深圳10年的建设历程。我不管其他地方如何评价深圳,我自觉应该通过电影抒发一下自己的感受,所以就创作了《特区打工妹》。

选择这样的题材和角度也不是偶然的。1988年为创作电影剧本《女人街》,我和王静珠同志曾走访了珠江三角洲一带的"三资企业",那庞大车间里数以千计的外地打工妹引起我俩关注。我们意识到是开放的大潮才使"三资企业"如春笋般林立,更是改革的春风吹醒了边远的山村,把那些本该承接祖辈的足迹,只能当婆姨的姑娘一下子从穷乡僻壤推到了特区改革的前沿。把这群农村妹变成现代的工人,这是跨世纪的足迹，是老辈人做梦也不曾想到的。她们正经历着全新的生活方式，以从没有过的豪迈步伐开始了自己的人生旅程。我们可以预见到这一场大的工业革命必然形成大的社会震荡，也必然会在这些充满小农经济思想的少男少女心灵深处造成大震荡、大裂变，这是很耐人寻味的。所以拍完《女人街》，我和王静珠就把新的创作视点盯在了这群打工妹的身上，我们决心要去探索并揭示这新世界。

1989年冬，我们的创作设想得到珠影领导的热情支持，于是我们立即做了三个月的深入生活计划，从1989年冬到1990年春我们三下深圳。第一次，我们主要采访深圳的高层领导，以便从宏观上把握深圳10年的建设历程，更为了把握各项政策，以避免不必要的碰壁。第二次去则大量采访中层领导，以及"三资企业"的老板，以便了解"三资企业"的发展历程和打工仔、打工妹们的历史发展状况，从客观上了解领导和老板对临时工们的价值评价。第三次去则深入车间、厂房、饭堂、宿舍，直接和打工妹们促膝谈心，以了解她们的喜、怒、哀、乐和个人命运中的悲欢离合。我们正是靠了这一层层的采访、一层层的深入，集积了大量的创作素材，激起了强烈的创作冲动。

深圳罗湖区区长说："80年代初，未建特区之前，深圳只是个不足两万人口的边陲小镇，那时民间的顺口溜是'路灯不明、道路不平、自来水不清'。搞改革开放我们是从'三堂'开始的，即利用饭堂、祠堂、礼堂引进外资，办起了'三来一补'工厂。10年以后，这里已是拥有150万人口的现代新城了，历史将怎样评说这10年巨变？！"

回想当年是有趣的。80年代初，日本外相访问深圳，对当时的深圳市市长说："深圳腾飞的时代到了。"他预测三五年内世界上将有四五千亿游资会从欧美大陆、日本、韩国等国溢出，而这笔游资最理想的投资地点将是深圳。果然，不久，大批的商人从日本、欧美、中国香港等国家和地区拥来，深圳涨潮了，各式各样的加工厂建立起来。而随之又一股大潮从北国大地涌来，这便是80年代初由几十万18—22岁女性组成的南下打工大潮。她们是从偏僻的小山村里走出来的，是夹着简单的小包裹，告别了父母，只身南下闯深圳来的。正是她们的到来使萧条的深圳充满了青春气息，给那简单的加工工厂注入了活力生机。10年以后，在深圳打工的工人总数增加到100余万人，而这百万打工大军中有80万人是女工，号称"80万娘子军"。那蛇口工业区、上步工业区、罗湖工业区到处是披肩长发的少女，在这些工业区里男女的比例是1∶7甚至1∶10，就是说每10名工人中有8人是女的，难怪人又称这里是"女儿国"。

中国的女工聪明、伶俐、勤劳、善良，深受外商喜爱，当然更可爱的还有她们的廉价劳动。且不说西方，单同中国香港比，那里一名工人的月薪是4000—6000元港币，而我们这里工人的月薪是100—300元人民币，仅是香港工人的十分之一。然而女工们是满足的，同故乡比，她们的月工资又可能是全家人全年收入的总和。过去在家她们依赖父母，父母骂她们是"贴钱货"，如今她们一人养活全家，这怎能不使她们骄傲？

然而她们毕竟是苦的，一位工会干部说："女工们一到特区，就像到了'三无'世界，一无户口，二无亲人，三无'铁饭碗'，全靠自己去拼搏。她们大多是集体招工来的，一来就住铁皮屋,那铁皮屋夏天像蒸笼、冬天像冰窖,女孩子常常因为想家哭到深夜……"

宝安县的横岗镇搞山区扶贫,从井冈山老区招来了280名女工,可是第二天一早跑回去140名。跑回的人说,"我们是老革命根据地的人,绝对不给资本家打工","我爷爷赶走了资本家,你们又请回来"……留下来的140人以"第一次吃螃蟹"的心情想看个究竟。她们第一次当工人,第一次过集体生活,那严格的组织纪律,那虎视眈眈的打卡机都使她们受不了。可是井冈山的后代是坚强的,她们以超人的毅力承受住了现代工业的考验,许多人成为出色的工人,第一次体味到了工人生活的魅力。几个月后,她们往老家寄回去第一笔钱。这破天荒的事使井冈山老家沸腾了,他们几乎不敢相信这是事实,有人造谣说:"女孩子们给卖到了香港的勾栏院……"老人们慌了,结队到深圳探望孩子们。工厂领导(每个厂除了香港的董事长、总经理,还有内地的厂长、工青妇干部)热情接待了他们,陪他们参观工厂、宿舍,陪他们看市容,解说特区的政策。老人们迷惑了,这新城、新工业区,孩子们的新服装、新生活都使他们眼晕,他们偷偷问孩子:"这里是不是搞资本主义?"孩子们反问:"资本主义啥样?我不懂!只知道这比在家好,比种地好,还能学到技术!"老人们点点头,信服了,临走又偷偷问孩子:"我看这挺好,就让你妹妹也来吧,还有二姑家的二姐。"就这样,这140人像滚雪球似的,带来了800多个井冈山姑娘,而那第一批姑娘早有人当了流水线的线长、车间总管,还有人当了工厂的厂长。

当然,生活并不都是好的一面,也有人走了邪道、岔路。

女性的过度集中,男女比例的失调,随着年龄的增长,性的成熟不可避免地引发了许多社会问题,插足、堕胎、弃婴,有人做了老板的姘妇,有人沦为娼妓……她们的个人命运,甚至悲剧性的结局,常常成为人们普遍的话题。采访中最令人动情的也都是这些素材,因此有人主张我们写个人命运的悲剧,只有悲剧才有社会震撼力。一度,我们也确被这些现象困惑,脑子里也时时闪现日本影片《野麦岭》的画面。可我和王静珠是不甘心把《特区打工妹》搞成第二个《野麦岭》的,这终究不是一个时代了。我们强制自己再深入开掘下去,我们坚信这80万女工中定有闪光的金子。为了坚定自己的创作方向,也为了从深圳作家中得到有益的教诲,我们委托深圳《特区文学》编辑部为我俩召开一次创作座谈会,座谈的题目就是"文学作品如何准确地反映深圳临时工的生活"。与会者开怀畅谈,共同为我俩出谋划策。大家的真诚、热情、坦率使我们很受感动。大家共同的心愿是希望我们把这部影片搞成鼓舞人心的正气篇,要满腔热情地为80万女工画像,因为深圳的今天正是这近百万临时工们的青春奉献。这次座谈会对我们鼓舞极大,这更是"文人相助"的难忘聚会。

这之后,我们访问了宝安县的布吉镇工业区,访问了布吉镇镇长欧官成和女劳模、女厂长赵露珍等一批很有代表性的现代女青年,这又给我们打了一支强心针、兴奋剂。

欧镇长说:"我们一定要搞现代工业,中国不搞现代化就没有出路。没设备、没人才、没技术,我们可以引进先进设备,可是不能引进人才,人才还需自己培养。我们的文化素质远远跟不上现代化的需要,没办法,只能就地培养,让他们从干中学，所以就从打工妹中选了赵露珍那样一批年轻人，让她们当厂长，让她们挑重担。实践证明，中国人是聪明的，中国人是有志气的，中国一定能实现现代化！布吉镇能发展到今天，全靠来自全国的人才奉献！"

女厂长赵露珍说："我17岁到深圳打工，跑了好多家工厂，干了好多个工种。19岁时欧镇长让我当玩具厂的厂长，叫我管一千多个人，吓也快吓死了。欧镇长说你人缘好，女工们都喜欢听你的，你就大胆干吧！我看看周围，都是我这个年龄的女孩子。就说拔河比赛吧，我不下场她们谁也不上前抓绳，上台领奖吧，我要是不去，大家就是不上台，事事都是大家推我上前，今天缺中方厂长，我若不干谁干？"好一个"我若不干谁干"，真有"舍我其谁"的气概。她们正是强烈地意识到了自身的责任。中国是穷，可不会永远穷；中国是落后，可不会永远落后。她们想的正是要从自己这代人做起，去摘掉那顶戴了穷困落后的帽子。正是赵露珍这代年轻人在干着前人想干而未干成的大事。

我们又访问了蛇口工业区，访问了那里的人才培训中心，在那里读书的学生绝大多数是来自各个工厂的打工仔、打工妹。他们中有许多人在短短的几年中拿到了四五个文凭，使自己跨进了高等人才的行列，不少人被外商聘为厂长、经理、工程师、会计师，更多的人成了工厂的业务骨干。我们和他们谈心，问他们工厂生产这么忙，怎么还有时间和精力来这里学习。他们说："我们这代人都有一种责任感和危机感。国家要现代化，急需科技人才，可不少有一技之长的人都出了国。我们文化低，又不能适应现代化的需要，真是到了特区才知道不发奋读书不行了。有人说读书考文凭只是为了镀金，有人说是为了事业需要，总之是我们自身感到需要，需要重塑自己的形象！"他们这些话深深印在我们心底，很使我们感动和敬佩。

更使我们感动的是一些青年人甘当现代的"盗火者"，像古希腊神话中的普罗米修斯勇盗天火，给人类带来光明。他们到特区来不是为了赚钱，而是为了"偷"技术，"偷"现代化的管理经验，一旦学成，就回老家办厂，去推广这里的成功经验。不少人回到家乡帮助穷困的山村脱贫致富，正是他们创造了新生活。只有深入开掘才能看到他们闪光的内涵和力量，他们正是这代年轻人的楷模和骄傲。于是我们找到了剧本中那能发人奋起的主题，更找到了一个个可爱的打工妹的动人形象，我们影片中的婷妹、四喜、杏子，不正是她们的化身吗？

深圳改革开放10周年了，应该有大作品讴歌丰功伟绩，而我和王静珠则甘心去写大背景下的小人物，也许更能得心应手。写写他们打工的心态，写写在这场大的工业震荡中他们的情感，他们观念上的裂变，写写他们对人生、对自我价值的新追求，希望能从这个侧面折射出特区10年的成就和对人才的培养，以及向其他城市的人才辐射。如果能使现代的青年人看了感奋，则更是求之不得的了。

我和王静珠都不是专业编剧，却追求着对生活的激情。我们创作的《梅花巾》《少年犯》《特区打工妹》不仅是靠了一腔热血，更靠的是生活。我们牢牢地记着"生活是创作的源泉"这句名言，心甘情愿拜生活为师，老老实实地向生活学习。

选自《电影》1991年第6期

陈锡添

1941年2月生，广东新会人。1966年毕业于中国人民大学新闻系。曾任深圳市政协第二、三届提案委员会副主任，深圳特区报业集团总编辑，《香港商报》副社长、总编辑。高级记者，中国作家协会会员。中国人民大学、武汉大学兼职教授。著有报告文学集《风采集》，主编报告文学集《改革者的风采》。曾获中国新闻奖一等奖、韬奋新闻奖、广东省新闻终身荣誉奖。为国务院特殊津贴专家。

东方风来满眼春
——邓小平同志在深圳纪实

南国春早。

一月的鹏城，花木葱茏，春意荡漾。

跨进新年，深圳正以勃勃英姿，在改革开放的道路上阔步前进。

就在这个时候，我国改革开放的总设计师、各族人民敬爱的邓小平同志到深圳来了！

在我国社会主义现代化建设的关键时期，小平同志的到来，是对深圳特区最大的关怀和支持，是对深圳人民最大的鼓舞和鞭策。

一

1月19日上午8时许,在深圳火车站月台上,几位省市负责人和其他迎候的人们,在来回踱步,互相交谈,他们正以兴奋而激动的心情等待着……

来了!远处传来马达的轰鸣声。接着一列长长的火车徐徐进站。时钟正指9时,列车停在月台旁边。

一节车厢门打开,车站服务人员敏捷地把一块铺着红色地毯的长条木板放在车厢门口。

不一会,邓小平同志出现了!人们的目光和闪光灯束都一齐投向这位领一代风骚的伟人身上。

他,身体十分健康,炯炯的眼神,慈祥的笑脸,身着深灰色的夹克、黑色西裤,神采奕奕地步出车门。他的足迹,在时隔8年之后,又一次踏在处于改革开放前沿的深圳这块热土上。

下车后,邓小平同志满面笑容地同前来欢迎的广东省委书记谢非,深圳市委书记李灏、市长郑良玉一一握手。

握手时,谢非说:"我们非常想念您。"

李灏说:"我们全市人民欢迎您的光临。"

郑良玉说:"深圳人民盼望您来,已经盼了8年了。"

简洁的话语,充分表达了全省、全市人民对小平同志的想念和崇敬之情。

邓小平同志同省市负责人登上一辆中巴,一直驶到下榻的市迎宾馆桂园。在这里恭候的市委副书记厉有为、市委常委李海东迎上前来,同小平同志握手并向他问好。

千里迢迢，舟车劳顿，市负责人劝他老人家好好休息。

但是，小平同志却毫无倦意。他说："到了深圳，我坐不住啊，想到处去看看。"

众所周知，邓小平同志是创办经济特区的主要决策者。早在 1979 年 4 月，他在听取当时中共广东省委主要负责人的汇报后说：可以划出一块地方叫做特区。陕甘宁就是特区嘛。中央没有钱，要你们自己搞，杀出一条"血路"。次年 8 月，全国人大常委会正式通过并颁布《广东省经济特区条例》，中国经济特区就这样诞生了。深圳特区是邓小平同志亲自开辟的最早的改革开放的试验地之一。它的发展情况，小平同志当然十分关注。1984 年 1 月，小平同志曾到深圳视察过。一晃，8 年过去了。深圳的面貌又发生什么样的变化？老人家急不可待要亲自目睹一番。

随行人员说，小平同志身体好，昨晚在车上休息得不错，既然他兴致高，就安排活动吧。

在桂园休息约 10 分钟，小平同志和谢非等同志在迎宾馆内散步。

散步时，邓楠向小平同志提起他在 1984 年 1 月 26 日为深圳特区题词一事。邓小平同志接着将题词一字一句念出来："深圳的发展和经验证明，我们建立经济特区的政策是正确的。"一个字没有漏，一个字没有错。在场的人都很佩服他那惊人的记忆力。

1984 年，特区建设遇到不少困难和阻力，有些人对办特区持怀疑观望态度。是年 1 月 24 日，当时任中共中央政治局常委、中顾委主任的邓小平同志，同王震、杨尚昆同志在中顾委委员刘田夫和广东省省长梁灵光的陪同下,到深圳视察,给深圳特区题了词,肯定了深圳特区的建设成就,肯定了办特区的方针是正确的,给了特区建设以决定性的支持,坚定了人们办特区的决心和信心,使特区的建设事业继续推向前进。

散步后,小平同志在省市负责人陪同下,乘车观光深圳市容。

车子缓缓地在市区穿行。这里,8年前有些还是一汪水田、鱼塘,羊肠的小路,低矮的房舍。现在,宽阔的马路纵横交错,成片的高楼耸入云端,到处充满了现代化的气息。小平同志看到这繁荣兴旺、生机勃勃的景象,十分高兴。正如他后来说的:"8年过去了,这次来看,深圳、珠海特区和其他一些地方,发展得这么快,我没有想到。看了以后,信心增加了。"

小平同志边观光市容,边同省市负责人亲切交谈。

当谈到办经济特区的问题时,小平同志说,对办特区,从一开始就有不同意见,担心是不是搞资本主义。深圳的建设成就,明确回答了那些有这样那样担心的人。特区姓"社"不姓"资"。从深圳的情况看,公有制是主体,外商投资只占四分之一,就是外资部分,我们还可以从税收、劳务等方面得到益处嘛!多搞点"三资"企业,不要怕。只要我们头脑清醒,就不怕。我们有优势,有国营大中型企业,有乡镇企业,更重要的是政权在我们手里。有的人认为,多一分外资,就多一分资本主义,"三资"企业多了,就是资本主义的东西多了,就是发展了资本主义。这些人连基本常识都没有。

车子行至火车站前,邓林指着火车站大楼那苍劲有力的"深圳"两个大字对小平同志说:"您看,这是您的题字,人们都说写得好。"

邓楠打趣说:"这是您的专利,也属知识产权问题。"说得小平同志笑了起来。

当谈到经济发展问题时,小平同志说,亚洲"四小龙"发展很快,你们发展也很快。广东要力争用20年的时间赶上亚洲"四小龙"。停了一会,他补充说,不仅经济要上去,社会秩序、社会风气也要搞好,两个文明建设都要超过他们,这才是有中国特色的社会主义。新加坡的社会秩序算是好的,他们管得严,我们应该借鉴他们的经验,而且比他们管得更好。

车子不知不觉到了皇岗口岸。皇岗边防检查站、海关、动植物检疫所的负责同志,热情地欢迎小平同志的到来。

小平同志站在深圳河大桥桥头,深情地眺望对岸的香港,然后察看皇岗口岸的情况。

皇岗边检站站长熊长根向小平同志介绍说,皇岗口岸是1987年初筹建,1989年12月29日开通的。占地一平方公里,有180条通道,最高流量可达5万辆次和5万人次,是亚洲最大的陆路口岸。最近每天约通过7000辆次和2000人次。小平同志听了很高兴,不断点头,露出满意的笑容。

二

国贸中心大厦,高高耸立,直插云霄。这是深圳人民的骄傲。深圳的建设者曾在这里创下了"三天一层楼"的纪录,成了"深圳速度"的象征。到深圳来的中外人士,总要登上楼顶的旋转餐厅,远眺深圳城市的景色。

1月20日上午9时35分,小平同志在省市负责人陪同下,来到国贸大厦参观,该大厦的女职工,整齐地站在两旁,鼓掌欢迎小平同志,并齐喊"邓爷爷好!",小平同志高兴地向她们招手,并鼓掌致意。

在53层的旋转餐厅,小平同志俯瞰深圳市容。他看到高楼林立,鳞次栉比,一派欣欣向荣的景象,很是高兴。

坐下来后,他先看一张深圳经济特区总体规划图。接着,李灏向小平同志汇报深圳的改革开放和经济建设的情况。李灏说,深圳的经济建设发展很快,人民生活水平有了很大提高,1984年,人均收入为600元,现在是2000元。改革开放也有了很大的进展。他还说,这些年来,我们的精神文明建设和物质文明建设是同步发展的。深圳人对建设有中国特色的社会主义坚定不移,并且充满信心……

听了汇报后,小平同志和省市负责人作了较长时间的谈话。

小平同志充分肯定了深圳在改革开放和建设中所取得的成绩。然后,他说,要坚持党的十一届三中全会以来的路线方针政策,关键是坚持"一个中心、两个基本点"。不坚持社会主义,不改革开放,不发展经济,不改善人民生活,只能是死路一条。基本路线要管一百年,动摇不得。

小平同志又说,要坚持两手抓,一手抓改革开放,一手抓打击各种犯罪活动。这两只手都要硬。打击各种犯罪活动,扫除各种丑恶现象,手软不得。

小平同志思路清晰,记忆力强。他谈笑风生,有时一两句幽默的话语,引得大家发出一阵阵笑声。在场的省市负责同志聚精会神地聆听他老人家的谈话,不时还插上三几句。谈话气氛轻松活跃。

小平同志侃侃而谈。他还谈到中国要保持稳定；干部和党员要把廉政建设作为大事来抓；要注意培养下一代接班人等重大问题。

在谈话中，小平同志强调要多干实事，少说空话。他说，会太多，文章太长，不行。谈到这里，老人家指着窗外的一片高楼大厦说，深圳发展这么快，是靠实干干出来的，不是靠讲话讲出来的，不是靠写文章写出来的。

小平同志精神健旺，谈兴甚浓。在国贸大厦旋转餐厅，老人家谈话谈了30多分钟，使在场的人深受教育和鼓舞。

当小平同志离开旋转餐厅下到一楼大厅时，大厅的音乐喷泉，随着优美的乐曲，喷出图案多变的水柱和水花，蔚为壮观。一楼到三楼，站满了群众，黑压压的一片。人山人海，秩序井然。人人心花怒放，个个喜笑颜开。这是多么令人难忘的时刻！人们为有幸能一睹小平同志的风采而激动万分，也为小平同志的身体健康、精神饱满而无比高兴。

群众在尽情地鼓掌，阵阵雷鸣般的掌声响彻国贸大厦。这掌声，表达了群众对倡导改革开放政策的小平同志的爱戴和崇敬；反映了群众对身受其惠的改革开放政策的坚信和拥护。

小平同志非常高兴，满面笑容地频频向群众招手致意。整个场面十分热烈，呈现出老一辈无产阶级革命家同人民群众融洽无间的动人情景。

三

离开国贸大厦后,小平同志乘车去深圳先科激光公司参观。

先科激光公司,是一间高科技企业,引进荷兰飞利浦公司的先进生产技术,是我国目前唯一的生产激光唱片、视盘和光盘放送机的公司。江泽民、李鹏、王震、田纪云、刘华清等中央、国务院、中央军委的领导人曾先后到过这里视察。

车子到达先科激光公司时,该公司董事长叶华明等人迎上前去,和小平同志热烈握手。

有人介绍说,叶华明是叶挺将军的儿子。

小平同志握住叶华明的手亲切地问:"你是叶老二吧?"

"不是,我是老四",叶华明伸出四只手指回答说。

"呵,我们快 40 年没见面了。"小平同志深情地说。

"是的,我那时是小孩,现在 50 多岁了。"

"你弟弟叶正光在哪里工作?"小平同志对革命家的后代十分关心。

叶华明说:"在海南岛。"

原来,叶挺将军于 1946 年不幸飞机失事遇难后,叶华明于当年 5 月离开延安直到 1953 年,叶正光于 1952 年到 1960 年,都是生活在聂荣臻元帅家里。小平同志同聂帅常有往来,所以那时见过他们兄弟俩。

在公司贵宾厅,小平同志听取了关于公司情况的介绍。先科激光公司于去年 10 月 12 日正式投产,使我国继荷兰、日本、美国之后,成为第四个能够生产激光视、唱盘的国家。该公司可年产激光唱片 500 万张,视盘 150 万张,激光视、唱盘放送机各 5 万台。

邓楠拿起一块闪光锃亮的激光视盘给小平同志观看。这种恍如镜子般的盘片，能储存 10.8 万帧色彩逼真的清晰图像，可长久保存，永不磨损。小平同志听了，十分感兴趣，问："是什么材料？"公司的同志答："塑料上面镀一层银。"

他又兴味盎然地看了激光视盘的特性、音响效果、功能和检索能力的表演。当他看到传记资料片《我们的邓大姐》时，对身旁的广东省委书记谢非说："我今年 88 岁，邓颖超同志和我同年，都是 1904 年生的。我是 8 月出生，她比我约大半岁。"

小平同志出生于 1904 年 8 月 22 日，家乡是四川省广安县协兴乡牌坊村。

小平同志接着说："邓颖超同志是河南人。"他女儿邓楠说："不，她是广西人。"小平同志纠正说："她的原籍是河南。广西是她出生和长大的地方。"小平同志对邓大姐十分熟悉。

接着，公司一位四川籍的业余歌手赵敏，为小平同志演唱了一首卡拉 OK《在希望的田野上》。小平同志对他这位老乡的歌喉及音响效果十分赞赏。听完后带头鼓掌。一边起身，一边说："很好，我听得很清楚，不走调，音响效果不错。"

从贵宾厅出来到激光视盘生产车间，经过 30 米长的过道，许多职工在过道侧热烈鼓掌欢迎小平同志。

小平同志问："这些职工多大年纪？"

叶华明答："大多数是 25 岁到 30 岁，由全国各地招聘来的，大部分是科技人员。"

小平同志听了高兴地说:"很好,高科技项目要让年轻人干,希望在青年人身上。"

在激光视盘生产车间,当叶华明介绍他们每年要生产一部分外国电影激光视盘时,小平同志问:"版权怎么解决?"

叶华明回答说:"按国际规定向外国电影公司购买版权。"

小平同志对此表示满意:"应该这样,要遵守国际有关知识产权的规定。"

小平同志边走边问,对公司的情况问得很仔细,他还问及原材料是否进口?我国目前能否生产?产品质量怎样保证?等等,公司负责人一一作了回答。

当小平同志看到几位女工正在擦拭刚生产出来的激光视盘时,便停下来问:"你们是什么地方人?"女工们回答:"汕头人。"小平同志笑着说:"我一看就知道你们是广东人",说得大家都笑起来。

临离开车间前,小平同志问到公司今年的生产目标。叶华明说:"今年要生产50万张激光视盘,250部激光视盘电影,国产片和外国片一样多,其中还有科教片和一部分卡拉OK。总产值可达3亿多元,利润8000万元。"小平同志高兴地说,很好,希望你们努力实现这个目标。

小平同志到先科激光公司参观,给了该公司的职工以极大的鼓舞。公司董事长叶华明对记者说:"我是一直在党内老同志关怀抚养下成长的,见到邓小平同志身体很健康,我心里特别高兴。我决心在深圳第二个十年建设中,努力把工作做得更好,不辜负小平同志的殷切期望。"

四

1月21日,是华侨城建设者永远难忘的日子。这一天,小平同志到这里的中国民俗文化村和锦绣中华微缩景区游览。

"锦绣中华",是集中国名胜古迹于一体的世界最大的微缩景区。中国民俗文化村,是中国民俗艺术的荟萃之地,是集民间艺术、民族风情、民居于一园的大型游览区。

上午9时50分,小平同志在省市负责人陪同下,乘车来到中国民俗文化村东大门广场。民俗文化村顿时沸腾起来了。广场上欢声雷动,鼓乐喧天,身穿鲜艳民族服装的各族青年男女,载歌载舞迎接小平同志的到来。

在广场西侧,小平同志登上电瓶车,由徽州街西行,缓缓驶经各个民族村寨。所到之处,各少数民族的演员都在尽情地跳舞欢歌,敲鼓击乐,充满欢乐祥和的气氛。小平同志一行在这里领略了千姿百态的民族风情,欣赏了古朴纯美的民间歌舞。而那别具一格的徽州石牌坊群,富有民族特色的贵州鼓楼、风雨桥、云南藤桥,金碧辉煌的西藏喇嘛寺等,又把小平同志一行带进了中华民族源远流长的传统文化长河中。

正在这里游览的群众、港澳同胞和外国朋友,纷纷驻足道旁,鼓掌向小平同志致意。小平同志亦频频向他们招手。

到新疆维吾尔族民居,小平同志走下电瓶车,在这里坐下来,兴致勃勃地观看维吾尔族舞蹈。这时,小平同志的小孙子走过来,邓楠抱住他,说:"亲亲爷爷。"小孙子亲昵地吻了一下小平同志的面颊,小平同志十分开心。

小平同志接着到锦绣中华微缩景区游览。在"天安门"前,小平同志下电瓶车观赏了"故宫"景色。然后，他走到"故宫"景点旁边的小卖部，很感兴趣地欣赏玻璃柜内的纪念品。

在"布达拉宫"前，小平同志分别同家人及亲属、陪同的负责同志合影留念。

在驱车回迎宾馆途中，小平同志和陪同的负责同志亲切谈话。

小平同志说，走社会主义道路，就要逐步实现共同富裕。共同富裕的构想是这样提出来的：一部分地区有条件先发展起来，一部分地区发展慢点，先发展起来的地区带动后发展的地区，最终达到共同富裕。如果富的愈来愈富，穷的愈来愈穷，两极分化就会产生，而社会主义制度就应该而且能够避免两极分化。解决的办法之一，就是先富起来的地区多交点利税，支持贫困地区的发展。当然，太早这样办也不行，现在不能削弱发达地区的活力，也不能鼓励吃"大锅饭"。

他接着说，不发达地区又大都是拥有丰富资源的地区，发展潜力是很大的。总之，就全国范围来说，我们一定能够逐步顺利解决沿海同内地贫富差距的问题。

当深圳市市长郑良玉汇报到在发展经济的同时，把社会主义精神文明建设搞好时，小平同志说，只要我们的生产力发展，保持一定的增长速度，人民的精神文明建设也可以搞上去。我们完全有能力把社会主义精神文明建设搞好。

小平同志还谈到要尽快把经济建设抓上去。他说，有条件的地方要尽可能搞快点，只要是讲效益，讲质量，搞外向型经济，就没有什么可以担心的。

五

1月22日，边城深圳阳光明媚，仙湖植物园内春意盎然。今天，小平同志和杨尚昆主席带领两家三代人到仙湖植物园种树和游览，给园内园外带来了无尽的喜悦。

上午9时45分，小平同志在省市负责人陪同下，来到仙湖植物园。随同来的有他的夫人卓琳，女儿邓林、邓榕和小孙子。随后，邓朴方同志也来了。

先到这里的国家主席杨尚昆，同小平同志热烈握手。接着步入展览厅，观看仙湖植物园模型。小平同志听了关于植物园的情况介绍后，高兴地说："植物园大有可为。"

杨尚昆主席是1月21日到深圳视察的。小平同志和杨主席两位老战友在仙湖植物园相逢，自然高兴万分。

"我们在一起几十年啰。"小平同志深情地说。

"我们是1932年认识的。"杨主席说着扳起指头数起来，"42、52、62……92，六十年了！"

这时身背三部相机的杨绍明走过来，握着小平同志的手："邓伯伯，新年好！"

邓榕说："他是全国摄影协会副主席呀！"

小平同志幽默地说："你们杨家有两个主席啰！"全场大笑起来。

接着，小平同志和杨主席一同步入室内观赏植物区。这是一个大温室，培育着古今中外种类繁多的珍稀植物，林林总总，使人目不暇接。

他们首先观看据说距今有一亿五千万年的恐龙时代的树

种——桫椤。

小平同志说:"还有一种古代树种,叫水杉,现在全国都有了。有一棵很大的,在三峡附近。"说着,他还用手比划一下。

植物园负责人陈覃清说:"是的。水杉树种距今约7500万年,是在三峡附近湖北省境内发现的。"在场的人都很佩服小平同志丰富的知识和记忆力。

小平同志说的那棵很大的水杉,是1946年薛纪如先生发现的,他采集了标本。1948年,由胡先骕、郑万钧先生定名为水杉,公开发表,轰动了当时国际植物界。人们称此树种为活化石。这棵树胸径2.4米,高35米,在三峡附近湖北省利川市谋道这个地方。

接着,小平同志和杨主席仔细观赏其他植物,兴味极浓。

看到一种叫"发财树"的植物,邓榕风趣地对小平同志说:"以后咱们家也种一棵。"

小平同志指着"光棍树"问:"为什么叫光棍树?"植物园负责人回答:"因为它不长叶子。"

在湘妃竹、人面竹、方竹前,小平同志伫立观赏。植物园负责人介绍说,毛主席的诗句"斑竹一枝千滴泪"中的斑竹,就是指这种湘妃竹。相传很久以前,一个妃子逃难到九嶷山,哭得很伤心,一滴滴泪水滴在竹子上,就成为现在的湘妃竹。

小平同志说:"成都竹子很多,有红的、黑的、紫的、黄的,也有方的。"植物园负责人说:"成都的望江公园各种竹子都有。"在场有人说:这里有的竹子就是悄悄地从成都"弄"来的。小平同志开玩笑说:"这也属知识产权问题啊,我是四川人,要你们赔偿啊。"周围的人全都笑起来。观赏植物区里笑语声喧。

小平同志被这些珍稀植物吸引住了,他观赏得很仔细,注意听介绍,还不断提问。他指着一棵天鹅绒竹芋问:"它长不长芋头?"植物园负责人答:"不长,只供观赏。"邓榕接着说:"爸爸很喜欢吃芋头。"植物园的同志说,这种竹芋的叶子,摸上去像绒布。小平同志听了,好奇地摸了一下。杨主席随手捡起一片叶子,风趣地说:"带着留个纪念。"

杨主席也在以极大的兴趣,观赏着各种奇花异草。他观看猪笼草、鸟巢蕨时,鸟巢蕨那活像鸟巢的模样令他十分开心。他问这植物开不开花?靠什么繁殖?植物园负责人一一作了回答。

这里有一种兰花,很奇特,叫"跳舞兰"。植物园负责人指着一朵兰花给小平同志介绍:"这兰花样子像个姑娘。这是头、身子、裙、腿。它在跳迪斯科哩。"小平同志笑着说:"是,很像个姑娘在跳舞。"

从观赏植物区出来,小平同志和杨主席等人向大草坪走去。置身于美丽的大自然中,满眼是青山绿水,茂林修竹,小平同志感到心旷神怡。他高兴地同家人在这里合影留念。

这里,绿色主宰了大自然的风光,使人流连忘返。小平同志说:"这里的环境真优美。"杨主席赞叹道:"真是天上人间,世外桃源。"

10时10分,小平同志和杨主席在一片开阔的草地上,种下一棵长青树——高山榕。小平同志和杨主席挥锹培土。接着,小平同志的家人也拿起铁锹,使劲地将土铲到树根上。邓朴方在旁人的帮助下,也培了几锹土。然后,小平同志和小孙子一齐端起个红色的小水桶浇水。

杨主席同小平同志一家栽好树后,又领着自己一家在不远处种下另一棵高山榕。杨主席和家人一道培土、浇水,动作非常敏捷。

高山榕是一种亚热带植物,桑科榕属,是广东省的代表树种之一。生长快,树冠大,四季常青。

小平同志和杨尚昆主席在这里种下常青树,给深圳增添了无边春色,也将为子孙后代造福遮阴。深圳人民一定会记住这个日子,记住他们为建立新中国、为改革开放所作的卓越贡献,记住他们对深圳特区的关怀和支持,记住他们那长久而深厚的情谊。

种完树后,小平同志和家人在湖边散步,一家人乐也融融,尽情享受这温暖的阳光和清新的空气,欣赏这如诗如画的湖光山色。

小平同志精神奕奕地迈着步,表现出他对祖国的未来充满信心。摄影记者们纷纷按下快门,拍下这令人高兴的镜头。

六

1月22日下午3时10分,小平同志和杨尚昆主席在市迎宾馆接见了深圳市委、市政府、市人大、市政协、市纪委的负责人,亲切地同他们一一握手。

接着,小平同志和杨主席同深圳市五套班子的负责人合影。合影时,坐在前排的有:小平同志、国家主席杨尚昆、中央军委副主席刘华清、广州军区司令员朱敦法、广东省委书记谢非、新华社香港分社社长周南、广东省委副书记郭荣昌、深圳市委书记李灏、市长郑良玉、市委副书记厉有为。

合影后，人们都围拢过来，同小平同志握手，小平同志亲切地和大家交谈。

新华社香港分社社长周南握着小平同志的手，向他问好，并邀请他1997年访问香港。小平同志连声说：好，好。

广州军区司令员朱敦法中将向小平同志敬礼、问好。中央军委副主席刘华清上将向小平同志介绍说："朱敦法同志在淮海战役中是个连长。"小平同志笑笑说："那时还是个娃子哩。"在淮海战役这场波澜壮阔、规模宏伟的人民战争中，负责淮海前线一切事宜、统一指挥中原野战军和华东野战军的总前委，由邓小平任书记。

今天，小平同志同省市负责人作了重要的谈话。

小平同志说，改革开放胆子要大一些，敢于试验，不能像小脚女人一样。看准了的，就大胆地试，大胆地闯。深圳的重要经验就是敢闯。没有一点闯的精神，没有一点"冒"的精神，没有一股气呀、劲呀，就走不出一条好路，走不出一条新路，就干不出新的事业。不冒风险，办什么事情都有百分之百的把握，万无一失，谁敢说这样的话？一开始就自以为是，认为百分之百正确，没那回事，我就从来没有那么认为。

李灏说，深圳特区是在您的倡导、关心、支持下才能够建设和发展起来的。我们是按您的指示去闯、去探索的。

小平同志说，工作主要是你们做的。我是帮助你们、支持你们的，在确定方向上出了一点力。

小平同志还指出，社会主义的本质，是解放生产力，发展生产力，消灭剥削，消除两极分化，最终达到共同富裕。证券、股市,这些东西究竟好不好,有没有危险,是不是资本主义独有的东西,社会主义能不能用?允许看,但要坚决地试。看对了,搞一两年对了,放开;错了,纠正,关了就是了。关,也可以快关,也可以慢关,也可以留一点尾巴。怕什么,坚持这种态度就不要紧,就不会犯大错误。

在谈话中,小平同志还谈到了:现在建设中国式的社会主义,经验一天比一天丰富;在农村改革和城市改革中,不搞争论,大胆地试,大胆地闯;我们的政策就是允许看,允许看,比强制好得多,等等。

七

时间过得真快,小平同志在深圳,一晃几天就过去了。1月23日,小平同志在广东省委书记谢非的陪同下去珠海特区。

上午8时30分,深圳市负责人以及警卫、服务人员,在市迎宾馆热烈欢送小平同志。人们都依依不舍,多么希望小平同志能在深圳多住几天啊。

小平同志和市负责人一一握手告别。

同车前往蛇口送行的有李灏、郑良玉、厉有为等。

车子在宽阔的笋岗路向蛇口驶去。在车上,小平同志和省市负责人亲切交谈。

李灏向小平同志简要地汇报深圳改革开放的几个措施:调整产业结构;放开一线,管好二线,把深圳特区建成第二关税区;加强法制,依法治市,加强立法执法工作;把宝安县改为深圳市的三个郊区,等等。

小平同志听了后说，我都赞成，大胆地干。每年领导层要总结经验，对的就坚持，不对的赶快改，新问题出来抓紧解决。不断总结经验，至少不会犯大错误。

李灏说："您讲的非常重要。我们要争取少犯错误，不犯大错误。"

小平同志说："我刚才说，第一条是不要怕犯错误，第二条是发现问题赶快改正。"

谈着谈着，车子到了蛇口。李灏说，南山区管蛇口这一片，南山区发展势头非常好，南山的荔枝很有名。全世界荔枝最好是中国，中国荔枝最好是广东，广东荔枝最好是东莞、增城、深圳等地方。

这时，邓榕插话："那么，全世界的柚子哪儿最好呢？"车子里爆发一阵哄堂大笑。

原来，小平同志平时在家里，常对孩子们夸耀四川的柚子最好。孩子们都不同意，认为沙田柚子最好。

笑声过后，小平同志说，四川柚子最好，但认识统一不起来。

邓榕说："说沙田柚子好的人多，说四川柚子好的人少。"

车子在蛇口一个地方停了几秒钟，邓榕指着远处"海上世界"对小平同志说："这是海上世界，是您给题的名。"

车子接着到赤湾港，缓慢地行驶。小平同志坐在车上察看赤湾港码头。

李灏介绍说，赤湾港在蛇口里面，可停3.5万吨的船，准备建成停5万吨船的码头。妈湾港在蛇口外面，可停5万吨的。深圳东部、西部都有港口，去年吞吐量达1400万吨，将来要达到上亿吨。

车子到达蛇口港码头。下车前,李灏对小平同志说:"您这次来,深圳人民非常高兴。我们希望您不久再来,明年冬天来这儿过春节。"

小平同志下车后,同前来迎接的珠海市委书记、市长梁广大握手。

然后,小平同志同深圳市负责人李灏、郑良玉、厉有为一一握别。

小平同志向码头走了几步,突然又转回来,向李灏说:"你们要搞快一点!"

把握时机,快一点将经济建设抓上去,这是小平同志对深圳的期望,也是时刻萦绕在小平同志心头的一件大事。

李灏说:"您的话很重要,我们一定搞快一点。"

上午9时40分,小平同志乘坐的轮船离开蛇口港。

1992年1月19日到23日,小平同志在深圳的这段日子,是极不寻常的日子,它将永远记载在深圳建设的史册上,永远记忆在深圳人民的心坎里。

"东方风来满眼春。"小平同志来到深圳,使深圳进一步涌起改革开放的春潮。小平同志在这里发表的许多重要谈话,对深圳的改革开放和建设,对整个社会主义现代化建设事业,都有着重大而深远的意义。

敬爱的小平同志,我们衷心祝愿您健康长寿!深圳人民一定沿着您倡导的有中国特色的社会主义道路奋勇前进!

选自《深圳特区报》1992年3月26日

胡经之

北京大学原教授，现深圳大学"荣誉资深"教授。1984年来深圳大学参与创办中文系，先后任深圳大学学术委员会副主任、人文社会科学委员会主任、国际文化系主任、特区文化研究所所长；兼任深圳市作家协会主席、深圳市文艺评论家协会主席、深圳市文联副主席；先后被推举为中国文艺理论学会副主席、广东省美学学会会长；被评为广东省优秀社会科学家、深圳文艺名家。著有《胡经之文集》五卷。

唱晚岭南应无悔

从最古老的学府北京大学来到深圳这所最年轻的大学，转眼之间，已将跨进第十个年头，我亦迈入花甲之年。

国内外都有些熟识的学者问及：这番历程，什么滋味，有何感受，懊悔了吗？

我说：一言难尽，却不懊悔。

我得从头说起。

我这大半生，经历了三段生涯。18岁之前，三四十年代在江南水乡度过，足迹不出太湖流域。五十年代第三秋我从苏州到了北京，从此久居燕园，奉献了一生中最好的年华。我自己也没有想到，会在我入知天命之年来到特区深圳，将在这里度过最后一段人生。

人是一个复杂的机体。蛰居北大校园三十年，却一直不能适应京都的气候。本可在燕园安居乐业，不料我却对北京的秋季过敏，患了中医所说的"枯草热"。在这北京最美好的季节，我却病魔缠身，无法教书写作。在协和医院治了十多年，苏州老乡叶世泰教授最后表示爱莫能助，无能为力。他衷心劝告我，不妨尝试移地而居，说不定会不治而愈，亦未可知。海婴也劝我不妨一试。

于是，我渐生南移之心。南京大学、苏州大学邀我回家乡，为争设文艺学博士点而共同奋斗。浙江大学来人邀我去杭州参与学科建设。我也真想落叶归根，重返江南。但在秋天发病季节回到苏、杭，试了几次均未奏效，枯草热未见消退，着实令人沮丧。欲回天堂已无路，纵有老家归不得，只好叹息。

一个偶然的机会，1983年秋，我乘飞机去厦门参加学术会议，一下飞机，昏沉的头脑突然感到一阵清新。是不是海滨能治愈我的枯草热？心底猛然浮起了一线希望。

恰好，1984年春节，正在负责筹建汕头大学的罗列教授来北大，劝我去那里看一看。时任清华大学副校长、兼任深圳大学校长的张维院士则盛情相邀去深圳。耳闻不如目见，我决定亲身去那里实地考察。

在厦门乘飞机到汕头时，正好是五一。罗列教授亲到机场接我，就住在他家里。说真的，汕头大学选定的校址确是景色宜人，为教授设计的每家200平方米的别墅庭院更是诱人。但我在考察之后感到，这里并非久居之地，交通闭塞，信息不灵，语言不通，交流不便，学术难有发展。罗列是我北大的老师，就以实相告。他亦能理解，并不见怪。

辞别汕头，我绕道广州，到了深圳，直奔那本是宝安县政府所在地的深大筹建处。简陋而狭小的校园,人来人往,熙熙攘攘,忙忙碌碌,来访者络绎不断。没有料到,我在这里竟和来考察的著名美学家蒋孔阳、李泽厚、刘纲纪等几位老熟人不期而遇。我带着张维校长的信,第一个见到的就是王克来(校长办公室主任)。一谈开,方知我们还是苏州老乡。又见了清华大学来的史博文,他们都坦诚相见,劝我来深圳。那时,整个深圳,像样的还只有像海淀镇那样的一条老街,只消半天就走完了全城,毫无吸引人之处。走出简陋的校舍往西不远,还是一片未曾开发的红土,人烟稀少,道路泥滑。但小平关于创立特区的设想,令人鼓舞,副校长罗征启介绍的深大发展规划,前景诱人。我虽然没有再去蛇口看一看深大新校园,但深圳之行激发我产生了一种投身崭新事业的愿望,坚定了对未来的信心。回北京和汤一介一商量,很快答允张维校长,我,汤一介,还有尚在美国的乐黛云,决定应聘深圳大学,参与创建中文系和国学研究所。

就这样决定了我新的命运。这年九月,校长张维院士率领我们这些从清华、北大、人大聘来的学者近十人来深大新校就任。从此,我就和深圳大学结下了不解之缘。

万事起头难。在这一平方公里的土地上,以飞快的速度还只是建成了一栋教学大楼,大片的荒地还未开发,整个后海湾显得荒凉。中秋那晚,从北大来的数位教师在月夜漫步,边走边说,忽然有人喟然长叹:怎么,又好像回到了鲤鱼洲!这一唤,叫人黯然神伤,回忆被带到了十多年前鄱阳湖畔围垦出来的那块荒地上。那时一声令下,北大的教师被送到那里去开荒种田,战天斗地,自食其力,度过了一生中最艰苦的日子。想起了鲤鱼洲，不由得心头掠过一丝阴影，浮起一种失落感。

确有好心人劝我勿来深圳。北大环境优美，最宜治学，当了教授，再做博士导师，写几本书，就进入最高境界，何必离开最高学府？

这很触动我的心：如果来了深圳而丢弃了学术事业，这将是莫大的悲哀，会遗恨终生。

然而，移居深圳是不是也可以成为一种鞭策，激励自己亦能学术有成？

值得欣慰的是：正是改革开放十年间，我的学术生涯具有了新的活力，注进了新的血液，从而挥发出新的学术生命。我的主要著述，几乎都是在我来深圳以后出版问世的。这使不少友人感到奇怪，这是怎么回事？

事在人为。要是有心，而且得法，在深圳这地方，仍然可以学术有成。事情都有两面。深圳的环境，对学术发展有不利的一面，却也有有利的一面，看你是否有心或是否善于掌握那有利的方面。改革开放为我们展示了美好前景，可以激发没有充分发挥的学术热忱。崭新的大学创造了宽松广阔的学术环境，可以让人自由研究学术，从心所欲而不逾矩。特区较为宽裕的待遇又为学者提供了小康之家的安定生活，不致为稻粱谋而弄得精疲力竭。如果不想当官，也无能发财，学者尚可静下心来，安居乐业，做点学问。

文化交流的扩大，拓展了学术视野，即使是文化研究，可做的课题也甚多，大可不必在羊肠小道、独木小桥上你挤我推。

学术研究如果符合文化交流需要而为人称道，这本身就是令人高兴的事。当我把数十年读书所得的美学资料集编成《中国现代美学丛编》《中国古典美学丛编》数种在中华书局和北大出版时，我的本意只是想把自己在攻读副博士研究生时从北京、北大、南大等图书馆中读到的难得资料分类整理，以供以后治学的参考，没有想到竟会引起海内外学者的注意。台、港一些同行告诉我，他们几乎都藏有我的著述，注视着我的学术动向。这使我感到欣慰。

三十年代的封闭，使我们长期不了解二十世纪西方文艺理论的发展。我到深圳后，较早从香港学者那里获得一些信息，但仍感残缺不全。国家教育委员会委托我为文科主编西方文艺理论教科书，我从深圳去香港多次，在香港大学、香港中文大学搜集了不少资料，得到了香港学者饶宗颐、袁鹤翔、黄德伟以及国际比较文学学会主席佛克马教授的帮助，才得以完成数百万言的系列教材。

文化交流促进我们的学术研究拓展更广阔的道路。在我最近参加的一次国际学术会议上，我坦率地告诉台湾和香港学者，我所著《文艺美学》的书名，就是受台湾著名学者王梦鸥的启发而题。还在七十年代，我集中精力研究《红楼梦》时，就读过老一辈学者王梦鸥的红学著作，甚感敬佩。由此我又读了他的一本文艺评论小书，深感他所说的文艺美学，实在应发展成一门独立的学科。文艺学和美学的融合，就应命名为文艺美学。于是，我在八十年代初的中华全国美学会上提出了，在艺术院校、中文学科，应发展文艺美学，以区别于哲学美学，美学老人朱光潜和王朝闻都很赞同。接着，我在北京大学研究生院首先招收文艺美学硕士研究生，为建设文艺美学这一学科尽了心。如今,眼看着我培养出来的文艺美学硕士,分布北大、北师大、上海师大、人民日报,有的已提升为教授,有的已成为博士,他们所招的硕士研究生,专业方向中也有文艺美学,我怎能不感到欣慰!我的《文艺美学》一书的写作,虽开始于北大,但完成于深大。

安家何必只故乡,乐业亦可去天涯。终于在深圳落地生根,成了深圳人。我的老伴、女儿都相继来了深圳。在这里,我除了研究、教学,还时常写些评论、随笔、散文,敦促自己面向深圳。承蒙深圳人不弃,选我为作家协会主席、美学学会会长、文联副主席,使我有更多机会接触社会、了解深圳,根也越扎越深。前不久,仍有友好劝我回北大去当博士导师,还有一所著名大学邀我去当文学院院长。我感谢朋友的好意,但都婉言谢绝:我已不想离开深圳。

深深感谢国内外文化学术界的许多友好,并不因为我离开了最高学府而厌弃我,仍然邀我参加不少学术会议,使我得以同国内外文化学术界保持着密切联系,使我能经常同国内外文化学术界进行交流,不致闭目塞听,故步自封。

也许是幸运,本来以为只有名校教授们才能得到的荣誉,竟不期然地降临。去年,国务院颁予我国家突出贡献证书。国务院学位委员会希望我在深圳仍能发挥我的学术优势,鼓励我和华南地区学者联合,为华南增设文艺学博士点做出贡献。

若果能如此,将能吸引台、港、澳、东南亚及华南的青年学子来广、深攻读文艺学博士,扩大文化学术交流,为华南做一贡献,当为此一搏。但谋事在人,成事在天,成与不成,处之泰然。我的关注仍将是特区的文化教育。

十年辛苦不寻常，眼看深大在成长。尽管不尽如人意，但这是咱们深圳人自己的大学，大家都为之付出了心血。眼看十年前的荒滩野岭，如今已是郁郁葱葱，莘莘学子从这里走向社会，怎能不欢欣鼓舞！新的一代在成长，发展道路更宽广。学生走向了社会，有献身公务、服务社会的，也有经商发达、出国开拓的，我都为之高兴、祝福。也有学业有成、继续深造，有志于学术事业的，我为学术界庆幸，不必担心后继无人。三年前，香港学生何子健要我为他推荐入北大攻读硕士，如今，他又在北大攻读博士学位了，能不为他高兴！

江海后浪推前浪，岁月匆忙不饶人。在这不断流动、颇有活力的特区天地里，希望属于年轻人，但我们这些进入老年行列的人，恐亦不能松懈，尚需继续努力，免得将来愧对余生。终老海滨须勤奋，唱晚岭南应无悔。以此自勉，亦以此自慰。

深圳大学创建十周年有感而作
1993年夏
选自《胡经之文丛》，作家出版社，2001年8月版

侯军

资深媒体人,曾任职于深圳报业集团,现任《中国副刊》新媒体中心总编辑。出版各类文学艺术专著20余部,涉及小说散文、书画艺术、纪实文学、西方艺术史及茶文化等多个领域。现居北京。

收起你的辉煌

深圳有个大鹏湾,据说这就是《庄子·逍遥游》中所描写的那只"抟扶摇而上者九万里"的大鹏,最终敛翅归隐之所。由此,大鹏湾被蒙上了一层神秘的面纱。而深圳也由此得了一个别名:鹏城。

哪一个来闯深圳的外乡人不曾把鹏城视为心目中万里鹏程的起点呢?然而,当你随着天南海北涌来的人流,迈入深圳这块陌生的土地时,你却会蓦然发现:大鹏湾原来并不像你想象的那么平静那么温柔那么微波不兴温馨怡人。它像一架巨大的天平,你一脚踏上去,就无形中把自己摆到了一个被审视被点评被称斤计两被品头论足的尴尬位置。不管你是否情愿,你都必须接受一个严峻的现实:你的一切都将受到重新评价。

"人才市场"大概是每个来深求职者的"必经之地"。这里整日人头攒动,比肩摩踵。你在五花八门的招聘广告中寻觅着那可能属于自己的位置,同时,也在承受着深圳强加给你的第一层心理重压。你本来很自信,认定自己是个"人才"。你告诉招聘者你是大学生,天之骄子。可是用不了几分钟你就会发现这里几乎每个人手里都攥着那标志着知识品级的文凭。你又说你还是硕士或者博士,说罢你期待着以往常见的艳羡与惊异的目光,然而没有。你有点失望,无意中瞥见了"求职登记表",心里不禁"咯噔"一沉——天哪,怎么这里硕士博士排成了串儿?顿时,你的自信心锐减,并开始悟到在这个"人才竞争"最为激烈的城市,你与周围的人之间已经命中注定要展开一番"物竞天择""生存竞争"。你必须设法让人相信你不光有个本本,还有别人所没有的本事。

深圳一向被认为是人才密集知识密集的城市,每天都有成百上千的有志之士"怀抱利器"而来。尤其是在深圳的经济腾飞已经引起举世瞩目的今天,敢于来闯深圳的人中,哪一个不是胸含丘壑、志比鲲鹏?然而,深圳却并不欣赏你的良好的自我感觉,也并不保护你的自信与自尊。概莫能外的是,所有求职者都要经过或长或短的"试工",这是深圳强加给求职者的第二层心理重压。在我所熟识的"试工者"中,有操作工、办事员、编辑记者、工程技术人员,也有交响乐团团长、政府机关处级官员,甚至还有总经理。"试工"的滋味很不好受,工资比别人低,任务却不比别人少;既要抓住一切时机展示你的才干,又须格外谨慎地藏起你的锋芒。"试工"是没法讲条件的,你说你过去曾经管理过成千上万人的大公司,但是对不起,今天让您管十几个人的小部门也须试您一试;你说你曾经得过什么大奖拿过什么专利,但是对不起,那只能说明您的过去,而过去的一切还请您留在老家吧,对深圳来说,您只是一个普通的求职者;你说你在老家是"人尖儿",是名人,上过某某名人录,但是对不起,深圳不认名人不认大腕更不认名人录,您还是好好地完成"试工"期间的各项课目吧!

就这样,不论你过去有多棒,不论你在老家多有名多威风多神气,到了深圳你也必须与众多竞争者站在同一起跑线上,甭想抢跑甭想"加塞"也甭想捷足先登,一切都是早已设定的"法则",你只能照章行事。尽管这套"法则"有时显得刻板生硬甚至荒唐可笑,但却让你无机可乘无孔可入无话可说。我曾亲闻这样一桩趣事:某公原为某大出版社社长,来深后"试工"三月期满,获准参加"调干考试"。(作者注:深圳规定凡中级职称以下者须经统一考试合格,方可正式调入。)这位仁兄所考专业是新闻出版,虽新闻不甚精通,出版却是行家里手。考毕不出一周,便被有关部门请去谈话,说是从他的考卷中看出他确是出版方面的专家,得,下次"调干考试"有关出版方面的考题就"拜托"他来出了。这类怪事大约也只有深圳才会出现吧。

不管你以前有多高,也不管你以后会多高,在"调干考试"面前,你必须低下"高傲的头颅",这不啻是强加给来闯深圳的"人才们"的第三层心理重压。对此,我听到过许多见仁见智的高论,贬之者认定这是对人格的一种磨损,是偏狭的深圳故意给外地人来一个"下马威";褒之者则认为这种制度体现了机会均等、公平竞争的原则,无论你神通有多大、门子有多硬,一张考卷通不过就拿不到深圳的"绿卡"。然而,对于众多应试者来说,当其步入考场的一刹那,他以往所拥有并引以为豪的那些"辉煌",不是统统被关在门外了吗?

来深一年多,我无数次地被告知:那位教钢琴的老师过去曾是某省的"音协主席",那位迎来送往跑跑颠颠的老文书,过去是某省电影公司的副老总;那位殷勤审慎笑容可掬地为老板作"跟包"的男士,过去曾是某大学的副教授……哦,往昔的辉煌如今安在!你可以说深圳对他们太不公平,你也可以为他们鸣冤叫屈抱打不平,然而,有一个事实却是毋庸置疑的:所有闯荡鹏城的有志者,都别无选择地要从零开始,重新起步,用自己的真才实学去创造新的辉煌!

正缘于此,我总要向比我晚来深圳的朋友们进一句忠告:为了保持内心的平衡,请先忘记你的过去,收起你的辉煌——只有当你创造出新的辉煌,你往昔的光环才会得到延续和再生。

1994年4月23日

选自《青鸟赋》,海天出版社,1996年版

陶萍

1949年在中国作家协会工作，历任《文艺学习》编辑，《人民文学》编辑，中共中央宣传部文艺处干部，广东省作家协会《作品》编辑。1951年开始发表作品。1979年加入中国作家协会。著有评论集《文学评论集》，中篇小说集《小满和外公》，散文集《陶萍作品选萃》，论文《文艺刊物自我检讨的综合报导》《谈美帝电影的艺术性》《抗美援朝文艺宣传的初步总结》等。《鸽趣》获深圳《特区文学》10周年纪念散文奖。

鸽趣

今天乘汽车去参观光明华侨畜牧场的"天宝鸽场"。

当我们从车窗向外观望场景时，牧场办公室主任指着前方远处山坡下那一大片灰蓝色的新建筑说："请看！那就是今天要参观的鸽场了。"

我有点儿惊奇："你不说，我还以为是新建的职工宿舍呢！鸽子要住这么多地方？"

我们交谈起来。

"这个场建筑设计存栏十万对鸽子，每天送出三千三百多只乳鸽。规模之大，鸽数之多，是亚洲第一家。"

"啊！十万对，二十万只，要是飞上天，落下地，那真要铺天盖地了。"

"这是美国种鸽，是地鸽，一生住在鸽舍里，不会远走高飞。"

到鸽场时，幸好阳光普照，万里无云。所有鸽楼前面悬挂着的大型帷幕都被卷了起来。

一排排鸽楼，来不及数清，来不及看完。

每栋鸽楼都像一个极大的书架，各有五层。一层有百十多户鸽家。每户鸽家占有一房一厅，光线充足，宽敞通风，鸽子紫灰色花毛，羽缎也似的闪光。粗略扫眼一看，千只百只跳跳蹦蹦，使人眼花缭乱，好像都差不多。但定睛细看，每户鸽家生活却又千姿百态。

有的双双站在高处，引颈远眺，互相点头，摇尾，似在议论什么；有的趁着好天气，忙着刷项刷翎，似准备出去探亲或旅游；有的大概是新婚燕尔，躲在内室里，不肯露面；有的正轮班休息，刚刚离开孵窝，出来厅上急忙找吃找喝……

看到鸽子千家万户融融乐乐地生活着，当然归功于鸽楼下忙着干活的姑娘。她们都在十七八岁上下，身穿一色湖水蓝镶红边的制服，头戴同色鸭舌小帽，显得特别整齐和精干。

生活在这里的鸽子有些像旧社会的贵族。每天有人按时送水送饭，打扫卫生，消灭蚊蝇。生了鸽蛋，要检查是否能孵化幼雏，乳鸽长到二十五天，要为它称体重，做健康检查。天边有点闪电，远处闻到雷声，姑娘们如奔赴战场一样，急忙跑去落帷幕，免得鸽子淋湿生病。

在鸽楼的侧面，有个特大的铁丝笼子，里面自由活动着千百只鸽子。这笼子是做什么的呢？有几个姑娘围在笼外，向里面看着，这又是干什么的呢？

主任介绍：这个笼子是"婚姻介绍所"，里面都是待婚嫁的鸽青年，在这里进行社交活动，选择配偶。

听到介绍鸽子的恋爱活动很有意思。它们在众多的鸽群中生活，不知怎么形成这么一种"制度"。每天恋爱活动定时：一般早上七时至八时；中午十一时至十二时；下午五时至六时，而且从开始接近到最后定情在两天内完成。

千百只鸽子在一个大笼子里，有的展翅低旋；有的不停跳跃；有的走来窜去；有的一动不动，静静地观望。笼里气氛自由、安详、严肃。想起动物求配时节，多表现矛盾好斗，急躁不安。如公鸡相啄，猫儿叫春，人有情杀，等等。而鸽子在这时间紧迫、情绪激动时刻，却能泰然自若相处，沉静稳重，很有礼貌地进行互选。

《圣经·创世记》记载，说是大地被洪水淹没，留在船上的诺亚放出鸽子去探测洪水是否已经退去，当鸽子回来衔着一片新拧下来的橄榄叶子，诺亚知道地上的水已退了。此后，就把鸽子和橄榄叶当作和平的象征。

这只不过是个神话故事。但是从众多鸽子在恋爱生活中能和平相处、亲密无间这点来看，称它为爱和平的禽类，享有象征和平的荣誉，却是受之无愧的。

别看鸽子在笼子里安静又和平，但是站在笼子外面的姑娘们却很是紧张。要认出鸽子张三李四，非常不易。姑娘们两眼盯着盯着，仔细观察，才能准确地捉来对对成亲。听说，万一有点粗心大意，把它们自己选好的一对，抓错了一只送入洞房，那号称爱和平的鸽子，也会翻脸无情，在愤怒之下，把新娘啄个半死，甚至洞房出现命案。这项工作，只有眼疾手快，动作灵活又细心的小姑娘才能做好。看管鸽子，虽不如挑百斤、握锄柄那么费力，但要按时交出有质有量的乳鸽，也是要付出汗水和绞尽脑汁的。

坐定一想，鸽子寻求对象，方式不错。众多鸽子聚在一起，接近、观察、比较，有多方面的选择机会。在寻觅、发现到培养感情、建立爱情基础之时，是同时公开进行，避免了三角或多角的纠缠。定时又限期活动，可节约时间和精力。鸽子自觉形成的婚姻方式是可借鉴和创新的。

如在人口密集的城镇，建立什么"友谊宫""琴瑟宫""天仙宫"之类的"婚姻介绍所"。待婚嫁的男女青年，无论喜欢琴棋书画，爱好唱歌跳舞，还是有志体育锻炼、从事科学研究或观察交流服务工作经验，等等，在这里各有定期组织活动，请专家名流来指导、讲学，组织多种多样的学术交流活动，使青年们在集体的学术活动中，在共同爱好的情趣上，在互勉互学的交往里建树出崇高的友谊、情感，打下深厚的爱情基础，提高文化修养素质，最后建立幸福美满的家庭。这就不会麻烦更多的红娘为大龄青年牵线。牵线是好事，应该说，牵线应看作是有局限的"自由恋爱"。

选自《陶萍作品选萃》，花城出版社，1994年7月版

林祖基

曾任深圳市委常委、副市长、市委副书记、市政协主席,广东省政协常委会委员,全国政协委员。中国作家协会会员,著有散文集《海边絮语》《窗外世界》《域外采撷》和杂文集《微言集》等。《微言集》曾获首届鲁迅文学奖优秀杂文奖。

不要夸大深圳的富裕程度

一段时间以来,社会上流传许多有关深圳富裕的顺口溜,如"不到北京不知自己官小,不到深圳不知自己钱少";说深圳"万元户是贫困户,十万元户才起步,百万元户正上路,千万元户马马虎虎"。有的报刊甚至把某酒楼老板为了做广告而蓄意制造的假象也作为真实的消息报道:"深圳豪门宴,一席十八万八千八百八十元。"深圳被描绘成了一片富得流油的"黄金地"。

无疑,深圳与一些城乡比,是较为富裕的。在短短的十几年间,从一个落后贫困的边陲小镇,发展成为一个崭新的现代化城市,经济实力日益增强,人民生活水平不断提高,富裕程度名列全国24个"小康"城市的前茅。这不能不说是历史的跨越。深圳经济之所以发展得如此迅速,人民生活之所以得到如此明显的提高,一句话,深圳特区人民之所以有今天,都是邓小平建设有中国特色社会主义理论指引的结果。饮水思源,深圳人民衷心感谢邓小平同志,更加拥护党的基本路线,更加热爱社会主义事业。深圳人民告别了贫困,正在阔步迈向富裕,创造更加美好的明天。

深圳是不是如所传的已经"富得流油"了呢?非也!只要略作分析,便可证明。其一,深圳300万人中,劳务工占了200万人以上。按照统计资料,他们年均工资加奖金,总收入6000元左右。除伙食、房租和其他日常开支外,所剩寥寥,何来富也?!其二,工薪阶层,包括干部、教师、医生,其收入有据可查,亦非丰厚,哪能富得流油?诚然,确有一批通过各种途径发了财的人,诸如炒地产、炒股票的,成了几十万、上百万甚至千万的富翁,但这在深圳毕竟也是少数。这一类的富翁在其他城市也不鲜见。如果看到这般"大款"就以为深圳处处皆富翁,未免言过其实了。据对特区百户家庭抽样调查,1993年人均生活费收入为7070元,扣除物价上涨因素,比上年实际增长9.3%;人均消费支出为6191元,实际增长2.4%。在居民家庭开支构成中,吃、穿、医疗、交通和通信等消费比重较上年上升,日用品(含耐用品)、住户装饰及建筑材料、旅游等消费下降,不少人对高档消费品已不敢轻易问津。约有10%的家庭尚处"温饱型",人均生活费收入仅能维持最基本的消费。当然,即使这种水平,相对全国而言,生活水平也还算是较高的。

我们并不讳富。致富是人们的基本愿望。使人民富裕起来,这也是我们党所追求的目标。但是,富裕不是从天上掉下来的,不可能一夜之间都成了富翁。富裕也是一个历史过程。深圳富裕到了什么程度,需要实事求是地估计。过分夸大深圳的富裕程度，有百害而无一利。人们以为深圳遍地黄金，"东西南北中，发财到广东"，大量人口盲目拥到广东、拥到深圳淘金，加上某些环节管理不善，往往引发许多社会治安问题。把深圳视为"唐僧"，谁都想吃一口，诸如拉赞助、搞捐赠的活动层出不穷，使不少企业和个人穷于应付，叫苦不迭。夸大富裕程度，也会引起特区各阶层人士心态的失衡。一些深圳人提出：深圳这么富，为何我独穷？由此诱发了社会许多不稳定的因素。鉴于此，有关方面应当正确引导舆论，不要误导国人。

1994年9月
选自《微言集》，作家出版社，1996年10月版

梁晓声

原名梁绍生。当代著名作家。中国作家协会会员。曾创作出版过大量有影响的小说、散文、随笔及影视作品。中国现当代以知青文学成名的代表作家之一。代表作：《天若有情》《白桦树皮灯罩》《今夜有暴风雪》《人世间》等。

有野心的深圳人

我虽没有长住过深圳，却也接触了不少深圳人，感觉他们大多都是有点"野心"的。

我将野心这个词用引号引上，意在强调含有赞赏，不带贬义。

野心这个词，按照《现代汉语词典》的权威性解释，指对领土、权力或名利的巨大而非分的欲望。

但是，细细一想，不会有哪个人是为了占有一片领土而成为深圳人的。中华人民共和国的土地法早已宣告得清清楚楚，960万平方公里的每一平方米土地，其归属权都是归国家和集体所有的。即便你是亿万富翁，你也只能在二三十年内，最长六七十年内，用金钱买下一小片土地的使用权。所以，可以肯定地说，怀着占有领土的"巨大而非分的欲望"成为深圳人的人，不是疯子，也是傻瓜。"炒土地"者的本质的动机和最终目的，并非企图占有它，而只不过是企图在"炒"它的过程中赚取金钱。

为了权力成为深圳人的人，我想也不是太多。因为仅就权力舞台而言，深圳毕竟太小了。太小的深圳的权力舞台，怎能满足对它怀有"巨大而非分的欲望"之人的心理呢？除非是在别的权力大舞台上失意又落魄，才会转移向一个权力小舞台寻求安慰。何况，深圳从一开始便确定了向商业城市（包括高科技与市场经济接轨的战略方针）发展的蓝图。而商业城市的特征之一，便是政治权力保障并服务于商业的规律。在一个商业时代典型的商业城市，第一位的骄子是成功的经商者，第二位才是从政者。一个对于政治权力怀有"巨大而非分的欲望"之人，在深圳怕是找不到什么良好感觉了！

　　为了名到深圳去的人大概也是不多的。想来想去，除了歌星们，还会有谁呢？他或她，也不过是将深圳当成较理想的学习场或集训营。积累了经验，提高了素质，便会从深圳这块跳板纵身一跳，跳往北京的……

　　更多更多的人，之所以从全国各地奔赴深圳，主要是为了一个"利"字吧。

　　古人云："天下熙熙，皆为利来；天下攘攘，皆为利往。"

　　这个"利"字，我强调的，并非它的商业内涵的一面，而是它社会学内涵的一面。

　　既然生活在社会中，那么谁都是一个社会人；一个社会人，不可能不考虑自身利益。它包括——保障一种相对体面的物质生活的收入，选择能发挥自己某项专长或才智的职业的充分自由，参与公平竞争的激情和冲动，便于实现自我价值的社会环境……

　　我想，肯定的，更多更多的人，是被这样的一个社会学内涵方面的"利"字而驱动而吸引，才由别处的人毅然决然地"变"成深圳人的吧。

如果，这样的一个社会学内涵方面的"利"字，是可以不太确切地用"野心"这个词来谈论的话，那么具有这一种"野心"，对当代中国人而言，实在是值得欣喜的事呢。尤其是对于当代青年人而言，倘连这么一点儿起码的"野心"都没有，那又实在不是一个国家一个民族一个时代的幸事。

对一个国家一个民族一个时代而言，如果它的大多数人，尤其它的大多数青年人，皆能相对实现以上那么一种"野心"，它必将是安定昌盛，高速发展的，前途也将是美好光明的。

在我看来，深圳是中国的第一座典型的"移民城"。也许，它还是全国青年人最多的城市和知识结构最高的城市。尤其后两点，和深圳的年轻，和深圳的现代观念为主体观念，是很匹配的。可以说相得益彰，无论认为他们选择了深圳，还是深圳选择了他们。

80年代初，我的一位大学同学，在宁夏颇有名气的一位作家，曾打算调往深圳。后来由于种种愿望以外的因素，至今没去成，什么时候谈起来都遗憾得不行……

我的另一位大学同学，贵州人民出版社的编辑部主任，也曾因打算调往深圳，来寻找我的帮助，后来也是由于种种愿望以外的因素没去成，却至今"贼心不死"……

而我自己，1988年底从北影调到童影后，住房窘况大大改观，才最终灭了由北京人变成深圳人的念头。否则，尽管我觉得我与深圳缺少缘分，但也可以划归为"贼心不死"者中去。可见，曾想要去深圳成为深圳人的人，比已经去了深圳成为深圳人的人，少不了多少吧。

我曾应邀到渤海油田讲过文化创作课，结识了那个地方的一批男女青年文学爱好者。某天我收到一封从深圳寄来的信，困惑地打开一看，是其中一位女孩写来的。信中告诉我她已经调到深圳了。而且，是因为陪她父亲到深圳旅游，一下子就被深圳吸引住了。用她的话说，是"找到了某种感觉、某种缘分"。于是坐地就成了深圳人。去时是父女俩，回渤海时是她父亲一个人。她老父亲也特理解她，支持她，"自告奋勇"承担了回原单位替她办理辞职手续的义务……

她那封信，字里行间，充满了扬扬自得的人生信心。仿佛待嫁闺中的女孩，忽一日红鸾星动，相中了一位"白马王子"或被"白马王子"相中似的……

一位包头的文学青年，某天也出我意料地从深圳打来电话，说已受聘于深圳某一公司矣。也说找到了"某种感觉""某种缘分"。先是，他的一位同学去了深圳，受公司委派，回包头办子公司，将他从单位硬"挖"了出来。后来深圳方面派员去包头考察，发现他那位同学志大才疏，不善经营管理，将他那位同学"炒鱿鱼"了，还宣布解散了子公司。同时在与他的几次接触中，发现他倒挺有能力，问他愿不愿意去深圳谋求自身"发展"。他自是喜出望外，于是跟随到了深圳……

我问："干得顺心吗？"

答曰："我已经从那一家公司'跳槽'，换了一家公司了。"

我替他忧患地说："那么，是在第一家公司干得并不太顺遂了？"

他在电话里笑了,说:"您别替我操心。我在第一家公司干得也很不错。但第二家公司的待遇更高些。人往高处走嘛!在深圳工作变动是寻常事儿!"

去年10月,我在南京签名售书,遇到了我的一位"兵团战友"。他竟也"装模作样"排队买我的书。

他说他已经不是哈尔滨人了。

我问:调到南京了?

他说:调到深圳了。

我一怔,忙问他"感觉"如何。

他对我莫测高深地一笑,说:"人挪活,树挪死么。起码的感觉是——我挪活了!"

签名售书活动的第二站是西安,又遇到了我的一位中学老师排队买我的书。20多年不见,她白了头发。

我毕恭毕敬地站起,问老师近况怎样。

老师说,她已退休了,已调到深圳了。受聘于女儿和女婿的单位,当一名老业务员。

我奇怪,问老师:"深圳也欢迎您这般年纪的人吗?"

老师一笑,说:"深圳那地方,不以年龄和资格论人,看重的是实际工作能力。我也没承想我自己,教了一辈子书,一朝下海,居然还能扑腾几下子!"

一不留神,你生活的周围,就会有一两个你熟悉的人,说变就变成深圳人了。一旦他们变成了深圳人,给我的印象是,仿佛都年轻了几岁。都对人生增添了几分自信和乐观。都自我感觉好起来了似的……

许多中国人碰到一起,总不免首先抱怨一通自己的工作单位,接着抱怨自己生活的那座城市、那个省,进而抱怨整个中国。那么多人倍感自己怀才不遇,倍感自己的才智和能力受到压抑,倍感活得窝囊活得委屈……

据我想来,他们的抱怨,也许不无各自的理由和根据。

然而,深圳人一般却不这样,他们很少抱怨深圳。也许是因为他们自己当初乐于去的吧,可又分明不完全是。分明还是一种"深圳人"共有的大家都恪守的什么原则似的……

我不信去到了深圳的人,没有人仍觉得怀才不遇;没有人仍觉得才智和能力受到了限制和压抑;没有人仍觉得与他人比起来,自己仍活得窝囊活得委屈活得累……但真的,我所接触的深圳人,一般都不抱怨。

在今天,与普通的中国人比较,这一点尤其显得难能可贵。

他们的不抱怨,似乎都向人们表明着他们自己的另一种自尊和自信……

仿佛,深圳像一所学校,它教育着另一种当代中国人……

选自《深圳青年》1994年第10期

李小甘

现任深圳市委常委、宣传部部长。1993年加入中国作家协会。著有文化随笔集《红场白雪》《莲花山夜话》，文艺评论集《三文集》《思想树》等。曾参与策划摄制电视连续剧《钢铁是怎样炼成的》《日出》《林海雪原》等。

祖屋

我十几岁便离开故乡，出外求学，但每年都要回去一两趟，回乡时又都要去看看祖屋。

祖屋是爷爷的爷爷那一代人盖的。墙角长满了历史的青苔。宅院坐北朝南，气度泱泱。门口，有一对花岗石雕凿的石鼓，沉实的两扇大门是用上好的檀木造的，一推门，吱哟作响，透出一股凛然与庄重。房子很大，厅、堂、廊、阁俱全，门里有门，房中有房，我从小就觉得它有一种莫名的神秘与空寂。庭院中有一缸，缸中荷花举艳，青蘋飘翠。缸边有深幽幽的井，家人提水，用长长的细麻绳系着小桶垂下去，抖几抖，让桶口倒扣下去，再将水桶吊起。长年累月，井绳竟将石井磨得油亮。井水纯凉，溽暑时，淋井水便成为我最喜欢的消暑办法，成桶的井水从头淋下去，便有一种沁心润肺的清爽。

屋外，有不高的围墙，墙与屋之间的旷地，有近亩。在爷爷那一代，那是花园，植有各种果树与花卉，其中有三株高大的夜来香树，夏日时花开满树，从海边吹来的湿润的南风挟着清馨浸漫了整个宅院。到了我父亲这一代当家时，花园已辟为菜园，春种青蔬，秋植瓜豆，但园中一直保留有龙眼树、杨桃树等。黄昏时，我爱攀到龙眼树上，看夕阳下牵牛荷锄而归的农夫，听田埂上晃悠悠而来的卖货郎的吆喝……

祖屋记载着我祖先的一段辉煌。我曾祖父经商，栈号"三合行"，鼎盛时期，名下有水果行、杂货铺、布店和轮船公司，轮船往返于汕头市与香港之间。我父亲小时候，在城里买东西，报声爷爷的大名，再用狼毫小楷笔签个名，便任择任取。当自行车像现在的"奔驰"汽车一样名贵时，一辆英国"三枪牌"单车已被我父亲几兄弟玩得残旧而搁之一隅。可到我爷爷这一代，好读书，且读的是洋书，二十年代便在美国人在苏州办的东吴大学读书，精研凡士林的科学应用，由此获得了博士学位。爷爷不擅商道，毕业后回乡当中学教书先生。因而祖屋里渐渐多了书籍，少了银元。记得我小时候爬上过一个尘封的阁楼，像哥伦布发现新大陆似的发现了数不尽的书刊，而且几乎都是化学方面的英文书。翻了一阵，才偷挟了一本纸质发黄的《孙子兵法》，溜下来，这本书现在还静憩在我"甘草斋"的书架上。

祖屋又是与我奶奶的慈爱联系在一起的。奶奶缠着三寸金莲，却常爱一步一蹶地到城里晤她的老姐妹们。回来时，便会慢慢解开她那件灰蓝色的斜襟外衣的布钮，变戏法般地掏出一小包用手帕包着的食品，或是几块花生糖，或是几片云片糕，或是一把葵花籽。雀跃之余，我总忘不了亲一亲奶奶那发皱了的脸颊。奶奶不太识字，但剪得一手好剪纸，冬日里，她爱坐在门槛上，沐着从飞檐翘角的屋顶上透下来的懒洋洋的阳光，聚精会神地剪出一只只蜻蜓、一对对鸳鸯、一双双喜鹊，沉浸在一种美的创造中……奶奶年轻时便守寡，爷爷生前恐怕与她厮守的时间也不多，我奶奶一定没见过我爷爷在大学足球队踢前锋时的英姿，她也一定听不懂爷爷用英文吟诵莎士比亚诗文时的美妙，她只懂得默默地奉献，苦苦地等待。奶奶的眼睛不太好，见风便流泪，大概正是年轻时哭得太多的缘故。

时光荏苒。近些年来，故乡的变化神速，村口那棵古榕早就让道于宽阔的柏油路，祖屋在四周拔地而起的楼群中显得更为落寞。终于，伯父与父亲他们，开始商议把祖屋拆了，与人合建宿舍楼。前年夏天，祖屋终于给拆了，父亲在长途电话里的声音有点颤抖，令人有种莫名的伤感。我理解他的心情，请人给祖屋拍了录像片留念。去年秋天，当一场秋雨带来了冷漠的寒意时，我回到了故乡，看着祖屋的宅基上，新矗了两幢七层高的楼房。但消逝了的，是那令人魂牵梦萦的祖屋，是许多尘封了的往事，是一个了结了的时代……

附近，沉闷的打夯声还在响着，村里的祠堂也被拆了，据说那里会改建成一个购物中心和一个停车场……

1994年10月

选自《莲花山夜话》，海天出版社，1996年11月版

王小妮

1955年生于吉林省长春市。1982年毕业于吉林大学，毕业后做电影文学编辑。1985年定居深圳。作品除诗歌外，涉及小说、散文、随笔等。著有《我的诗选》《浮躁的烟尘》《人鸟低飞》等数十部作品。2003年获得由中国诗歌界最具有影响力的三家核心期刊《星星诗刊》《诗选刊》《诗歌月刊》联合颁发的"中国2002年度诗歌奖"。

假设灵魂能够闪光

假设，在世界上，灵魂也能够因为它的深邃、纯正而熠熠闪光。

假设，街上日夜忙碌着的如蝇的人们，在一瞬间里突变，纷纷发出了各自程度不同的光彩。大街将犹如热闹、拥挤的灯市，那才是名副其实的一种人文景观。

再假设，人群之中走出一个男士。他的头上有着耀眼的光彩，那光彩凝聚成一个巨大的光环，人们该以什么样的崇敬又私藏忌妒的心态，目送他远去。

虔诚苦行的佛教徒们修炼一生，"自虐"一生，梦想达到顶有"华盖"的境界，而成佛做祖者寥寥可数。僧侣们为此付出的代价，使及时行乐的现代人深深畏惧，敬而远之。与成佛做祖比起来，灵魂闪光如果可能，它的光彩既实用又易得，何不雀跃求之。

这个假设，如果成立，将使我目前正居住的这个城市更加缤纷喧哗，夜如白昼。临街将会蜂拥出无数比美容美发店更加堂皇的铺面。准会有人发明出特有的发光药粉而图谋暴利。精明实际的人们，自然会判断，让灵魂闪烁其光，远远超过了保护毛发、包装形体、印刷名片、制作广告，他们会不遗余力地去夸张和放大自己灵魂的光彩。

有人说，影响了二十世纪的人类文明进程的学者有三个：尼采、弗洛伊德和马克思。也许，在灵魂有光，发光药粉沿街摆卖的时候，大街胡同里，将充斥着光辉不逊色于这三个伟人的平凡民众。从此以后，伟人将彻底消逝。

这个假设完全幼稚、无稽，甚至可以说是恐怖。

我们可以庆幸的是：精神无光。

当代，在这个放弃内心、蔑视内心的世界，人们施展着心机、扩张着权力、增加着资产。在这一片特别的繁忙中，人们自觉自愿地放弃了灵魂，把物质充盈于怀中，他们毫不犹豫的选择是：使灵魂黯然无光！

如果灵魂有光，我们可以循着那光，走进人们深幽的内部。

我和一些人围着台面坐着。桌上有茶，也许还有几只香蕉、苹果。人们在故意谈论深奥无边的问题，或者那个环境是歌舞厅、迪斯科广场。隔着噪音、烛光、烟雾，人们之间，便矜持着一句话也没有。常常我会溜号。我想象我周围的这些人，行走着的，端坐着的，成功的和失败的，他们的灵魂是什么样的呢？

事实是，没有人能会见分离出人体之外的灵魂。一个灵魂与另一个灵魂的真正接触，远远难于和外星人之间的一句对话。人与人的真正相识，只能属于斯皮尔伯格在科幻片中都没有涉及的第四类接触。

每个人的内心都蒙在他的暗袋里，无论其中潜藏着光芒，还是拥塞着败絮，反正掖藏着。

灵魂是人类史中，最久远、最沉默的隐居者。

当极少数的人鼓吹灵魂时，马上会有人问：遥远得连视力都无法触及的房子，还有走近并且修缮的必要吗？

白瓷盘子中有一只苹果，太阳照耀着它的那一面，是全红的。背对太阳的那面是橙黄的，它有着优美的外表。但是，它的核儿，正在腐烂。致命的枯萎由里向外，已经不胜一把锋利的水果刀。后来，这只苹果被推落进了垃圾箱。人的手马上就可以去取另外的苹果。我看见，生物都把自己的秘密包藏在躯壳之内。也许，隐藏内核是生物的本能。

苹果太悲哀了，它不能表达，不会申诉。

一个老人，躺在深深病房里，他知道，他生命的脚虽然举在了空中，却再也无力落回生之地面上。他可能叫过身边的人，讲出他暗藏了一生的某些丑恶，这可能就是"人之将死，其言也善"。他的话可能使众人惊愕：人们发现经过了几十年，并不认识这个人。

然而，更多的人，他什么也不说。他不肯回想他的一生，他坚持认为他一生的行为都合理、必要并且绝顶正确。没有什么可以忏悔。

许多人都不想坦诚，他们像躲着脚下的钉子，躲避着灵魂的棱角。任他们怎么躲避，没有内心痛苦的人，都将永无宁日。

造物之主，赐予我们灵魂之粗坯。它依赖每一个人不断对自己内心灵魂的修正和完善，保持和扩展那深不可见的内在光辉。

人是被动的动物。

如果有一天，有明智者，重塑人类，必须完全改变造物主的做法。现有的人，是不可以委以重任的。要使未来的人类，在对食物的本能要求之前，首先加入对自己灵魂的忏悔、内省和不懈修正的本能。

非常可惜，灵魂内部的光辉，我们没有机会看到了。明智者并未降生。

我见过农民把家中刚刚咽气者的稻壳枕头烧掉，那不能近前的恶劣之烟，蒙着落日的残弱鳞光，唢呐的哭泣穿透古今岁月。看来，同一个枕头上，不再能落回同一颗头颅。我们走掉以后，就不再能回到这世界上来，不能再思索。

无光者将永远暗淡。

假设，有去伪存真的鉴别的方式，我真想看见灵魂的光辉。

1995年1月

选自《倾听与诉说》，鹭江出版社，2006年8月版

江冠宇

笔名泾渭,1968年生于陕西宝鸡。1990年南下久居深圳。2005年加入中国作家协会,2009年评为文学创作二级。现任深圳市文联副秘书长、组联部主任。曾获中国作家协会《诗刊》社年度"诗集优秀奖"、第五届深圳青年文学奖、中国散文学会"中国当代散文奖"、中国小说学会"中国当代小说奖"等。出版诗歌、散文、小说等七部文集。

奶奶

春天到了,又细又稠的雨丝织成密密的雨幕严严地盖住这个城市的上空。在这个季节里,人最容易让思念萌芽。几年前我还在一个偏僻的小城市里生活,大学刚刚毕业在家等待分配。后来奶奶听说我去海边工作,想来太遥远了,她一辈子没出过绵延千里的黄土高原,死活不让我去。我就连哄带骗对她说,走过这条土沟,爬过一座山,蹚过一条河,早上太阳出山傍晚太阳落山就到了。奶奶掉着眼泪点点头,我望着白发稀疏脸庞瘦削的奶奶,在她憔悴无奈的目光里于1990年的冬天南下深圳了。

恍惚中几年过去了,在深圳的日子并不好受,为生活、为工作奔奔波波几年春节都没有回家。记得1993年刚开春,父亲来信,说奶奶好像有预感似的,整天嚷着骨头像散了架一点力气都没有,可能想着自己在世时间不长了,一定要回老家河南乡下生活。叶落归根这是人之常情，也许人到一定年龄就想回到接近她生命诞生的故土，这种土壤能储存她生命的归宿与希望，这种土地的气息一辈子都和血液共存于人的体内。越接近上帝和终端的人越能体验这种滋味。老家在乡下，生活上有诸多不便，但父亲还是把奶奶、爷爷一起送回去了。到家乡的那段日子从爷爷给我的来信里得知，奶奶身体有了好转，特别精神，能吃能睡整天串东家走西家拉家常，聊聊很远很旧的往事，脸上也泛起了红光。谁知渐近立秋，天气变凉了，奶奶的身体突然瘦了下来，单薄的身体却不能支撑起生命的重量了，慢慢地开始很少出门了，很少说话了。整天躺在床上进入一种昏睡状态。外边，阳光泥土味的气息也落不到奶奶身上，屋檐边、树顶上小鸟的啼鸣也听不到了，沟边边、土坎坎上开得艳艳的小野花也看不到了。于是奶奶整天流着眼泪想着不在身边的孙子，远在南方海边的我，想得泪水湿透了那发白发黑的枕巾。

人世间的事有许多是无法预料和想象的，我离开的那年奶奶身体还挺好的，早晨送我出门叮咛这叮咛那，谁知道人会变化这样大，想起来我心里特别难受。过了段时间，爷爷从老家又来信了，说奶奶一天不如一天，原来的心脏病现在又并发了气管炎和各种疾病，人消瘦得皮包骨头。有时扶着她出门在外晒晒太阳，感觉就像扶着一个空空衣架，每天全靠各种药品来维持生命。读完信，我想象着奶奶受痛苦受煎熬的样子，我在办公室里哭了。奶奶从小失去了母亲，抗日战争时期沿陇海铁路逃荒逃到了大西北。奶奶一辈子受苦受难，到了晚年才享受到了天伦之乐。奶奶生性好强、不服输。那些日子，深圳也进入了冬季的边缘,整个天空阴沉沉、灰蒙蒙的,显得一片凄凉。望着风吹掉的满街落叶和淅淅沥沥的雨水,更添了我的伤感之情。这几天我彻夜失眠了,一进入模糊的梦境就梦见奶奶,就看见奶奶向我笑着说话,说那些老掉牙的故事,教那些长了胡子的歌谣。

不久奶奶听说我找对象了,女方是南方人,一定要爷爷写个快件信,要我寄一张照片去,想看看南方的这闺女长得啥样子,乖不乖。因我们刚接触时间不太长,自己也不好意思向人家索要照片。不到两个星期奶奶又让爷爷写信催,我只好把有一次我们和朋友们去民俗村、锦绣中华玩耍照的合影照寄给奶奶。爷爷来信说照片收到了,只是景物取得大,人照得太小,奶奶视力不好,看不大清楚,要寄一张较大、清楚的合影照。在信的结尾爷爷顺便说了一句话,说奶奶恐怕熬不过这个冬天了。对这句话我当时也没有太在意。

记得1992年的国庆节,我让朋友在宿舍里给我和女朋友照了一张特写镜头的照片,照片很清楚,然后我把照片夹好用快件挂号寄走了。我想奶奶这次一定很高兴,笑得保证合不拢嘴,眼角里一定能流出甜甜的泪水。照片上的我比原先长胖了,我的对象也能清清楚楚让她看到啥模样了。一天因突然有急事,我去邮局给在家乡报社做编辑、记者的哥哥挂了个长途电话,谁知他告诉我奶奶去世了。我一下惊呆了,脑子嗡嗡直响,一直到两颗虎牙咬疼了我的嘴唇,我才看到泪珠和血一起滴在了电话上。尔后哥在电话里说父母亲如何连夜赶到老家办理丧事,等等,直到挂断了电话,我还呆站在那里忘了付钱。

我离开了邮局,仿佛一步回到了沟连沟、坡连坡、云连云的黄土高原。回到了奶奶领我蹚河、爬沟、踩田埂、采五颜六色的野花的时候……奶奶您静静地安睡吧。有一天我会回到您的墓前,带着妻子还有您的重孙女,给您老人家烧一炷香,给您的坟上添一把土……奶奶您安息吧。

选自《深圳周末文艺》1996年2月16日

郭海鸿

中国作家协会会员,现居深圳。小说、散文、诗歌等作品在国内多家报刊发表、转载,出版长篇小说《银质青春》及中篇小说集《外乡人以及马》。曾获深圳青年文学奖、广东省有为文学奖——第三届"大沥杯"中篇小说奖、"深圳十大佳著"奖等奖项。

我的乡下

我曾经是很忌讳"乡下"这两个字眼的,因为我是乡下人。我曾经在城市里四处出没,求人办事,寻觅工作,都因为是"乡下人"而听够了风凉话,吃尽了苦头。我显得那么寒碜,尽管昂首阔步于城里的街上,也会被人们一眼看出我的局促。现在,我居住在城里——一个大的城里,和许多"身陷"城市而显得痛苦不堪的城里人坐在一起,看着、听着他们想抖净满身的"城市尘埃"而到乡下去过农耕生活的迫切,我也和他们一齐附庸风雅着满足自己的虚荣,痛不欲生地说:若能抽个身,回乡下去静休一段日子多好。

其实,他们说"到乡下"去,是说着玩的,而我要回则回,打个包就回去了。我的家在乡下,我的根在乡下,只有来自乡下的乡下人,才会在心里装着乡下,精神已栽植在乡土里,而不是去乡下旅游。但是,在没有更深刻地受"城市的困扰"时,我却又这么并非发自内心地和他们一起嗟叹。

城市对于人们来说，永远是个谜，永远是个富有诱惑的地方。大家向往城市的那劲儿，真是无法形容。从小城镇到"可以看到高楼"的中等城市，然后又都扑向可以叫作"大都会"的城市，城市总是在这种向往中变得越来越小，越来越与自己的梦想所不相符，于是就不断地产生了厌倦，不断地有了新的迁徙。满天下去寻找城市的感觉。"渴望到乡下去"大抵只能是一种聊以自慰的想象罢了。

我想起了乡下，想起了与城市距离着的乡下人。理应原始一点地说，那散落在村庄与村庄之间的横竖几条街的圩场，也就算得上是一个最初的"城"的概念了。赶集也就是进城，也就酝酿出了对城的最初的向往。一到圩期，男女老幼，都心痒痒地尽量腾着空儿往圩场赶，本来熟络到可以闭目绕三圈的巴掌大的圩场，硬是被挤得水泄不通，大家都在模仿着"逛"的样子，极闲情悠哉地兜上十来八个圈也不觉得累。对集市的盛景，流连忘返。小时候，总是喜欢拖着母亲的衫角去赶集，看到那些圩镇上居住的"居民"们趿着人字拖鞋，穿着松松垮垮的文化衫，拎着几根发黄的菜叶子在街上转悠，那时幼小的心中就有了自卑，你看他们，怎么就与我们这些蜗居在乡下土楼古堡中的人不一样。

小小圩场，只不过是乡下人约定俗成的农副产品交易场所而已，但商业色彩给它镀上了新文明的颜色，成了乡下人的"城市梦"的启蒙。后来我从学堂里出来了，历尽了许多曲折以后得以安排了工作，分配在我家乡镇上的政府里做事，住进了圩场上的政府大院。我也趿着人字拖鞋，穿着松松垮垮的文化衫，从街头打一个呵欠，一直到街尾方才收敛。一路上不住地和排队上公厕的"居民"们打着招呼，点着礼貌的头。每逢圩期，赶集的乡亲们在买好东西后，都一蜂窝地往我宿舍里拥来，在这里盘点他们"进城"的骄傲、惊奇和恋慕。尽管离家只有几里路，我每个周日才回一趟家，也就极有"回乡下"的味道，俨然自己已经是地道的"城里人"似的。每每回家，母亲总是把大扎大扎青菜、萝卜干绑在我的单车后架上，说"镇里菜贵，还是乡下自己家的带上好"。后来工作升迁，从镇上调到县城，又从县城调到地区州府，我居住的地方越来越像一个城了，后来干脆辞了职，到了广州，去了深圳。在奔走之间，城就突然在我的印象中变得苍白起来，有时候坐了大客车，一夜之间回到了生养自己的小山村里，也就全然没有了"回乡下"的悲壮了。

我的父母，我的叔伯亲朋仍然日日如斯地住在乡下，源于传统，出于生活的必需，他们仍然捏着圩期去赶集。然而，他们的背后，仍会有许许多多如我当年一样的孩童跟着，睁大他们纯净的眼睛，去看在那几条街上转悠的"居民"。我每次回老家度假，总会把我姐姐的小儿子带在身边同乐几天，可他总是嚷着要我骑车带他到圩场上兜，也许他觉得只有那里才气派，才热闹，才有新鲜的景观。后来大几岁了，那梦想就更大了，要我带他赶客车去"外面"——县城看看了。我曾经对小外甥说：那里根本不算城！他就问：什么地方才叫城？深圳是不是？！我便被问得张口结舌。深圳是城吗？应该是吧？——你看，北京够大了，上海够大了，可是那里的人都往深圳来了，他们总不该把深圳当乡下来向往吧？我竟然对城产生了迷蒙不清的难受。

然而，我的乡亲们早在头几年，就开始走上了进城的路子。浩浩荡荡，蔚然成风。家乡圩场上的地皮暴涨了，许多人变卖祖屋，到圩场上买地盖楼，硬是在政府的规划下把圩场挤扩了几倍，尽管他们住进了集市上，但不能趿着人字拖鞋转悠——因为他们与"居民"不同，他们还要回乡下去种地，可是毕竟他们总算过上了近乎"城市"的生活了。前几年县里修公路缺资金，就向乡下兜售城市户口指标，最高价九千元一个，现在据说也还要三千多元，我的许多节衣缩食的乡亲纷纷掏尽积蓄，东挪西借，走后门拉关系，去弄一个红本本，把户口安到县城里某个街道居委会去。然后在乡下苦干，一边还债，一边思谋何时到城里去买楼盖房，然后举家"洗脚进城"。

站在小山村的沟沟坎坎间，我沉思良久，从什么时候起，城市梦激荡得我的乡下如此不安？这是一种文明的进步，还是文明的怪圈呢？走在进城的路上，我的乡亲们心里踏实吗？

我看见许多祖屋里已没有人居住了，看见许多优质的稻田无人耕作，长满了杂草。我已看不到日落黄昏时的炊烟袅袅，我已闻不到村头巷尾扑鼻的粪香，也已没有了乡邻大叔赶着那白云一般的羊群朝我飘来——而这些，将会成为日后我为之伤心的遥远的田园诗一般的回忆。现在当然不是荡然无存，而是渐渐稀落了。我很担心，明年，再一个明年，当我回到老家的时候，会不会完全没有了呢？

我姐姐和姐夫在小镇里教着书，经营着诊所，带着他们的小儿子，看似很安心乡下生活的样子，可是他们的户口已经迁到县城去了，举家迁往县城，这是迟早的事。不过，这样就可以满足我的小外甥对"城"的巨大而又幼小的梦想了。我的老父亲写信来了,他说我寄回去的钱也积了多年,现在终于拿出来落到了实处——把大院子重新装修过了,把果园整理过了,还请人种上了几十株新品种的果树,下一步他准备请人砌围墙把屋子、果园、菜地、池塘全部围起来,那可真是一个"郭家庄园"。父亲的描述,使我感动满怀。可是,读完信,我又升起一股深深的恐慌,等我的乡亲们一户户地都搬迁到城里去了,我姐姐一家也迁走了,我弟弟读完书又到城里去了,两个热爱家园的老人当会多么孤独。建设得再富丽的"郭家庄园",在空旷的乡村里,又是何等的孤伶荒凉!那里,山再青,水再绿,又怎能重新抒卷我如诗如画的乡村风景呢?

"城市在哪里?"我现在终于可以回答我童稚的小外甥了——城市在乡亲们向往的地方。此刻,我独坐在城市深处一间空房子里,抽着洋烟,遥想我的乡下,遥想家园一景:

父亲挑着沉重的木桶,在果树林间浇水施肥;母亲在呼唤一群刚出笼的毛茸茸的小鸡,往地上撒下一片白花花的米粒,小鸡们在欢快地抢啄着粮食;那条老狗,在我的驻守乡下的双亲的身影之间乐颠颠地跑来跑去。

坐在城里,想着乡下,疼痛地幻想着以后我怎样与潮水般的乡亲们逆行而走,悲壮地返归我的乡下!

选自《深圳商报·文化广场》1996年5月9日

邓康延

曾任《深圳青年》策划总监、《凤凰周刊》主编。出版著作《远方不远》《常常感动》《老照片新观察》《老课本新阅读》《歌词独白》等；制作纪录片《寻找少校》《先生》《盗火者》《黄埔》《民间》《布衣中国》《名媛》《野性深圳》等。多获国内外奖项。多媒体展《先生回来》《文武民国》巡回于国内十多城。

每天的风都很年轻

这个世界，因为许多浪漫色彩、理想情怀，而于艰辛滞重中透出生动。

星星是遥远的，但光很近；土地是古老的，但风很年轻。

曾有一个美国小女孩写信给总统说：她很爱这个国家，因为她能吃到一百多种冰激凌。总统的述职演说提到这个情节时被骤起的掌声打断。我感觉到这个国家人民的心态是这样的年轻和充满激情。

我也听到过一个类似的身边故事。一位服装公司经理招聘人员时总要问对方为什么来深圳，一个应聘女孩的回答很特别："因为深圳四季都能穿裙子。"经理当即录用了这个外貌平平的女孩。他向疑惑的人事部长说："青春的心态比青春的容貌更动人。"

在这片不尚空谈的土地上，生活确像钱币一样真实；在这个比高逐远的时代里，理想主义依然风行。

选自《常常感动》，甘肃人民出版社，1997年1月版

彭名燕

深圳市作家协会名誉主席。著有长篇小说《世纪贵族》《岭南烟云》《倾斜至深处》《高贵的混血儿》等；长篇报告文学《从清华园到深圳湾》等；散文集《瞬间与永恒》《日耳曼式的结婚》等；影视剧《黄山来的姑娘》《嘿！哥们儿》《这世界不寂寞》《巨人的握手》《深圳湾》等。作品多次获全国和省市各类大奖。

月光小夜曲

圆润的旋律

我第一次登霍夫曼的门，看到的是一幢坐落在一条别墅成群的小街上房顶颜色最醒目的小洋楼。他的房顶是绿色的，也像他这个人一样不落俗套。在他的门兴格拉德巴赫市，绿色房顶可能绝无仅有。小佳说，他是受中国建筑的启发，用了红墙绿瓦。这座房子已买了七年，也就是说，他在七年前就爱上了中国。

这座房子连地下层共三层。德国的房子全是如此，只是式样、大小各异，色彩、布局不同，因此从总体上看，一条街显得既整齐又不失生动。特别是每家大门口的前花园，虽然草坪大同小异，花、树却各有千秋，更显出秩序井然中的婀娜多姿。霍夫曼的家靠路尽头，因此前花园比邻居的要大，最醒目的是大门侧面的一棵形状美丽的松树，像一个美女在跳舞，腰肢和手臂都柔软地弯成波浪形，我和小佳管它叫"舞女"。进入霍夫曼的后花园，气势就更不一般了。呈"7"字形的花园只有挨邻居家的左围墙才有几丛矮花木，两百米几乎全是绿草，显得非常开阔。后方围墙有几棵非常高的大树，像守护神一样雄伟，与邻居家花园那些红红绿绿的色彩相比，显得阳刚气更盛。花园里靠客厅的一排盆花是小佳去了以后才买的，与大草坪比，极不起眼。霍夫曼是酷爱绿色的男人，他并不太爱五颜六色的花。

　　霍夫曼的客厅和饭厅都是浅褐色调，柚木地板上铺米色地毯，蛋形的餐桌，古典味儿的酒柜，咖啡色的皮沙发，雕花的书柜，大彩电，大茶几，唯独没有大音响，不像中国有钱人的家，一进门就会被豪华的电器震你一个激灵。就装修来说，深圳人的装修已经到了令人目眩的豪华水平，而霍夫曼家整个装修朴实大方，没有天花吊顶，没有墙纸或多彩喷涂。后来我去了许多德国家庭，方知欧洲人不把精力和钞票扔在装修上，而是花在室内布置和摆设上。首先，是墙上的画，从各国旅游买的画，大幅的、中幅的、小幅的，古画、现代画，油画、水彩画、素描画，外国画、本国画，名人画、非名人画……一面墙一面墙地领着室内的风骚；再就是古董、文物、名瓷器，各国的小工艺品……摆满一柜又一柜，领导着家庭文明的新潮流；还有室内的花卉盆景，争抢着色彩的风头——这就是欧洲家庭宁静、诗化文化的三大要素。与中国豪华的内装修，伴着卡拉OK激光音响揪心的强节奏相比，这完全是迥然不同的风味，就像一桌清淡的酒席与一桌大鱼大肉的酒席，前者不够刺激却回味清爽，后者够刺激却饱足易腻，东西方两种文化的兴奋点透视出了对生存状态的不同需求。霍夫曼家的装饰也体现着欧洲文化的共性：墙上的、柜中的、几案上的、窗台上的摆设，都突出了宁静、高雅、凝重，一幅从中国买去的王羲之《兰亭集序》占了一面墙。依我看，欠缺了一点儿活泼。幸亏有小佳从中国带去的红色的大幅剪纸，衬以白丝绸镶在一个大镜框里挂在餐厅的主墙上，使那宁静中多了一份生气和媚气。

霍夫曼全家住在顶楼。欧洲人都如此。顶楼的房顶是斜面，中国人肯定不喜欢这种不规则的造型，而欧洲人却很习惯。我亲自体验后才感受到，这种卧室给人一种升腾感，可能做的梦都是飞天梦而不是入地梦，很符合欧洲宗教的原理。楼上的三间房子住着霍、小佳和霍的两个女儿，一间最小的斜房子是小佳读书和将来办公的房间，放着电话、传真机及各种办公用品。我笑小佳是自作多情，"公"还不知在哪里就开始"办"起来。每间房子都铺有地毯，地上也可以睡觉，走路不会发出响声。

卫生间和厨房是德国人最重视的门面，霍夫曼家亦如此。不仅面积大，通风采光好，而且设备考究。便桶、浴缸、洗脸池都是最大号的，厨房的厨具全是不锈钢，全自动洗碗机巨大，能盛下一家四口两三天的碗碟（欧洲人吃饭讲究餐具，没吃到多少东西，餐具却用了一大堆）。各种大柜，大号的冰箱，使厨房显得很大气。小佳说，这厨房已经许多年没有更新了，霍夫曼准备明年全部换新的。我认为太没必要，不锈钢又不会变旧。小佳说，德国人把厨房和卫生间当作生活的主要部分，不允许一点儿破旧之迹，卧室可以多年"低头谦让"，厨房和卫生设备却要"趾高气扬"。在霍的朋友家里，我的确领教了那些油光锃亮的卫生间和厨房对人的威慑力,那是一种凛然不可轻视的主人光辉的折射。马桶穿衣裳、卫生间里放盆花很普遍,坐在马桶上你不会感到肮脏,而会把它当作享受的延续。

我的卧室在地下室一间20平方米的大屋,旁边是洗衣房、存酒室、杂物堆放室。地下室共四个房间一个过厅,那些法国酒、德国酒,一箱箱的饮料,不用的餐具,轮不上吃的粮食、干菜,孩子们小时玩的玩具,以及派不上用场的衣服杂物等很有涵养地耐心地等候主人偶尔去碰它们一下。地下室有半截窗,似暗似明的柔和,有着镇定烦躁的逸韵。第一次躺在我那温暖的小床上,望着墙上挂的一位中国画家的画和一位旅德中国画家的剪纸,觉得那一份陌生是那样的温馨,甚至不知自己身在何处。6月份了,霍夫曼怕我冷,把暖气开得很足。我昏昏沉沉,居然没有害怕也没有失眠,从夜里十二点一觉睡到了第二天九点。到德国的第一觉,是我从十三岁到现在第一个没有失眠的觉,连梦都没做一个。我高兴地对小佳说:那间地下室对了我的气场,我的神经衰弱可能就此了结。小佳说:她刚到霍家上学时就住这间地下室,觉睡得特别好。凡是来客都睡过我那张床,都说睡得很好。那可是一间神屋,一张神床。果真,一连四天我都睡得很好。宁静的环境,宁静的楼房、宁静的花园、宁静的马路、宁静的路灯、宁静的邻舍,居然没有一丝声响能传到我耳边。与我北京和深圳的家比,真像是到了天上白云构筑的世界。也许环境变化太大,大脑皮一时还兴奋不起来,一连几夜想做梦都做不起来。我体验了空气、环境对人睡眠的作用,难怪德国人那么喜欢花草、喜欢把住房造在远离闹市的乡间或郊外。现代都市向人们张开了喧嚣、污染之大口，有钱难买一分静，有钱更难买一分净啊！过去以为西欧到处灯红酒绿，人们沉溺于夜生活，原来我大错了。欧洲的夜是那样宁静，人们日出而作，日落而归，比起中国来反而更显传统。他们是在重返田园梦吗？我时时会想起《月光小夜曲》……

但是，有一天，突然我的感觉错位了。

杂乱的音符

那天，我在顶楼小佳的房里聊闲天，从那大窗向外望去，30米外，密密的树影掩住了一面长方形的大围墙。围墙里，我隐隐约约看见了一些石碑，我顿时起了一身鸡皮疙瘩，难道那是墓碑？！我问小佳："那边的碑是什么？"

小佳知道我胆小，故意轻描淡写道："普通的碑。"

"墓碑？"

"很老的墓地了，孩子们常翻墙过去玩的游戏场。"

我仔细地看去，看到了在树丛中伫立的许多墓碑，吓得我屏住呼吸："为什么？"

"什么为什么？"小佳问。

"为什么把房子建在墓地旁？为什么要买墓地旁的房子？"

"这有什么大惊小怪？欧洲人喜欢买墓地旁的房子，因为风水好，安静，有一大片无人区，因此房价更贵。你看，这里多美！"小佳耸耸肩，对我的惊讶很不以为然。

"中国人决不会在墓地旁盖住房，那太可怕了！"我依然对此不解。欧洲的住宅区已经够安静了，还要图墓地的安宁？

从这一天起，我的神经衰弱复发了，发得比在国内还要厉害，轻则两个钟头后才能入睡，重则整夜不能安睡，房间里任何一种响动都会惊得我一身冷汗。木头房顶时时会发出响声，过去听不到，自从发现那墓地以后，一点点响动都会被放大得像鬼在敲门。我想起在北京时一位朋友给我讲的德国鬼魂的故事，那鬼魂着黑色斗篷，又高又大，常在夜间出没，那是从一座德国坟地里冒出来的幽灵。于是，《月光小夜曲》幻化成了一个身着斗篷的高大黑影，在我眼前晃来晃去，一到夜里我就对霍夫曼买了这样一所房子而气愤，更为我睡在地下室与那些鬼魂同居一个层面吓得浑身发抖。我从小就怕鬼，因此13岁就神经衰弱了。我不敢一个人睡，不敢不盖被睡。记得小时候家住重庆，夏天相当热，因为怕鬼，我夜里醒了会喊："妈、妈，我冷！"妈妈知道我犯了胆小病，走过来，为我盖上件绸裙子，说一句："不要怕。我们都在你身旁哩。"我敢一个人睡是1992年调到深圳以后。这次到德国住地下室，一人两层楼，我以为我长足进步了，谁知……

我不好意思对小佳直说我的痛苦，有一天，我转着弯说："小佳，你今晚到地下室陪陪我吧。"

"为什么？"

"我们……聊聊天吧。"

"咳！妈，我一沾床就睡着，有话留到白天聊吧。"她大咧咧地看我一眼，眼神故意很粗糙。

又有一天，我对小佳说："地下室一到夜里会有各种响声，怎么搞的？"

"怎么可能！我睡地下室那么久，从来没听过什么响声。"

"真的有响声，搞得我睡不好。"我很克制自己。

"妈，你是不是害怕了？因为看到了墓地？"

"是的，我害怕。"

"妈，那墓还是二战时犹太人的墓地，如今坟早已迁走了，就剩下一个幽静的空间，有什么可怕？你来看，绕过长方形的墓地，四周全是住家的，没有一个人会感到这里可怕。别乱想了，放心睡你的觉吧，没有什么鬼怪。"

我为自己的胆小羞愧，小佳反倒像长者一样来开导我，我实在不好意思再说什么。一到夜里我就紧张，憎恨那过分的安静，常常伸长耳朵去搜寻可能听到的微弱声音来镇静自己，比如一声汽车经过的响动，远远火车鸣笛的声音……我需要声音、需要热闹、需要嘈杂。我诅咒宁静。这时我对深圳那个家的怀念强之又强，在深圳时，我讨厌那建筑工地彻夜不断的响声，现在想一想都觉得亲切。如果霍家附近有一个通夜亮灯的建筑工地，那简直赛过太阳的温暖。天哪，霍夫曼，你的祖国怎么那样安静，我吃不消啦！

去巴黎旅游的前一天夜里，我一夜未眠，早上五点起床头昏脑涨。在做早点时，我突然控制不住自己，咆哮起来："小佳，你能不能以后陪我睡？哪怕你睡床，我睡沙发？"

小佳奇怪地望着我的失态："妈，你怎么了？"

"怎么了？我睡不着觉，我怕！"

小佳有些火："你怎么变得像孩子？这样吧，我和霍到地下室睡，你搬到楼上住。"

"算了算了，我不求你了。"我摔门而出，感觉到了小佳快要哭出来的为难相。我的情绪是到巴黎以后才缓过来的。

睡觉成了负担，旅游也成了负担。去比利时的前一夜又是通宵未眠。那间地下室成了我的一块心病。一大早，我对小佳说："比利时我不想去了，我头昏。"

"妈，你别这样好不好，霍夫曼好心好意请你来，给你安排各种活动，你不要为难他！"

"我？为难他？"我觉得小佳不通情理，她根本体会不了我的痛苦："我一切都依着主人，尽量入乡随俗，但我害怕夜晚这是没办法的事，怎么是为难他？！"

"妈，你别吵好不好？我怎么将你的害怕告诉霍呢？总不能让他到宾馆给你包房子吧？"

"不必！我没那福分。"

"那就安静吧。"小佳也失去了控制，我们母女俩在中国从来没吵过架。

"我要回家！"

"哈……"小佳笑起来："很好，你今天才提出要回家，比我想象中要坚强多了！我时刻提防着，以为你来第三天就会提出要求，没想到你竟然熬了快一个月才提出来。快了，你回中国的时间只有20多天了。"小佳这一番话使我不知褒贬。虽然委屈，还是踏上了去异国的征途，到了布鲁塞尔我又忘了那地下室的清寂，我将有三夜离开那听不到任何声响的空间，离开那感觉得到犹太幽灵出没的空间，我真开心死了！不知不觉，我开始掰着手指头计算回国的时间了。

《月光小夜曲》已经旋律破碎了。我常常有意识去注意那座墓地的大小，有一次小佳开车路过那里，我才知那墓地很长很长，德国的住户每天就在这里走来走去，根本不当它是墓地。我想起德国是天主教国家，人死了就是解脱了，被接到天堂极乐世界过幸福生活去了，既是这样，那墓地又有什么可怕？中国人是恐惧死的，死就是人变鬼了，鬼就是青面獠牙的东西，当然对墓地是惧怕的。东西方两种文化、两种意识、两种信仰、两种心态，在生死问题上的差异形成了两种不同的生活态度，这是永远不可能扭结在一起的。如果我对霍夫曼和他的女儿们说："我怕墓地，我怕鬼，我怕黑，我怕安静，因此我要回国了。"或是"我怕……因此我要搬出去住"。他们会怎样？会笑我胆小？笑我愚昧？恐怕不仅是笑我这个具体的女人，而是笑我这个中国人太怪异，太邪性。人在异国会生出一种凛然的民族自尊心，为此，我忍住了夜间的焦躁，白天，在人面前依然笑容楚楚，我决不能让德国的朋友们把我看扁了，说小佳她妈怕鬼。

  房子还是那座房子，地下室还是那间地下室，床还是那张床，睡在床上的依然是我，一个中国女孩的母亲，但我心目中那些杂乱可怕的音符、不规律的节奏渐渐变成了引领我进入梦乡的前奏。到我走的那天，我呼出一口长气，我的精神很完整！在我告别那幢洋楼时，特别深情地朝地下室的通风窗看了一眼，我才发现，那间给我留下了酸甜苦辣的地下室是多么可爱，我多么多么地怀念它，在异国他乡我做的那些黑白的、彩色的梦，全带着那间地下室的温馨。说起来也怪，我在中国爱做噩梦，在霍夫曼的地下室却从来没做过一次噩梦。与我同居一层的犹太幽魂们没有来骚扰过我这个来自东方的母亲。

  德国人对我友好。

德国鬼魂对我也友好。

如今一想起那地下室，我心中依然回响着《月光小夜曲》的旋律，很完美，很完美……

选自《日耳曼式的结婚》，中国青年出版社，1997年1月版

蔡秀文

中国作家协会会员、散文家、报告文学作家,现居深圳。出版散文集《微笑的情怀》《没有翅膀的飞翔》《万水千山总是情》《秀庐漫笔》;报告文学集《大爱辉煌》。与人合著长篇纪实作品 7 部。曾获深圳新闻奖、广东省报纸副刊优秀作品奖、全国报纸副刊作品一等奖等奖项。

相依手足

从父母到至亲至爱的弟弟妹妹们,都是我一生一世的家。虽然我多年来一直一贫如洗,经历了婚姻的无奈凋落,唯一的女儿不在我的身边……可我依然由衷地感谢上苍,不仅给了我许多厚厚实实的朋友,更让我享受了人间充沛的亲情——我的弟弟妹妹所给予我的无与伦比的爱!

我重归独身仅两个月,三妹与她的丈夫就从风光旖旎的青岛办了停薪留职来到深圳。他们在租了两房一厅的第二天,就双双把我简单的行李搬到了那阳光明媚的家,于是,我又开始享受家庭的欢乐与温馨了……

清晨,还未等我从梦中醒来,耳边便回荡起"大姨,大姨"的叫声,睁开眼睛,九岁的小外甥背着书包站在我的床前,刚想问他有什么事,他却甜甜地道了一声"大姨,再见"。旋即推门而出,上学去了。小外甥唤醒我仅是为了道一声"再见",这暖暖的声音便在我心中浅吟低唱了良久。起床洗漱完毕，三妹已准备好早餐，热热的牛奶暖着我的胃，我的心。昨晚换下的衣裙早已被三妹洗好晾在阳台上了。拎起挎包上班，三妹又叫住我，说我的鞋与衣服不配套，要换一下。随即又说，等她家钱宽裕了，就到国贸给我买几套高档时装，扫扫我身上的穷酸气。妹夫先我一步发动好了他开的出租车，要送我上班。"晚上有事回来得晚，想着传呼我，我接你回家。"妹夫总这样叮嘱。

亲情的芬芳就这样每天向我弥漫着，每每下班之后，我总是带着感恩之心想到妹妹的家，不，是我的家，它托住了我，让我安然。

我在家排行老大，有两个弟弟，三个妹妹。除母亲生小弟时我在初中住校外，那些弟弟妹妹均在我背上成长过。可我小时并不是懂事的姐姐，喜怒哀乐如同猴子，爱他们的时候又亲又抱，恼的时候又踢又打。记忆最深的一次是二妹弄丢了我一张心爱的照片，我竟打飞了扫帚把儿，虽说事后我又内疚得要命，用仅有的一毛钱给她买了糖吃。大弟倔强，在他有力气的时候就与我对打，从不称呼我为姐姐，下面的弟弟妹妹全都跟大弟一样对我直呼其名，以示对我飞扬跋扈的抗议。

最初体验到弟弟妹妹的爱是我初中毕业分配去离家百里的农场的时候。临行那天，大弟、二妹、三妹、小妹全来到了月台上，三岁小弟趴在二妹的背上也来了。列车开动了，我挥手让他们回去，可他们却追着列车跑，大弟跑在最前面，尾随他的是三妹、小妹；二妹因为背着小弟，跟跟跄跄地跑在最后面。那瞬间，我那样强烈地感受到了血缘的涌动。

刚刚当工人那会儿，与朋友们闲谈算卦的事，我说有一瞎子算我寿命是69岁。话音刚落，11岁的二妹便号啕大哭："那瞎子骗人，你能活到一百岁。要不，到你69岁时我替你死，让你活着。"二妹紧紧搂住我，眼中充满恐惧与哀伤，似乎我马上就要死去了。朋友们捧腹大笑，而我却被一道热浪袭击了。

我日后读了卫校分在外省做护士，大弟也当了林业工人。那时我的工资每月37元，而大弟是计件工资，每月可拿200元左右。休探亲假时，大弟想给我钱，又照顾我的自尊心，便说："姐，我没有钱包，这钱就放在你的钱包里吧。"我自然心领神会地把钱接过来。妈妈在旁笑道："到底长大了。小时打得像乌眼鸡似的，现在知道姐姐亲了。"大弟便害羞地笑起来。大弟日后做生意经济上宽裕些，我们兄弟姐妹没有没接受过他资助的。

由于一直在外面工作，多半一两年才能回家一次，在那短暂相聚的日子里，已是人妻人母的妹妹们会从她们各自的小家回到母亲家与我同住。漫漫长夜，我们一起回忆儿时堂前瓦下的嬉戏，于是金钟摇荡了，传来美丽的回想，将我们柔柔地包裹。

来深圳后，种种条件限制，我无法将读初中的女儿带到身边来，二妹马上决定让女儿到她家去读书。为使我与女儿能时时沟通感情，经济拮据的她毅然耗资3500元装了一部直拨电话。二妹是个刚强能干无比善良的人，九年前我大弟媳意外去世，她当即把陷入孤境的大弟的女儿接到家中抚养，加上她的一儿一女，她一下子成了三个孩子的母亲。而二妹夫的心地更是天蓝色的湖泊，他对二妹一次次收留娘家的侄女、甥女不仅毫无怨言，而且更以慈父的心灵关爱这些孩子。至今，大弟的女儿、我的女儿对她们"二姑父""二姨父"的热爱都已胜过了自己的父亲。

去年初秋，小妹夫妇也来到了深圳，与三妹的家比邻而居，我一下子又多了一个家。小妹夫每每下班回来，第一句话总是问小妹："大姐呢？"春节时，小妹突然异想天开地想在深圳为我买一套房子——那最低价钱也要四五十万元一套的、打工者根本不敢问津的房子。这个念头对手中无一分钱存款的小妹来说，等于摘天上的月亮。但小妹却一点也不觉得渺茫，每周都买两张福利彩票，期待中大奖来实现梦想。我劝她放弃这个白日梦，小妹却振振有词："你不是介绍我读过那篇《相信奇迹》的文章吗？那文章里说'与其放弃梦想，不如相信奇迹'，兴许有一天中大奖的人就是我呢。"如今，小妹买彩票的钱已突破千元了，仅中过四五次末等奖。可小妹还是毫不气馁，彩票照样买，雷打不动。"你别着急，总有一天，房子会买到的。"她反倒安慰起我来了。我不再劝阻小妹，虽然我知道买彩票的钱是泥牛入海，但尽善尽美的幻想是万能的，这个梦本身就证实了小妹心灵的丰盈与自由！况且，我已在小妹的梦中住进了比现实房子更为美妙的宫殿了。

夏天，我们姊妹四人在故乡团聚时，三个妹妹曾认真地问起我对日后婚姻的选择。在我乐观主义的内心深处，唯有对婚姻是悲观的。我说，世上好男人也许很多，但怎能就有把握遇上呢？与其对婚姻抱着侥幸心理，不如天马行空的独身更能减少烦恼。见我态度明朗，二妹当即预定我老了与她同住，她会很好地照顾我。"不，大姐你去我家最好，二姐比你小几岁？

你老了,她也老了。"三妹态度坚决地插话道。"都别说了,大姐去我家最合适,我最小,等大姐60岁时,我还不到50呢。"小妹已站起来走到客厅中央,双手卡腰做出了总裁决的姿势。这充满爱意的争吵犹如小河的喧哗,在我心里流淌着,将一切都变得湿润了,柔软了,我的心被这条河感动得无以名状。

上周末,与小弟通电话,我说要给他们夫妇同住的妈妈寄点钱去,月薪只及我目前六分之一的小弟马上"严词"拒绝:"妈在这里你放心,一点也不缺钱花,你千万别寄钱来。我们都比你强,你照顾好你自己,我们大家就比什么都高兴。"小我十几岁的小弟,话语里传来的竟是如长兄的关爱了。

因了我的弟弟妹妹,我的心格外踏实。我知道,即使我行到山水尽处,我的心也不会孤独,也不会被这个世界所遗弃。因为挚爱我的手足,时时把春暖花开的灿烂带给我,他们是我葱翠浓郁的家园,是我可以永远坐倚的依傍。他们的家,是我温暖的归程。

真的不能希求更多,也不愿希求更多了,拥有亲情已然胜过拥有百万财富,我的心里盛满着知足的宁静。

选自《山东文学》1997年第5期

安石榴

诗人、作家,1993—2000年在深圳生活,现居广州和佛山南海,主持南风台文艺空间。已出版诗歌、散文、评论集《不安》《我的深圳地理》《钟表的成长之歌》《在每一座城市短暂驻留》《独白与唱酬》《佛子岭上》等,另有几部地方文化旅游专著出版。

走在深南大道上

几年前,曾在《深圳特区报》上读到过一首题为《深南大道》的诗,诗作者是陈寅,一个我似曾相识的名字。至今我已记不得诗中的句子,但"深南大道"这个介入诗中的词却一直紧紧抓住我不放。可以说,从那时候开始,深南大道在我的心目中,就已经不仅仅是一条城市的街道,不仅仅是深圳市区内最长最宽阔的道路。我总觉得这个词(我更愿意把它当作一个词)的后面还存在着一些别的什么,包括一座城市的标志及象征,包括行走、生存、栖居等意义,也包括诗歌、艺术的发生。在深圳生活了几年,我对深圳众多脍炙人口的旅游景点和建筑毫无特别的印象,唯有对深南大道的感受越来越深刻。每次从深南大道上走过,我都会没来由地激动,我甚至觉得深南大道就是我身上最大的一条血管,那流动的血液一直是那么滚烫,充满生活与理想的激情。

我居住过的城市不算多,但只要每在一个城市待上一段时间，我都会爱上这座城市的其中一条街道。我借助这条街道感受这座城市的呼吸以及心脏的跳动。我觉得，一条显著的街道往往能折射出一座城市的人文以及环境。深南大道是我在深圳生活几年不自觉爱着的街道，我觉得她实在太长、太宽敞了，每每超出我的想象，让我即使徜徉再久也始料莫及。

1993年春夏之交的一个日子，我刚来深圳，到位于华强南路和深南中路交会处的人才市场求职，我应聘一家文化传播公司的文案策划。招聘人看了我的资料并作了简单的交谈之后，写了张条子要我到公司去复试。公司在三九大酒店内，我问招聘人该怎么走，他往楼下指了指说："你从下边的深南中路一直往东，三九大酒店就在这条大道的尽头上。"于是我沿着深南大道一直徒步往前，当时我并没有想到要坐车，我想大概不会有多远，一条街道再长也长不到哪里去。结果我走啊走啊，不知道走了多久，中途有好几次着急起来要坐车时，又想既然已经走了这么远，应该快到了……后来我终于看到了三九大酒店。我站在酒店门前回头望去，笔直延伸的深南大道车流如注，阳光一路灿烂而热烈地照耀着，两边的建筑整齐有序……我的内心忽然泛起一股难以述说的情感。

后来我屡屡奔走在深南大道上，它两旁遍布的街巷就像一个个含有指向性的入口，一次又一次地向我预示着获得安顿的希望。我频繁地出入深南大道旁边的楼房商厦，为得到一份工作而不断碰壁。我就像是在深圳地图上漫游一样，以深南大道为纬，出发、到达并确认着一个个地点。现在想起来，当时的收获也许就是使我由此对深圳的地理了如指掌，我对市区内外道路街区的熟悉程度绝不亚于一个成天转悠的业务推销员。我几乎能脱口说出从深南大道到各处去的路线,一般还可以附带着说出该乘坐哪一路公共汽车。刚来深圳的时候,我甚至培养过这样的爱好,花上一块钱无所事事地乘坐某路公共汽车,从起点一直坐到终点,并且几乎把各路公共汽车都坐了个遍。记得大多数的公共汽车都或长或短地要穿过深南大道,每次经过这熟悉的路段时,我都会生出一种找到方向的归属感。深南大道宛如一道经纬分明的风景线,它使我对城市层层叠入的纵深处由模糊陌生而渐趋明朗熟悉。

  深南大道从来就是深圳市区交通的重要枢纽,它就像是一条笔直的河流把深圳市区分成南北两半。在我的印象中,它还是深圳市区最早和最繁忙的道路之一,直到现在,依然是人声车马喧嚣的要道。我目睹了深南大道的几次扩建过程,目睹了它由狭小、凌乱、灰暗到今天的宽敞、明净、堂皇。正因为这样,才使我对它繁花一样的景象更加感动珍惜,那些撞入双眼的美与缤纷轻易就切进内心,转化为情感的呵护。尤其是在夜晚,深南大道两旁的路灯与霓虹次第亮起,如同一条金碧辉煌的花火通道,两边的建筑被霓虹勾勒的轮廓宛似宫殿一般排列着。我喜欢看一辆接一辆的汽车奔驰而过的情景,在璀璨的灯火中,深南大道多像是一条梦幻与荣耀的跑道。

  现在我在深圳已经居住了整整七年,我常常对自己和别人说,深圳已成为我迄今居住时间最长和最熟悉的地方了。我一次又一次地走在深南大道上,像走在回家的路上一样快乐而亲切。在这七年之中,大约有三年时间我是在紧靠市区西面的宝安度过的,每次进市区,一过南头检查站,就进入深南大道。几年来,深南大道上每一处细微的变化都没有逃出我的注意,我太熟悉这条宽阔明净的街道了,它两旁的风景多么美,深圳所有知名的景点和建筑几乎都围绕在它的身旁:深圳大学、世界之窗、欢乐谷、锦绣中华、中国民俗文化村、高交会馆、深圳书城、地王大厦……尽管我极少进入这些景点及建筑之内,但我觉得我很熟识它们。它们就像是深南大道边上的一棵棵树,我目睹它们的生息,亲近它们的呼吸和心跳,它们一遍又一遍地迎接着我走过的目光,我们相互微笑、致意,像互不作声的朋友,不断地交流着内心的默契!

归根究底,深南大道在我眼中,最显著的景象却不是这些变幻的风物和情景,而是奔跑的汽车。曾有一位于某贵族学校任教的朋友对我说,他们学校的每个周末,都等于在举办一场车展。而深南大道则不亚于一个持续不息的流动的汽车展场,我在写于1999年的诗《深南大道》中将之比作一条沾染着梦幻色彩的"黑色的汽车跑道",设置了一幕名车荟萃的"角逐与炫耀"的景象。隐约记得陈寅的诗中出现过"一辆红色摩托",大抵也有这种小康式的"行走秀"感受吧?进入新千年,深南大道一线开始修建地铁,对比我诗中出现的"坦克"和"推土机",真是饶有意味。

至今我还对一个未完成的设想耿耿于怀,我想肯定会有那么一天,我从深南大道最东端的新秀立交桥出发,一路徒步往西,走到深南大道的另一端南头检查站。我没有诸如苦行、考察之类的想法,我只是在还我的心愿,为我的热爱立一个确切的理由。我想,做一件这样的事,对于我们平淡的人生来说是有意义的。

1998年6月,深圳
选自《我的深圳地理》,中国戏剧出版社,
2005年7月版,此次文字有删减

卡雅

原名张亚丽,诗人、散文家、媒体人。1994年1月定居深圳至今。著有诗集《卡雅诗选》《深圳花腔》,散文集《非常眼》,小说集《生命门》等。散文获第七届老舍散文奖、年度华文最佳散文奖等,入选《1995年散文年鉴》、当代中国最新作品排行榜、十余种中国年度散文和随笔精选本。

我与母亲相约在冬季

岁月改变了我们。在那个时辰,我清醒地意识到这点时,岁月早已悄无声息地在眼角、额头刻下抹不去的痕迹。这么快,我来深圳已经四年了,认真地回想岁月二字时,一片片斑驳的落叶在记忆里留下黄昏时分的苍茫。我再不能心平气和地揽镜端详,梳子在头发中飞扬时,有白色的弧光一闪而过。我的手就有些颤抖,心惊慌地随着梳子理出几根洁白的发丝,时光飘然如雪,骨头里便有寒冷的感觉。我老了吗?岁月就这样笼罩了我的思维。岁月很小,岁月很大。

岁月的细微足迹渗透进细胞里,带着四季的冷暖与我同行。我在经历了坎坷磨难,立足于深圳,成了深圳的市民,有了自己的房子时,我已付出很多很多。人们说,深圳的每天都不轻松,这话道出了闯深圳的艰辛。乔迁新居时,是圣诞节过后的第一天,我没有像深圳人那样,带着中国人的感情,假惺惺地欢度西方人的节日。而是实实在在等着一辆车,把全部的家当搬走。在那时的等待里，我想，千万可别再搬家！这是深圳人的感叹。因频繁地搬迁，证明你还在漂，没有扎下根来。乔迁新居的喜气还挂在眉梢时，催领电报的呼声仓促地撞进耳鼓——

"母亲病危，速归！"

岁月无情。她老人家还没等女儿来得及安顿好家，去接她，便在生命的边缘做最后的挣扎了。我脑子里只有，上帝，可别拿走母亲的性命！您要坚持住，女儿要带您到南方。深圳的冬天是温和的春季，适宜母亲居住的。可母亲灰白的头发，秋草一般在眼前摇曳，诉说着"天若有情，天亦老"。我的眼睛便迷迷蒙蒙，无声垂泪。

我几乎成了老女人才做母亲，做了母亲，才懂得女人的艰辛。

那年，三十岁。

三十岁母亲伤心自己的母亲。

儿子十个月。母亲为这样晚做母亲的女儿尽一份力气，她在小屋，头发白晃晃地进入我眼、我心，便觉得不自在，好像空间更小了许多。而母亲又撕扯一片片的棉絮絮暖我的床褥。她不紧不慢地唠叨："这样薄，腰不痛才怪呢！为啥不弄舒服些？"

"唉！"她一声悠长的叹息，把我的心拽出老长老长的。说什么呢？女儿没有那份心劲。

"睡觉的地方，自我感觉好就行了，席梦思我怕软了腰！"母亲对我的回话不表态。我想当年您睡土炕，不照样过来了，如今却为女儿怜惜声声。

女人想不到自己时，便是真正的母亲。

她佝腰，蜷腿，半趴半跪。母亲咬着下唇用针费力地扎透老棉花套，我的两床单人被就合二为一了。床板铺上一层褥子增加些许的弹性，母亲两只苍老的手，拍打着那绵软，就笑一笑，满脸的菊花条放射着萧瑟。我心，我眼，便在她的一褶一皱的沟纹中疼疼地钻来钻去。自己的手就用力地拍打身上的儿子入睡，睡入梦境更好。

母亲又催眠曲似的念叨，家乡的二婶子、三大姑、破盆叔、大砖爷家都娶亲盖房了。这时，她突然一声"小三儿"，让我愣怔地想起奶奶常这样喊我，心里听着久违的小名，亦悲亦喜。

"说到底也就咱家不像个人家，你弟弟眼看二十岁啦，乡里这个年纪的小伙子已当孩子爹啦！"她很有心劲地重建家园，重振威风，我却很没心劲儿地生气。

"盖——盖——盖个宫殿放着多荣耀！"

儿子从我的手中被抛进小床，咣当！咣当！被摇得山响。母亲便不语，怔怔地瞪着眼，眼角泪湿湿的。在她的记忆中，女儿不会使性子的。这么多年，这会儿她才知道女儿也会发脾气的。母亲几日便不同我讲乡里的事，不再多说话。她沉默着，苍老许多，偶尔逗逗外孙，眼神就痴痴地望着窗外的柳梢。她的目光，让我记起"门前不栽柳，栽柳不富有"的民谚。母亲明显疏远我，我们隔膜一层，各想各的心思。

那年的雪迟到十一月底才飘起来。我很高兴，它晚点来，母亲便能多享几天暖和日子。她喘的节奏远比冬天本身更让人害怕。家中的炉火年年不旺，煤泥黄土块似的发一种蓝光后空虚成灰。三间北房墙皮薄薄的,夏热冬寒。一九五八年爷爷种下的祸患。他拆掉几代人住过的坯房,突击垒成全乡的第一个"榜样户"。旧屋肥田种地用了。可母亲这么多年情愿待在老屋里,老屋摇摇欲坠的样子,让人担心。红砖已经风蚀得往下掉红粉,有着陈年旧官墙的韵味。她的婆婆、儿女们都不在那块土地上生存了。然而我却留不住母亲,城市对她没有吸引力。她惦念着那老屋,那老屋里有着她自己的岁月。她像奶奶一样固执地恋念故土,让人不可思议。这是两代人不同的生存观导致的互不理解,我是不回那个乡下的。即便有善良、纯朴也诱惑不了我。在那里,完成不了这辈人的梦想。我从那里走出来,就不想再回去,而她要重修整给予自己伤害的家园。家园是什么,是根,我在晚风中看到根的游移。我们两辈人就这样做怪自己:一个走出,一个深入。母亲倒是不止一次地讲奶奶不会享清福,说三姑请老太太到北京,住几日就哭闹,老姑请老太太到天津,每晚要她洗一洗清朝末年裹小的脚,她就埋怨老姑没人情味,上班锁老人坐大牢,不准串门聊天。不几日她又回到乡里。老太太倒高兴起来,说:"金窝,银窝,不如自家的草窝。"母亲听婆婆讲那种话,会捂着半张脸偷笑。如今婆媳如出一辙,我也像姑姑们一样留不住母亲,就像故乡留不住我一样。不过,我发誓,冬季母亲不宜在老屋过。我要带她到南方,那里没有冬天。深圳的土地在我脚下踏了四年,我也没有接来母亲。一次次经历求职、择业、敬业、倒闭和失业的日子,没有安稳的生存环境,我对母亲许了个空愿。我拥有的只是在岁月中匆忙地行走,脚踏实地干,凭自己的能力创业。而岁月很大,我没有辉煌的业绩可以向母亲汇报,因为与岁月抗衡,人是弱小的,但在每一天里,人又是强大的。带着满怀的希望与失落,我得到的只是人生存所必有的固定的居住空间,这是应该的。仅有这点暖色就够了,我想让母亲与女儿共享。

我拍一拍胸,让震颤的心房稳住。把心里的话,当面向母亲说个明明白白,让她老人家享受南方的阳光。南方与北方不一样,这里终年不见雪。然而,我对雪并不陌生。

一九八六年春节,我曾强迫自己回家乡过春节。当我隔着车窗,又见到平原的雪,便急忙下车,踩着灰蒙蒙摊开的大地,携着行李与雪共舞,走了很远,才见到久违的故乡。庄稼的秸秆围脖似的包着院墙,告诉人们还有人烟。雪把寒冷传递到肌肤,不一会儿脚就冻麻木了。那会儿,我扶着披满雪挂的树,一脚踩下去,就成了雪人。背着一身白雪,站在院门,我看到先前的枣树,在深冬里还吊着血红的果子,那血色红透我眼。香椿树干裂着皮,香脂溢成褐黄色的亮汁,像老人的泪,树干粗了一些。黑柿树不见了,窗户那儿显得空荡荡的,白鹅卧在积雪上伸长脖梗儿高门大嗓地喊叫着陌生人到来。这时,纸窗上仅有的一块玻璃镜面晃出母亲的脸,又突然不见了。

门打开时,母亲站我面前,我怎么会高她半头呢?母亲几时又这么瘦小呢?她的背什么时候又这样弯如月牙?一连串儿的疑问,还没来得及发问,室内仅存的一点烟气呛鼻而来,冷风让母亲咳嗽得又深深弓着腰。母亲再不是心目中那种高大的样子,或许这就是成长的悲哀。我无能为力限制母亲不衰老,就像我不能限制自己的孩子长大一样。家中炉台掉了砖,泥灰浮一层,风箱上还盖着我当年亲手用水泥钢筋打制的水泥板,水泥板上还依稀看得到我画下的一朵荷花与一屋金鱼。痕迹依在，旧事重现，我的视线模糊起来。墙壁重新抹上一层白粉，又被熏黄。顿时脑子里冒着蒸腾的白水汽，又想起小时候一掀锅盖，热气舔着黄土墙冲上屋顶，锅里的饭总有沉淀的泥沙留在饭碗里，吃下不少"墙壁"，个子照样高大，奶奶的"泥人说"倒也真实。人以土为本。

家乡，童年的美丽哪里去了？景象依存，可情趣皆无。我明白自己成熟过度了，这不能说不是一种人生的大悲哀，我的心又沉重许多。怀念那份童心的消失，更为母亲晚年享不上福而心酸。在条件那么差的乡里，她却自足自乐。她的不幸就在于她不在乎自己的不幸；她的幸福也就在于不在乎自己的幸福。既然她幸福地认为生活得比乡邻好，女儿也不再干涉她的幸福。

外面的世界很大，城乡差别很大。

母亲不是不知道。她是大家闺秀，见过大世面的。一九四九年国庆大典时，母亲也在天安门广场，灌了满耳朵的军乐声、礼炮声。可母亲不会忘记困难时期养育了自己的土地。这观念根深蒂固，她不会背叛。她的户口从城里迁回去，落实政策后，儿女们又把她的户口迁到城里，可谁也迁不动她的身，终归户口又迁回去。母亲在岁月里，要把她的"乡史"写完满似的坚守阵地。

过了许久，我也没实现曾经的诺言。我慌慌地揣着机票，正赶岁末的一趟班机，去营救母亲。我的愿望落空了。

她躺在病床上有气无力地说："九七"香港回归后，看时局而定。这话叫我吃惊，母亲居然以政治家的口吻决策她是否来深圳，我确确实实不懂母亲了。这时才明白，她的心很大，并不只是油盐酱醋柴。在侍候她的日子里，我断断续续从她口中得知不少稀奇的事，上至中央下至百姓，她居高临下地说了不少见解，中央领导人的名字，比我还熟。母亲不是一个平庸的女人，而她为儿女，还是牺牲了自己的工作。生命是重要的，一颗有生命的心更能包容宇宙，岁月也盛不下的。每个人只有一次生命，都是为自己而活着。可世界上千千万万的母亲却超越了这界限。在岁月里，我们听到一种博大、宽容、慈祥的声音，在我们头顶的上空回响。

相约在冬季，母亲还是不来深圳。我心深处，只好祈祷母亲四季相安无事。这话既无分量，又无价值，仅有人情味。

寡淡得很！

在最后与母亲告别时，我又说，深圳是中国现代都市的体面，您老应该去看看。过去有人说：莫斯科的体面靠上帝，北京的体面靠皇帝。北京的气派您是熟悉的……还没等我说完，她老人家又开口了：深圳的体面，靠邓小平。母亲很清醒，即便从地狱之门回来，也不糊涂。我再劝说什么，等于多余。

老天在我踏上返程的前夜，又降了一场大雪，受过污染的大地被白雪覆盖，极目四野只是白茫茫一片，真干净。我在没人踩过的雪地上有意走下自己的两行脚印，才又登上舷梯，在巨大的轰鸣声中，人们腾空而起。俯瞰大地，房屋变成积木，而汽车游移成甲壳虫。高度可以改变一切，胸中突然有佛心来临，普天之下，芸芸众生，心生慈悲……那么人生的高度如何飞翔才能达到？转眼间飞机从薄云升入厚云，我惊讶天上与地下如此相似，几千米的高空也是一波又一波的雪原。雪和白云本质都是水。难怪人们说岁月如水呢，其实岁月是透明的流水，在我们的肢体里走动。在故乡的大地上起飞，可天上的雪原却留不下痕迹，因气体是无形的东西，但我确实飞过。

选自《中华散文》1998年第7期

(2000—2009)

孙向学

生于广西南宁，现居深圳。主要作品有长篇小说《仙儿堂》《岭南烟云》《沧桑》，散文集《蛙鸣集》《泗城往事》《遗梦桂西》及中短篇小说集《调到深圳又如何》《一色》等。长篇小说《岭南烟云》获广东省第七届"五个一工程"奖，并被改编成电视连续剧《深圳湾》，在央视等多家电视台播出。长篇小说《沧桑》获广东省有为文学奖。

斗蟋蟀

蟋蟀这小虫子，不知哪来的劲，不但白天叫，晚上叫，打雷下雨叫，连寒风乍起，别的虫子大都缩头缩脑，噤若寒蝉时，它仍在叫。蟋蟀多，自然就有了斗蟋蟀的习俗，况且泗城历史悠久，古代遗风兴盛，这习俗便一直往下传，传到了我们这一伙不知天高地厚、不知大人们辛酸苦辣的顽童身上。

有年暑假，阿宝带上我等几个，到石钟山脚的乱石堆里乱翻一通，捉回了大小二三十只蟋蟀，将其全部放入洗澡用的大盆里，然后衔一口酒，对准蟋蟀们雾状喷洒而去。这伙蟋蟀生来皆为独霸一隅的斗士，虽然被捉，惊魂未定，但眼见许多原来的"情敌"都挤到了一起，怒火一蹿蹿难得抑制，加上一口酒喷来，弄得一头一脑的酒水，伸舌头一舔，这还了得，不是火上浇油吗？于是振翅呐喊，各自捉对，一场混战就此拉开序幕。

蟋蟀有别于蚂蚁、马蜂之类的虫子，它们不会拉帮结派，更没有家庭观念和种族意识。它们除了自己，除了搔得自己心痒痒的母蟋蟀，其他所有的公蟋蟀皆为自己的敌人。敌人中少不了有自己的父辈或兄弟，但一旦交起手来丝毫不会手下留情，除非一方落荒而逃，否则直至一方战死方才罢休。因而将它们集体置于盆中斗殴，是件非常残酷的事。盆沿高而滑腻，它们再厉害也难以逾越，弱者无后路可逃，举手投降了，但你不滚得远远的，对方就视你为诈降，就仍旧扑上置你于死地。这有如古罗马的角斗士，非斗个你死我活不可。

　　二三十只蟋蟀在盆里乱哄哄挤成一团，有的抱头乱咬，有的乱踢乱蹬，什么架势皆有，个个英雄好汉。但不消几下，强弱已开始分明，被咬得遍体鳞伤、毫无招架之力了的，被阿宝捡出来，丢给了守候在一边的鸡们。鸡们早就虎视眈眈等得不耐烦了，见了它们认为最可口的蟋蟀落在了脚边，便一拥而上将其争夺。动作最敏捷者一啄而去，奔跑中将伤蟋蟀吞进了肚里。可怜伤蟋蟀不但没有得到人道主义救治，反而成了鸡的佳肴。逝者如斯夫，活者誓不罢休，振翅向另一只正为战而胜之而正自鸣得意的蟋蟀扑去。一场大战继续开始，直至盆里最后只剩下了两只蟋蟀。

　　按时下的说法，这最后剩下的两只蟋蟀是多么的"酷"呀，它们全身皆油光可鉴，乌黑的脑壳映出了我们挤在盆上的脑袋。不同之处，一只的身架硕大无比，是"巨无霸"型，它趴在那儿纹丝不动，稳如泰山，真有不怒而威的仪态。这样的蟋蟀动作不甚敏捷，但它一口就是一口，一腿就是一腿，往往就是这一口一腿，就是致命一击，即刻将你置于死地。一般的对手对它来说不堪一击，碰到临死也要给你一口的"愣头青"型，往往也是杀死一万，自损三千。刚才的激战，这只"巨无霸"肯定就碰到了不要命的"愣头青"，不然它又长又粗的触须怎么就少了一条？尚存的一条似乎也不挺拔，仔细一看，原来也被咬过，只是咬得不够狠，没有断而已。另一只的个头比"巨无霸"小了一半，它的獠牙毕露，眼睛大而且凸，有如牛眼，舔过酒水的缘故，它双眼泛红，闪着两股阴森森的杀气。更令人震惊的是，它的两条大腿与身子不成比例，粗大且健壮，有如两把刚锉过的钢锯，一弹拨，盆底嚓嚓有声。这只蟋蟀属誓死不投降，临死咬你一口的"愣头青"一类，"巨无霸"头上的触须，就是它这一类咬下来的。综观"愣头青"全身，毫无一点伤痕，战绩比"巨无霸"还要辉煌。

　　明知道盆底哪里会是它们自由的王国，但就为这非自己领地的盆底，只要自己在此还待上一刻，也不容许别人插足，这是"巨无霸"和"愣头青"此刻心里唯一的想法，不然它们怎么会像拳击台上的拳手，左摇右晃，跳跳跃跃。综观这场大战，势均力敌是可能的结局。局势却突然间急转直下，就在双方抱头大战一触即发时，"愣头青"突然高高弹向盆壁，哐当一声碰壁转而又弹向了"巨无霸"，"巨无霸"那瞬间似乎愣了愣，正以为"愣头青"是怯战逃跑而正要高唱凯歌时，"愣头青"从天而降，稳稳当当骑到了它的身上，"巨无霸"还没回过神，"愣头青"一双刚劲有力的后腿锯向了"巨无霸"略显瘦弱的后腿，同时它的脖颈也被"愣头青"紧紧咬住了，这简直像一位优秀的驯马员在教训一头还没驯化的野马，任凭野马怎样跳，怎样踢蹬，驯马员都稳稳骑在上面。"巨无霸"比野马还厉害，它会前滚翻后滚翻，会仰卧起坐，"愣头青"比优秀驯马员还出色。谁敢说优秀驯马员没有被马掀翻过的？"愣头青"就硬是没有被掀翻。数分钟后"巨无霸"的反抗挣扎渐渐虚弱，紧接着它的两条后腿先后被锯断了下来，没了后腿的"巨无霸"是只可怜虫，它驮着"愣头青"还挪动几步后，终于一动不再动。

"愣头青"这时才从"巨无霸"的背上跳下来，振翅高鸣，触角前拍后打，好不得意。

我们看得目瞪口呆，好一阵才回过神，一齐为"愣头青"的最后胜利而欢呼起来。

阿宝给"愣头青"很好的待遇。他在屋檐下挖了一个海碗口大的坑，坑底夯实，置七八粒玉米和一个干辣椒在里面。坑口盖一块玻璃，玻璃与坑口有缝隙，供透气。坑边还另外挖了一个斜坡，打一洞与坑里相通，以一小木板为门，让"愣头青"出出进进，拉开门板即可。这真是一间小小的安乐窝，"愣头青"住得舒坦，我们要看它也十分清楚。只是给它辣椒吃我百思不得其解。一问，阿宝说吃了辣椒打架才厉害。

将"愣头青"安顿好后，阿宝宣布，今后若有谁捉来的蟋蟀打胜了这一只，就会送一个陀螺给谁。玩陀螺也是泗城府古代遗风之一，不但孩子们喜欢玩，大人们也时常玩上几下。阿宝深得做陀螺的精髓，他用老茶油树根做的陀螺，常常旋上几分钟也不会停，得到阿宝做的陀螺比得到一只"愣头青"那样厉害的蟋蟀更令我们这群孩子激动。

我所拥有的几个陀螺中有一个是乌衣哥亲手做的，他是泗城最有名的木匠，质量远在阿宝做的之上，我也想得到一个阿宝做的，但并不重要，重要的是"愣头青"太厉害了，如果能捉到一只比"愣头青"更厉害的，那不是更刺激、更激动、更大快人心么？那一天起，捉一只打败"愣头青"的蟋蟀的念头充斥了我的整个脑海，白天夜里想的梦的都是蟋蟀。

泗城所处三面是石山，石山脚下多是巨石，石缝是蟋蟀的天下。澄碧河贯穿泗城，河畔的草丛中也是蟋蟀的世界。泗城的蟋蟀多如牛毛，轻易就能捉住一只，但要捉住一只比"愣头青"厉害的却又是件非常不易的事。大院的那伙小孩为了战胜"愣头青"，冒酷日的，披星戴月的，总之一有空闲就一心一意去捉蟋蟀。然而捉来的没有一只能战胜"愣头青"。我捉来的几只场面更难看，其中一只连应战的胆量都没有，放进盆里一见"愣头青"，夹着尾巴就逃，上天无路，下地无门，只能像蚂蚱一样在盆沿不停地跳。跳到最后没力了瘫在那里，任由"愣头青"上来，一口就咬断了一条腿。

广三不在我们这个大院，听了我的叙述，他问我，我的蟋蟀是什么时候去捉的，我说白天。他说白天叫的蟋蟀拿手的是呼唤母蟋蟀，打架根本不行。他又问我，是去哪儿捉的，我说河边的草丛里。他作鄙视状，说草丛里的蟋蟀大都是草包软骨头，经不得打，要厉害的就得去捉大石头底下的。对呀对呀，"愣头青"是在郊外的石堆里捉来的，而我到河边的草丛里捉来"草包"如何能战而胜之？没有广三的一番点拨，我哪天才能打败"愣头青"哟。于是赶紧邀广三晚上一起去山脚下捉几只回来。广三的蟋蟀瘾比我还足，况且胜了"愣头青"还得个陀螺，二话不说，约定吃了晚饭就出发。

晚饭吃过，夜幕也降，我拔腿向门外跑时母亲问我去哪里，我信口一编，说广三请我去看《南征北战》。晚上去捉蟋蟀，母亲是绝对不允许的，给蛇呀蜈蚣呀之类的咬一口，那不得了。骗过母亲，我飞奔向广三家。广三家正在吃饭，见我来到，广三急匆匆将碗里的剩饭扒进嘴，放下碗就要跑，被他父亲喝住了："跑什么？不洗碗了呀。"眼见广三不能马上脱身，我一急，对广三的父亲就说："阿宝家有一只厉害的蟋蟀，我们去捉更厉害的来打败它。"

说是去捉蟋蟀，广三的父亲那双眼竟滴溜溜转了几转，十分感兴趣地问阿宝的蟋蟀如何厉害，我绘声绘色、添油加醋地把"愣头青"将"巨无霸"咬死的经过说了。广三的父亲听了，自言自语："神了，真有能跳起来骑到人家身上将人家咬死的蟋蟀？"接着他问我们："这么早就去捉蟋蟀？"见广三的父亲有了通融，我和广三异口同声："是呀是呀。"

广三的父亲不紧不慢点燃一支烟，抽了一口方说要打败阿宝的那只蟋蟀，必须半夜后才去捉。过了半夜，说是万籁俱寂，其实不然，那清脆如滚珠的乃是蟋蟀在叫。当然，子夜过后仍在叫的蟋蟀并不多，大多是搂着千呼万唤引诱来的母蟋蟀同床共枕去了，极少的则是不知疲倦的大侠，这样的蟋蟀不是这样王就是那样王，斗起架来既勇且狠、既猛且巧，一般的蟋蟀不经它几口就得断臂损腿。

广三的父亲说得我和广三一愣一愣的，真想不到斗蟋蟀还有这么多的学问，若不是广三的父亲说，傍晚去捉来的蟋蟀岂能斗得过阿宝的"愣头青"，还不是再惹来阿宝一顿讥笑和奚落？广三的父亲继续说："能捉到半夜过后仍在叫的蟋蟀难上加难，主要原因在人，因为这时的人早已哈欠连天，困乏得四肢无力，哪里还会黑灯瞎火去捉蟋蟀呢？"

我和广三又是异口同声："我们不怕困！"我还多出一招，拉了拉广三的父亲的胳膊说："张叔叔，今晚你就带我们去捉吧。"广三也赶紧附和央求道："爸，你就带我们去吧。"

广三的父亲吸了几口烟，故意卖了一下关子才说："行行，过了子夜就带你们去。"

我和广三大喜，摩拳擦掌恨不得子夜马上到来，那时我并不知道广三的父亲说的子夜是指过了十二点以后，以为九点十点就差不多了。过了九点，广三的父亲还没出去的意思，倒是我和广三哈欠连天，广三的父亲要我们先睡一会，说到时他会叫醒我们。

不知睡了多久，我被推醒，迷迷糊糊不知身在何处，广三的父亲在说："都清醒过来，去捉蟋蟀了。""捉蟋蟀"几个字像催醒剂，我打了一个激灵，精神顿时高昂起来。

广三的父亲在前面打着手电筒，我和广三一前一后跟在后面向城外走去。那晚没有月亮，只有满天的星星，开始降露水了，星星便有些朦胧。地上是黑暗一片，广三的父亲不时将电筒光往回扫一扫，提醒我们看清路，别摔倒了。

广三的家就在城边，出门百来米便到大石山脚。这时隐约听到了蟋蟀嚯嚯的鸣叫，广三的父亲并不停下脚步，他说附近的蟋蟀给人捉得差不多了，要到远一些的地方去。我们继续走。不知走了多远，广三的父亲突然停下了脚步，悄声对我们说："听听，听听，听到了么？"我屏息仔细听了一会，终于听到一阵一阵的蟋蟀叫声若隐若现传来，广三的父亲肯定这是一只不得了的蟋蟀。他掏出一块红布，一边罩住电筒光，一边说:"光不能太亮,脚步更不能响,听到了么?"见我和广三不住点头,他才一步轻过一步,向那只蟋蟀叫的方向挪去。

那只蟋蟀的叫声越来越近,越来越响亮,清脆如铜铃,沉稳如锣鼓,真的是高昂激越。蟋蟀的叫声无非两个目的,一是呼唤对象。母蟋蟀既没有触角,脑壳也不光亮,两张羽翅更是干涩枯燥,平平淡淡的花纹几乎谈不上是花纹,但它会卖弄风骚,骚得让公蟋蟀统统拜在了石榴裙下,故而公蟋蟀这伙小淫棍就一天到晚不停地叫唤她们,图一时快乐。二是警告它的"情敌"们,这方圆数十米的地盘是它的领地,入侵者不得好死。然而蟋蟀王国里,没有较量之前,是没有谁怕谁的,因而打架成了它们的家常便饭,不分场合,就是被人类捉去了放到盆里,也照打不误。其勇猛的品质称得上优秀。它们鸣叫的目的有偏重,偏重第一的大都是草头王,经不得打。偏重第二的就是子夜过后,连青蛙都懒得叫了时它仍在叫,如眼前这只。那只蟋蟀的鸣叫仿佛就在眼前时,我一是激动,二是走神,一脚踩空,啪一跤摔得眼冒金星。

蟋蟀的叫声戛然而止,天地间突然死一般沉寂。广三和他父亲都愣了愣,但丝毫没有责怪我,他父亲轻声问我摔疼没有。疼得半死,我硬说不疼。广三的父亲说不要着急,我们伏在这儿不动,待会它还会叫,到时我怎么做,你们就怎么做。

泗城深更半夜温度与白天相去十几度,我冷得打抖,浑身起鸡皮疙瘩。正哆嗦着,蟋蟀又重新叫了。

广三的父亲抬起手,又往下压了压,显然是要我们不出声,他匍匐在地,我们也匍匐在地,他向蟋蟀的叫声无声无息爬去,我们也无声无息爬去。那情景就似电影《奇袭》里一开始，几个志愿军战士向美国人的阵地爬去时的情景。

不过爬了几下，在泛红的电筒光照射下，我们终于看到了那只蟋蟀。我捂住嘴才没发出惊叹，那是怎样一只蟋蟀呀，触角足足有我的手指长，那双大腿像我在小人书里看到的关公的那把青龙偃月刀，大得吓人。它的羽背花纹隐隐看到竟是两个"王"字，那魁梧、那威严、那浑身散发出的阳刚之气，无不证明这是一只蟋蟀王。

蟋蟀后面就是两块巨石，石之间的缝隙大概就是它的"家"，我担心它一钻进去了便白欢喜一场，急得想拉尿。广三的父亲一点也不着急，他将电筒放到地上，红红的光和那只蟋蟀对峙着。那只蟋蟀见多识广，什么惊涛骇浪没经过？这刺它眼睛，让它眼睛发花的电筒光它似乎没见过，没见过也不怕，对峙了一会，蟋蟀以触角探路，一步一步向电筒光逼来，正在它磨刀霍霍，准备与这会发光的庞然大物比一高下时，广三他父亲将已张口的布口袋，一扑而下，这只蟋蟀便成了"袋"中之鳖。

回到广三家，广三的父亲将这只蟋蟀关到像茶壶的一个瓮里，说明天拿去找阿宝吧，万一打不过，我们再去捉一只更厉害的。

大战仍在阿宝家的洗澡盆里进行。"愣头青"已在盆里等候多时，广三将瓮里的那只蟋蟀倒进盆里时，"愣头青"一头蹿过来就想咬，又突然惊得向后连退几步，看客们顿时惊呼："背上有王字，是蟋蟀王呢！"阿宝的脸顿时难看起来。

"蟋蟀王"见"愣头青"这么瘦小，轻蔑地弹了弹后腿，振翅呐喊起来。然而怪的是，它威风凛凛，两条罕见的触角挥得令人眼花缭乱，却也不敢贸然发起进攻。阿宝见状，拿来酒，一口喷去，并用细长的竹条撩拨"愣头青"，让它主动发动进攻，"愣头青"果然受不了激将法，它一蹿就蹿到了"蟋蟀王"面前。那场战斗之壮烈，之惊心动魄，我迄今认为是空前绝后。互相战死的结局却令所有的围观者满足中略带有遗憾。"愣头青"将"蟋蟀王"的脖颈咬断了，"蟋蟀王"侧啃去了"愣头青"的半个脑袋。它们紧紧抱在一起数分钟不松手，待松手后，便双双趴着不能动弹了。

我和广三将结局告诉了广三的父亲，他愣了许久方问，阿宝那只平时吃什么，我说有玉米、辣椒等。广三的父亲一听，就拍大腿连声说："亏了，亏了！"他说我们这只本来肯定能战胜阿宝那只，只因少吃了辣椒，结果打平了。

1968年夏，我随母亲回母亲的老家探亲，在桂林，我叔外公的儿子对我特别好，他送了我一只他亲手做的蟋蟀笼。说是笼，其实不是笼，是一条小口盅粗的竹子，一头留节，一头剪圆的硬壳纸当门，竹削去三分之一，镶嵌一对等的长方形玻璃，真是精致漂亮。我是放在舅舅家忘了带回泗城，还是在半路弄丢了，实在想不起。

选自《蛙鸣集》，作家出版社，2000年8月版，此次文字有删减

杨黎光

高级记者、一级作家，现为中国报告文学学会副会长，广东省作家协会副主席，现居深圳。出版有《杨黎光文集》。著有长篇报告文学《没有家园的灵魂》《打捞失落的岁月》等，中篇报告文学《生死一线》等；长篇小说《走出迷津》《大混沌》《园青坊老宅》等。曾获鲁迅文学奖、徐迟报告文学奖、冰心散文奖等多项文学大奖。

走不出外婆的目光

八年前，外婆已经86岁了。当她得知我将远离家乡南下深圳时，没有像我母亲那样不停地抹眼泪，而是拉着我的手说："有空就回家看看。"

我家住在三楼，离家的那天，年迈的外婆一定要送我，并牵着我的手一直将我送到楼下。我走出很远很远，回头看见外婆还站在街口望着我。我的脑海里浮现出上小学一年级的情景，外婆就是这样送我上学的。人生几十年，我也没有走出外婆的目光。

我从未见过爷爷奶奶，父亲很早就失去了双亲，我是外婆带大的。在我记忆深处，找不到被母亲抱过的感觉，却深藏着外婆抱我的温暖。

外婆非常瘦小，那双缠过的小脚是一对标准的"三寸金莲"。我小时候很调皮，我想，她抱我的时候一定很吃力。

外婆 36 岁的时候外公就去世了,她守寡一辈子,用她那瘦小的身躯抱大了我的母亲和舅舅,抱大了我和两个妹妹,又抱大了舅舅的两个儿子。

外婆吃了一辈子苦,可从不诉苦。母亲结婚以后,生了我们三个孩子,自己因多病常常住医院。父亲由于工作的关系不能每天回家。外婆颠着她的一双小脚,家里、医院来回照顾着我们兄妹和我母亲。小时候,在夜深人静时,我常常被外婆的哭声惊醒。外婆哭得很特别,她边哭边轻轻地诉说,像在跟"上帝"对话。那时我还太小,不明白承受着太多苦难的外婆正是用这种方法疏解心中的苦闷和压力——她把许多白天无法说出来的苦闷在夜深人静的时候自言自语地哭诉出来,然后再拖着极度疲惫的身子睡下。

到深圳后,一有时间,哪怕只是一天两天的空闲,我都争取回家看外婆。每一次我回家,她都高兴得合不拢嘴。我带去了很多好吃的东西,她却吃不动了。

外婆有一个习惯,每天晚上都要洗脚。回家的那天,我看着行动迟缓的外婆说:"外婆,我帮你洗脚吧。"外婆不肯,我硬是抱起外婆放到妈妈给她特制的一把藤椅上。外婆太瘦了,我像抱着把骨头。

记得第一次抱外婆是在她 72 岁那年,外婆突然病倒了,是脑溢血,非常危险,到了医院医生就下了"病危通知书",外婆躺在病床上人事不知。将轻得像孩子一样的外婆抱在怀里的时候,我只有一个念头:一定要救活外婆。那年我刚大学毕业不久。

外婆在医院里整整躺了三个月,大小便失禁,不省人事。

我们这些由外婆带大的儿孙都在医院轮流值班。我在外婆身边待得最多，每当为外婆擦洗那失禁的大小便时，我想，小时候外婆就是这样带大我的。我梳着外婆的花白头发，对仍然没有知觉的外婆说："外婆，你一定要醒来，你还没有过上一天享受的日子。"

三个月后外婆醒来了，半年后外婆下床了，这一活就又多活了20多年，又带大了我舅舅的另一个儿子。那天，我又想为外婆洗脚。我打来热水，试好水温，脱下外婆的鞋袜，将外婆的脚轻轻地放进水里。这双僵硬的畸形的小脚，只有两个大脚趾朝前长着，其余都被缠在脚底下，就像一个孩子握紧的拳头。而这双小脚，撑起了外婆的一生。

假期结束，我又要返回深圳。这时外婆已经不能下楼了，只能站在三楼的窗口目送我。我离开很久，她还站在窗前。

外婆带大了所有的儿孙，儿孙们都工作了，家中只留下外婆，外婆很寂寞。生活很温柔，温柔得我们都对外婆充满感情；生活很残酷，残酷得我们知道外婆很寂寞，却不能丢下工作回家陪外婆。一天天衰老得不能下楼的外婆只能站在窗口，望着外面的世界。我想，外婆最盼望的，恐怕就是我们这些儿孙常回家看看她。

1996年外婆患了老年痴呆症，我怀着急切的心情回到家里，走进外婆的房间。外婆躺在床上把我妈妈认成我妹妹了，突然，外婆两眼盯着我说："我孙子回来了！"（外婆从来不说我是外孙）妈妈又追问了一句："他是谁？"外婆非常清楚地说："他是杨黎光。"外婆谁也不认识了，却认出了一年也回不了一次家的我，我的眼泪忍不住夺眶而出。

1997年回家的时候，外婆认我就很困难了。我站在她的床前，她盯着我看了很久，中间还闭上眼睛休息一会儿，又再次睁开眼睛望着我。我拉着外婆的手问她："我是谁？"外婆瞪大眼睛，我感到她在困难地用她那还残留着极少记忆的大脑回想着。终于，外婆开口说："你是杨黎光。"

我感到外婆不久于人世了。1998年，我带着妻子和女儿一同回家看外婆，这时外婆再也认不出我了。外婆由于卧床太久，身上到处都痛，妈妈常扶外婆起来坐一坐，可是外婆怎么坐着都不舒服，还像孩子一样"咿咿呀呀"吵个不停。我知道是外婆身上痛。我突然想起，婴儿再不舒服，被母亲抱到怀里就不哭了。于是，我将外婆抱起，然后像摇孩子一样轻轻地摇。外婆果然变得特别安静，把头靠在我的胸前，安静得像熟睡的婴儿。我知道，小时候外婆也是这样抱着我让我入睡的。

妻子用摄像机摄下了这个珍贵的镜头，留给我一个永恒的怀念。

1998年8月16日，我突然接到家中电话：外婆去世了。我由于工作的关系不能马上回家。

外婆安葬的那天晚上，我做了一个梦。梦见我抱着外婆上山，瘦削的外婆躺在我怀中一动也不动，给我留下一个永远的思念。

外婆，我仍然会回家看你，时间改在每年的清明。

（谨以此文纪念我远去的外婆）
写于2000年9月
选自《杨黎光文集》第十一卷散文《走不出外婆的目光》，
作家出版社，2006年6月版

胡晓梅

1971年12月24日出生于矿工家庭。1992—2007年主持的电台节目《夜空不寂寞》在深圳保持了连续15年的最高收听率纪录，被誉为"中国南方的广播奇迹"。英国《泰晤士报》一篇讲述中国两性观念变迁的文章这样说道："在深圳，每天晚上大约有两百万人收听胡晓梅的电台节目，这个有胆识的女子以她的率直震撼了老派中国人。"

夜空不寂寞

《夜空不寂寞》是一个声音的世界，它是八年以来我甘愿被围困的理由，也是至今仍围困着我的全部。

声音是另一个现实世界，一个半明半暗的存在，像一座雾里的桥梁，一边是实在得有些严酷的生活，另一边隐没在看不见的对岸，仿佛延伸到一个无边无际的奇幻的宇宙深处。

我相信真正听过我节目的人会真正明白我到底在说什么。我的节目是深圳这座城市里许许多多受伤心灵偶然漫步经过的地方。他们站在桥头这一边，想起了自己以及自己有过的梦想，但这些东西几乎像对岸一样遥远，似乎只有通过长时间凝视水面上泛起的星星点点才能看到它们。他们讲述一个个故事，他们曾切身经历的真实感受，心酸、苦痛和挫败；这些感受如同脚下的石子一般实在，但最后却无法用手，而只能被飘忽的声音捡了起来；并且这些声音的符号又是那么虚无，甚至连在第二秒停留都不可能，瞬间就消失了。

这是多么令人惊奇的事情，最真实的东西需要用最无法触摸的东西来令我们认识。这就是我为什么对自己身处的这个可能对许多人来说是没有意义的声音世界充满感激的原因，它让我觉得自己在干夜空里星星在干的事情。谁都知道我们看见的星星并不是真正的星球的实体，它们只是在夜幕漂浮在宇宙间的那些表面坑坑洼洼的石头块的投影，但谁会怀疑如果不是这些发光的影子，我们又怎能开始认识到那些真真正正的星星。

我经常是用这个念头鼓励自己的，当我遇见了挫折和痛苦。不管怎样，这个声音的世界都是值得我停留下去的，就像一本书，值得继续翻阅；一条街道，值得漫步下去；一个早晨，值得永远赞美阳光——即使是这座浮躁的城市，对物质的焦虑在无限期地蔓延，我仍然这么相信：声音世界里有一种真实，在夜色将人变得脆弱的时候。

我愿意身处在人内心真实的世界，尽管那只是人们在夜幕的掩护下，在隐匿了真实身份和姓名的情况下才展露的瞬间，但那是生存的本质。我找不到任何一种其他的方式可以如此迅捷地去到人心深处。在这个世界里我找到了欢乐、满足以及值得我探究的奥秘，虽然它们以过于沉重的方式出现。这个世界并不是由我创造的，我只是激发了每个人倾诉的欲望，它来自那些携带了自己故事的平凡的人；我们在这个空间感到安全，因为我们在彼此坦白的诉说中驱散了孤独。

事实上这是最符合我本性的工作，我可以和孤独的人对话，但我投入不了欢乐的人群。欢乐似乎只是表面的泡沫，我总是奋力潜身下去，想要看见水底。但这并不代表我不相信欢乐，我只是没法忘记隐身在欢乐后面的属于人与生俱来刻骨铭心的孤独。

我总觉得是命运引领我走上这条路：一个带着450元寻找命途的江西穷人家孩子，没有受过太多的教育（我所受的大学教育对这份工作远不足够），只有一个单纯的生存念头，在误打误撞之下，居然在深圳这个城市找到了自己的梦想。

我不知道，如果没有命运的眷顾，我今天将身在何处？我对生活，也对深圳和电台充满感激。我的幼稚无知，我的年少轻狂，还有对生活无根无据的愿望，统统都被宽容了。我的努力源自一份自己也说不清楚的热爱，这个世界没有舍弃我，我真觉得高兴。

当然，这有点宿命论的味道。但有可能回忆就是这样的：当你已经走在这条路上，所走过的似乎都成了一根链条上的其中一环，既必需又必然，既然我都已经这么认命，那就不如把这条环环相扣的道路再拉长一点吧。

在以声音为职业的八年中，我曾赋予了它两个阶段的意义，这是由自身成长过程中不断转变的观念和心态决定的。

最初，它被20岁出头的我抹上了一层浪漫感伤的色彩，用来自慰。每个走进来的人和我一样，试图表达出比自身更完善、比现实生活里更令人满意的自己。我们堆积着真诚和泪水，在语言中感觉到升华。事实上，真正的真诚者是羞于标榜自己的真诚的，他们时刻意识到自己身上无可回避的人性另一面，警惕着不加节制的过度抒情和自我美化。年轻的我完全不具备对人性真正有深度的洞察力，只管在言辞幻化出来的美好世界里欢呼，眼光掠过了不愿看见的东西，其实那时也没有能力看清和探究我们自己制造的烟雾后面复杂奇诡的人性，因此只能在节目中避重就轻，在一个更易讨好的层面上投机取巧。但那样的节目毋庸置疑是受欢迎的，在过于沉重的生活中的人们需要欺骗和安慰自己。

回听最初和最近的录音带，可以明显感觉到差异。过去的交谈是在感觉上缠绵，根本察觉不到某些语句后面的心态和危险，问题深入不进去，盲目地鼓励着滥情。这是那个时候的我们，我们需要自己制造的幻象来推动生活。主持人难辞其咎，是她在引导和煽动着整个空间的情绪。

怀疑是逐步建立的，当声音的世界和自己的生活里不断出现裂痕。

我记得一件事情：有一个过去的同学，曾向我说起，他在某一个落雨夜晚的窗前，看见一个乞讨的老人，颤抖艰难地前行，手里的瓦罐盛满了雨水，他说自己禁不住流下了泪水。我毫不怀疑他在那一刻的真诚，但他在为陌生人流泪的同时，我知道他在生活里是一个担负不了责任的人。他不断责怪自己的不求上进和对父母的辜负，却又沉迷留恋于酒吧，每个月的薪水都耗在风月场所；他有妻子，还有情人，并沾沾自喜情人的知情识趣，这个女人不要求名分，也不贪钱，纯粹因为爱情和他在一起。这是一个冷酷的人，他自私地只想到自己，他不会为他人做些什么的，只会在某一些事不关己的时刻投下一丝悲悯，从中感觉到自己身上还存留着善良的品质。

人性是可疑的，我们在不同的角度不同的时刻看见不一样的同一个人；人性也是不断在被考验和改变着的，我们只要回溯自己在人生路上是否动摇过就可以得知。

我拒绝再给人提供自我描绘和自我满足的空间，这样只能在温情脉脉的脸孔下助长我们的虚伪、妥协和麻木不仁，我们身上有那么多问题需要面对而不去面对，实在太姑息和宽待自己了。我开始设想把自己的节目变成一个匿名者的聚会，人人可以泄露自己不为人知的另一面而无须现身，我鼓动人们尽可能坦诚一点，因为每个聚会的真正目的都不是相互攀比服饰的华丽光鲜，而是分享生命中最隐秘的感受，从彼此的交流中得到启发和教益。

我意识到了声音的另一层意义：它像一双翻检着记忆杂货间的手，企图找出人性深处隐藏的证据。

这个角度进行的谈话像是一种心理冒险。在人性的森林里，迷雾重重，容易使人误入歧途。相当一段时间，我感觉到自己力不能及，去不到想要去的地方——我手中没有刀斧，劈不开话语的荆棘。

大杨——我早期在深圳的男友——曾经这样告诉我：

一直想"平等"地给你写封信。所谓"平等"，意思是说不想让你品评什么，仅仅是一个男人在夜晚对一个女人的道白，请不要用"潜意识"之类的话来评论。你知道，作者和评论家之间的对话不是充满谀美便是刀光剑影，极不平等。

可能是你职业造成的缘故，许多陌生人不断在电话中向你倾吐，几分钟之内你要不断适应各种不同性格，没有时间也不可能深入探究他们的心底，又要让他们觉得知心，便有了偷巧：如同星座预测之类，用一个严密而美丽的绳圈作勋章，套在千变万化的活生生的性格上，总能切合某一点，让人觉得有道理。

你似乎挺喜欢总结别人的心灵律动，并温柔地告诉他他是感冒还是癌症，殊不知他仅是运动过后的疲累造成的脉搏不稳。

请别过早地武断地把某一个人归纳到某一类，并从那一类的档案袋里抽出早已准备好的答案，那会让人哭笑不得。如果那人笨，会觉得你无所不知；如果那人聪明，会觉得你幼稚；如果那人已经爱上你，会不知所措。

我知道我有过许多的错误，在声音的世界里逗留得越久，越察觉到那个世界的深不可测和人自身的局限。吸引我走下去的，是真相。

我能安慰自己的是，我毕竟在向应该走的方向走，尽管遇到了相当大的压力。我的转变是令人难以接受的，喜爱我以前那种风格的听众写信来说："我们就是因为知道生活的残酷，才需要你清纯的声音像甘甜的泉水流过干裂的心田，夜晚是应该享受宁静的，你的声音要用来轻抚每一颗受伤的心。"

我曾经这样想过也这样做过，但我今天做不到了，我的心态已不允许，就像一个被车轮碾过的人，不可能再与道路和平共处。或许，我所关注的并没有改变，只是换了一种方式，一种过于直愣愣但也是更少自欺欺人的方式。

事实上，这种转变也并没有给节目带来任何损害，相反收听率调查得出的结果一再证明我求变的想法是对的。八年来，《夜空不寂寞》虽然一直在深圳的收听率位居榜首，但早期我的受众群远不如今天的这么广泛。以1999年为例，我四个季度的收听率呈递增趋势，个人绝对支持率和节目常听人数是排名第二位节目的两倍多，知名度、喜爱程度、相对支持率等指标均排名第一，节目的听众特征也呈多元化，被收听调查报告归纳为"男女老少，听众与总体特征很接近"。调查范围涵盖了所有在深圳能收听到的电台,包括香港和广东省其他电台。

这些调查情况说明,今天的听众并不只是渴求抚慰,人们更需要了解真相,自己的和别人的。这对于我是极大的鼓励,让我确信某些老路已行不通了,我庆幸自己走快了一步,没有在这个浪头下被淹没,同时我知道下一个浪头也势必要来了,停滞就意味着被淘汰。我在一个没有最后胜利可言的行业,就像任何一项竞技比赛,纪录总会被人刷新。这是所有从事公众行业的人必须做好的心理准备,每个人都有无法逾越的极限,我们只有尽可能地接近它;而其中的愉悦,就来自这种挑战和自我挑战。

这些调查还说明,在深圳媒体面对香港媒体强烈冲击的时候,广播保持了它的优势,主要原因在于它的地域性。以晚间倾谈节目为例,在某个地方生活的人向同一环境中的人求取共鸣,才可能获得感同身受的理解。这也是广播之所以在包括互联网在内各大新兴强势媒体的夹击下,依然不会被取代的原因。相对于其他媒体,广播用个体直接对话的方式更容易制造出一种类似私人间的亲密感和朋友式的信任。

我不能滥用这种信任,我得做一个清醒的人,不参与和加入任何骗局,不做被骗者,也不做设局者。

这是对听者真正的尊重。

选自《说吧,寂寞》,广东人民出版社,2000年9月版

尹昌龙

深圳出版集团董事长、出版人、学者。主要从事中国当代文学、文化研究,在国内外媒体发表论文多篇,著有《1985:延伸与转折》《重返自身的文学》《别处的家园》等,主编、参编书籍多部。

别处的家园

过年的气氛已是一天天地浓厚了。满街里涌动着的人群似乎都在为大年而进行大购买,办公室里、餐桌上以及电话中的问询,似乎都弥漫在"回家"的话题中。而就在购买与谈论之间,已经和尚未登上返乡列车的人们,都有些急切和欣喜。毕竟,这是大年之前的日子。

我们可以有无数的理由坚强起来,但一说到回家,似乎就触及人最柔软的部分。为什么肯尼·基的一曲《回家》能让全世界的人感动得落泪?为什么万家欢聚之时的异乡人会有一种彻骨的凄凉?说到底就是因为家已经成了生命中最后的也是最彻底的依靠。"家"既证明了帕斯卡所说的"人像脆弱的芦苇",同时,"家"也提供了身体和灵魂的坚固的庇护之所。回家的打算可以看成生命对自身的义无反顾的怜惜,是对身心之上的"伤口"所进行的舔舐和掩藏,是昂着头走过人群之后不为察觉的柔弱的低头。当我们感恩地匍匐在承载我们的大地之上的时候,我们同样地会抓起一把黄土并深深地跪拜在老家的门口。而人和家园的联系，就是人和大地的联系，因而回家不仅仅是身体的运动，同时也是灵魂的运动，是向出发点的回返，是以不安定的方式对安定的寻找。抽象一点讲，就会想起一句哲学上的名言："哲学家总是怀着乡愁的冲动寻找家园。"

回家就这样变成了一种哲学，而回家的人们就这样变成了哲学家。因为对于本源的思考，对于生命的怜惜，已经无可挽回地被带入了返乡的旅程。

当然，这一切的抽象首先就意味着一种排除。当回家的哲学落实在具体而实在的行旅以及为行旅而作的准备中的时候，我们常常就忽略了诸多必要的场景和随时到来的心情。比如在人山人海的车站广场翘首之间的漫长等待，比如为抢夺一个座位而作出的拼死的搏斗，等等。在这样一个人口众多而交通不算发达的国度，回家似乎少了许多浪漫的成分，而艰难的行旅会使回家成为一个必不可少的艰辛的努力。如果排除这些劳作的话，我们还是会相信，回家的过程会让我们内心柔软起来，会让我们沐浴在人性和亲情的光辉中。

其实，当我们想到辽阔的天地和"四海为家"式的随遇而安，也许回家的想法会平添一层含义。年轻的时候，譬如说18岁出门远行，我们的宣言可能像兰波的诗句"生活在别处"。而只要我们以广大的心胸容纳千人万物，以新鲜的目光发现深藏在差异性中的世界的魅力，那么，一个关于"别处"的想象有可能贯穿终生。而在这种时候，"家园"和"别处"就发生了一种奇异的联系，就是说，家园不仅是出发的地方，也是落脚的地方。家园可能就在别处。当一个异乡人在这样的别处停下脚步，落下风帆，他就会发现，家园原本就超越了地理的含义，它以精神的形式流动着，并在异乡的风土中找到了它的气息，它的载体。

这就要说到深圳了。深圳是一个异乡人的深圳，万千的人流使深圳成为一个回响着南腔北调的海洋。异乡人的深圳，反过来说就是，深圳不是异乡。一种化异乡为本土的生命历程，早已使得这样的"别处"不再是"别处"而是"故乡"。于是，"回家"的概念可能并不一定引起久远的想象。首先要问的是，回哪一个家？然后要问的是，从哪儿回家？回到故乡的深圳人要回深圳的时候说"回家"，待在深圳的深圳人要回故乡的时候也会说"回家"。其实，在"家"与"家"之间，在回归与往来之间，我们已经很难作出细微的精神区分，而暴露其间的都是人的永远的脆弱和依恋。

这么说来，"回家"还是"不回家"似乎并不重要。重要的是，我们是否找到了生命落定的那一方土地。无论是在路上，还是在家中，我们都是在寻找慰藉，寻找庇护，并把这个过程贯穿在出发与抵达的始终。实际上，家就在心中，它跟随着我们流浪的脚步一起远行，一起回返。所谓故土，所谓异乡，都可能是家存在的背景。

选自《别处的家园》，广东人民出版社，2000年10月版

黄楚熊

中国散文学会会员、广东省作家协会会员,现居深圳。先后在《人民日报》《文艺报》《中国文化报》《羊城晚报》《南方日报》《北京文学》《创作评谭》《特区文学》等30多家报刊发过作品约40万字;获首届冰心散文奖、第四届特区文学奖等,作品入选《中国散文大系》。

"无齿之徒"陈国凯

一

陈国凯这人有点怪。他出生自农村,进过工厂。农民不像农民,工人不像工人。在工厂许多年,人家说他有点吊儿郎当,纪律不严明。后来走进文坛,为人处世,直来直去,嘻嘻哈哈。既缺少学者风度,又缺少职业文人那种派头。经常冒出一些工人习气。再后来,被弄去当了广东省作家协会主席。头上有了一顶冠盖,依然积习未改,还是旧时模样。人家开会时他在睡觉,人家要睡觉时他有时心血来潮,会把几个头人叫来开会。颠三倒四。他这个作家协会主席也当得特别,提倡"无为而治"。大事过问一下,一般事务从不过问。该拍板的事,一二三,拍板。一般的事,对不起,你找单位那些主任、书记去。他有句名言:"一个当头的最愚蠢是大事小事都管。你都管,等于要别人失业。让手下的人都觉得自己手上有权,精神饱满，信心十足。你就可以放心睡大觉了。"他还"总结"出一个"理论"——在作家协会这类单位当头的有三境界：大事小事甚至人家放个屁你都管，为低境界；管管大事，小事不管，为中境界；基本不管，凡事只在点头摇头之间，为高境界。有人问他是什么境界。他笑道："我是无境界。"有人说陈国凯"发明"的是偷懒"理论"。为自己偷懒制造借口。他只是笑笑，依然我行我素。不过，广东省作家协会那些干部确实又是精神饱满，活得很充实很愉快很滋润的样子。干得有条有理。他家住深圳，有时在广州。人们白天上班，他睡觉。有外人来找，敲他的门。作家协会的干部发现，会立即予以制止："别敲。我们的主席在睡觉。"

这就是陈国凯。"睡福"不浅的陈国凯。

当然，陈国凯也不净是睡觉。有场面上的事非他出面不可，那是睡梦中也要把他拉起来的。于是，他就睡眼蒙眬地去说话了。说错了也不要紧，人们会原谅他还在梦中说梦话。这就是陈国凯的"基本轮廓"。

二

陈国凯从事业余创作的时间比较早。60年代初，他在《羊城晚报》发表几千字小说的《部长下棋》。《羊城晚报》在国内首开文学奖，这篇小说得了一等奖。新华社播发了消息，又领了一百大元奖金。当时是不太小的数目，可以买一千个鸡蛋了。陈国凯自然是高兴了一番。没高兴多久。史无前例的"文化大革命"来了，陈国凯倒了大霉。说这篇小说是"反党反社会主义的大毒草",说他是"小秦牧",说他"何其毒也"!那时,人们一夜间就变脸与他"划清界限"。很使陈国凯憔悴了一番,痛苦了一番。在那无书可读的年头,他买了一把不错的二胡,埋头拉二胡。拉来拉去,也拉不到演出的水平。这就注定他当不了"演员",成不了明星。"四人帮"倒台,他积习不改,又开始舞文弄墨。从 80 年代初开始,陈国凯这个名字就被大江南北千千万万的人熟悉和广为传颂了。他写的作品如《我应该怎么办》《代价》《好人阿通》……一部部飞入寻常百姓家,脍炙人口。

陈国凯的作品有力度,有气势。这就使读过他作品的人对作者的形象有了错觉,以为陈国凯是八尺男儿,威猛高大。连著名的老作家汪曾祺也走了眼。某年,湖南出版社邀请一批作家访湘。汪曾祺一见陈国凯,一愣,哈哈笑着:"陈国凯,我以为你长得很高大,原来是这个鬼样子。"陈国凯也笑着说汪曾祺:"我原来以为你长得仙风道骨,原来像个酒葫芦。"福建的著名老作家郭风见了陈国凯,对其形象之"渺小",也感到愕然:"我原来以为你长得很高大呢。"作品有气度,作者很"渺小",容易造成的错觉。

陈国凯体重不过百,自称为"最轻量级运动员"。他高度近视,视物模糊。一丈之外,就只见别人轮廓,看不清面目了。对人常常"视而不见",不打招呼。有人以为他骄傲。有一次,有位他熟悉的老作家隔远跟他打招呼。他没听到,连眼睛也没转过去。这老作家大为不悦,跟他的司机说:"陈国凯怎么会变成这个样子?"司机连忙解释一番,才解除误会。陈国凯还有个更糟糕的毛病:常常记不住别人的名字,对有些官场人物也是如此。有一次，有位省局局长之类的人物见到陈国凯，很老朋友般地打招呼拍肩膀，说些好久不见啦之类。亲切得很。陈国凯却怎么也记不住这位官儿的名字，想不起他在何方高就。人家那么老友，又不能问对方高姓大名。一问就失礼了。他灵机一动，也很亲切地问："你还在原来的单位吗？"这一招真灵，对方回答："是呀，我还在某局工作。"有了来路，慢慢琢磨，就琢磨出这个人物来了。如是者不少次数。这就是陈国凯摸索出来的一条"经验"——让对方自报家门。陈国凯甚至糊涂到这个地步：有时连本单位干部也一时叫不出名字。有一次在电梯里，一位长得很漂亮的女干部跟他打招呼，他一时想不起来，问："你现在在哪个部门？"女干部当笑话到处讲："我们的主席是真糊涂，不是一般的糊涂。居然不知我是谁。我就住在他斜对门。"

陈国凯有个很伤感的事：牙齿没有了。他不懂保护牙齿，图省事，牙一痛就拔。本来还有几颗牙齿可以小心保存下来，又受了张贤亮的鼓动。张贤亮亮着他一口漂亮的假牙，动员陈国凯拔牙。看着张贤亮这个标本，觉得还真不俗。陈国凯也就迷迷糊糊地相信了。下决心把仅剩的几颗牙齿拔光了。虽然有了假牙，戴起来也好看。但这人自在惯了，不习惯满口假货。除了场面应酬，大会讲话，他都不戴假牙。有一次，他到珠海出席一个颇隆重的文学活动。珠海不少官员到场。这样的场合，出于礼节，对着官员，也应该亮出假牙来。他忘记戴了。开会要讲话。当着珠海什么书记市长们的面，他开口就笑，没牙有眼地笑："对不起，忘记戴假牙了。'无齿之徒'说话，可能走风漏气……"大家哄然。省作家协会副主席杨干华在场听了这番话，如获至宝。成就了一篇文章，说陈国凯是"无齿之徒"。刊登于《羊城晚报》。陈国凯是"无齿之徒"的美誉就这样传开了。陈国凯自然也承认了，还笑："无齿之徒好。儿童就是无齿之徒。当儿童好。说话也可以随便。童言无忌嘛。"

陈国凯令人欣赏的是有一颗童心。他常跟人说："做人要有点童心，不要耍弄权谋。当文人够苦了，还耍什么权弄什么谋呀？那些官场上的玩意搬到文场，穷酸文人不是雪上加霜了吗？"

最近，陈国凯参加深圳一位作家的作品研讨会，与会大部分熟悉他的人惊奇了。人们不是惊奇素来喜欢深居简出的陈国凯悄然露面，是惊奇他挂在鼻梁上几十年那副像啤酒瓶底般厚的眼镜不见了，瘦削的脸颊也有点丰满了，更有男子气了。几位女作家围着他说："哇！主席，你变得比以前漂亮了！"陈国凯笑："主席从来都是漂亮的。你敢说哪个主席不漂亮？"

陈国凯变得"漂亮"，是2000年初眼睛做了白内障手术，摘除了眼镜，加上治疗期间饱食终日，无所用心，看书也免了。体重增长到了101斤，还没有达标，陈国凯却叫嚷着要减肥了。

三

陈国凯还有个糊涂之处是没有方向感。在深圳居住了十几年，还分不清深圳的东西南北。但是，深圳卖音响音像的电器城或音像城却记得清楚,闲来无事,就喜欢往那儿跑。口袋里有几个钱就往那儿扔。有一次,有家杂志社给了他一个什么奖,奖给他五千元。一拿到钱,他就去电器城。后来夫人问起他这笔奖金。他指着地上一根电源线笑道:"哪,在地上躺着呢。"原来,他花了四千元,买了一根CD转盘用的电源线。剩下的再买些CD,这五千元奖金就"报销"了。夫人也没有追究,她知道陈国凯基本上是个快乐的穷光蛋,忙着给音响音像店打工。陈国凯这人没有什么可以炫耀的。他唯一可以对来访的朋友炫耀的是他有一套不俗的音响器材和近千张CD。这是他的宝贝。

陈国凯把音乐视为第二生命。到陈国凯家里,边聊天边有音乐在耳畔绕萦。有时,他兴致勃勃地向客人说说如何欣赏贝多芬、莫扎特、柴可夫斯基、巴赫等音乐大师的作品。音乐给他的是阳光、春风、甘露、乳汁……

有时,友人邀请陈国凯到外地走走。他每到一处,总想往音像市场看看。一年暮春,陈国凯到了粤东某地。初来乍到,东道主还来不及尽显盛情,他就提出要到当地一家音响厂参观。那厂家广告吹得很牛,好像是生产世界一流的产品。陈国凯到那儿一看,原来是一家山寨厂。不知从哪儿弄些低档零件在组装垃圾音响。这些"一流"音响放音就像有人在敲床板。陈国凯望望周围的人:"这就叫世界一流?"身边的人暗暗发笑。经常沉浸在音乐世界里的陈国凯,显得像小孩一样天真,不知浑浑浊浊的商品社会,琳琅满目的商品,铺天盖地的广告,到底多少是货真价实?

回来的路上,陈国凯笑笑说:"别讥笑人家。我们文学艺术界也有一些山寨厂，制造着垃圾产品还叫得山响。好不到哪儿去。"

四

1989年冬，广东省作家协会的重担落在陈国凯身上，在这历史的转型期中，汹涌的经济大潮无情地冲击着文坛。如何使广东文学创作保持着应有的活力，是陈国凯脑海里经常转动着的事。面对刻板的体制，他和同僚一道，试行一些改革。首开向全国招聘合同制作家的先例，曾经在文坛轰动一时。跨进新千年的时候，广东省作家协会对专业作家废除终身制，又被媒体炒得沸沸腾腾。其实，由于我们体制遗留下来的弊端，这些改革还是初级阶段。现在，广东省作家协会正围绕"出名作，出名人，出理论"的方向努力，并作了相应的部署。

随着市场经济的不断深入和各种行业逐渐向国际靠拢的趋势，为了使广东省作家协会在硬件上长足发展和迎接未来激烈的挑战，陈国凯和同僚一起下决心创造条件建设广东文学大楼。在省市有关领导的大力支持下，位于广州市天河区黄金地带高达23层的"广东文学艺术中心"和15层高的作家协会宿舍楼，在新的世纪来临之际，将如期投入使用。前段时间，中国作家协会一些友人来到建筑工地，看着眼前这座拔地而起的巍峨大厦，感慨地对陈国凯说："贫寒的文学界有如此大动作，不可思议，大概全国仅见。了不起！光此一件，你们已无愧于后代。"

陈国凯虽然经常睡眼迷蒙。脑子清醒时，也和同事们一起认真考虑着广东省作家协会的现状,筹划着未来的发展。同时,他以作家的社会责任感,用大海般澎湃的心情,讴歌着美好的现象,鞭挞着丑恶的东西。他扛起广东省作家协会的担子后,仍然笔耕不辍。1991年刊于《人民文学》的小说《相见时难》获1991至1995年《人民文学》奖;1993年刊于《中国作家》的小说《周末》获《中国作家》1993年小说奖;1997年刊于《上海文学》的小说《都市奇谭》获1993年《上海文学》奖,还有《眼睛》《当官》《天道有情》等作品,使人读后拍手叫好,印象深刻。

为了偿还一笔心债,记述深圳特区改革开放的历史风貌,在年轮即要转入新的千年之际,陈国凯不顾体弱多病,创作了长篇小说《一方水土》。该作在中国青年出版社结集之前,《羊城晚报》、《当代》、香港《大公报》等报刊纷纷予以连载,"雅虎"等多达17家网络也争先恐后地转载。

一段时间以来,陈国凯目睹着广东有些报纸把文学"副刊"砍掉了,在近日对此发出了振聋发聩的呼吁。以从未有过的做法,一稿三投。一篇《刮目看"副刊"》像一阵狂飙,从多年来口头上喊着两个文明一起抓的报纸头头们心里头刮过。

该文这样写着:"近年来,在某些人心目中,报纸的文学副刊好像是膀胱癌或子宫癌,非割掉不可……这篇小文,分别投给《深圳特区报》《羊城晚报》《南方日报》,一稿三投,不是捞几块钱稿费喝两顿早茶,是感时伤世,为广东提升文气发点感慨之语……不至于草率地对文学副刊白刀子进红刀子出,能够手下留情,留一点文气,一脉书香,善莫大焉!……"

这篇檄文式的文章,广东文坛从白发老翁至壮志未酬的青年,无不拍手称道。省外文坛的一些人则羡慕感叹:广东作家太幸福了,有个勇于真心为作家说话谋利益的领导!

谈到对当今文坛的看法。陈国凯笑道:旧情绵绵,对文坛的事儿,我一半清醒一半醉。一只眼睛睡着,一只眼睛在看。

2000年11月16日写于北京鲁院
选自《北京文学》2001年第1期

王京生

国务院参事,国务院推进政府职能转变和"放管服"改革协调小组专家组成员。联合国教科文组织"孔子奖章"获得者,国家文化艺术智库特聘专家,北京大学、北京师范大学、深圳大学等高校客座教授。曾任中共深圳市委常委、宣传部部长。出版专著《文化权利:回溯与解读》《文化主权论》《文化是流动的》《我们需要什么样的文化繁荣》《观念的力量》《文化的魅力》《什么驱动创新》等十余部,主编图书有《深圳十大观念》《文化立市论》《学派的天空》《高贵的坚持》《中国双创发展报告》等。

共一城风雨

深圳,这个远在南方的梦想之地,如今已是高楼林立的现代都市了。当高耸的地王迎接着早晨第一缕阳光的时候,现代城市便在新市民们匆匆的背影、匆匆的脚步声中开始了新的一天,开始了与日俱新的生活和梦想。人们几乎在一夜之间就领受了一个新的现实:一个新的城市出现了,一个新的群落崛起了。

城市新概念

90年代初,就在深圳人开始设定第二次创业的宏愿时,深圳一家发行量最大的刊物上,正进行着一场颇有意义的论辩。论辩的内容是这样的:深圳作为经济特区,已经走过了它最初的发展阶段,在一个新的时代,它已然成为一座颇具规模的现代城市。作为一个经济特区,它的功能也许是单一的,而作为一个现代城市,它的功能将是完整的。由此,这些年轻的论辩者认为,深圳在90年代将面临新型发展战略,这就是:深圳的未来将朝向一个多功能的国际性城市迈进。

虽然时间如匆匆的流水洗刷着一切,但思想的痕迹却不会轻易消失。如今回想起这场论辩,虽然它并不就决定了什么,但一种与这块土地相伴生的概念已经诞生了,它属于现代城市思想的成果。

我们不妨把视野投向更大更远的历史。西安的繁华和北京的威严曾经昭示着一个古老帝国的城市景观。深入内陆的中央之地以雄视八方的目光,维持着一种古老的和平,城市首先就是军事的重镇,权力的符号,并以此展开着向"率土之滨"的辐射。然而,当上海、深圳分别在这个世纪的初叶和尾声,以其流花溢金的财富给广大的内陆地区带来想象的时候,城市便获得了新的生命,新的内容。迎接海洋文明的开放姿态,使城市不再是内敛的,而是外倾的。而置身于文明的中介部位,首先就获得了物质交换和文化交流的理想市场。于是,城市这个真正现代意义上的概念形成了。由"市"而"城"的转化,似乎是一个并不漫长的孕育与降生的过程。上海如此,深圳更是如此,当经济特区的战略付诸实施之后,深圳便以其一系列面向市场的大刀阔斧的举措,令世人瞩目。在各类市场(如土地市场、知识市场、人才市场等)的发育和成长中,城市诞生并发展起来。如果说深圳特区最先以市场为中心释放着灼热的能量,那么它同时也以市场优势对财富进行着巨大的吸附。财富的推进，造就出规模化的产业和产业新军，创造了市场体系的移民，创造了城市，而就是这些就地生根的移民也成了城市的新人群。

守着共同的家园

80年代的深圳，无疑是全国最热闹的地方。一批又一批的年轻人，带着自己的梦想，来到这片得风气之先的南国特区，找寻别样的生活。他们孤单的身影，投射在这个城市大大小小的楼群之间，成为流动的风景。然而就是热闹之地也会有自己并不热闹的时光。回想起来，春节大约曾是深圳最虚空也最寂寞的记忆了。年关似乎刚刚来临，深圳的码头、车站和机场便挤满了回乡的人们。他们像候鸟一样匆忙地飞离这个城市，飞到天寒地冻的地方，去寻求故土与亲人的慰藉。这个时候的深圳，大有人去城空的怅惘，开着车满街兜风，所见的总是些关门歇业的店铺。难得撞见三三两两的行人，也似乎是在作最后的打算，在去留的问题上下着天大的决心，仿佛留下来就是一种伤痛，一种异乡为客的伤痛。

然而，别来经年，春节的深圳也开始人声鼎沸了。在这个古老的节日里，新城市也拥有了自己的欢乐。且不说打工一族在"大家乐"的天空下酣畅地欢聚，常见的还是一家人置身在温馨的居室里，准备除夕的晚餐，看看全国人民都在关注的"春节联欢晚会"。那些鬓角斑白的双亲，从遥远的千里之外赶来南方，探望自己已经长大的儿女；这些儿女在深圳已经有了自己的家。他们宁愿把团圆地选在深圳，因为深圳已是生命中不可分割的部分。守着这片共同的家园，他们就确定了一生的命运，一生的希望，他们会想着自己将怎样升迁，想着尚在襁褓中的儿子会怎样上学。他们开始关心起日日走过的街道，关心蔬菜的价格，关心1997年之后能不能自由自在地去香港走走。太阳在每天早晨升起，他们将日复一日地走在上班的路上。

当他们偶然返归故里的时候，他们会细细地说起深圳的繁华和快乐，说起粤菜，说起复式结构的楼房，至于他们可能遭受的委屈和挫折，则被悄悄地藏在心底。因为深圳已是他们新的家园，他们愿意用心来维护，他们相信深圳是最值得生存的地方。短暂的故里之行似乎再也找不到身心两悦的记忆，他们会在说不清的陌生感中匆忙地转身，飞回到深圳的大街小巷中来。深圳就这样成为象征，并长久地驻留在新市民的心中，他们日日与之相厮守，分担着它的荣辱与得失。他们会一次次地记起这句感人至深的话语："好在共一城风雨。"

温和的保守主义

当异乡成为本土，当深圳成为家园，那些南下的移民便停下了流浪的脚步，就像倦飞的鸟群，开始构筑各自的巢穴。"十八岁出门远行"的少年，在情人或妻子的目光中寻到了温暖的归宿。他们渐渐脱下了粗硬的旧装，打上领带，穿上西服，步履稳健地赶赴高雅的约会，或者在交响乐的会场上，充满节奏感地鼓掌。股票市场的躁动，人才中心的热闹，似乎都成了遥远的风景，遥远的故事，他们开始关心自己的行装，自己的举止。他们温和地言笑，仿佛生来就是个彬彬有礼之人；他们匆忙地走向健身房,一边活动筋骨,一边想着生命会达到怎样的极限。

那些旧行囊已经被置于墙角。那么多雄心勃勃的少年转眼之间就成了厨房里的能手。他们做了一家之主,学着炒一手的好菜,想想怎样的饮食最有营养。他们在儿女稚嫩的目光中,回想起千古以来做父亲的所有艰辛和荣耀。他们开始不太在意那些一夜暴富的故事,他们慢慢习惯父亲的角色、处长的位子,然后在举手投足之间,想想妻子的幸福、孩子的未来、职员的福利和上司的眼神。他们不再冲动地改造社会,他们会不失时机地考虑工作计划是否完成,月底的奖金该如何发放。他们把年末鼓鼓的红包拿在手上,却又把一份同样的微笑藏在心里。

这些新市民慢慢地学会蕴藉和含蓄,理想主义的要求化作了一系列生活的指针,房子该怎么装修、空调该多大的匹数。他们不再是少年维特,不再是面对万家灯火的外省青年。"滚滚红尘"已是旧日的故事,"梦中的橄榄树"成了独处忆往时的慰藉。他们的心渐渐安静了,他们不会再急不可耐地奔向大海,他们会在沙滩上闲适地散步,顺便捡拾残留的贝壳。大海奔涌的潮汐渐渐化作心中温热的细流,只是在面对巨人脚印的时候,会在遥念英雄的瞬间,重新翻阅史诗。

那些安静的住宅小区,就是一个个祥和的港湾。和平的雨水停在路旁,绿色的草坪收入眼底,飞动的红尘已然被挡在院落之外了。把孩子从近旁的幼儿园接回家,当然也不会忘了顺便讲讲大灰狼与小白兔的故事。他们从遥远的地方带来了希望,又开始把希望慢慢移植到孩子的心中。移民之初的磨难,讲述了一遍又一遍,仿佛打开尘封的档案袋,不同的私人生活都会带来激动而亲切的回想。老朋友光顾,照例会谈过去的时光,就像旧片子总是一遍遍地上演。然而一切都会有所节制，他们会从午夜的餐桌边撤退，然后匆匆地说一声："明天还要上班。"

在文化中找寻身份

曾几何时，在深圳谈论文化几乎是奢侈之举。所有的挑战，所有的竞争，都与生存相关。那些最初的闯荡者，几乎都有种共同的经历，揣着兜里最后的几文大钱，叩响一扇又一扇陌生的大门。他们得为面包战斗，为房子战斗，因为他们相信这样一个朴素的真理：世界上没有免费的早餐。他们行色坚定地来到这片土地上，然而，除了理想之外，他们差不多是共同的"无产者"，一贫如洗，一无所有。他们敏捷而疲惫地穿行在这个城市的边缘与缝隙中，然后一个又一个地浮出海面。

随之而来，一切便有了改观。在一个新城市的地平线上，文化这种崭新的景观开始悄然崛起。在生存的需求之外，文化的渴望像延伸的触须，注定要拓展新的空间。早些时候，那些匆匆南下的文化人，在远行之前似乎就发过一个誓言：告别文化。在他们看来，文化既然不能带来财富，那么忍痛割爱也在所不惜了。然而，当他们一旦有了稳定的职位，住了宽敞的房子，便又会在某个黄昏或夜晚，躲进僻静的一角，检视起落满灰尘的书箱了。他们对文化的怀念越加深切，便越要固执地找回一个久违的身份。而那些置身在"花园"或"广场"中的先富一族，也开始亲切地注视一下一直没有与之为伍的文化人群落，开始推测那些戴眼镜的知识分子会谈论什么样的高尚的话题。于是，客厅里的聚会多起来了，他们开始像北京人那样谈谈国家，谈谈"意义"。他们想走出"物化"的旧貌，思考一下"文化深圳"会是怎样的前景。他们会在走出歌舞厅、一脚踏进夜色的瞬间忽然地有种虚妄，有种失落，然后在苍茫之际回味一下内心的颤动。

文化成为这座新城市的流行话题，这大约是近年来一个普遍的现象。单单从那些竞相开设的文化栏目来说，传媒对增长的文化需求已经作了预先的报告，特别是那份称作《文化广场》的报纸周刊，早已是每周难得的慰藉。无论是商海中人还是以文化为岗位的人，都争相拥到这片广场中来，认真到有些意气用事地争辩文化问题。文化对于他们来说，就像明天的粮食一样重要，所以才会有严肃而热情的论争。他们说着文化，说着精神，更说着挥之不去的城市灵魂。他们在检视了深圳短暂的心灵史之后，便匆忙地加入了"文化辐射"的队伍。他们相信深圳是个象征，相信深圳文化会同经济一样影响全国。

他们兴味十足地走在文化的路上，叩问着属于这座城市每一种新的可能性。他们似乎刚刚对"文化沙漠"的论调作出反击，又加入新一轮的想象之中。他们把目标定得高高的：要建设"现代文化名城"。他们遥望北京的城墙、上海的外滩，甚至巴黎的左岸、纽约的曼哈顿，然后把一份期待之中的对话传出特区。他们在对深圳社会作愉快的探访之后，找回那份自信。一批又一批满载着名声的文化人，南下到这片土地上，或作短暂的逗留，或以之为长久的居所。他们的智慧散布在这座年轻的城市中，同时又融入这座城市面向未来的战略构想中。

选自《真理是朴素的》，海天出版社，2001年12月版

胡洪侠

资深媒体人,现任深圳报业集团副总编辑、晶报总编辑、深圳报业集团出版社社长。创办《深圳商报·文化广场》周刊并主编至2009年。参与创办并主持"深圳读书月年度十大好书评选"至2016年。出版有《夜书房》《书情书色》《书中日月长》、《对照记》系列(与杨照、马家辉合著)、《非日记》等文集多种。

宝玉其实认真得很

关于深圳文化,《文化广场》周刊确实说过很多。尽管有时有人有的话不大中听,但文化是大家的事,说话的人尽自己的一份义务而已,之外并无他意。倒是另外一种说法大可玩味。譬如说:"你们老是坐而论道,有什么用?要去操作。眼下的关键是做,而不是说。"这话其实对了一半。仿佛对对子,给了上联,却冷落了下联。"关键"当然是"做",但也必须"说"。

荔枝公园的张老先生前些日子送一份材料,说是公园要换新名称,已征集了不少,只等最后大家再商量商量,好最终圈定。这是要"求新"了。但是,"新"并非谁兜里哗哗乱响的硬币,碰见该投币的时候都要轻易地掏出来。要先说,先交流,先征集方案;然后筛选,比较,衡量;最后定出来的,名称虽不一定尽如人意,但绝不至于很差。该说的在说,该做的在做，荔枝公园依然是荔枝公园，并未因更新旧内容、征集新名称，而把个好园子给荒废掉。

讨论深圳文化新走向，免不了有人"编新"，有人"述旧"，有人"刻古"，有人"雕今"，都正常。贾宝玉引古人"编新不如述旧，刻古终胜雕今"的话，其实连他自己都不大信的。也难怪贾政说他"方才众人编新，你又说不如述古；如今我们述古，你又说粗陋不妥"。新旧古今原本难分清楚，"不如""终胜"云云未免嫌迂；况且"编""述""刻""雕"，都不容易。贾政哪里知道，何时"编新"，何时"述古"，宝玉心中自有分寸。众人题"泻玉"，宝玉当然该说"泻玉"二字不如"沁芳"，众人题"淇水遗风""睢园雅迹"，宝玉就该说"都似不妥"，"这太板腐了，莫若'有凤来仪'四字"。众人都说"杏花村"好，宝玉也真的该说"村名若用'杏花'二字，则俗陋不堪了……何不就用稻香村的妙？"但是，贾政却不该说宝玉"他未曾作，先要议论人家的好歹，可见就是个轻薄人"；更不该说，"无知的业障！你能知道几个古人，能记得几首熟诗，也敢在老先生前卖弄！你方才那些胡说的，不过是试你的清浊，取笑而已，你就认真了！"

宝玉可不认为这是在"取笑"。"大观园试才题对额"，宝玉边说边做，认真得很。

选自《给自己的心吃糖》，河北教育出版社，2004年1月版

张黎明

文学创作一级作家、中国作家协会会员,深圳人。出版长篇小说、纪实文学《阿木夫人》《我知道你很想哭》《记忆的刻度》《大转折:深圳1949》等20部,著有中短篇小说《猫低》《猴年七月》等,长篇纪实散文《妈妈也九岁》《我的老街我的深圳》等。

很想属于自己

从八十年代中期开始,我开始考虑写一部书:关于女性,关于性爱,关于情感,关于家庭,关于男人和女人的战争,关于两性之间种种令人烦恼令人困惑的问题……

如何认识我们这些女人?如何认识他们这些男人?

我一直思考,从来没有轻松过,动笔是这样的艰难,艰难得好像胸膛的部分有一块石头,呼吸变得不畅。

犹疑了十多年,我还是做出了决定,写这一部书。

我开始动笔的那天。

天气很冷,窗外的风一阵阵,似飞舞了一把尖锐的刀。

怕冷般的叹息不知道从何传来,是否有一群女人裹紧了自己的肩,瑟缩在一刀刀的风里,等一件御寒的棉袄或一盆取暖的火?失望终如夜雾一层接一层坠落?

女人,为什么总会带来一种阴柔的凄凉的感觉,让人哀悯或者说让人下坠?而且,似乎这是天经地义的,没有人提出异议或反对。

一个弱者和一个弱者跪着，跪成的山，让人望而生畏。

如果这时候出现一个站立的女人，事实上也出现过。

那么，这个世界存有许多美丽，我想最美丽的无疑是一个站立的女人，也就是一个呼吸的女人。

让我说女人，为什么还是从那"弱者"二字说起？

这个弱者是不需要解释的，所有的人都知道它的含义。男人常常被赋予强大和有力的含义，似乎他们生来就要充当女人的保护者；而女人自己，起码有很大的一部分女人也这样认为，她们的一生都在渴望一把可以保护自己的伞。

有一个女人说过：

这个"弱者"不是生出来的，是造出来的。

我同意：没有什么能真正欺侮我们，除了我们自己。

站起来保护自己，简单得不能再简单，这一句话已不新鲜，说了多少年，可还得说下去，也不知道必须说多久……

我想起……

一九八七年的一天，漫步澳大利亚某市中心大街。一大群游行的女人缓缓而来，几乎占据了半边大路。没有口号、标语，只是一群神情庄重的女人默默地一步一步往前走，一种无声的有点儿震颤的力量从她们的眼睛渗出，把我的脚钉在路边，只剩了一种感觉：美丽。

人们告诉我，这是"三八"妇女节。

一个又一个"三八"过去了。

"女人"被多少人翻来覆去，几乎说尽了，还是没有脱离那一个"弱"字。

要很完整地说这个"弱",自然就得说历史,我不愿意生硬地把那些书上说的话照搬出来,因为女人是这样的敏感。

想想那些把自己的脚裹成三寸金莲的女人,那样的委屈仅仅为了直到今天还有不少男人回味的"美",让原本的自然变了态,去迎合男人的奇特喜好。这一代又一代的女人,她们的人格扭曲全都凝聚在这一双小脚,这样的委曲求全成为她们生存的基本方式,她们从一开始就不知道还有另一种通途,屈服到了这样的地步还可以说什么?

造就这一双千年的小脚,起因很简单:男人喜欢。

据说南唐后主李煜有个妃子窅娘纤丽善舞,李煜诏命窅娘以帛缠足,一双脚足硬生生折曲成新月形状,着素袜,登上金莲台,在莲花中回旋起舞,那凌云之态令李煜喜不自禁。从此,窅娘为讨后主欢心,经常忍受剧痛,用白绫裹足,年复一年,那脚终成"红菱形""新月形"。

这窅娘开了裹小脚的先例,缠脚之风一发不可收拾,赞美小脚的诗也越来越多,当然是男人们的杰作。到了宋代,缠足风更是盛行无阻,在文人们推波助澜之下,元代还有拿妓鞋行酒的,名为"摘星贯月"。清初,旗人女性没有缠足之习,康熙曾经禁止女子缠足,不到四年这禁令就解除了。后来更有了一群有闲的男人自命:爱莲居士。这群酷爱小脚的男人以评判小脚为业,有的还著书立说《香莲品藻》,把小脚分为三贵九品五式十八样,成为小脚的专家。这风越演越烈,竟然还有小脚的比赛,名为"晒脚会",每年六月初六举行,盛装晾晒小脚,任人品评,脚越小越好,越小越美。

我们的历史造就了这一双小脚。

如今看到博物馆里的那些三寸小鞋，难以想象如何把天足整就出这样的畸形小脚？

缠足，这小脚是用布缠紧缠实令其停止生长，就是说强行让脚死去。因此，小脚真正含义应该是一双死去的脚。

从五六岁的小女孩开始，硬是折断脚趾骨和脚巴骨，常常是脚面弯曲做两段，十指腐烂，鲜血淋漓，寸步难行的女孩叫天天不应叫地地不灵，这样的迫害和摧残，只有两字：残忍。

可悲就在这里：造就小脚，也就是把一双天生天养的脚摧残为三寸的过程必须有女孩的母亲，也就是女人自己执行，靠这些女人把男人的愿望强硬执行下去。

没有一双小脚就无法嫁到好人家，这样一个简单的理由。一个女人必须打上了男性社会认可的小脚烙印，就因为要嫁出去，女人的悲哀不得不代代相传。

我访问过一位小脚老人，她还记得四五岁的时候，好像包粽子一样，用布把脚固定在一个拳头大的范围，要生长的脚变了形，所有的脚趾的骨头都成为一团，每天晚上都疼得无法入睡，睡了也会半夜痛醒。如今我们穿小一点的鞋子都会磨破皮磨出血，足以想见不让脚生长那种痛疼钻心裂肺，没有人可以忍受却一定要这些少不更事的小女孩忍受。这位老人还是女孩的时候，不知道哭过多少次，然而她的母亲逼她，打她，才制造了这一双男人喜欢的小脚。

在这停止生长的过程中，女人的人格也停止了生长。

中国有一位男人辜鸿铭这样认为：小脚之美是中国对世界文明的一大贡献。

是啊，这个自以为是的男人，把女人的人格、本能强行裹在又长又臭的脚布里不说,还要强加上"美"的称号。

当然从某些男人的角度来说:女人的脚越小越美,女人越没有人格没有自尊越顺从男人越好。这就是他们的美。

如今还有这样的男人吗?

女人的弱,仅仅一双小脚就足够了。不说了,并非因为有很多人说过写过。仅仅因为这是一个整体里面最显现的,最容易被人关注的历史事实。

我要继续说的却是女人中的强者。众所周知,客家女人是从来不缠脚的,她们在整个中华民族的女性当中可以说是喊出最强音的,然而她们也从来没有脱离过三寸金莲的阴影。

我就从这些和我有血缘关系的女人说起,我的身上流着她们的血。

我的舅婆——

我在那三层楼房住过,很大,很开阔,有阳台,屋檐门楼还雕龙刻凤。那是我在番邦的舅公寄钱回家乡修建的,应该是1938年以前的事情。

五十年后,这幢房子在同房同宗的上十户人家的楼房里面依旧是最气派的。

我很小的时候从城里回乡下,在乡间住的日子,天天有人问谁最好?"大舅婆。"还记得舅婆伸出粗糙的巴掌,里面有一个温暖的香红薯,我一口咬下去,咬了红薯也咬了她的指头,我怕她伸出巴掌,不想她一手搂过我。我和弟被她抱进那两个筐,在河中晃荡,薯香和笑声呛满了胸膛。我说我们是飞机,弟说是小船。我们笑得越响,她的脚越像鼓槌,敲打着河床,又快又急,把那些小水柱、小水花全都敲打出来。蹚过河，我们还是不下来，手抓着箩筐，生怕被揪出来。舅婆挑起筐就走，只要我们想坐多远她就走多远，我们一路晃一路笑。我多么愿意永远地坐在箩筐里。

凉帽帘拂抚着她的脸，我觉得她像仙女一样好看。有一回我睡着了，醒来时躺在她怀里，她的脸比煎饼还热，贴着我的手，指缝里有湿润的东西，我看看她，她的手钩起袖口拼命搓自己的眼，我想她在哭吗？"舅婆，你在哭吗？"她摇摆着头，咧开嘴，像吐出味道很苦的中药，有一丝很怪的笑传出来。她多么喜欢孩子，可她没有孩子，也不可能有孩子。

那年头不知道她哭什么，不清楚屋里怎么只有她自己。如今全明白，她是在哭自己的命。她圆房的时候还没来月经，圆房没几个月，大舅公远渡重洋，几十年没回过家，在那头有了另一个家。

那一年，外国有十多间超级市场的舅公回家了。他靠在屋中唯一的躺椅上，双手抚着椅子的把手，向辈分小的族人微笑。谁也不注意像细竹竿一样纤弱的大舅婆，她默默无言地挑了一担又一担的水，天气很冷，风像从笛子吹出来的尖叫，她只穿着一件薄薄的唐衫，赤裸的大脚冻得通红，一步一步走在坚硬的石板路上，好像这事和她一点关系也没有。

水缸满了，她木头般坐在厅堂，看着大舅公带回来的花花绿绿的糖果，看这来来往往的众人，只是她从不看大舅公，连斜一眼也没有，好像他是个透明人。大舅公却不时打量她，还喊她的名字"娇"，她一动也不动，像什么也听不见。

他也不再喊了。

大舅公的归来属族里的大事，川流不息的族人弄得一屋子笑声。女人们在舅婆的里屋折腾，搬走许多残旧的东西，搬入大舅公的洋皮箱。床上铺了袭大红鸳鸯被和一对鸳鸯枕，它们令乡里人耳目一新赞叹不绝，有谁还火速从供销社买了一个城里人用的暖水瓶，指定有红花绿叶和鸳鸯。这排场比结婚还隆重。

他过番时，她未来月经。他回来的那年，她也怕有四十七八，或许绝了经。

大家都高兴极了，一个接一个拿着舅公送的礼物和舅公道别，总是挽留舅公多住一些时候。

结果是半夜里舅婆把那暖水瓶连带舅公扔出了里屋。在厅堂一地满是暖水瓶玻璃碎片，站着裹锦绣睡袍的大舅公。他的脑袋像个大肚瓶拔不出来的松木塞子，缩在睡袍里，只见头发不见脸。

里屋的门"吱"的一声，那床鸳鸯被也被塞出门缝。

舅公只好夹着鸳鸯被住了另一间房。这就是舅婆数十年来的唯一反抗。

这是一个弱者的本能反抗，只有这一刻，她属于自己。

我的祖母——

我的祖母姓邱，名炳娣。生于1893年，这名字的内涵在字典上是找不到的，我被告知这个"娣"其实图的只是那一个"女"字旁的"弟"，这个一生下来的女婴就被赋予带来弟弟的使命。我的那些叔婆、姑婆不是银娣、连娣就是招娣，她们同样都带上一个"弟"，所有人的希望都在这一个"娣"的上面。

当我长大的时候，我问过祖母几个问题。你怎么和阿公结婚的？阿公长什么样？你喜欢阿公吗？

祖母说她嫁给阿公一个月都不知道他长什么样。

怎么会不知道？你和阿公住在一起。

于是我知道了这样的故事：

一顶花轿摇摇晃晃走出了那个叫宝安坪山黄竹坑的小村子，轿子里头那红布盖头的女孩默默地哭，可怜得就像一只小鸡。锣鼓喧天中，她抖抖索索被架出轿子，被按到地板和一个从来没有见过面的男人拜了天地。洞房花烛夜对于祖母来说是否比阴曹地府还可怕？祖母没有说，她只是说自己怕，在黑洞洞的洞房里想哭也不敢哭。不知道过了多久，喝罢酒才进屋的新郎摸索着进了屋，忽地划着一根洋火，如卖火柴的小女孩那样的火柴亮光照亮了黑漆漆难以幻想的洞房。还是忽地，那朵小火在我祖父爬上床的这刻灭了，没有任何表达感情的语言，根本就没有必要。以后的日子也就是这千篇一律的洋火，在这瞬间的光亮中，祖母只是来得及把自己裹成一团，而不是端详这个男人。每天天没有亮，祖母就起来烧水做饭，吃饭的时候，男人围坐在明亮厅堂的桌边，而祖母和所有的女人缩在被烟火熏黑的灶间，边吃边跑出跑进侍候男人们。祖母知道那些男人里面有一个是自己的丈夫，谁？她瑟瑟缩缩，老鼠一样，哪里敢看哪里敢问？

八十年代初，我对自身对女性问题充满兴趣，我必须知道我们这些女人。

我这样问祖母：你爱阿公吗？

祖母茫然不知所措，什么叫爱？爱是什么？也许一辈子都没有想过这样的问题，这个问题对于祖母实在太奢侈了。

我追根究底：你们同房，他拥抱你的时候……

我的话还没说完,祖母就狠狠地"呸"我,骂"刀杀"骂"狗屎泼",而且整天黑沉了脸,不和我说话。她从来没有这样生气过,好像我把什么肮脏的东西泼到她身上,她让我知道这样的问题是不能出口的。

尽管如此,祖母和祖父年复一年地生儿育女。

我的祖母喜欢唱歌,我还记得她歌里面的主人公都是些烈女一类的人物,她们千里寻夫,她们割身上的肉让自己的婆婆充饥,她们投河上吊或是与强暴者同归于尽也不嫁二夫,等等。

她也唱过自己的一生。

我的祖父,我是从祖母的歌里知道祖父的。

那是一个常常骂她打她的男人,而且出手很狠,可她从来没有反抗这个男人,连一下还手都没有,顶多在被窝里流泪,或者在无人看见听见的时候骂一两句。她为丈夫生下了五男二女,丈夫死的时候她五十岁出头。

从此守寡四十多年,并非无怨无悔的她说起那个死去的男人,她很得意地说:本来她比男人先得病,眼看就要死了,男人在她跟前走来走去,说不行了。她的儿女全都求菩萨保佑她不死,她男人死。结果她真的活下来,男人死了。我多么清楚地记得我祖母说话时候的骄傲笑容,后来我问她的儿女也就是我的叔叔和姑姑,他们说并没有这样的事情。

我祖母那清清楚楚的笑容能让我铭记一辈子。

我没有责备我的祖母撒谎,她的一生中,也许只有这时候,她才说出了最想说的真话。是的,她希望那个压迫自己的男人死去,这是她唯一的反抗。

我先生的外祖母——

今天她还活着,正好100岁。她的生活经历也不算复杂,结婚,丈夫去世,留下三个年幼的孩子,女孩去当童养媳,两个男孩,大的送人,小的跟着她改嫁。

她不是一个逆来顺受的人,但也不能改变和从没有谋面的男人拜天地的命运。每当丈夫拳打脚踢的时候,她敢用自己的拳头让那个男人抱头鼠窜。可是当男人死去后,她才发现可以愤怒地拳击一个男人,却无法抗拒这个世界。她说:"天下大雨,你只能找一个躲雨的地方。"

这个躲雨的地方还是男人,她想活下去,就不能不重新嫁人。

后来她一连生了两个,是女孩,在女孩呱呱坠地的那刻,也就是确定是女婴的当下,她就把孩子扔到尿缸里,拿起脚下的胎盘脐带烂布,压在那个生命上,直到啼哭终止。她自己活生生捂死了自己的女儿,且一连两个女孩都是这样被执行了死刑。

今天的我是不能想象一个母亲如何把自己的亲生孩子放入尿缸活活闷死的,不是不能想象,而是一想起来就感到呼吸困难的感觉。

当年的细节残忍得令人难以置信,连复述我都觉得困难。其实你想象一个活生生的孩子,而且是你的孩子,你如何下手?只要心里还有一点希望,一个母亲都不会下这样的手。而她偏偏下手了,这下手的一刻就是最为哀痛的一刻。这时候的手不是手,而是母亲心上的刀,这把刀砍杀的正是母亲自己,她一刀一刀地砍,直到那个刚刚诞生的生命死去。孩子死了,母亲也死了,绝望了,并非绝望,其实母亲根本就没有活过,即使让孩子生存，也同样像母亲一样，不过是活着的死者。

这手胜利了，这已经不是母亲的手，这社会的手先杀死母亲，然后是刚刚诞生的孩子。

那个年代这样的事情多如牛毛。

多少年后的今天，问她为什么？她说因为生活困难不能不这样做，为了活着的儿子。

我问：如果这是个男孩，会弄死他吗？

她答：不，他们家里人也不许我干，只有是女的，你弄死十个八个也没有人管。

她说过一句话：做牛做马都不要做女人。

她也说过：男人是猪狗不如的男人。

她的话应该代表了那个年代的普通女人的想法。

我在珠江三角洲出生长大的，我知道珠江三角洲有一群特殊女性——自梳女。

1986年，我被这群女人的故事深深吸引，我渴望知道她们不结婚的原因。我寻找过她们，采访过她们，活着的已经所剩无几，不知道活到今天的还有几人？十多年前我亲耳听到的故事依旧很清晰。

这一群珠江三角洲的女人以自己独特的方式和压迫她们的男性决裂，向世界宣布：她们只属于自己。

她们给自己起了个名字：自梳女。所谓自梳就是把标志未婚待偶的长辫子盘在头上梳成髻子，表示不再是少女，不求偶成亲，终身不嫁。自梳的仪式严格庄重，立意"自梳"的女子像结婚那样择取吉日，宴请亲友。

这一天，立意"自梳"的少女在几位已经梳起的女伴的陪同下,划了小艇,在滔滔的江水中,小船上的女人们一脸严肃,那些即将"自梳"的女孩会低垂满头黑发,让女伴们认认真真把它编成辫子盘在头上,成了发髻。自梳女把自己盘起的髻叫作"英雄髻"。然后点起灯笼,回到村里还必须拜北帝拜祖先拜父母,鸣放鞭炮,最后请亲友吃一顿饭。仪式和结婚一样,也像结婚一样收受亲朋的贺礼。

她们成为一个团体,一个被默认的团体。

早在100多年前,在南海西樵简村,中国的第一个螺丝厂在此建立。众所周知,这里曾经有一位康有为先生高唱过中国改良的歌。自梳女的形成与此是否有直接关系?

我想更具体地探究她们是如何形成的。我采访了珠江三角洲好几个这样的桑基鱼塘小村落,没有人可以说清楚,真正的起源在哪里仍然是个谜。但有一点是很清楚的,她们都是这些乡村的养蚕女缫丝女工,她们没有多少文化,她们的反抗情绪并非来自教育,而是来自本能。她们不愿意像其他的中国女人那样嫁人生孩子,当时唯一的出路就是当尼姑,她们竟然找到了另一种生存的途径。

她们反抗这个男性的社会,这种反抗是需要契机的,是谁第一个提出"自梳"?在什么样的特定条件下提出的?我至今没有找到答案。

我仅仅知道——

1930年左右,广东西樵简村连续八年没有出嫁过一名女子。1950年前后,与简村为邻的杏头村,1523人中就有200多名自梳女。1985年,佛山市公记隆丝织厂的700名退休工人中,自梳女占了100多人。她们从来没有想为自己树碑立传,她们默默地反抗默默地找到了一种表达自己的方式。

她们很自豪地告诉世界,她们不愿意在传宗接代的交媾仪式中沦落为男人们的性奴;不愿意在父母包办的婚姻里逆来顺受充当丈夫的仆役。她们毅然顶受家族和社会的道德压力,直面残酷的现实,高昂起那标志自恋的头颅,向男人们展示自己的气魄和尊严。她们不愿意当尼姑,她们想吃猪肉,唯一能够呼吸几口新鲜空气的就是自梳了。她们是女人,她们的性功能完好无损,她们不得不废除子宫的作用。

她们需要爱,因为她们对男人彻底失望,所以转为寻找同性的爱。这些100多年前的女人,她们是另一类的"同性恋"者,而且她们给自己起了这样贴切的名字:"相知"或"同怜",这种"相知"或"同怜"可以自由离合,只要有一方不愿意就可以解除"相知"的义务。"相知"双方互敬互爱,她们有的采取类似结亲的形式,有的不要任何形式,有形式或没形式的,她们却实实在在地住在一起,夫妻那样共处一室,同睡一床。

我记得很清楚,那位当年已经70岁名叫罗娣的自梳女,瘦削的脸上爬满一道道皱纹,她的目光没有痛苦也没有欢乐,显得极其宁静。她说:我们的身子是干干净净的身子,没有给男人碰过的身子。

是的,她们的身子很洁净,的确没有让男人"玷污"过,她们用这样的身体很简明地告诉人们:她们属于自己。

虽然这个属于显得多么苍凉和空白,就像她脑壳上那些稀疏的白发,一根根在风中独自凋零。但是,让人感到欣喜的是,她们找到了一条独自行走的小径,那小径之所以没有被封杀，得助于珠江三角洲那中国最早期的丝织工业，她们在工厂做工养活自己，经济独立令她们摆脱了男人捆绑，敢于在精神上，在男性世界的裂缝中，投射一线光明，追求精神的独立。

关于女人，关于我的祖辈，我还可以举出更多的例子，我想说明什么？

在我们的身体内部，在我们的思想深处潜藏了一股惊人的力量，就像岩浆一样，不声不响地埋伏着，那样的强烈和不可遏制，总有一天会如火山爆发。只要找到一处可以突破的地方，即使针眼那样大小，也突涌勃发。或许有的时候无法完成自我的突变，看上去很扭曲很丑，但你可以在这些不安的躁动中听到她们的呼吸，那声音无时无刻不在说：很想属于自己。

尽管声音是这样的微弱，可这是我们的本能，一直压抑无法伸展的深呼吸。

选自《作品》2004年第6期

塞壬

原名黄红艳,现居东莞长安。已出版散文集四部。两度获《人民文学》年度散文奖,第七届华语传媒文学大奖新人奖,第十六届百花文学奖,第六届、第七届鲁迅文学奖散文提名奖,第四届华语青年作家奖,第六届冰心散文奖,第十一届广东省鲁迅文学艺术奖等。现主要从事散文创作。

月末的广深线

每一个月末,因为工作,我都要从深圳坐火车去广州。三天或者五天,然后返回。一直以来,我很害怕一种如期而至的约定,类似于一种轮回,什么时候去,什么时候回,几天,这些都像某种偈语,它暗合着女人的月经规律,阴郁、不祥,有不忍深究的宿命意味。去广州,或者回深圳,相同的时间,相同的轨迹,一个人,突然失踪,然后又出现,像魔术,玩着生与死的把戏。

火车站,是一个伤感的名词。它应该相当于古代的长亭吧,是送别分手的地方。然而它远没有长亭那样的美,中国古典的美。不论哪个城市的火车站,它们都嘈杂、混乱,并且肮脏。各色的人掺杂在那里,散发一种混合气味,浓烈,潮湿,旺盛地颓败。总结语就是,火车站,这肿胀的、发情的城市私处。这是我对火车站定格的印象,尽管广深线它优雅、安静,处处彰显着国际化的现代文明,它的气质甚至有点接近飞机场。但是我从来没有感受到广深线火车站那优雅的味道。一靠近它，那定格的印象像潮水一样地涌来，心情一下子烦乱了。

　　总是会拖到晚上才动身，黑夜的降临让我没有退路，晚饭也吃得马马虎虎。为什么我会害怕这一刻呢？我躲避什么呢？一直以来，我总有着这样那样难以解释的感觉，它支配着我的很多行为，它甚至是荒唐或者是虚妄的。它由来已久，潜伏在记忆深处，当它显现的时候是那样清晰和不容置疑。我要做的，只能是服从。开始收拾行李，现金支票、收据、合同，这是老板关心的；客户的稿件、光盘、版面设计思路，这是编辑部关心的；笔记本、数码相机、衣物、日用品、手机、充电器、广州的信用卡，这些是我关心的；当然，还有我，我的肉身和灵魂、保险套、好的气色和心情是爱我的男人关心的。收拾完这些，总要发会儿呆，原来我跟这个世界有着这么多的联系。妆是不化的，头发就用根银簪绾起来了事，偶尔垂下了几绺就由它去。

　　坐公汽去火车站。拉着行李箱上了斜弟，望见了"罗湖口岸"四个字，正是廊道的拐角，风口里，我都会有天涯孤客的飘零感。这么多次了，我依然如此，总是有潮热的东西涌向眼眶。来来往往的人，擦肩而过，他们跟我一样，选择在晚上离开这里，或者来到这里。我想，唯有我的理由是任性的，我大可以在白天晴朗的上午出发的。穿过弄堂，径直就来到了售票厅，宽敞的厅，人不算多，却还安静，显出寥落来，大概因为是晚上，也因为发车比较密，每十五分钟一趟。排着不长的队，看着大屏幕上显示的车次和发车时间，想法是机械的——购得票，去候车室，上车，找到自己的位置，然后等待着到广州。这一切，我显得有点迫不及待，或者说，有点不耐烦。赶快把自己塞进那铁匣子，结束这一切吧。

车厢内安静、没有异味，甚至还隔音。都是软座，有蓝色的座套，还有蓝色的窗帘，看上去很干净，也显得井然有序。这跟长途的绿皮车有着本质的不同。尽管我是带着情绪上路的。很快，广播里放着流行歌曲，音响的质地很差，居然有一种意想不到的颓废效果。人通常不多，车厢一般不会是满座。一个小时的行程，如果不睡觉，其实是相当难熬的，数着时间，然后意识着自己的无聊。一坐定，列车员端着盘子叫卖着冰冻龟苓膏，她们大多是已婚的妇女，仰着一张张扁平的脸。紧接着，她们又推着小车过来，兜售着啤酒、花生米、榨菜、茶叶蛋、火腿肠……重音的粤语，一直飘到这节车厢的尽头。带了书，我肯定是看不进去的，打开手机，上面有来自广州的未接电话和短信。没有买水果和饮料，我还拒绝着邻座的水果和啤酒，包括微笑，还有交谈。一个小时，我不说话，不吃东西，不喝水，也没有表情。

可以大体上说出，晚上去广州的这个群体中给我留下印象的某些特质。有穿着休闲服的高大的外国人，包括黑人，他们梳着小辫，戴着古怪的手表，都擦着浓浓的香水，几乎是一个牌子，所有的外国人都是一个气味。他们彼此很少交谈，一入座，就垂着眼睑，谁也不知道他们在想什么。起身去上洗手间，偶尔不慎踩着了他们的脚，跟他们说"SORRY"（对不起），他们会抬起眼皮，做一个手势，动了一下嘴皮，然后又垂下眼睑。那些敞着格子衬衣、戴着银饰、穿着牛仔裤的基本上是有些钱的香港中年男人，他们通常在东莞石龙上车，带着肤浅的、美貌的情人。他们总是有幸成为我的邻座，我喜欢注视着他们的脸，企图辨认出某种迹象，然后想象着他们做爱的场面，这并不是出于一种恶意，纯粹是出于一种惯性。我甚至虚拟出情人那虚假的高潮。男的说着还能听懂的普通话，女的似乎总噘着嘴，但双目流波。还有结伴的、美貌的女人，白领的打扮，都有优雅的坤包。她们把长腿露在冷气很足的车厢内，她们的桌上摆满了零食，一上车，就从头说到尾，也吃到尾，谁也没心思听她们说什么。死寂的车厢里，偶尔传来她们故意压低的格格的笑声。那是一种难以言表的性感，让人无法绕开而不受感染。由此，我对性感有了新的理解，被关注、不容忽视里绝对有性感的特质。而且相当的明显。总是会有一些打扮古怪的人，染着黄发，穿着背心和肥大的裤子，露着健康的肤色和结实的肌肉，梳着马尾，像歌手，像广告人，像媒体工作者。他们背着很大的包，双手插进裤袋，戴着耳塞，他们虽然沉默，但分明感觉到他们的活跃，因为总有一种阳光的感觉挥之不去，年轻，活力，还有体能。跟他们，我有着明显的距离感，那是另一个世界的人，我能感知，却无法介入。太多的事情，类似于此。

　　大多数，是跟我一样的打工者。他们都有着相同的气味。从众，没有特性，随意，漫不经心。跟我一样风尘仆仆，一脸疲惫。他们大都神情沮丧，一言不发，对时间妥协，直等着到达广州的那一刻。我把脸贴向玻璃窗，看着车身飞快地移动，窗外的景色几乎是一样的，遥远处有明亮的灯火，夜色里，有种受潮的温柔，在记忆里忽隐忽现。我想起了三年前在武昌火车站，依然是在夜色中，一个人南下，那孤独浸彻了多少个夜晚。然后是广州火车站，去东莞、去佛山、去中山、去昆明，最后，去深圳。我为什么害怕火车站？它让我面对了什么？每一次的出发，都是一个未知，一种无法预料。我对这种气味敏感，强烈地排拒，什么时候，我将在一个地方永久地停留？

　　手机响了，哦，广州就要到了，手机那边的人问我回了没有。我默默地念着那个回字，心里一阵激动，觉着亲切又陌生，我回哪儿呀？广州东站到了，出来，一股热气扑面，广州的繁杂和气味一下子涌向我，天河北、中信广场就在眼前，城市在骚动。我的伤感，我的多愁一下子烟消云散，很快，我被卷入这气流中。

选自作者2004年12月8日发表在"天涯论坛"中
"散文天下"栏目的作品

王振文

高级记者、资深编辑,现居深圳。出版散文集《遥望大青山》《敬畏生命》《岁月深处》,长篇报告文学《"明思克"号传奇》等。曾获"深圳十大佳著"奖和丝路散文奖。

敬畏生命

"我从哪里来,要到哪里去?人为什么活着?"

人可能从一生下来就在追问这个问题,也可能要追问一生。生命的意义究竟是什么?也可能要用一生去探究。随着人生阅历的增加,"知天命"的愿望越强烈。

生命是个生生不息的过程,有开始就有结束,从诞生到成长,直到衰亡不可逆转。从这个意义上说,生,就意味着死,人从出生的那一天起,就义无反顾地、无可奈何地走向死亡。我们可以不情愿地不去想,可以自欺欺人地不去面对,但谁也不能回天。包括那位不可一世的秦始皇。他可以派出数千名童男童女远渡重洋去寻找长生不老药,但也免不了"万里长城今犹在,不见当年秦始皇"的无奈。道家炼丹、佛家诵经,无一不是追求长生不老,脱离轮回。生命开始的时候都很灿烂,鲜嫩、阳光。结束时却很残酷,破败、落寞、粉碎……

生命之所以值得敬重,是因为无论是高级生命还是低级生命,都是造物主的杰作,都是经过数十万年甚至上百万年的进化的结果。从单一细胞到无脊椎动物,不管是胎生的、卵生的还是细胞分裂的,无一例外。都是优胜劣汰、推陈出新,不断修复自己、提高自己、完善自己的历史颂歌!

热爱生命

想当初闯海南,想凭真本事,一刀一枪建功立业,豪情万丈,不可一世,大有"一览众山小"的气势。没几天碰个头破血流。

将原本令人羡慕的好房子交出去,住进海口内江大厦的一个三角的仓房,四个钢管床上住了八个人,中级以上职称的、年纪大的住下头,剩下的睡上头。楼上没地方冲凉,就在露天的阳台上绑一根水管。遇上心情好时可以边冲凉边向马路上的小妞吹口哨。冬天遇上台风,可就惨了,一拉开阳台门,暴雨夹着旋风呼啸着卷进来。只好嘴里喊着一、二、三,像赴刑场一样冲出去。有一年共搬了9次家,几个月发不出工资,每天靠煮方便面过活,但最终我们没有从和平大厦的九楼上跳下去,支撑我们熬过来的,就是热爱生命的信念。

我们最后一次搬家,搬到了"菜地别墅"。这个雅号是我们给取的。其实那是司法厅在美舍河买的一块地上农民盖的一栋二层小楼。四周全是菜地没有一条路。记得那年老婆千里迢迢来看我,刚下过雨,走到菜地后无处下脚,只好脱掉凉鞋和袜子,光脚踩在溜滑的田埂上,一步一晃地走到我们的新家。

让我念念不忘的是,小楼的西面紧挨胖子窗户的,是看也看不透的松树和灌木,我的窗下则是一丛丛墨绿的竹子,一直从二楼的阳台上钻进来。只要我愿意，它可以随时轻轻地抚摸我的脸。有时自嘲——虽然食无肉，但却居有竹。比起东坡老先生被贬海南，槟榔树下结庐为庵还是强了不少。那天穷开心，在我的门上题了"竹韵"俩字，在胖子门上题了"松风"二字。一段时间我写的文章落款就是"某年某月于海口菜地别墅竹韵斋"，附庸了一把风雅。那年没钱回家，自己写了一副对联贴在门上过年：窗下有竹玉竹报安，门前是路大路通天。横批是：穷也过年。

想起来最支持我的，还是我叫胖子执笔写的一幅条幅：热爱生命。下面是一行小字"据老王讲，列宁在临死的时候，叫妻子克鲁普斯卡娅给他读美国作家杰克·伦敦的小说《热爱生命》，从中汲取生命的力量。弟兄们闯海南不容易，不亏别人也别亏了自己"。时常想着，人世间不如意者十之八九，不如我者大有人在。

这一点，靠轮椅生活的史铁生最有体会，他在《病隙碎笔》中写道："生病也是生活体验之一种，甚至算得上一项别开生面的游历。这游历当然是有风险，但去大河上漂流就安全吗？不同的是，漂流可以事先做些准备，生病通常猝不及防；漂流是自觉的勇猛，生病是被迫的抵抗；漂流，成败都有一份光荣，生病却始终不便夸耀。不过，但凡游历总有报酬：异地他乡增长见识，名山大川陶冶性情，激流险阻锻炼意志，生病的经验是一步步懂得满足。发烧了，才知道不发烧的日子多么清爽。咳嗽了，才知道不咳嗽的日子多么安详。坐上轮椅时，我老想，不能直立行走岂非把人的特点搞丢了？等生出褥疮，一连数日只能歪七扭八地躺着，才看见端坐的日子其实多么晴朗。后来又患'尿毒症',经常昏昏然不能思想,就更加怀念往日时光。终于醒悟:其实每时每刻我们都是幸运的,因为任何灾难前面都可能再加一个'更'字。"

近日记者在采访著名业余登山家王石时,这位以52岁高龄创造了生命奇迹的万科董事长,说他在珠峰上最想的是花洒,而不是记者想听到的为国争光之类的非常崇高的话语。"热水一喷,真好!"他感叹道,"要珍惜生活中被忽略的东西,司空见惯的东西。"只有攀到珠穆朗玛峰那样的高度,才有那样的大彻大悟。他真实得可爱,令人感动。

是的,有好多好多东西,只因为我们审美的疲劳,已不会再有丝毫的刺激触动我们已趋麻木的神经。十几年前,我曾到一个位置偏僻的盲哑学校采访。发现天都快黑了还有好些学生聚在大门口不走,原来他们的一位老师外出还没有回来。等那位老师回来,同学们一拥而上,有的帮推车子有的帮拿东西,脸上的表情是那样的欣慰和由衷。他们师生的感情远远超过了最亲的亲人。原来,这些孩子很小就被送到这里,他们常年和老师生活在一起。老师像父母一样教他们洗脸刷牙用筷子,给他们买鞋子做衣服缝被子,在他们眼里,最真实、具体的亲人就是老师了!难怪他们那样牵肠挂肚呢。

这又让我想起了福利院的张奶奶、小护士和"瘫瘫"的故事。

张奶奶在福利院当保育员已经三十多年了。那天早上我去采访时,她正要送撒娇的小院生去上学。她蹲在地上,肩上挎着大书包,正在给孩子系鞋带,又顺手给他擦了擦鼻涕。眼睛里充满了慈祥和母爱。

张奶奶说，小院生也是她从门口捡来的，名字也是她给取的。"没人要就算是福利院生的吧！已记不得是第几个了，当时孩子已冻得浑身发紫，都不会哭了，就因为孩子是兔唇被扔的，你看这孩子多漂亮！补好的兔唇一点都看不出来。"张奶奶眼睛都笑没了。

像小院生这样的一把屎一把尿拉扯大的，张奶奶已记不得有多少。他们有的已当了干部，有的大学毕业当了厂长，还有不少长大后就在福利院的工厂就业当了工人，逢年过节少不了有人来看她。他们这些孤儿、弃儿的确把这里当成了家，把张奶奶真的当成了奶奶或妈妈。

小护士有两个，都是卫校毕业的，都长得青春靓丽，又都在看护那些残疾儿。说是残疾儿，其实小的几个月，大的都二十多了。都是肢残加智障。小护士刚来时，满屋子的卡西莫多（电影《巴黎圣母院》里相貌丑陋的敲钟人），当时就吓哭了。特别是那个"瘫瘫"，都二十五岁了，满脸胡楂子还坐在婴儿车里，穿着开裆裤，屁股底下是便盆，嘴里流着口水，见来人就嘿嘿地傻笑。尤其是那已是成人型的生殖器，长长地吊在那里，羞得小护士眼睛没地方放。

老护士开导她们：就当他们什么也不知道，他们本来就什么也不知道嘛！

几年下来小护士已同他们建立了深厚的感情，几天不见就急得赶紧往回跑。小护士回家结婚、过年，他们就不吃不喝，又哭又闹，谁也哄不了。小护士回来了，他们高兴得又笑又叫，手舞足蹈。他们也是人呀！

出于对生命的尊重（我觉得还是不要说对事业的热爱好，

那样有些虚伪），小护士们已经献出了青春，并且无怨无悔。我相信她们现在还在干着，可能要一直干到她们变成了"张奶奶"或"李奶奶"为止。

生命的顽强

据说，世界上只有两种动物能够到达金字塔顶，一种是老鹰，一种是蜗牛。鹰的翅膀、蜗牛的壳是它们成功的武器。鹰的残忍包括对自己的幼崽。据说，鹰每次产卵都是两个，等它们孵化成小鹰后，就把它们放在一起，不给食物，让它们争斗，让其中更强健的一个吃掉另一个。虽然很残忍，但鹰族也因此而进化。

我一直相信，在动物里人的生命是最脆弱的，你看，狗断了一条腿照样跑，人的脚上扎了一根刺，就金贵得非挑出来不可。还有，人有个头疼脑热的立马打针吃药挂吊瓶，那狼、狗熊病成啥了也没地方住院去呀！

自从读了杰克·伦敦有了一些改变。茫茫的冰原上，奄奄一息的人和奄奄一息的狼就那么对视着，对视着！要么你吃了我，你活着；要么我吃了你，我活着！那样残酷的选择是怎样的一种震撼！最终还是人的生存本能战胜了狼。

《落基山的雪》是一篇短文，读过很多年了，对其印象总是挥之不去。最感人的地方就是突如其来的暴风雪，彻底摧毁了他们活着的希望。面对病在山洞里，几天没吃东西的恋人，那男人毅然扭断自己的臂膀，烤熟了递给自己的女友，说是兔子肉，救了她一命。真真的感天动地。

1978年，我出差到了武汉，夜住大桥头。同室有一个瘸子，长得很帅，穿一件当时很时髦的咖啡色皮夹克，他出来进去不带丝毫掩饰，眼神里有一种少有的豁达和自信。当晚，对着昏暗的灯光他讲了他的故事。原来他是唐山大地震出来的，他清楚记得那是1976年的7月28日，丙辰年七月初二，星期三。

"那天晚上，我家里的狗死活不进屋，还咬着我的裤腿不让我进去睡觉。半夜里外面就像天麻麻亮，其实只有半夜3点，地下突然传来隆隆的声响，像闷雷，叫人毛骨悚然。爸爸惊醒了，一脚踹开我的门，不知他从哪来的劲，一把把我从床上提起，从窗户扔了出去！随后一声响，一股烟尘腾起，我家的房子变成了一片瓦砾。掩埋了我的所有亲人，包括我最亲爱的父亲！

我那时跟疯了一样，不知哪来的劲，极度的紧张和亢奋，将生理上的可能和最大潜力都发挥到了极致！几米长、数吨重的楼板，一个人就抬起来了，拼命救人！拼命救人！

到天亮时一泄气，就瘫倒在地，再也起不来了。这才发现自己的一条腿是断的！十根指头鲜血淋漓，指甲都没了！"

还看过一个国外报道，说的是一个农场工人开着拖拉机去伐木。突然，倒下的大树压住了他的一条腿，他想尽了办法也没能弄出那条腿。周围又没有一个人。眼看着天渐渐黑了。为了活命，他一咬牙，用电锯锯断了自己的腿！然后爬上了七十多米外的拖拉机，直接开到了医院。

还有一个喜好登山的美国大学生，在一面渺无人烟的悬崖上，被一块巨石压住了胳膊，当他知道再没有其他求生办法的时候，他选择了局部放弃，用仅有的一把钝刀割下了自己的胳膊！

看了这么多关于生命的感人的故事，我也想写一写夏国祥，题目都想好了，就叫《在行走中庄严倒下——夏国祥记忆》。

夏国祥是个农民，改革开放后当了一家铸造厂厂长。不知从什么时候起迷上了炎帝研究。他根据古籍上的点滴记载，追根溯源，断定宝鸡的姜水流域、天台山就是炎帝当年成长和尝百草的地方。为了科学结论，他无数次地上天台山考证，并为此付出了沉重的代价，包括经济上的和身体上的。我作为记者曾多次随他爬上天台山，也无数次地为他所感动。

天台山来去一百多里，他经常一天一个来回。那次我们发完稿后都下午三点多了，爬上天台山主峰——莲花峰已是凌晨两点多了。在伸手不见五指的深山里，根本不知道脚踩在哪里。老夏却像长了夜视眼一样，哪里有石头，哪里转弯，都烂熟于心。令人佩服得五体投地。

十几年的奔走，十几年的呼号，人们终于承认了炎帝和天台山，也承认了夏国祥和他的努力，建起了规模宏大的炎帝园、炎帝陵，但夏国祥却早早地离开了我们，他以生命作为代价证明了自己。

生命的脆弱

生命很顽强，生命有时又很脆弱，脆弱得不堪一击。不用说名人洛桑、牛振华，我的同学、同事、朋友，英年早逝的已有数十人。有的是意外，有的是病故，有的是自杀。

那天"刘明跳楼了！"的消息击蒙了我。

刘明是我在深圳结识不久的朋友，他是一家杂志社的主编，小我两岁。人长得高大帅气，开朗活泼又多才多艺，每当开会或朋友聚会，他都是最为活跃的。他经常即席赋诗，还声情并茂地朗诵，在电台当过播音员的他，抢尽了风头。他写散文，会书法，唱歌唱戏，样样拿得起放得下。他性格张扬，为人豪爽，来酒不拒，风风火火来，风风火火去，像一面迎风舞动的旗帜。

今年春节过后，他突然打来电话，问我订报任务完成了没有？他帮我订十几份，让我很是感动。本想有空请他吃个饭，感谢一下，没想到他竟跳了楼！这成了我一个无法弥补的遗憾。

据说他的死因很简单，无非查出一些本该就是人得的病，糖尿病、颈椎病一类的，并不是绝症，一时想不通，就下去了！出于对死者的尊重，我们还是不要责怪他的轻率吧！愿他在天堂健康幸福。

每参加一次这样的葬礼，生命的思索就得到一次升华。感慨之余的结论是：热爱生命吧！珍惜生命吧！活好每一天！

有些生命的结束，像流星，虽然短暂，但划出过灿烂的光华；有些结束得轰轰烈烈，像凤凰涅槃；也有些如同秋叶凋落那样，无声无息地来，又无声无息地去，没有留下任何痕迹。

我相信，他能够这样做自然有他十分充分的理由，但是，一千条理由一万条理由，一个人的死亡造成无数人的痛苦，造成对亲人、对社会责任的放弃，都不成其理由。作家张有高就是这样认为的。

一天，有高的儿子张桦放学回家，对他的单身父亲说："我不想活了，我觉得人活着真没意思。"

原来儿子在学校被老师狠批了一顿。他拉着儿子的手走到阳台上，对他说："好吧，既然你不想活了，那你就从这里跳下去。"张柁往下望了望，说："不，我不敢跳。"张有高说："好，那你不跳我就跳，我就从这里跳下去，瞬间就变成一摊血浆。"张柁立刻拉着爸爸的手哇哇大哭："爸爸你别跳，你跳了我就没有爸爸了……"张有高说："好，我不跳。我要是死了，你会想到自己没有爸爸了，那么你要跳的时候，有没有想过爸爸呢？"

当天晚上，张有高给儿子写了一封长信。信里说："儿子，死是很容易的事情，而且是最容易的事情，只要你真的想死。可是这样的死又有什么意义呢？我们每个人在这个世界上活着都不是单纯地为了自己活着，每个人一来到这个世界上，就承担着某种责任，谁都不能为了自己一时的不顺利或一时的不开心而去死，这样的死是不负责任的，也是毫无意义的……"

只可惜，逝去的人没有听到这个故事。

"飘逝的雪花"是每每当我想起小许的时候，眼前灵光的一现。

小许是我们报社管发行的司机，海南琼海人，活到二十多岁压根就没离开过海岛。他时常非常羡慕地向往北方。多次认认真真地问我："雪花，到底什么样？"竟问得我一时哑口无言。忽然想起被称为"咏絮才"的东晋诗人谢安的侄女谢道韫来。一日谢安正在家中吟诗，突然下起了大雪，谢安有意要考考晚辈，问道："你们看这雪花像什么？"谢安的侄儿朗声答道："就跟空中撒盐差不多。"一旁的谢道韫不屑一顾地接口说道："未若柳絮因风起。"谢安一听非常高兴。以后人们就一直称谢道韫为"咏絮才"。我只好把这个故事原原本本地给小许讲了一遍,并当场许诺:"以后带你去北方,好好看看冰,看看雪。"小许布满天真的脸上立即荡起了幸福的涟漪。

我说这句话的时候,绝对是真诚的。我相信我不难办到,而小许还有大把的时间,以后的日子还长着呢!

真是人算不如天算。谁也想不到年纪轻轻的小许,活蹦乱跳的小许会这么早早地离开我们!

那是一个星期天的下午,有人从医院打来电话,说小许昨天下楼时突然摔倒了,什么也不知道了,头肿得跟斗一样,快不行了!

我赶紧去了医院。大夫说,他有一截脑血管天生畸形,爆裂了。他已经脑死亡,现在就靠呼吸机在维持生命。他结婚不到半年的妻子已哭成了泪人,让人不忍目睹。

第二天早上,我又去了医院。小许的病房里空荡荡的,弥漫着浓浓来苏水儿的味道。小许的床上惨白的床单平展展的,已没有半点生气。护士说,昨天晚上他的家人来了,把人拉走了!

我的眼前一片空白,仿佛看见了呼吸机拔下来后,小许那颗年轻的心脏还在有力地跳动,还在向死亡抗争!

从来没有见过雪花的小许,像雪花一样飘逝了,融化在了蓝天里和空气中。我想,它一定会飘向北方的……

司机小杨是典型的敦厚的邻家大男孩,给我朋友开车已有几年了。一年前结的婚,现在小孩应该都有几个月了。不知为什么,春节过后一直没有回来。

小杨家在澄迈县的一个农场,好在不算太远,那天我们特地开车去看他。我们找到了他在学校旁的新房,门上"百年好合"的婚联依旧鲜艳。门锁着，没人。往里看了看，婚床、双喜的蚊帐、簇新的梳妆台上的化妆品整整齐齐。

不远处人家门前几个人在闲聊，问了小杨家，几个人愣了一下，不语。再问小杨在吗？表情更怪，其中的一个指了指后面的一间木板屋。

木板屋四处透风，床上的蚊帐已分不出颜色，凌乱不堪的厨房，冰锅冷灶。屋顶上吊下来一个大筐，里面酣睡着一个胖胖的男孩，睡梦中不时地咧咧小嘴笑笑，甚是可爱。

孩子旁边的一个小碗里装着稠稠的面糊，像农村老太太打袼褙的糨糊。小杨的父亲回来了，站在那里同我们打招呼，没有让座的意思。

"小杨呢？"朋友问。

"去了。"小杨的父亲面无表情。

"去哪了？"朋友又问。

"走了，几个月了——"

"走了？什么是走了？！"

沉默。浑浊的眼泪已涌满了这位白发人的眼眶。

我突然明白了。赶紧扯了一下朋友，他愣住了。

小杨的弟弟回来了，告诉了我们事情的经过。大年初五的晚上，小杨感到有些头痛，还咳嗽，就到农场的医院看了看。回来后又觉得胸口闷。媳妇看不对就到外面打了"120"。

左等右等不见救护车的影子，没办法，又去了农场医院。后来听说救护车来了，找不到地方，转了一圈又走了。

到医院没多长时间人就不行了。到底是什么病都不知道，就这样小杨糊里糊涂、不明不白、简简单单地走了。

小杨死后,媳妇又待了一个多月,在伤心和无望之下,撇下吃奶的孩子回了海口。

小杨死了,媳妇走了。老两口只好硬撑起这个垮下来的家。没钱买奶粉,他们就给娃娃熬糊糊。这娃也争气,不哭也不闹,还很结实。他们原样保留着儿子的新房,在伤痛和回味中幻想着儿子、媳妇会突然回来。

在我们的坚持下,小杨的弟弟带我们去了墓地。最后看一眼小杨。

七拐八拐终于在杂草和灌木中,找到了一抔新鲜黄土。方圆也就是一米,不到二十厘米高。我们蹲在土堆旁,极力想透过黄土,再看一看小杨那张可爱的娃娃脸。一抔泥土就这么一盖,一个鲜活的生命就没了?

我蹲在那里又想了很久。

生命的尊严

生命很脆弱,很无常,但再脆弱无常的生命也有他的尊严。

我同事的儿子小时候玩炮仗炸残了左手,炸瞎了双眼。后来在妈妈的全力支持下,凭着顽强的毅力,靠一台录音机学完了电大课程,不但找到了工作,还赢得了爱情。

她妈妈认为成功的经验就是非常小心地不去碰孩子心上的伤疤。要像正常孩子一样看待他们,千万不要伤了孩子的自尊心。一次,我和她一块去看她儿子,她拿出一张新拍的照片,举到双目失明的儿子面前,说:"你看,你看呀!"手里还指点着。

这一幕让我感动不已！这就是母亲。在母亲的心中，儿子永远都是完美的，哪怕是双目失明的儿子。

十几年前，我去北京看望我的一个远房舅舅，他晚上陪着我彻夜长谈。十几年后，当我凭着依稀的记忆，再次摸到他家时，他已双目失明！不可思议的是，他竟然能只凭声音认出我来。依然的满脸笑容，依然的热情有加。丝毫看不出生活的打击对他的伤害。那种从容淡定，不卑不亢，不经过一些岁月是修炼不出来的。

海明威在他的自传里曾经说过："我比从前更爱生活，但是万一我得了重病，我希望去得快点儿。我父亲是自杀的。我年轻的时候，还认为他是个懦夫，但是后来我也学会了正视死亡。死有一种美，一种安静，一种不会使我惧怕的变形。我不但看到过死亡，而且我读到过自己的讣告，这样的人为数不多。……一个人有生就有死。但是只要你活着，就要以最好的方式活下去，充分享受生活。

"等到这些事都办完了，那我就会成为继美男子弗洛埃德之后的最好看的死尸。"

除了外国的海明威，中国的沈从文也有这个大境界。"成功与幸福，不是仙人的目的，就是俗人的期望，这与我全不相干。真正等待我的只有死亡。在死亡来临以前，我也许还可以做点小事，情感既保留这些'偶然'浸入一个乡下人生命中所具有的冲突与和谐程序。……这也许正因为如你所说，我是个对一切无信仰的人，却只信仰'生命'。"

那年我在自强中专采访时，正赶上他们在搞文艺调演。

舞台上姑娘们花蝴蝶一样地在上下翻飞，轻盈飘逸，脸上的微笑里充满自信和自豪。

这时，我注意到了一个细节，姑娘们都光着脚没穿鞋！而在舞台的幕后一个老师正在有节奏地敲着地板。校长告诉我，姑娘们都是聋哑人，她们听不见音乐，只能靠脚掌感觉节奏。

她们用自己的方法参与美，创造着美，同时也为这个世界带来美。

台下有不少观众，他们是盲人，但都穿得很漂亮，还有不少精美的饰件。他们看不见台上的优美的舞蹈，只能凭声音去感觉；他们穿得再漂亮，自己也看不见，只能去体会别人看见后的愉悦。

三亚有一个很出名的海鲜大酒楼，老板洪方毅双腿小儿麻痹，只能在地上爬。他当了老板后，开上了"皇冠3.0"，又在北京开了很大的分店，他的事迹广为流传，我还写过一篇报告文学《断翅的飞翔》，然而他最感动我的，还不是事业的辉煌，而是他穿着西装打着领带，从皇冠车里下来，当着那么多的人从从容容爬着进礼堂开会的镜头。我想，他这样一个大老板不会买不起轮椅，也不会雇不起一个侍者。他对待不幸，对待自己，对待别人都已经升华到一个常人难以企及的层面。

我讲了这么多刻骨铭心的故事，讲的是人的尊严，生命的灿烂。在我们还不能随心所欲地、自由地掌握自己的生命的时候，先让我们看在父母、亲人和上帝的分上热爱生命、敬畏生命吧！

选自《敬畏生命》，北方文艺出版社，

2004年12月版，此次文字有删减

张伟明

广东青年文学院第二届签约作家、广东文学院首届签约作家、一级作家，现居深圳。出版有长篇小说《无所适从》，小说集《出类》《虚玄歌》，散文集《西去的寻找》等九部文学著作。曾获广东新人新作奖、深圳首届大鹏文艺奖、深圳首届青年文学奖、首届特区文学奖等奖项。

为女儿种一棵树

女儿，你还在妈妈的肚子里像一条小鱼般游来游去时（这个时候爸爸还不知道你是男孩还是女孩呢，无论日后你是女孩还是男孩首先你是爸妈的孩子，这里叫你女儿只是一个符号而已），爸爸便决定了要在你出生的那一天为你种上一棵树。这棵树是爸爸妈妈送给你的一份生日礼物，也是标志着你来到了人世间并与其一同成长的一棵树。

树苗是挺着大肚子的妈妈和爸爸一道专门去到苗圃园里为你选取的。选取树苗时爸爸本没打算让妈妈一同去的，因为那个时候你在肚子里成长得很快，你妈妈走起路来都很辛苦呢，所以爸爸就想让你妈妈别去了，也不安全，但你妈妈却一定要去，她说她要为女儿挑上一棵好树苗呢。

最后爸爸妈妈为你选取了一株木棉树苗。为你选取木棉树作为你的生日树，并非日后要你去做什么英雄，不，不是的，爸爸不是这样去想的，爸爸决不会在你一来到人世间便给你无穷无尽的压力，便把许许多多自己无法延伸的希望寄托在你的身上，不会的，现在不会，以后也永远不会。当然，你天生是块英雄之材既在老爸的意料之中，也出乎意料。你明白我的意思吧？

爸妈为你选取木棉树苗，是因为这树苗将要种在果园里，因为果园里满园的龙眼树是四季常绿树，所以这株木棉树苗种到果园后，待它日后长高成树时便会开出满树满枝的非常好看的红艳艳的木棉花来，到那时万绿丛中盛开的木棉花从远远望去会有一番令人眼前一亮的景致。

女儿，你出生的那一天爸爸会准时地把树苗种下，之前早已在果园的中央挖好了一个既深又大的树穴，爸爸希望日后的你也能像这株木棉树一样成长得根深叶茂。

女儿，人生的成长就像是一棵树的成长，在你成长的过程中会有属于你自己的春夏秋冬，当然这春夏秋冬并非只是指季节里的春夏秋冬，而更多是指你生命里的春夏秋冬。且这四季在你不同的年龄段里会以不同的形式不同的内容，有时还会以相同的形式相同的内容而出现，当然在你真正长大后你也会明白，即使是这些貌似相同的四季其实也早已是改变了许许多多的四季。

春来发芽，夏来开花，秋来结果，冬来叶谢。

女儿，在你人生的春天来临时，之前你已冬眠了许久许久，同时你也积聚了很久很久，在这个季节里你就尽情地伸展你的四肢，尽情地舒展你的心灵吧。你的枝干能伸张多长就伸张多长，你的绿叶能抽发多少就抽发多少。春天的来临你要让自己在天地间翠绿昂扬，你要在万绿中神清气爽，你要在春雨里高洁如涤。

女儿，在你人生的夏季来临时，之前你已是根深叶茂，尽吸天地精华，这个时候你会繁花盛放，红艳一片，香溢四方；而在这个时候也容易招蜂引蝶，遇风吹雨打时会有花瓣零落成泥，但却会馨香如故。从你身上散发出来的花香有许多的人会喜欢，也会有不少的人会闻之过敏，然而无论世人有何种不同的喜好，你要做的事只有一样——花开堪开须堪开，一任群芳妒！

女儿，在你的秋天来临时，你的韶华尽退，但却换来满枝头的果实累累。你所结挂的果实有鲜甜也会有酸涩，果实的鲜甜或酸涩一半靠人一半靠天。靠天的那一半你无法把握，靠自己的那一半却是要通过自身去尽心尽力的。只要你是顺从内在的生命与心灵的需要，只要你是循天理行天道，只要你根能伸得深叶能长得茂，那么，无论你所结出的果是鲜甜还是苦涩，无论你结出的果是扁还是圆，都会是你生命中最好的果实，都会是父母眼里最好的果实，都会是天地之间最好的果实。

女儿，在你的冬天来临时，你的生命之树会在寒风瑟瑟中枯叶飘零，这个时候你会觉得一切的一切都离你而去，这个时候你会觉得一切的一切都离你非常遥远，就是连呼吸你都会觉得窒息。没错，女儿，你生命的冬季来临了，这个时期你彷徨无助，你孤独伤痛，你的生命在命运的十字路口中瑟瑟发抖。没有人去了解你，也不会有人去理解你，你的孤独你自己走不出，别人也走不进，在万念萧索中只有那满地的枯黄才能诉说出你那不为人知的疲惫与孤寂。女儿，在这个季节里你要挺拔起你生命的枝干，你要让你的生命之根深扎进生命的土壤里去。你的人生在这个时候可以是满地凋零，但也是你养精蓄锐的时候，也是你远离浮华沉淀生命的时候。度过这个季节，你会更能明白到你生命里的真正需要，你亦会更能理解到生命的真正意义之所在。人生是一个不断吸收与不断放弃的过程，凋零不是枯干，凋零是为下一个春天而准备的。

女儿，在你成长的每一个不同的人生年轮阶段里，你都要明白到这一点，不论你日后对世事看得如何通透与明白，你都应该记住那也只能是你那个时期那个年龄段的通透与明白，也就是说你再明白也只能是你二十岁的明白，也就是说你再通透也只能是你三十岁的通透，以此类推。孔子说五十才知天命呢。人生的气候变幻无常、天地间的季节交替轮转，许多你不明白不理解的事物会不时地出现在你不同的人生季节里，你百思不得其解、你辗转无处突围。这个时候你要让自己坐下来泡一杯清茶，或去找一处清静而又视野宽阔之地去听归鸟投林啾啾，去看天际云卷云舒。你大可把千头万绪的一切放下心底，你要把百思不得其解的一切交给时间。因为时间真的可以解决任何问题，因为天地万物的所有答案都尽在时间那里，因为时间和空间是最公平、公正的。人生充满着懊丧无不是因为自身的近视和浮躁所致，所以你要把你的心神平和下来，所以你要把目光像每一片树叶般望远一点。

女儿，在往后属于你的日子里，无论你是处在什么样的人生季节中，你都一定要常常抽空去看看这棵老爸在你生日的那一天为你亲手栽种的木棉树。常常看看这棵树，你会在这棵树上学到许多许多在书本里、在人群里所学不到的东西；

常常看看这棵树,你会在这棵树上看到生命中的春夏秋冬是多么的神奇!

女儿,你就像伫立在天地间的一棵树那样去成长吧!

爸爸

选自《宝安日报》2004年

姜威

《深圳晚报》原副总编辑、深圳著名藏书家、文化名人。曾著有《一枕书声》《老肖像新打量》《色香味居梦影录》等书,主编《深圳读本:感动一个城市的文字》。2011年因病逝世。

前尘书事成云烟

我1991年春节后来深圳,提一个大帆布箱子和两个小提包,里面除生活必备用品外,最有分量的是一套商务印书馆1979年版的《辞源》修订本四卷本,一本上海辞书1979年版的《辞海》缩印本,以及八九本岳麓版的周作人文集。我从哈尔滨乘火车到天津转车,一路到深圳花了近60个小时,连个硬座也没有,硬是把这一堆书扛到了目的地。我讲这段经历的意思是想证明我当时还是一个傻乎乎的爱书人,访书和读书都上着瘾。

瘾是病字旁,望文生义也知道不是正常人干的事。我的经验是,玩书这种瘾,跟吸毒一样,陷进去就很难自拔。"路啊路,飘满红罂粟",玩书的路也正是"飘满红罂粟"的旅程。

街边杂货店

且说我当年下了火车,走路有点顺拐,原因是内裤里缝了个兜儿,硬邦邦地揣着 2000 元钱。掏出 170 多元买了辆自行车,剩下的可就是安身立命的本钱了。但是就在火车站附近的一家小杂货店里,我眼睛一亮,看见了一套港版影印本《金瓶梅》,紫花封面,书前还有张竹坡的序,心情的激动,只有和我有过同样玩书经历的同道才能体会。那个时候,对像我这样半生不熟的玩书人来说,《金瓶梅》就是一块心病,一个可望而不可即的梦。虽然眼前这个版本有点来路不正,可是慰情聊胜于无,何况又是未曾删节的全本,如不立即买下简直伤天害理。你看,人要是上了什么瘾,冒起傻气来是没有道理好讲的。此前,故乡的书店已被我搞得滚瓜烂熟;此后,骑着单车访求深圳的书店,就理所当然地成了我的日课。回想访书的经历,就像一部小说的名字:我的遥远的清平湾。虽近乎前尘梦影,总还有些印象较深的情节,可以粗略地说说。

新华书店

新华书店其实没什么好说的,它们遍地开花,牌子很大,特色不彰,更谈不上什么服务。就像去百货商场买衣服,又像去菜市场买白菜萝卜。特点是大而全,书的陈列显得杂乱无章,显然缺乏精心的管理筹划和布局谋篇。

老街那一家,地处黄金地段,就在麦当劳斜对面,每天拉起卷闸门,一条长案向内延伸,显眼处摆着大堆皇历,而不是刚刚出版的新书，从中可见本地人到书店购求的重点。大间里面套个小间，其中摆放的多是生活类小册子。这家书店我是去得比较多的，因为它是特区内最大最处中心的书店，毕竟新书进得及时。

红岭路一家，门面略小，新书进得也不及时，但里面有一些二十世纪七八十年代上海古籍版的文史类书，还是原价，我还是颇有斩获。1978年版的《诗人玉屑》，两卷本，才1元6角；1985年版的阿英《小说闲谈四种》，精装一大本，5元5角。这些书是我在红岭路新华书店捡到的最大便宜。

华强南路一家，属于大路货一类，几乎让人无忆可回。

当时在上步一带，还有一家图书贸易中心，好像也是新华书店性质，具体地点已想不起来了，这里时或可见一些有意思的书。屈大均的《广东新语》上下卷，我就是在这里买到的，是中华书局1985年版，4元8角5分。与上面提到的《诗人玉屑》相比，《广东新语》的品相和印张几乎完全相同，晚出版了7年，价格就涨了三倍。

特色书店

特色书店总是有出其不意的地方，让读书人印象较深的，有如下几家：

深圳书店。这家书店就在老街新华书店隔壁的二楼，架上陈列大量的外文原版和港台繁体字版书，后者我认得上面的字却不喜欢里面的内容，因为八成以上是烹调、服装、气功、养生、算命、栽花、遛鸟一路。去得勤些，偶尔也能碰上好东西，台湾版的《查泰莱夫人的情人》、香港上海书局1979年版的64开精装《堂吉诃德》上下册，就是在这家书店"妙手偶得之"的。

博雅艺术公司。这个有大名的艺术公司汇聚了大量艺术书籍，当时就在深圳书店的隔壁。相对来说，本人对这家公司的贡献是最大的，因为这里的书最贵。1992年我在这家书店见到港版王世襄著《明清家具研究》，一函两巨册，精美异常，可惜太贵，去了无数次，在这套书前逡巡，最终也没忍心下手。好在一个意外之喜冲淡了这个遗憾，我在摊在案上的一大堆旧书里，淘出了一本北京师范大学出版社的《膜拜的年龄》，其中收有我写的一篇情色文化随笔《猥语疏记》。这本书我只有出版社送的一本样书，南来前就已送给友人。在博雅偶然得之，不亦乐乎！2000年我将此书赠送祝勇兄，我的这篇文章又被他收进《对快感的傲慢与偏见——中国读书随笔菁华》一书中，2001年由时事出版社出版。沈浩波有一句诗云："这件事，足以让我这种鸟人乐上好一阵子。"我的得意与这句诗表达的意思若合符契。

深圳图书馆书店。这家书店设在图书馆的大厅里，空气流通不大好，每次淘书都弄得一身臭汗。不过图书馆书店总是有些好书让人惊喜的。后来这家书店扩大了规模，在院子里搞了一个长廊，摆了好长好长一溜书，逛起来别有一番风味。我在这里买了一套盗印台湾版的诺贝尔文学奖获得者文集，还有台湾远景出版事业公司从1978年到1986年陆续出版的世界文学全集丛书中的几十本。

黄金书屋。黄金书屋是一家私营书店，在图书馆对面，好像是二楼。记得第一次去是下午4点多，夕阳透过窗子抹进来，让人情不自禁地做出忧郁状。这家书屋有不少20世纪80年代中后期中国思想文化界风云人物的著作，我陆续买了不少，其中包括台湾允晨文化公司出版的余秋雨《艺术创造工程》，购书后店家在扉页上印上菱形书印，上刻"黄金屋藏书"字样。黄金书屋的书品虽然相当不错，但我却很不喜欢"黄金屋"这个名字，觉得它冲淡了书香。当年这家书屋的主人好像还在《深圳商报》的《文化广场》跟人打了一阵笔墨官司，话题是什么早就忘记了，也算20世纪本城一段文化逸闻吧。

愚仁书社。愚仁书社的主人王晓民是我的熟人，他无疑是懂书的。书社开在深圳大学附近，后来又进驻岁宝百货的柜台。这家书社的最大特点就是书香味道很浓，卖的都是精品，遗憾的是规模嫌小，不过瘾。1996年，我与朋友合伙策划出版了《博尔赫斯文集》《彼得堡》《复活的圣火》《心香泪酒祭吴宓》等书，曾想委托王晓民包销一部分，后来因为资金周转问题没谈成。不过，对于王晓民和他经营的书店，我一直是很佩服的。

最难忘的书店

语云，读书有益，开卷便佳。所谓最难忘的书店，当然就是我受益最大的书店。积我在深圳逛了八九年书店的经验，这样的书店只有两家。

一是位于人民南路海丰苑的古籍书店。曾见刘申宁兄不久前发表在《文化广场》上的一篇文字,就是追忆在这家书店访书的经历,写得深衷浅貌,语短情长。可知对这家书店念兹在兹的大有人在。古籍书店的负责人姓于,据说是琉璃厂出身,事实上确是懂书的行家。我隔三差五就和书蠹大侠结伴前往,老于和大侠熟识,每次都拿出一些好书让我们开眼。对上瘾很深的书蠹来说,衡量一家好书店的标准,首先是有一个懂书的行家,这样就能保证货源和质量;其次是这个行家要懂他的客人,三言两语就能摸清客人嗜好的路数,从而对症下药,双方皆大欢喜。这两条标准,古籍书店庶几近之。无论经理和店员,见了我们都热情地打招呼,推荐一些书目,都是我们喜闻乐见的。结果是,我们在这家书店,几乎买了成吨的书,每次都打好几大包,存在店里,再求有车的朋友来拉回家去。后来,书城开张,古籍书店成了其中一个柜台,访书的乐趣,戛然而止了。

另一家难忘的书店是《深圳商报》的读者服务部。店主姓薛,三联书店出身,店址在上海宾馆内,门面很小,风光无限,因为架上都是三联书店、商务印书馆和中华书局的精品。对三联书店的书,我情有独钟,它不像商务印书馆那样艰涩,没有中华书局那样古奥,装帧简单至极,品格大气到顶。不论是厚厚的精装巨帙,还是薄薄的小册子,捧在手里,都觉得沉甸甸的,有种由衷的信任感。查1992年日记,我每星期都要到这家书店三次以上,可见它对我的吸引力之大。可能是因为房租杂费太高的缘故吧,这家书店维持的时间不长,后来移址再开,换了主人,去了一次,感觉是"流水落花春去也",终于怅然而返。

"书读完了"

这句话是一篇文章的标题,见于20世纪80年代初某期《读书》杂志。21世纪的某天,我走进书城,望着铺天盖地的书和熙熙攘攘的人,一种荒诞感蓦地在心里大片大片地洇开,脑子里突然浮上这句话:"书读完了!"就在这一刻,我的书瘾不治而愈。如果一定要深挖一下思想根源的话,当然也可以总结两句。我觉得,书瘾是物资和资讯都相对匮乏时代的产物。遥想当年,书籍作为传承文明的重要载体,在技术上,由于没有现代化科技的支撑,生产过程显得十分繁复艰难,而工艺的华严灿烂正寓于这繁复艰难之中;在内容上,由于受到种种钳制和枷锁,闪光的思想难得充沛于纸间墨上。所以,无价之宝易得,一本好书难求。正是在这种文化背景中,产生了书痴,萌生了书瘾,发生了访书藏书的乐趣。对书痴来说,访书的乐趣高于一切快感。仿佛一个饿汉,在石头堆里寻寻觅觅,突然发现了一个土豆,喜何如之?继续寻寻觅觅,突然找到了一个烤得糊香糊香的土豆,何乐可比?功夫再下得深些,搬开满山乱石,如果石缝里藏着一只叫化鸡烧得骨软肉烂,那是怎样一种快感啊!

如今,出一本书就跟抽一袋烟一样容易,只要你有钱,随时可以把你历年写的垃圾文字出一本书。就像把烂土豆外皮抹一层口红,混在苹果堆里。被败坏了胃口的人,连那堆真苹果也不敢碰了,何况那堆苹果多半是干巴巴的牙碜货。书,越来越和一般的商品如茶叶糖果没什么区别了,往往形式大于内容，用华丽夸张的包装掩盖内里的贫乏丑陋。眼下的书，连同写书的人，旁及卖书的店，已刺激不出我哪怕一点点类似当年的激情，我只觉得他们喧嚣，闹得慌。就这样，我权把书城厕所的盥洗盆当作金盆，洗了洗手，为我二十年的书痴生涯画了一个粗糙的句号。

正是：竹帛烟销帝业虚，关河空锁祖龙居。何当共剪西窗烛，君问归期未有期。

选自《深圳日报》副刊《阅读地带》2005年5月19日

朱蔓青

诗人、画家、艺术评论家、资深文学编辑、出版人、策划人，现居深圳。深圳市文艺评论家协会副秘书长，中外散文诗学会深圳分会副主席，担任深圳多项文学和艺术赛事评委，多家杂志主编，美术及文学作品多次获全国省市奖项。

坐巴士经过深圳的夏天

又是五月，我的生活总是在这个月份被改写，好像习惯了在五月出发去远方。不知是巧合还是什么，总是在夏天我就有这种蠢蠢欲动的想法，要出发了，总会有如行走江湖的侠士一般拔剑四顾心茫然的惆怅，背上行囊又出发，下一站是哪里？这一次我将不再感到迷茫，我选择了南方的都市：深圳。这个一年四季都洒满金子般阳光的城市，一座灿烂的城市，一座充满梦想的城市。

2001年5月的一天，我站在人流车流嘈杂的深圳火车站，一种没有归属感的孤独向我袭来，有一天我会心无芥蒂地完全融入这座城市吗？不知道！它会像这座城市灿烂的阳光一样光照我、彻头彻尾地拥抱我吗？走出火车站，站在刺眼且让人眩晕的阳光下，会让你有一种被暴露无遗无处藏身的感觉。这样也好，明媚的阳光把我心里的阴郁照得亮堂堂的，仿佛要把它们统统照射死掉一样，让我多少觉得自己又有了一些勇气去面对这个完全陌生的城市。

如今来深圳已经四年了，这里的天空总是这样湛蓝，阳光总是这样明媚，这样耀眼，随时都会令你的心无端地开朗升腾起来，唤起你内心深处的生命激情。在这个城市我除了梦想一无所有，坐巴士去到它的角角落落，一天天熟悉它适应它到最终爱上它。我已经习惯了这里的气候，有时来点台风来点暴雨，天气晴朗的日子还是居多。深圳的夏天总是这样慢悠悠的长，一件短袖T恤外加一条牛仔裤。如果觉得有点不够再加一两件薄薄的毛衣和外套，就可以过完整个四季。深圳的春季、秋季和冬季往往是你还没有来得及反应过来就过完了。遇上像我这样特别爱扮靓的女孩子，夏天这样的季节可是最适宜打扮得花枝招展了，以至于打开衣柜，所有夏天的色彩都通通装在了我的衣柜里，每次打开一片姹紫嫣红的衣柜，心情也被感染，如同打开一份明媚心情。我记忆中的深圳仿佛总是一年四季都生活在夏季，所以我感觉总是坐巴士经过深圳长长的夏天。

是的，我把我的灵魂投入每一次的旅程中，去走一些从未走过的路，就为了给自己找一个活下去的理由。每一次的出发总是会有些迷茫，有些惆怅，有些落寞，有时都会怀疑自己，有一天我会找到自己灵魂的彼岸吗？每一次坐车经过长长的深南路，我都会陷入深深的沉思。是的，今天我们已经进到了新的时代，新的世纪，人们似乎已经懒得去梳理一些陈年旧账。许多人都相信，只要向前看，特别是向"钱"看，就能尽快"接轨"，也能在短期内"腾飞"。

职业画家、自由撰稿人、杂志主编、时尚美眉、偶尔客串一下算命仙姑就是我在这个城市充任的角色。经营广告公司、开画廊，就是我在这个城市求得生存的方式。四年了，发生在这个城市关于自己的故事如今历历在目：当初迁回在这个陌生城市的迷宫，生活工作中急匆匆地赶路，甚至跌跌撞撞也成了常态。搬过两次家，手机被偷过两次；有过一次失败的恋爱，依然相信爱情，并期待着全身心再次投入新一轮的恋情当中去；交往认识了Ｎ个男女朋友，被关心我的好友拉去相亲Ｎ次，与明恋暗恋我的帅哥约会、吃饭、泡吧Ｎ次；一个人在这里度过两个春节，黄昏暴雨天重重摔过两次跤，走错路坐错车Ｎ次；招惹哥哥生气Ｎ次，想念妈妈想念小侄女Ｎ次；完成出版商近三十万字的约稿，出售了Ｎ幅美术作品；开怀大笑过Ｎ次，暗夜哭过Ｎ次，彻夜难眠Ｎ次……在这个城市有过多少快乐、忧伤还没有具体统计过，我跟着这个城市一起在悄悄地变化，把青春岁月一点点抛洒在这片热土，这个城市日渐把我磨砺得越来越坚韧。

记忆中最清晰的就是：火车站被修整得越来越有序，有了更方便的地铁工程，随处可见规划优美的人文环境，如绿野仙踪一般的住宅和商业区；夜晚喜欢去中信广场的酒吧一条街游玩，周末去莲花山上放风筝，坐一个多小时的车去大小梅沙听风观海；偶尔奢侈一回也去过地王大厦的63层云顶西餐厅吃牛排喝红酒加烛光，哈根达斯的冰激凌让我会回味想象起一种爱情的滋味；还有好像一百年都会一直热闹如潮的东门步行街，南洋大厦和海燕大厦里汇集着世界知名的服装品牌，还有罗湖商业城里有着民族风情的各色传统工艺品和旗袍，价廉可口的乐园路海鲜大排档；根据地酒吧的另类摇滚音乐，星巴克现磨的巴西咖啡，世界之窗里的啤酒节、泼水节；克林顿来深圳大学演讲过,"老虎"泰格·伍兹来观澜打过高尔夫球,毕加索的版画在何香凝美术馆展出过,舒勇几次轰轰烈烈前卫的行为艺术;盛况空前的文博会,比农贸市场还拥挤的赛格电子广场,各类国际商务活动,三天两头在深圳高交会馆举办的各类展览活动;还有这个城市产生了像丛飞这样无私奉献的英雄人物……想想如今的繁华可是建立在曾经的沧海荒芜之上呀,经过二十五年的建设家园,经过多少人的艰苦创业才有了如今发达的高科技、繁荣的商业经济和文化艺术的肥沃良田,才换来今天的辉煌和盛世景象。灿烂的阳光不留余地都照射在这个前进中发展中蒸蒸日上的国际化大都市,也在我身上洒下一片生活的金光。

最熟悉的小巷是地王大厦后面弯弯绕绕的红宝路,我曾经租住那里的房子,现在属于老城区的华丽路木头龙也是我临时的家。记忆最深的就是逛新年的花市,这是深圳最为独特的节日了,置身在姹紫嫣红的花海中,让人流连忘返,一定会记得要买一把桃花、几枝富贵竹回家,希望来年桃花运旺,遇到个称心如意的好夫婿,富贵竹给自己带来富贵好运……呵呵!这些生活的细节都已经根植于心,让我如数家珍,我已经完全融入这个城市,它也完完全全地拥抱了我。

看着身边友人流云般变幻的生活,开公司了、跳槽了、结婚了、买房了、买车了、失业了、回老家了……我依然住在简陋的出租房,依然每天买一份《南方都市报》;依然如故每月记得买一本我最钟爱的杂志《书城》,习惯读着《书城》坐103路或者202路巴士从罗湖留医部去福田区委的杂志社上班;依然定期去八卦岭的图书批发市场而不是去深南路上的书城,选购我喜爱作家最新出版的书籍，因为那里所有的图书都可以打七折、八折；时不时在网上遇上投机的网友聊过通宵之后，下次却再也不记得谁是谁了；坐在电脑前敲打下一些文字，记录下在这个城市发生的故事和心情；在画案前发呆构思一张美丽的图画，依然坐巴士经过深圳长长的夏天，默默努力向上游。

生活在这样一个动荡而又欲望澎湃的年代，我知道要坚持自己的艺术理想是多么的令人灰心沮丧。但是，只要站在深圳的街头，沐浴在金子般灿烂的阳光下，曾经一度灰心阴郁的心情就会一扫而光，就无端地感觉到温暖。阳光照得人心里亮堂堂、暖洋洋的，仿佛觉得又注入了新的能量去对抗冷酷的现实生存。

挫折、成功、忧伤、快乐，爱情、友情、事业等一切该发生的，它一点都没落下都如期地发生了；一切生活的滋味，它一点点让我品尝其中的甘醇苦涩。会几句半咸不淡的粤语，也会不时蹦几句洋文；喜欢这里的早茶糕点，现在也能泡出一道道出色的铁观音功夫茶，爱上了煲老火靓汤和这里的生猛海鲜，开得越来越多的湘菜馆让我还未淡忘湘情；逛一趟华强北，去一回罗湖的几大商业街就能了解到国际最流行的时尚生活潮流；收看凤凰卫视的报道，了解全球最新的国际经济政治形势。一切的一切都与国际接轨关系密切，生活的品质一天天在提高，于是觉得自己被深深嵌入这个国际化大都市里面去了。越来越适应深圳的生活节奏，有了四年的磨合，终于认同，觉得自己也是新一代的深圳人了，并为之骄傲。

这个世界的脸每天都在偷偷地改变，当我们置身于普通人日常生活中的时候，对生活的大变动并没有惊心动魄的感知，一切都平淡如水波澜不惊。我们不能不震惊于转型时代生活的巨变，这一变化不只是社会资源分配的变化或新阶层的形成，重要的是生活方式和价值观念的变化。我们发现狂欢的时代如期而至，喧嚣都市的每一个角落都被欲望所充斥，但欲望是要付出代价的，这个代价不只是金钱，它还是人的精神、心理乃至人生的前景。我愿意为了自己余生的理想在深圳这个城市继续奋斗下去，并不去考虑有多昂贵的代价和成本。

这个城市真像是被施了魔法一样，变幻得越来越美丽越有魅力，我对它的情感也有如一个中了它邪的情人一样，对它是如此地难以割舍，如此地眷恋，简直爱到骨子里去了。在这个城市燃烧着生命的激情，一点点着手修建起自己的梦幻田园，消磨着只剩青春尾巴的岁月，渐渐与它血脉相融为一体。

多少年来尽管不知道那个理想主义的终点站永远有多远，我也从来没有想过要停下来的感觉，哪怕再苦再累也从来没有想过要走回头路，而只是会默默地回首审视一下来时深深浅浅弯弯绕绕的路。有过成绩也有过落魄，"这就是深圳，把一切不可能变为可能"。这个城市对每一个人都是真诚的、平等的。只是我们多数人要有像垦荒农民一样的心态，一分耕耘一分收获。也许遇上天灾人祸，颗粒无收，甚至是要先学会只耕耘，不收获。上帝终究会回报那些不计报酬只问耕耘的人，只有这样不断努力地付出，才可以离你的梦想更近一点。

记得卡夫卡的日记里有这样一段话："在生活中不能生气勃勃地对付生活的那种人，就应该用一只手挡开点笼罩着你命运的绝望，但同时，用另一只手记录下你在废墟里所看到的一切。"往事如烟，美好的日子总是像烟花一样一闪而过，握不住这稍纵即逝的繁华，那就在寂寞中消磨这烟花一般的岁月时光吧。也许只能拥有曾经烟花般的灿烂，爱也值得，错也值得，不再有遗憾，什么都值得去付出，怎么都是你精彩的人生了。坐巴士经过深圳的夏天，窗外的景物渐渐向后退隐，感觉自己正在高速远逝如梨花般飞舞的青春，时光已将我曾有的锐利棱角一次次打磨，写下的这些文字承载着我抑或沉重抑或飞扬的青春岁月已经一去不复返了。

今天翻开新一页的日历：2005年8月16日，农历七月十二日。写着：宜嫁娶、祈福、出行、纳财；忌动土、安床、破土、置产。我出行坐225路车去杂志社上班，不知什么时候天上下起了太阳雨，阳光明媚，蔚蓝的天空下飘洒着金光闪闪的小雨，真是美极了，宛如沐浴天庭之光。

坐巴士经过深圳的夏天，看天上流云变幻，车窗外建筑群和树影向后飞掠，车流来来往往，路人行色匆匆，一路上我又在思索着自己的来处与去处。是的，生活执意向前，时光无意停步。

2005年8月16日于深圳木头龙
选自《莲花山》2005年第3期

叶耳

  诗人、小说家，现居深圳。作品见于《人民文学》《中国作家》《大家》《青年文学》《散文》《散文选刊》《诗刊》等，有小说作品选入《21世纪文学大系》《广东小说精选》等选本。曾获深圳青年文学奖、"全国青年产业工人文学大奖"中篇小说奖、广东省有为文学奖短篇小说奖、深圳市"睦邻文学奖"、洞口县文学艺术奖等。

从客里山来的孩子

  母亲在电话里说，她到了深圳。电话是小姨妈打过来的，母亲是10月9日深夜到了石岩，那是深圳关外的一个街道。

  母亲来深圳，这是我的意思。一直想让母亲来一趟深圳，她一直空不开身。这一次，她终于来了！我很高兴！

  母亲把家里的母鸡捉来了三只，带来了四十一个鸡蛋、一瓶酸辣椒酱、一大袋落花生。姐姐给即将出生的孩子做了几双小布鞋托母亲带了来，还为她做了一双毛绒布鞋。母亲也买了鞋子和袜子。带来的还有零碎家常干腊食品：腊豆角、腊菌朵、猪油、辣椒粉、腊猪肠、腊红薯片等。

  母亲是瘦小的。母亲的头发又添了许多的白发。母亲一到我这里就用客里山的方言很气壮地讲述她的到来。一些问题让母亲变得年轻了一些，也让我觉得温和。

  我带母亲去理了一个发，染了头发。花了六十八元钱。理完发后的母亲一下子年轻了十几岁。看上去不再像一个六十八岁的人了，而是像一个才近五十岁的人啦。给母亲理发花了半个上午的时间：洗头、修剪、吹发、染发；按理发程序本来洗完头还要给母亲按摩的，但母亲拒绝了。母亲露出缺了席的牙笑着说：有要按哩！在她的辞典里，理发就是理发，是单纯的，哪有这么多的名堂。母亲怎么也想不到，理一次发，花掉了我几十块钱。母亲说，怎么这么贵啊？差不多可以买半担粮食呷了。末了母亲又说，哎，早知道这么贵，就别给我理了。我问母亲，在家里理一个发现在是多少钱？母亲说，三块钱。

逛超市时，我带母亲乘电梯。母亲一生都没见过这种自动就能把自己带到楼上的玩意儿。母亲的脚不敢上前，那像水流一样的电梯总是流动的。我试验了几次给母亲看，母亲才鼓起勇气一脚就踏了上去，手却紧紧地抓住扶梯不松劲，但身子却是向前进的，我叫母亲把手松一点，人才能自如地上楼。母亲把手一松弛，人就跟着上去了。母亲又把她那缺了牙的嘴张开来笑。呵呵呵。

三哥听说母亲来了，特意请了假从另外一个街道来看母亲。三哥给母亲买了一身衣服和鞋子，拿了五百元钱。三哥在光明街道的一个木器厂上班，从早到晚，还要长期加夜班。干的是苦力活，也是很不容易的。三哥的头发也越来越稀疏了，这与他长期没有很好的睡眠有关，与工作的压力有关。

大哥和二哥也分别来看了母亲。我的三个哥哥都在深圳打工。他们都在最底层里深居简出，为自己的命运加班。这清苦的生活像一枚细细的银针，渗入了这无尘的想象里，渗透了他们的病痛哲学的根。

大哥和二哥的工资加起来才一千二百多块。还要起早贪黑地忙碌。大哥和二哥都没有发工资，大哥跟同事借了两百元钱给母亲。大哥觉得有点愧疚，嘴里不停地重复着这句话：要等我发了工资就好了。二哥来看母亲是请了两天假的，这两天假里只有一天的时间是属于母亲的，因为二哥还要把另外一天的时间给予远在几十里路远的二嫂，二嫂在东莞市的一个小镇上打工。二哥提了一个大袋子到了我这里，袋子里装着一些奇装异服。还有一个小塑胶袋里装满了大大小小的西红柿。（这些西红柿都快有点烂了，可能是临时在路边小摊上买的处理价的。）二哥说，这些衣服是一个老画家送给他的，是老画家的老婆平时穿的。"都是上乘的布料，都很新哩！"二哥随手从袋子里掏出一件看上去很新的衣服给母亲看，"你看。"脸上布满好看皱纹的母亲检验着二哥递过来的衣服。那份神采让我想到了上帝给予生活的隐语。二哥没有吃晚饭就告别了母亲，他还要赶着去东莞二嫂那边。临走时，给了母亲五十元钱，这五十元钱都是十元一张的。二哥说还没有发工资，身上一个家业才两百块钱，还要去看二嫂，听说她生病了。但二哥走到楼梯口又折了回来敲我的门，说是怕身上没零钱坐车，抽出一张百元的票子喊母亲过去拿，叫母亲把那五十元零钱退给他。这样一来，二哥身上只剩下一百块钱了，等他七折八扣到了东莞二嫂那里，身上基本上就没有多少钱了。二哥的这一个细节让我看在眼里，心头一紧。这个内心藏善的男人，他用一种无比笨拙的方法在修补着一个孩子对于母亲的关怀。我的心只是在那一刹那间，回到了青黄不接的故乡，那青灰的瓦房下，那高过墙壁的狗尾草，那代表无限可能的恩泽的山和水，还有阳光下浇淋的万物。我的眼里有一种翡翠的绿漫上来,加深了我所有的想象的颜色。

我在沃尔玛大超市给母亲买了衣服和其他的东西。

我得让母亲在这里感到温暖!哪怕我是多么艰难。

母亲说,她待几天就回家。我说,先住下来看看再说。我带你到处去看看,看看深圳与家里的不同。我知道这一次母亲出来后,以后出来的机会就少了。因为母亲已越来越老了。

在这个精彩的城市,我不知道该怎样去讲述母亲的欢喜。还有她神气的表情。在像森林一样的公园里游玩时,我给母亲拍了很多的照片。有一张经典的照片是我故意让母亲这么做的:我让母亲戴上了我的能看到眼睛的墨镜。站在足球场旁摆了一个POSE(姿势),我"咔嚓"一声,就拍下了一个很酷的老太婆。她的表情和姿态让我笑疼了肚子。这时,有一架飞机正清晰地穿越我们的头顶(这里的飞机有时飞得很低,看上去很庞大),母亲抬头看到这个金属的庞然大物出现在头顶,激动地说:那,飞机飞机!母亲的声音渗透了乡下人的泥土气息,让过路的人都投来了难以避免的微笑。我从母亲的兴奋里看到了她身心健康的另外一种力量,这是一种藏在劳动里的幸福,会飞。

我说过,只要母亲来深圳,我就一定要让母亲在深圳好好看看。

温木楼是在我的博客上知道母亲来了深圳。他打电话给我的意思我读懂了,他问我带母亲到深圳到处转了没有?我说还没有呢。他说,那我下午开车过来带你和母亲一起去深圳主要的景点转转吧。温木楼是真正的深圳人,是我的邻居和朋友。

他开车带我和母亲先去了大梅沙大海边，看到了海，母亲联想了很多。母亲说，这海怎么看上去越远越高，像座山一样。母亲看到这到处是柔软的细沙，忍不住捧了一捧在手心。像个科学家一样研究了好一阵，后又撒了回去。我带着母亲沿着海边走了一圈。母亲说，这海真是宽阔哩。这海里的水会流到哪里去？海那边是哪里？我告诉母亲说，海里的水会流到很远很远的一个地方，还会流到外国。海那边是香港。

遥遥的，那无边无际的不可企及的大海啊，无数的方向都是不可确定的道路。母亲又怎么知道，在辽阔的海平线上，那些像每一座山的远方就是我们每一个虚构的城堡。在宇宙的浩瀚里，我们每一个人都是一朵浪花，在人生的大海里遨游。在深蓝色的宁静里飞翔。朝着我们怀抱梦想的光，自由而孤独地飞翔。

母亲就是这大海里一条宽阔的路。

我还带母亲见识了深圳最高的大厦：地王大厦，位于深南中路，高420米，共81层。是全国第一个钢结构高层建筑。看到这么高的楼，母亲嘴里一直"啧啧啧啧"个不停，啧啧，别个楼好高哩！

回来时已是华灯初放的晚上了。深圳的夜晚是美丽的。我们沿着深南大道一路返回。到世界之窗。母亲又发现了许多的秘密。看到那朝天喷出的七彩的水花，母亲问这个是用来干什么？我说，用来好看的。母亲又咧开她那缺了牙的嘴笑了起来，嘴里重复道：啧啧，用来好看的。

深南大道沿途的灯红酒绿和温馨的霓虹灯夜景，让母亲赞不绝口。母亲说，当真是深圳哩，照一夜电不晓得要照多少钱哩。啧啧，不得了。

母亲重复发出的"啧啧"声，让我从身体上感受到了这种声音的磁性和温馨。我能联想到幸福正在以一种珍贵的速度抵达母亲的内部，抵达她隐匿太久的秘密。

从下午三点多钟出发，回家时是晚上九点多了，行程六个多小时。母亲这一次的行程是愉悦的。非常感谢好朋友温木楼。母亲回来后对小姨妈她们说，要不是真心朋友，哪有那么尽心尽力的啊！母亲说，你要记得把车子的油钱算给人家。到哪里找这么真心的朋友？

在家里，我就听说母亲身体越来越不如从前了。我一直叫母亲去医院看看，母亲说，没事的，我不是每天都照吃两碗饭嘛。我知道，母亲对她的身体总是自信的，因为这种自信，使她一直和家里的植物一样，健康地生活着。

来到这里后，母亲在我的引导下才答应去医院看医生。去医院的路上，母亲还是坚持她的看法：没病看什么，浪费钱啊。我带母亲去了深圳市第八人民医院看了内科，做了检查。母亲的话没人听得懂，她讲的是地道的客里山方言。我只好给母亲做了翻译。母亲说一句我重复一句，医生问一句我也跟着问一句。我用的是双语，在这个城市，母亲只能通过我的语言才能够准确地认识她自己，包括她的身体。

检查结果出来后，我才知道母亲原来一身是病啊。母亲身体里有无数个她忽略的答案。病历日志栏写着：颈椎病、脑血管弹性减退、胃病、风湿病、贫血等。有这么多病的主要原因是由于她操劳过度，缺少休憩。

这些散发药味的文字，像我小时候见到那柄银亮的剃刀，一不小心就剃伤了我的泪水。这锋芒的剃刀此刻在我的眼前晃动着记忆深刻的银亮色。它会不小心划伤母亲吗？许多警惕和逃避的问题汹涌而来，站在我并不强大的幸福出口。我迟到的母亲她是否意识到了疼痛？我看到了一些细小的声音在我的体内孕育成一粒忧伤的种子。

医生给母亲开了三天疗程的打针（点滴）药和其他口服的中成药等。母亲这一次花了我不少的钱。我的心情也很沉重，出门在外，我一直靠自己微薄的力量独自打拼生活。我没有上过多少学，没有文凭，没有专业的技术，我唯一能养活自己的就是靠这一支小小的笔。我廉价的文字在打发我珍贵的青春，思考我整个青春的梦。我能心里不烦恼吗？我心里窝着的火以一个正当的理由表现了出来，我说，叫你在家里不要干活，不要太操劳，你不听。现在好了，你花了这么多钱，你心甘了。你喂那些猪干吗？你种那么多落花生干吗？你做这些值几个钱？你看，你这一下就花足了你辛苦干出来的那些钱了。咳——母亲知道我也是挺不容易的，一直没有吱声。

其实我烦恼的不是母亲，而是我自己在生活里的弱小。

我去窗口划价交费时，母亲从身上把那些卷成一团的百元人民币想给我交。我知道这些钱都是我那些亲兄长和亲戚给她的。我挡回了她递过来的手，她把钱捏得很紧。我说，不用了，你拿着自己用吧。我知道母亲刚才的心情。这个瘦小的女人，让我感到一种说不出来的疼痛。我强忍住眼里的泪水。

晚上给父亲打电话，他身体近来也不好了，也在家里打点滴，叫母亲早点回家。母亲说，她去医院做了检查，打完三天点滴针就回家去。父亲已经八十二岁了，离不得母亲。

母亲大老远来一趟深圳是需要下决心的。我怎么样也得让母亲感到快乐！

那天早上临时有事我要出去一趟，我让母亲一个人待在家里。本来不用多长时间的，但因为路上塞车，我一个上午都不能赶回。而母亲连早餐还没有吃的。她从来没有使用过煤气和电锅煮饭菜，更不会去外面买菜，她一句普通话也不会讲，谁知道她要买什么呢？就算她买到了菜，她还认得回家的路吗？这里房子可不像家里的房子，都是一个模式的。巷子又多又一个样，转几圈就晕头转向了，不迷了路才怪呢。我赶紧在车上给母亲打了个电话，说要晚点回家，你饿了吧。母亲很阔气地说，我不饿哩，莫要紧的，等你回来。

到了楼下，我忘了带钥匙，按门铃。门铃响了很久都不见母亲开门。只好按别人家的门铃把大门开了，才得以进得自家门口。我在门口用力敲门，母亲在家里听到了，帮我开门，但就是开不了。我一步一步地教她操作，她才好不容易学会了开门。我说，这些都不会啊。母亲说，这城里的门怪得很，太麻烦了。我只好一脸苦笑。连过马路也让母亲摸不清怎么一回事，怎么车突然就停了呢？我就跟她解释红绿灯和人车之间的关系。但说了半天她还是弄不清红和绿之间的关系。不过，这对于母亲来说，弄清确非易事。弄清了也没多少作用。因为在那个遥远的客里山，连一条像样的公路也没有。

那一刻，我突然觉得那个在客里山无比强大的母亲，来到了城市她却成了一个孤独的"孩子"。她对于城市一无所知。对于这里的一切是陌生的，也是不适的。因为生活在这个城市，这个城市是敌对她的，她会让城市给出她太多的警惕，她的举动会在这个城市备受关注，因为她是这里唯一的"敌人"。

只有那个让她生活了一辈子的故乡——客里山，才是她自由呼吸的天空。那里有她熟悉的语言，亲密无间的土地、素菜，同甘共苦的战友父亲。那里才是她的城堡。那里没有她的敌人，只有她的战友。父亲是她唯一考验时间最长的好战友。那里的植物和土地，以及那些活动在天空之下的动物都是母亲的战友。

母亲舍不下父亲，在这里停留了十几天还是回家了。母亲回家的那天在早晨，从来不叫嚷的母鸡，那个早晨在母亲临走时，拍着翅膀咯咯咯地喊了起来。声音从窗口传得很远，好像在叫：哥哥喽，回家咯。哥哥喽，回家咯。

我这才发现，这些被母亲从家乡带出来的母鸡也是熟悉她的，原来它们也是母亲最好的战友。

2005年10月27日于深圳宝安31区
选自作者2005年11月8日发表在"天涯论坛"中
"舞文弄墨"栏目的作品

王石

万科企业股份有限公司创始人,曾任集团董事会主席,兼任中国房地产协会常务理事、中国房地产协会城市住宅开发委员会副主任委员、深圳市房地产协会副会长、深圳市总商会会长等职。出版《道路与梦想:我与万科20年》《让灵魂跟上脚步》《徘徊的灵魂》《灵魂的台阶》《王石说:影响我人生的进与退》等书。

生命在高处

2003年5月22日,我成功登顶珠穆朗玛峰。从海拔8844.43米的高度俯瞰能看到什么?其实,登顶那天云雾弥漫,能见度很低,还下着雪,什么都看不到。曾有朋友问"你到山顶的一瞬间是什么感觉"?当时几乎没有任何感觉。8000米以上属于极度缺氧环境,是生命的禁区,按照高山医学判定,人在此时的智商相当于6岁小孩。一般人都认为在这个高度人肯定有恐惧感和危险感。实际上,这两种感觉都没有。虽然在这种极度危险的情况下随时都有可能滑坠,但由于头脑迟钝,人却不感到害怕。体力消耗殆尽之时,人近乎机械。到达山顶之时只能做两件事:一是要照相,摆出站在珠峰顶上的姿势证明登顶。这在登山行话中叫"取证"。比如两个人登到山顶,可以互相以照片为证。看看位置和周边的地形,然后拍下"证明"。另一件事是展旗。登顶,国旗必须展示出来。有些遗憾的是，我还带了一面万科的旗，但在山顶刚把万科的旗掏出来，向导就催促快下山，并不给我照相的机会。登顶的整个过程中，我都没有太激动的感觉，并没有如同人们想象的那样热泪盈眶。然而在成都召开新闻发布会之前，公司放了中央电视台拍的20分钟短片，播放到第一小组登顶展旗的镜头时，音乐一起，我的眼睛猛然湿润了。这次登珠峰的7个队员都是业余队员，其中有一位比我小10岁，身体非常好，在2001年和我一起被授予国家级登山运动健将。登山过程中他的负重比我重，平日训练时他也总能提前半小时或一小时到营地。按照状态判断，7个人中他应该是第一个登顶的，但这次他却没能成功。事后总结，原因有两条：第一，对每个人来讲，能登顶世界最高峰肯定是一件很激动的事。但他从2003年3月份起就已经进入兴奋状态。在北京怀柔登山基地训练时，一般人登山负重最多是20公斤，他却负重40公斤；我们走两趟，他走三趟。进入大本营时，他本人的状态仍很兴奋。我专门找他谈了两次，但他并不认为自己过早出现兴奋状态。待到真正攀登需要兴奋状态时，他的兴奋期却过了，当然会力不从心。第二，突然在电视观众面前当名人，他显然不大适应。我事先要求电视台不拍我，就是怕镜头使我一直处于紧张状态，消耗增大。这位队友在中央电视台亮相后，突然有了名气，登山过程中要接受记者采访，每天要回答互联网上的帖子。中国移动为此次登珠峰做了一个网站，海拔6500米以上还可以通过海事卫星电话上网。这个队友每天要看许多帖子，回复大家对他的关心，还要跟踪拍摄登山过程并将一些图片传回家乡城市的电视台。显然这都消耗了他不少精力。到达8300米第二天准备真正登顶时,他的精力已消耗殆尽。那天晚上大家各自选择是否登顶时,他明智地决定放弃。最后,我们7个队员中有4个登顶了,全队中只有我一点伤都没有,完好无损地返回。是因为我有绝妙的登山技巧吗?显然不是,而是因为我的生活阅历。登顶全过程中,我心态坦然,并努力保持了自己的体力。举个简单例子,在海拔将近8000米营地宿营时,夕阳血红,非常漂亮。同伴们都出去看,说:"风景这么好,王总快出来。"

我没吭气。过了20分钟,他们又说:"你再不出来会后悔的,这是我们登了这么多山所看到的最美的风景。"

我说:"老王说不出来就不出来!"为什么呢?我是在保持体力。我知道我的目标只是登顶珠峰,任何与登顶无关的消耗体力的事都一概不做。整个登顶过程中,我一直保持这个态度。

选自《道路与梦想:我与万科20年》,
王石、缪川著,中信出版社,2006年1月版

李鸿忠

历任惠州市市长、市委书记,广东省委常委,深圳市市长、深圳市委书记,目前担任中共中央政治局委员、天津市委书记。

红树礼赞

我生长在柳绿杨白的北方,因为某种机缘,来到了红树繁盛的南方。在大亚湾,在深圳湾,我结识了一个有着海的禀赋,有着母亲的情怀,有着峭壁一样刚强,有着无私忘我精神的生物族群——红树林。

红树生在河流与海洋拥抱的地方,生在海岸潮间。她们受海水的浸染,受海风梳抚,受海涛的洗礼锤炼。对于白浪的冲涌,对于绿涛的抚揽,她们欢欣,陶醉;她们感谢江河的恩惠。对于涵蕴在江河水中的养料,对于陆地送来的赠予,她们感恩戴德。但当海潮涌浪把大海吐泄的杂碎抛到红树林时,她们也容忍着;河流把大量陆上泥石污沙积沉到红树林的脚下,她们毫无怨怒地统统收留了。

红树林激浊扬清。她们吞下污秽吐出清净;她们沥滤污浊变成清流,化害为利。这样的条件,使红树林成为一个特别的生命的摇篮。红树林是孕育海洋生命的床笫,是呵护海洋幼弱生命的褴褓,是培养海洋明日蛟龙的幼儿园。红树林是真正的鱼虾蟹螺的故乡。一代代一群群一拨拨鱼童虾兵幼蟹螺仔等同类，当他们在红树林生命乐章里滋育得筋骨强壮，游向大海的深处，奔向异域他乡谋生的时候，会三扭头四回首，眷恋着给他们生命并抚育他们初长成的红树林。

的确，红树是生命之树。红树林生长的环境恶劣到了极致。不稳定的底泥、缺氧的土壤、高盐度的海水、水位涨落变化大，等等。但红树林顽强地生存下来，构造出一个河海交界处的沼泽乐园。红树林生命的适应能力是令人震撼的。你看那红树叶面上附着的亮晶晶的白色小盐粒，是红树叶片的盐腺排出的进入体内的盐。你再看那红树形状各异功能不同的根系，纤细直挺的是用作呼吸的根；圆长有弹性的是用来起支撑作用的支柱根；曲形条板状伸出水面的是交换气体贮存空气的海漆板根。这曲曲折折和千变万化表现出红树林顽强生命的耐力和毅力，这些都是为了两个字：生存。

红树是母性十足的母亲树。正因为生存环境极端恶劣，红树在传宗接代、薪火相传时，对儿女的千般眷爱万般呵护和扯筋连骨、牵肠挂肚的深情是任何其他植物不可比拟的。正因为生存环境的极端恶劣，逼出了红树在养儿育女、传宗接代上的特殊的"胎生"能力。红树怀着无限的母性般的怜爱，在她的种子长出成熟之后，不让他们马上离开母体，而是在自己的果实中萌芽，长成根、茎、芽齐备的绿色幼胚轴的"胎儿"，成熟之后脱出母树坠入泥中，即可落地成长为新的幼树植株。这是生物界唯一的胎生植物。每当看到一排排一片片一丛丛脱离母体稳然扎在泥水里迅速成长的子子孙孙环身绕膝，在自己的荫庇下撒欢摇曳蹿长时，红树的慈母情怀得到了最大的满足。

不远游的幼树在母树周边快速成长，与成熟的母树一起，相倚相生，密不可分，命运与共。

红树是木本木质，但具有钢铁般的坚强素质。红树与胡杨同属一种，天各一方，虽形异但神似。胡杨生在西北，与大荒大漠为伴，生得苍劲、悲壮、雄悍、彪挺，是勇士是英雄是真汉子，具有生而不死、死而不倒、倒而不朽的刚烈、顽强、耐活的风范，是大西北壮美的魂。红树与海为侣，常年沐甘雨浸咸水，显得纤柔、朴素、馨静、无争，是无铅华之雅容，是无粉黛之丽质，是无娇姿之素美，是南海之滨优美风景画的龙睛。如果说胡杨是西北铮铮铁骨的莽原荒漠的壮汉的话，红树就是南海之滨的巾帼素装红女。如果说胡杨就是汉武帝的飞将军李广、车骑大将军卫青、骠骑大将军霍去病的话，红树就是不让须眉的花木兰，就是巾帼英雄冼夫人。

红树是战士般的树。红树生长于南海之滨，从古到今一直就是海防的卫士，海堤的守护神。明朝中后期，朝廷为了加强海防，抗击倭寇，在东南沿海设立了相当于军事基地、海防工事的墩台、所城。最早的深圳便由此而来。墩台里所城中自然驻守着保家卫国持刀挽弓的将士。近代以来，在伶仃洋通往珠江口一带的咽喉要略之处，墩台变成了炮台。那一尊尊冷森森的红衣大炮，如一头头怒目凝神静卧等待山吼海啸的雄狮，令敌胆寒。但是，在墩台前面，在炮台前边的海滩泥水里，充当第一道防线的是她们——红树林。她们没有墩台里将士男儿们戴胄裹甲的威武；她们没有炮台里红衣大炮那般昂扬挺立，如山如壁的刚坚。但她们勇敢地守在第一道防线，她们以纤纤之躯构筑成的、焕发、彰显出来的精神、气概远远胜于铜墙铁壁。无论海堤是土垒的、石砌的，还是钢筋混凝土浇筑的，无论怎样号称固若金汤，红树林都在前边，挺矗于海水中。冲过了密密匝匝、层层叠叠，如堤如嶂如篱如藩的红树林之后，暴虐的海涛竟也狂妄程度大减，嚣张气焰大降，温顺了许多。

与这种战士品格所匹配的，是红树林的浑身正气。红树林出污泥而不染，如莲花般圣洁；红树林长于沼泽而茁壮挺立，像松柏一样卓然傲然，靠的是浩然正气。这不能不使我们想到一个古人，文天祥。文天祥战败被元兵俘获，押解回京时曾经过伶仃洋。他是否在囚船上眺望到岸边的红树林，我们已不得而知，但那首《过零丁洋》的千古绝唱，近八百年来为朝朝代代千千万万后人咏叹："人生自古谁无死，留取丹心照汗青。"正是这浩然正气，使文天祥在元大都的狭窄幽暗、肮脏污垢、臭气腐味熏天、腥臊恶烂令人窒息的囚室里，以瘦弱之躯泰然挺过了两年，而身骨竟不生病，还在狱中写下了《正气歌》等气壮山河的名作。文天祥引用孟子的话道出了真谛："我善养吾浩然之气。"被囚三年后，文天祥秉持着这股浩然正气英勇引颈就刑，从容就义。

红树又是平平常常的树，平常到无论身形还是面容都是那样的朴实无华。她有花季，也开花，但从不怒放争妍，就如操心持家的村妇般不施任何粉黛，憨默少语，素衣布褂。然而，她的另一方面又是那么的不平常。红树是忘我的树。红树植物通过光合作用吸收二氧化碳，释放氧气；红树把花、叶和一切能够拿出的东西抖落到海中，供给鱼虾蟹螺沙蚕作美食。然后，这些再成为她自然界的朋友和人类的美食。

红树是"内和力"极强的树。红树林族群内的凝聚力很强，她们知道团结的威力。红树林是群生状态。她们一片片一丛丛一簇簇地聚集在一起，互相搅扶，互相依偎，互相牵扯，互相簇拥着，成态成势。还有，你看看她们的根，互相绞合着，盘缠着，骨断脉通，脉阻筋连，掰不开、揉不碎、扯不断。如果单根独苗，不要说惊涛骇浪，就是稍稍疾厉一点儿的风浪就会伏倒。她们就这样团结着，联袂着，生机勃勃，盎然潇然。居然使汹涌海涛无可奈何，让能掀天翻地的海风没了脾气。经历了一次又一次，一场又一场的狂飙巨涛的撕扯、揉搓之后，败退从来不属于她们——众志成城的红树林。

全世界现有红树林1700万公顷，我国仅有不到2万公顷，才占0.01‰，极为珍贵。曾几何时，人们侵噬红树林的家园几近疯狂，甚至肆无忌惮。短短几十年，在围垦中所向披靡的犁锋下，在乱砍滥伐刀砍剑劈的寒光中，红树林一片片倒下，一丛丛葬身海底，或化为灰烬。其他动植物被伤残被毁坏时，表示痛楚、遗憾、无奈的是眼泪，而红树林则是鲜红的血滴和豁张着的像勇士中剑落刀之后的伤口，鲜红鲜红的伤口。她们不肯倒下，她们不情愿更不甘心倒下。所幸的是，人类在大自然的惩罚中震惊，在震惊中沉思，在沉思中悔悟，在悔悟中猛醒，在猛醒后行动。这些年人们越来越爱护、珍惜、培育红树林了。

我所居住的城市对红树林特别爱惜、钟情、呵护。人们专门为红树林建造了一道长长的隔音墙。这边车水马龙，人间城郭；那边林语鸟唱，如处世外桃源。就这样，一道特别的风景线勾勒出来了，那就是：一座都市与一片红树林湿地之间的和谐共盛；那就是人类进步发展与自然生物之间的协调、契合。

红树林没有辜负这座城市,她们迅速繁衍、生儿育女。蓝天白云下,海滩上,郁郁勃勃的红树林,以她们的诚实,用她们的忠厚和无私回报着这座城市。红树林使这座城市更美了,更亮丽了,更令人心醉神往了。你会听到这样的声音:去吧!那里不仅是创业者的乐土,是鹤鸟的王国,更是红树林的家乡——这座城市叫鹏城。

鹏城是鸟的城市。由于有了红树林湿地,一群群一批批飞禽翔鸟都喜爱来这里。亭亭玉立的大白鹭,高傲的东方白鹳,长嘴如扁铲的黑脸琵鹭,精精灵灵的丝光椋鸟,呆头呆脑的白腰杓鹬,黑白分明的琵嘴鸭,素衣素面的针尾鸭,红装浓妆的白胸翡翠,操着异国他乡的鸟语在这鸟的王国会聚、交流、尽欢。每年有10万多只候鸟在这里觅食、歇息,其中许多来自世界各地的候鸟,把这里作为全球迁徙旅行的中转站、停歇地和加油站。鸟来了,游人也来了。操着南腔北调的游人来了,讲着异邦他国语言的游人来了。每当清晨或傍晚,在朝阳的万道金光中,在夕阳柔和的霞光里,那嬉戏、撒欢儿、觅食饱餐的鸟儿们,彩翅翻飞、横翔竖降、上下腾落的千姿百态,那激水扬波、水滴溅飞、碧珠跌落的万千气象,令如梭如织的游人叹为观止。这是名副其实的鹏城。这景观,也许在扎龙湿地并不奇,也许在青海湖并不奇,也许在贝加尔湖并不奇,可在这千万人口的大都市中,你能不奇吗?!人们心中明白,这一奇观都是因为红树林。

鹏城的人们为什么如此这般酷爱红树林、钟情红树林、呵护红树林呢?也许,这里的人们非常了解红树林的历史功勋。中国自鸦片战争开始所展现的一幅幅一幕幕波澜壮阔、雄浑悲壮的历史画卷和大戏，有几出就是在这里上演的。也许，这里的人们与红树林的渊源更深，感情更浓，感受更烈。在这里，生生息息的人们，世世代代与红树林的命运密不可分。他们一直从红树林那里受恩受惠，也曾有过对红树林大不恭大不敬，曾毁坏过伤害过红树林。他们更真切地看到了红树林伤感呜咽的惨状，更痛切地感受到了大自然惩罚时疼痛之厉烈的滋味。也许鹏城的人们更明白，红树林的家园就是我们自己的家园。捣毁红树林，就是自毁家园。人类之外的自然之物，不能光把它们视作资源，更重要的，它们是我们的亲戚。也许更因为鹏城是一个不平凡的城市。矗立于莲花山顶那巍峨的伟人铜像，那伟人矫健的身影，那深邃的目光，一直使这里的人们感受到这座城市的特殊使命：以新的发展理念、新的发展模式立于国中。对于红树林，鹏城已有了一个十年发展的规划，他们要生生息息与红树林同在。

  让更多的人走近红树林，结识红树林，热爱红树林，呵护红树林吧！

选自《人民日报》2006年4月29日

梅毅

笔名赫连勃勃大王，国家一级作家，央视《百家讲坛》"梅毅话英雄"系列主讲人。小说作品曾获深圳市青年文学奖、鲁迅文学奖、华侨华人"中山文学奖"等。2004年起，他开始"中国历史大散文"的写作，出版有长篇历史散文集《华丽血时代》《帝国的正午》《刀锋上的文明》《帝国如风》《大明朝的另类史》《亡天下》《极乐诱惑》《铁血华年》《梅毅说中华英雄史》（十卷）等。

跋：天若有情天亦老

一位哲人说得好："最好的教育是使人怀疑。"可惜的是，在我们大多数人的思想中，历史事件与历史人物总是处于一种看似约定俗成的"定式"框架内，盛世、明主肯定无比光辉、高大而完美，而乱世、奸雄必然黑暗、凶狡而卑琐。这些成见，大多源于我们对历史细节的匮乏和"正统主义"的僵硬教条。特别是近来泛滥成灾的影视剧对历史过分歪曲的"演义"不断推波助澜，历史的真实，常常被浅薄的臆想弄得扑朔迷离，甚至有时让人觉得历史事件和历史人物简单、机械得近乎匪夷所思。

每每打开电视，几乎大部分频道都在播放"历史戏说""历史漫画剧"以及清朝大辫子的"历史样板戏"，电影、电视屏幕以及戏剧舞台弥漫着虚情假意和胡编乱造，我们的历史，已经被没文化的"编剧"们歪曲得不成样子。其实，作为有数千年辉煌历史的伟大国家，我们一直处于统一、分裂、乱世、盛世的变换过程中，中华各民族不断争逐、融合，杂错纷纭，群雄逐鹿，上演着一出出由辉煌和悲怆交织在一起的宏伟戏剧。在浩如烟海的正史典籍和逸史笔记中，细细研读，总会发现其中存有许多令人惊奇甚至叫绝的人物及其事迹。他们或是淹没在大历史事件的阴影里，或是消隐于纷杂迭起时代的繁琐记叙中，或是为民间艺人的演义传奇的浓重夸张色彩所歪曲，或是因其所处王朝非正朔所宗而遭忽略。我当初写作历史大散文的初衷，正是想恢复当代中国人对于我们民族伟大历史的不朽记忆！

当然，我不想像老学究一样炫耀历史知识或者对历史人物、事件做诘屈聱牙的考证，更不想生硬翻译古文为白话向读者展示"历史流水账"。我试图从人性的角度出发，于旁人不及处下笔，站在一般人往往忽略的角度对"历史的人"进行趣味的、文学的观察，从而把"人的历史"这一沉重的命题分解为鲜活的、极富个性的、充满魅力的特殊个体，展现过去岁月中那些帝王将相有血有肉的生活和他们所处的动荡而灿烂的时代，描摹他们昙花一现的富贵荣华背后你死我活的博弈真相，标示出历史长河中奇男子、美妇人精彩绝伦的令人叹为观止的人生图景。有作家的写作功底，我可以利用文学的"蒙太奇"，把中华大历史的风流豪迈和动人心魄一一放映于读者的眼前。

本书所撷取的人物，人们平素有几分熟悉，仔细推究，又可能觉得十分陌生。他们当时显赫一时、如日中天，死后都渐为人所淡忘、忽略，渐渐退隐于历史的时光隧道之中。特别是两晋、南北朝十六国以及隋唐变嬗之际，鲜卑汉儿、羌豪氐杰、沙陀契胡，他们弯弓走马，飒爽俊逸，风流倜傥，英武非凡，其英雄事迹和为人行事令人屏息瞠目，叹为观止——我们大汉先人威震漠北的英明神武、奸雄曹操的诡谲莫测，万世暴君石虎的凶淫残忍，南朝青春期帝王们的荒淫自恣，北宋与金国皇族异曲同工的悲剧下场，辽国太后风流通奸导致的悲剧后果，一代女皇武则天的疯狂杀戮，最成功最无情的篡弑者朱棣的暴虐沉猜，唐伯虎看似倜傥风流实则困苦不幸的一生，明清易世之时刽子手李成栋的喋血人生以及荒唐北齐君主真实的爱情故事……所有这些，都是要一一挥退浓厚的历史沉积，一洗民间艺人和戏剧演义垢腻的油彩，重新"发现"历史的真实。最终，我会让读者恍然大悟：原汁原味的历史，比"文学的捏造"更加真实，更加生动！

　　我的历史写作，没有历史小说家"天马行空"的注水和灌水，也竭力避免半吊子历史爱好者故作高深的"探析"，更力图消除现行文化中的故弄高深和善感愁肠的"小资"语境。我想以一种严肃的津津乐道，深刻诠释历史的趣味细节，天马行空，插科打诨，笑析历史大戏中的"黑色幽默"。我希望能以流动的文笔和跳跃的思维，给读者展示历史众味横陈、回味无穷的盛宴，能使读者在阅读之中，感受那些本已久远的、随风而逝的历史人物的音容笑貌、苦乐更迭，以及他们未经雕饰的素朴亲情和戏剧人生。

　　近几年来，我已经出版了《隐蔽的历史》《历史的人性》《华丽血时代》《帝国的正午》等四部"历史大散文"著作。为了培养读者群，在张万文、李黎明先生的建议下，特地从上述作品中优中选优,择取了最有趣味的单篇作品,以飨读者。

是为跋。

赫连勃勃大王
2006年5月1日
选自《历史总是叫人惦记》,陕西师范大学出版社,2006年5月版

郭建勋

作家，现居深圳。出版有长篇小说《天堂凹》《桃符》等10余部。曾获深圳市青年文学奖、广东省首届"大沥杯"小说奖、广东省优秀电影剧本奖等。

桂香园

梁任公说："老年人常思既往，少年人常思将来。"不知怎么回事，尚是中年的我近来亦常思既往，不少的晚上，等妻儿睡着了，一个人躲进书房，在电脑里翻读过去写的文章。不少文章写的是既往的生活，搅了沉渣，又活泛了，很有点感慨系之。昨天晚上就翻了《宝安细节》，其中一段说：

也常常到一个叫作桂香园的大排档喝喝酒的，或几个同事，或三五知己，或干脆就是一家三口。桂香园只是一个约定俗成的称呼，那几棵枝叶婆娑的树也不叫桂树。但这都是不要紧的，有树就行了。树下纵横着一排餐桌，如果是夏秋两季的话，桌面上就落满絮絮的花蕊，当真是落英缤纷。也落到鼓着泡沫的啤酒杯里，谓之'桂花酒'，一口底朝天了，好像真有一股子香沉到了腹底。已记不清楚在桂香园那个地方醉过多少次，依稀记得的是几乎每一次都酩酊而归，掀过桌子，砸过酒杯，几许快乐，也有几许失落。但不管是快乐还是失落，都在这里找到了一个宣泄的缺口，让无波的生活起了几叠涟涟的波纹。离开宝安时,我请几个同事在桂香园喝了一顿酒,那一夜大家都没怎么喝,情谊深浅已不足论,毕竟在一起消磨过两年多的光阴,从此要各奔前程,还是有别样的伤怀的。一个月后,听说桂香园被拆迁了,或许这是最好的我与宝安的诀别方式。

上引文字写于2003年,按理,叙事的几个"W"差不多都有了,再赘言已是多余,但根据现在以版面之多寡论新闻之重轻的常理,如此三言两语,是交不了桂香园的差的,况且又足了思既往的瘾,也就忍不住再多说几句,也是无妨。我在拙作《旧文化大楼》曾提过,一些年前,具体说,是20世纪最后的七八年,宝安曾有过一场诗歌的盛宴,而桂香园就是摆这个宴的一个主要的场地,用现在时髦的话其实是一个老掉牙的词来说,桂香园曾是宝安边缘文人的一个沙龙。我没赶上那场热闹,只能从安石榴的文字里去感受一下,老安在他的《我的深圳地理》里《宝安是多少区》里写道:

离文化大楼不足千米之距,四周楼房遮挡与围绕之间,竟隐蔽着一片低矮的小树林,穿插着月桂、夹竹桃、番石榴、垂柳等观赏性极强的树木,小树林旁边,是一个大约两百见方的池塘,大大小小的荷叶铺满了水面,荷池中间,居然还有着一道九曲桥。这一块闹市中罕有的风水宝地,被人充分利用开了一家饭店。我来到宝安的第一个晚上,同事郭海鸿就在这里为我设宴接风,之后,这个地点理所当然是我们聚会交饮之所,成为我们工作之余一个最重要的生活舞台。饭店名曰"桂香园",不怎么形象,但也算适得其所了。夏夜的荷塘中蛙鸣阵阵,明月从枝叶细密的缝隙中洒下来,悬在枝条上的灯泡发着散淡的光，一派婉约和朦胧。我们通常就在这样的氛围中长久地饮酒，度过异乡的一个个失魂落魄的夜晚。桂香园饭店也因为我们频繁的光顾和流连而声名渐播，终至成为宝安一个私下的文化盘桓之处。想起来，我们对"桂香园"的渲染的确不遗余力，郭海鸿甚至专门写过一篇叫《桂香园饭店》的文章，在当时文化圈中影响一时的《深圳商报·文化广场》刊发出来，使宝安之外的许多人都目睹聆听了桂香园的月色和蛙声！

桂香园带给我们的快乐是具体和有声色的，我们就像是一帮驻店的酒客，每日在此专事饮酒和谈论。我眼中历历再现一个个谐趣的场面："满腮胡子、虎背熊腰的美术教师李新风，'嗖'的一声跳到树上去扮猴子；叶增从窗口爬出来想捉迷藏，一不小心'咕咚'一声跌进水里；涛平又举起酒瓶唱《潮湿的心》；郭海鸿在叶汉东的旁白中，得意洋洋地表演青蛙被水蛇追赶的叫声……1996年6月和1998年6月，诗合集《边缘》和《外遇》诗报筹划出版的第一次聚会均在这片小树林的掩映中举行，《深圳商报》1998年10月份对'外遇'诗群的追踪采访也在这个荷池边上画上句号。"

这有点谑而且虐，仿佛到了魏晋的时代，显露了文人的真性情。这是诗人眼里的桂香园，难免有如周作人所说的诗的失真之处。酒鬼郭海鸿眼中的桂香园或许又不同，酒鬼虽狂，但醒了酒写的文章却是踏实的，我一直想找他的《桂花园饭店》看看，却说早丢了。写到这里时，我抱着最后的希望到网上百度了一下，还是没找着，稍微有点遗憾。倒是我送郭海鸿的一首《七古》的诗却还记得：

鲸吞磅礴大鹏湾,海鸿先生酒如狂。
右手执笔左手烟,海鸿先生文如泉。
诗意犹酣困意催,海鸿先生鼾如雷。
从古文章自寂寥,浑然不解稻粱谋。
醉笑怒骂原如此,形骸不羁心似刀。
梦里乡关有几何?飘零千里问烟波。
我欲步君学魏晋,千丝万绊比君多!

这诗写在 1999 年,其时,我的一个长篇要在《大鹏湾》杂志连载了,郭海鸿特意去龙华为我报喜信,晚上去戴斌处与他共睡一榻后的第二天写的。此前,我曾去桂香园参加了他们的一次聚会,目睹了郭氏饮酒的豪风,自愧弗如,故有"我欲步君学魏晋,千丝万绊比君多"之句。

那也是我第一次去桂香园。没有如老安笔下的好,几棵树下摆着几张桌子,远远地就闻见呼喝声,像打仗。树杈里吊着两盏日光灯,虫蚊飞舞,灯光下一张张醉醺醺的脸,郭海鸿一个个介绍,这是安石榴,这是黎志扬,等等。我那天晚上去的一个主要目的是见黎志扬,他那时在佛山《打工族》做编辑,被杨宏海誉为打工文学的五个火枪手之一,经郭海鸿介绍,我在他那里发了一个万把字的短篇小说。我的心里很有点朝拜的意思。黎很韵了火枪手的味,我举了杯,说"黎老师喝",他喝了,我又举了杯,说"黎老师喝",他却不喝了,跟我谈为什么要把我的小说标题《蜕》改成《男人无爱是一种病》。其实,我认为我原来的标题比他改的好,但那天晚上他说什么我都一律如鸡啄米似的点头。那次后,后来好像就再也没跟他见过面了,只记得 2004 年的时候他打电话给我问郭海鸿的电话,我告诉了他，没有一句寒暄就挂了电话，从此再无音讯。只是依稀知道他后来从《打工族》里出来了，自己承包了一个什么杂志，惨淡经营。不过，我对他改标题的事早就淡然了，自己做了蛮多年的编辑后，我是知道了，为作者改标题，是编辑的自以为是的通病，好像刽猪的，见了猪，总要先往猪胯子下瞄一眼。

应了《风波》里九斤老太太的感慨：一代不如一代。郭海鸿、安石榴等人撤离了宝安，我们到了《大鹏湾》杂志，虽然我们也仍然常去桂香园，但光景是大不如前了，一则固然是我们的人格魅力远逊于安郭，二则也是所谓的文学日衰了，好多文学青年弃暗投了明，结婚了，或做生意去了。郭海鸿倒也不时去一趟的，很多的时候就我们两个人，树下空荡荡的，相对无言，很有点黍离之悲，老板娘脸上的笑容也有了伪装的成分。

倒是有个叫小燕子的姑娘可记。在我的眼里，这个小燕子远比赵薇那个小燕子还可爱，大眼睛，长睫毛，很深很深的双眼皮，似蹙非蹙的眉，眉里挑了一丁点儿愁，落落地站在树影里，人见犹怜的样子。赵薇那个小燕子演了部《还珠格格》，红透了半边天，而桂香园的小燕子端了几年盘子却只挑了个厨师嫁了。有天晚上，我们去喝酒，上来倒茶水的不是小燕子，我们问小燕子呢，回答说回家结婚了。那厨师也是认得的，不炒菜的时候腆着黑肚子躺在睡椅上，半眯了眼睛摸蚊子，面目可憎。后来很久，我们都在念叨着小燕子的好，故意找其他服务员的岔子，以这样的方式来怀想故人。

另有一事亦可记。有个叫夏志勇的，找工作找得焦头烂额，就写了篇《找工苦旅》投稿，我给他发了。这是他的处女作。不久，他就凭了这篇文章找了一个"记者"的工作，单位好像叫《消费导报》什么的，他还是主力。大约有报知遇之恩的意思吧，他请我们编辑部的人撮了一顿，后来我们就回请了他们，两大桌拼起来，有二三十人。那天晚上我喝醉了，第二天我才知道，我泼了他们主编一脸的啤酒。那个报后来垮了，夏进了《深圳法制报》广告部，腰包越来越鼓了，请我喝过几次酒，言谈中有拯救我的意思，叫我不要写那些鬼东西了，写软文，来钱。《深圳法制报》停了，有天我忽然想起他来，打他手机，关机了，不知道他现在去了哪里。

上文所引拙文《宝安细节》里有说，那次离开宝安我是怀了诀别的心理的，谁知文章"墨迹未干"，我又杀回了宝安。桂香园是拆了，连那些树都拔掉了，盖了些楼。那老板把饭店搬到了邻近的建安路上的一个铺面里，改成了叫"鸿强酒店"，但郭海鸿还非得叫桂香园。我记得我一共就去了两次，第一次是我、郭海鸿和安石榴，老安那次改了形象，把长头发长胡子剃了，成了光头，但手里头多了一柄烟斗，不一会就捏坨烟丝按进去，不用打火机，要用火柴点，好像其时他正在拍一个叫什么《自行车》的试验剧，或许烟斗也是试验剧的一部分，不知道后来那个试验剧有没有试验成功，这两年跟老安见面才几次，每次都想问，但每次都没有问。第二次就我跟郭海鸿，那时，我供职的《大鹏湾》杂志停刊了，静等文化局的"善后处理"，郭海鸿的工作也出了娄子，两个愁人，茫茫然不知何去何从，苦笋煲更觉其苦。当然，更苦的还是桂香园的老板，大约是做惯了原来不讲服务的江湖酒店的生意，搬到规规矩矩的房子里碍了手脚，生意挺差，服务员比食客还多，老板一个裤腿高一个裤腿低跑进跑去，也跑不进来几个客。

今年4月份第三次到宝安，看到连那个"鸿强酒店"也关门了，玻璃外贴了"招租"二字，纸字均已黯然。

选自作者2006年8月30日发表在博客上的作品

戴斌

湖南平江人,中国作家协会会员。作品散见于《人民文学》《大家》《江南》《长城》《小说界》等大型文学刊物。已出版长篇小说《打工词典》《我长得这么丑,我容易吗》《男人的江湖》《女人的江湖》,散文集《舌尖上的乡愁》,中短篇小说集《我们如水的日子》,诗集《从前的小庙》。

有祖坟的地方叫故乡

一

二十岁的时候,我从长寿街到忘私桥去。堂弟纳新去担水,我跟着去玩。井还是我离开前的那口井,三面用青石砌起,顶上盖着一块大青石板,给井做了一个青石棚子,小时候,我们常站在井棚子上面,望远、发呆或者等人。担水的方法也是一样的,一个桶先下去,将桶底在水中捅两下,让粘连在桶底沿上的泥尘缓缓坠入井底,接着左一拨,右一拨,拨开水面上的青苔和浮屑,也将井里的小小的鱼虾、水甲等活物赶开藏起,然后水桶斜入水中,舀提一桶井水上来;另一只桶重复着前面的动作,又取出一桶水上来。这样的动作,我不知重复做过多少次了。

我童年做得最多的事情,莫过于上山砍柴和到井边担水。最先担水时,是到桥背山脚的井里担水,要过一座由一棵树剖成两半搭成的桥，走在桥上，桥会上下跳动，惊心动魄得好玩。当然女孩子们是不敢在桥上玩的，看到有调皮鬼走近，便会麻雀般地惊飞而去。

不知什么原因，后来便有了这口有井棚的水井。它在一片水田中间，不要过桥，同时也离居住了一个生产队三四百号人的老屋近了许多。

堂弟到井边去取水时，我站在井棚青石盖子上，抬头看四处的田野与青山。

这时正是隆冬时节，失去庄稼的田野，像是褪了肉的水蜜桃桃核般的瘦削与谨慎，在一片薄霜的敷衍下，瑟缩发抖；那条通过田野的大路，此时像是一根遗弃的琴弦，屈弓着身子，安静得像是冬眠中的瘦蛇；挨着田野一路行走的是绵延的浅草山坡，坡上是梯田似的层层而上的茶苑，和一些稀疏的油茶子树，表情呆滞，了无生气；而山边下那条童年记忆中波澜壮阔的江，水浅得只有脚背深的模样，让我反复怀疑自己是否记错了。

事实上，我反复怀疑自己记错了的，不仅是那条江，而是整个忘私桥，阔别了近八年的忘私桥，怎么一下子变得那么瘦小了！如一件童年遗落在这里的旧衣，怎么看着，怎么也不敢相信，当年自己怎么就穿得下这么一件小衣。

我正看着想着，堂弟将水放一边，也一个箭步跃上井盖，笑着对我念了那首著名的诗：

> 少小离家老大回，
> 乡音无改鬓毛衰。
> 儿童相见不相识，
> 笑问客从何处来。

堂弟念完，笑说，这次回到故乡，有什么感想？

"故乡"这个词，就在这时伴随着堂弟纳新灿烂的笑容，闪入我的脑海。说是"闪入"，并不是说我脑海里从没有过这个词，事实上它一直存在着，有时也勾起过我对故乡在哪的思考。我当时的思考结果，是我的故乡应该在长寿街。因为我是在长寿街出生的。三岁时，随母亲下放在这里，然后在十二岁时，因落实政策而回到长寿街。虽然这里是我父亲的老家（我父亲是在长寿街工作时，和在长寿街土生土长的我母亲结婚的），但我不喜欢这里，我认为我的出生地才是我的故乡！

在我年少的思维里，"生"是一切的开始，没有生，就没有任何其他；同时，生也是一系列的机缘巧合，在那个时间与空间交汇的结果，但我们念念不忘的，却是那个时间，年年岁岁都会惦记着，我们称之为生日的日子，从而忘记出生时的空间，也就是说我们的出生地。二十岁的我，觉得这是不公平的，我应该把出生地当作故乡。

当然，这也不仅仅是我在那里出生，事实上除了在忘私桥的九年多，我其他时间都生活在长寿街，我的稚嫩的少年时光、我的朋友、我的初恋与梦想，都与长寿街头西溪桥边的景物一起，桃红柳绿、莺飞草长着。而且，奇怪的是，不论我在哪，说起长寿街，在我印象中，总是春天的景象，小河旁桃红柳绿，街巷边蒸笼里的包子冒着腾腾热气，少女们热情大方、笑靥如花……

然而，现在站在水井边上，看着这冬日里的田野，面对堂弟的问题，有那么一瞬间的恍惚，"故乡"这个词所散发的气息，跟这片寒山瘦水是那么契合，我差点就要说说这是故乡了。

然而就在话出口的一刻,我又改变了,将语言改变成笑声。

我用笑声回答了我的堂弟。

二

我最终确认故乡是忘私桥,是因为母亲的去世。

在母亲病重时,我脑中也有过闪念,我想就在县城附近的山上,买一块地,安葬母亲。在我的感觉中,买坟地与买房子应该是差不多的,此前我已在县城买了一套很好的商品房给母亲住,但这时父亲已动手了。他在忘私桥我二伯父的油茶树山上,看好了一块地,并请阴阳先生对着"八字"与方向仔细掐算过了,人与地绝对相合,是一块很好的风水地。这块地本来我二伯父先看中,要留着自己百年之后用的,可惜的是,他的"八字"与地不合,因此给了我父亲。

父亲立即请人着手"打生基",所谓打生基,即是人活着时,为自己建成死后安睡的墓屋。家乡风俗,棺材是不埋入地下的,而是挖平地后,在地面上用金砖、石灰或水泥砌起拱门似的、比棺材略长的巷道。这巷道在家乡叫"炕",跟北方睡觉的"炕"一个音,形状也有一些相似处。不同的是,北方的炕上面睡人,下面塞入生火的柴煤,而我们老家的则是,下面塞入棺材,上面则垒土成堆。当然,一旦有人进去,那便不叫炕了,叫坟。一座坟一般有两个炕道,刚好安葬一对夫妻。

家乡的老人,一般在年龄稍大时,便由自己,有时也由子女,在山上选好位置,打好生基,等待自己归山时居住。

生基打好才干没几天,母亲去世了。

忘私桥我的族人以前所未有的热情迎接了我母亲的灵柩，这样的热情大大超出了我的预想，因为我母亲和父亲已离婚好几年，父亲也再娶了，但我伯父他们说了，在戴家生了子女，就永远是戴家的祖婆，理应隆重风光地安葬在戴家的祖坟山上。

我去过那油茶树山上后，才知道那山上星星点点地葬满了坟，都是戴家各支的先人。我看着堂兄弟们在炕道里铺上两块竹篾，将我母亲安睡着的棺材放在竹篾上，从头至脚慢慢塞入炕道中，然后封了道口，便算是安葬了。

有那么一刻，我感到特别奇怪，我为什么要把我的母亲放在这个山坡上？她真的就这样永远地离我而去了吗？我甚至还有些感到莫名其妙，一个来自二百里外的长寿街的女人，怎么就安睡在忘私桥这个陌生的山坡上呢？

我觉得我就是一个极不负责任的男人，把我的母亲，把一个来自二百里外的女人，丢在这山坡上，自己转身走了……

这样想着，我感到特别愧疚，我怎么可以这样对待我母亲呢？我为此惴惴不安好些时候，有一会忽然想到，其实我母亲并不孤独，因为那山上，有我的许多祖先。并且有一些是我母亲认识或者认识我母亲的，他们见证过当年，我父亲是如何把我母亲娶进门；他们也明白，我母亲是如何在戴家生儿育女，传宗接代，在人世延续着他们的血脉。

这个外来的女子，她不是外人，她也是戴家的祖婆，在这山上，应该有她的一把椅子、一个座位啊！

我是把我的母亲托付给了我的祖先们，他们一定会照顾好她的。这样想着我便感到安心了，同时，我还感到安心的有，虽然我在两千里外的深圳生活，一年回去不了一次，但山坡上我母亲的坟，也是不要操心的，因为在家乡的堂兄弟们，会照看好祖坟山上的每一座坟，逢年过节祭祖、挂山，他们也不会漏了我母亲……

想清楚这些事，我同时也明白了，这——就是我的故乡！

一个会照顾我逝去的母亲、有我的祖坟的地方，才是我的故乡！

三

找到了故乡的所在，便也就找到了自己的语言所在，再去长寿街时，我理直气壮地讲忘私桥话了。而此前，我在长寿街讲长寿街话，在忘私桥讲忘私桥话，是以我堂弟纳新要站在井盖上说我"乡音未改"。

长寿街和忘私桥同属一个县，讲两种不同的话，差别不是十分大，但面对熟人忽然变了一种话，还是挺刺耳的，朋友们就有意见了，我解释说那忘私桥是我老家嘛！是的，毕竟同一个县，要说那是故乡，未免有些小题大做了。说来奇怪的是，随着话语的改变，我印象中春花般鲜艳的长寿街，也慢慢地蒙上了一层薄雾，淡了些，灰了些，一种走亲戚的感觉，就布满在我去长寿街的路上。

找到了故乡的所在，我也常想，如果我的堂弟纳新再次站在井盖上，对我朗诵那首著名的诗时，我将不再以笑容来搪塞他。因为此时的我，不再是当时二十岁的毛头小伙，眨眼间，十八年的光阴过去了，三十八岁的我，在深圳混了十三年，迫于生活的压力，我已是头发灰白，两鬓早衰了。同时，堂弟纳新也在广州打工十几载，这么多年来，我们只在广州见过一面。他虽然头发未白，但脱发，头顶植被日趋稀疏，额头像岩石似的凸显出来。

我和堂弟纳新那次广州见面，除了感叹时间易逝、人生无常外，没有就故乡这话题进行交谈，毕竟我们不再是二十岁的毛头小伙，急着要对一些事情表明自己的态度。然而，故乡像是秋日河底的沙石，随着时间和距离的渐行渐远，她也渐趋清晰，直至浮出水面来，在某个特定的时刻，长成人们心底的一棵望乡树。

现在的我，就常在这棵树上徘徊，这倒不是说，我现在就急着想要落叶归根，只是面对这个似乎是忽然明白的"故乡"这个词，自然而然地要生出诸多感慨。

我从母亲的安葬中，悟到了一片土地对一个人的意义，比方说我母亲的躯体、我母亲的灵魂，也许只有在那一片油茶树山坡上，才能了无牵挂地安息，而我也不再为她担心，可以了无牵挂地工作和生活着。这两个"了无牵挂"，让我为拥有这一片土地而感到幸运，为没有这样一片土地的人惋惜。

过去读唐诗，让我泪流满面的，只有一句"可怜无定河边骨，犹是春闺梦里人"。茫茫风沙，渺渺寒露，可怜的人啊，你可曾听到呼唤？你为什么不再回家？

在我们老家，没有回到故乡的灵魂，叫游魂，是要招魂的：

……西极流沙，

昆仑葱岭路途奢，

春风常不度，

玉门关外夕阳斜，

如今休作公侯梦，
定远谁夸？
魂兮归来，
莫迷烟柳路三岔。

……中央德黄，
黍油麦秀是吾乡，
春水桃花矶可钓，
秋阴桐影月尤凉，
悦亲戚之情话，
鸡黍乐无忧。
魂兮归来，
应试许梦里诉衷肠。

是的，我们要把远离故乡的游魂招回来，让他们在祖坟山上，找到自己的位置，让他们落叶归根、认祖归宗，让他们在熟悉的土地中，彻底安息。

在我们生生不息、无休无止的生命的链条中，"我"这一环，不是单独存在的，并不是死了就完了，就灰飞烟灭了。它既有来龙，也有去脉。而此中的"去脉"，对我们人生的意义，也许更加重要。因此，故乡也就是我们活着时，应该为死后找到的那块土地。

2006年10月14日
选自《文学的光荣》散文卷上卷，东南大学出版社，
2016年10月版，此次文字有删减

王十月

本名王世孝,1972年生于湖北,现为中国作家协会全委会委员,广东省作家协会副主席。著有长篇小说《无碑》《米岛》《收脚印的人》《如果末日无期》等六部,中短篇小说、散文集十余卷。获第五届鲁迅文学奖、人民文学奖、百花文学奖、《小说选刊》年度中篇小说奖等。作品百余次入选各种选刊选本,有作品译成多国文字出版。

总有微光照亮

我要说说南庄,这珠三角的小镇。

说说这小镇的灰尘。噪声。人。事。

南庄给我的第一印象是压抑的。这珠三角的工业陶瓷重镇,差不多百分之九十的工厂都生产建筑陶瓷。踏上南庄的土地,耳朵里塞满了巨大的机器轰鸣声,高大的烟囱林立着,小镇的表情怪异莫名。噪声太大,反而失去了声音,只有那些烟囱无声地往外喷吐着青灰的烟。烟太多,无法飘散,在天空堆积成厚厚的霾。整个南庄的天空、大地、工厂、河流,都被涂抹成灰褐色,连树上也浮着一层厚的灰,连打工者的衣服和脸也是灰色的。让人想起尚扬笔下的风景。

第一次走进南庄,心里升起本能的反感。悲哀地想,这就是我将要生活的地方!无论这小镇是否接纳我,也无论我是否喜欢它，我都要想办法把自己像钉子样钉入它的身体，除此之外别无选择。生存是当务之急。当人生的目标被简化为"生存"二字时，其他的言说都显得奢侈可笑。生活，生存，一字之差，天壤之别。灰色的风景中，我背着硕大的黑布包，无声地行走在图画中。多年以后，回想这一幕，回想当时内心的茫然，依然能看见一个灰色的影子，像一丝烟飘浮在梦中。时间，是一九九八年。当时的我，在外打工多年，回家搞养殖，将打工多年的积蓄打了水漂，欠下一屁股债。我出门目的简单，找份苦力活，挣钱还债。我计划用三年时间还清欠债，还清欠债之后的计划，当时不敢想。

祖先告诉我们：人无远虑，必有近忧。

当近忧尚无法解决时，远虑往往会显得华而不实。

八年之后，当我从异乡漂泊到异乡，在另外一个叫 31 区的城中村里写作一部名叫《31 区》的长篇小说时，心里浮现起来的只是这样一个简单的意象，黑暗中的一道微光。是这道微光指引着我走出了生命的黑暗。说黑暗并不准确，我无意去渲染那些尘封的黑暗，毕竟有一道微光在照亮我，照亮这南方雨水丰沛的小镇。

在南庄，我最先遭遇到的是两个治安员。

两个治安员，身穿迷彩服，手提橡胶棒。我心里一惊，暗暗叫苦。对于曾经在南方打过工的人来说，知道遇上治安员，不会有好事。迅速思考对策，赶紧摸口袋——谢天谢地！从湖北到广州的火车票还在！身份证也在！心里平静了不少。

暂住证，身份证。治安甲说。

我刚来广东，这是我的车票，这是我的身份证。

把能证明我初来乍到，还不需办暂住证的证据一股脑儿递过去。

治安员接过我的车票和身份证，瞟了一眼，指着我的包，说：打开。

放下包，把里面的衣服一件件往外掏。掏到底下，是书。一本北京燕山出版社出版的《宋词鉴赏》，一本《围棋定式》。书底下是两盒围棋。这两盒棋，是我在家养猪最困难时买的，四十五元，磨砂棋子粒粒匀称，黑子深沉，白子浑厚，没有劣质棋子的贼光，我很喜欢。棋买回家，被妻臭骂一顿："栏里的猪都没钱买饲料喂，还有心思玩棋。"我无语。我并不会下棋，也不热爱下棋。我是永远的自棋篓子。可是我自己和自己下棋。上广东，路途遥远，我决意带上它。我知道，未来的生活将会是枯燥的。

生活可以枯燥，不能让心灵干涸。

这是什么？治安乙问。

打开棋盒，露出圆润的白子，打开另一盒，露出晶莹的黑子。

什么东西？是不是用来搞破坏的！治安乙抓起一把棋子，瞪着我大声喝问。

治安甲笑着对治安乙说：围棋，爱下棋的，是文化人，算了，让他走。

谢天谢地，没想到一盒围棋让我有惊无险。

南庄实在是我的幸运之地。

在南庄的一年多，包括刚开始近一个月的找工之旅，在我绝望时，在我悲伤时，在我迷茫时，在我无助时，总有温暖不期而至，像火把，照亮我的孤独。

找工并不顺利。去南庄，本是投奔在陶瓷厂当搬运的大哥，希望能通过他介绍进厂当搬运工，没想到大哥打工的厂很快就要搬去三水，厂里不招工。大哥也要跟着去三水。我只好去佛山找工。大哥的姨姐在佛山卖水果，大哥让我去找她，也许可以帮上忙。

我找到大哥的姨姐美芝。美芝姐在我们故乡是传奇，十六岁为了逃避不喜欢的婚姻，在婚前两天离家出走，其时尚在八十年代初，她的故事被当成反面教材在乡村流传。这也成为她的人生"污点"，以至于后来回乡村找对象一直艰难。想来在故乡媒婆们的眼中，一个问题女孩，是只能配上问题青年的。美芝姐离家出走时，家乡还没有传入打工这个词。她逃到武汉，进职校学习缝纫，并进服装厂打工。可以这样说，她是我们乡，甚至我们小镇，第一个出门打工的女孩。她后来一直东漂西荡，开的士，经营餐馆，摆小摊，做夜市，甚至经营"发廊"，从陕西往佛山整车贩水果……她从来没在一个行当做足哪怕半年。她总是像风一样，武汉，深圳，佛山……到处流浪。渐渐地，由十七八的少女流浪成了老姑娘，然后回家嫁人，生女儿，又风一样离婚。我从前一直不明白，她为什么总这样不安分。村里人都说，如果她安分点，早就是富婆了。这是实情。她一直在折腾自己。她在追寻什么呢？多年以后，当我突然发现，我也是这样在折腾时，当我发现我身边的很多工友也是这样在折腾时，突然明白，她和我是一样的。我们内心茫然，不知道自己在追寻什么。

相信每个打工人，初出门时都对未来有过美妙的幻想，当我们走进城市，就迷失了方向。

我们是一群没有方向感的人。

美芝姐也是没有方向感的，当她做起一门生意，成为大家眼中的成功人士时，她却开始强烈地怀疑，她的人生也因此坎坷不平。她一次次舍弃自己苦心经营的事业，去选择再次创业。当年我去佛山投奔她时，她已沦为水果小贩——每天挑着两筐水果走街串巷——她说做水果生意一天能挣三十多块。她认识一个挑水果卖的广西同行，广西人在汾江泊了条船，晚上睡在船上。在她的帮助下，广西人允许我睡在船外的江岸边，那个地方比较隐蔽，不用担心治安和烂仔。

十多天过去了，工作没找到，美芝姐为我着急。她劝我卖水果，但我心有不甘。手中没了钱，美芝姐知道了，给了我五十块。她说这两天要刮台风，睡在江边不安全。美芝姐已小有积蓄，鸟枪换炮，弄了辆破自行车，驮两筐水果卖，比挑着挑子要轻松得多，而且效率也明显提高了。她开发了一片新的地方，每天从佛山批发市场进水果，骑一个多小时自行车到张槎卖。那里竞争少，生意好，水果可以卖上好价钱，她一天能挣上五十块了。她看见有穿着像主管或技术工的，就同他们套近乎，送人家一个苹果或是两个梨。混熟了，就问能不能介绍人进厂。后来她认识了佛山美术陶瓷厂的一位技术工，技术工有单间宿舍。在美芝姐的帮助下，技术工接纳了素昧平生的我，我离开江边，住进了技术工的宿舍。

果然刮台风，下很大的雨。睡在房里，望着窗外的狂风暴雨，一夜无眠。我想了许多，脑子里很乱。我迫切地需要一份工作，哪怕是搬运工，我有的是力气，干体力活难不倒我。佛山美术陶瓷厂就需要搬运工，技术工可以介绍我进厂，我不甘心真去做苦力，不甘心做苦力的原因，源于我在佛山美术陶瓷厂结识的一位来自湖南的朋友，我在这里把他叫作 X 吧。X 毕业于中南财经大学，在美术陶瓷厂当搬运工，月薪一千五左右。一日，我们闲聊，X 说起了他昔日的大学生活，眼里亮起一星光，我一直记得那星光，那是一道微光。可是在我后来的记忆中，那道光被无限放大，那道微光是那么亮，亮得甚至可以照亮我在黑暗中的所有岁月。而那的确只是一道微光。他说起他在武汉读书时的生活，说起了他的同学少年，说他也曾指点江山激扬文字，说起这些时，他的腰直了许多，那张我见惯了的麻木的脸上，突然有了异样的神采。他说到了我熟悉的武汉三镇，说到他大二那年……那时的他，多么青春年少，多么理想主义……然而……他说到"然而"时，眼里的那道微光暗淡了，像一阵风，吹灭了那两支火把。那遥远的过去，那年春夏之交的政治风波，他的青春……当时的我，不能理解他心中在想些什么，就是现在的我，依然也不能明白他当时在想些什么。我只记得他长长地叹了口气，再没说话，就那样呆呆地盯着窗外。窗外是南庄的天空，那么多的烟筒在往外冒烟，像是超现实主义的画。

我说，你不能这样下去。

他苦苦地一笑，说，你呀，你还年轻，太天真。一个月一千五，不少了。

然后，他的样子又回到了之前的颓废，甚至有些未老先衰。

技术工从市场"骑"回一辆旧自行车给我，这样我找工的效率大大提高了。十多天后，我有了工作，在南庄一家公司当主管。当我把这消息告诉 X 时,他表情古怪盯着我看了许久,像看一个怪物。我不无得意地说,我说我不当搬运工。

我不知道,我的得意是否伤害了他。两个月后,当我拿了工资,去佛山美术陶瓷厂感谢帮助过我的技术工时,听说了 X 辞工的消息。

从此再也没有了他的消息。

南方的雨季不期而至。

我有幸,有了份不错的工作。在南庄镇罗格村的一家酒店用品厂,和来自湖南桃源的小唐睡一间宿舍。

小唐毕业于湖南张家界一所中等技校。毕业后来南方打工,在厂里做包装设计。我觉得小唐很有本事,羡慕,也崇拜他。小唐戴眼镜,斯斯文文。下了班,就倚着宿舍前的栏杆弹吉他,边弹边唱。小唐爱唱郑钧的《灰姑娘》。"怎么能忘记你,我在问自己。"小唐拨动着忧伤的琴弦,也拨动着厂里那些姑娘心中的爱情。英俊潇洒的小唐,就这样成了那些情窦初开的打工妹青春期的梦。她们向我打听关于小唐的事,也爱在我的面前谈起小唐,然而似乎并没有人对小唐表白过。她们知道,于她们而言,小唐是遥不可及的。那就把这一切当成美好的梦吧。

后来我写小说《灰姑娘》,里面的男主角就叫小唐,那个小唐也爱弹吉他,也爱唱郑钧的《灰姑娘》,写那篇小说时,我脑子里出现的,就是小唐的影子。

2000 年,我和小唐先后出厂,再也没有见过面,也没有任何关于他的消息。

我感激小唐,如果没有他,我也许到现在还没找到方向。

小唐是个遵从内心的人，他对未来有明确而清醒的设想，并且一直在努力。

我比较轻闲，晚上不用加班，安排好工作，偶尔去车间转转就行。晚上的时间，玩得比较好的朋友们就在公司楼顶聊天，聊我们的未来。或者听小唐弹吉他。小唐除了弹吉他，还会写诗。我记得他在一首诗中，他把身边的打工妹称为他生命中最美的花。那首诗我记不真切了。有一天，他对我讲起了两个人。一个是打工妹安子，一个是打工作家周崇贤。安子，一个初中没毕业的打工妹，用笔写出了一个大写的人字。周崇贤，一个初中没毕业的打工仔，凭一支笔改变了命运。小唐对我讲安子讲周崇贤，是因为我和他们有着相似的经历。小唐对我说，你文笔不错，安子和周崇贤能当作家，你为什么不能？小唐对我说，在南方，没有什么是不可能的。

我一直记得这句话，后来很长一段时间，以这句话为鸡血激励自己。

作家梦就这样被激活了。其实，在我十六七岁时，也是热爱文学的，写过诗。后来打工，我忘记了内心深处最热爱的是什么，放弃了热爱，在另一条不属于自己的大道上迷失了十年。在南庄，我又开始找回自己。于是，在厂后那片丰茂的香蕉林里，工友们会看到我的身影，或坐在水塘边看书，或睡在草地上，望着天上的云发呆。那时读书的心境，却是极为安静的。

后来我写《无碑》，写到了那片水塘，那水塘边丰茂的香蕉林。

在南庄，有两件事，深深影响了我。

先说第一件。我进厂的第一天,厂里没开饭。

做饭的女工生病住院,据说是风湿病。那天晚上,突然传来消息,说女工不行了。厂里很多工人都去医院看望她。老板去了。经理也去了。我刚进厂,不认识那位女工,没去。夜晚,厂里很静,从宿舍窗口望去,远处是南庄陶瓷厂上空昏黄的灯火,近处是那片池塘和香蕉林。我莫名地觉得感伤、孤独。第二天早晨,我听到了女工去世的消息。我一直怀疑女工死于医疗事故。风湿怎会要了人命?当然,我只是怀疑,无凭无据。后来听去看她的工友们讲,她在临死前一直在流泪,说她不想死,说她爱她的老公和孩子,说她想回家。最后,她就开始唱歌,很小声地唱,唱的是当时很流行的那首《流浪歌》:

流浪的人在外想念你 / 亲爱的妈妈 / 流浪的脚步走遍天涯 / 没有一个家 / 冬天的风啊夹着雪花 / 把我的泪吹下……

工友们说,她越唱声音越小,后来就没有声音了,留下病房里哭成一团的工友。

她的爱人,第三天才赶到南庄。

抱着她的骨灰。

回家。

厨房里很快又来了一位阿姨,也是四川的,也爱唱歌。她的歌声很响亮。她的男人腿有问题,有时会来厂里玩,于是男人拉二胡,女人唱歌。唱树上的鸟儿成双对,夫妻双双把家还。他们很快乐。大家很快忘记了那位把命丢在异乡的厨房女工。两个月后,我伏在车间的桌子上,开始写下了我人生的第一篇小说。现在看来,那篇小说相当稚嫩。可当我写到小说中的主人公在临死前唱起《流浪歌》时,泪水汹涌而出,我在工人们惊愕的目光中逃出车间,趴在床上任泪水肆意。下班后,工友们来看我,问我怎么啦?问是不是家里出了事。她们的问候让我感到前所未有的温暖。

我对她们说,大雪死了。

大雪是我小说主人公的名字。

小说开始在女工们中间传阅。几乎每个看过的工友都说,在看到大雪死前唱《流浪歌》的那段,她们哭了。我知道她们想起了厨房女工,也想起了自己的青春、爱情与未来。

第二件事,与一个叫冷钟慧的打工妹有关。

我当主管后没多久,厂里增加了一个小小的部门,说是部门,其实也就四名女工。老板让我在管理丝印车间的同时,把这个小部门也管起来。从其他部门调来两名女工,又新招来两名女工。新招的两个都来自贵州一个叫旺草镇的地方。我后来试着在地图上寻找过旺草镇,没有找着。两个女工,都很小,十七八岁。其中一个就是冷钟慧。冷钟慧进厂的第二天就病了,当时我没在意。第三天,她还没来上班,一问,没钱去看病。我去宿舍看她。她脸色蜡黄,说话的气力都没有。于是让厂长安排车,又向工友借了点钱,把她送到南庄医院。没想到那几天,南庄出现了几例霍乱病人,而冷钟慧的病情很像霍乱,医院很重视,要先交三千元住院押金,病人隔离观察。我的钱不够,回厂财务部,以个人名义借了点钱交住院费。在等化验结果的那些天,人心惶惶,厂里被疾控中心封了,全面消毒。我每天去看望两次冷钟慧,隔着透明玻璃,我们说不上一句话。我只是想让她知道,她不是孤立无助的,希望她多一些信心。一个星期后,化验结果出来了,感谢上苍,她只是患了急性肠胃炎。厂里派车接她回来，压抑的阴影终于散去。冷钟慧出院后的第一件事，就是到我宿舍，将我散发着臭气的被子、床单和一堆脏衣服抱到洗衣间，帮我洗得干干净净。

我只是做了件很小的事情。她病了，而刚好又是我这个部门的，她在这里没有老乡亲人，我不管谁管？没有想到，这件事在厂里引起了极大反响。后来，我几乎被传说成了英雄。我的形象在冷钟慧充满感激的讲述中变得无限高大起来。冷钟慧不再叫我主管，改口叫我大哥。在她的带动下，部门的工人们都叫我大哥。有一次，我在卫生间，听见隔壁女卫生间里传来两个女工对话，她们居然在谈论我。一个对另一个说，你真幸运，有这么好的主管；另一个说，那当然啦！王大哥对我们很好。言语中颇为自豪。

元旦节，厂里办晚会，很多客户来参加。我是主持人。冷钟慧和另外三位女工准备了合唱节目——《让世界充满爱》。一切都按计划进行。到冷钟慧的节目时，她却在唱歌前说起了几个月前她住院的那件事，说起我送她去医院，给她交押金，说如果没有王大哥，她也许已经不在这个世界上了。她几乎是泣不成声地说着，旁若无人。

我打断了她的话，不让她说，让她唱歌。

可是她一定要说。

她说完了，泪流满面地对着我深深鞠了个躬，然后才和她的姐妹们一起唱起了那首《让世界充满爱》。

我渐渐爱上了南庄。

爱上了这灰尘漫天的小镇。

爱上了这里林立的烟囱。

我开始计划着,还清欠债之后,该怎样生活。

晚会过后,很快就到年关,厂里加班时间越来越长,总有赶不完的货,而这些货都要在年前交付客户。每个主管的压力都很大。老板要对客户负责,我们要对老板负责。工人没完没了地加班,看着她们那疲惫的身影,在安排加班时,心里总有说不出的罪恶感。我想我该切切实实为她们做点什么,可我不知道该怎么做。去和经理谈,要求增加工人,减少加班时间。经理说年关招工难,且过了年就是淡季,招多工人也不合适。我唯一能做的,就是陪她们一起加班,用这种方式,来减轻我的内疚。偶尔也会帮她们打份炒河粉。我希望她们知道,我和她们站在一起。我还有份私心,希望早一天做完订单,我好早一天回家。

腊月二十七日,凌晨三点,在连续两个通宵加班后,终于可以放假了。我部门的员工们都不回家,在厂里过年。下班了,连续加班多日的她们没有休息,而是到我宿舍,帮我收拾行李。大家默默无语,都不知道说些什么才好。千言万语,却无法用语言表达。天很快就亮了。我要坐车,先到佛山,再到广州,再到荆州,再到石首,再到调关,然后才到我的家,那个名叫南湖的村庄。我归心似箭。她们争着帮我背包,我把包交给冷钟慧。硕大的包。我知道,得让她做点什么,她才会感到高兴一些。我们一行走到路口等车。她们说,向嫂子问好。我说谢谢。她们说,问侄女好。我说谢谢。车就来了,我背上包跳上车,车开动了。一个女孩突然将手掌合在嘴边大声叫喊:

大哥,一路顺风。

其他人也一起喊起来：大哥，一路顺风。

然后我看见她们相拥在风中。

可我必须回家。

南庄渐渐远去，她们的影子越来越小，车拐了个弯，就看不见了。我的泪水汹涌而下。差不多是一路流泪到佛山。回家的汽车经过大瑶山，望着窗外的凤尾竹，那山脚下环绕的碧绿的江水，我的泪水又下来了。

我是幸运的，写作才一年，文学就改变了我的命运。次年五月，我离开南庄，到深圳《大鹏湾》当编辑。在当年，《大鹏湾》可是许多打工人心中的圣地。离开那天，正是南方的雨季。雨水洗尽了南庄的天空，连路边的树都鲜活了起来。香蕉叶绿得肥硕温润。她们再次送我。这次她们没有流泪，只是往我的包里塞东西：水果，钢笔，笔记本，相册。冷钟慧还塞给我一个信封，要我上车后才能看。上车，打开，里面有封信，还有四百块钱。冷钟慧在信中说，大哥去深圳，很多地方要用钱……

她一个月的工资，扣完生活费，也就是这么多。

我感谢她们，这些可爱的姐妹。是她们的感恩，让我学会了怀着一颗感恩的心流浪，是她们，教我学会了宽容，学会了打开自己紧闭的心。美芝姐、技术工、X、小唐、冷钟慧……他们是我生命中的微光。这微光，照亮了我的南庄。这南方的小镇，每次想起，总会感到无限温暖。

2006年于深圳宝安

选自《文学界》（原创版）2008年第3期，此次文字有删减

苏曼华

作家、电影人，现居深圳。出版有报告文学选集《今是而昨非》等；散文选集《非烟集》等；儿童文学选集《五彩羊》；长篇小说《霍利＆辣妹》等；电影文学剧本选集《天使的声音》。六部剧本拍成电影，曾获中国电影华表奖、中宣部"五个一工程"奖等30余个国家级、省级及国际奖项。个人获2016年度好莱坞国际电影节杰出制作人奖。

爱上深圳

一

11年前，爱上深圳。那时，中国作家协会在深圳现在麒麟山庄的位置有一片别墅，依山傍水而建，式样典雅，风景如画。那里是"中国作家协会深圳创作之家"。1996新年伊始，我接到中国作家协会的邀请函，于是成为那一年到深圳创作之家度假、创作的首批客人之一，1月18日到2月8日，在深圳度过了20天难忘时光，也开始了我与深圳的不解之缘。

我们那批作家共12人，来自12个省区：陕西省作家协会副主席陈忠实、兰州军区政治部创作室主任李镜、西藏文联副主席益希单增、安徽省作家协会副主席陈所巨、江苏省作家协会原主席艾煊……都在其中。当时我在辽宁工作，辽宁省作家协会把唯一的名额给了我。从冰天雪地的北国来到鸟语花香的深圳，一下子就爱上了这座城市。感谢深圳的政策：享受国务院特殊津贴的专家55岁以下可以调入。我1993年获得此项津贴，想不到几年后这本证书会起作用。1998年7月，我调入一见钟情的深圳。欣喜之余告诉几位朋友，在深圳创作之家时与艾煊老走得很近，艾老听到消息，在电话里大叫起来："喂，你生米煮成熟饭才告诉我们，不是成心气人吗？我们大家都爱上深圳了嘛，你怎么自己一个人嫁过去？你若先告诉我，我肯定跟你当陪嫁娘，一起嫁过去咯！哈哈哈哈……"

我知道艾老在开玩笑，但也郑重地告诉他："我是按专家调的，行政职务没有了，若按行政干部调就超龄了。你老人家，能抛开你那官帽子吗？"

艾老感慨一番，又嘱咐我："你得有精神准备，一开始肯定不适应。头上的光环、手中的权力、供你差遣的下级、被人簇拥着的感觉、周围那么多熟悉的朋友，一下子全都没有了！你肯定会有失落感。不过特区肯定有许多值得大写特写的东西，如果你能沉下心去，耐得住寂寞，一定能写出好作品来！"

我谨记艾老的教诲，受益匪浅。他的预防针打得太准了！初来乍到没房子，先住了三个月办公室，每到下班后和休息日，深圳文联的十一层办公大楼里，只剩下一楼的保安和七楼的我。好在我手头正有写作任务，是调来深圳之前，受辽宁省政府派遣，去美国旧金山采访著名美籍华人方李邦琴女士，要为她写一部传记。这年7月6日从美国回来，10日接到调令，20日就来深圳报到了。工作调入了深圳，辽宁的任务还得完成，正好利用这难得的寂寞时光赶写传记，也算是享受孤独。只是到了中秋和国庆连在一起的七天长假,"享受"的感觉便被如水的月色消融了。凭窗北望,关山万里,遥想家人和朋友们一定是边看着电视边吃着晚餐;或是已吃过饭相携外出赏月去了。而我的办公室里,没有电视机,没有收音机,没有能打长途电话的座机,那时也还没有普及手机……仰望苍穹,唯有我与九天之上的嫦娥互行注目礼。我赶快从月色中挣扎出来,摇摇头甩掉淡淡的忧伤,对自己说:"年过半百闯深圳是你的选择哦,既选择了就不要后悔!"

二

我不后悔。我越来越坚信,自己的选择没有错。住办公室期间我吃遍了单位周围的大小饭馆。一次点一条清蒸鲈鱼,服务员小妹说:"阿姨,你一个人吃不完一条鱼的,点半条好吗?"当然好啦!待到鲈鱼端上来,乍看还是一条;原来是将鱼纵剖,贴着盘子那一面是平的。有这样好的小妹和厨师,我自然就时常去吃半条鲈鱼。

后来有了回北方的机会。一次在北京,又是一个人吃饭,我点半条鱼。北京小妹眼睛瞪得比乒乓球还大,满脸的鄙夷与不屑,但还是很有涵养地只说了两个字:"没有。"到了沈阳又在饭馆点半条鱼,这时我已不抱希望,只是试探性质。这一次我的运气没有在北京那样好了,沈阳小妹操着我熟悉的乡音大声说:"啥?半条鱼?没听说过!那咋做呀?"转过身去又甩下一句:"吃不起别吃!"

唉,我的沈阳!……啊,我的深圳!

深圳就这样以点滴的小事感动着我，增进着我的感情。有些像先结婚后恋爱——从对外貌、气质一见钟情的狂热中冷静下来，随着时间的推移，越多亲密的接触便越多了理性的爱恋。不久，我把对深圳的感受融入一批散文：《南窗议政》《人在深圳》《根在辽宁》《周转房的故事》《深圳河边的小延安》……2000年我任市政协委员之后，通过政协搭桥，我到深圳实验学校采访，发现了深圳孩子与井冈山孩子之间感人的故事，于是有了儿童故事影片《我们手拉手》。这部影片2005年获得第11届中国电影华表奖和首届希望工程宣传奖。后者是15年来首次评奖，积累了30余部有关农村孩子上学的电影参评，其中不乏著名影片，但只评两部：《我们手拉手》和《凤凰琴》胜出。香港企业家周善和女士看了这部电影深受感动，给电影中霞溪中学的原型——井冈山下七乡中学捐赠了50万元人民币。2005年5月5日《香港商报》做了整版报道。

2006年2月，这部电影遭到一个外地文化人的诽谤。他在既没有看过电影《我们手拉手》，又没有看过我的剧本《送你一根魔杖》(后被导演更名为《我们手拉手》)的情况下，仅仅得知我们电影的部分剧情，就指使两个代理人来深圳散发传单，诬蔑我方抄袭了剧本《大雪小雪》，侵犯了他的著作权，想要以此气势汹汹的架势把我们吓住。然而《大雪小雪》的唯一署名者是张国春，剧本上根本就没有这个诽谤者的名字。此人就这样极不正常地拉开了著作权纠纷的序幕。转年，我方在打赢了两场官司之后，电影《我们手拉手》又获得第10届中宣部"五个一工程"奖。

一位老友听说此事，打来电话安慰又抱怨："你若不去深圳，怎么会写《我们手拉手》？你若不写《我们手拉手》，怎么能遭诽谤、打官司？后悔了吧？"

我说："干吗后悔？遭到诽谤、参与打官司，也是一种生活体验哦。不是谁想体验就能体验到的。告诉你吧，我都快成半个律师了。以后你若是打官司，我可以给你当参谋。"

老友忙说："乌鸦嘴！呸呸！谁打官司嘛！不许胡说！……"

在成熟的法制社会里，维权打官司是很平常的事。而谈官司色变，正反映了法制观念的青涩。深圳把我作为人才引进，我为深圳赢得荣誉也捍卫了荣誉，胸中升起和深圳荣辱与共的深情。

三

2004年春，我到渔民村采访。渔民村与香港仅仅一河之隔。二十几年来渔民村的变迁就是深圳巨大变化的缩影，是中国改革开放的见证。渔民村也是深圳最早完成城市化改造的村落，那里的渔民早已变成了市民，那里旧的屋村已全部拆除，全部是高层建筑的渔民新村已竣工，等待着业主们回迁。在小平同志视察渔民村20周年的时候，我一次次地往渔民村跑，往租用渔民村厂房的企业跑，采访当年同邓伯伯（他们这样称呼小平）握过手的渔民村老村长邓志标；采访80年代回归，而今企业越做越大的港商；采访打工仔和打工妹……那时渔民新村还没有交付使用，电梯不开，为了弄清站在渔民村的窗口看河对岸，究竟能有多宽的视野，我走消防通道，徒步爬上十几层楼……春季的耕耘到了夏天开出花蕾，长篇儿童小说《河的那边是香港》腹稿已经成型,那是以一个小女孩的眼睛看世界,女孩子和深圳一起长大的故事。深圳的春天热如夏日,在挥汗如雨的春季奔波,在渔民新村楼窗紧闭的防火通道里上下,听着自己被楼道如共鸣箱放大的匆匆脚步声,我觉得自己的心和深圳贴得很近。

2007年初,我对住在深圳、每天跑过罗湖桥到香港上学的港人子弟密切关注,因为深港亲情在他们身上体现得最为充分。年初的清晨六点半天还没亮,我就赶到罗湖边防检查站出境大厅,那里有深港走读儿童专用通道。香港从幼儿园到高中都免学费,所以从刚上幼儿园的三岁孩童到已上中六(高三)的少男少女都不辞辛苦。这样的孩子在深圳有近七千人。我跟他们一起跑过罗湖桥,到香港元朗的一所中学体验生活。那年6月,我完成了电影文学剧本《跑过罗湖桥》。

著名导演、得奖专业户李亚威接过了这部剧本。她对我说:"把本子交给我,你作为编剧就完成了任务。你不用管了,放心吧!"有亚威这句话,我还有什么不放心,而且我们还一起拜会了深圳边防检查总站政治部的马新龙主任,我在罗湖边检站采访时,他是那里的政委。我们也一起会见了我曾体验生活的香港元朗邓兆棠中学的吴校长和该校负责戏剧学会的两位老师,亚威还在深圳宴请了他们。两个单位的领导都承诺,拍摄《跑过罗湖桥》时,他们肯定大力支持。

深圳是一片神奇的土地。独一无二的地理位置;自古以来就敢漂洋过海闯世界的广东精神;近30年得改革开放风气之先的前行轨迹,使我觉得深圳可写的东西实在太多!一部作品还未杀青,下一部的构思已在脑海里翻腾。生活是文艺创作的源泉,我信奉这一真理。只要我扎扎实实地深入生活,一颗敏感的心就总是激动不已。创作的激情没有随着年华老去,年轻的深圳总是让我忘记自己的年龄。

啊,爱上深圳,爱得热烈深沉,无怨无悔。

选自《深圳特区报》2007年3月21日

胡野秋

文化学者、作家、导演。出版专著《胡腔野调》《冒犯文化》《闲人·书生活》《微观深圳》等,在《安徽文学》《清明》《海鸥》等杂志发表短篇小说、散文,在国内多家报刊开辟个人专栏。曾获中国新闻奖、"全国好新闻"一等奖等新闻界最高奖。2019年导演院线电影《爱不可及》,获第51届休斯敦国际电影节故事片白金奖。

聪明人用嘴能刮十二级台风

早晨上班,开车时听广播说中国经济界有件挺大的事,"分众传媒"收购了"聚众传媒",推算人民币要将近30亿的金额。不过收购是"分众"的说法,"聚众"的说法叫合并。咱们不懂经济,也管不了那些事。

但有一点却是肯定的,大凡像样的城市里的像样的大楼,恐怕都挂着分众或者聚众的液晶显示屏,而且仿佛是一夜之间挂上去的。我们都被动地成为分或者聚的那个"众"。

说老实话,尽管那屏幕不舍昼夜地工作,但我从来没注意过上面都放些啥。只知道是广告。

广告。广告。广告。

信息。信息。信息。

它们就是这么不容分说地侵略了我们的生活。

除此之外，打开网络，无论哪个网站广告窗口都勤奋地弹出，当然有不少人装个网上助手——拦截，我也学会了这一损招。

过去骂过报纸杂志，广告太多。其实现在想来有点错怪了它们。报纸杂志的广告至少把阅读权交给了读者，你可以看也可以翻过。但现在的那些可疑的"多媒体"，完全像粗鲁的汉子，不知你吃没吃饭却硬塞给你一个烤红薯。跟那些无孔不入的多媒体比起来，纸媒体多么像绅士。

面对铺天盖地而来的媒体，我又有点杞人忧天，假如像我这样不看的人多了，分众或聚众们还会有高额的广告吗？没有高额的广告支撑，那些漂亮的屏幕是否会有从大理石墙上撤下来的时候？我做过几年杂志的总编辑，别看每期广告都挺满，其实不少都是赠送的。

有个学经济的人告诉我，这些漂亮的屏幕其实欧美早就试挂过，但没什么效果，却被海归们搬了回来，他们找到了在中国的盈利模式，一句话：中国人多。

也许是吧。但中国人也会像欧美人一样需要清静的，中国的楼宇也不能永远按照物业公司的意见办。所以，我挺……担忧。也许为此我今晚吃不下了。

还有个学物理的朋友告诉我，你知道音障吗？就是在风力超过六级时，两个人面对面交谈是听不见对方声音的，无论你们多么近，那声音都是无效声音，只能看到嘴唇在夸张地翕动。又听见分众和聚众的老总，两个聪明人在发表宣言，表示要在几年内，把他们的户外视频器（就是液晶显示屏）覆盖到公寓、便利店、休闲娱乐场所,甚至还要进医院。

  我听见这两个聪明人在拼命地说话,而且看到在他们嘴边刮着十二级台风。

选自《胡腔野调》,现代出版社,2007年7月版

李松璋

出版人、书籍装帧设计师,现居深圳。出版有散文诗集《冷石》《寓言的核心》《愤怒的蝴蝶》《羽毛飞过青铜》《在时间深处相遇》,文集《珍藏伟大的面孔》,小说集《对影记》等。作品被收入多种选集、选本。曾获第四届深圳青年文学奖、中国散文诗天马奖、中国新归来诗人奖、第九届中国·散文诗大奖等奖项。

没有尔乔的花园

我说的花园,其实是一个世界,但不是我们现实的世界,是一位已故优秀漫画家韦尔乔的世界。他走了,慷慨地将这座美丽的花园留给了我们。我将书架上所有尔乔的书取下来放到桌案上,一页一页地翻找,就像在花园的树丛和花枝间寻找,我想我也许能把尔乔找回来。他没走,他肯定就在这座巨大的花园里漫步,他一定是忘记了时间,或许在神游时无意中碰见了一位他曾经画过的智者,两个隔世的人意外相逢,相谈甚欢,他忘了回家。他没听见家人和朋友们都在四处呼喊他。天已经黑下来了,是那种靛蓝色的黑,古旧而别有深意,点缀着果实似的星子。空旷。寂静。茫然四顾,只见不远处正走过一位着中式长衫的男人,更增加了夜的静,是一种极致得让人害怕的静。他走得缓慢,不让空间发出一点声音。仿佛,让世界发出哪怕一丝声音,都是给这世界带来的麻烦。他不愿意。他一身素朴，素朴得只有几根线条，但却无比高贵，儒雅，从容，淡定，那种摄人心魄的文人气，现世已经很久不复存在了。我毫不犹豫地追上去，我以为他就是尔乔！

花园好大。好像比这个混乱的世界还大。这肯定是我的错觉。寻赶的途中，我想，其实，我们每个人，都可能是这座花园里的一株草，一朵花，或一棵树，甚至是一只虫子。四季更替，花落花开，人活一世，草木一秋。或长或短，或繁茂或凋零，人都没有资格和能力去计较。笼罩这花园的，是比空气、比那靛蓝的夜空更加神秘莫测的时间，看不见它，但它却是那样的严峻而冷酷，有时又是那样的宽厚甚至纵容！那古旧的靛蓝是尔乔创造的。他发现了时间的秘密。一片树叶落下了，一朵花枯萎了，一只虫子刚刚吸饱了早晨香甜的露水，就被另一只更大的虫子或一只偶然飞过的鸟儿吃掉了。然后，那个穿长衫的人出现了。当穿长衫的人走进了花园里，一切就都不一样了。这个面孔模糊，不让你看见五官的人，表情却那样的丰富。他踽踽独行，不说一句话，却道尽了世间的一切妙谛与真相。他偶尔抬头仰望一眼地平线上一座无名的纪念碑，或再向高处，那就是有时燃烧着、有时空得连一朵云都不存在的天空了。一枚果实无声地落下，他像一个天真的孩子，欣喜地将果实拾起来，上面生长着只有他能读懂的文字。有时，他像刚做完了一件大事，刚回答了世人的一个深刻的问题，想放松一下，于是，就从口袋里取出一根相连着的柔软的绳，绕在手指上，像我们小时候玩编花篮游戏一样，让它在手指间展现出一幅简单又复杂的图案，谜一样，宿命一样，循环往复，仿佛那无穷变幻中隐藏着生与灭、盛与衰、荣与辱的全部。这时，他那张看不见五官的脸，是圣洁的，是悲悯的。一会儿，落下的树叶又回到树上去了；枯萎如泥的花朵又灿然盛放了；飞去的鸟儿又飞回来，轻轻地吐出刚被它吃下去的虫子，好像在说：我在和你玩一个游戏，吓着你了吧？而那只刚吸饱了香甜晨露的虫子，惊魂甫定，弓一下身子，便一头钻进松软的泥土里去了。尔乔的花园又平静了，像是不曾发生过刚才的一幕。

　　黄昏徐徐降临。先是一种泥土一样的黄，渐渐就变成那种靛蓝，像不经意间将墨水瓶弄洒了一样，于是，那种诱人的蓝漫延开来，浸染了花园里的一切。那个穿长衫的人，不知从哪里取出一管箫，还是不说一句话，对着花园里他热爱的一切，吹起一支低缓，甚至有些忧伤的夜曲。然后，他喃喃地说：你们可知道，这世上曾经有一位叫韦尔乔的画家？这一声问还未落音，便有一颗流星倏然划过，将靛蓝的夜划出一道伤痕，像尔乔桌上的那一页处方笺纸被太过用力的笔尖划破了一样。那个穿长衫的男人，他五官模糊的脸上涕泪交流。他说：以后，我就不来看你们了，因为，尔乔走了。

　　尔乔走了。尔乔的走，是这个世界上最不能让人相信和接受的事情之一。六月的某一天，打开电子邮箱，突然有南京王玉北先生的一封短函，告知尔乔已经接受了第四次手术，正在艰难地走完生命的最后旅程。我无论如何不能相信！赶紧回复，询问原因和病况，到底是什么样的病，需要尔乔做四次手术！六月十六日，又接到玉北的信息，他们在北京为尔乔策划了一个展览，说：如果抽不出时间去看展览，就收藏一幅尔乔的画，表达我们的心意吧。我去网上看到了那些精美的画，喜欢，就像喜欢他以前所有的画一样。但是我却不知他究竟患的什么病，已经做过四次手术，难道不会让他转危为安吗？我突然觉得，我不能收藏那些画，或者说，我没有资格收藏那些画，哪怕一幅。这就像，我抢着去分占还没有亡故的亲人或朋友的遗产，那么低廉的价格，不是那些画作应该具有的价格，不是尔乔的价格！我不敢也不便直接给尔乔打电话，便问了哈尔滨的几位好友，他们都没听说尔乔患病。于是，心里祈祷着，这个不幸的消息根本就是个误会！记得，2000年南京书市上见到的尔乔，微黑，结实，膀大腰圆，像个山东汉子。那是在书市展场附近的一个小饭馆里偶然相遇，有玉北和其他几个朋友在。玉北也是我所敬佩的作家。他为尔乔配写的文字，琴瑟和谐，相得益彰，他们是高山流水式的知音级别的合作，无人可以替代。那天，尔乔安静地坐在那里，在周围的嘈杂中简单说了一些话。想不到，那竟是和尔乔的最后一面！2004年，物质书吧的晓昱要出一本随笔集，找到我，请我帮忙找一位画插图的人。我看了文字之后，说，尔乔最合适了！胡洪侠兄听说后也很赞同，并答应，如果尔乔配画，他就在《文化广场》上连载，每次一文一画。那时的尔乔已经出过几十本书，为当代许多著名作家配过插图，如马原、周国平、韩少功等。我打电话过去。他非常忙，许多出版社找他约稿，也有许多人的书稿等他配画。但他还是答应下来。后来，晓昱收到了尔乔的插画，惊叹：太好了！有这么美的画！2006年，我要做一本有关犹太人生存智慧的书《喜悦的果实》。我想让这本书成为同类书籍当中最精美的一本，让人爱不释手。书中的插画，也只有尔乔的风格最合适。我又打电话过去。他依然很忙，白天上班给人看病，只有晚上才有自己的时间。他问，不急吧？

按我的计划,当然是急的,但我实在说不出口,便装作轻松地说,不急,你慢慢画吧。过了一段时间,通过一次电话,说别的事,尔乔说,真对不起,还没画。我又说,不急。再以后,我就不好意思再催问此事了。直到现在,我不知道尔乔画了没有。阴阳两隔,我已经不能再打电话给他了。这本书也不能再出版了。因为,没有尔乔的画,这本书就不是我原先预想的样子了。

尔乔是一位医生。1964年出生在哈尔滨。大学学的是医科,毕业后一直在哈尔滨工业大学做心脏内科医生。他没上过美术学院,也没和任何人学习过绘画,尽管他哥哥是著名油画家,现任鲁迅美术学院院长。他的那些小画,都是在医院值夜班时,在处方笺背后的信手涂鸦。随心所欲、不受拘束,那些星辰、花草、十字架、手掌、穿长袍的中世纪西方哲人,以及没有实际意义、只起到平衡和装饰作用的拉丁文字,从诞生之时起,直到后来,成为尔乔画作中固定的符号,内容涉及音乐、艺术、宗教、哲学、生与死、爱与欲等人类的母题。画幅虽小,但意境博大,每一根线条都触碰到人心灵当中最敏感的地方,让你感动,让你难忘。我常想,一个医生,每天要面对生和死,他的心脏需要多么坚强!当一个垂死的人被他从忘川的边缘拉回来,或一具尸体被医院冰冷的铁车推向太平间——像当年我的父亲一样——尔乔,作为医生,他要怎样平复那颗激动抑或悲伤的心?他将桌上的处方笺翻转过来,那种简陋脆薄的纸,如何承载得了一位艺术家心中怆然的诘问?他画一颗心,那颗心便勃勃地跳动了;他画一颗头颅,那些曲折的沟回里便会爬出思想的蚯蚓;他画一只手,那只手便会告诉你：沿着一成不变这条路，就会走进一事无成这个门！虽然，尔乔的画常常被放置在别人的文字中间，但它们并不属于任何人，只属于尔乔自己。

2006年秋天，尔乔陪一位朋友去照X光检查身体。证实无事后，尔乔开玩笑地拍拍那位朋友的肩，说：我让你们看看一个健康人的肺是什么样！然后，兴致勃勃地站到X光机前。过了一会儿，同事轻声说：尔乔，把你的胸牌摘了！这句话像子弹击中了尔乔，因为，他那天没戴胸牌！很快，尔乔被告知，右肺有一处"占位性"病变，确诊为早期肺癌！

尔乔在《病中吟》中说，当时，他为了追求一种水墨效果和木刻的刀口味道，尝试使用一种刺激性极强的腐蚀液，画面上会出现落日熔金、暮云合璧的效果。他怀疑，正是这种阿摩尼亚气味的药水腐蚀了他的肺！连续四次手术，都没能阻止癌细胞的扩散。8月30日，《黑龙江日报》好友永恒兄用手机发来一条噩耗：尔乔于昨日去世！好久，我握着手机说不出话来，呆站在办公室里。窗外的天空如同我心，阴霾密布。

每次去书店，都期待着能意外相遇尔乔的书。只要是有他配画的书，就一定是一本美丽的书。最近的一本，便是《闲情偶拾》，二平兄看到了，喜欢，拿去了，我再去书店买一本回来。之前，一本《圣爱》，康延兄要去了，我也去书店再找回一本来。《梦游手记》买过几本？忘记了，寄给远在大庆的弟弟，送给身边的朋友。爱书的人，架上怎会没有尔乔的书！

尔乔的花园，是为有梦的人建造的，是为洁净的人、喜爱智慧的人、懂得爱的人建造的。那个穿长袍的人哪，已经泣不成声，快要嵌进身后斑驳的墙壁里了。当他说"不会再来"的时候，他有多么孤独！夜凝固了。那致命的蓝！虫草噤声。月亮浸泡在遥远的靛蓝里，傻了一样，眼睛都闭不上了，嘴都合不拢了。一枚青涩的果实，流星一样穿透清冽的夜光，从繁茂的树上铮然落下。它是西方的寓言还是东方的寓言？还是一个白日的梦境？穿长衫的男人忧伤地走出尔乔的花园，他心里想的是：这座非人世的花园，永远不会凋零！

选自《深圳特区报》2008年1月21日

徐敬亚

1949年生于吉林省长春市，1982年毕业于吉林大学中文系，1985年迁居深圳。著有诗歌评论《崛起的诗群》《圭臬之死》《隐匿者之光》及散文随笔集《不原谅历史》等。作为朦胧诗重要的理论建树者和代言人，他所著的《崛起的诗群》被称为"中国现代诗的宣言"。

一个人与两个人

家庭，无疑是两个让人落泪的字。这惊心动魄的词组，不是一朵花，就是一根毒草。不管伤心还是喜悦，它都夺去了人类眼睛里太多的液体。

一代代的人类，上面顶着头颅，下面踩着双脚，用灵魂的手指敲打着空洞的躯壳。任何一个人的任何一根神经的疼痛，其他的人都无法代替。在一层柔软的、一旦披上便再也不可蜕落的皮肤内部，只有自己的灵魂扶着自己的血肉，孤独地向前跋涉……在哲学与肉体的绝对意义上说，每一个人，都是一个封闭的陋室。

是什么在体内和体外同时呼叫？仿佛隔着墙，有一个人苦苦地敲打着自己的肋骨，也敲击着邻居的房门。

这是沉闷航行中的SOS呼救。孤独在徘徊中发出酸楚的引力。

当我们来到世界上时，人类已进行了几千年的生存试验。

在我们之前，像蜂蝶一样，一群群的人互相追逐，又纷纷离去……

有一位诗人写过一段让人心酸的句子：

> 一个人太少
>
> 两个人太多
>
> 这，就是生活

它指的，是一种近于荒唐的游戏：全体人类被制造成为两种不同的规格，像两批依据不同的图纸分别生产出来的零件。游戏的内容是把零件每两个、两个一组地捆绑在一起直至死亡。这种游戏，万千年以来，周而复始，亘古不变。

可悲的是，人类并不能找到更好的游戏方式。单调自然界里那些无耻的牛马与草木，在一片茫然无知的麻木中还依然保持着笑嘻嘻的授受与抚摸。这不能不使人类得到遍地四起的提醒。

别出心裁的人，试图在两个相同零件内制造兴奋的摩擦。但同性的恋情无法取得生理结构的赞同。它只是在这缺少绿色的世界上，以两块木头的生硬粘合冒充森林。

而频频发情的动物们，并没有被消灭，它们仍然活在人类的体内。一雄一雌，这万物的邪气，像合伙张开的嘴唇，吞下了有史以来的全部人类生活。

孤独，从最自私的财主那里起步，把每个人逼向打开门的前一个瞬间。孤独眯起一只独眼，寻找着被戒备封存着的任何愿望。自言自语，永远是对着自己荒凉的世界一再地重复着荒凉。一个男人踱到墙角时，另一个女人也恰好踱到了另一个墙角。于是，一个诗人的声音才残忍地响起："一个人太少。"

是的，太少。少到了不能再少！

当一个男人与一个女人最初在内心里架起炉火时，他们也许并不知道在燃烧着什么，甚至不知道在冶炼什么。在他们最兴高采烈之时，如同炼金术士满心欣喜地打开炉门，一根冰冷坚硬的家庭锁链，像蛇一样飞快地爬出，已将他们牢牢地缠绕。

"二"的出现，使人的数量增加了整整一倍！另一个人，如飞驰而来的星体，带着他所能携带的全部卫星，在木星的表面溅起滚滚埃尘。一个童年质问另一个童年，一个家族对另一个家族发出卑视的置疑。一根针落在地上，也可能被听成两种音乐。当战争在最近的距离和每一个细节中进行时，所有缝合出来的饮食起居之线，便在每一个针脚里一一绷紧！孤独的诗人哀叹：两个人太多！是的，实在太多。多了整整一倍。

如果有一把透明的锯，"一个半人"可能是人类最佳的组合数字。在西方，人们一直主张自我的独立和个人隐私的独尊。而东方，婚姻的专注与漫长，一直被认为是某种美德。中国曾有一种古老的伦理，"守节"者，对另一方已经缺席的婚姻仍需恪守着合约。

中国的男人与女人，很难成为情人。过去的年代，他们之间曾长期地缺少焦点与方式。而一经接触，缠绵的依恋常常带上一种东方式的危险。中国人一旦融和，便渴望在情感上一步步前进不止。一直前进到每一个人最庸俗、最琐碎的边界。然而，每个人都非圣贤。窥视到了庸俗之后，爱就变成了烦。烦，再变成恨。

西方虚伪的"沙龙"方式，可能恰好是虚伪情人们的乐园。由于限定了人与人之间的接触点，男人与女人们的优点都懒洋洋地晒着太阳，而缺点却优雅地在墙角隐避着。雌者化着妆，雄者衔起雪茄，在酒吧里品着咖啡，谈着空洞的人生，在舞池里空空如也地旋转。雌与雄便一个个像模像样地相互爱慕着、倾心着。一个人把自己包藏好，再以半悬浮的姿势对着别人微笑，大概就是被锯断后剩下的"一个半人"状态。

选自作者2008年6月11日发表在博客上的作品
《追究人类》系列随笔之一

李兰妮

第23篇

认知日记

2003年7月30日　星期三上午11点

第三次癌症手术后，我做好了到此为止的心理准备。一直想写遗嘱，这次抑郁症最艰难的几天里，也想过要留遗嘱。

此刻我身体尚好，精神正常，我要立下遗嘱，希望有用之时可以正式生效。

李兰妮的遗嘱

1. 当我病危时不需要进行抢救，请让我平静离世。恳请亲属、医生们一定尊重我的意愿。

2. 如果我遇到意外，经医生诊断宣布已成植物人时，请让我立刻离去。这才是真正爱护我、拯救我。

3. 我死后，我的个人银行存款归我父母所有，作为他们养老的补助；我在深圳的那套房子，周小兵和我父母各有一半产权，出售后所得到现金由他们两方平分。

4. 我作品的版权50%归周小兵、50%归李凡丁；手稿归李凡丁。

5. 我的遗物中，周小兵、李凡丁若愿意，可各挑几件有价值的保存。其余的全部清理抛弃，一件不留。

6. 希望我死后第二天就火化，骨灰尽快全部撒入大海。不要通知、打扰我的朋友和同事，不要开追悼会，不要花圈及任何追思仪式。我相信，是真朋友自会记得曾经拥有的快乐时光。

7. 请我的父母、丈夫、弟弟及朋友们相信：我离去并不痛苦，也没有恐惧，我真的走得很愉快。我会在天堂里为你们祈祷，愿神赐福给我的亲人和真正的朋友。

立遗嘱人：李兰妮

身份证号码：440301××××××××

2003年7月30日午12时

于广州中山大学×××之二××××室

随笔

这份遗嘱现在、将来仍然有效。

到目前为止，没有必要修改。

写这份遗嘱的时候，心里很平静，思维很冷静。没有伤感，没有牵挂，没有遗憾。

人之将死，是没有多少话要说的。

我做好了随时可以离世的准备。早早地，该收拾的，都收拾了；该处理的，都处理了；该放下的，都放下了。问心无愧。不欠任何人任何债。了无牵挂。

不想带走任何东西。

从病房转移到太平间时，不必换什么新衣服，或是什么生前喜欢的衣服。咽气时穿的那套病号服就行。不要眼泪，不要纸钱，不要追思。

20世纪80年代初，我住院时"死"过一次。从此后，我明白了死是怎么回事。死是甘甜的，归去的过程是奇妙的。它预示了我的真正归宿。

写完遗嘱之后，一天，接到程文超的电话。他说他跟妻子小傅认真交代了后事。他选了一张微笑的照片，还选了电影《泰坦尼克号》的主题歌作追悼会上播放的歌。他说不想让朋友们难过，不想让人们记住他痛苦的一面。我连声说：我理解，因为我也写好了遗嘱，选好了照片。他说着说着，在电话里轻声哭泣道：我希望……家人和朋友……永远记住，我微笑的时候。我说：对，我留的照片也是微笑的。

那天，我跟程文超在电话里一直谈遗嘱的事。他想得很细，处处为别人着想，他描绘了追悼会要怎么开，怎样不给朋友们添麻烦，怎么能让女儿经受起这样的场面。我不想让他越想越细，便频频插话，想打断他的思路。我告诉他，我坚决不要追悼会，我的照片也不是留给追悼会场当遗像的。结果，电话里，他说他的，我说我的。

程文超去世后，许多朋友参加了他的追悼会，并写了情深义重的悼念文章。人们都知道程文超坚强的一面，他不愿意在别人面前流露痛苦，诉说挣扎。而我，作为邻居，作为癌症病人，作为他们夫妻经常关照的朋友，我看到听到了他有多么痛苦。因痛苦而更加坚强，因坚强而更加痛苦。

写遗嘱的时候，我不知自己还能活多久。我现在觉得，提前写好遗嘱是件值得提倡的事情。它能令你活得清醒,活得自由。

2006年5月5日

链接

《池塘边的绿房子》摘录

我胸闷,恶心,嘴唇发麻。

我早早就把滴管上的限流器拧了下来,我要让输液瓶里的溶液快些滴。我讨厌输液,一输液我心里便沉甸甸的,仿佛那些溶液统统流进了我的心脏,我的心承受不了这滴滴点点、点点滴滴。

输液瓶里的溶液飞快地滴完了。我自己拔掉针头。下床,穿上拖鞋。

霎时间,一片空白。

白雾,漫开、漫开……

我倒在沙滩上,粉红色的海水一节一节漫上来了。漫过了膝,漫过了腰,漫过了胸,漫过了脖子。

快爬起来,逃命啊。

我不能动。

粉红色的海浪卷起来了,血的海。血红色的海水漫过了下巴,漫过了嘴,漫过了人中……我冷,冰冷……血红色的海水漫上来了。

我要闷死了。

爬起来,快跑。

我倦了，软了，融化了。我不能动。不想动。

我想活，想活。

没有空气。我要死了。救救我。

我想活。我不想动。不能动。

窒息。挣扎。极点。

模糊的世界。瞬间的空白。

一点精魂腾空跃起。

飘。

清爽的风。无边无涯的蓝。多柔和的蓝色啊，多纯净、多舒畅。我快活。我轻盈。只有一点意念，没有躯壳。什么也不想。没有记忆。没有眷恋。没有恐惧。没有……

我一尘不染，朝着无限的、博大的、神秘的蓝色飘去、飘去……

我在一个世界与另一个世界的边缘飘荡。

医务人员紧急抢救奏效，我又回到地面。

……我靠在墙壁上，倦得不能动弹。但我心里洋溢着蓝色的光明。我知道了一个秘密。我知道我从哪里来，要到哪里去。

我不知道，冥冥中是什么力量掌握着我的命运。但我衷心赞美它，它给了我奇妙的暗示。

回头看——一切都是微不足道的，一切都是转瞬即逝的。我永远是我。生不能改变我，死也不会改变我。

生是死亡的序幕，死是新生的前奏。

1987年2到3月

补白

1982年盛夏，住院。转氨酶单项指标不明原因奇高，天天要输液。本来没啥事，但我自己拧开限流器，以最快的速度输完液，于是事故发生了……

我突然出现超能。

如上所述，我正飘往永恒之蓝时，突然，有针扎的感觉，同时立即有流星坠落的感觉。

事后护士告诉我，我那时"脸色比床单还白，完全没有知觉，跟死人一样"。血压已经量不到，心跳一分钟十六次。抢救时，医生给我打了强心针。他们发现我全身发凉，冰冷可怕。心电图医生是我父亲的老乡，她女儿和我是同事，这么熟的熟人在做心电图时，却没看出是我。等到签名细看被抢救人姓名时，她才知道原来是我出了意外。事后她说我脸色、模样都变了，所以她看完名字再看人，觉得不可思议。

在医生、护士看来，我当时已经失去感知能力了，但我自己却觉得我看到，尤其听到了其中后半段的抢救过程。我听见一个女医生说：她全身冰凉，快拿棉被来给她盖上，再拿一床棉被来。我看到……不，不能叫看，不是眼睛看，也没有躯体存在。就是一点精魂在看。多年后，看美国电影《人鬼情未了》，看到男主角刚死后，他从躯壳而出，在另一空间看人们抢救他的情景时，我觉得很熟悉。只是电影里死后的男主角还有形体，而我那时只有一点意念或叫精魂存在。前几年看过这样的消息，科学家们将刚死亡的人称重量，发现人咽下最后一口气前后几秒钟少一丁点重量,因此他们想象、推断,那就是灵魂的重量。还有消息说,人刚死时,大脑仍有意识,知觉是渐渐消失的,据说,听觉是最后消失的。我搞不清这些消息准确度有多高,从我自己的体验来估计,这些说法都有一定的可信度。宇宙是奇妙的,我们没有认识的东西太多,目前不能理解的东西太多,既然我们尚不能证明"是",那么也别盲目说"否"。我们看不见电流的形状,不等于电流不存在。

选自《旷野无人》,人民文学出版社,2008年6月版

王绍培

文化学人、媒体人、阅读推广人，现居深圳。出版有《性感的变奏》《用梦想化妆》《书游记》《温故集》等。2009年在深圳创办后院读书会，坚持致力于民间阅读活动，特别倡导学习哲学。

概念深圳

如果"概念深圳"您听着有点突兀的话，那我先扯扯"概念车"？百度一下"概念车"的解释是这样："概念车由英文Conception Car 意译而来。概念车不是将投产的车型，它仅仅是向人们展示设计人员新颖、独特、超前的构思而已。概念车还处在创意、试验阶段，很可能永远不投产。因为不是大批量生产的商品车，每一辆概念车都可以更多地摆脱生产制造水平方面的束缚，尽情地甚至夸张地展示自己的独特魅力。"

概念车是先有概念后有车。过去念过一点哲学的人都知道，承认先有桌子后有"桌子"这个概念的是唯物主义，认为先有"桌子"概念，后有桌子实物的是唯心主义。现在犹有人还在那里乐此不疲地进行唯物唯心的定性分析，以为只有唯物主义才正确，唯心主义当然很荒谬，真是要令我"长太息以掩涕兮"，哀这样的人之冥顽不化。假如我要转述一下汤因比的"非物质"的思想，岂不是会吓死他。

汤因比说，人类将无生命的物质和未加工的物质转化成工具,并给予它们以未加工的物质未有的功能和样式。而这种功能和样式是非物质的:正是通过物质,才创造了这些非物质的东西。这里,汤因比所谓的"非物质"的东西,是通过设计使物质摆脱物质的约束,无限靠近精神的东西。工业社会是一个"非物质"的社会,是一个由设计来主导的社会,也就是一个"概念社会"。锱铢必较唯物唯心的人能够明白其中奥妙之一二乎?

设计活动本质上就是概念活动。当年爱因斯坦思考"相对论",物质的工具也就是一支笔,一张纸,其余都在大脑里进行,尤其是一些绝对无法以物质的形式进行的实验。概念是设计、发明、创意的核心。在"非物质"社会,概念必须先行。能否概念先行,是检验一个人、一个企业、一座城市有无实力的最重要的标志。在这个意义上讲,能否"概念深圳",意义怎么可以小觑呢?

事实上,深圳是一个具有"概念深圳"意识的城市。早期的深圳输出过大量的口号概念,影响极为深远,极大地提升了这个窗口城市的"能见度"。我也曾经说过,"深商"概念本来是没有的,但说的人多了,也就有了。这并非戏言。按照过去的学术规范的路数,当然是先有深商的群体,再有"深商"的概念,但今天则不妨先"深商"概念起来,再"深商"群体下去。万科有关大工厂生产组合型建筑的构思,也是"概念建筑"。说到这里,再随便说一下为什么"新北京"的建筑那么著名,诸如新央视大楼、国家大剧院、鸟巢、水立方,等等,其实都是"概念建筑",或者说是概念建筑的第一次变现,这样才称得上所谓"先锋"。

概念活动好处极多，它可以随心所欲，可以降低成本，可以推倒重来，可以惊世骇俗。从事概念尝试，不要在乎有没有、能不能、行不行，概念最大的优势就是它本来就要无中生有、有中生好。而"概念深圳"指的是，我们思考一切跟这个城市有关的事物，不妨都先概念起来。比如说，杂志可以先是"概念杂志"，报纸可以是"概念报纸"，建筑是"概念建筑"，人居是"概念人居"，交通是"概念交通"，社区是"概念社区"，教育是"概念教育"，管理是"概念管理"，先锋是"概念先锋"……从心开始，概念先行。

向概念要生产力，这绝对是未来深圳发展的一个必由之路。在这个意义上，我愿意为这座立志成为"设计之都"的城市无偿贡献一句推广语，这就是：概念深圳，设计之都。

2008年10月12日
选自作者2008年10月12日发表在博客上的作品

蓝艺

现任香港《凤凰周刊》杂志社副总编辑。

我要去海边，我要闯深圳

一

我是东北人，在我很小很小的时候，就听大人说起过，在遥远的地方，有大海，海边的生活没有冬天。这让我无限向往，尤其在那些漫漫无期的零下二三十摄氏度的日子里，黑洞洞的夜还没谢幕，我们就已经踩着积雪"咯吱咯吱"上学了。风是那么的凛冽，嗷嗷叫着，拿刀刮我们的脸，拿针刺我们的骨。赶上风雪大的时候，简直就是走一步退半步。每当这个时候，我就一遍遍发誓：我一定要离开这个地方，到海边去。我不要我的世界有冬天！

1991年6月，拿到结婚证的第3天，老公就怀揣着800元钱上路了；7天后，我也启程了。我们擅自决定放弃老家的工作，去闯深圳。我走的那天，妈妈哭了又哭，送了又送，直到我坐上汽车，她还在车下哭。最后竟至不能控制，挤上汽车，跟我到火车站。一路上她不停地哭啊哭，反反复复问我一句话："放弃国家干部不当，非要去南方当盲流，你为什么呀？我们在这里活了一辈子，挺好的，怎么你就活不下去？我辛辛苦苦供你上大学，难道是为了你今天去当盲流的吗？"

启程在我是寻梦，在她则是梦碎。

她无法理解我对海边生活的向往，她更无法理解大学给了我梦想，却又让它幻灭，在我而言，意味着什么。我对前途丧失信心，对国营体制缺乏信赖，对按部就班的教师生涯更毫无热情，我不想活在生命的冬天里，也不想活在一眼就望见终点的"知道"里。深圳，既有大海，又有自由，还有两个我所不知道的名词："招聘"与"竞争"，我模糊地觉得那可能会是未来中国的方向。我想，既然我们注定是蝇营狗苟的一代，那就想怎么活就怎么活吧。我要去寻找大海，寻找没有冬天的人生，寻找"不知道"的未来。

二

1997年的一个早晨，我打开电视，看见香港电视台的记者在深圳街头采访，拦住一个骑单车的人，问："你知道邓小平去世了吗？你怎么看？"那个男人说："我不知道，我不信，我要看我们内地自己媒体的报道。"我赶紧穿上衣服，去上班，到了杂志社，消息确实：老人家果然逝世了。我一时间热泪盈眶，久久不能平静。

我为老人家没有看到九七回归而遗憾。

我跟很多深圳人一样，深深地感激着、热爱着这位老人。

1991年的深圳还没有人才市场，找工作都是看报纸，或拿着简历挨家公司去敲门。经常，他们把我的毕业证看一眼就破纸一样地扔回来,然后用白话问我:"你仲会做乜嘢(你会做什么)?"我就默默地看一眼我的大学毕业证,看一眼中文专业,然后转身离去。我一次次知道,我是一无所有的人,不仅没有钱,没有地方住,挨饿,买不起水喝,我还没有本事,没有尊严。

我把自己输得干干净净。

在我一天只能靠两包方便面一包榨菜果腹的那段日子里,我经常问自己的一个问题是:我是怎么走着走着,就把天下的路给走绝了的呢?

深圳满街都是年轻人,让人不由自主有种"加入"的冲动。红荔路旁,开满了一簇一簇的扶桑,红红的花,绿绿的叶,在雨中微微摇曳。格兰云天傲然一隅,英姿飒爽。无论什么时候,也无论我从哪里来,只要一看见天虹商场和格兰云天那一排排的楼房,我都会不由自主地涌上一种感情:深圳,我多么爱你,这才是我要生活的地方!

因此,我一次次告诉自己:这里就是我的家,我的归宿,我一定要在这里生存下去。

很多很多个夜晚,我和老公倚在西乡的一个小桥旁,望着农民那一排排小楼,一边奢望着50岁的时候,是不是也可以有一套这样的房子;一边盘算着,照我们每月500元收入的条件,省吃俭用约10年,才可以买得起一台电视,房子肯定是无望的了——那个时候,我们最大的梦想就是留下来,活下来,不被淘汰。我们根本不敢奢望太高太远的富庶未来。

1992年的一天早晨,我出门准备去找工作,却看见各个银行的门口,都三三两两地排起了队,人和砖头混杂在一起。

我想，这可能就是老公兴奋了很多天的新股抽签吧？于是赶紧找来几个砖头，也在我的前后摆上，然后就坐在那里，整整一天，烈日当头却不敢须臾离开。那年那月，不要说手机，连什么叫BP机都不知道。到了晚上，老公下班后找不见我，就一家一家银行门前去搜，看到我果然在占位，他欢呼雀跃，赶紧雇了十几个民工，把我换下来，然后，就四处打电话找同学帮借身份证。那队好像排了两三天，始终人山人海，近乎肉搏，我觉得我都快崩溃了，可是老公却一定要我挺住，他说："中了，我们就发了！发了啊！！！"

发了，在那个时候，就意味着可以拿着塑料袋，装几捆人民币和港币，当街行走，如入无人之境。

发了，就意味着，周末我也可以去国贸免税店逛逛，用港币购物，去中英街吃芒果，成打儿买尼龙袜子。

发了，我就不用在找工作的时候，舍不得花车费而一走五六里……

发了……是那个时候每个闯深圳的人的梦想。

可是，我们"中"了，却还是离"发"很远。

我们需要的钱似乎更多了，经常为不知道上哪里去筹那原始股的钱而辗转反侧。

三

在老家时我就一直想进媒体工作，可是，没有后门就没有机会。来深圳以后，我也依然想进媒体工作。1992年夏的一天，我买了一本杂志，看了里面的文章后，我跟老公说，我可以写得比这里的很多人好。他说那你何不试试？于是，我投了两次稿，两次都发了。当我投第三次稿的时候，编辑部主任给我打电话："我们缺一个人，有很多熟人推荐，可是，我们想从作者中选一个，你愿意来吗？"

同年底，老公应聘一家高科技企业的部门经理，经过考试，也被录用了。

这就是深圳魅力：它的门是开着的，梦想就摆在台阶上，每个人都可以进来拿。

没有经历过那个时代的人，永远不可能了解深圳这种不拘一格选人才的方式，是怎样的动人心魄。

四

1993年春节一过，我们就搬进了关内，租住在科技园后面。薪水有了很大改观。可是，每天，我依然还要用煤油炉点火做饭。每个月，都至少发生一起盗窃事件。我们家那时最值钱的、第一个资产是一个熨衣架，我主张购买的理由是既可以当桌子，又可以熨衣服，还契合30平方米的面积。

有一天，老公加班回来，兴奋地告诉我，我们终于够钱买一台电视了。我赶紧跟他兴冲冲跑到天虹商场，选了唯一可以购买的21英寸华强三洋。记得抬电视回家的时候，太阳已经落山了，而我们却丝毫没感觉到黑暗，那种平生从未有过的快乐，正如一轮红日，在我们的头上冉冉升起，照亮了脚下每一寸土地。

1995年的一天，老公神秘地跟我说，我们家可以买房子了。我觉得简直像天方夜谭，股票起起落落，拿什么买呢？他告诉我一个词：按揭。他说银行会替我们先付钱给开发商，然后我们分期，每月还银行一部分钱。然后，他骑单车，一路坑坑洼洼的，把我载到很远很远一片荔枝园的后面，指着一个大坑，告诉我，房子就在这里，这一片叫西丽，现在买就叫"楼花"。我不相信世界上还有这种事情，银行会替我付钱买一套世上根本就不存在的楼房，于是就跟杂志社同事打听，他们也都摇头，表示这种事听说只有香港有，深圳还闻所未闻，估计是某种欺骗行为，切勿上当。可是，我老公不是个省油的灯，他说主意已定，只需我跟着他去办手续就行了。于是，糊里糊涂的，我就跟着签了一堆合同，从此成为中国差不多最早的房奴。

从那以后，我们家的周日就只有一个去处，就是骑单车去工地。我们守在那里，看着桩子一根一根被打到地里，又看着一栋栋楼，青笋般从地里长出来，心里充满了喜悦。我觉得我的生命好像也跟着被种了下去，被深深地钉了下去，也脱胎换骨地长了出来。那种有盼望的喜悦，是能让人战栗的。

五

1996年春节一过，我就搬进了新居。

接着，户口也应声而落。

1997年1月，我们在工作之余，还拆借了一点钱，雇了一个人，在华强北一家电器城里，开起了商铺，经营影碟机和光碟。

似乎一切都在向着欣欣向荣的方向发展。

深圳6年，我们一直蝼蚁一样地忙碌着我们的人生，向着我们最原始的目标——闯下去、留下来——而努力。我们从来没有时间回想过去，关注中国，总结哪个人的一生。深圳人的哲学，就是务实地管好自己的人生，向前看，不要向左向右看。

邓小平的离去，让我们终于有机会回味了一次来时路。我深深地感激他给了我们选择的自由，给了我们通过竞争创造人生的机会。

那天傍晚，成千上万的深圳人，开始陆陆续续地、自发地前往大剧院那边的小平画像前，鞠躬和献花。满地的鲜花一卡车一卡车被拉走，又被后面来祭奠的人一束一束地堆满。而我，则坐在华强北我们家的店铺里，一边跟老公招呼客人，一边在间歇的缝隙，遥祭邓公。我没有去鞠躬，因为怀有身孕，怕人多拥挤发生意外。

1997年的秋天，儿子出生了。从此，我们和深圳彻底血脉相连，我永远成为这座海滨城市里的一员。我所有的梦想几乎都是在这里得以实现，因此，我爱深圳，永远。

选自《南方周末》2008年12月9日

黄灿然

诗人、翻译家。1963年生,福建泉州人。1990年至2014年为香港《大公报》国际新闻翻译,现居深圳洞背村。著有诗选集《游泳池畔的冥想》《我的灵魂》《奇迹集》《发现集》等;评论集《必要的角度》《在两大传统的阴影下》;专栏结集《格拉斯的烟斗》;译有众多外国作家的诗集和评论集。2011年获华语文学传媒大奖"年度诗人"奖。2018年获单向街·文学奖"年度致敬"奖。

文明如此衰落

米洛格在《新标准》发表文章《文明如何衰落》,主要针对女性主义。但是,就像女性主义者之振振有词总令我半信半疑一样,米洛格之反女性主义观点头头是道,也同样令我半疑半信。倒是文章开头谈及文明的衰落,读来趣味盎然。

米洛格说,伊斯兰思想家对文明的衰落有精辟见解。"不妨以一个繁荣的城市譬如巴格达为例。艺术和知识鼎盛。但是,诚如十四世纪伊斯兰伟大哲学家伊本·卡尔敦所言,经过几代人,文明人因奢侈而变得颓废。他们锐气丧尽,只想着好与美。接着,某个勇猛的贝都因部族嗅出这弱点,遂从沙漠长驱直入,突袭城市。作为野蛮人,他们不懂得文明的用途。他们把图书馆当作马厩,把雕塑品当成挡门石,拿画像来练靶。给他们一个枕头,他们以为是一捆破布。但是,随着时间推移,他们逐渐感到高等文化的力量,于是接纳它,有时还把文明加以发展,直到有一天轮到他们被推翻。"

  一个作家、一位学者的创造力,不也是常常如此衰落的吗?有点成就,便开始享受,继而颓废起来,以至秃顶、肥肚、油光满脸。语言也是如此。瞧瞧当下的英语写作,不也是被来自非洲、加勒比海、印度等前殖民地的"野蛮人"入侵,再加上埋伏在英美等地的外裔作家的内应,而改头换面了吗?而这些部族作家也是继承英语写作,进而发展和延续它。

选自《格拉斯的烟斗》,世纪出版集团
上海人民出版社,2009年1月版

张清

作家、学者、资深媒体人,曾任《深圳商报·文化广场》主编。深圳纪实摄影展赛"吾城吾乡"摄影年展创始人、总策展人,主编系列摄影图书《吾城吾乡》《距离》。出版文集《百年百日》《吹皱集》等。

深圳鸟事

近来夜休较早,常常在早晨六七点钟醒来,听见窗外鸟鸣啁啾。

六七点时分,城市也将醒未醒,没有一丝喧嚣,安静如处子,鸟的叫声就像露珠儿一样清亮。隔着一层玻璃窗,隔着厚厚的帘幕,外边花园里的鸟鸣传进卧室,依然露珠儿一样清亮。那鸟叫不是零落几声,是啁啾一片,虽清亮却热闹,听上去总得有上百只的阵势。叫声中有的短,有的长,有的直,有的曲,有的急促,有的慢悠,交织在一起,乱糟糟却很美,如同波洛克的滴彩画。

翻个身,把耳朵倾向窗,闭着眼静静地听,就被片刻的闲逸麻醉,生出幻觉,好像人睡进森林里了。每当此际,都不免心中感叹:若是不需要工作多好,就这么卧着,想听多久听多久,一直听到鸟们歇了。

大概因为山多林茂、多水塘湖泊,深圳的鸟很多。上个周五午饭后，偷闲到荔枝公园一游。这里位于闹市、四周被楼群包围，却也聚集了无数的鸟。走进荔枝林，虽是午后，鸟也叽叽喳喳，喧哗个不停。湖边的一株大树上，十来只鸟在枝丫间蹦跳、追逐。离开公园，开车走深南路，等红灯时，我看见一群鸟，有几十只，从路南的云鹏大厦突然成团飞起，像海中的一个鱼群，上冲下俯，翻腾着飞过大街，消失在公园的绿林里。上个周日下午，我去华侨城雁栖湖边散步，这个湖水面不算大，仅几万平方米，也处于群楼的夹缝里。在那里，我见到几只野绿头鸭在水中游弋，两只褐色的水鸟扎猛子捕食，近岸的水草间立着一只白鹭。白鹭一动不动，似是吃饱了，打盹消食。也是在雁栖湖边，去年深秋一个傍晚，我看到一行行大雁从空中飞过，每一两分钟就飞过一队，一队接着一队，从西北飞往东南，半个小时不断。我看蒙了。那是我首次目睹如此大规模的雁阵。我猜想这些大雁飞往深圳湾，那里海边的大片红树林是它们冬季的栖息地。我曾听红树林自然保护区的主任说，那里鸟最多时约有二十五万只。现在，由于城市发展，红树林规模缩小，鸟群减少，冬季多的时候也不过几万只了。深圳多鸟还有一个原因，就是靠海，有海滩湿地，且冬季温暖。

　　因为鸟多，我偶尔会戏剧性地与鸟相遇。几年前，住梅林一村，那里北边是塘朗山和梅林水库，早晨乍醒，也常听到鸟声喧哗。有一天，一只黑色的小鸟飞进了我家里。它是从阳台打开的落地窗飞进来的，慌张中又飞入卧室，就飞不出去了。我开了卧室的窗引它出去，它却找不到出口，吓得趴在墙上不动了。等了半天，它还趴在那儿，我只好踩桌子捉它。把它捉到手，它的整个身子都在颤抖。我抚抚它头上的绒毛，伸手将它送到窗外,刚松手,它就像离弦的箭一样直直地飞走了,连一声叫都没有,只瞬间微微听到它双翅高速扑棱之音。我想它应是会叫的鸟,但急于逃命,顾不得叫了。

2009年3月9日
选自《吹皱集》,海豚出版社,2014年9月版

秦锦屏

一级作家,从事跨文体写作。现居深圳。著有诗集《落在睫毛上的雪》,小说集《这么旺的火,也烧不热个你》《树上的鸟儿怎么办》,散文集《女子女子,你转过来》等。作品入选多个选本。12篇散文入选语文辅导教材,是多个省市升学考试题。曾获冰心散文奖、老舍散文奖、年度华文最佳散文奖等。作品被翻译成俄文、日文等。

女子女子,你转过来

女子女子你转过来,你娘骂你为啥来?
为吃馍馍就了菜菜,弟弟没吃我先来!
女子女子你转过来,你娘打你为啥来?
为吃馍馍就了菜菜,弟弟没吃我先来!

——乡间童谣

在我的家乡,哪户人家生了个娃,不消一时半刻,村里人就全知晓了。并不是这户人家曾奔走相告,而是在他家大门外,人们看到了一种"迹象",动用了最原始,也是最有效的传播工具——"红嘴白牙",效果竟出奇地好!

那么,究竟是个什么迹象呢?说来也有趣。

若是生了男孩,就在大门外烧一把草,再在草灰上压一块石头,石头不论大小,是块石头就行。这,称为"弄石之喜"。

若是生了个女儿呢，就在大门外烧过的草灰上，压一片瓦，是为"弄瓦之喜"。但不知道为何，那瓦必是精心挑过的，浑浑全全的，一点破绽也不许有。究竟为何，没人解说。

大门外的草灰上，不论压的是石头还是瓦片，村里的人，在相互打听着的同时，也相互分享着邻居添丁的快乐。说到某家添了男丁，那神情欢喜得——就像是自家刚刚生了个男娃似的。而且，不管人家生的男孩是几斤重，几乎都是说："某某家，刚刚生了个大胖小子……"

呵呵，那个美气啊，真是从实实在在的庄稼人心里流淌出来的。

当然，村里的人也会为"生女"的人家道喜。只不过，说话的神情，远比不上贺"生男"的那般雀跃了。而且，竟是赔着小心，多少带着点同情和安慰的意思。仿佛这事，怪自个儿，一不小心，犯了个错似的。看来，这"重男轻女"的思想，在这民风淳朴的乡村里还有些残存啊。

不管添丁的人家，是"弄石之喜"也好，"弄瓦之喜"也罢，外人说归说，笑归笑，远没有主人家的贴身之感。

今天就单从"弄瓦之喜"说开去吧，最想说，也最值得一说的不是别人，却是这家的三个女人：婆婆、媳妇、新生的小女婴。

伴随着那小女婴一声响亮"叫板"和全方位的"亮相"，这家主人便把早早准备好的石头搬开。用三个指头尖尖，拎起片儿瓦，拿捏着，走去大门口，烧草报喜了。与此同时，小厢房里，好戏，也热热闹闹地开演了……

话说那生产的媳妇，见自己十月怀胎，竟没生个"带把"

的，原本梦想中的完美天空，随着眼前这小人的到来，"扑哧"一下，就撕裂了。一时间，雨注滔滔。她一面哭着，一面拿眼睛睃一眼婆婆。再瞄一眼，那个第一次做父亲、呆在一边，不知道是乐傻了，还是揣着其他想法的丈夫。假如，旁边的婆婆是个贤良大度的，必是掏心窝窝地说上句："瓜娃呀，咱生个啥都好，这都是落在咱炕门前的娃。"

一席话，说得媳妇儿收了泪，埋头打量起眼前这红彤彤的小人儿，看着，看着，就无比喜欢。可不是吗？自己的娃娃，怎么样都透着亲哪。

如果是碰上个贤良，但却思想"守旧"的婆婆。她在开言劝慰媳妇时，一开腔，自己先红了眼圈，声音里不由自主地透着些心酸和遗憾。末了，还不自然地加上一句："鹅（我）娃，你命苦啊……现在，人家只允许生一个呀！唉！"

一席话，倒让媳妇更是悲切。如不是接生婆在场，媳妇体力不支，只怕是婆媳俩要抱头痛哭了。

这时，立在一边的丈夫，瓮声瓮气发话了："哭啥，没出息。鹅（我）看，鹅（我）娃乖着哩。"闻言，婆媳俩立即拭泪收声，低头寻那刚刚落草就被冷落的小女娃。

哎哟嗨！可不是嘛，谁说娃娃不乖？看，这小脸儿多俊哪！一下子，婆媳俩和娃他爹，三个人同时抢着要抱那小女婴。结果，还是当婆婆的有经验，且动作麻利，只消一句："你是个'虚人'，甭动弹！崽娃，你粗手笨脚的，一边去。来来来，婆来抱咱的乖蛋……"一句话打发了两个人。

这粉嘟嘟的小女娃，被初当婆婆的人，牢牢地抱在怀里，"咿咿哦哦"地晃荡着。就这，还不过瘾，那婆婆还直着老嗓子,"蛮儿啊,肝啊,肉啊,心尖尖,金蛋蛋"地叫唤着。

躺在床上的和立在地上的,互相对看一眼,笑了。

一直在厨房里待命的妯娌,或者是小姑子,闻听"生了",欢喜得要炸了。喜信儿一得,立即把风箱扯得"呼呼"响,柴火烧得红旺旺,忙着烧水,煮鸡蛋、下挂面,犒劳那"产宝功臣"!

啊哈,这真是个有趣的"弄瓦之喜"!

倘若婆婆是个"恶"的。素日,不知和媳妇有什么过节,彼此结了怨。或因为媳妇偶然做事不周,让婆婆生了嫌隙的,这时,逢媳妇生产,不来吧,怕落下个话柄,遭人笑话学舌;或是,忧心日后无人来给自己养老送终。

总之,人,是扭捏着来了,却如同突然抓住了个千载难逢的好机会。一见是个女婴,立即就拖着长音"叹"了声气。甭看她没说啥重话,就这"气声"拉长,这么戏剧般地一叹,也把媳妇给"叹"得底气不足了,心儿凉到脚后跟了。起码,得好长一段时间,才能"回暖"过来。

还有的婆婆,是在叹着气的同时,话也就捎带出来了:"哟,这个月不是生男娃的月份嘛!看那东边的二狗,西北角的旺娃,人家都抓养的是儿子。咱也没得罪啥人,老先人也没干啥亏心事,咋个就……唉,命啊……"

一席话,把媳妇的"恶气"勾了出来,对着婆婆的声音也就高了:"娃她婆,你快忙你的去,这嗒不要你操心!"说罢,背过身去,把一个僵硬的背丢给婆婆。

一旁站着的儿子,忙出来打圆场,哄着媳妇消气,笑着把老娘推了出去,说是让老娘歇着去,别累坏了云云。但是心里，从此就对母亲有了种隔膜了。

其实不管怎样，那婆婆，全然不是冲着这小婴儿来的。

不信？在这女婴成长的过程中，婆婆可没少给小孙女藏好吃好喝，好玩好耍的东西。

而这些好东西，大都是自己平日节省的，是用闺女、姑爷来家串亲戚时，偷偷塞给她的零花钱买的……即便这样，小孙女依然对自己的妈最亲，对婆婆总是不冷不热。有吃食时，嘴里就甜甜地叫"奶奶"，一见奶奶空张着手费力叫唤，就远远地躲开了。直气得婆婆咬牙跺脚，又疑心是媳妇教唆的，便躲在炕角里发狠、咒骂："鬼崽崽，伢也是个喂不熟的狗！"

"个鬼崽崽，拉住叫婆呢，撇开就不认咧。下次有香香，你再甭想吃咧！"

话是这么说，一旦自己得了个好吃的，还是给这孙女留着，巴巴地留着。

这边厢，千呼万唤那小孙女，若还叫不过来，她就像那刚下完蛋的老母鸡，张着两个翅膀，噼里啪啦，在屁股上拍打半天，一面说着好话儿，一面颠着小脚儿，跟在小家伙背后，追着、赶着……直到追上去，把好吃的填到小孙女嘴里……这才瘪着掉光了牙的嘴，撩起衣襟，擦着眼睛，看着跑远的孙女儿，嘴巴嚅嚅着，叽咕，叽咕，不知道叨咕些啥。

以上主要说的是婆婆，媳妇在这个时候是个配角。

其实，还有一种媳妇是唱主角的。她们中有悲观者，也有乐观者，其"表现"可是大不一样的。

悲观的媳妇，不论遇到的是恶婆婆还是善婆婆，此时此刻，她根本不在乎婆婆对她是在劝说，或是，存了心在伺机羞恼她。她别过脸去,一言不发,泪水滴滴答答落在枕头上。任凭你怎么劝、怎么说,她充耳不闻,只是一个人哑哑地哭着。像和谁赌气一样,也不回头去看那女婴一眼。那备受冷落的女婴,蹬着小腿儿,皱着小脸儿,猫崽子一样,瞄啊,瞄啊的,向她抗议地哭喊着。

一旁站立的接生婆不忍心了,抱起这女娃,直凑到这媳妇脸面前,劝她睁眼看自己培育了十个月的"作品"。

这个鬼机灵的小女婴,此刻,忙抓住时机,挥舞着粉粉的小拳头,自己擂自己的肚皮,揍自己的小脸,像是自责,像是给母亲宽心。一张小脸上,表情配合得相当丰富生动。末了,闭眼、咧嘴,讨着好儿,冲那十月怀胎的母亲,巴巴儿献上个——老太太打哈欠,一望无涯(牙)的微笑。

这刚升级当了母亲的媳妇儿,一下子就呆了,酥了,化成一汪水了。张开双臂,一把揽过这个小人儿,按在自己胸前,看着,摸着,摇晃着,咿呀唱着。这满腔的爱意,一施加起来,从此一发而不可收。

乐观的媳妇,大多是豁达热情而勇敢的妇女。见自己生了个女娃娃,像是受了个意外的惊吓,"抖"了一下,就恢复过来了。所以,她既不哭,也不恼,更不屑婆婆的各种举动,也全不顾自己刚才那般辛苦的体力透支。一听说家人给她冲了补充体力的红糖水,一骨碌从炕上爬起,接过碗来,张嘴就喝。水有点烫,她也等不及凉,端着碗,"凫儿凫儿"地吹,"吸吸溜溜"地喝。就这档子工夫,她那热情似火的内心,已经蓬蓬勃勃地勾画美好的未来了。放下糖水碗,稍稍喘匀一口粗气,那乐观的媳妇儿,立马满怀希望,斩钉截铁地宣布:"我要一鼓作气,再接再厉,再生一个,一个不行就两个……直到整他一个带把的来!"她忘记了伟大祖国的基本国策。此话一出口,站在两厢伺候的人,全都瞪大了眼、张大了嘴,半天都回不了神……

往往不出几日,这个勇敢、乐观的媳妇儿,当日所说的话,就会传遍小村庄。学说者喜到人稠处"广播",且大人、小孩、小伙、婆姨、女子等人都不避。天天"重播",依然听者众。因为,每学说一次,"调料"就更"齐全"。演说者的口才和模仿能力,就提高一个档次,真叫听众们回味无穷!

当时,若是有心人记录下来,必是可以畅销的。若问那故事出处,细追究起来,当日的产婆可是功臣。只是她,实在不好意思抽版税。

其实,这倒不丢人,咋着说,也算是"弄瓦之喜"啊。

该略提说一下小孙女了。

这些个落草时不被人看好的女娃娃,见风就长,不出几年,也到学堂去读书习文了。其中,那些志气不大的,摇头晃脑,认得了"a、o、e",再往上,却搞不清"几何"为"几何",索性放下书包,掂起了菜篮子。

一踏出校门,与社会一接轨,再听那熟男熟女们,人前人后的几番调笑,她便早早儿起了情思。刚一到法定年龄,就急忙忙地嫁了出去。

父母亲,在她受聘和出嫁日子里,总会收到男方或多或少的一沓钞票。拿着这沓"彩礼钱"的父母,他们是欢喜还是惆怅,旁人猜不到。

这新嫁娘,本身也是块"好地"。加上小两口儿"勤劳",

不消几年，就接了"种"。十月怀胎，盼到了小两口儿的"秋收"时节。必然的，也会如同自己的父辈那般，在自家的小厢房里，上演一出"弄瓦之喜"抑或是"弄石之喜"来。

往后，此女便围着那三尺锅台，守着那"一丈内的夫君（丈夫）"，侍弄着自产的"宝贝"，将那波澜不兴的平淡日子，进行到底。

当然，这些女娃娃中，不乏志气大的。

也许听了些乡间传唱的重男轻女的童谣，也许是知道自己"出生"时曾发生的故事，这女娃，心里铆足了劲，一到学堂，就发狠读书。

更有个别能干的，读书、家务一肩挑。旁人家的女娃还在忙于挖土挑粪，相亲嫁女，弹锅碗瓢盆交响曲，一不留神的当儿，她已经一步一个台阶，一步一步考了学，"走"了出去。

凡是"走"出村去的，都是佼佼者。其中不乏花木兰或者李清照之类的人才。她的事迹，电视有影，电台有声，扬名四方，整个家乡的人都以她为荣。有记者来采访她的成长故事，村里人纷纷挤上前，争说好话……过不了多久，这家的父母，就被这出息的女儿，接到大城市里享福去了。

这女娃的七大姑八大姨，高兴之余，免不了动了"攀龙附凤"的心思，兴冲冲地赶到城里去探望。过些时日，就会穿戴一新地从城里回来。脚一沾地，便向村里人"卖牌"，此番在城里的所见所闻，好玩好耍，好吃好喝，大赞、盛赞这女娃的祖上积德，父母有福。那说话的神情，无法用语言来描绘的。

家有此女，算是给父母和亲戚们大大地长了脸。

关于此才女的话题，村里人口口相传，越说越好，越说越神,百听不厌。重复说几次,每次都能让村里的人足足地"咂"几日的舌头,"红"几日眼睛,只恨此女不投胎自家,遂让自家娃娃,以此女为榜样……

这算是"弄瓦之喜"的大喜、大境界了,因为喜到尽头还是喜——喜上眉梢啊!

选自《北京文学》2009年第4期

宋唯唯

历年于《青年文学》《十月》《人民文学》等纯文学期刊发表长篇小说、中短篇小说、散文、读书随笔八十余万字；获得《作品》杂志社 2004 年度"全国青年女作家散文大赛"、2006 年"南方经验"——叙事体散文大赛的奖项，长篇小说《麒麟峪》获得第二届"我和深圳"网络文学拉力赛长篇小说大赛金奖。

墟落

  我们去一座山上。经过大梅沙海滩，盘山公路在山谷间迂回往上。阳光照耀着绿油油的山谷。山很静很静，车往上走，偶然有一两辆对面车道上的车，互相错开后，依然是延展的山路。山上有一片水库，高高的坝，水库里约存了半库水。岸上的石头晒在阳光里，洁白，粗糙，寂静了很久的样子。山谷里的小树林，在风里招摇成一张帆，顺着山势的起伏，帆连着帆，绿得潮头涌起。洁白的云朵，像胖乎乎的棉花糖，就趴在山头上。而天空，碧蓝碧蓝的天空，在很远很远的高处。

  转过山坡，一片平展地上生着齐腰的长草，瓦砾间的长草，疏落有致。它们迥异于山谷里的草莽气，无收管的荒蛮。靠近路口有郁郁的大榕树，而且，我们看见了竹林，竹子生长在半堵白粉墙壁前，墙上还开了一扇小窗，涂了蓝油漆。这小窗令这片空地生动了起来，我们顿时嗅到了往日的生活气息，人们的说话声，孩童绕着榕树追逐，小窗下爆油锅的声音。风吹着竹叶间婆娑的沙沙轻响，这座无人的荒山，它原来也曾生息过烟火，养育过村庄呢。

从山顶望出去，陡然地出现绚烂的景物，绿茵茵的高尔夫球场，湖泊，欧式的酒店，城堡式样的尖顶。蔚蓝的天空白云朵朵，热气球升在空中。从地老天荒的山头望出去，人造的东部华侨城，像转个弯迎头撞见的童话。再远些，依然是青山延绵，山下是汤汤满满的蔚蓝大海。

另一片墟落，她在人迹罕至的大鹏湾半岛的尽头，沿着弯弯的山路，一直走，一直走，路尽头，远天连着大海。一片平地上，生息着一座小村庄。一幢幢白粉墙小楼，路边的人家，门前码着柴火堆，是劈得整整齐齐的木材，晒在阳光下，是做饭生火用的原料。菜园里种菜的农妇，头上戴着一种古老的斗笠，圆顶斗笠边，披下一片片的蓝布，遮住阳光，亦遮住她的面容，蓝布阴下有着原乡人家的绚丽，神秘无言。

古老的大榕树下供着土地神，祠堂，家庙，在村庄的中央。空气里充满了香火燃烧的檀香气息。翠绿的庙堂，供着关公，神龛上点着长明灯，宁静的阳光，斑斑点点地落在庙门前，芭蕉依着绿墙。风吹拂着庄前的草海，白鸟飞过竹林、芭蕉林，飞过山头，盘旋在夕阳西下的大海上。

你真的会感觉到，一种神秘的、阔大的、庇佑生计的庄严力量，在这宁静的原野上……她的烟火昌盛的情景，是王维的诗歌："斜光照墟落，穷巷牛羊归。野老念牧童，倚杖候荆扉。雉雊麦苗秀，蚕眠桑叶稀。田夫荷锄立，相见语依依。即此羡闲逸，怅然吟式微。"

这是大鹏湾半岛的尽头，再往前，陆地不再厚重踏实。它不做解释，神秘变幻，衍生成为一片洁白沙滩。沙滩外是大海，是伶仃洋，亚洲南部的海。这是地尽头了。我想着这个村庄，她是怎样存在于此的呢？很久很久、很久很久以前的时光里，是谁第一个来到这里？是谁点燃了第一捧柴火？是大海阻挡了那些人远行的脚步么？那些人从哪里出发？为了什么样的理由，需要远离从前的家园故土，远离书籍、礼俗、繁华里的人声耳目，一直走到岭南陆地的尽头，这片半岛上来？这个夕阳下静静矗立的小村庄——她蕴涵着一个久远的故事，一次执拗地走到陆地的尽头的迁徙。一个千年那样久长，千里万里那样漫长的故事。

她从哪里来？

选自作者2009年4月22日发表在"天涯论坛"中
"散文天下"栏目的作品

曹征路

江苏阜宁人。1949年9月生于上海,插过队,当过兵,做过工人和机关干部,深圳大学文学院教授,一级作家。著有短篇小说集《开端》《山鬼》;中篇小说集《只要你还在走》《曹征路中篇小说精选》《那儿》《请好人举手》《天堂十记》;长篇小说《贪污指南》《非典型黑马》《问苍茫》《民主课》;理论专著《新时期小说艺术流变》;个人作品集《曹征路文集(七卷)》。

野草档案

野草的生命是自然赐予的,生命的闹钟也由自然拨响。在大地的边缘,在巨石的缝隙,贫弱饥渴的种子有一天小心翼翼探出了脑袋。它出身寒微,没有谱系。它相貌丑陋,又粗又糙。特别要命的是,它居然没有名字。这样的"东西",显然没有经过恩准,也想活着?也配活着?

是的,它的根须是那样细小,它的叶芽是那样稚嫩,可是它也有活一回的愿望,它是多么地需要分享雨露和阳光,哪怕是一丁点。一丁点就能让它缓过劲来,挣脱胞衣,伸展腰脚,慢慢长大。

但雨露和阳光是听命于春风的,春风这会儿正在度假,雨露阳光只能去照顾秀木和奇葩。秀木出身名门,来路端正。奇葩孤独美艳,符合正典。不像这个"东西",龇牙咧嘴,浑身带刺,说不准还给你闹出点事儿来呢。

可是野草已经等不及了。饿，令它死过去一百回。冷，让它连哆嗦都没有力气，连哀求都没有勇气，那是一种由里向外的透心寒啊。但它没有理由死，生命的闹钟既已拨响，就会嘀嘀嗒嗒地走完这一生。于是，它想到了自己的根须和叶芽，这不也是营养吗？与其完美地等死，还不如自噬其体，活下来才是硬道理。于是它吃掉了自己一片叶芽，它感到生命又回到了体内，它听见了血液汩汩地流淌。然后，在冲出冻土的那一刻，它又吞下了自己的两条根须。现在它终于站起来了，它看清了这是个大千世界，谁跟谁都不必一样。于是它想，我有权活着。同时它也看清了，和自己一样伤痕累累的还有很多的同类，丑是它们的共同标记。可丑又算什么罪过？难道野草需要别人赞美吗？连丑一下都不可以吗？

是的是的，它们是这样的残疾这样的丑陋，甚至是这样的自卑。喂，你好吗？还好还好，总算还剩一条腿一只胳膊。没关系，你可以用我的腿，我可以用你的胳膊。于是它们互相搀扶着生长起来，组成了这个世界最奇异的景观：尽管残缺愚钝却是顽强蓬勃，虽是弱小丑陋却也千姿百态。

当然，它们也有爱情，它们的爱情并不比谁缺少精神含量。因为它们清楚地知道，这场爱情绝对短暂，它来不及卿卿我我装腔作态玩出各种欲擒故纵的花样。因为它的全部要义就在于延续生命留下后代。它们爱得是那样迅猛那样炽烈那样悲壮，它们甚至大胆想象，悄悄地商量着要把孩子生在阳光雨露多一些的地方。

但这时春风回来了，春风说难道你们不知道生命是划分等级的吗？你们不懂食物链吗？你们想破坏和谐吗？听着，游戏是有规则的,规则不是为你们准备的!羞辱像毒蛇的信子舔着它们,毒汁像大雨一样淋湿了它们,野草只能一瘸一拐地搀扶着逃回原来的地方。

  这时它就要生产了,它一点力气都没有了,甚至连活下去的勇气都没有了。它问,亲爱的,你觉得这样活着有意思吗?另一个却说,有意思,太有意思了,为了他们的羞辱你也应该活下去。一个说:可是我们怎么活啊?另一个就说:现在,请你把我的身体吃下去吧,吃下去你就能养活咱们的孩子了。对,就这样吃,一点一点吃……再见了亲爱的,现在我的心跟着你去了,把我的心传给我们的孩子吧。

  于是,在大地的边缘,在巨石的缝隙,野草就这样繁衍了后代。离离原上,岁岁枯荣,野草终于建立起自己的档案。出身:贫寒;籍贯:边缘;职业:生存;学历:自噬其体……

2009年4月27日
选自《厦门文学》2010年第5期

齐霁

笔名燕赵齐霁、齐乙霁等,深圳市文联全委会委员。主要著作有:长篇小说《南方·嗨》《七个矮人和白雪公主》;诗集《你我同行》;短篇小说(二人合集)《对影记》;电视剧本《蓝顶会所》;大型话剧剧本《郑和下西洋之建文谜案》《郑和下西洋之扬帆出海》以及纪念深圳经济特区建立四十周年大型电影文学剧本《春潮》。

故往三牵

故居

我攀着梯子画过的那座房子啊,它随着炊烟飘走了。

炊烟一丝丝一缕缕与我的梦境纠缠,我的梦境是靠着墙在暖暖的土炕上生成的。天亮的时候,我就看到了我睡在房子里,房子坐落在院子里,院子搭建在巷子里,巷子连在了两条街上。而两条大街被叫作前街与后街。两条大街总是伸到村外去,又去联系其他的村子。在我的视野里铺开去的,都是无边的田野,而在我眼里横过来的,都是河流。大街跨过河流,它是木制的小桥,大街越过田野,像飘带在风中摆动。我时常走出村去,又赶紧回来,因为迷路是最不可原谅的过错,比我打破了碗,摔碎了盘子,丢了筷子都要难堪。

我的大鹅,我的花公鸡,我的小麻雀,我的紫燕子,我的东北风,我的西南雨,你们都来过我的故居。可自从我走了之后,你们是否还在光顾其中,和我的过去说话,埋怨我再也没有回来?可我没有听见你们的唠叨。在梦里我听不见。那些梦都忘了时间的酸性,总在向我说谎,让我觉得旧居好像吃了长生不老药。但我知道,那个院落已经残破,甚至无影无踪了。洋槐树和笨槐树,再也支不起共同的天空,病恹恹的桃树再也等不来春天的花期,那棵最受宠的苹果树,也曾结过几颗不成形的果子。我还记得它的香甜,但忘了它的酸涩。随着外祖父脾气的变化,东西厢房总是拆了盖盖了拆。我没有来得及把它们依次画下来。随着整个家庭的分分离离,故居已被丢弃在长长的巷子里。它试图在那里坚守着我们留下的往事,但它坚守不住。那些房子也害怕寂寞,也会被寂寞杀掉;那个院落也会屈服于寂寞,它再也不会敞开。

然而,对于那条巷子来说,那个院落和那座房子毕竟比我们坚守的时间更长,所有的房子都在坚守,巷子才有意义,所有的巷子都在坚守,街道才有意义。可是,我们没有回头说一声感谢。没有托燕子说,没有托风说,没有托雨说。就那样放弃、遗弃、背弃了。没有丝毫的痛感,就像我们参观过的原始人的山洞,它已然瞎了眼睛。面对旧居,我想到了人体结构的缺陷,眼光只能向前不能向后。所以,丢弃是人的本性,也是人最冷漠的天性。所以,上帝对人的惩罚,就是让人原地打转。

我曾经攀着梯子画过的那座房子啊,它随着炊烟飘走了。

故人

啊，这帮故人，他们已经把我遗忘……把我遗忘于千里之外的呼喊中……

我曾经走过的黑夜，围着她黑色的围巾，滑得像雾一样慢，慢得要等到西天再没有蜡烛般暗淡的光线，慢得像我困倦时慢慢合上的眼皮，慢得像老牛拉着它的木犁……是啊，我总是想趁漆黑的夜晚潜回那个城市，为了不打搅那些遗忘我的人，也为了给他们一份早晨的问候。

在很远的地方，我会时常想起有故人的夜晚，那时候的故人还不是故人，我们行走在夜里，穿行在花灯与露水间，没想到我们会成为彼此的故人。当我们各自结识了新人之后，才知道谁已成为谁的故人。故人或许在故乡，或许在他乡，或许在彼此的梦乡……不管在哪里，我们曾经共同拥有过去。

我好想在故乡的街上溜达，尽量装成以前的样子。我好想遇到那些故人，今天的寒暄犹如昨天的寒暄。让岁月把离开的日子剪辑掉，或让时光倒放，或让光阴驻足，或让彼此失忆。实在不行，也要打个马虎眼，一起走进曾经走过的夜晚。依然不分彼此，依然以为年轻。当我们仔细端详彼此的脸孔，却发现岁月把沧桑的印章打在了上面。岁月的刻刀冰冷无误，在我们的脸上它永远雕刻两个字：过去。

当我真的徜徉于故乡的街上，我看到那些故人的背影，我听到我的眼睛轻轻的流水声。可在我的梦里，故人的背影早已筑成了墙，墙上长满了草，草都经历了秋天，秋天都消失在我的记忆里，我的记忆又回到了那座城市。当有一天，我化作雨丝的时刻,在故乡的街上看不见夏天,那些面孔都长出了冰的胡须,那些睫毛都长成了冰的森林,那些呼吸都变成了冰的草地。我只能看到一个个遥远的肩膀,他们并不回过头来顾盼。也许是千里之外我的呼喊声太弱,他们的耳朵都长满了御冬的稻草,他们的肢体都竖成了挡风的栅栏,他们的头发都铺成了防雨的帐篷……他们全变了,就在他们的鼻孔外,麻雀也筑窝了,燕子在废气中徘徊……我好像在做另一个梦,再也认不出一个故人。

啊,这帮故人,他们已经把我遗忘……把我遗忘于千里之外的呼喊中……

故城

啊,故城,我能听到记忆撕裂的声音。

有山有水但没有海的地方,就是我曾居住过的城市。在千里之外,我应该叫它故城。故城就像故人一样,它活在我的记忆里,但它并没有故人那么幸运。故人时不时还会互致短暂的问候,哪怕那些问候已嫌落俗,哪怕彼此的现实都不再关心,或者已经听不懂。故城往往没有问候和应答,只存乎于心中的一些忆念。有时候能数一数故城的巷子,有时候能想一想故城的墙池,有时候能乐一乐故城的典故,有时候能嗅一嗅故城的影子。但这毕竟是在忆念里,而真正的故城已消失在我的视线之外,也消失在时间的消磨之中。在千里之外,我已看不到我曾在那座城市里的浮现,也看不到我曾在那座城市里的消失,就像我已被甩出车外一样,假如说这故城像一架老马车。好在我还有梦境，它随时可以随我迁移。

偶尔的天气预报会报出这座城市的阴晴冷暖，偶尔的网络会让我点击它的人事悲欢，偶尔故人的电话会说起城市的现实变迁，偶尔有人来此地会向我描述它的今天、明天。然而，我记得它更多的是它的故往。因为故往里有我的尘烟。我潜藏在城市的记忆里，我浮现在自己的怀想里。我思故我在，我思故城在。我想与时间拔河，把故往一寸寸拔掉，并不是要重整旗鼓，只是想把故往调出来再看一次。

在时间的链条上，我想说，此后的每时每刻都将是现在，此前的每时每刻都已是故往。谁能告诉我，为什么我们行走在千里之外？谁又让我们忆念于半生的情怀？噢！故往之故城，故城于我，是时间的积木。偶尔，这座新城，会给我故城的错觉。谁说故城只有一座呢？新城正在我们的心里慢慢堆积。

啊，故城，我能听到记忆撕裂的声音。

选自《散文诗世界》2009年第11期

黄啸

专栏作者，深圳媒体人，现居新西兰。著有散文集《都市牧羊》《爱情比你跑得快》《喜新厌旧》《渐行渐远》《纵使相逢不相识》《大嘴巴小嘴巴》《橙子鸭子都在家》《就说三道四怎么了》等。

深圳男人

这篇是关于深圳男人，我开始的时候拒写，原因是不想让男人（主要是我认识的男性朋友们）知道我了解他们，那样大家多戒备我啊。真的开写了，我发现潜意识里自己不是不想写，是有点写不清楚。我的确不像了解女人那样，对深圳男人说得出有理论水平同时逻辑不混乱的话来，开始混乱。

《深圳晚报》定期搞"万人牵手"的活动，算是一个品牌了。这座城市中的很多人，受益于此，牵到了想牵的人，也就是说找到了伴儿。在这个过程中，有些好玩的现象值得琢磨。比如在报上登"今日主角"的女性居多，而来报社或电话查询的男性居多。资深主牵人雪梅小姐认为这个现象说明，女性除了具有更强的承受力和忍耐力之外，她们还更勇敢。在报纸上登出自己的照片，告诉全世界，我在征婚，这份勇气很多男人都没有。

我认为不光是勇气的事，还有一个惯性的问题。在古今中外的一些风月场所，都有小姐夹道坐成一排，等待被挑选的画面吧。这个比喻有点不尊重，但是事实，在挑选和被挑选之间，男人们认为他们是有挑选权的，特别是深圳男人。所以他们等待女人们登场，暗中打量，伺机出手。

深圳男人活得累是有目共睹的。他们承受着不成功便成仁的压力，因为在他们面前很多奇迹、很多业绩摆着，一点也不遥远。在另一些城市，有一些人可以没有追求，安贫乐道，悠闲地活着。深圳不怎么给你这个自由，你没有悠闲地活着的自由。深圳不是让一部分人先富起来的事，而是你不富你就是穷人，穷得无地自容，没有中间状态。这样的压力虽说是均匀地落在深圳人头上，其实更多地还是落在了男人头上。因为女人终归还有一个借口，我是女人，还有一个退路，就是嫁人；男人除了往前走，什么路都没有。太有得比较了，你身边的人就是你的标志杆，你跳不过去，分分钟有人跳得过去。这份压力下的深圳男人，无法浪漫，深圳男人基本上是不浪漫的。他们疯狂忙碌，上班，加班，应酬，喝酒，玩都弄得像玩命……深圳男人超负荷地使用自己，很多人的身体都濒于散架，这些我看在眼里。深圳怪男人多，有些怪得离谱，都是压力闹的。

但是他们有优势啊，就是全国人民都知道的男女比例的事，据说1比7，还不止。我在新疆旅行的时候，碰到个北京男孩子，管我叫深圳姐姐。他还没有羊缸子（新疆话，就是老婆的意思，被我们滥用为女朋友），北京弟弟是写程序的，我们叫他"挨踢"精英。"挨踢"精英和人不熟的时候比较内向，不善于主动出击捕获女人。我就劝他到深圳来，像他这样的条件，专业人士，收入稳定，人品可靠，小有爱好，应该有更多的选择。他不追女孩子，会有女孩子追他。那些鲜花，不插到他头上，早晚也得插到牛粪上，她们自己会掂量的。但是在需要男人更有趣、更主动、风头更劲才有女人缘的北京，北京弟弟这样的男孩子在男女关系上会持续一筹莫展下去。

没有办法，深圳女性资源严重浪费。这种情况下，加上忙，深圳男人在感情问题上，更加趋向快餐化。无论主观和客观，快餐对他们来说都是经济和便利的，不是有个"三不"吗？不主动，不拒绝，不负责。都是被惯的。

我同时劝一些有条件移民国外或者调离深圳的深圳女性朋友抬腿走人，这个条件是指经济的保障，不能一穷二白地走，得腰缠千把贯再走。我有很多女朋友，在深圳都守着一份鸡肋感情或者婚姻，而且守得很艰难。你觉得鸡肋配不上你，还得严阵以待，因为鸡肋们身边的替补队员从来是不缺的，你说难受不难受。出国不说了，就说国内，很多深圳女人，离开深圳，都找到了感情归宿。深圳男人讲究"沉舟侧畔千帆过"，到底，他们不怎么在意归宿这个词。但是这个概念，还保留在我们所出来的地方。深圳女人自信和普遍比较 OPEN 的特质，在除了深圳之外的人群中，会很触目，会有男人耐心而深情地注视你。这时候挑选权很微妙地落到了女人手中，如果运气好的话，这就是你的归宿。如果留在深圳，被淹没掉的命运真不是耸人听闻，多少精彩的女人就在这座城市里寂寞地盛开然后枯萎啊。

深圳有两种极端的男人，一种极端就是自大狂，一种是自卑狂。两者的表现倒是常常相反的。前者因为活得已经很有余地了，就有了教养，戴上谦逊面具，学会了拉车门和说恭维女人的漂亮话。实际上对女人毫无尊重可言,再加上他们过于简陋的出身,使他们来不及摆脱乡间大男子主义的惯性,女人对他们来说,就是消费品。至于后者,就是那些失意的男人。这是最具破坏性的人群,因为他们在这座胜者王侯败者寇的城里,没有作为男人的尊严,从自卑到绝望,神经比女人还敏感和脆弱。如果哪个女人不幸要和这样一个男人共事甚至共家,就知道滋味了。他不仅仅有言语的暴力,还有肢体的。所有失意的男人,最可耻的一点,就是把女人当成出气筒。他们也就剩这么一个出气筒了。

除了共性,深圳的男人比女人的地域色彩更浓。因为女人很容易就被包装起来,变成一个和世界接轨的时代女郎,让你看不出出处来。男人不同,他们身上的地域色彩很难洗刷掉,湖南人,湖北人,东北人,四川人,陕西人,福建人,山东人,江浙人,云贵人,江西人……这些偏正词组,对女人来说,都是暗礁。我在深圳的收获之一,就是在理论和实践中对每个地方的人有了一个基本概念。因为他们都在身边,太不一样了,遭遇到哪里人,都有致命的让人不适应处,无论是工作还是感情上的碰撞,你就做功课吧。有时候输得片甲不留,最后发现你是输给了一个省份,或者一座小镇。

选自《就说三道四怎么了》,南方日报出版社,2009年11月版

我的光辉岁月

深圳散文四十年 下

深圳新文学大系

邓一光 主编

海天出版社
·深圳·

(2010—2019)

聂雄前

1964年11月生,湖南双峰人。现任深圳出版集团党委副书记、董事、总编辑,海天出版社社长。

生命的底片
——写给15岁的儿子

大概是八九岁的时候,你从老家过完春节回来,可把外公外婆吓坏了。两个星期过去,每天早晨你的鼻孔都是黄黄的,流出来的鼻涕也是黄黄的。你活蹦乱跳,我们实在看不出异样,医生同样也看不出异样。当你从口袋里又偷偷地摸出一个炮仗时,我终于想明白了。

奶奶在你回家的第一时间就背回了一大箱炮仗,那十来天你可真是玩疯了。故乡的炮仗炸响后散发的浓烟,侵入了你的肺,但故乡却并没有进入你的心里。这两年,你再也不屁颠屁颠地跟着我回乡了。我的故乡于你,只是和深圳不同的场景和生活。在那里,你能够自由奔跑,你能够忘情玩耍,你能够做在城市里做不了的事,譬如,骑牛骑猪,用炮仗吓鸡吓狗,用蚯蚓钓鱼钓虾。而现在你长大了,这一切都成了小儿科。

但故乡对于我,却是生命的底片。

故乡的云雀

也是在八九岁的时候,我已经是村里小有名气的放牛娃。我为队上放养着全公社最大的一头水牛,在每一天的清晨和黄昏。风和日丽的春日,我听过阳光和水牛一起吞噬青草的声音,欢快而悠远;昏黄萧瑟的秋天,我听过秋风收割土地的声音,冷酷又短促。我的水牛在春天膘肥体壮,性情温和,在秋天烦躁不安,它对着壁立的水坝和田塍狠劲地磨角,磨得我心惊胆战。一年总有那么几次,它总会挣脱我这根八九岁的牛绹,开始它逢山过山、逢水过水的征服。

心惊胆战地看着它磨角的时候,我记得;死命地跟着它跋山涉水地远征,我也记得。但更多的时候,我放牛的日子是平淡的,我牵着它来到一面山坡上,来到一块草地上,把牛绹往它背上一搭,它就乖乖地逐草而去。我身手敏捷地打完猪草,就有了大把大把发呆的时间。

有温煦的春风吹过。有湿冷的寒风吹过。看过大群大群的蜻蜓像直升机一样盘旋。看过大队大队的蚂蚁义无反顾逶迤前行。但最受不了的,是很多个无所事事的下午,那只鸟儿的叫声在不远处不期然地响起。开始,一定是"上天去,上天去"一路的高歌,我睁大眼睛看着这只鸟直插云霄,然后,就听到"上不去了,上不去了"滚滚的哀嚎,这只鸟像石头一样摔下来。一年四季,这种鸟儿在山间田野开始它们飞天的努力;一年四季,这种鸟儿把"上不去了,上不去了"的绝望留在我的心里。

加缪把西西弗斯的命运,看作是人类普遍的宿命的悲剧。

我八九岁时，从这只鸟儿身上就明白了。可是，儿子，你是否明白，西西弗斯不推石头，他会怎样活？这只鸟儿不向天上死命地飞，它就叫麻雀。你初一的语文课本里，有诗人王家新的一首诗《在山的那边》，我比你读得更亲切。山那边是什么？天那边是什么？西西弗斯想过。那只鸟儿想过。王家新想过。我想过。

你一定也想过。

故乡的奶奶

故乡的奶奶已经在地下。那个七十多岁了还一定要到深圳来带你的奶奶，那个你一回老家就把好吃好玩的东西堆满你的床头的奶奶，已经在地下。我不知道，这两年你不再愿意和我一起回乡，是不是因为奶奶没了。

奶奶给你留下的所有记忆，都是慈爱。我享受过她给我的母爱，那是父亲出远门之后，她背我走十几里夜路看医生的艰难；那是在每一个参与"双抢"的暑假，她不顾劳累给我做推拿按摩的细心照料；是我在高考前夕熬夜苦战的那一杯热茶；是她逢庙必拜逢先生必算八字的牵挂。在她去世前的好多年，她就对我说：雄前，你放心，这个家已经太拖累你了，太辛苦你了，我不会太拖累你的。我当时没往心里想。不想，2003年5月19日她用行动残酷地践行了她的诺言。那一天，是她从手术台下来的第十一天，那天上午，我一调羹一调羹地喂她喝温开水，她对我讲，你看，你看，我都成什么样了，要你这样喂……我讲，妈，你喂我吃奶都喂到六七岁，养了我四十年了，我做这一点事算啥！她讲，儿子，你太辛苦了，没日没夜的。就哭。就闭上眼睛不再看我。那天下午，医生发现，你奶奶的牙齿全部松了，被她全部咬松了！

奶奶的牙真是一口好牙，八十岁了都没有一颗脱落松动。她四十一岁怀着我的那一年，秋收的稻谷入库，正碰上公社书记来队上检查，公社书记讲：大嫂，都说你的牙好，你把这箩谷用牙叼住从楼梯上到楼上，这箩谷就归你啦。你奶奶，肚子里装着八个月大的我，二话不说，就把那箩谷用牙叼着从笔直的楼梯拖到了楼上。一箩谷至少九十斤，一部木梯有九级，怀着你爸的奶奶"大气都不喘地占了这个便宜"（奶奶的原话）。有这样一口好牙的奶奶，在她去世的前一天，却毅然决然地在我面前咬松了她所有的牙。

奶奶从手术台下来的十二天里，从没在我面前喊过一声疼，连呻吟一声都没有。当她实在要忍不住的时候，当她确信她的生命再无生望的时候，她就把牙咬碎。你能理解她对我的爱吗？

你奶奶已经去世六年，六年间，我每年都回去一两次。每一次，我都要坐在她的坟头给她讲一会话。墓园已经够大，柏木森森，芳草萋萋，你爷爷奶奶躺在里面，你爷爷奶奶的爷爷奶奶躺在里面，光是我送入土的就有七位。我听得见岁月的叹息，我更感受得到血脉的回响。告诉你，我经常想起你奶奶，想起她的不容易，想起她对我的爱，在高速公路飞驰时，想起她我就减速；在碰到难题时，想起她我就咬牙；在偶尔通宵达旦疯玩时，想起她我就回家。

爱，是一种约束。

从故乡到深圳

湖南省双峰县走马街镇秧冲村,是你祖祖辈辈血亲们的家乡,是你父亲的故乡。在家族的长河里,只有到你这一代,这个故乡才逐渐模糊。

从故乡到深圳,整整隔着八百公里河山。我是十六岁从故乡走出来的,每一步走得都像王家新的诗里所描述的那样咬牙切齿,那样刻骨铭心。每走几步,都会回望,充满痛苦充满深情充满决裂。我写过,活在城里,如果发达了我或许会衣锦还乡显摆一两次,如果混得不好,即使死了我也会成为游荡在城市上空的冤鬼绝不还乡。我相信,这是我们这一代从乡村进城的人中普遍的情感。那么,我的故乡对于你意味着什么?

你是被故乡话熏陶大的孩子。这在拥有一千三百万人的深圳,可能是特例。十五年里,你几乎天天听我用故乡话讲道理讲见闻,你却一句双峰话也不会讲。你是否知道,在我的故乡话里永远包含着故乡赋予我的思维。

你十五岁了,还是没心没肺地活,看不出你有理想,看不出你有热爱,连早晨起床上学也没有一次不靠我们叫醒拖起。我就想,这狗东西怎么这样不懂事,这样没有责任心,老子读书从来没人叫,老子高中两年每天要走八里路上学,从没迟到过……

你自得其乐、人模狗样地在王品牛排、名典咖啡吃西餐,我坐在对面,坚决只吃回锅肉饭。我心里在想,臭小子,你坐在这里是你爸妈奋斗了差不多二十年才有这个机会的,你不奋斗，你将来有吃的吗？

你的成绩总在我的期望之下。每一次你从学校拿回分数单，总不忘分辩"都是全市尖子，成绩有进步啦"，我却恨恨地想，中国人这么多，将来你怎么能找到一个饭碗！

故乡会在每一个人的生命中显影。故乡是我的生命底片，故乡的苦难迫使我走向远方，在深圳我生下你，我依然只能用故乡话和故乡告诉我的道理教育你，我的故乡会在你的生命中显影吗？

你的深圳你的家

我不会把我的故乡强加在你的头上。我也不会愚蠢到用"忆苦思甜"的可笑方法激励你改变你。每一个人有每一个人的问题，每一代人有每一代人的幸福和苦恼，没什么高低之分。

儿子，我想对你说的是，每一代人都有渴望，有对幸福的渴望，有对体面生活的渴望，有对陌生世界的渴望。你也有对山那边海那边的渴望，但是你得走，你得一步一步走，你得咬牙切齿地走。

儿子，我想对你说的是，每一个人都有苦恼，每一段人生都有难处。我的同代人西川有句诗："乌鸦解决乌鸦的问题，我解决我的问题。"我是这么做的，你也要这么做。我唯一要提醒你的是，知识总能改变命运，知识总能解决问题。

儿子，我想对你说的是，千百年的家族史到你这一代就改变了，你再也没有故乡了，深圳，是你父母的家，是你的故城。从你开始，你在哪里你儿子的故城就在哪里；你儿子在哪里，你孙子的故城就在哪里。想一想你们的生活，并不比我们容易。

儿子，深圳华侨城是你的家。在这里，你已经度过十年的时光。你会永远记得，灿烂的春日里，OCT生态广场火红的凤凰花、桃花、簕杜鹃；你会永远记得，每天晚上从窗外响起来的民俗村和世界之窗的激情歌声；你会永远记得，在华侨城的主题公园和高档场所亲历亲闻的一切；你会永远记得，父母对你的爱和期望。但是，你一定要记住，即使在华侨城，也有无数的乞丐在度日如年，也有无数的民工在挥汗如雨。不要歧视他们，你父亲本来就应该是他们中的一员，只不过他的运气好一点。

"暮色苍老／暮色很久以前就老了／一根七岁的牛绹／牵着古老的群山在蹒跚／牧歌没有家／牧歌在永远的归途"。这是你爸的朋友写的一首给你爸的诗。儿子，记得带着你的儿子回一次我的故乡。故乡的地下有你的爷爷奶奶，他们会很高兴。乡亲们肯定不认识你，但只要报出你爸爸的名字，你会有肉吃有酒喝。

故乡的底片，会在每一个人的生命中显影。而我用故乡的话给你讲述的一切，用故乡的逻辑为你做过的一切，也会在你的生命中显影。

选自《女报·时尚》2010年第1期

李瑄

笔名白也、笑笑书生。书评人、城市评论人,诗歌、随笔与小说作者。曾在《作品》《星火》《山东文学》《诗词》《星星诗刊》《散文诗世界》《文学自由谈》《深圳青年》等刊物发表各类作品一百余万字。出版有中短篇小说集《关不上的门》、城市文化随笔集《媚眼看深圳》。曾获深圳市"睦邻文学奖""深圳十大佳著"奖等奖项。

游园不惊梦

人们经常把城市比喻成一本打开的书。假如宽阔笔直的城市道路是书的线索,楼群密集的城市中心是书的高潮,市民的日常行为与文化追求是书的主题思想,那么湖泊、绿地和公园就是书中最轻松最可人的段落。具体到深圳,值得我们一读再读、一品再品的段落无疑是那座面积只有 28.8 公顷的荔枝公园。

对于一座城市来说,建筑和道路是必备要素,而公园多少是一种奢侈。在我们毛躁激进的城市化运动中,权力与资本的双人舞基本上垄断了土地的开发与经营,自然与绿色经常委曲求全,退避三舍,甚至栖身郊野,自生自灭。1907 年,巴特利特在其名为《更好的城市》的论著中向人们展示了一个有规划的"美丽城市"的蓝图,它将为城市居民提供便捷的途径,得以享受海滩、绿地和青山。作为一个依山傍海的城市,深圳可供享受的自然资源俯拾皆是，但它还是修建了翠竹、洪湖、东湖、莲花山、笔架山、梅林、中山、四海等为数甚多的公园，以后天发展先天，用美丽培育美丽，想不成为一个"美丽城市"都难。

刚来深圳时，与朋友一起住在地王大厦旁边的蔡屋围，与荔枝公园仅一路之隔。周末或晚上去公园里散步、聊天自然成为我们的必修课。即使后来搬离了蔡屋围，而且越搬越远，我也会隔三岔五地重游故地。遇到亲戚朋友来访，荔枝公园也是我们游玩的重要目的地，其地位与莲花山、欢乐谷、大梅沙、东门老街相当。

从杜牧的"一骑红尘妃子笑"到李珣的"夹岸荔枝红蘸水"，再到苏东坡的"日啖荔枝三百颗"，荔枝从来都是诗人的宠儿。一座以荔枝为名的公园，更是充满着诗情画意。在现代大都市里，这样的诗意十分必要。以纽约和香港为模本的内地城市建设，不断以各种先进机械把钢筋水泥推向高空，造就了无数欲与天公试比高的建筑方阵。从外观看它们令人自豪、赞叹、敬畏，但也让人烦躁、反感、恐惧。繁华闹市中有这么一处幽谧所在，多少可以冲淡人们内心的负面情绪，代之以停留和观赏的渴望。

古木楼台烟雨中，芳园应锡荔枝名。荔枝公园以荔枝得名，其来有自。据说，1982年公园初建时保留了589棵老荔枝树。双木成林，三木为森，589棵大树，可以想见其蓊郁之势。不知道这些原住民都还健在否？荔枝公园除了荔树婆娑、红果飘香，更分布着约11公顷的水域，水边安排着亭、台、楼、阁、水榭、拱桥、花廊、竹径等，密而不挤，多而不乱，在有限的空间内创造出丰富耐看的景观，宛如魔术师在一顶帽子里玩出许多花样。对风景动线的组织，既注重体验感，又追求视觉效果，以满足游览者的心灵需求。空间形态构建的几种主要方法，诸如设立、围合、覆盖、抬起、下沉、架起等，似乎全被有组织地运用在园中，最终创造出一组高低错落、曲直相生、优雅和谐的风景长短句：每一句都很完美，甚至连标点符号都无可挑剔，人们可以在其中漫步，坐下休息，再接着漫步。

公园是钢筋混凝土中的绿色岛屿，融城市物质空间与社会空间于一体。它们在定义和加强城市生活方面，发挥着至关重要的作用。因此，荔枝公园特别强调其使用性、参与性以及市井性，这也使它成为深圳最受欢迎的城市公园之一。晚饭后或节假日，公园里总是挤满了人。唱歌、唱戏者有之，跳舞者有之，打太极拳者有之，看画展者有之，练书法者有之，散步者有之，品茶者有之，踢毽子、打羽毛球者有之，钓鱼者有之，专门看人者有之，站在桥头拍照者有之，陪孩子做游戏者有之，与恋人偎在湖边窃窃私语者有之，躺在湖上小船里做琼瑶式甜蜜抒情状者有之……似乎任何人，不分阶层、性别、年龄、籍贯，都能在荔枝公园找到自己喜欢做的事情，并留下锦瑟年华的旖旎回忆。

《全球城市史》的作者乔尔·科特金曾说："对城市来讲，比建造新的大楼更为重要的是人们对城市经历所给予的重视。"一个伟大城市所依靠的是城市居民对他们的城市所产生的那份特殊的深深眷恋，一份让这个地方有别于其他地方的独特情感。而荔枝公园，就是创造这种独特感情的地方。

这座公园充满神奇的力量。我们被吸引而来，不是因为我们必须去那里，而是我们希望去那里。在那里，一切都令人欢欣。它充满趣味性，并且向所有人开放。它包容陌生人的相逢，也包容熟人之间的偶遇。它既是一个用以躲避喧嚣的场所，也是一个浪漫传奇的所在；它既是一个表演的舞台，也是一个梦想的空间。

选自作者于2010年5月17日发表在博客上的作品

赵倚平

笔名五味子。作家，现居深圳。著有《漂泊心绪》《五味字》《深夜记》《蜘蛛不好吃》以及《鲁迅论中国社会改造》等。作品曾获陕西省首届"世强杯"鲁迅杂文征文大赛二等奖、"深圳庆祝改革开放40周年"征文三等奖、深圳市"睦邻文学奖"年度十佳奖及"深圳十大佳著"奖等。

关于雕塑《闯》的一段故事

1993年7月前后，老深圳博物馆门前的草坪上耸立起一尊视觉冲击力极强的巨大的金属雕塑：一位肌腱发达的巨人，正用力推开一重大门。矗立之初，雕塑没标名称、作者。但雕塑很快引起了人们的注目，路过的人都不由自主地走过去，在那里留影纪念。同时，它也引起了新闻界的关注，一时间，《深圳特区报》《深圳商报》《深圳晚报》《特区党的生活》等报刊都先后刊载过它的照片或用它做封面封底，电视上也频频出现它的镜头。但对它的命名却说法不一，有的名之曰"开放"，有的名之曰"巨人"……直至今日，它仍然让经过的人们流连、回味。

那么，这尊雕塑是如何诞生，又是如何命名，进而又是如何竖立在博物馆门口的呢？我正好是它诞生的见证人之一，就来把这段历史述说一下。

事情得回溯到1992年8月全国沿海开放城市改革开放成

就展览会筹展期间。当时全国 20 多个沿海开放城市都要把自己的改革开放成果拿到北京向中央和全国人民汇报，深圳作为最早、最好的经济特区，如何全面展示自己的风采？时任深圳展馆筹展办总策划的深圳市投资促进中心干部郑建平在筹展过程中萌发了用一尊主题雕塑来表现深圳过去 10 年对中国改革开放事业做出的贡献和深圳人精神风貌的创意。在苦苦的构思中，他受中国画廊门前推开艺术之门的女神雕塑的启发，并把它点化、升华，于是，一个能够表现重大政治题材的全新的雕塑创意诞生了。

郑建平对雕塑提出了具体的设计构想和要求，交由深圳大学建筑艺术系雕塑实验室和广州美院雕塑系共同制作完成。该雕塑人体造型为铜质，体魄健壮、表情坚毅，表现出一种奋发向上、百折不挠的精神，大门为不锈钢，高度 5.3 米，连同基座约 7 米高。果然，它不同凡响，于 1993 年 3 月在北京举办的有 20 个沿海开放城市和经济特区参展的展览会上，成为深圳馆乃至全展场最具视觉冲击力、最吸引观众的"焦点"，并成为统领全馆的象征。专家们认为该雕塑达到了政治内容与艺术形式的完美统一，中央电视台、《人民日报》都给予了高度评价。深圳展馆最终以其鲜明的主题、浓郁的时代色彩、壮阔恢宏的气势，在整个展览中一枝挺秀、独领风骚，夺得了这次展览的最佳设计奖。

当时，中国革命博物馆正在筹办共和国国史陈列，馆长闻讯前来深圳馆洽谈，建议将该雕塑搬进国史陈列的改革开放厅，作为永久性陈列，但因雕塑超高才不得已而放弃。后来遵照当时的市委、市政府领导李灏、厉有为同志的指示，该雕塑运回深圳，安置于博物馆门前，成为深圳的又一人文景观。

这尊雕塑的创意者郑建平先生曾对该雕塑有如下解释：其名为《闯》，取自邓小平同志南方谈话中对深圳经验的高度概括，集中到一点就是敢闯。寓意有三：一是率先推开国门，对外开放；二是冲破传统体制的束缚，锐意改革，不断创新；三是打破"左"的思想牢笼，走有中国特色的道路。无怪乎一位著名的经济学家说，《闯》在深圳的第二个十年中，应该继《拓荒牛》之后成为深圳精神新的象征。

转瞬已近二十年，铜像经风沐雨，今天，依然还是上镜率最高的人文景观之一。而当年催生它的郑建平先生，自此之后，在设计展示领域一发而不可收，在继续担任了深圳和广东省几次全国性展览的总策划和总设计师并连获全国大奖之后，华丽转身，自己创立公司，在创意设计界大展拳脚，业务遍及全国各地，成为全国知名的展示、主题公园、旅游创意方面的专家和策划大师，其城市标志性作品已获得三项吉尼斯世界纪录。

抚今追昔，不禁感慨系之！

选自《深圳特区报》2010年6月7日

南翔

本名相南翔,教授、作家。著有《南方的爱》《大学轶事》《前尘:民国遗事》《绿皮车》《抄家》等十余种,在《人民文学》等刊发表百余篇,获《上海文学》奖、《北京文学》奖等二十余个,短篇小说四度登上中国小说排行榜,非虚构文学《手上春秋——中国手艺人》获选 2019 年 4 月"中国好书"、深圳第 20 届读书月"年度十大文学好书"等。

最后的疍民

疍民,也做蜑民,更通俗的解释是水上居民。辞书上释义为:"分布在广东、福建、广西三省(区)沿海港湾和内河上,世代从事渔业和水上运输业,多以船为家。"国内有沿海港湾和内河的省区,远不止两广加一个福建,以船为家的水上居民从古到今亦应不少,只不过三省(区)之外不叫疍民吧?我想。惜乎手头的老版《辞海》,未对一个生冷且带几许咸腥的"疍"字给出更多的解释。

深圳的海岸线不短,早先疍民也多,随着特区的建立以及城市化进程的加速,深圳的镇与村喊一声向右看齐,都摇身一变成了街道办事处与居委会。昔日在船上劬劳谋生的疍民们,或埋首办厂,或坐收楼租,小日子当真今非昔比了。记得几年前在市文联搞策展,给历史留存记忆的本土摄影家提供了不少疍民的黑白照片,窳劣的船只与黑瘦的脸庞叠映,那是一个时代已然淡出的背景。

原以为，远近的疍民只留存在记忆里和画册中，却未料近日到惠州访客，在西枝江的港湾里，还看到疍民的一幅真实图景。

惠州市区虽不临海，却是珠三角一个很著名的水域发达的城市。一则，市内有一个全国三大西湖之一的惠州西湖；二则有一泓港深生命之源的东江；三就是还有一条名字秀婉的小河——西枝江。在惠州籍研究生小赖的带领下，我们一行四人驱车穿过熙攘的惠州老城，凭吊了夹峙的骑楼老街，过了一座新桥，就到了西枝江的北岸。不几分钟，就到了疍民聚居的港湾了。一条拴着铁链的黄狗早在船头欢吠，原以为船主会警惕陌生来人，却见一个中年妇女兀自在船头收拾，偶一抬头，神色是友好的。

于是决定带学生上船。一块窄仅肩宽的跳板斜斜地搁置在船头，两个女生得人牵着方敢横着上去。脚下是一条水泥货船，风雨剥蚀，喑哑无声，已不复当年踏浪欢歌的雄姿。在女主人的带领下，我们径直就到了后舱。男主人在自家船上无拘无束，仅着一条松垮的睡裤，或是见到陌生女宾，很快就避之不见了。两三个十几二十的大男孩，打量来了这么几个不速之客，眼神里充满了揣度，他们的揣度或企盼，我们后来就猜知一二了。

女主人有个很漂亮的名字张玉蓉，原籍广东紫金。或是知晓我们大学师生的身份，又仿佛有调研的目的，她不仅没有羞赧，反而热情有加，取出一小包未开封的铁观音拟冲泡，我们得知这是她的年货之一，坚拒喝茶。交谈中，一个疍家今昔生活于焉浮现。

男主人姓翟，原本是公社水上运输队的，张是二十多年前嫁到船上来的，风雨同舟，甘苦共尝，生儿育女，不期很快双双人到中年，儿女大了，紫金201号船却老了。集体运输瓦解之后，原先的社员纷纷各自掏钱买船，也算有了一份私产，这条水泥船作价三万多块，至今仍有八千没能偿还给农村信用社。运输船自然以运输为业，只有善于在市场经济的潮流中审时度势、劈波斩浪者，方能卓立潮头，他老翟家一无文化、二无底气、三无天时地利之便，很快就节节败退。先是还能拣些近处的水泥、红砖运来挪去，以后柴油涨价、运能不足、效率衰减等诸因素一道袭来，忽然有一天就不再被人召唤、黯然退出竞争激烈的运输市场了。

一对患难夫妻，将一只不再能扬帆出行的老船，最后驶抵西枝江下锚泊定的夜晚，看街灯如歌，听江风似诉，该有多少的沧桑之感撞进心头！

船不走了，日子还得过下去，孩子就是责任，也是希望啊。

于是买了一条油亮的小木船，再添置一张银亮的拉网，成了渔民。江河水涨、风平浪静的好日子，一天出去或许也能够捕到百十斤不等的淡水鱼，随着江河污染，鱼是越打越少，越打越小，也越打越远了。再后来，竟是连不断添置新网，也得算计进出成本，一张好网，得上千块钱呢。说句不好意思的话，那些被污染的鱼儿，打上来就肚皮翻白，一股子油腥气，自家吃着也皱眉，卖到市场，到底有些亏心。后来也只有那些建筑工地图便宜，才卖得动。

女主人谈话时，我们看到尾舱窄窄的灶间，堆满的是柴火。局促的后舱是卧室，是客厅，也是饭堂。墙上有一张女孩儿三好生的奖状，女主人嘘声道，女孩子是十四年前在江上捡的，她自己至今不晓得。当时被旧衣裹着，盛在一只木盆里，随波漂流，抱起来发现才十几天大，她爹娘也真舍得呢！

女主人性情爽朗，说起一肚子远忧近虑，依然兴兴头头。大儿子二十四五了，提亲人一来船上，掉头就走。打工么，好像不好找，也挣不来钱。先前船上就近拉了砖厂的电，去年砖厂停了，电也就没了。现在是用煤气灯，半年要用一小罐气呢，还是不方便。江里的水你们看到了，只怕你们用都不敢用，莫讲吃！现在是到岸上买水吃，五毛钱一担，贵啵？！

当地政府也来过人看望，只是怎么解决他们最后的出路，尚无一个了断。

下船时，我们顺便来到船首驾驶舱，但见对面到处是拔地而起的气派的楼盘，来后就听说惠州的楼价如夏日的温度表直线上升。眼前，一只直径约半米的裸舵已经锈迹斑斑，门窗颓败，冷风飕飕而入。船下堤边是船家放养的几只芦花鸡，管自追逐觅食。

仅张一席的硬板床头，挂着一串风铃状的褪色电影明星照，那是孩子们依稀的梦吗？

选自《叛逆与飞翔》，花城出版社，2010年9月版

张若雪

笔名老若,五零后,祖籍辽宁。1994年来深圳后办报刊,搞文化。退休前任深圳市南山区文联副主席。出版文集《素心若雪》《五零后》《时代感》,有作品编入《小说选刊》年选,创办《南山文艺》杂志,主编文集十余种。

回乡记

2000年正月,冒着凛冽的寒风,我又踏上了西丰的土地。刚刚还在南国都市的高楼大厦间寻找二十年前本土文化的踪迹,现在便在北国重温三十年前的乡风。从地理到心理的落差,未免有些沉重。

我和小弟在县城搭上一辆的士,一路疾行。车窗外是熟悉的远山,和银装素裹的村落,恍若又回到三十年前——从城里初到乡下那一天。如今"山也还是那座山,梁也还是那道梁",那近乎原始生态的美,也记录了历久不变的凝重。

今年仍是一个冷冬,却没有了当年下乡时的凄寒。走在吱吱作响的雪地上,暖暖的是一份探亲的心情。路旁小卖店的门开了。"找谁家呀?"打招呼的是位衣着整齐的中年男人。我说清来意表明身份,他喜出望外。原来他是二弟当年的同学,现在村里做电工。乡下人的记性总是那么好,他随口就说起我母亲当年下田时的情景。我们被迎进小卖店里取暖,几个年轻人随即聚拢上来。他们都知道深圳,但看他们的表情,那不过是个遥远的梦。

一位中年老乡自告奋勇为我引路，一路喋喋不休，把三十年来村里的变化指点了一遭。听乡音很是亲切，只是满口黄牙如成熟的玉米，让我想起很多乡亲从不刷牙的习惯。当年村里一律是土坯房，眼下已多半被砖瓦房取代，我家曾住过的土房已不复存在。老乡指着一个柴堆，肯定地说，这里就是你家的旧址。远处的山林朦胧可见，是当年打柴的去处。在那里，我此生第一次尝试了劳作的辛苦和体力创造的价值。时光倒流，我恍惚看见，一个瘦弱的少年背着小山般的干柴蹒跚而来。

走进一个斑驳的院落。黄牙老乡喊了一声："大叔，你家来且（客）了！"应声而出的是一张熟悉的脸。我叫了一声"王队长"，他便愣住了。待我自报家门，他竟有些手足无措："认不出啰，哪想得到……太好了！快进屋，真是太好了！"一如当年欢迎我家来扎根时的热情。

王队长当年是全村最能干的汉子，锄地割草的打头人。他是我学农活的启蒙，相处不到一年。他显然已记不得我当年拙劣的表现，提起我父亲，才勾起他不少记忆。老王如今体貌变化不大，只是走路略显老态。进得屋内，格局竟仍如当年：一口大锅，两盘土炕，昏暗的炕头卧着中风的老伴，一台十二寸黑白电视机是唯一的电器。房中最醒目处挂着两个镜框，一帧帧老照片浓缩着主人一生的光荣。

当年这是热热闹闹的一家，如今儿女们都自立门户，家中难免凄清。王叔说，虽年过花甲，他仍亲手打理着家里的六七亩田，还不时抽空上山刨药材，既为给老伴治病，也为添点收入。"本来日子还算好过，可一说要加入'世贸'，市场粮价大跌。再加上老伴老毛病，这三十元一瓶的药长年不断，挣俩钱都换成药片了。"王叔叹了口气。

日渐西沉。我还想去当年的知青点看看，便起身告辞。临走将一小瓶茅台、两包洋烟放到炕柜上。老人不住口地感谢，让我觉得礼数太轻。

并非没有一点变化。当年曾和我一起打柴，一起上学的刘有搬走了，是去相对富庶的邻乡。故土难离的观念到这一代终于有了改变。不远处，王叔小儿子的五间大瓦房则告诉我，乡土社会中有些好的传统正在失去。

忠信屯是乡政府所在地，坐落在县道两侧，当年有两百多户人家。我曾在这里度过了知青生涯的前两年。那时因年龄较小、斯文未褪，并不敢像其他战友那样胆大妄为。再加上一直当着队里的记工员，所以和老乡们走得很近，感情也深。

这回"探亲"，最想见的就是几户老乡。首先是陈大爷和他的几个儿子。

陈家有四兄弟，除当时年龄尚小的老四外，另三位和我相处都像是兄弟。老大喜文长我两岁，是村里为数不多的文化人，彼此间较多共同语言；当年高中毕业没有其他出路，他只能回生产队挣工分。老二喜山则毫无他兄长的斯文气，下田、捣蛋都是一把好手；村里偶有失窃案，他往往成为嫌疑人的首选。记得冬闲时打纸牌赢烟卷（是长春产的"迎春"牌，一角八分一包），因喜山暗里作弊，我俩还翻过一次脸。老三喜龙小我两岁，性情温厚，人缘最好；当年他年少体弱，锄地时常和我做伴"打狼"——落在大帮后面。

陈大爷和我父亲同岁，早年干过革命，新中国成立后当过公社书记。因为没文化,又是直筒子脾气,后来在"反右倾"运动中挨了整。他干脆回村里凭力气吃饭,因身高体壮,又有威信,当上了"打头的"——干活时的领班。老陈教子甚严,棍棒之下造就了喜文的忠厚,也滋长了喜山的反叛。不过,热情好客是陈家的传统,我时常大大咧咧地坐在他家炕头上,把酒壶捏扁。

抵达忠信屯已暮色苍茫。三十年过去,村貌仍一如既往,连当年的供销社都还在,只是规模向村头延伸了不少。走进路边一家私家小店,我想买两瓶酒作见面礼,见架上最好的是古井贡,不知真假,店主说是他儿子孝敬老爹的,舍不得喝摆在架上,正好转卖于我。再见乡亲,不敢不信。

找到陈家宅院,老两口和小四在家。陈老伯已鬓发苍苍、耳聋眼花,竟笑问客从何处来。直到小四出来,一眼认出我小弟,原来他俩曾是同班同学。稍后晚饭,三兄弟闻讯相继赶来,老屋内才一阵阵笑语欢声。

陈老伯七十有二,虽记忆衰退耳朵背,身子骨倒还硬朗,说至今还在下田。喜文没变,激动起来仍然结巴,只是脸上添了许多皱纹。他说不久前刚得了一场大病,但为了生计,这几天又去县城拉平板车,刚刚回来,一脸疲态。这个当年最高学历的农民认真地告诉我,现在种地可不像当年那么辛苦了,只是播上种子、施上化肥,再撒一遍农药,就等着秋后收割吧。不过耕地有限,粮食也越来越不值钱,农户们必须再搞点副业,才有些过日子的零花钱。

喜山体形已发福,他说一心致富,从未安心种田,这些年做生意小有钱赚,前不久还与人合买了一部面包车搞营运。喜龙在村头开了一家饭馆,靠熟客光顾,生意还不错。老四年轻精干,看上去学了几个哥哥的优点;老人宠老幺,他长到大很少挨棍棒,如今和老人一起过,看上去很和谐。

旧情难忘。饭桌上,与三兄弟交往的旧事又一件件被钩沉。喜龙说:"那年冬天炸粪堆,我俩比胆大。你躲在粪堆后面没动,到底还是我沉不住气先跑了。你真'虎'!"

喜山说:"那年县里举行游水比赛,你硬拉着我蹬了两小时车去邻乡水库凑热闹,回来让我挨了一顿骂。"

喜文说:"我结婚那天,你一大早跑来送了我们两个笔记本,上面写的话我好感动。现在还留着。"

陈家几个已近成年的晚辈看着我们,一脸惊讶。

在陈家兄弟的眼中,深圳就像国外,是可望而不可即的地方。得知两地的差别,喜山的心眼又活了,看着如花似玉的女儿说,我老了,她还可以去闯一闯。喜文仍然乐天知命,说,你明年再来,我就当爷爷了。

古井贡终究没舍得喝,陈老伯悄悄交给了喜龙。我理解,这个节俭了一辈子的农民,宁愿把它放在儿子的饭馆里。不知已经周转几遭的老酒,最后由谁享用。

几个当年的伙伴闻讯来看我,一见如故,谈起当年的故事仍那么清晰。问及三十年前的熟人,多已不在,当年住过的知青点也已灰飞烟灭。"康红楼"后来娶了个漂亮的聋哑女,熬到"文革"后,按政策回城了。"孙三国"因长子(我曾和他在田头比试过摔跤)暴亡,始终郁郁,六十出头就病故了。英年早逝的还有两个曾经很要好的大哥,念及往事,一阵唏嘘。

还有几个老熟人没变。队长还住在老地方,看样子仍活得挺滋润;他还能认出当年一根筋的记工员。郭连灶(我当年对他的名字相当好奇）仍像当年一样夸夸其谈、眼高手低，只不提为何当了三十年农民没挪窝。老张是当年的民兵队长，非拽着我去他家再喝两盅。"洪雅呢？"我想起一位密友，趁机转移了话题。

洪雅当年是个标准的花样美男，生就一块当演员的料。"文革"初，他曾在公社文艺宣传队演李玉和，长相、嗓子都好。可惜生不逢时，后来一直撸锄杠、挥洋镐。我还清晰记得他说的一场轰轰烈烈的爱情。当年在县里集训时，他与邻乡美丽大方的李铁梅暗生情愫。便怂恿父亲去提亲，不料女方父母只肯嫁铁梅的姐，后者虽不漂亮，但亲家陪嫁丰厚。洪老爷子从"过日子"的现实出发，索性成就了这对儿素昧平生的男女，阴差阳错，原来的恋人变成了妻妹。这段故事是洪雅结婚前夕含泪向我倾诉的，我恍惚觉得很像一出旧社会的爱情悲剧。

"唉，他兄弟俩早就远走他乡了。老爷子不得儿孙福，还在老房子里自己过。"虽然有些失望，我还是到洪爷家坐了一会儿，见屋中摆设仍如从前，只多了一台电视机。老人身体仍很硬朗，性格似乎比当年和善了一些，只是晚景有些凄凉。这个当年有名的庄稼把式，行事处处精明不偏不倚，恰如他的中农成分。如今自称已跟不上形势，宁愿过自食其力的庄稼院日子，也不愿随儿女享清福。

临别时难免依依。喜山叫来拥有一半股份的汽车送我。喜文又结巴了，只是一个劲招手。喜龙潮着双眼说明年再来。走在漆黑的村落中，头顶是城里难得一见的满天繁星，耳畔则传来熟悉的麻将牌声。

选自《五零后》，现代出版社，2011年5月版

萧相风

原名李刚,写作诗歌、小说、非虚构作品和评论等,现居深圳。出版长篇非虚构作品《词典:南方工业生活》、长篇小说《春天万物流传》、诗集《噪音2.0》。获第八届深圳青年文学奖、2010年度人民文学奖、第九届广东省鲁迅文学艺术奖、第二十六届"东丽杯"梁斌小说奖长篇小说二等奖。

打工

打工,用白话(详见"白话"词条)说是"揾工"。来广东,第一次看到密密麻麻的工厂——蜂窝,我有些激动,看到工厂里蜂拥而出的那一大片潮汐,由或蓝或绿的工作服(详见"工衣"词条)搭配而成的,我梦想有一天也能穿上一套,混入这样的浪潮里化为其中的一小朵。我感觉那些厂服发出梦中铠甲的光芒。作为纯粹的消费者,消费了父母二十多年的心血,现在我急于要做一名生产者。第一站是黄江,寄居在老乡的宿舍里,白天和另一位老乡(详见"老乡"词条)去不同的工业区里找工作。招工启事的红榜或白纸张贴在每个厂的门口,那么一张纸,镜子一样显眼,保安(详见"保安或防损员"词条)刚贴在门口就吸引了三五成群的年轻男女围靠过来,不同的方言聚拢在一张纸,"招聘启事"被不同的方言念着。有人说,哎呀,日你先人哟,只招女工。一个女孩问保安:你看我中吗?保安从门卫室窗口探出半个脸:会电车吗?

女孩摇了摇头。另一个人客气地问保安:还要不要杂工?保安坐在椅子上抖动二郎腿,翻着眼白有腔没调地说:不招了……杂工……满了。第三个人说:我靠,不招还贴出来。于是大家一窝蜂般散了,有几名还恋恋不舍地蹲在那路边的树荫下,似乎还等着什么。

我首先备了一份简历,现在回想起来,那简历写得太幼稚了。上面写着什么"剑鸣匣中,期之以声",什么"玉藏于石,以待明主"。将自己看作一把剑,一块玉石,用自以为优质的声音和颜色取悦别人,此时更感觉自己是一匹行走在齿轮上的老马,或是堂吉诃德骑上罗西南多,戴上破头盔,挽着皮盾,手持长矛,从自己的院落奔向了蒙铁尔原野,将长矛投向了风车。这是我出发前的自画像,我的矛头对准了眼中的世界,试图将中世纪骑士的浪漫镶嵌在联动机器和巨型货柜的喧嚣中。而我所看到的是工业表皮下的湿疹和斑疮,在我的老乡或他乡的民工,在晃眼的太阳底下和夜市的嘈杂世俗里,很快就侵入了稚嫩的肢体。真正的世界在等着我,也在等着你。我学的是企管,这些年,每当有人问我学什么专业,我不好意思回答。有人说:企管很好嘛。我只是呵呵地笑。这是一门边缘学科,什么都学,什么也学不好。中国的市场经济起步不久,加上理论和实践远不如西方,这大约是当时中国内地企管专业的尴尬。我碰了许多霉头,倒也不能怪专业。要怪还是怪自己。

我的这位老乡,在这边呆了一年,竟学会了一口普通话和家乡话杂交的腔调。我们步行逛遍了黄江大大小小的街道和工业区,又步行到樟木头。广东这里有些地名,真的有趣,什么"鸡啼岗""龙见田""百果洞",听起来让人思绪万千。走到樟木头，老乡说：这里有"小香港"之称，娱乐和夜生活丰富。之后又去常平找工作，找了将近二十天终于在常平桥沥的一个电线厂落了脚。这是个台资厂。后来我在小说中也写到了这个厂。记得进厂时，门口围了一大堆求职者。人太多了，人事小姐只是抽样点了二十人左右进去面试。可惜我那位老乡没有被点到名。他好歹也是高中生吧。先排好队，验证件，我的毕业证（详见"毕业证"词条）比较大，红本本，当时亮在外面煞是显眼。人事小姐瞪大了眼睛："大学毕业证？"我满是期待地点头。然后就是笔试，考了一些初中级别的语数外，留下了四个人，我就是其中之一。最后由人事部经理面试，这位经理是台干，年纪和我一般，让我详尽说说找工作的经历。我激动了一下，从搭长途车来广东开始，从头简述了一遍找工作的经历。我为自己的讲述功底颇为自得。现在想来，那纯粹是一种调查式的过场。人事小姐对我还是很热心，在办手续时，反复强调这是普工，工作不是一般的辛苦。我说我受得了。年轻人嘛，从农村出身的，不吃苦还吃什么？

办了手续，进厂，果然不是一般的辛苦。我做的就是搬运工，也叫杂工，在厂里俗称"打包的"，分配在最辛苦的一台机，这台机的前任搬运工被打包机轧断了手掌，正在和工厂打官司。我配合一个调机的技术员，原材料和成品搬运、生产、清洁、洗机台、装芯线，样样都要做。和我一同进厂的三人，一人与我分在同一台机器：5号机，在另一个班别。那位同事第二天就自离了（详见"辞工"词条）。另两位工友，与我同年，在另一个部门做搬运工，闲暇时我们结成了难得的友情。三个月后，他们一个个也走了。我终于坚持了四个月。后来与车间里一位副课长关系闹僵，也离了厂。这是第一次进厂，刚进去时对工厂这部大机器一无所知，不知什么叫 QC（详见"QC"词条），什么叫生管（详见"生产计划员"词条），工厂是如何运作的。为此还闹了一些低级笑话。

离开这家电线厂，又回到黄江黄牛埔租了一个单房，我的出租屋是一个旅店，每天老乡进进出出，陆续有不少人往来寄宿。接着和另一位老乡找工作。这一找，又找了半个多月，耗尽了身上仅有的钱，在弹尽粮绝的时候，我只好搬到一个捡垃圾的老乡那里去寄居。北岸有一个电子厂招工，也是台资，那天大雨如泻，小歇后天还是阴沉沉的，我用仅剩的十五块，买了一把伞赶过去面试。

进去还是拿着自己的大本本，2000 年这个毕业证还是能够唬住人。本来是做普工，工程部正好缺人，在招机修，课长又将我调到了工程部。我的厂牌上写的是"生产技术"（详见"技术员或扳手"词条）。没想到我修机也修了将近一年。电子厂主要是一些小型的设备，端子机和裁线机。最近我写了一首长诗《工厂简史》，引用其中一首，概述当时的那种状况：

> 前半生，他进了一家电线厂
>
> 学会了搬运和打包
>
> 也学会骂娘和打架
>
> 然后进了一家电子厂
>
> 学习了修理机器和润滑
>
> 润滑剂和机油如何使用
>
> 这些本领他以后再也没有忘掉
>
> 然后又进电镀厂

> 懂得了形象是需要电镀
>
> 电金电银电七彩
>
> 电得全身闪闪发光
>
> 然后是电池厂
>
> 又见过不少短路的电池
>
> 生活中有太多这样的家伙
>
> 说话不经过大脑
>
> 大脑不经过思考
>
> 总之，短路的家伙喜欢省事
>
> 喜欢快、喜欢两点之间直线最短
>
> 又弄明白了充电是怎么回事
>
> 充电的家伙免不了放电
>
> 后半生，他进了一家弹簧厂
>
> 现在他看起来更像弹簧
>
> 已经被压到了最低
>
> 每次上街，他总是出现幻觉
>
> 你看，满大街都是弹簧走来走去

做到第二年6月份，因为工厂订单季节性减少，放假，我就去了深圳。深圳经济特区在打工者词典里早已成了另一个打工圣地。我要去那里朝圣。从樟木头转车，第一次去布吉，又是工厂、广告牌、立交桥、路碑、行李、易拉罐构成的一条条路，太阳底下的南方，路似乎永远向南延伸，炙热的太阳当头照着路上的灰尘和正在施工的天桥，我看到了朝天热火的深圳。像诗人陈傻子所说的，那太阳就是睾丸，已是下午，鲜红的太阳不是某一个人的，是上帝的睾丸垂在天空，无边的工厂挤着工厂，忙忙乱乱的行人和车辆像满地飞蹿的蝗虫，这里生机勃勃被阳光涂上了神圣的光泽。长途大巴驶入了龙岗区，我向南望，平湖、丹竹头、布吉，我拖着皮箱投靠了一个远房亲戚，住在布吉关外的荣超花园，七天后办了一个边防证（详见"边防证"词条），从布吉进关，在深圳市人才大市场又找了近半个月工作。然后在旁边的一个伯乐职介所免费招聘现场找到了一个业务员（详见"业务员"词条）工作。2008年路过宝安南路，这个职介所早就不存在了。我面试的业务员是直销性质，天天背着一包产品在大街小巷上叫卖。深圳市被一双脚踏熟了，干了两周，又去另一个公司做业务员。在龙岗区各镇往来，业绩惨淡，每月收入呈负增长。其间又和一个同事，进了一个玩具厂。具体是做什么玩具，我一直没搞懂。因为只做了三四天，我们又出来了。记得该厂招普工时，我这回吸取经验，不再拿出大本本，而是掏出高中毕业证进了厂，进厂还要流动人口证（详见"流动人口证"词条），我又掏出一个临时办的红色流动人口证。后来又从A厂进B厂，从B厂进C厂，反复了一阵子。2002年又进了宝安西乡一家电子厂，有个熟人因辞工回家，介绍我去福永某电镀厂做会计。会计？起初我有些不自信，虽然也学过"初级会计学"和"财务管理学"等课程，但毕竟不是会计专业毕业，又无工作经验，熟人说，没事儿，我会教你。就这样，在电镀厂又做了快三个月的会计，后来我又离职。这时我好歹有些文职方面的经验，又在沙井某五金塑胶厂找到一个PMC（详见"生产计划"词条）工作。又因工资问题，三个月后我又辞职，头脑发热跟着一个老乡跑到了中山去找工作。来来回回折腾，回家再返深圳，第二年在福永某电池厂找了一个IPQC（详见"QC"词条）工作，又升为车间主管。新厂迁到了桥头HJ工业二区，那时周围一片荒地，不出半年，一幢幢厂房从地底下钻了出来，四周越来越热闹，光秃秃的马路上忽然从四面八方涌来不同的地摊买卖。靠着海边空阔的平原上，飞机嗡嗡地从碧空中滑过，飞得很低，可以看清飞机身上的字样，手掌大的飞机正在滑翔中降落，南面不远处就是机场。但是不久以后，空阔的地方堆满了建筑材料，钢筋、水泥和噪声在烈日下每日争分夺秒地忙碌着。这又是一大片崭新的工业区，南风拂过的地方，工业种子遍地开花。在这个厂做了一年半，又进另一家电子厂做QE、IQC及工程部技术员，等等。当然，现在我早就不在这家公司了，又经历了三次跳槽。

打工，你的名字叫漂泊，这是我们每个人注定的命运。每到一个新的工业区，看着那工业区拱形的大门，数着指示牌上那些工厂的名字，我激动地挤入工友的下班人潮中，我想每一个厂区都是一个美妙的地方。每家工厂我都想进去看看，看看机床旁的工友，听听机床哒哒不休的叫声、噪声，是我最喜欢的意象之一。尽管我一直处在噪声里，听惯了，但是那新型的机器总会发出不同的声音，不同的工友构成了我们另一个新鲜的世界。我认识注塑机，立式或卧式的，车床、冲床、锣床、拉浆机、卷绕机、封口机、充电柜、干燥机、巨型压机、裁线机、端子机、电车和深夜朝地心撞击的打桩机。我还认识四川人、湖南人、江西人、广东人、广西人、河南人、自称九头鸟的湖北人，还有更厉害的"宝庆人"（俗话说，十个湖北佬，不如一个宝庆佬）。在南方（详见"序：南方"词条），这是值得一生去认识的事物。打工者是大地上最活跃的流浪者。此时，我站在下班的工厂门口，想起了多年前，堂吉诃德骑上罗西南多，戴上破头盔，挽着皮盾，手持长矛，离开了自己的家乡，他在不断奔跑的道路上，将长矛投向了哪里？是风车？不，风车只是自己残缺的梦想。

"跳槽""找工作"与"打工"是近义词，因此我没有单独列出。跳槽是动物界尤其是家畜界的说法。我记得小时候，在家里帮父母养猪，总有些不听话的公猪或母猪，爱蹿出猪栏。猪栏一般用三四根杠子拴住，约七岁小孩的身高，一般的猪，养得肥肥的，或者养得老实，就是乖乖呆在栏里。发脾气时顶多用嘴拱一拱猪栏，饿的时候，也只会呜咽地扯两声。但是脾气厉害的猪偏不这样，饿急了它，或者困急了它，它一时性起就会毕其功于一役，拼了吃奶的力气跳出来，发挥了奥林匹克运动会的拼搏精神，更高更快更强。一般的猪栏拦不住它。总有那么些猪，会经常跳栏。后来这让我想起了王小波先生的《一只特立独行的猪》。有时我真羡慕那些猪，自由自在地在旷野里奔跑。羡慕归羡慕，那毕竟是猪。总害得我到处去寻找，好在那时乡风尚纯，我一般在别人家的篱笆下或小菜地里找到。要是拱坏了人家的菜地，这个罪过就大了。我拿着一根荆棘条，嚯嚯地叫着，将猪赶回来，通常要叫上父母或弟弟，从两边围堵着，将它赶回栏里。赶猪回栏的印象在我儿时记忆中总是挥之不去。那猪哼哼地叫着，极不愿意，但在荆棘条的鞭击下不得不往回走，终于又回栏了。猪啊猪，没办法，你是猪，只得呆在猪栏里。我曾写过一首诗，把猪栏称为猪的定义域。现在回想跳槽一词，许多跳槽高手或许沾沾自喜，我却高兴不起来。找工作就找工作，换工作就换工作，干吗说成跳槽，要把自己比喻成"一只跳来跳去的猪"呢。在打工的岁月，我深知其中的利害和甘苦。每换一个环境，需要重新去认识新的同事和上司，重新适应一个新的地点。仿佛一棵树被连根挖出来，又移栽到别处，这样不停地栽来栽去，随着年岁增加，适应力也会慢慢减弱。

记得刚出来那阵子，憋着一股吃苦的拼劲，似乎天大的苦都能忍受，真想快点认识一下这大千世界。当我再次回过头体味那些所谓的苦难，竟然发现它们都披上了美的外衣，回忆真是一张好砂纸，将粗糙打磨得光亮细滑。在我看到的打工路上，在那些更大的屈辱中，它仅仅是巨浪里一朵浪花。路上弯路走下来，我几次在梦里都在画直线。人的一生太短，走弯路是不得已而为之。我不宽恕和安慰自己走过的弯路。我还不是阿Q。企业管理界也有许多奴性文化（详见"企业文化"词条）和阿Q精神。在第一个工厂，我向人事部自荐，碰到了一位台湾经理，他也是搬运工出身，在小型会议室里他谆谆劝导我，要从最底层做起，才能学得更多，走得更远，这是宝贵的经验。多年来我一直用曲折的路反驳这句话。但我还是感激他的善意。

选自《词典：南方工业生活》，花城出版社，2011年8月版

王熙远

教育工作者、学者、作家，现居深圳。出版文学、史学、宗教、教育专著十七部，代表作有2013年获广东省"九江龙"散文唯一金奖的《神巫毛拜陀》与《桂西民间秘密宗教》，在国家、省级期刊以及大学学报发表学术论文几十篇。

《神巫毛拜陀》自序

当我的时间和精力不允许我写桂西文化圈、田林文化圈、浪平文化圈的时候，我选择写一个我认为应该写的文化点，那就是我生活和工作了二十年的地方——毛拜陀。

因为这里成了我的精神支柱和精神家园。己丑年春，我在两家报刊发表同一首诗《毛拜陀——教会我坚强的地方》：

2062，是岑王山的海拔高度

毛拜陀，是岑王山边缘的一个小村

我在那个只有五户人家的寨子

生活了整整二十年

这是一个喀斯特地形区

石山洞子缺水干冷雾罩

构成它的穷山恶水贫穷落后

不通公路没有电视运输靠马

今天仍与现代化社会隔绝

十三岁那年
我从浪平公社供销社
背着五十公斤的一袋水泥
走了几十里山路回到村里
从此我不知道苦还有什么

那年冬天冒着细雨与阴冷
我从黄岩坎把几千斤柴火
一捆一捆一棒一棒
翻过小弯坳的石山
运回家中的柴垛中
从此我不知道什么叫累

童年的一个干旱之夜
我与爸爸妈妈大舅二舅
在上洞子的山塘边
逮住了邻村来偷水的汉子
从此我知道什么叫滴水贵如油

当我从里弄把一百多斤的酸荠菜
歇了几十回气背回家喂猪时
当我从杀牛坪把山一样的蕨草
背回家给牛马垫圈时
我的力气练就了可举百斤的马驮

当我把邻居的房扇竖起
当我把故去的乡人的灵柩埋葬
我的劳力换来别人的支持
我家的木房立起来了
我还学会了红白喜事的八仙调

苞谷米面面饭窝窝头
锻炼了我所向无敌的胃口
发绿的山塘水干裂的粗皮肤
教会我生活可以不用太讲究
房檐的凌扣子竹叶上的冰叶子
开发了我不怕冷的童年味蕾
从此我吃嘛嘛香喝啥啥甜

那刻骨铭心的青少年时代
有一个磨炼意志的生活环境
我得感谢上苍
原来苦难是福

当我通宵达旦写学术论文的时候
当我五天半写一本散文的时候
当我吹笛子拉二胡玩葫芦丝时
当我中午趁别人休息练草书时
别人说你真勤真苦得

其实在我看来一切都是享受

在毛拜陀人的生活面前

艰难困苦算什么

这首诗发表后，有朋友在诗评里说毛拜陀成了我的精神支柱和精神家园，我心想你说对了，尽管这个地方现在仍然很穷，但它在精神上给我的东西很多，比如为人处世的原则，吃苦耐劳的精神，顽强拼搏的斗志，与人为善的宽容，自强不息的韧劲，等等。尤其是我的学术研究是从这里起步的。

我大舅杨再江就是毛拜陀人。大舅的爷爷是清朝的乡村秀才，家藏很多古书，有《康熙字典》、文学唱本、佛道经卷，还有天地会《海底》（天地会会员秘密联络用的文书，内容是写天地会的起源，会员互不认识，但通过这本文书中的诗词暗语和饭碗与酒杯的摆放知道是自己人）。我父亲是上门女婿，小时候外婆就叫着我的花名说老毛，吃得苦中苦方为人上人，你从小莫要怕累。当我大一点到浪平公社去上中学时，妈妈对我说，老毛，在外多栽花少栽刺。大舅说，嫩笋出来比母高，箍桶还得老篾条，你要活到老学到老。我妈的祖父我叫他太嘎，他指着他所有的藏书对我说，书山有路勤为径，学海无涯苦作舟，等哪年你全部认得这些书上的字了，你就可以天天吃大米饭，天天吃猪肉，书中自有黄金屋，书中自有颜如玉。从此我有机会看到这些书。1988年10月，我携带根据调查材料写成的论文《会党研究史料的新发现——谈广西田林县杨再江所藏天地会会簿》（载《学术论坛》1989年第3期）赴上海参加中国会党史研究会第二届年会，论文得到美国圣母大学穆黛安教授和中国人民大学秦宝琦教授的好评。在此次会议过程中，我有幸与天津社科院民间秘密宗教研究中心主任李世瑜教授及其得意门生濮文起同志同住一室，谈起民间宗教，大家很投缘，李教授是这方面的专家，他于1948年写成的《现在华北秘密宗教》，饮誉国内外学术界。当时我在广西高校工作，回校后我把学术的目光盯在了毛拜陀。

毛拜陀地处云贵高原边的凌云、乐业、田林三县交界的大石山区，这一带大部分是明清时期外来移民聚居地，居民被叫作高山汉，来自四川、湖北、湖南、江西等地，他们保存了驳杂的原始古朴的民间宗教文化。这里遍地洞子场，地少石多，贫瘠的土地上生活着贫穷的山民。历代官军会党游勇乃至土匪强盗都把高山汉族聚居区视为不毛之地，无油水可捞，故而战乱匪患很少波及这些石山洞子。这样，他们一代又一代地保存了移民时代先辈们从各地携来的民间宗教经卷，一代又一代地添加了一些宗教实践中总结的口诀密旨，终于形成自己的体系。

1989年，受李世瑜教授之邀，我携《田林普度道》论文参加由天津社科院主办的中国民间秘密宗教学术研讨会，承蒙李先生的厚爱，在会上他对拙稿给予了较高的评价，这增强了我继续钻研民间宗教的信心。会后我以毛拜陀为中心，数次深入民间，继续进行民间宗教的探索与研究，在《田林普度道》的基础上又写出了《麽公教》，并整理了《麽公教经卷》，将三份东西合为一体，形成《桂西民间秘密宗教》一书，于1994年交由广西师范大学出版社出版。

这本53万字的专著得到了海内外专家的好评。国内多所大学的教授与博士引用了该书内容；澳大利亚麦克里大学的贺大卫教授，加拿大比西大学的苏庆华博士，美国学者杜博士，日本搞田野调查的学者，也都给予好评和引用该书内容。

2009年2月，我被深圳市宝安区作家协会选为主席，深感惶恐不安，盘点自己独撰出版的七本书，文学著作只有三部，其他为民俗学、民族学、宗教学和历史学著作。其中《中国历代上流社会丑闻大观》为广东人民出版社畅销书，我自己手里都无书了；《桂西民间秘密宗教》仅存一本，那年广西社科院一行来访，广西通志馆一位学者到家中指要该书，我以只有孤本相拒，他只好以相机拍了封面和目录，说以后有书了再给他一本。

于是我决定在网上购书，在深圳市南山区一家书店花108元买到一本《桂西民间秘密宗教》。

重睹自己的著作，无限往事涌上心头，以毛拜陀为中心的画面，像电影一样一幕幕在脑海里展开，于是打算写一本关于毛拜陀的散文。一来对这个魂牵梦绕的乡土做一个理性的梳理，以报答它的养育之恩；二来加重自身文学的分量，别让人说自己这个作家协会主席是吃素的。

我不知道军事地图上有没有毛拜陀这个地方，但可以肯定地说，一般地图绝对找不到毛拜陀，那年宝安区梁仁春副区长看了我的散文《真水无香》后在地图上查找毛拜陀，说他不信就找不到这个地方，结果他还是摇头了，这鬼地方，真够偏！

"毛拜陀"这三个字严格来说错了三个，应该是"茅稗坨"，老辈人说当门坪有一年被大水泡了，水退后长满了野茅稗，后来村里又发生了一场大火，使原来叫兴隆坪的村子萧条了，人们看到山窝里的野茅稗，就把这个村取名"茅稗坨"。

查遍村里的口头村史，我是第一个大学本科生，三舅杨再见是第一个中专生，由于村里读书人不多，久而久之，"茅稗坨"就简化成了"毛拜陀"。

我在毛拜陀生活的岁月里，毛拜陀生产队只有六户人家，一户姓谭，四户姓杨，一户姓王，如果以户主来记，就是谭春生表叔家、杨再旺大舅家、杨再江大舅家、杨再维满舅家、杨再亮满舅家、王化秋（我父亲）家。我们王家是从杨再江大舅家分出来的，满舅杨再亮家是从杨再旺大舅家分出来的。人口加在一起三十多一点。

大坪头像一只巨大的簸箕摊开在村里最低处，把村子一分为二，对门独一家，就是谭家，谭家坐南朝北。其余五家坐北朝南。据说谭家最先来毛拜陀，但开枝散叶不如杨家快，风水先生说杨家风水好些，老辈人说杨家鼎盛时期建了槽门，有高高的护村墙，官员来了还得在槽门口下马，杨家人官最大的当到片区团练头目，这有我整理发表在《广西民族研究》杂志上的一张团练告示为证。

有一年躲游勇，全村人上了后山的大洞里藏起来，谭家一个好吃懒做的后生夜里溜回村里偷杨家的腊肉，不料火把举得太高，点燃了木房子，杨家顷刻化为灰烬。从此槽门和高墙成为杨家菜园边低矮故墙的记忆。

谭家的靠山叫关陇坡，是全村最高的山，此山有两个山口，最高的山口翻过去叫杀牛坪，是强盗偷牛盗马后杀牲的地方。稍低的山口翻过去是一个空峒子，叫上关陇，从此峒子往左是唐姓的关陇村，我外婆就是关陇村人，叫唐钊。往右是陇旺村，也是唐姓。我表妹金花就是嫁到陇旺村。

杨家的后龙山叫矮山角和小弯坳，矮山角有一个大山洞，躲兵匪用的，翻过山去是哪盘屯，这个村也只有唐杨两姓。这个村出过一个公社税务干部，几个公办教师。

小弯坳翻过去是空洞子，叫里弄，里弄有一处叫坟山，以前在此挖窑烧瓦，挖出很多人骨头，乡人路过都很害怕。坟山再往下是过棍村，有李姚两姓人家。李家以出过甲状腺肿大的老汉和私生子出名，姚家以出过草医和麽公出名。

过棍村再往下，就是陇西村，这里在我印象中属于当地最低洼的地方，气候最暖和，每年这里的苞谷最先成熟，我满姨杨林英就嫁到陇西村，当时村里只有两户姓谭的人家。我满姨叔会吹唢呐，我们管唢呐叫八仙，小时候跟外婆去满姨家吃早熟的烧苞谷、听满姨叔的八仙调，是我最快乐的享受。

毛拜陀最矮的村口叫陇阳坳，在村东边，坳口有当年满舅杨再清和满舅杨再见种的马尾树，如今已成风景林。翻过陇阳坳就是空洞子下陇阳，下陇阳往左去是杨姓的小陇阳村，往右去是杨唐二姓的哪盘屯。

毛拜陀村西还有一个山口叫上洞子，在谭家屋子的左边，翻过去又是一个空洞子，叫岩码颈，大概是用石头在两山的夹口码起来拦牛马的关卡，故以此为名。岩码颈过去就是里弄空洞子。

毛拜陀就是这样一个四面环山的喀斯特地貌的岩洞子，四处怪石林立，山顶大多是掩盖不住石头的灌木和蕨蕨草。大一点的山林，长在村西山上的白岩脚、小弯坳与矮山角之间，都属于谭家的老祖业。杨家大块的山林在里弄的黄岩坎上方，每家有一片。

当门坪是毛拜陀耕作区中最大的一块平地，除此之外，可用牛耕的台地不多，用"地无三尺平，出门就爬坡"来描述毛拜陀一点也不过分。

毛拜陀的农作物主要有苞谷、红米、火麻、四季豆、饭豆、蚕豆、豌豆、黄豆、红薯、南瓜、向日葵，房前屋后还种点佛手瓜和泥巴豆，由于地贫土瘦，靠天吃饭，产量很低。

大概是我母亲的太公当团练头目时有点钱，在八十里路外的秧村买了几十亩水田，所以毛拜陀人每年也可以吃上几顿大米饭。每当来客主人用碓舂大米时，家里的老小就高兴得不得了，难得吃一餐大米饭呀！

在我的记忆里，村人吃不饱是司空见惯的事。

毛拜陀的耕作区主要在哪盘屯、下陇阳、毛拜陀、上洞子、里弄，改革开放以前几乎家家缺粮，改革开放后才解决吃饭问题。

也许天下的石头都跑到毛拜陀来了，洞子头的苞谷地大多一个石窝只能种一株秧苗，满山遍野的苞谷成熟时，剥半天跑一大片才能收获一背篓。

生于斯长于斯，我几乎熟悉这里的每一片土地，我知道下陇阳的台土种黄豆好，小弯坳的山地种糯苞谷好，黄岩坎的苞谷秆甜，但苞谷棒子长得只有小麻雀大。

毛拜陀的村民或许是天底下最苦的农民，春天他们要把自家猪圈牛圈马圈里的农家肥一背篓一背篓翻山爬岭送到石窝地里，然后一锄一锄地挖开硬土，当然还不能太用力，否则锄头会碰到石头上崩缺一块。在挖开的石窝地里丢下三五颗苞谷种子，再用少得可怜的泥土盖住，等待它发芽生长。

苞谷苗长出后，至少要薅三次草才能完成护理任务，特别是夏天薅二道草的时候，锐利如刀的苞谷叶会把你割得脸脖手血痕累累。夏天还有一项重要的农活就是把山上的蕨蕨草割回家储备起来以便给牛马垫圈。假如下大雨不能出工，你还不能歇息，圈里的牛马猪在造反，它们的叫唤声在抗议，饿了！你还得披上蓑衣，背上背篓，拿上镰刀，去为这些牲畜打猪菜割马草，这时的牲畜你得叫它们爷爷，谁叫毛拜陀没有牧场和养猪场呢！要知道出外运输靠马全年吃油靠猪台土耕种靠牛，得罪这些爷们你不想过日子啦！

秋天打完苞谷后，把老苞谷叶砍回家中做牛马过冬的饲料。冬天把地里的苞谷桩和杂草拔割干净背回家中，当作来年的生活燃料。同时犁地挖土把来年的耕地沤起来。

如果说把七八十斤一背篓的圈肥一趟趟背上山坡是累活的话，那么冬天的砍柴挑水则是苦活。杨家的山场多在里弄的黄岩坎，七八里远，砍柴时累，背柴扛柴回家更累。上坡下坎，山路七拐八弯，你得歇好几回气才能把一捆柴火弄回家。

毛拜陀是典型的喀斯特石山区，无江河溪流，靠天下雨吃饭。每家每户都有几座自挖的山塘。我在毛拜陀生活的时候水泥还没普及，山塘多漏水，所以村民要到哪盘屯、小陇阳等村去挑水。一担水少说也有七八十斤，如果路上摔跤，桶破水洒，你得从头再来。天寒地冻，你在背柴挑水的路上，那滋味无异于鞭抽针刺。

毛拜陀由于偏僻和贫穷，至今不通公路。农副产品自己吃都不够，更无资源特产，村民们没有什么收入，经济来源主要靠卖鸡蛋、赶马帮、去茅山种苞谷卖，最可怜的是漫山遍野采点金银花、茶辣，捡点桐果，割点棕片，由于这些东西少得可怜，卖得三五块钱已是谢天谢地。在毛拜陀找一分钱比登天还难。有一年我独自一人去杀牛坪找金银花，布鞋太滑，从一个陡坡上滚下，好在被一根山藤绊住，否则就滑进一口冒着雾气的天坑里。我用石头试探天坑的深浅，敲坛子似的声音响了几分钟，吓得我毛骨悚然。有一年冬雾弥漫，五尺外不辨马牛人，我便与再明满舅去过棍村山地里偷割棕片，不想山角落里传来扯马葱老人的咳嗽声，吓得我们从高高的棕树上逃命似的滑下来，卵泡刮得刀割似的疼，但谁也不敢叫，万一被逮住就无脸见人了。

毛拜陀不但山穷水少，而且气候恶劣，春天干旱少雨，夏天暴雨滚石，冬天天寒地冻。讨水偷水之事时有发生，冻得手脚生冻疮之人，比比皆是。人们常见春天的牛马因少水缺草，瘦得皮包骨头。穷苦人家的老人小孩，冻得身如筛糠般发抖。

因交通不便，马成了每家每户的重要交通工具。往来运送东西，赶场以马代步，成了石山路上的一道风景。

无钱买马的人家，只有硬着头皮当"牲口"，用背篓背东西，用肩膀扛物件。背篓底因无数次的歇气而磨穿，肉肩膀因重压而起茧，脊背因长年负重而佝偻。

毛拜陀人吃的东西很简单。主食是苞谷米、苞谷面，菜的花样也不够，春天有红米菜、牛皮菜，夏天有四季豆、南瓜、佛手瓜，秋天有饭豆、老南瓜、迟四季豆，冬天有青菜、豌豆苗、大蒜叶等。记得有一年冰天雪地，青菜被冻死，母亲就把老四季豆荚从牛马草堆里翻出来，把老豆荚皮剪去头尾，用鼎罐煮烂当菜吃。

毛拜陀人穿得更是简单，老人小孩冬天穿单衣单裤的大有人在，春夏秋打赤脚的也常见不鲜。由于冷，小孩子两道鼻涕虫像岩上冰凌下垂，老人的双腿像上了发条似的抖动不已。不管男女老少，冬天手脸开裂像磨刀石，脚后跟长冻疮红得像红萝卜皮。

　　我二十岁以前，大部分时间是打赤脚。我曾经学别人在球鞋底钉上几颗扣子，然后用棉纱带穿拢起来做成凉鞋，穿上它人前人后地显摆。我当民办教师那几年，几乎都是打赤脚，学生问老师你为什么和我们一样打赤脚，我说赤脚医生是打赤脚，民办老师也应该打赤脚呀。

　　毛拜陀的文化生活和娱乐活动也很贫乏，打陀螺、躲猫猫、下军棋、打花猫、下母猪棋、打扑克等就是我们最开心的活动。我们从山上砍来马栗光木头做成陀螺，用棕丝搓成绳，然后与伙伴对打，可把对方的陀螺打出青烟，自己的陀螺还在呜呜地骄傲地鸣叫着示威。下军棋是大人小孩都喜欢的娱乐。我们自己用苦竹子做，大小尺寸一样，棋盘上分不出司令工兵。春节打花猫，用锅底的黑灰抹向对方的脸，来客也不拘束，反戈一击，结果大家在哈哈哈的笑声中品味一年中难得的快乐。

　　毛拜陀的婚丧嫁娶也体现了穷山区的特点。最丰盛的宴席，也不外乎是猪肉片、油炸豆腐果、豆芽菜、豆豆米、豆豆荚、豆腐花（我们叫河渣）、豆腐渣、老佛手瓜皮、青菜、饭豆子煮梅干菜、干笋子、油炸糯苞谷面粑粑。富裕一点的就把猪肉切成坨坨肉，像东坡肉，再加点炖豌豆子。如果赶上季节，还可添个南瓜炖四季豆荚，或者佛手瓜丝炒番茄。鸡鸭肉是难得的，一般人家上不起。吃完饭还可以打包，妇女舍不得吃肉，往往用芭蕉叶芋头叶或南瓜叶包回去给孩子吃。

送礼也简单，生日送一斤红糖即可，结婚送一条毛巾即可，丧事送几斤苞谷米即可。至亲有红白喜事也有送大礼的，比如岳父去世送中猪上祭，舅家孩子结婚送肥猪贺喜，等等。送钱的块把不嫌少，五块十块不嫌多。

遇到建房子这样的大事，互相帮助的现象就相当普遍。头一天人们就来了，把柱头顺排成列，灯笼火把备好，木槌斧锛锉子找齐，孩子们被委以重任，到邻村去借被子毯子席子，从秧村驮回的稻草，从山窝地里砍回的苞谷叶起作用了，它们被用以垫床。几十上百人在毛拜陀住下来，第二天天刚麻麻亮，在灯笼火把的照耀下，人们用龙篙拉，用楼梯顶，用肩膀扛，硬是把几千斤重的房扇立起来架好，响槌声呐喊声斧锛声响成一片。你会体会到人心齐泰山移的气势。

毛拜陀的人十分讲究风水，故去的人要葬到龙脉上，所以有的墓地被选在高高的山嘴下，那地方被认为是龙嘴，棺材要抬到那地方，全靠四邻八乡的人来帮忙。有的丧家择良辰吉时，灵柩要在家里停放几天，这时全村人都要行动起来，背柴的、挑水的、洗菜的、借被子毯子席子的、摆桌子端碗筷的、亲戚朋友吹着唢呐抬着猪来上祭的，把整个小山村闹得沸腾起来。出殡那天，抬棺材的、打幡的、用马索扯棺材上山嘴墓地的，几乎成了全村人的活动。

毛拜陀是20世纪90年代才通电的，当时买变压器还不够钱，我和在外上门的再明满舅每人捐了一千多元才买到。村上至今看不了电视。那年探亲在再维大满舅家看到电视机在播放戏剧片，我说换个台，他说换不了，因为收不到信号，只能放录像。那次与再清满舅等四人打五十K，他赢了，很实在很郑重地跟我说，还是农村好玩。我心酸酸的，差点没哭出来。

选自《神巫毛拜陀》，广西师范大学出版社，2011年10月版

蓝予

国家二级作家、中国散文学会会员、画家。其长篇小说《苏醒》荣获"2019年最受网民喜爱的劳动者文学好书";出版散文集《得闲来叹茶》《人与动物的距离》《转身回眸》《心灵的故乡》《柳黄霜白时的背影》等。《得闲来叹茶》荣获首届"中华之魂"优秀文学作品一等奖,《转身回眸》荣获第七届深圳青年文学奖。

八次搬家

午后,阳光透过窗子照进深圳的新居。一个宁静的下午,一段让人怀旧的时光。许多旧事涌上心头,我独坐书房,突然想起以往的"家",忆起八次搬家历程。

这个历程仅锁定在我十六岁之前,那是曾经走过的童年和少年路。记得,每次搬家对一些大宗的物件或留或扔,感觉自己真像将军一样有气魄。但总有些东西令人凝神片刻,也不忍弃之,因为那是岁月的痕迹。

没错,虽然岁月已远,但我的耳畔萦绕着一些时光的倾诉,声音缥缈而遥远。一直以来,我对此深藏怀念——不仅仅是一个人、一处住所、一种色彩、一丝声音、一次事件……还有小时候的八次搬家。

父亲和母亲是1968年结婚的,当时,他们没有属于自己的真正的新房,因为结婚,四人一间的宿舍就专属父亲了,这在他们的眼中,已是很奢侈的幸福。父亲母亲的婚礼就是在集体宿舍进行的，没有誓言，没有婚戒，没有婚纱，也不浪漫，只有朋友们的祝福。大家聚在一起吃吃糖、抽抽烟、起起哄、聊聊天，最后领导再做总结式发言，结婚仪式就算结束。于是，父亲母亲将各自的被褥放在一起，从此，就是合法夫妻了。

因为特殊时期的一个误会，母亲被迫下放农村，没有了城市户口。尽管父亲是厂里的正式职工，但独享单人间的特权仍在半年后被强行取消，理由是他们不是本厂双职工。

我的父母只好收拾家当，咬紧牙关在工厂附近一个姓周的菜农家租房居住，租金每月三元，那时父亲的工资每月仅二十七元。为了减轻家中的负担，身怀六甲的母亲还外出打零工，挺着大肚子半跪着去搓麻绳。一搓就是一整天，直到快要生我的前两天才停工。

6月的一天，我悄悄降生在周家的出租房中。这也算是我人生的第一个家，那时的我除了吃就是睡，除了玩耍就是哭闹，其他事是一概不知的。为了改善生活，勤劳的父亲总是在上完早班后，放弃休息到河里、塘里捞些鱼和虾回来。心灵手巧的母亲在带我的同时缝缝补补外，还拆一些纱手套为全家织衣裤、织袜子。由此，我们一家吃得饱饱的，穿得暖暖的，小日子过得还算凑合。

谁知好景不长，只因为我们简陋的家一次又一次地丢东西，母亲特别心疼也很恼火，于是与房东有了隔阂，不再多来往，只是按期交租金。虽说不争不吵，但表面的平静中潜藏着一种紧张、一种戒备，甚至隐隐约约的敌意。我们虽然感觉被欺负却也只能隐忍。母亲最喜欢的一件小花衬衣不见了，可过几天，这件小花衬衣竟然穿在周家老婆身上，母亲难过得偷偷抹眼泪，于是，父亲决定搬家。

1971年，我们第二次搬家。父亲和其他几户与我们家情况相同的人家，一起在工厂的老礼堂附近，自己动手搭起一排茅草屋，每户拥有两间，一间是住房，另一间是厨房。屋内的墙壁用牛皮纸糊上几层，这小屋经父母一收拾，变得非常温馨。母亲心中无比喜悦，因为不用受房东的欺负了。我的大弟就是在茅草屋里出生的，一家四口虽有些拥挤但更觉温暖。

本来这茅草屋住得还算安宁，谁知有一天，有一户人家的男人因为吸烟不小心引起了火灾，于是，一排茅草屋尽毁在熊熊烈火之中。当时，母亲抱着大弟，父亲抱着我冲出火海。听母亲后来说，勇敢的父亲放下我，又冲进家中抢出极为宝贵的两床被子。几乎是一瞬间，家就成了废墟。那年我三岁。

1972年，万般无奈的父母只好抱着两个孩子到厂办公室向组织求助，幸好有一个好心人将我们一家四口暂时安排在厂装卸队民工房里住下了。这是我们搬的第三次家。可是，好景不长，没住上半年，厂里一些好事者举报我们家不符合条件住民工房，必须尽快搬走。年轻的父母（当年父亲二十八岁，母亲二十三岁）又不得不拖儿带女地四处找地方。

一气之下，单纯的父亲坚定地认为，只有自己建房才能真正有房住。于是，父亲决定要亲自建两间属于我们自家的房子。有了目标，父亲每天下了班，四处寻找砖块，即使是碎砖头也成了父亲眼中的好宝贝。父亲靠山坡建房，想充分利用山的一面作为墙面，可以节约砖头，只需建三面就行了，毕竟当时所谓的建筑材料是相当有限的。

功夫不负有心人，新家终于在父母辛劳的双手中建起了，我们终于有了一个避风港湾。这是我们搬的第四次家。

这时我已有五岁，白天由我在家中照看三岁的大弟，母亲便去工厂打点零工，想多赚点钱来改善我们家的生活。同时，父母在自家的院中还养了两三只鸡，所以，我们常有香喷喷的蛋炒饭，父母看到孩子们吃得开心，心里甜滋滋的。

可惜，这甜味并不持久。厂里又有好事者见不得我们一家人快乐独居一隅，立马向领导汇报。他们认为这属于私人建房，是违规行为，必须拆除！于是，一个大大的冷冷的"拆"字，直棱棱地画在我们家的外墙上。同时厂里还下了一道命令：如果不在限期内拆除，我的母亲今后将被取消在工厂打零工的资格。我的父母望着自己辛苦建起的房子，万般无奈地再次搬家。

真是祸不单行，正准备搬家之际，突然，我父亲在上班时被煤火严重烫伤并住进医院，拆迁之事只能往后拖延。母亲在医院照顾父亲，我和大弟只好被送到我的大伯家寄养。其实大伯家的条件也是十分艰苦的，他们自己有五个孩子，房子很狭小，走路都得错着身子。尽管这样，他们还是力所能及地帮助我们全家，让我和大弟有了一个窝，这已经是相当幸运了。那时，我感觉特别孤独，时常想念父母，时常想起我们自己的家。

父亲出院后，我们第五次搬家，在一个姓刘的菜农家租房住。这个房东为人善良忠厚，我们两家人相处得像亲戚，多年以后，我们都一直有来往。在刘家出租房中我母亲生下了小弟弟。不久，母亲也解决了城市户口，同时又被本厂正式招工了,真是三喜临门。

因为是双职工,我们终于可以堂堂正正地入住厂里的家属宿舍,这是我们第六次搬家,那年我六岁。在厂家属宿舍没住上几个月,恰逢厂里新建楼房,经过多项指标的打分,我们家有幸分到一套崭新的房子。这是由两层平房组成的楼房,因形状如飞机,故得名"飞机楼"。这里共住二十四户人家,每家每户都拥有两间住房,还有一间饭厅和一间厨房。虽然是直通房,但我们一家十分满足,感到特别幸福。

在"飞机楼"居住算是我们的第七次搬家,1975年,我们终于真正结束了"飘"的历程。在我六岁到十五岁期间,我的整个童年、少年的美好时光都是在"飞机楼"快乐度过的。在那里,我安心地读完了小学、初中。这是人生最美好最天真烂漫的时光,也是我记忆中最清晰最深刻的阶段。

当我十六岁考取中专的那一年,我们住进了小高层的楼房三十九栋。这是我们第八次搬家,当时还不知道这是我们在家乡居住的最后一站。与以往不同的是,我们三姐弟都长大了,母亲是单位的工作能手,当年曾是锅炉工人的父亲,通过多年的勤学苦练,又攻读大专,光荣地当上了汽电车间主任。他们车间负责供应全厂八个车间造纸的汽和电,有三百号人由他指挥,可了不起了。但父亲一直很低调,工作仍然勤勤恳恳、任劳任怨,从职工到领导都非常喜欢他,特别是他的手下都觉得他是一个可亲可敬、没有一点大架子的好领导。从那时起,我们家过上了富足殷实的生活。

1993年,我凭着一股不知天高地厚的热情南下到深圳闯荡,最终有幸在深圳安居乐业。不久,父母和两个弟弟也到深圳定居。

写着在家乡屡屡搬家的文字时,我的眼睛时常湿润着,在慢慢回味中,我对父母亲那份浓浓的爱又有了新的认识和体会。我非常感谢父亲母亲当年在艰辛中,仍积极努力地拼搏,不怨天尤人,随遇而安,从而让我们三姐弟得以健康地成长。

我期盼着能够有时间常常回到故乡,踏进曾经给过我踏实和温暖的家园。我要好好亲一亲那青翠不老的阳明山,看一看那奔流不息的湘江……

选自《心灵的故乡》,湖南文艺出版社,2012年4月版

吴亚丁

小说家、剧作家。现为深圳市作家协会副主席,广东省文学院签约作家,中国作家协会会员,中国电视艺术家协会会员。著有长篇小说《谁在黑夜敲打你的窗》《出租之城》和《一个来历不明的人——吴亚丁短篇小说集》,以及长篇电视纪录片《天下客家》(总撰稿人)和五幕话剧《剩女记》等诸多作品,曾获多项省级和全国大奖。

去弘法寺拜佛

名山古刹,中国到处皆是。就算是都市中的著名寺庙,隐然超越千百年历史的,亦不乏其数。但是,伴随新城而建的新寺庙,其颇具王者风范者,好像唯有深圳的弘法寺。

深圳固然年轻,深圳弘法寺更"年轻"——它建于1985年,是全然新建之庙。这一点,有别于中国大地上那些毁于"文革"而重修重建的古寺庙。正因为它的新,自当年至今,一直吸引无数好奇的年轻深圳人前来瞻仰、礼拜。每逢春回大地之季,踏青的人们涌向仙湖——深圳植物园,建于园内的弘法寺亦是必到之地。植物园是新建的林园,弘法寺是新建的寺庙。青山新寺,风清景秀,热爱大自然的人们,到此游玩、拜佛,是再自然不过。

然而,曾几何时,小小的弘法寺,开始"长大"了。这个长大,不仅仅指它拥有占地二万三千平方米、建筑面积一万五千平方米的现代丛林;也不仅仅是指它的雄伟大殿、秀雅卧佛殿、质朴禅堂、俊巧山门殿,以及斗拱飞檐,层层叠叠的万千气象……而是指,某一日在不经意间,人们悄然发现,弘法寺已然成为深圳地区香火最为鼎盛、规模影响最大的佛教寺庙。尤为重要的是,在近年,弘法寺仅以二十几年的年轻"寺龄",竟同时拥有中国佛教协会两大领导(日前故世的本焕长老是中国佛协名誉会长,印顺方丈是中国佛协副会长),可以说,弘法寺躬逢其盛。

山不在高,有仙则名。万千的香客和游人,开始了前往深圳东郊弘法寺的顶礼膜拜之旅……

我或有缘,毗邻仙湖植物园不远而居,常因事驱车经莲塘穿仙湖至梧桐山小镇。有关仙湖植物园、有关梧桐山麓的这座灵山宝刹,略备了解。记得从前,人们或驾车,或步行,带上丰足的食物与水,前往仙湖植物园游玩,或铺一方塑料布在地,或扫一片干净草地,俯视山谷,仰观云端,追慕湖光山色之美,尽享云霓流岚之变。动可以娱色,闲可以养心。在一城喧哗中,能寻得此等闲情逸致,堪称赏心乐事。

但近些年来,情况有所不同。若得闲往仙湖、往弘法寺,九曲途中,经常可愕然遇见摩肩接踵、叩头跪拜的虔诚礼佛者。此情此景,令人恍然如梦。仿佛此刻行走之地,不是中国南方滨海的现代植物园,不是植被茂盛的低海拔的踏青胜地,而是天高云淡、人迹罕至、古朴神秘的西藏高原。

我原来以为,只有在青藏高原之上,譬如,在拉萨的八廓街,或者在浩瀚的唐古拉山,你才会常常遇到这样转山而跪拜的礼佛者。然而眼前的景象已清楚表明,这就是在号称中国最发达的现代地区之一深圳发生的事。那一刻，我心震撼……

这时候，一个疑虑便油然而生：是不是在现代社会，越痛苦、越悲伤、越失望，人们才越虔诚？

人们不是经常研谈当下的社会现实吗？人们不是经常斥责如今的世道人心吗？物质主义流行，金钱成为考量世人成功与否的重要（或许是唯一）的价值标准。有此法例，世风日下、人心不古、道德沦丧等成为纷至沓来的当世景观。而最重要的，是在这所谓多元化的社会价值取向中，越来越多的人失去了生命的精神依托。

于是，有些人，就走向了灵山古寺。于是，如弘法寺者，就成了人们灵魂追求的精神重镇。

信仰宗教，是人的自由。况且，这个世界，有人类就有宗教。但是，我们难道不可以从一个本来就缺乏信仰国度的凡此种种现象中，深深领悟和反省些什么吗？

选自作者2012年5月17日发表在博客上的作品

厚圃

原名陈宇，作家、画家，现居深圳。创作有长篇小说《结发》《我们走在大路上》、小说集《只有死鱼才顺流而下》《契阔》等，曾多次获奖。

在那边

○

转眼中秋又过，不觉间祖母已走了一年，说实话，我并没有太多的哀伤，倒是常常陷入回忆，与她相关的往事历历在目。似乎就在刚才，还听到她"宇儿宇儿"地喊我。在潜意识里，我觉得祖母根本就没有离开，她只是以另外一种方式活在我的周围，一闭眼，就能看见她踮着小脚，颤颤巍巍地扶着墙，絮絮叨叨，反反复复："求神求主保佑我家宇儿平平安安……"

记得小时候，老家的阁楼里曾摆放着两大件水牛般黑乎乎的家伙，家里人说那是祖父祖母的寿材。我问过祖母："您会死吗？"祖母说会啊。我说死了会往哪里去？祖母想了想说："去那边。"我问"那边"是哪边？她仰起脸，眯着眼望了望天空："那边呀，是个很自在的地方，什么事都用不着你去操心。"我说我也想跟着她去，吓得她皱起鼻子，碰见脏东西似的连啐几声:"呸呸呸,瞎说什么,你们囝仔鬼,好日子还长着呢。"

去年中秋晚八点,祖母停止了呼吸。她的嘴巴微微张开,却再也不能发出声音,不能说出哪儿不舒服,更不能为她的子孙们向上帝祈祷。她静静地躺在床上,身子蜷缩着,变得很小,小得像个睡着了的孩子。我牵着她逐渐转凉的手,像往日那样看着她,唤着她,可她的脸再没有了往日的笑意。

那天的圆月,皎洁如莲,光华四溢。我和父母,还有大妹坐在院子里,守护着祖母直到天白茫茫地亮。我们有一搭无一搭地聊起祖母在时的那些日常琐事,老人家如何一天到晚替我们操持家务,如何一天到晚惦记着别人的好,却一点不记得自己的好……平时,她是那么的不起眼,又干着那么不起眼的事,完全是一个唠叨的老太婆,和现代社会毫无关系,我们觉得她甚至不是这个时代的人,几乎忽略了她的存在。而现在,她彻底地切断了和这个世界的联系,我们才突然觉悟,惯常的日子实在太过粗枝大叶了。祖母不声不响地走了,也同时带走了那么多美好的生活细节,她那个看似毫不起眼的位置,如今却变成无法填补的空白,横亘在我们的生命之中,让我们陷入了关乎生死的巨大深渊。

祖母离去的第二天,邻近的亲朋戚友闻讯赶到,大妹将他们一拨一拨地引到客厅。按家乡风俗,那里临时架起了床板,换了寿衣的祖母就平躺在上面,身上披一方白布。大妹每次迈过门槛,都要高声通报:"嬷嬷啊,××来看您了。"仿佛她还活着,只是耳朵没那么灵光,或是刚刚睡去。妹妹每喊一声,泪水就麻辣辣地刺激一下我的眼睛,心也跟着撕开了一瓣。早就明白跟祖母会有告别的一天,也明白一个人活上百岁,在世俗人的眼里已是一种福分,可仍然忍不住地揪心,忍不住地想要像小时候赶路那样,拽着她的衣角不放。

中午十二时,教会的神父过来给祖母做安息礼拜,原来多么宽敞的院子和客厅一下子拥挤起来,这时我才发现,来送别的人中又多了不少陌生的面孔,那些都是祖母的教友。

祖母是到了八十岁后才改信基督的,在此之前,她一直信奉当地各式各样的神灵。潮汕人信仰芜杂,无论是一方古井,抑或是一株老树,只要觉得它有灵气,或者对自己的生活能够产生重大影响,就会对它顶礼膜拜。对于某件事能不能去做,也喜欢通过问"老爷"、求签、抛"胜杯"的方式来帮助决定。我以为,潮汕人对于信仰的执着,源于对家人深厚的爱,还有对命运不可知的抗争。在潮汕,很多古老的庙宇没有毁于战火与浩劫,也和本地人拥有这样坚定不移的信仰分不开。祖母大字不识,一生中走得最远也只不过是三十里外的县城,以这么一个农村妇女的眼界,到了八十高龄却突然动员祖父一起信仰基督,的确让我们大感吃惊,还有迷惑。在父亲的追问下,她吞吞吐吐道出原委,她担心自己和祖父百年之后,家乡那些繁文缛节会累及子孙,因为他们大多在外地工作,又都忙得什么都顾不上。她听说信基督后仪式简单,场面洁净,不用大七、小七地做足四十九天的道场法事。清明扫墓也简单,献上一束鲜花以示纪念就好了。

父亲听后一阵默然。事后却对我说过好几次:"你嬷嬷真不简单!"

一

从我懂事起，祖母好像就是这个样子，小个子，脸像揉搓过的草纸布满了褶皱，乌亮的头发在脑后坚定地挽了个髻，用一只蟹壳似的发夹别住，纹丝不乱。她的脚板有点畸形，据说小时缠脚缠了一半，她父亲不忍看其惨状，况且时代也已发生了变化，就挥挥手说不缠了。

像所有的潮汕姑娘那样，祖母从小跟着母亲忙家务，做手工，到了可以谈婚论嫁的年纪就由媒人说合，进了陈家的门，在婆婆的指导下学习如何理家，但真正拎起标志着"持家"的"市篮"到集市里买菜，那要到曾祖母过世以后。婚后没多久，祖母就怀上了孩子，从那时起，生孩子、带孩子几乎占用了她所有的时间，耗尽了她绝大部分的精力。先是我大姑，然后是大伯、二伯、二姑、三姑、三伯、小姑，最后由我父亲完美收官，此时祖母已经跨过了四十岁的门槛，而我大姑也正准备生下她的第一个女儿。祖母从嫁入陈家到生完孩子，跨度二十几年，细细一想，那需要多大的忍耐与奉献啊！但于旧时代的女性，似乎又是天经地义，毋庸置疑。由于条件所限，生完孩子没有好好休养，加之操劳过度，祖母一早就落下了病根，从此孱弱多病，终年没有断过药。我父亲儿时调皮顽劣，有时气急，祖母就会泪水涟涟地抱怨："少气我，我也不知道生你做什么？反正我是花不到你挣的钱了。"让祖母没想到的是，最终她不仅能花到父亲的钱，还能得到我们这些孙辈的孝敬。

靠着祖父在干果铺当店员的那点儿微薄收入，祖母精打细算，勤俭持家，将儿女们一个一个地养大，还没来得及喘口气，又得去照顾她的孙辈了。有一次大妹告诉我，由于生活拮据，祖母年轻时曾瞒着祖父走街串巷，兜售各式各样的发簪头饰。我相信祖母年轻时的头发一定很好，因为到了百岁之后她的头发依然又油又黑。大妹的话让我完成了对祖母年轻时的终极想象：一头乌发挽成一个髻堆在脑后，上面花花绿绿地别着各式各样的发簪头饰，略带羞涩地穿行于弯弯曲曲的街巷。妇女们将她娇小的身躯团团围住，看她展示那些饰品，并向她学习如何用一根发簪将长发盘起……而父亲每每讲到祖母操持家务的茹苦含辛，我对祖母形象的想象就变得更加清晰了：墙衣剥落、光线忽明忽暗的小屋，简陋的家具和杂物壅塞得令人透不过气，中年的祖母将一块豆腐干切成数份，为显公正，将它们各放一只小碟，再用碗盖住，孩子们走过去凭运气挑上属于自己的那一份。每回父亲总能挑到最大的那份，他说那不是运气，碗碟上看似不经意的一枚葱花或饭粒，都是祖母给他的暗示。

  祖母没进过学堂，却懂得许多做人的道理，并能"引经据典"。我祖父的哥哥，是一位饱读诗书的秀才，不仅写得一手漂亮的毛笔字，还懂得九宫算盘，他早年闯荡南洋，年纪大了才又叶落归根地返回故里。祖母喜欢引用他说过的话，每当有伙伴唤我出去玩，干扰我学习时，祖母就会果断将我拦住，以告诫的口吻说："无好同伴不如独行。"正是由于祖母对知识的渴望和重视，她的八个子女读书都很用功。小时候我曾在老屋的客厅里见到过一面大镜，里面装着张发黄的大纸，书着"同胞三冠军"字样。祖母骄傲地告诉我，那是我大姑、大伯和二伯同时夺得不同年级的第一名，校长亲自颁发的奖状。

二

祖母八十岁那年，在外地工作的大伯突然去世。大伯走后好长一段时间，父亲实在瞒不住了，才告诉她。那天她一直躲在"灶间"，不停地忙活，她似乎想借此消除一点失去爱子的痛楚。我站在门口往里望，看到她不停地偷偷抹泪。几年之后，我那当医生的三伯也得了不治之症。我们都清楚三伯在祖母心中的地位，他毕业于中山医学院，自愿到韶关山区去工作，在南雄当上了某医院院长，后又调到佛山的南海来。他不仅事业有成，而且非常孝顺，常来信来电、寄钱寄物，对父母表达关心和问候。父亲担心八十多岁高龄的祖母承受不住打击，决定对她封锁消息。每隔一段时间，他就要装模作样地在她面前朗读三伯的"家信"，编些故事哄哄她。祖母坐在一把旧藤椅上，古铜色的藤条断了好几根，绾接着塑料绳，花花绿绿的像梅雨时节长起的霉。晒着暖暖的太阳，她眯着眼，抿着嘴，一副陶醉的样子，最后父亲还要将三伯寄来的"家用"递到她枯瘦如柴的手里。这么过去了几年，祖母发现三伯还没来看她，这才起了疑心。父亲只好又换了种说法，说他被光荣地选派到西藏去支边，为保密起见，单位规定不许与家人通信，要五六年后才能回家。谁会想到，五六年过去了，祖母依然活得好好的，依然惦记着她的三儿。那时我已经到深圳工作了，有一年回家，她眼眶红红地告诉我，"你三伯恐怕是没了"。我安慰她说不会的。她不知道从哪里听来的，说西藏那边的自然环境十分恶劣，天寒地冻的，还有大群大群的野兽出没，三伯要想活着回来很难了。不过，她不敢去问我父亲，不敢追根究底，我知道她心里什么都明白，只是最终还想给自己留下一线希望：她的三儿还活着，还像"老戏"（当地的叫法，即潮剧）里的将帅那样戍守边关，隔着叠叠峰山重重峻岭遥望着她，思念着她，正如她遥望着他，思念着他那样。

老戏是祖母的最爱，记得小时候，常有剧团到家乡的露天戏院演出，妇女们总不愿错过这样的好机会，将家务活匆匆扔给男人们，呼朋唤友地跑去观看。通常是先有一出折子戏，如餐前小吃给大伙开开胃，然后才是大鱼大肉般的正戏，让你过足戏瘾。每回祖母都要我陪着一起去，一场连着一场，一直看到深夜，我已经困倦不堪，她却精神足足地骂了一路。那些奸臣、悍妇、小人都是她痛骂的对象。由于看得多听得多，我随口就能唱出几句，《杨令婆辩本》《柴房会》，还有《回寒窑》那几出，我差不多能一句不漏地唱出来。祖母一有空就叫我过来唱几句，她边认真地听着边跟着轻轻哼唱，那专注的样子让人看一眼就再也忘不掉。可惜的是，潮剧后来衰落了，祖母再想过过戏瘾，只能看电视、听收音机了。到了晚年，她的眼睛不好使，还坚持坐在电视机前听戏，我父亲就在旁边陪着，边泡工夫茶边给她讲解，直到有一天她的耳朵也听不大清楚了。后来我终于明白过来，潮剧之所以那么吸引祖母，是因为它让一个平庸甚至艰辛的女人看到另外一种人生：悲欢离合大起大落，穷酸书生转眼间高中状元，善良民女不经意成了一品夫人……女性天生的浪漫蛰伏于祖母的骨子里，潮剧给了她想象的空间，以另外的形式满足了她精神上的需求。

祖母最终没有盼到她的三儿。我常常想，好在还有天国，好在还有另一个维度的空间，能够容纳这对相互寻找的母子，能够容纳天底下那些令人心碎的亲情爱情友情……在那个月明之夜，他们母子终于团聚了，只可惜，只可惜是在另一个世界里。

三

祖母上了百岁之后，有些原本不怎么来往的亲朋戚友开始上门走动，他们带着孩子，给老人送来一点绵软甜香的小吃，然后与她攀谈，让孩子去握她的手。母亲渐渐看出门道来，这些人是想来沾祖母的"仙气"。他们觉得这位百岁老人的福气是可以传递的，可以熏染的，他们哪里知道，祖母的长寿其实是长期行善积德的结果，因凡事行善，内心才无所恐惧，才能每天踏实地入睡，神清气爽地早起，吃饭就吃饭，睡觉就睡觉，对困难和艰辛安之若素，始终怀揣美好的希望。她在物质生活相对丰富以后仍坚守质朴与勤俭，百岁高龄，依然非要自己洗衣物搞卫生，饮食的要求却极简单，一碗白粥，一碟咸菜，一盘青菜，一尾鲜鱼。她从没有放纵自己的欲望，也没有过度消耗生命的元气，而那些但求长寿的众生，为了种种执念与欲望不肯放手，成天攥紧拳头绷紧心弦，以为只要坐在祖母的身边牵牵她的手就能得到福祉，其实不过是一厢情愿。祖母离世之后，我和父亲、堂哥一起送她到火葬场，亲戚们开始帮我母亲打扫卫生，清理老人家的遗物，并趁机向我母亲要走了祖母平时所用的盘碗汤勺、衣服鞋子等物品，我大妹从床头的被单下发现了几张皱巴巴的零钱，也全分给了他们。在他们的眼里，祖母无疾而终，逝去如长眠更是一种修为，能得到一点她生前用过的东西，就是得到她老人家的祝福。

就在清理祖母房间之前，母亲悄悄问过我，要不要留下祖母的樟木箱做个念想，我理解母亲，她希望我也能得到祖母的荫庇。我却摇摇头，自认为已经悟出祖母厚福的真谛——她勤劳、坚韧、平和、达观、朴素、善良、包容……即使经历贫困、病痛、丧失亲人这样的不幸，也从不动摇她对人世的大信。祖母仿佛不为悲苦所扰，喜乐随缘，对生活始终充满眷念，对他人竭尽所能地帮扶，凡此种种，才是她留给我们最最珍贵的财富。

四

去年中秋节前两天，母亲打来电话，说祖母情况不妙，要我放下手头的事回家一趟，趁她神志还明晰再让她看看。母亲说祖母最疼你了，声音就堵得厉害，再也说不下去。回到家，祖母正躺在她那张老式的眠床上，眠床三面都是雕花的屏风，四角的柱子支撑起床顶，中间有层窄窄的木板，放着一只古旧的樟木箱子，里面是她的衣物，还有别的一些小东西。她蜷缩在被子里，脸颊明显地凹进去，露在被子外面的手脚瘦得像往骨节上绷上一层皮。我牵着她的手，母亲俯身大声喊她，说宇儿来看你了。连喊数遍，她像是听到了，仿佛敛聚全身的气力微微地撑开眼睛，一丝湿亮的光在眼眶里游动。她的嘴巴动了动，终于发出了"啊啊"的声音。她说不出话，可是心里却是明明亮的。

走出祖母的房间，母亲告诉我，几天前，她突然来了精神,大声呼唤她的父亲母亲,又坚持要出来看看。母亲和大妹就将她搀到客厅,她的大声叫喊已经转化为梦呓般的独语,那意思是说到那时人间的烟火蓬蓬地升起,她怎么过得去?母亲暗暗对我说,祖母不会是选择中秋节走吧?因为中秋拜神的烟火很盛,而她却是信基督的。

  中秋之夜八时,就在家家户户摆上香案准备燃香祭拜"月娘"之际,祖母真的告别了人世。她犹如一株老树,在尘世间经历一百零六载的风风雨雨,根深叶茂,泽被后世。她更像一条大河,浩浩汤汤,将充盈的生命和无尽的爱输送给子孙后代,让他们支流般地分岔出去,奔赴更远大更开阔的境地。祖母生前无病无痛,走得安详,如瓜熟蒂落一般自然、圆满。望着月明星稀的夜空,我固执地认为,祖母是有意选择了这个美好的时刻跟我们告别的。迎着清凉的晚风,祖母的魂灵朝着有光的方向飘浮,飞升,融进柔软、明净的月光里,抵达永久的家园。这正如基督教友们在安息礼拜上为她歌唱的那样:"仰望我家乡在那边,光明河生命树永不迁,在那边众圣徒大欢喜,永远全穿上洁白衣。在那边,在那边,仰望我家乡在那边……"

2012年9月27日
选自《芙蓉》2013年第3期

唐诗

文学创作副高职称,深圳市宝安区散文学会会长,现居深圳。已出版中短篇小说集3部,长篇纪实散文1部,长篇小说1部,作品散见《天涯》《作品》《文学自由谈》《山东文学》《朔方》《黄河文学》《广州文艺》等刊。曾获第四届"深圳十大佳著"(非虚构文学)奖,作品入选2018年第一届"十大劳动者文学好书榜"。

2012年11月7日 我跟你很熟

清秋最近在家里表现良好。每天晚上7点前吃完晚餐,10点前洗漱好上床睡觉,隔天早上7点准点起来。就有一点,还是不爱拿筷子,喜欢用勺子。我说:"这个世界上,哪有六岁的小朋友还不会拿筷子吃饭的啊?"孩子的小脸从饭碗上方抬起来,满脸疑惑地问:"人类为什么一定要用筷子吃饭呢?"我想不到她会这么问,愣了一下,说:"你干吗不问我人类为什么一定要吃饭呢?"当然,不吃饭会饿,不用筷子吃饭不一定会饿,可以用勺子,再不济,还可以用手抓。孩子把我的话当成玩笑,叹了口气,感叹道:"我想想啊,明年就要上一年级了,又要考试,又要学着拿筷子吃饭。"亏她还想得到。我说:"所以呀,才让你赶紧适应拿筷子吃饭这件事呢,不要老是惦记着勺子。"孩子将勺子放到一旁去,说:"不要老是教训我,我压力山大的。"这孩子"中毒"了。都是看电视看的,台词都背熟了。

早上在路边等公交时，清秋喜欢蹲在有沙土的小坑里玩，也拣碎的石头。是从小养成的坏习惯。她对那些沙石似乎格外有感情，总喜欢去抓一把来玩，或者干脆装兜里带回家。我曾经问孩子："想用这些沙石盖房子吗？"她便咯咯笑，声音脆脆的。看着玩沙石的孩子，我会怀念小时候玩泥巴的快乐时光。只要我的孩子快乐，我不会太在意她是否弄脏了小手，是否将新换的衣服弄脏了。可是，有的时候，我也会制止她带沙石回家，哪怕她撒娇或者撒泼。我说："这些小石子、这些沙子，原本人家待在这里好好的，你为什么非要打扰它们呢？"清秋说："我喜欢它们才打扰它们。"我不想跟她废话了，总而言之，言而总之就是禁止她再带沙石回家。

清秋的犟劲上来，威胁我说："那我不跟你回家了。"好啊，可以啊。我明确表态，没关系，一点关系都没有。我一个人回去就可以了。这个不听话的孩子可以一个人待在路上等着坏人来抓。孩子生起气来，大声嚷："妈妈一点都不爱我！"我不能允许孩子这么说。我说："我爱你，只是不喜欢你威胁我。"孩子不哭了，说："我就喜欢威胁你！"对了，她不说我一时还忘了。"就"这个词是她新近养成的坏毛病，凡事不讲道理，只会蛮横地说出这个"就"。我就要这样，我就要那样。不说任何理由。跟她好说歹说了好多次，要改正这样不好的毛病，她全然不听。

我不想在这个问题上再纠结下去，想跳个话题，说："我跟你很熟吗？为什么就喜欢威胁我啊？"孩子一把拉住我的手，抽泣着说："我是你生的，当然跟你很熟。"

关于携带沙石回家的事，清秋总是有办法对付我。兜里不带可以,就往书包里塞吧。不仅有沙石,还有枯树枝。变本加厉。我抖着那个一塌糊涂的书包,尽量表现出理解的神情:"姑奶奶,这些你心爱的东西能不能不要往书包里塞了?"孩子睁大眼睛问我:"那往哪里塞?"我顺着她的思路:"或者?或者每天带个口袋去吧,像个专业捡垃圾的人那样。"

晚上10点了,清秋穿着睡衣靠在床头看书。那本《格林童话》早翻烂了,里面装的八个故事她都烂熟,也能自己阅读。偶尔碰到一两个原本认识却又一时记不起来的字,孩子便按自己的理解,顺畅地念下去。我催促孩子入睡,提醒她睡觉的时间到了。孩子将书放到枕头底下去,听话地盖好被子,问我:"妈妈,我头上的发夹要取下来吗?"我希望她自己拿主意,她不肯,说:"你是我妈妈,我要你帮我拿主意。"我奇怪孩子什么时候变得这么尊重我的意见了,说:"那你就将夹子拿下来吧。"想一想,又说:"这种事你应该自己拿主意。"孩子严肃地说:"不行,我的事你都得拿主意,将来我结婚了你也要拿主意。"

选自亲子日记体散文集《清秋笔记》,花城出版社,2016年12月版

游利华

作家，生于重庆，长于深圳。于各文学杂志发表散文、小说近百万字，散见于《福建文学》《百花洲》《黄河文学》《散文选刊》等。出版有书籍《声声慢》《被流光遗忘的故事》。曾获广东省有为文学奖、深圳青年文学奖。

斜阳岸

行经市内罗湖区红岭北路的公交车，都会停靠在一个叫"红岗西村"的站。从前是，现在仍是。

进入罗马柱旁的大门，往前走几步，就到了菜市场，菜市场紧邻着文化广场、物业综合楼，老人们都喜欢带着孙儿来这一带散步、嬉戏。他们手中提一把鲜嫩的小菜，两两相对，或是三五成群，一边招呼疯跑的孙儿，一边摆些没完没了的龙门阵。那些职工住宅楼，就围在文化广场、物业综合楼旁边，像一群看热闹的人围了里三层外三层。

只是它们都是些灰头土脸的老家伙了。水泥色外墙，矮壮身躯，窗户下流挂着经年的雨痕，改装得歪七扭八的阳台上，凌乱地堆满了杂物。一排排高大的树木掩映着宽敞的人行道，树下，白漆铁靠椅上坐着歇凉或搓麻将的老人，他们皆是本单位职工，如今都已年过六十，退休无事，喜欢流连健身区、牌阵、麻将桌。花圃旁的单车棚早在十几年前就没了，改成了健身区、停车场，或是安上了打麻将的桌椅。打麻将时，他们不喧哗，反正是无聊当耍子，脚边的宠物狗也乖顺地伏在地上闭着眼打盹，安静，惟有哗哗的洗麻将声，伴随着树间偶尔一声鸟叫虫鸣，阳光软软的，天上几丝棉絮云，迈着蜗步松散悠闲地浮游。

此般场景，尤其闲和宁逸的夏日午后，总让我想起故乡一词。牛衣古柳，一簇烟村。"日暖桑麻光似泼，风来蒿艾气如薰。""酒困路长惟欲睡，日高人渴漫思茶。"

一位初次来家玩的朋友说，你们小区怎么这么黑呀。我后来想想，是的，黑，那种暮年的黑，没有什么朝气，也没有了躁动，像墨一样收敛了百般色彩，甘心情愿地就着光阴细细研磨。

二〇〇五年，我搬出了红岗西村，住进了时尚漂亮的新小区。自那以后，红岗西村在我眼中，像一个步入了暮年的老人，鲜有故事。

其实也是我的粗心与隔离，村子里，故事仍在继续。过半的当年老住户搬走了，甚至售卖了房屋，留下几个恋旧的老人不成气地守着，那些空出来的房屋，走马观花地换着租客。记性再好，我也没能记住他们中的任何一张面孔，惟记得都是年轻的，二十出头的模样，上楼梯时步子有力轻盈。他们也许只在此借住几个月，他们也许，只在深圳呆几个月，明年，再明年，他们会出现在另一个城市，另一个小区，另一间房屋。

他们会记起一个曾经停留过叫"红岗西村"的小区吗？它陈旧、阴暗、缓慢，宛若故乡。

我也只是偶尔回去。节假日，爸爸妈妈一再催促甚至要求,不到饭菜上桌,楼道里不会响起我的脚步声,来匆匆,去也匆匆,留下过夜几乎不可能。麻辣香肠、粽子、汤圆、豆花、糍粑,全是爸爸妈妈一手做出来的,我闭眼全情投入地品尝咀嚼,一脸孩子式的满足,它们是故乡重庆的美食,是我肠胃的初恋,万千山珍海味,终不如。

黄昏时分,我会带着这满足幸福上楼顶眺望,或是在小区里闲逛。

楼顶上种满了豆角生菜丝瓜,我背倚一架开花的黄瓜,打量眼前的深圳。

卅载,面目全非。儿时能望见的山墙被成排的高楼挡住,连山也没有了,一圈隐隐青山环抱着一座高楼耸立、五光十色的城市,要是飞到半空,还能看见那些灰白宽阔的公路,如白丝带缠绕串联起整个城市,再于立交桥处挽个漂亮蝴蝶结,将这份精美绝伦的礼物,呈奉给上天。抛开欲望论,我无疑是热爱城市的。你到过大西北吗?一片茫茫戈壁上,走很远的路,走得你快要绝望时,远方突然横出一座城市,楼房、绿树、公园、人群,你久久地打望,会突然想哭。人多伟大,在绝望中创造了生机与美丽,在一无所有中开辟出膏田万顷。

如梦令。

这个城市,不,一切城市,其实都是梦的产物,它们使用的材料,不是钢筋水泥砖瓦,而是一个个的梦,无数的人,怀着他们热忱的梦,从故乡出发,来到这个原本空旷蛮荒之处,筑屋修路,披荆斩棘,于是,渐渐有了家园,有了城市。

走在小区里时,我还一直这样想。

黄昏越来越深,近于昏暮。

夕阳如一层蜜纱，披沥下来，"归来立马斜阳岸，隔岸歌声一片"。人们都归家了，如鸟儿返巢，锅铲嚓嚓声、电视声、孩子说话声，在空气中混成一支醇软的交响曲。折过一条条人行道，不时有路遇的叔叔阿姨亲切玩笑地唤着我的小名，哈哈笑着打趣，像多年前儿时那样。这世上，如此亲切玩笑地唤我小名的，除了故乡的亲人，便是他们了。

楼下花圃中的木棉树越来越高，撑到八楼的阳台了。儿时我曾将几只死去的小动物葬在树脚，还在树脚埋下一粒种子。篮球场边上的树又茂盛了，树荫宽成一片大房顶。儿时放露天电影时，我们坐在树下打打闹闹，夏天午后，就在树荫下跳皮筋。还有那条偏僻的小路，还有那幢大学生公寓楼……

我慢慢踱着步，一一走过它们，内心一片阴湿。一草一物，所有的它们，连缀起一片密实的时光，真实得可触可摸可感，从童年到少年，再到青年，再到如今的中年。不曾断裂的时光，三十年，几乎覆盖我的一生。

一个装着我一生光阴的小区，它依然朴素、黑白、简单、健康，有浓郁的八十年代气息。三十年，于一个城市只是少年，三十年，于一个小区，已生暮气，我像一个嫌弃母丑的人，还没进屋，就皱眉嫌弃它日渐酸腐的体味，嫌弃它皮肤上隐约的老人斑，两年前，听闻它要拆迁改造的消息，对着地产商的建构蓝图喜不自禁：泳池、会所、高层……俨然时尚漂亮的现代小区，在深圳，在任何一个城市，随处可见的现代小区，如一堆模型伫立着。

前年，爸爸携我们一家回故乡办他的六十甲子大寿。以为他会久呆的，反正退了休无事，却办完寿就匆匆回了深圳。一进屋，他就跟妈妈商量，等我百年之后，你把我的骨灰带回去，埋在我老汉身边，面向嘉陵江，风景多好。

爸爸的梦想，似乎也是我的梦想。在离开故乡那么多年后，我开始着了魔一样思念它，缘起于几年前回乡奔爷爷的丧。停留故宅那半个多月，我们为家中最后一位老人——爷爷，守夜、做道场、下葬、修坟。那些夜晚，我睡在万古般寂静的夜里，心事连连，油然升起巨大的空虚与忧伤。回深圳后，就不住反复构想，等到暮年，我要一个人回到童年的故乡，住在一间小屋里，日夜安静看那门前江水流。为此，还一次次地与妈妈提起旧时景象，抱着寥寥几幕记忆，眼神发亮地说村里的李树，说村里的婆婆。妈妈却拧着眉狐疑地盯着我，是吗？我怎么不记得是这样的，好像没有吧。

差点一语惊醒梦中人。

所以我一直坚持只说普通话，本地同学说白话，我也固执地答以普通话，场面滑稽别扭。普通话是一种漂泊者的语言。有一天，却猛然发现，我连重庆话也说不好了，在故乡面目全非的老宅里，几个过来帮忙的女人问说着家乡话的我，你是哪省人？

你是哪省人？最初我的祖先们漂泊到嘉陵江边时，一定也有人这样问他们。

却认他乡作故乡。

我们总在马不停蹄地寻找，寻找一个地方一番感情一份事业一件物品，这些穿上梦想外衣的东西，以为它能让我们心有归属，我们义无反顾地奔赴而去，如同奔赴母亲怀抱的婴孩，黄昏时，我们带着疲累却依然骚动的身心，想要归家，繁华褪尽，抬脚无路，惟有回来，粉饰最初也是最远的原点。

然而，故乡是什么？这些年里，我一直苦苦思索。故乡也许，是用来逃离，用来怀念，用来幻想的。所有异乡最后都会变作故乡，然后，所有故乡又会变作桃花源，但是，你不会归去，也无法归去，因为它已经成了虚构的桃花源。

此身安处即故乡。再一厢情愿，也不得不承认，我和这座城市，我和红岗西村，日夜厮守，相濡以沫，相依相偎，早已你中有我，我中有你，不可分割。

若干年后，我的儿孙辈，他们会以此为原点，远行，于一个同样昏暗的夜晚，茫然孤独抵达另一个陌生的地方，开始另一段类似于红岗西村的故事。如同我在童年最幸福的那年暑假，每天都要骑单车往陌生荒僻的郊野走，一直走一直走，甚至连路上累累的坟墓也不怕，直至分隔市内市外的岗哨。我会在岗哨踮起脚尖，使劲伸脖向外打望，久久，方一步三回头地骑上单车回家。

那一幕，其实是生命中的必然。

选自作者于2013年5月30日发表在"邻家社区"论坛
的中篇散文《红岗西村》章节之一

南兆旭

1989年定居深圳。出版人、自由撰稿人、纪录片监制。长期研究、记录、保护深圳本地历史与自然，创立"中国自然好书奖"和"大鹏自然童书奖"。图书作品有《深圳记忆》《解密深圳档案》《深圳自然笔记》《山水相望》(香港)、《十字水自然笔记》。纪录片作品有《深圳民间记忆》《岁月山河》《梦开始的地方》。

在"家"与"国"之间，还有一个家园

一

这本笔记缘起于在这个城市山野里超过10年的行走。

10多年里，和同伴踏遍了深圳的山岭、田野、溪谷、海岸线、岛屿、湖泊、老村和古道。每次行走，都尽量做几件事：拍摄沿途的景观；记录大自然中的植物、动物和地貌；查访沿途的历史典故，对比生态与环境的变迁……当然，最基本的是，坚持徒步，一步一步走完每一条线路的起点和终点。

昆德拉说：生活在他乡。我们总是向往他乡，我们上西藏，走新疆，周游世界，我们觉得美景都在他乡。我们只把深圳当做赚取行走他乡旅费的生意场，当做车水马龙的水泥森林，当做灯红酒绿的大都市，其实，行走在深圳的山水间，才知道这个城市的大自然有多么美。

曾在梧桐山顶，遇到雪白的云海，像起伏的波涛一样延伸到天边；曾在红树林里，看到最受深圳人喜爱的黑脸琵鹭，一双金色瞳孔对镜头投来淡定的一瞥；曾在七娘山谷，抚摸1.3亿年前的火山岩浆，裹在岩浆中的树木已经凝结成了漆黑的煤石；曾在马峦山荒废的老村里露营，听到天蒙蒙亮时白头翁的第一声鸣叫；曾在深圳最东端的海柴角等待一个晚上，注视红里透白的太阳一点一点从大海中跳出来；曾躺在大雁顶的草地上，仰望漫天的星星，在同伴指点下辨认各个星座；曾沿着老虎涧溯溪而上，在源头品尝了未有一丝污染的山泉……

事实上，大自然里最美的，是你永远说不出来的那一部分。

他乡的美丽，带给我感叹；深圳的美丽，带给我感动。因为，这是家的美丽。

二

没有语言能表达我对这个城市的热爱。

1989年11月，我离开北方，选择了遥远的深圳。因为在上世纪80年代的中国，只有深圳是唯一一个没有户口、档案、粮油关系也会给你一份工作的城市。

没有想到，我选择的新家园是这样美好，我爱它源于民间的澎湃活力，爱它变幻多端的生存机遇，爱这个城市有一千多万和我一样迁徙而来的移民，爱它地处亚热带四季常青、色彩缤纷的大自然……

在急速发展的中国，没有一个城市可以逃脱沧海桑田的变迁，我热爱的深圳也一样。1979年，宝安县变身为深圳市。短短30多年里，深圳填埋了三分之一的原生态天然海岸线，在超过40%的土地上铺上了水泥和柏油，50%数千年里都会经过的候鸟如今已不再飞来，30%深圳近海的野生动物种群已彻底绝迹，最大的5条河流全部深度污染，空气浑浊的市中心已完全看不到星空……这片不到2000平方公里的土地，1000平方公里的海域，30多年里，为人口增长40多倍、地区生产总值增长5000多倍付出了巨大的环境代价。

在这本笔记中，我想用图片和文字，与大家一起发现家园的美丽，分享大自然的恩赐，感恩天地万物给予我们的一切。笔记试图传递的愿望是：在"家"与"国"之间，还有一个"家园"——我们的家园就是深圳，就是脚下的土地，头顶的天空；是四周的江河湖海，身边的生灵万物……家园是多么美好，又是多么脆弱，渴望休养生息的家园等待我们呵护爱惜，等待我们做出改变。

感谢命运，引导我来到依山傍海的深圳安家；感谢亚热带的温暖，季风带来的雨水，滋润着深圳万物生长；感谢所有的生命——从内伶仃岛上的灵长类动物猕猴到塘朗山里朝生暮死的昆虫蜉蝣——感谢它们能与我们在这个城市里同生共住，丰富着生命的形式。

感谢始终鼓励我行走和写作的亲人，感谢一起在山野里走过的数千位同伴——我终于给大家交出了这份作业；感谢给予指导的各位老师，没有你们，就没有这本笔记常识的准确……

感谢所有的生命和机缘,所有的感激都在这一天说出来。

南兆旭
2013年8月26日
《深圳自然笔记》前言,深圳报业集团出版社,2013年11月版

远人

原名胡辉。诗人、小说家、艺术评论人,现居深圳。出版有散文集《河床上的大地》《新疆纪行》《怎样读一幅西方画》《画廊札记》《曾与先生相遇》《真实与戏拟》及长篇小说、诗集、评论集等各类个人文学著作19部。曾获第二届广东省有为文学奖金奖、第五届"深圳十大佳著"奖等奖项。

木垒三章

第一章:旱地

听到这个名字时,我以为是"汉地"。我问当地陪同的李健兄,"是大汉的汉吗"?李健点头说是,只一个瞬间,他反应过来,"是干旱的旱"。我颇为奇怪,对名称的想当然使我觉得,我们要去的地方大概是一片干旱之地——有必要去这么一个地方吗?

早上七点到八点,一个小时的路程,李健的越野车早已离开县城的柏油路。似乎无穷尽的沙石路弯弯曲曲地在车轮下扬起灰尘。我们像进入一个无人区,窗外空气新鲜,没有一丝一毫的生命迹象。旷野倒是开阔。新疆的最大特色就是开阔。现在看不到太阳,但天已大亮,不再是出发时灰蒙蒙的感觉。车子七弯八拐,慢慢地像走上一条入村之路。灰尘少了,因为路旁有房屋。有房屋就有人烟,有人烟就有灰尘的逐渐消失。但我们一路没看到人烟,似乎那些房屋千百年来就已成空室——破败、凋敝。还是能够肯定,不论多么凋敝的房屋,只要门前有狗、有马,就会有人居住。我们动身得太早了,房屋里的人都还沉睡未起。我开始体会难以言说的奇特宁静。

再过一会,车子像是终于进入某个村庄。路边忽然看见有男人面对荒壁小便。见到车来,只漫不经心地扭头看上一眼。不知道他究竟住在哪间房中。他对车漫不经心,也对他每日看到的一切漫不经心。

眼前的一切忽然出现变化,不再是刚才路上所见的旷野。无边无际的麦地在眼前展开。一块四四方方的麦地旁边,是同样一块四四方方的空地。麦地是黄色,空地是泥土的褐色。我无法计算这片麦地的面积,方圆大概好几十公里吧?李健兄将越野车停在麦地间的一条小路上,我走下车,在麦地的腹部站住了。围绕麦地的,是绝对不高,却连绵不尽的远山。此时太阳已经升起,我平素以为要经过电脑制作的画面在我面前真实地铺开。太阳决不将它的光线一下子笼罩全部,一层血一样的颜色整整齐齐地将远山涂成一半血红一半山峦本色。在这里,太阳升起的速度可以相当清楚地看到——它移动一毫米,山峦的本色就被血色覆盖一毫米,这才是大自然的本身雄伟。整个麦地却始终是麦地的本来颜色。时值八月,麦子黄了,我们看见的就是黄色。多年以来,我不无遗憾的是我缺少我渴望能拥有的农事经验——正是这一缺少,我才会如此惊奇,才会如此出乎我自己意料的感动。

李健兄说,麦子熟了就有重量,所以麦子全部都低头弯腰。果然如此,我伸手将几颗麦粒剥下。念头忽动之下,我捏开麦粒上的薄皮，一颗麦子便在掌心滚动。我扔进嘴里，一股无法描述的甜味在舌尖漫开。忍不住一连吃了好几颗。李健兄对我的行为不以为意，他看着远处，唠叨着我们没早动身一个小时，否则周围的景色会更加令人震撼。片刻后他忽然说，走，我带你们去更好的地方。

  这地方的确更好。在拐过麦地之后，一条似乎可以通向山顶的路出现在眼前。我们没有开上去，半途停下。下车后发现周围的一切都更加开阔，无论朝哪个方向去看，都只给人无边无际之感。特别是朝路上方看去，太阳的血色已变成全部的暖色。一层层远山耸立起它们的伟大与神秘，在蓝得耀眼的天空下面变成令人心动的浅蓝。我陡然间就想起美国二十世纪前期绘画的领导者格兰特·伍德来。格兰特的画全部是描绘他的乡村故土，让我迷恋过好长一段时间。只是无论怎样迷恋，我都觉得他不过是在探索和完成一种风格。我为格兰特写过一篇叫《他们在凝视什么？》的短文，在文中我写下了我对他的感受："……那些阳光、田垄、房屋，当然不会只属于美国，但只有格兰特，将那些对象画得开阔无边，也画得生气勃发。就画面来说，格兰特表现的景致还有个醒目特点，那就是读者在读这些画时，会感觉正和画家并肩，在一个高远的山冈上凝望大地。眼前舒缓起伏的田地犹如绿色地毯，一排排错落有致的苞芽破出地面，被无边无际的阳光抚摸。大树四处散开，丛丛树冠，无不像一块块在焙烤的面包，唤起收获不远的人心激动。"

  我无法不惊奇的是，我对格兰特画面的感受居然就是我此刻面对的真实呈现。他画下过什么样的田垄，这里就出现什么样的田垄；他画下过什么样的房屋，这里就出现什么样的房屋。甚至，他画下过什么样的阳光，这里就出现了什么样的阳光。我忽然明白，一个人画笔下的风格难道还要去创造吗？大自然早已将它的风格展现在你面前，你只要如实地将它画下来，你就能完成你想要完成的艺术。

我走上身旁的一个小小山冈。和远山相比，这里不是制高点，但从近旁二十公里的范围来看，它已经是最高的地方了。我从来没有在如此高远的地方站过。令我最惊奇的，已经不是面前的景色之美，而是无边无际的宁静就在这里。几十公里的范围，不可思议地没有任何声音。平生第一次，我发现安静可以让人内心发抖。像是不约而同，我们一行人谁也没有再说话，好像只要一说话，我们就会辜负这无声万籁的信任。我从来没意识过，安静是有深度的。它哪里也不去，只往大地深处下沉。安静越是广阔，就越是往地下沉入得从容不迫、沉入得我行我素。我走下山冈时，再也忍不住在满山的草地上躺下来。我从来没有像此刻一样地躺在地上，我也没有想过我会如此心甘情愿地让自己躺下来，让整个身体都和大地发生接触。我知道，我是在和安静发生接触。我没有认识过安静。我今天认识了。我伸开四肢，眼前就只有深蓝的天空。这蓝色疯狂得无边无际，乃至没有飞翔的鸟，也没有飘过的云。

第二章：鸣沙山

鸣沙山猛然就出现了。在方圆数百公里的旷野上。大地是黑色，石头最多。若移开视线看别处，不可能觉得有座鸣沙山在身后。旷野太难变化。大地没铺上柏油之时，大地就是旷野。旷野里只有石头和尘土。偶尔会有一些草尖冒出地面，但走过的人总是漫不经心，将这点绿色踏枯。看着旷野，会觉得旷野无边无际。无论视线延伸多远，也始终觉得，旷野之外，仍然会是旷野。

但旷野上矗有一座山。

有山不奇怪。所有的山都是在旷野之中。奇怪的是，这座山全是沙子。沙子赭黄，无一颗称得上颗粒，像一片海滩突然隆起，和旷野划出十分清晰的界线。我冒出的第一个念头就是，这座沙山是假的，是人工堆积在这里的。但它不是，它就是一座山。对这样的景观，我从来不想去检索它的成因和年代。就像对人对事，知道得越多，一种陌生感也会失去得越多。我喜欢陌生的感受。陌生会让我的血流突然加快。当陌生感突然来临，陌生会变成惊奇。古罗马皇帝马卡斯·奥勒留斯曾说："男人到了四十岁就无所不知。"这句话颇有气势，掩盖的实质却不无悲哀。因为一个人"无所不知"之后，就不会再有对世界的惊奇。换言之，惊奇会是对四十岁男人很鲜有的感受。我始终喜欢惊奇。譬如现在，我猛然间看见这座沙子堆成的山，就不能不感到惊奇。我不想检索它的成因，但我愿意想象它的成因——那是上帝的手想握紧它。沙子太细，连上帝也不能将它握紧，于是它就从天空倾泻，在旷野上堆出这座沙山。

物以类聚。当无穷无尽的沙子堆到一起,它们会出现不可思议的内在密度。它们抱成一团,风吹不散,雨冲不走。大自然比所有的事物奇妙。如果说,所有的事物构成大自然,那所有的事物就都有它的奇妙之处,只是人总习惯藐视那些渺小之物,以为渺小的就不成气候。但渺小的事物一旦积聚,它们就形成奇妙的自身。

令人感到奇妙的事物才是真正具有力量的事物——我在鸣沙山领教的就是这点。

我想登上去。山不高,不到两百米。即便两百米,又能有多高?很多人在登,手里还拿个小小的红色滑床。到山顶后,就可以坐在上面滑下来。我也拿了一个。这山近在眼前,走过去才知道,它和停车处不近。到了山脚,我仰望它,它真的不高。我登过的高山不少,没把它的高度放在眼里。看着其他的登山者时,有点奇怪,不明白为什么每个人都在半山腰喘气。难道两百米的高度如此之难?

我一脚踏上去,细到极处的沙子居然很硬,表面的一层虽然塌陷,到稍深处就结实起来。好像深处的不是沙子,而是石头。只是不知道那石头究竟在多深的地方。似乎就在脚下,但稍一用力,脚又继续塌陷。再用力时,脚下像是到了实处,但每个人都知道,实处的不是石头,还是沙子。

登得十余步,我开始体会登山与登沙山的区别了。沙山不让你脚踏实地。在很多时候,沙子产生摩擦,但能产生摩擦的沙子又滑溜无比。每走一步,脚下的十分力只能被沙子接受八分,另外两分力就在沙子的滑溜中消失。想挽留那两分力的唯一办法，就是每走一步，用上十二分的力。

越往上走，表面的沙子就越容易出现塌陷。塌陷导致跨出的每步都稍稍后移。不知不觉中，我听到了自己逐渐加深的喘息。这里不可能深一脚浅一脚，而是步步变深。沙子从每步覆盖到鞋帮的深度，已变成每步覆盖到了鞋面，以致每次从沙子中拔脚都变得特别费劲。更何况，沙子塌陷越深，也就滑得越猛。什么叫步步艰辛，你登一座沙山就有体会了。我回头看看，李奕和黄依然原本跟在我身后，此刻却还在距地面二十步左右的距离。她们对我摇手，没力气往上走了。我停下来，朝她们喊几声，想等她们攀上，只看得一会，知道她们不会上来了，毕竟体力难支。我突然发现，我这么一停，也觉疲惫忽来，双腿无力，此刻站在沙中，不动也得运力于脚，否则怕会陡然滑下去。

我不由得也想放弃算了。登山前没有喝水，大口喘气已久，更觉干渴难熬。再看看上面，山顶上已经有人攀上。放弃的念头不由得抛下，继续攀爬。现在真得用上"爬"字了。只靠双腿，不可能走上山峰。沙子看似不动，在脚下稍稍一惊，沙面便如流水，往下只泻。恍惚间觉得自己是在陡峭的流水之中。只是这流水深黄，不起波浪，只飞快倾泻。越往上，沙面越陡，越陡越滑。我俯下身，手脚并用，但速度没办法提起。更令我忍不住有点绝望的是，我似乎爬了许久，但好像根本没上前几步，很明显的感受便是，往前一步，沙子便将我推后半步。体力消耗之快，似乎从没像今天这样体验。放弃的念头又再涌上。我目测一下自己距山脚与山峰的距离，发现已经攀到五分之四的位置了。此刻放弃，未免可惜。一咬牙，继续往上。只觉腿如铅石。一个看起来不起眼的高度，要真正地征服它，远比想象的艰难。大自然就是这样，只要你有征服的欲望，立刻就给你难度。没有哪种征服可以轻而易举。即使你要征服的不过是一堆沙子。但沙子变成沙山，就会反过来给你颜色。

我不敢抬头再看，近在咫尺的山峰已像是不可到达。我低着头，手脚入沙，不断向上。全力以赴的速度在这里比不上一只蜗牛。终于，我偶一抬头，居然离山顶只三步之遥了。奋力攀上去，大感意外的是，发现两边山坡撑起的山顶竟然是平的——这意外难道就是给攀上者的酬谢？我没料到过这点。但实际上，我们都应能料到。一座沙山的山顶不可能会尖峭如石。千百年的狂风也不会让任何一颗沙子独占鳌头。惟其如此，这山顶的硬实程度才让人惊愕万分。我的最后一步是翻身上去，然后坐在平整如削的沙山山顶。山的另一面，几乎是一片炫目沙海。疲累夺去了我所有的感慨。我就坐在上面，我也不需要任何感慨。我看见不少攀到山顶的人都立刻坐进滑床滑下去，好像他们攀到山顶，就为了享受滑下去的快感。我还拎着滑床，我也想享受那种快感，但我还是坐在山顶。我不知道我为什么一定要坐上一会，我更不知道，这个坐上一会的念头，为什么让我在与天相接的沙海间感到突然的不能自拔。

第三章：胡杨林

从《英雄》开始，张艺谋就热衷给观众打造烂片。片子虽烂，里面的风景却是可取的。至今我都记得《英雄》中那场红妆武斗的落叶场景。只是不知道那是什么地方，心中不自觉存起一念，什么时候能亲眼见见那风景实地，也算不枉为烂片市场贡献数十大洋。毕竟名导愿沦为向导，没理由不掏掏腰包。但我没打听那落叶林究竟在哪，念头自也逐年淡去。

没有料到，在去胡杨林的路上，沈苇兄随口告之，即将见到的胡杨林便是张艺谋的取景之地。我不由得精神一振，早就随时间消失的意愿一下子涌将上来。此刻天空高远、深蓝，找不到比这更好的旅行气候了。秋天已至，此刻的胡杨林，应该是最美的时候。

从鸣沙山到胡杨林，不远不近，北行三十公里即到。进入胡杨林地界时，我心中隐隐有点失望。眼前所见，都是低矮的树木，像是到了一片灌木丛中。"这就是胡杨林吗？"我一连问了几次，得到的回答都是肯定。我当时不知，现在自然明白，回答我的不知道我问的是那些灌木。对他们来说，我们进入的的确是胡杨林地界，自然会给我肯定的回答。

树木渐渐高大。车停了。我们走下车来，我环顾周围，到处是树，树上绿叶繁茂，和我以前见过的树林没什么区别。失望感陡然加强，掏出一支烟想点上，却瞥见停车处的树身上钉着块"禁止吸烟"的牌子。抽烟是抽不成了，见旁边一棵枯树横卧。树身无皮，不知道死了多久。坐上去，再打量周围。我素来喜树，更喜树林，因之前对胡杨林有太多设想，此刻居然没见一处与设想吻合，失望感也便自然。沈苇兄坐在我身边，随意闲聊几句，然后说去胡杨林看看。

去胡杨林？难道这里不是胡杨林？我内心尴尬，平日总自诩如何如何热爱自然，真还叫不出多少树名。我自己的解释是，知不知道一棵树的名字没什么要紧，要紧的是树林或大自然给我带来的气息。气息重要了，名字就不怎么重要了。现在出现在我眼前的树木，我还真就叫不出名字。胡杨林和许多树一样，名字是听说过的，但到了面前，却没办法辨识。张艺谋取景的树林之所以让我迷恋，是因为镜头里的落叶色彩，除了金黄还是金黄，也只在他的电影里，我才见到过那样成千上万的金黄落叶。那些叶子虽然在落下，但密集、疯狂，无法不令人眼花缭乱地感到震撼。每棵树有每棵树的名字，但每棵树的叶子到最后都只可能叫"落叶"。我喜欢的就是落叶，所以我不认识电影里的树名。我到这里才知道，那些抖下千万片金黄落叶的树，就叫胡杨。

但我没看见金黄色的落叶，所以我不愿意相信我此刻看到的就是胡杨。

树林中有条小路，路面铺着曲折走廊，走廊不是水泥铺就的，是由一片片树木制作。沈苇兄带我步入走廊。越往里走，我越感惊讶。胡杨林虽然叫林，终究还不是想象中的密林。这里的每棵胡杨都保持住各自的距离，独自挺拔。西北地大少雨，眼中所见，每棵胡杨都站立在干裂无草的大地之上。"大树之下不长草。"这是罗马尼亚雕刻家布朗库西的名言。他说的"大树"虽指罗丹，放在这里会更恰如其分。我没看见哪棵胡杨树下布满草叶。每棵胡杨就是每棵胡杨。若仅仅如此，胡杨也不值得大惊小怪。真正令我惊讶的，是这些胡杨不论如何千姿百态，每一棵都长得非常扭曲。我猜想，那一定是从它们发芽的那一天开始，西北的风便不断地吹刮它们。我忽然体会到，很难有什么可以迎风生长，生长的却可以顺着风势，哪怕长成被风雕塑成的样子，也最终会是自己的样子。风是看不见的工匠，也当然手执看不见的工具。也可以说风的本身就是工具。这些胡杨被风塑造成型，让我最终看到的却是胡杨最内在的坚实。因为风只能塑造它，不能摧折它。不能被风摧折的，一定是最坚实的。所以这里的胡杨，没有哪棵不坚实。

这是我的感想吗？这又算什么感想！说它们坚实，也容易令没身临其境的人产生误解，以为我看见的胡杨根深叶茂、绿意缠身。事实恰好相反，这里的无数棵胡杨周身没一片树叶，只是光秃秃的树身，树皮尽褪，四处开裂得像经过无穷岁月的刀削斧砍，展现出自己坚硬的动作，像人、像动物，尤其是伸出的枝丫，干枯、破裂，突然地小到末端。但不用多看，更不用猜测，那些枝丫一根根充满力度。越是枯瘦的，越是见出力度。它们的周身上下，都只能和语言中的"沧桑"对应。有哪种沧桑是虚弱无力的？此刻的天空高远、深蓝，那些胡杨的枝丫就在深蓝下变得遒劲。我的惊讶也变成了惊骇。我走近我看见的最粗壮的那棵。在它脚下，竖着一块木牌，上面写着人给它取的名字。名字不重要，我还是这么以为。所以没必要写出来。我知道它叫胡杨，就已经够了。它浑身几乎没一块完整的树皮。甚至，在它十分之九的躯干上，我也找不到一块树皮。它是裸露的，在荒凉中，在旷古中，在无穷的时空中，它裸露出自身——苍劲、威严、犷悍、磅礴——这些词过分吗？一点也不。这是它活着的本质。或者说，它活着，就为了证明生命的强度。具有强度的生命不可能不磅礴。

看见它时我有过误会。我说："它没有树皮。"沈苇兄笑了，走上来摸着一处像是灰尘落满的地方，说："这就是树皮。

树没有树皮会死的。"这一次,我没惭愧自己的无知。它显示的生命感对我本就是一种震骇。人无知才会震骇。我走近细看,那里果然是树皮。它只要这一点点,一点点就可以让它证明自己,一点点就可以让它光秃的另外一面长出绿叶。它的另一面果然绿叶无数。沈苇兄继续告诉我,胡杨树的奇特还在于它能够同时长三种树叶,一种像柳叶,一种像枫叶,一种像杨叶。我觉得不可思议,三种形状的树叶居然集于一身,与其说是胡杨的奇妙,不如说是胡杨独具的奇迹。

一圈胡杨林走下来,没有哪棵胡杨不是如此。没有哪棵胡杨不值得细细描绘。一圈下来,我们重新回到车旁那棵横卧的树前。又一次坐在上面。我这次注意到了,这棵胡杨横卧于地,没有一处显得枯朽。胡杨就是如此,死后一千年不倒,倒了一千年不烂。我又想起电影里的千万落叶来,那些金黄令我心仪多年。我今天没看到它的金黄落叶。沈苇兄说要到十月,这里的树叶才片片变黄,再看不到一枚绿叶。只要一夜风吹,胡杨林便满地金黄了。我伸出手,像是无意地敲打这棵死去的树身。我忽然觉得,没什么好遗憾的。如果今天就是满地金黄落叶,我怕我会忽略胡杨最粗粝的生命本身。

2013年8月28日凌晨草于乌鲁木齐
选自《新疆纪行》,新疆人民出版社,2014年11月版

毕亮

中国作家协会会员，现居深圳。短篇小说集《在深圳》入选21世纪文学之星丛书，《地图上的城市》入选深圳新锐小说文丛。曾获2008年"长江文艺·完美（中国）文学奖"、第十届（2010）作品奖、第十届丁玲文学奖、首届"全国青年产业工人文学大奖"、深圳青年文学奖，另有小说改编成电影。

"深圳"的馈赠

回想起来，我的写作始于无聊，又不愿屈从无聊。

上大学时每天有大把时间，加上那会儿正值青春，血管里流淌的全是躁动的血液，不甘虚度。于是想找点事干，学的是汉语言文学专业，就操练起小说。

2003年大学毕业，到了深圳，工作经常要加班，搁笔差不多一年，待工作理顺，每天夜里回到城中村出租屋，人安静下来，总觉得少了点什么，心里"空"。有一天，我读到魏微的《通往文学之路》，她说："现在想来，文学是最适合我脾性的，单调，枯燥，敏感，多思。有自由主义倾向，不能适应集体生活，且内心狂野。"那一刻，我意识到某个东西在远方召唤我，便做了决定，当一个写小说的人。

写作的道路上，我算是个幸运儿，那些熬夜熬出的小说，基本陆续发表。偶尔我会想，若发表没那么顺利，我大概早已放弃。我清楚自己，不是那一类决绝能为理想赴汤蹈火的人。

所以我对金仁顺老师一直心怀感谢，2004年她在《春风》杂志当编辑，编发了我第一篇小说《候鸟》，对我鼓励巨大。时隔多年，现在我仍然记得那天收到样刊后的情景，中午同事都睡了，我坐在办公的格子间，就着电脑屏幕的亮光，心潮澎湃地读那篇小说，读了不止一遍。

在写作的学步期，我读余华、苏童的作品较多，后来才是海明威、卡佛、耶茨和奥康纳。比如，我读余华的作品学到了如何讲故事，读苏童的作品学如何把握叙述节奏，在海明威那里学到结构故事的技巧。读到卡佛、耶茨、奥康纳时，我感到被解放了，在他们笔端，个体的苟且、不安、躁动、妥协、隐忍，以及悬乎于生活角落的微尘，全部登堂入室，成了撼动人心的小说。

在某一个阶段，雷蒙德·卡佛对我影响较深，我喜欢他的日常和文字中巨大的沉默。他的方式很适合写作深圳题材。深圳是一座很多元的城市，来自全国各地的人构成了它的复杂性，很多事情并不是表面看上去那样光鲜、干净，而是说不清道不明的。卡佛笔下的故事，很多含义都是隐藏在文本背后，看似平静，实则波涛汹涌。这些也都符合我对小说的审美。

每个人看待世界的角度和对世界的思考方式存在差异，我有我的方式，这也构成了我写作的三个前提：首先，我写作是因为世界它刺痛我了，普遍的道德失范、没有敬畏心、没有耻感……这些都让我感到不舒服，从而需要表达；其次，我想通过写作让自我得到反省，保留自己的个性，现代社会价值观单一，世俗成功学从来不会教我们如何保有自我，因此当"大家"都在跑步前进追求速度的时候，我希望自己慢下来，甚至停下来，做我自己；第三，我做不了没有负担的作家，马丁·路德·金说，转型期的社会，时代最大的悲哀不是"恶人"的嚣张，而是大多数"善者"的沉默。我要通过小说文本发出个人的声音，这个声音可能是建设性的，也可能是批判性的。或者是说了等于没说，是失语的，但我觉得自己至少在这个时代，没有选择做沉默的大多数。

当下我们生活的深圳，快速的变化常常令我不解，也感到不安。我们所处的时代节奏也是车轮滚滚，奔跑向前的。时代的节奏"快"，而作为社会的个体，不是流水线上标准化的产品，他们形形色色，每个人都有自身的个性和生活节奏，他们有内心的独立追求，有精神上自我发展的渴望。跟时代的节奏合拍的，他们肯定会过得如鱼得水——尽管是表面的，可能精神上还是落魄不堪的；不合拍的，那些"慢"的人怎么办？如果他们内心不够强大，不能坚持己见和保持个性，则会被时代的节奏搅得方寸大乱，不适应者会迷失，会幻灭。

我喜欢北岛的《波兰来客》："那时我们有梦／关于文学，关于爱情／关于穿越世界的旅行／如今我们深夜饮酒／杯子碰到一起／都是梦破碎的声音。"历经生活种种，无论是成功者或是失败者，灵魂的某个角落都会生出废墟。从这个角度来看，不存在桃花源，也不存在乌托邦，作为一个写作者，我希望他们能保有尊严，在某个时刻慢下来，有一方他们的世界，吟诗作画，过古老的生活。这也是我的理想，现实生活之外，有另一种生活，令生命更丰沛。写作恰好是理想之途。

在深圳生活多年，有一段时间，我喜欢漫无目的地搭乘地铁，或在城中村无所事事地游荡，看那些朝气蓬勃的面孔、沮丧和失意的面孔、期盼与茫然的面孔……这些行色匆匆走在路上,为生活奔波的人们,夜深人静,时间静止下来,他们的灵魂该安放何处?我想,这座以速度著称的城市,需要文学。

最近六年,我的生活发生明显变化,成了两个孩子的父亲。我爱跟孩子们待在一起,给他们讲绘本、编离奇的故事。我也不后悔沉湎于日常生活,"虚度"光阴。对一个写小说的人来讲,日常生活能成就他的作品,但更多的,我想,应该是巨大的消耗,日复一日一成不变的日子,会把人变成推石头上山的西西弗斯。我不是西西弗斯,而是一个寒夜里举着火把的夜行人,走在黢黑的路上,总在等待黎明到来,等待那一线灼目的曙光。我想,我们每个人都是携带病菌的躯体,走不了、回不去,在无望的生活中,只能日复一日地活着,天长地久地平庸地活着,这才是生活的常态。陷入此境和世俗生活的我,也需要文学。

忘了是从哪一天开始,拘谨、不安的我,与现实世界的关系,不再那么紧张,似乎我与所处的世界达成了和解。我没去深究变化的时间节点,也许是某次回湖南老家,见到守望在家年迈的父亲母亲,他们鬓角越来越多白发的那一刻;也许是陪伴孩子成长,想把更好的物质生活献给他们的那一刻……在内心深处,我依然渴望做一个天真的人。有时乘地铁,我会把阅读过的小说,故意遗留在车厢,希望更多忙碌的人,得到文学的滋养和慰藉。更多的时候,我会想起十多年前,沉迷于写小说的日子,我把自己当成文学的圣徒,下了班,去超市买两只冷馒头,填饱肚子后,便坐到电脑桌前,写温暖的故事、写绝望的故事、写温暖与绝望交融参半的故事……那个"我"

是莽林里的野兽，看不清来路，看不到去处，充满了未知和可能性。

说起来，我更欣赏那时的"我"，像一个造梦的人，对现实世界不满意，想搭建一个自己眼中的理想世界，便开启了书写之路。写小说时，我更愿意把自己当作侦探，去发现人物细微变化的表情，留在桌面的指尖纹理、水杯上的唇印，探索晦暗不明的空间和旁逸斜出的枝节。有一天，我突然想写一个人感受到的文学的"深圳"，写在深圳的不安、困惑、焦虑、希望和绝望……这些"情绪"因深圳这座表皮光鲜，改革开放的前沿城市而放大。但，夜深人静时面对"深圳"，我却无从下手。幸好，遇到了德国画家霍尔班，他帮我找到了叙述的切口、角度。《使节》是霍尔班的传世之作，在这幅充满暗示的画中，霍尔班以变形的手法隐藏了一枚骷髅，正面看不出是何物，只有从左侧斜下方或右上方以贴近画面的角度才能辨认它的原形。这幅画符合我对短篇小说艺术的理解：结构于简单之中透着复杂，语言暧昧、多解、指向不明，人物关系若即若离，充满紧张感和神经质式的爆发力。

作为一个造梦者，我有我的偏爱，我想做一名"在场"的作家，以文学、以小说的方式呈现变革时代、社会转型期个体的精神困境，选择与放弃，得意与失意；以小说文本让后来者记住，我生活的城市——深圳，曾经有一批墙角下的生命，他们的抗争与抉择，他们的动荡与心安，他们的希望与绝望……这是我理解的文学对个体、对生命的尊重。

这些年，我一直想写出生活的微苦，同时写出生活的清甜，却时时感到沮丧和挫败，我清楚我的界限，它就像一瓢冷水，随时可能浇灭我夜行路上的火把。而我能做的，也只能是写好这一个，再继续下一个。似乎，这就是我的宿命。大概，这也是每个写作者的宿命。

2013年10月16日

选自《钟山》2018年第1期

李业康

广东省作家协会会员，现居深圳。在全国省市级以上报刊发表短篇小说、散文、诗歌、评论等100余万字。出版散文集《洞察人生的智者》，长篇小说《深圳诱惑》《鹏城三部曲》，讲述深圳创业者的故事。历获多个相关文学奖项。

逝者

4月6日，堂伯母和姑表哥在同一天过世，让我心情很沉郁，感叹生命的脆弱和无常。往后清明，除了缅怀逝去的先祖，还将增添这些沾亲带故的身影。

最近一年就有六名亲友离世，让我真切地感受到了死亡之可怕。先是隔壁的伍嫂，本来是我家的好邻居，凡事都相互照应着，可有一天，伍嫂见到我父亲就骂，村里那个对我父亲有意见的风水先生告诉她，伍嫂的老公本来还有三年阳寿的，是被我父亲用梅山法术害死了。我父亲被骂得云里雾里，哭笑不得，不去理她。过了半月，她突然不敢在家住了，对维娥嫂说："我跟你住吧，我家每晚鬼打死人。"维娥嫂以为伍嫂是因为寂寞找借口，没同意。第二天早上去看她，发现已经过世了。表姐夫周维岩一生务农，小心谨慎，和牛打了一辈子交道，对牛很好，去年4月28日下午，他犁完田把牛放在河堤吃草，却不小心被牛挤进河里，不远处有村民看见他像秤砣一样掉进水里就没浮起来,赶紧跳下水去救,等捞上来时已经没有了生命迹象,肚子瘪瘪的,也没喝什么水。

得知舅表哥朱红球去世的消息是今年2月初,他50岁不到。那天早上起床突然感觉肺部痛,因为贫穷,他没放在心上,照常下田干活。午饭时,表嫂看见他米粒大小的汗珠从额头滚下来,才催他去医院。拍片一看,表哥两叶肺四分之三已经化水了。反正没钱治,他干脆瞒着家人继续下田干活,直到倒在他侍弄了一辈子的禾田里。母亲在电话里哭着告诉我,表哥勤劳老实,一生从未干过坏事,辛辛苦苦拉扯一家人,没过一天好日子就走了,好人没有好报。我只好安慰母亲,不是不报,时候未到,他给子孙积阴福呢!心里却怆然落泪。

大姐夫叫陈信槐,在我公司干保安班长七八年了,从没生过病,只是喜欢喝点酒,和在公司干保洁的大姐带着个三岁的孙子整天其乐融融。年前问他回不回家,他把头摇得像拨浪鼓,觉得老家太冷了。可没过几天,突然来办公室找我请假,莫名其妙地说特别想家想妈妈。我听了大笑,训斥他48岁当爷爷的人了想妈妈,说出来不嫌丢人,之前问你说不回,现在人都安排好了你又闹着回老家,他憨憨地笑笑不说话。毕竟是姐夫,又几年未回家过年了,就准了他,并告诉他过了大年十五再回来。没承想到家第二天就因为急性肝病住进了医院,之后就传来了噩耗……

大我两岁的姑表哥谭宇青是4月6日下午4点13分去世的。幺姑伤心欲绝地打电话请我父亲过去,父亲心里很沉重,不想过去,其一是不愿意白发人送黑发人,其二他正在全面主持早上死去的堂伯母的丧事,抽不开身。

表哥由于尿血，去市医院检查患了肾癌，不仅是晚期，还伴有糖尿病、肺病等综合征。这个表哥，小学文化，蛮横孤僻，从来不注重身体，只以自己的意愿行事。那年过年下暴风雪，满地白皑皑，他还是走了十多里山路来我家拜年，衣服都湿透了，我父亲拿了干衣服要他换，他死活不穿别人的衣服，硬是撑着把衣服穿干。这样的人，迟早会有疾病之患，只是没想到这么快就走了，四十才出头，给亲友留下许多悲伤和惆怅。

至于堂伯母，是个文盲，她没有名字，也不知道自己的生日和岁数，去年人口普查的人问她，她说出生在一个大雨的早上，不知是10月还是11月了，真是让人匪夷所思。由于眯缝着眼看不清东西，路也只能摸着走，大家都叫她眯子。眯子是湖南省洞口县山门乡人，家住穷山冲，长到几岁后父母相继去世了。悲痛让年幼的她只知道哭，整天眼睛肿了又消，消了又肿，差点哭坏了。在饥寒交迫中长到十五岁，眯子通过媒婆嫁到新化县天龙山，过门没几天，婆家要她做饭，她炒菜不知道还要放油盐，把青菜放在锅里煮熟了捞上来吃，被婆家训了一顿，骂了几句野话。眯子听了很伤心，委屈地哭了，这一哭，坏了，眼睛突然什么都看不见了。婆家嫌弃她，不但不给她治眼睛，反而退婚不要她了，眯子只好又回到山门。那时候，由于堂伯的父亲在家犯了点事，被家族赶了出去，刚好落难到了山门，以编竹席为生。而堂伯李武昌是个大兔唇，长相难看，人人喊他大缺子。缺子遇到了瞎子，心生爱慕，便求婚，允诺给她治好眼睛。走投无路的眯子只好答应了。

堂伯花钱给眯子治眼疾，眼睛慢慢好起来。眯子欣喜地告诉丈夫能模模糊糊看到天上的云和月了。伯父口里说好，心里却想，我缺着嘴，等到把她的眼睛彻底治好了，看见我这么丑，不跟我了怎么办？于是决定把药断了，要让眯子"眯糊"一辈子。堂伯告诉眯子，郎中说这种病只能治到这份上，没办法彻底治好的，这在医学上叫云月眼。眯子口里不说，心里生疑，但也没有办法，只能这样"眯眯糊糊"过活了。过了一年，眯子怀孕了，堂伯便想把她带回老家。于是给当时当大队会计的我父亲写了一封求助信。父亲二话没说，马上召集村民开会，听我父亲讲述堂伯家流离失所的遭遇后，族人同意让他们回家，但不给分田地。父亲没辙，只好设法把大队大名山上的田地借了点给堂伯父家耕种以维持生计。我父亲紧接着跑镇里，跑县民政局帮堂伯家落实户口。又过了几年，父亲当了大队书记，碰上了农村土地易动政策，我父亲便动用手中的权力并带头让村民把自家的田地匀了一些给堂伯家，让他们的生活有了着落。

　　父亲帮了堂伯那么多忙，人家好像并不怎么领情，只觉得是应该的。堂伯喜欢随地吐痰，有一次，他啐了一口浓痰在我的裤管上，我觉得恶心极了，要他擦，他不但不擦，反而仗着是长辈起高腔骂我。我回了一句"大缺子"，他便恶狠狠地追过来打，一直追到我家堂屋。还有一次，由于我家在他家后面，隔着一条走道，妈妈把洗脸水倒入门前的排水沟，堂伯看见了，正告我妈，说排水沟是他家的，以后不许再倒。我妈可不吃这套，还是照旧，堂伯便指使眯子坐个小板凳对着我家用山门土话骂，我妈听不懂，以为在唱歌，没去理会。堂伯便气嘟嘟地走了几里路喊镇领导来制止，镇领导看了现场后问他，排水沟不是用来排水的是用来干什么的？堂伯语塞答不上来，此事就这么消停了，但对我家更耿耿于怀了。

眯子一生生了一对儿女，好不容易养大成人，以为生活好起来了，没想到两个孙子出生不久，丈夫和儿子得病去世了，女儿也出嫁了，儿媳看着犯愁，一声不响地跑到外地改嫁了，任由眯子带着两个孙子过着异常艰苦的日子。我父亲觉得太可怜了，便给眯子申请了五保，还带头捐资把她濒危的木屋改建成了砖瓦房。眯子从此与孙子相依为命过着低保的生活……

停尸两天，第三天大早，眯子被装进棺材抬到村后的山上埋了。中午，亲朋和村邻齐聚到我家前左侧的广场上，八人一桌，喝酒吃豆腐。大家大吃大喝，有说有笑，全然没有那种死人后悲哀的气氛，好像都觉得眯子的人生得到了解脱，没有什么值得难过的。

2013年12月19日
选自《宝安日报·打工文学》2014年5月11日

陈再见

中国作家协会会员、广东文学院签约作家，现居深圳。已在《人民文学》《当代》《十月》等刊发表多篇作品，并多次被《小说选刊》《小说月报》《新华文摘》等选刊选载；出版有长篇小说《六歌》，小说集《一只鸟仔独支脚》《喜欢抹脸的人》《你不知道路往哪边拐》《青面鱼》《保护色》。曾荣获《小说选刊》（2015）年度"新人奖"。

我一直想壮着胆子说话

性格使然，我喜欢一切内敛的方式，包括写小说。其实我想过当诗人，我模仿海子写了几大本诗集，自订的。后来才发现，这路子走不通，我竟然连上台朗诵的胆量都没有，更别说做出卧轨那样的事。我甚至还觉得，那是和诗意格格不入的举止。这些年，打工、谋生，有痛有乐，自信过，更多的是骨子里的自卑和不安全感。于是，妥协、让步、低头、小声说话，不跟现实直面对抗，喜欢宅、买菜做饭、过小日子……好在还有小说。

这似乎注定了我的小说只能写什么。那些模糊的、矮小的、傻傻的，容易被人忽略的边缘小人物，便相继成了我关注的角色。我会残忍地让他们被压抑、鄙视、误会，甚至因此丢掉性命。当然，我也会给他们一点小小的英雄主义，让他们在有限的能力范围内做出一些出格的事情来。我的《张小年的江湖》《微尘》《哥哥》……无一不都是这样的作品。

我喜欢观察生活本身，原生态的而非经文学和影像选择性呈现的生活。尽管它们更多是丑陋、阴暗和被遮蔽的真相。我写身边这些熟悉或者曾经熟悉的生活时，心里会有一种创作上的快感，似乎我已经掌握了他们的秘密，似乎我已经找到了文学另外的通道。我得心应手，敲下的每个字都刚刚好落到它们应该落下的位置——我很珍惜这样的写作状态。这是写作所能带给我的唯一快乐，甚至让我有了凭一笔之力探索生活内部真理的伟大错觉。

但终于发觉，我写不完这生活。如此浩大的生活，如此庞大的群体，他们当中每个人的每一天，似乎都足以撑起一篇小说，而他们的一生，则更是如此。这么一想，我终于释然。好好参与，这辈子我就不可能有没东西写的时候。题材太多，明显忙不过来。我想起一次文友聚会，一位科班出身的小说家说，他完全靠想象力在写作，他所有小说在生活中都没有丝毫原型。我听了吓一跳，不知道他是怎么做到的。我几乎没有一个小说没有现实生活原型。这似乎成了我一种自觉的行为，非得这样，才能在那些人物身上找到存在的理由。他们谈及我的优势，说是有生活、接地气。我不知道这是表扬还是讽刺。"接地气"这样的新词，似乎不被文学优待。文学要有想象力，要离地面远一点。我极赞同毕飞宇的观点：感受力比想象力更重要。

我写作的时间其实不长，所以，当我努力想写点心得，或回顾一下我的所谓创作历程时，心里总不免羞愧和忐忑——如今，我没事还是会重新翻一下以前的草稿，写在十多个黑色的笔记本上，密密麻麻的字迹，每一个字都写得郑重其事。事实上，那些稿都废了。回头看，难以卒读。这只是其中一部分，并没算上有电脑后那些写废了的电子版小说稿。我曾认为，我的写作是从"废品"里面挑"成品"的过程。"废品"

写多了，时不时挑出一个"成品"来。有一段时间这几乎成为一种规律。我之所以写得比别人勤，也是因为如此——写得多，姑且可以挑出几个好的；写得少，可能就一个像样的都没有了。"你越写，越懂得写。这是学写作的唯一方法。"这是海明威说的吧。我一点都不后悔制造"垃圾"，它们有些还躺在我的电脑硬盘里，一直没舍得删掉。我不想当一个过于洁癖的作家。这似乎与我的小农心态有关，别人摘一朵花凑在鼻子下嗅，我更愿意捧起一把泥土，搓一搓干燥的手。

几年前，我以"打工作家"的身份进入人们的视野。事实上，我不太喜欢这个称谓。我一直认为"打工文学"其实就是城市文学的一部分，或者说是城市文学的初级阶段，就像现在关于小城镇的书写成为一种潮流并缓解了乡土文学的尴尬一样。打工文学，或者底层文学，我想，也是城市文学之前的一次小小训练。打工文学这一类型不会存在太久，它迟早会消亡，迟早会被真正的城市书写所取代。所以，我离开工厂后，便有意识地改变写作路线。这也导致我后来的城市题材小说和之前的打工小说几乎截然不同。它们开始收敛，面目模糊、多义，甚至有些去向不明，像极了我对深圳这个城市的感受。

一个人的写作肯定会随着生活的改变而改变。这是自然而然的，不存在忠诚与背叛。如果有可能，最终咱们都只能被放在一个文学的大平台上论高下，其他标签通通都是扯淡。昆德拉说，发现只有小说才能发现的，这是小说存在的唯一理由。是的，每个作家在面对生活时都有他独到的发现，大到事关人类兴衰的思考，小到家常伦理的微妙……我想小说能呈现给读者的，到最后不会只是一个伟大的思想，或者某种文化上的认知，甚至也不仅仅是一滴眼泪或者一声怒骂。耐心的读者其实还能在小说里读到一种你心同我心的理解——就应该是一种理解，无须言表、只可意会，读罢，合上书本，有如在木棉树下偶遇一个对你微笑的人。

如果说我写乡土更多是在写记忆，那么我写城市，就是在写感觉。在我的印象里，城市远比乡土复杂，自然也更难书写，而且我们都是习惯乡土的人，即使生活在城市里，还是以一套乡土的经验处事待人。我怀疑我们是否已经有了城市文学，至少我没读到过真正成功的文本——当然，所谓的成功，其实也是以西方的蓝本为标准。这本身就不客观。我听到有人劝告年轻作者不要沉迷于乡土书写，理由是中国的乡土文学太深厚了，写不出新意，简单说就是写不过前人，似乎乡土早就被沈从文、萧红、莫言、贾平凹他们写完了写绝了。这样苦口婆心的劝告其实可以理解。但我不禁要问，难道写城市文学就逃脱得了乔伊斯、卡波特、麦克尤恩等西方大师的阴影吗？所以，无论写什么，我们都处在一个相对绝望的境况中。如何冲破这绝望？唯一的办法，是忘却绝望，仿佛全世界就你一个人在写小说，无朋友也无对手——这又与我的自卑相悖。事实上，就是这样，写作是一件充满悖论的事情。

在现实生活中，我是个没胆识提出质疑并挑战既定观念和事实的人。然而，我却又一直想壮着胆子说话。文学给我提供了一个可以撒野的空间，这是我越来越离不开文学的原因。如果说这是个独立王国的话，我觉得自己就是里面的国王了。

选自《民治新城市文学》2014年夏季号

凌春杰

审计工作者、中国作家协会会员、中国少数民族作家学会会员。出版《爹的河卡》《深海钓》《花屋场》等文学作品与文艺论著9部。曾获"全国青年产业工人文学大奖""中国土家族文学奖"、深圳青年文学奖、深圳原创网络文学拉力赛冠军、第八届深圳市哲学社会科学优秀成果奖等奖项，有作品被译为多种语言，在蒙古、韩国等国家出版。

城里的村庄

一

2011年3月，爹到深圳的时候说，他在云南当兵的时候，从云南去海南岛路过深圳，那是他第一次到达深圳。那时的深圳，是一个小镇，一座村庄。

是的，深圳曾经是一座村庄，一个临近南海的渔村。爹的话使我想起了比较切近的中国农村，除了城市，不同的农村有着不同的村民，他们虽然都是农民的身份，但在草原上叫牧民，在海边的叫渔民，而在花屋场则叫农民。他们的身份有着细微的差异，却在很长时间过着自给自足的生活，农业、渔业、畜牧业，至今仍是在城市商业之外的另一种生存状态，它们和城市的商业文明相互仰望，在城乡的迁移中形成越来越大的张力。

我告诉爹，我现在所在的地方，在十年以前还是一个叫作坂田的农村，五年前家门口还充斥着一座座山冈，现今的坂雪岗大道和附近的地铁，都是这几年新近的变化。深圳的变化，连我都觉得有些诧异，现在想来，爹是站在更为久远的时间高度上，而我还没有从现实中抽离。在他七十年的人生阅历中，这种变化虽然足以让他激动，却可以在面神上表现出波澜不惊。

我印象中的村庄，应该是一个可以离群索居的地方。水在缸里舀，菜在地里拔。人与人之间的交换，是三升黄豆，两担玉米，有着与生俱来的淳朴。

二

在我对深圳的热爱中，夹杂着一种考古情怀的搜寻，复合着一个写作者的文化情结。我意识到，深圳的现代性并不完全是指向以西方为主体的第一世界，它的开放性是一种包容，这种包容的根源指向深圳自己的现实与物质遗存。作为高度商业化的深圳，在历史的潮流中汇合起渔业文明、农业文明和海洋文明，它们在冲突中融合，由它们所代表的文化融构出的道德，成为今天深圳浑厚的城市底色。

每当我看到深圳遗留下来的那些仍在部分地消亡的村庄，我就想起深圳曾经是属于农业传统的，无论它今天怎么现代化国际化，这种传统属于大中国的传统，一开始就一脉相承。而当我陆续到达深圳两百三十公里的海岸线，看到那些有篷的渔船，把脚伸进清凉的海水中，我又意识到深圳曾经真的是一个个微小而零落的渔村,他们出海捕鱼为生,并以捕获的海产向任何可能的方向交换,我甚至认为,这种渔业文明所形成的道德,是最终促成了深圳更为开放的基因。在我对这座城市进行着下意识的、有意识的了解和探寻中,从它的街道,上溯到它的村庄,上溯到它的海洋,上溯到它的风俗文化,甚至到它远古的物质和非物质遗存,我不断感受到心灵的震动。

在城市的中心区,我很熟悉那些叫作渔农村、水围村、下沙村、鹿丹村的地方,这些地方尽管今天已经极为现代化,却依然保留着农业传统的底蕴。我也十分熟悉那些叫作福华新村、滨江新村、园岭新村的地方,它们是最早开发的商业住宅区,仅仅加了一个"新"字,也保留了深圳曾经作为村庄的密码。而我同样熟悉,现今那些动辄几万一平方米的高档商住楼,它们叫十七英里、星河丹堤、金域华府、香蜜一号、十二橡树庄园,它们或充满现代气息,或具欧式风格,或庭院极具个性,它们点缀在城郊之间,也是一道满是传奇的城市风景。我还看到了深圳的八卦岭、黄贝岭、南岭这样依然保留了传统地名的去处,今天却已然是宽阔平坦的大道,一派极为富足的姿态。

不仅如此,深圳还保留了一大批极具海洋特色的"围",富有山地特征的"岗",表露洼地的"坑",体现农业特点的"田",围海造田的历史和早期的农业文化都在零落在四处的地名中得到体现,它们无不在日益现代化国际化中柔韧地保留着自己的淳朴。这或许也是曾经作为村庄里村民的我们,很快就能融入深圳的某种心理契合。

考古学家们孜孜不倦地寻求着地质的"金钉子",我不知道，若干千年之后，在城市和村庄之间，将会以什么作为断层，城市和村庄，又将是如何平衡其间的矛盾，保持着其间的张力。但毫无疑问，越是城市化，这样的城市越是悬浮着村庄的身影。

三

当我走在城市的大街上，想起深圳近两千万的人口中，至少有一半像我一样来自乡村的村庄，我就似乎嗅到了乡村的气息。无论他们怎么把自己穿戴成绅士淑女，从他们血液渗出的汗味，我知道我们都是同类，来自某个村庄，或者更久远一些，来自某个山洞的同一种动物。我很知道，但我不能言说。

我曾在心里说：我爱深圳。或者，如果你爱深圳，一定要像我曾在卫星地图上反复查看故乡的村庄那样观察深圳，逐渐放大，放大到可以看清每一条街道每一栋房屋；又逐渐缩小，缩小到深圳就像地图上的一个标示，只有山川、公路、湖泊和田野，城市和街道只是一个点或者一个小小的圆圈，这时的深圳，它和我在地图上看到的等比例的村庄没有大的两样。只有这样认真打量过深圳，那些街道河流才会作为深圳最为生动的细节，融入你的生命和血脉，这种爱，才会在建立起空间和时间的坐标上找到属于自己的点。

人类的发展注定是一部城市化的历史，正因为如此，中国在几大文明中心的辐射下，才闪动着众多古城古都的芬芳。当深圳刚刚受孕为宝安的时候，在宽广的珠江口岸渐渐隆起平滑的腹部，诞生出一座带着门楼的城镇，渐渐因了岁月的醇化，演化为令人瞩目的大都市，成为中国南方的焦点，成为乡村中国的梦想蓝图。现在，已然长大的深圳，对宝安保留着某种天然的迁就，像一个孩子有成就之后对父亲的回望，又像一个父亲欣慰中暗含的不舍。有时候我就想，宝安是父本的，而深圳是母本的，他们在城市和乡村最孤独的时候，媾和出新的希望，又带来一段风尘仆仆的征程。看看，今天偌大的宝安，尽管处处透着都市的气息，农业、农村和农民的精神却久久不去，他们以自己独特的话语，蹲在门前把曾经沉重的话题轻松谈起。富裕使他们直起了腰杆，农民，这个在很多地方还处于相对贫困的弱势阶层，他们在宝安幸运地步入了都市生活，曾经飘荡在中国农村的重低音，被宝安高昂而激越的城市化进行曲淹没。我不知道，在那些原住民的心中，他们是不是在某个时候会有一种淡淡的怀旧和感伤，哪怕是在梦中？

　　我想起很多人口集结之处，他们在城市保留了一处处绿地，种上花草，种上大树，苦心营造自然的气息；想起宝安的农民们，他们在城市化的旅途，处处透着商业文明的睿智，面对大片的树林土地，不是极尽地砍绝铲平，既招商引资又因势利导，一个湖泊，被扩大为波光潋滟的水库，一块平地，就可以弄出驰名中外的高尔夫球场，一座山，就可以塑造得文化意味十足……城市和村庄，在这种融合中滋生出新的生活气质。或者，这个时候，他们真是富足的。

　　有时候，甚至分不清是身在都市，还是心在乡村，甚至不知秦汉。

四

　　我始终相信,深圳是乡村中国最有创意的浓缩,城市只是村庄在当前的某种存在形式,一定还有很多人,保留着村庄的朴素和梦想,在内心隐秘之处,始终拴着一座村庄。而在深圳,村庄是日渐城市化中的一种山河存在,可能在某些地方简省为一片绿地一垄小山一座带有观赏性的水库。在宝安龙岗,在大鹏龙华,依然可以找到深圳原住民的现代形迹,一畦菜地里昂扬出青绿的生机,一爿老屋里流动时尚的身影,一条河边有人垂钓出禅意。深圳所蕴含的村庄元素,不仅在地理上呈现,还在这座城市近半的人口的心里,在他们的身上,在他们的言谈举止中,和现代城市文明进行着博弈和煎熬,不断在自然的法则中有新的结晶。

　　在深圳,有一个来自中原村庄的群体,他们辗转来到岭南来到深圳,成为深圳最早的客家人。以至于在后来,在深圳本土的原住民中,客家人占了大半。长期的迁徙与拓展,促进了深圳客家先民与当地原住民的融合,推动了当地的社会经济的发展。深圳客家人为深圳留下了客家民居,记录着他们移民创业的缩影。在今天的龙岗、龙华、宝安和罗湖,依然还能找到这些从中原迁徙过来的被称为"客家围"的客家民居,它们的屋宇、厅、堂、房、井、廊院布局错落有致,在建筑材料与构筑方式保持中原土构之外,还采用三合土与砖结合,以及就地取材利用蚝灰的多种方式,内部主体建筑则为砖木结构施以彩绘,其变异的部分体现了濒海民居的特点。这样的建筑,我在坂田的杨美村和龙华的清湖村多次亲见,它们独具岭南民居特色，我相信能够进入中国典型民居的系列。作为客家民系大本营的一个"入海口"，深圳的客家先民在迁移中不断完成嬗变，在致力探求一种更好的生活、生产方式，除了耕田务农，他们还远涉海外开基创业，从事渔业、采石、种养、商贸等行业，抛开了客家传统重文轻商的思想束缚，具有商业头脑和开放意识。

这样的迁徙刚刚又经历了一次。不幸的是，从一个乡村到另一个乡村，完全不同于从一座乡村到另一座城市，注定，要有更多的痛，甚至，久久地悬浮。

五

使我以山河的眼光看待深圳，是我陆续到达深圳的一些地方之后。在我居住的对面，是曾将深圳分割为关外关内的鸡公山，山的那边，是以水疗出名的银湖度假中心。这座山自南山西丽绵延而来，在不同的地段有着不同的名字，保持着自西而东的一脉相承，其间有羊台叠翠，也有塘朗烟云，直到可眺望的梧桐山矗立在海天之际。海边的深圳无疑是多山的，知名不知名的，或高或矮，数以十计，它们大多依然保持着自己的野性和自然，成为驴友们探险的胜地。而位居市中心的莲花山和笔架山则汇聚起人文的气息，集健身、休闲、民俗和文化于一体，被赋予了更多新的城市精神意念。

我曾经想象，在南海岸边，一汪巨大的翠绿逶迤着向北绵延，其间点缀着充满现代感的建筑，分布着流线型的宽阔马路，活跃着来自五湖四海的人群，这里的山便满是灵性，这里的水潮起潮涌,这里的城时尚律动,一种沉寂已久的美在岁月中绽放光彩,令世界为之心驰神往。我确信,正是这些山,这些山石间的土地上,长出过一茬茬庄稼,生长着一代代百姓,最终长出了一座城市,带着天南地北的方言,却努力在让人听得明白。这种方言,带着浓郁的村庄的味道。

在现代文明体系中,城市作为一种叙事,村庄则可以当作一种抒情。在城市的叙事中,深圳建立了一种极具张力的能指体系,来自五湖四海,来了就是深圳人的一千四百万人口,则成为核心所指,他们充满了鲜活的力量,在满是悬念的故事中一页一页书写历史,在城市抵挡不住的诱惑中揩一把眼泪继续上路。这种前赴后继式的义无反顾,几乎要颠覆村庄的存在,让人不忍舍弃,不忍离开,不想回到村庄。

借助这片土地,深圳完成了三十年来最为宏大的历史叙事。而村庄,则长满了青草般的胡须。

六

我一直在想,为什么很多人一定要进入城市,又有很多人在心里想着回去,却始终迟疑着没有迈出步伐。如果把聚居作为城市化传统之源,那么在城市化演绎中,资源配置的不公和财富的货币化,有一双黑手以交换掌控着资源的高度集中,颠覆了既有的道德与信仰,建立的却是对物的非精神崇拜,也许来自农村的悬浮阶层并非在城市化中离心出来的群体,或者还有一天,城市里也将有一个来自底层的群体想去到乡下,然而他们去不到乡下,他们与另一个群体无限地利用劳务工不同,只能简单地对城市的闯入者心生抵触，村庄也在他们的心里不时地萌动。

我们不能漠视的是，城市化首先是以国家的名义对非城市化资源的掠夺与集中，这是一个不能无限推理的逻辑。或者，小城镇化能改变这种资源配置格局，无论是在城市还是在农村，让白菜能回归到正常的价值与价格间的关系，使相对公平合理有了公理基础而不仅仅是法理基础，城市和农村都回到自己的正常形态。遗憾的是，我们习惯了好大喜功，什么都总喜欢越来越大。

但我知道，即使村庄没有了，那片土地上还会有人在。即使有一天，我们都不需要村庄的存在，我们也不是所有的人，所有的人都愿意生存在都市里？

七

村庄本无所谓边界，在塑造出自己的城市之后，将自己定义为城市的边缘地段，只有它自己知道，边缘不是不存在，而是另一种潜伏和积蓄。今天的城市，并不适合所有的进入者，如同在深圳，一些打工者必然要回到他的故乡，回到他的村庄，或者回到离他的村庄不远的地方。村庄在等待他们归来，等待他们带着城市的气息，给村庄的沉寂注入一丝新鲜的活力。

我接触过法国波尔多左岸右岸一些庄园的庄主或酿酒师。在那个温情而浪漫的国家，我所关注的并非它的城市文化，而是它的村庄的发展现状。我欣赏他们永远生长葡萄的庄园，他们的庄园里生长着满地的葡萄，也长着各种各样的杂草，鸟鸣其间，鱼翔其中，酒香飘逸，耳根清净。这样的庄园，没有疯狂生长的建筑，也没有人烟日少的荒凉。因为葡萄，因为酒，也因为他们对葡萄酒所蕴含文化的尊崇与追随，使得村庄充满了自然与人文的天然融合，村庄由此成为一种不反对商业的生活方式，随着它的酒香一路弥漫，到世界的角角落落。波尔多河流域的村庄或者是值得我们审视的，重要的在于，它们的任何庄园，如果有十五公顷的葡萄，百余年来，它们就仍在亦城亦庄中坚守着自己对于酒的理解。这样的村庄，将始终是一种存在。我想，我们的村庄，酝酿了几千年却只酝酿出繁缛的宗法和礼仪。法国的庄园，不仅是我们的村庄应该借鉴的，我们的城市也应该好好考量。他们的那种自由的生活方式，正被几何级般放大，而成为物质和精神财富的双赢者。

由此使我想起来的，还有德国的小镇。它们都是一些小小的聚居之所，重要的在于，它们更多地依靠自身的资源，没有将发展放大到极限，体现出一种对生命对自然对世界的尊重，呈现出生命的内在和谐。但我们看到的，似乎只是他们鼓起来的腰包里的钱。

从什么时候开始，我们更多地向往深圳的物质，而在心灵上向往着波尔多的村庄和德国的小镇生活，却只临渊羡鱼，并不退而结网。城市和村庄，或者就是两种存在，没有对错，也没有好坏，出了点问题的，要么是看它们的那双眼睛，要么是那双眼睛背后的内心。如果有一天，城市和村庄都是相互尊重的，相互羡慕的，相互交融而不是抵触的，城市和村庄，就成为一种真正的山河存在，成为我们的心可以宁静的地方。

城市里的村庄是心灵的，而村庄里的城市是物化的。江山如此多娇，说的也许就是，村庄如此美好。

选自《花屋场》，南海出版公司，2014年12月版

程鹏

2008年参加《诗刊》社主办的第24届"青春诗会"。获第四届深圳原创网络文学拉力赛非虚构类二等奖；小说《小姨的婚礼》获开县文学奖；散文集《在大地上居无定所》获第九届深圳青年文学奖；《一个村庄主要由三个人构成》组诗获中国诗歌协会原创诗歌奖；散文《诗意的栖居》获首届"孙犁散文奖"。出版散文集《在大地上居无定所》，诗集《装修工》。

南方

一

我对南方的想象来自我的随性发挥，太阳照耀着金色孤独，我天生的几分忧郁气色因为椰风消失。这样，我就不用到稻草垛躲过母亲的纠缠，去看一本诗集和一部小说了。

少年的气味还是很浓郁的，迷恋牛仔裤的破烂味道，觉得自己就是一个爱流浪的贵族。来到南方后，急着买第一条牛仔裤，是我喜欢的那种流浪色，看了好生舍不得，没有追究手工和布料，天生喜欢。我时刻盼着牛仔裤洗出一种旧的味道来，我急着想摧毁它，我有着这种摧毁的力量。我常常这样，把牛仔裤撕掉，那种随意的时光就流淌在上面，我被我的这种破坏能力征服了。南方一个词，是否跟牛仔裤有关，也是否与它无关。

我躺倒在稻草垛，被我掩饰好的身体不会轻易被母亲发现，我一次一次试想着南方的神秘，一次一次被我的想象推倒。

故乡的太阳就不是我想象中的味道了，就算田野无限大，麦子如何发出一种肌肤的色调，我还是没有呼吸。我也会停留在某个喉管之间，说不出究竟是什么阻止了我的思想，少年那时候懂得了去远方。

之所以对南方产生了浪漫想象，还是来自我的大脑，它需要无限量的发挥。一些辞藻排山倒海般地汹涌前来，我窒息在言语上，拒绝和无法拒绝都是我要表达的方式，容不得自己陈词滥调。

南方我不是太在意它有海……多年以后，我也不是追求海而去了南方。

南方的确有海，颤巍巍让人心生胆怯，远看是一抔碧蓝，近看却是一团浊物，我是讨厌海的。流浪的词在我身体里蓬勃生长，根深蒂固在我随性的骨子里，像一个经验老到的处女。

南方跟海有关，它的捕鱼方式被失传，一个世世代代的生活烟火，消失了，只在一些朦朦胧胧的灰尘中取得历史的信任。我心有所图地忘记它的海，那不是我所要理解和需要的，我容易忘记它。

我也试图去寻找它们久失的况味，阳光的浓烈把我的皮肤割裂出看不到的伤口，我痛在其中，假装热爱，做一个不被人枉道的人，然而我始终被拒绝在门槛外，像一个巨大的囚。我被陷入在一个笼子里，我和我的太阳，我们滚动着，拖着隐秘的回声——生命之初以及生命的最后。

二

异乡人的南方，一个异乡人的南方，伴随着我的失眠之夜。眼睛睁开着，外面的雨声，心中千万次地询问自己的内心。这是我的南方，就是我到达和离去的地方又卷土重来的神秘小国。

它就这样存在了，在我舍不得的拒绝中。我常常一个人外出，去到另外一个人的地方，在南方我需要这份孤独。它伤害着我，让我的感情在痛苦过后的几分钟内诞生一种美好的文字，它们像蠕动中的蚕子，吃掉我身上的桑叶，结茧，变成丝绸或者化成蝴蝶，生命就这样被织来织去。

雨声浸入了窗体，我听得真切，我怀疑自己在南方的成长，而我又不喜欢这种成长，曾经迷恋过的在一次一次的成长中不断地否定了，甚至瓦解了个人史。少年躲在稻草垛的日子回不去了，少年的容颜也回不去了，我只是在这样一个失眠之夜加以回忆。在某个街头，我会停留在某个少年的身上，它身上洋溢着的青春气味窒息了我。一种持久而来的阳光撕开我在南方的阴霾。

我彻底失眠，不敢开灯，害怕迎面而来的窗外。这是我的南方，窗外面在下着雨，丝丝地飘进来，冷，这是进入冬天了。我陌生地打量着四周的黑暗，我的意识知道此刻我在一个小房间里，哦，明天，我还寄托在我的精神领域里。

眼睛浮动着，像在水面上漂浮，我看不到，四周有密密麻麻的针在拼命地拥挤，插在我看不到的角落里。失眠带来的苦恼，独身带来的烦恼，洗干净了我生命的白。我终于看清楚了我在南方的形象。一个伴着灵魂行走的人，在现实的语境中，说着别人听不懂的话语。

我努力地分辨，不是这样子的，不是这样，原本不该是这样。没有人理解，也没有人懂得。

徒劳。

天光将亮。

三

我也尝试这样一种生活，灯红酒绿，纸醉金迷，做一个彻夜不归的灵魂。我迷恋这个城市的腹部，她的隐秘处，大半夜，把一个简单的易拉罐踢得满街响。

我大半时间沉醉在这种需求中，第二天睡得太阳快要落下去了，掏掏口袋，去报亭买一份报纸，发觉没有什么发生。

接下去我会问这是我吗？还是在南方的我，那个在稻草垛模拟想象过的南方却是金属的味觉。我就是这样，只要第二天的太阳依然灿烂，我的脸上就始终是笑容。我走在这个城市最繁华的地段，心生美好，身边的红男绿女，各就各位到各自的灵魂中去。

南方一词，爆炸在各个媒体和纸张中。我慌乱，找不到最初来的感觉。我只有在诗歌的麻醉中找到我需要的精神鸦片。某天，我迷恋了一句"生活在别处"，我开始玩味着这种看起来不经意的经典。

开始，有一个少年诗人在注意着我。我知道他的名字，但不肯说出来，只因为我羞于跟他一样有着流浪的情结。

这个结一直跟随着我，我试想着少年诗人曾经的生活，他的生活才是我想要的，而我背道而驰了。他追随着太阳去了非洲，那里离太阳最近。我想少年诗人肯定摘到过太阳，像玩在手中的气球。

南方，我一直适合它的气候，它也适合我的脾气。在这里我曾找到自己，又一次一次失去自己。很多次，我都在分辨自己，哪个更像自己，哪个不像自己。我综合着各种可能，我发觉我失去了自己一次又一次，一次又一次更适合自己的那个我会重新回来。在此刻的房中，写一首自己喜欢的诗。

或者我就是在掩饰自己的本相而不为人知，我活在这种欺瞒别人而不伤害自己的现实中。我想把自己原原本本地端视出来化成镜像。

这就是我的南方。

我别无选择而命中了它下的药。我也尝试着一种蜕变，始终觉得那不是我，如果有人在某个场所中遇见了未知的我。

这就是南方，一个爆炸的词。它把我原本想要变成的我变成了另一个被人把玩的我，道貌岸然，被人想象，被一种身份定位，连接着一些其他定语，我来不及回避。在南方，我读到一个少年的诗，他完成了我。对于他，我不肯说出来，这仅仅是我的洗礼。

雨声停了，太阳从窗外流泻了进来，开闸了一般的鲜艳，带着南方特殊的气味，簇新。荔枝树花开，荔枝树花落，这就是我的南方。

选自《在大地上居无定所》，花城出版社，2015年1月版

陈诗哥

中国作家协会儿童文学委员会委员,广东省作家协会儿童文学委员会主任,现居深圳。出版童书有《童话之书》《风居住的街道》《我想养一只鸭子》《一句话的故事》等。曾获全国优秀儿童文学奖、冰心儿童文学奖、广东省鲁迅文学艺术奖、上海好童书奖等,三次获得《儿童文学》金近奖,四次获得《儿童文学》擂台赛奖。

《童话之书》:童话在寓言世界里的故事

朋友让我用一句话来概括《童话之书》,我这样回答:她说的是童话在寓言世界里的故事。这句话里有三个关键词贯穿了全书的始终:童话、寓言和故事。

这三个词语,在《童话之书》里各有所指。

我在第28页描述了一个刚刚被创造出来的世界,那是一个童话世界,其实也是一个神话世界:因为有了神话,所以就有童话;透过童话,便可以看见神话。这个世界,在我心里,便是《圣经》里的伊甸园,而以大人形象出现的亚当和夏娃,其实是两个孩子而已。

那时候的伊甸园,并不是没有时间,而是没有时间这个概念。所以,没有所谓的一天天和一年年,只有美丽的日出和美丽的日落。日出的时候,阳光照耀大地,男孩女孩便在田野上、河流里、森林里玩耍,嬉戏。而日落的时候,大地沉入黑暗中,男孩女孩便躺下来睡觉,做起了甜蜜的美梦。

一切都如此单纯和美好，伊甸园里说着神话与童话。

但是，人们不愿意止步于单纯和美好，正如人们不愿意止步于信仰。人们希望能够像神一样拥有智慧，通过创造故事来创造世界，获得永生。这大概是人类最大的诱惑吧。

于是，人们不再需要神了。我只好在书里为神找了一个台阶："神忙着创造别的世界去了。"

于是，故事兴起了。

有些故事温柔平和，犹如清晨的浪花；有些故事则汪洋恣肆，常常冲出故事的框架，犹如黄昏的波浪冲击海岸。故事一旦冲出海岸，通常就要淹没其他的故事。

我在第109页"从童话世界到寓言世界"描述过一个小故事：有一天，有一样东西掉在人们中间，引起了人们的注意，它圆圆的，有四条结实的短腿，但嘴里发出老鼠的吱吱声，它会偷偷溜进人们的心里，兴风作浪。它的名字叫作"怀疑"。

有一天，甲看见乙从窗外经过时往屋子里看了一眼，便想：这小子是不是想入屋打劫？而丙看见丁的手上有一只大苹果，心想：这只苹果如果给我吃会不会更好呢？于是，也不问一声，丙就动手去抢丁手上的苹果，放进自己的嘴里。丁疑惑不解，感到了委屈，泪水直在眼眶里打转，一股屈辱之情顿时从心底升起，他决定报复，他跑到丙的家里，把他的梨子、橘子和鸡蛋全搬回自己的家里。

于是，两个人扭打起来。两个人的战争爆发了。

很快，丙和丁的亲戚戊、己、庚、辛、壬、癸等人也加进来；然后，东街和西街的人也加进来；最后，整个世界也加进来了。人们相互掠夺，相互残杀，变得贪婪、血腥、残暴，啼哭声此起彼伏。

故事开始变得惨烈。

人们给这个世界起了一个新的名字，叫"寓言世界"，因为这个世界寄托了他们种种的忧愁、哀思、悔恨和骄傲，同时也表达人们的某种希望：寻找故事的寓意，确定生存的依据，从而获得幸福。

每一个人都渴望得到幸福，无论他是在童话世界还是在寓言世界。

不同的是，在童话世界里，幸福只有一种，我们可以称之为美好的幸福。在童话世界里，也许人们并不完美，他们不一定高大、英俊、美丽、勇敢、聪明，相反可能矮小、丑陋、愚昧、懦弱，但是他们温顺、谦卑，相互信任，相互关心，这种生命的本质便是为了他人的美好，自己的幸福是建立在别人的幸福的基础之上。

童话世界消失之后，美好的幸福并没有消失，但是向往的人少了，因为它要人们保持灵魂上的纯洁。而在寓言世界里，人们习惯于追求自身的精彩，对他人则进行简单的甚至带有强制性的说教，人们更多向往的是另一种刚刚出现的幸福，我们可以称之为享乐的幸福，这种幸福追求的是身体的快乐。

我注意到，《红楼梦》也讲述了一个童话在寓言世界里的故事。我在第110页说，大观园内是一个童话世界，在这个世界里有一群天真未泯的0—99岁的孩子，在此度过了一段最美丽的日子，单纯而快乐。而大观园外便是一个寓言世界，那是一个已经衰败了的世界，它的主人是0—99岁的大人，他们追求享乐的幸福，有的人通过寻求寓意的方式，有的人通过设定规矩的方式,有的人通过放高利贷的方式,有的人通过偷鸡摸狗的方式,等等。结果便是:无论在故事里,还是在现实中,寓言世界都把童话世界重重包围了,以至于有一天童话世界失陷了,故事里的第七十四回抄捡大观园,便标志着童话世界的破灭。

其实,究竟有没有伊甸园,这并不重要。为什么世界会变成一个寓言,却十分耐人寻味,富有启发意义。

寓言世界到处充塞着故事。有人把这些故事归纳为四个字:恩怨情仇。也有人归纳为八个字:胜者为王,败者为寇。当然,也有人不同意,他们认为世界就是故事,故事就是世界。

但谁也没有办法否认,这时候的故事像洪水一样在大地上漫延。

为了让这些汹涌的故事分流疏导,不把所有人都淹没,我在第166页"国家的故事"里说,有一个有思想的人在东西南北方和中部画了五个圈,分别建立五个国家。国家的出现,使得万事万物各从其类。

为了避免这些国家间的冲突,这位思想家写下了一部伟大的法典,这部法典只有两个词:爱和宽容。

但是,随着故事越来越复杂,这部伟大法典的字数也越来越多了。

这时候,人们离神已经很遥远了。

为了回忆神的话语,或者为了从神的话语里寻找生存的意义,或者权威,于是,模拟的神话就出现了,就是我们目前看到的神话故事。

我在第79页"从前有一个巴博萨"里提到有一个神话学

家，他想从神话里找到神的话。他认为，只要找到神的话，人们就可以拥有真正的智慧，就可以过上幸福的生活。他证实，即使由人写出来的神话也是充满智慧的。因为人们依据这些神话的教诲来生活，生活得很有秩序，很有意义，也很幸福。

有一天，这位巴博萨遇到了一个女子，他对她说："在很久很久以前，神创造了两个人，一个叫巴博萨，另一个是你吗？"那女子看了他很久，娇羞地点点头。于是，他们结了婚，很快乐地生活着。

但后来，一场疾病夺去了他心爱的妻子，一场车祸又夺去了他心爱的儿子，他伤心欲绝。他像神一样发出呼唤："起来！起来！"可是他们还是没有起来。他终于发现，这些神话并不是真正的神的话。

另外一些人也发现这些神话并不是真正的神的话，但从这些神话里得到了启发。他们就是哲学家。

这些哲学家发现了另一个世界，我在第 37 页"有一个世界"里说，那是一个真正的世界，因为它是由神所创造出来的。不过，那是另一个神了。

在那里，只有一个人、一朵花、一粒石子、一条河流、一尾鱼、一座山、一只猫、一棵树、一张床、一盏灯……尽管只有一个，却完美无瑕。

我们所处的这个世界，是那个世界的倒影，就像太阳投射在地上的影子。

在那里，一朵花是伟大的。永远绽放，永远芬芳，永远美丽。因为它是被神创造出来的唯一的一朵花。

我们这里的花，只是对它的模仿。有的花模仿它美丽的外表，有的花模仿它芬芳的气味，但它们都只得到刹那间的荣光，因为模仿不了它的永恒。

在那里，人永远是快乐的，没有悲伤。因为没有悲伤的理由。

在我们这里，因为花朵的凋谢，引起了多少惆怅和感伤，人们悲叹时间的流逝，容颜的易老，从而写出多少文学作品。因此可以说，写作是一种对岁月的眷恋。

只有少数智者写出来的作品，才是对那个世界的回忆。因为只有少数智者，才能在思想的深处偶尔看见那个世界。这是神赐予的礼物。

在那里，石头是沉默的，却是睿智的，因为当中充满了思想，洋溢着光彩。

而在我们这里，石头同样是沉默的，却是愚蠢的，其中只是一片漆黑。

在那里，石头只有一块，不多不少不大不小不胖不瘦不重不轻不圆不方不尖不钝不新不旧不高不低不黑不白不喜不忧不急不慢不前不后不左不右不贫不富不热不冷不香不臭不饿不饱不死不活不是虚空也不是实体不是好看也不是不好看。它是一块真正的石头。只要它一开口，比我们每一个都要聪明。可惜它从来不开口。

而在我们这里，石头是大大小小、千奇百怪的，仿佛是那里的石头的调皮儿子。

而在我们这里，太阳是任性的。如果没有树木带来令人愉快的荫凉，这个世界就会成为一个沙漠。

这个世界本来就是一个沙漠，只有图书馆是一片绿洲。

在那里，只有一本书，但记录了世间天地万物所有一切。

在我们这里，即使所有的书加在一起能绕地球一圈，也不过是那一本书的一个小小的注脚。

在那里，没有悲伤，没有痛苦，没有死亡。

而在我们这里，什么都有，看似丰富，实则单调，甚至让人恐惧。

而那个世界，看似美妙，但只有智者才能偶尔看见它。

回到上述的失去妻儿的巴博萨吧。有一天，悲伤的巴博萨在书店里遇到了一本童话书，使他重新变成了一个孩子。或许，唯有透过童话，才能看到真正的神话。他这样认为。

事实上，他最喜欢的是这个故事：

从前有一个人，谁也不知道他从哪里来，他发明了风和雨，他在大地上走了很久很久，终于遇到了另一个人，是一个女人。而她发明了一张小板凳，她说她就一直坐在板凳上等他，等了很久很久。所以，他们结婚了，生下了很多的儿女……

重新成为孩子的巴博萨，出人意料的是，他变成了一名快乐的海盗。他把大名鼎鼎的"飞翔号"海盗船变成"鞋子号"海盗船，并用讲童话的方式，从海盗手中挽救俘虏的性命，最终使凶神恶煞的海盗变得文质彬彬，变成讲故事的高手、学识渊博的学者或者伟大的出版家。而海盗船，人们则把它称为世界上最著名的一座学府，一所流动的大学。

巴博萨说，如果他的妻子和儿子还在人世，大概他也会让他们做一名海盗。

巴博萨还发现，他所说的话，都可以称之为童话。

使巴博萨先生重新成为一个孩子的"童话之书"，在寓言世界里遭遇了许多人和事。他在各种读者和环境中辗转，行走在路上，邂逅幸福，遭遇苦难，被人误解，被人珍惜，却渴望人们能重新反省自我和世界，重新成为一个孩子。

只有重新成为一个孩子，才能看见童话。透过童话，可看见真正的神的话。

然而，这并不是童话世界，而是寓言世界。

在这个世界，王子与公主并不会从此过上幸福的生活，即使他们结婚了，他们也可能会为各种事情左右，可能会吵架，互相怨恨，甚至离婚。我们发现，改变世界的偶然事件实在太多了。

例如，如果战争没有爆发，"童话之书"就可以在宋先生的小观园里美美地过上几年；如果怀玉牢牢地把"童话之书"抓在手上，"童话之书"就不会掉落在废墟上，压在青石板下三十年。

那么，童话应该如何应对寓言世界呢？

还是以"童话之书"在废墟下三十年为例。让我可以作为参照的是在《西游记》里孙悟空被压在五指山下五百年。我很好奇，无所不能的孙悟空是怎样度过那五百年的呢？他有没有愤怒？有没有难过？有没有悔恨？有没有流下痛苦的眼泪？可是，齐天大圣会流下痛苦的眼泪吗？

很难想象。

很遗憾的是，书里没有提到这件事情，只是简单地说，有个老头会经常拿些桃子给孙悟空吃。为什么没有提及？莫非吴承恩先生认为：这件事情压根不重要？

这是我写第六章"废墟下的故事"的出发点。读者应该注意到，它和第五章"五本书的故事"位于全书的中心位置。在我的感受里，"童话之书"是一个信徒，所以第一个十年里，他还能以纯洁、乐观的心境对待，静静地等待救赎。然而到了第二个十年，他开始动摇，开始给朋友们讲述世上并不存在的故事，并想通过巫术来获救。经过二十年的等待，到了第三个十年，"童话之书"开始崩溃，甚至想过自杀，在陷入绝望后变成了一个纨绔子弟，请朋友们挖空石板下的泥土，建了一个地下宫殿，过着灯红酒绿的生活。

　　但是，这种奢华的生活过得久了，也会变得单调、空洞，于是他重返内心，重新和心灵融为一体后，不再对抗时间，而是以顺服的心境和时间相处，等待真正的救赎，时间反而不再像一支要人性命的利箭，而是像一只顺服的猫趴在地上睡觉。

　　我认为这就是童话的秘密，她改变了时间的线性方向，让时间像母亲子宫里的羊水一样荡漾在我们的周围。

　　有一点要说明的：把"童话之书"设计成"永恒之书"并非我所愿，我的初衷是他和寻常的书一样，害怕书虫，害怕潮湿，但我找不到方法让他在废墟下三十年而不腐烂。

　　如果重写，我可能会把"童话之书"千年不坏的身份卸去，让他和大家一起以寻常的身份，承担寓言世界里的不测和痛苦。

　　童话就是一路同行，直到寓言世界的尽头。

选自《教育研究与评论》2015年第3期

许石林

国家一级作家、中国作家协会会员、深圳市杂文学会会长。曾获首届鲁迅杂文奖、广东省鲁迅文学艺术奖、广东省有为文学奖、华东地区哲学社会科学优秀图书奖。主要作品有《桃花扇底看前朝》《清风明月旧襟怀》《故乡是带刺的花》《舌尖草木》《每个人的故乡都是宇宙中心》。

他们趴在"正确"的床上赖着不起

我在出租车的广播上听到广东电视台主持人王牧笛,因女护士给女朋友打针数次没找到血管而焦虑,事后在微博上吐槽要砍护士并最终道歉的新闻,听到电台主播们说他扬言想砍护士,心想:这孩子不对。接着又听主播们说,许多人让他道歉,他再三道歉,也删除了微博,可是有人强烈要求王牧笛所在单位开除王牧笛,我心想:这些人不对。

记得十几年前,我当记者跑卫生线的时候,本地发生了一个银行某高管举枪催促急诊科护士,把那个护士吓坏了的事件。当时的医患关系不像现在这样紧张,或许是因为信息传播没现在这样便捷?当时媒体毫无悬念地谴责那个举枪威胁医护人员的银行高管。我去采访卫生部门的负责人的时候,这位大学教授出身的卫生局官员说话很谨慎,他不愿意把话说得那么狠戾。我当时将他一番有些絮叨的谈话,总结成这样一段词儿:人类飞速发展着的医疗卫生水平,永远滞后于人对健康的希求。而病人尤其是急诊病人,因为疾病带来的暂时性焦虑,医护人员应该给予理解。同时，作为一个现代市民，经常使用城市公共设施，也应该有起码的常识，不能希望医护人员像病人和病人家属一样万分焦虑才算尽心尽力。我问这位领导是不是这意思，他连连说是。就这样这话变成了他的发言，被我写在报道中。其实我的这些认识，不过是将老家乡亲挂在嘴边的俗语"急病人，慢郎中"换了个说法而已。

原本我对王牧笛事件就不再关心了，其实王牧笛是谁我也是后来才知道的。可是，当天又在微信上看到不少朋友在转某女作家写的对此事件很煽情的评论文字。我大致扫了一眼，发现其意思也不过是换了更乖张的语气数落批评王牧笛，借以表达自己比王牧笛胸怀更宽广、情感更细腻而已。我可能带着对这位作家文字的反感以及傲慢与偏见，回想王牧笛事件，认为网上对他的种种讨伐有些过分了。

中国文化之道，忠恕而已。忠者，必曲尽其情，即处理任何问题，要察微得情，尽量了解得全面细致，不能浮空掠过，不能仅凭表面的概念得出结论、付诸行动；恕者，不过是推己及人，以情而谅之。在网上动不动喊砍人的，多数是表达情绪，而不是真正地要砍人。我们中的一部分人现在已经不会用传统的比兴思维了，已经不会"听话"了。

王牧笛作为一个血气方刚的青年人，在当今传播工具如此便捷的时代，将个人的一些情绪吐槽到了自己的微博上，也就是发泄一下，但作为公众人物，言语有影响力，所以他这样做是错的。经过别人的批评，他也知道错了，删除微博并两次道歉，我觉得这样就可以了。

但是，有些人就是揪住不放，非要让王牧笛所在单位将他开除不可，还有提出开除他都不够的。我觉得王所在单位应该不会顺应这种民粹情绪。可是，那些人不依不饶，仿佛王牧笛真砍了人一样，他们怎么不知道，真砍了人有警察管着。

王牧笛不过就是发泄了一下情绪嘛，你们认为王牧笛是天神啊？他的话一句顶一句，对你们来说是圣旨还是灵验的咒语？你们怎么把他的话那么当回事儿？

我将自己的上述理解发到微博上，自然引起了一些人的反感，有人用肮脏恶毒的话骂了我，我看出了他们对我的愤怒。这些人血脉偾张，一副英勇就义前满眼血丝的样子，红光照人，很不正常，但显得很正经。不依不饶，尽情发挥他们所看见的对是非黑白的判断。因为他们要挥洒自己对正义的抒情，一开始抒情就太过，一时收不回来，中间还有所谓作家助阵，就更正确地万丈抒情再起高潮刹不住车了。其实他们就是正确不起，不是伤不起。现在社会上有很多这种自己把自己挂在永远正确的灯泡上烤的人，凡发言，必认为自己正确，这就是一些正确不起的人——趴在"正确"的床上，赖着不起。

你们说王牧笛戾气，在我看来，他仅仅是在事后于微博上吐槽而已，连医院名字都不敢说，更没提护士名字。我感觉这孩子禀赋有点弱，就是表达一下怨愤而已。你们这种死缠烂打、狠叮猛咬才是戾气！你们认为把王牧笛开除，把王牧笛整得很惨才能解心头之恨，才是真正的戾气！你们的戾气装罐都能当火箭燃料了，这算是新能源吗？

子曰："听讼，吾犹人也，必也使无讼乎！"——就是说，哪怕是到了争讼的地步，公正的处理结果，最理想的，必须是息讼平怨，而不是某一方迫于另一方的压力和势力，隐忍受沮而退。这种结果，胜利的一方并不是真胜利，而是流氓斗殴似的占上风；失败者也不是心服口服，而是我打不过你，先撤退，保留我的青山去。事件貌似平息了，但怨恨和戾气却萦绕充塞于天地之间。你们的怨恨是怨恨，王牧笛的怨恨就不是怨恨？你们人多怨恨重，很了不得，王牧笛人少怨恨轻，就可以忽视？

自古以来，世界上绝大多数的争讼都做不到"无讼"的理想结果，所以，中国古人看到了这个人类难以解开的纠结，发明了"礼"，对于这种人陷入争讼的解决，提出"狠毋求胜"的思想，就是说，跟别人争斗诉讼，以不刻意固执求胜为好，这样自己心里才过得去，才能不招致对方的报复和反弹，才能达到"无讼"，这也就是温良恭俭让的让，即"恕道"。

2015年8月4日
选自《故乡是带刺的花》，海天出版社，2018年1月版

廖虹雷

中国作家协会会员、中国民俗学会会员、民俗学者,世居深圳。出版有《热土流苏》《老街》《深圳民俗寻踪》《深圳民间熟语》《深圳民间节俗》《深圳风物志·风土人情》《深圳风物志·民间美味》《宝安民俗》等著作,获中国人口文化奖、广东省鲁迅文学艺术奖、深圳十年"大鹏文艺奖"等。

深圳独特的风土人情

一

深圳源于宝安,宝安古已有之。

古自何时?清康熙《新安县志·地理志·风俗》记载:"邑在晋为郡,西晋永嘉之际,中州人士避地岭南,多留兹土,衣冠礼义之俗,实始于此。"换句话说1700年前的西晋时期深圳就置郡县,有郡县必有庶民,有庶民必有土俗,而此俗始于中州(原)也。

由此,深圳不经意间走了一千多年。在漫长的历史长河中,她像滔滔的珠江,一路汇合着东江、西江、北江之水,浩然进入南海一样,在原有土著文化的基础上,融汇了广府和潮汕的"咸水文化",又糅合了粤北、粤东客家的"淡水文化",形成了既接近广府(广州)又不完全是广府,既是客家又不全是客家(不列入著名客家研究教授罗香林考察划定的全国

27个纯客家县范畴)的"咸淡水文化"。当地人自豪地说这种"咸淡水文化",大概指的是"深圳味",也就是本书将要叙述的有别于其他地方的深圳风俗。

二

东汉学者应劭在《风俗通义》中道:"风者,天气有寒暖,地形有险易,水泉有美恶,草木有刚柔也。俗者,含血之类,象之而生。故言语歌讴异声,鼓舞动作殊形,或直或邪,或善或谣也。"这是1000多年前我国古人对风俗的诠释。

后来,世界上把风俗确立为民俗学学科,最先是大不列颠岛上的英国,国际名称为Folklore。这个专有名称是由一位名叫汤姆斯(W.J.Thoms)的英国考古学者,在1846年首先提出来的。它的含意是"民众的知识"或"民众的学问"。这个名词,最初只是用来取代"民间旧俗"这一习惯称呼,但是在使用过程中,越来越确定了它的科学概念。于是,民间旧俗蕴涵着两方面的意思:一是指世世代代传承下来的风俗、习惯和口头故事、歌谣等;二是指研究民俗的科学理论。1878年,英国正式建立了民俗学会。从此以后,民俗学成为国际性学科的名称。

民俗学概念传入我国,始于1922年北京大学出版的《歌谣周刊》。该刊发刊词中最早采用了"民俗学"译名,把民俗学的研究提到了很重要的位置。1927年,广州中山大学成立了民俗学会。第二年,出版了《民俗周刊》、民俗丛书。至此,民俗学这个名词随着民俗科学的兴起开始普及起来。(参阅《民俗学丛话》，乌丙安著，长春出版社，2014年版）理论上概括民俗学的说法，在老百姓看来有点拗口和枯涩，还不如民间说的"风土人情"有意思。前文说的天、地、水、草之不同者为风土，由人们在天地自然界产生出来的喜怒哀乐便是人情；简言之，老百姓把长期生产和生活中"过日子"沉淀下来的文化事象，谓之风情、民风、习俗、俚俗。

风土人情，在不同的国家、不同的民族、不同的地域和不同的生产生活方式中，呈现出不同的文化形态。这种文化形态，在各个不同族群里，形成语言、饮食、信仰、礼仪、年节、习俗等方面不同的文化习惯。别看这些习惯都是些细微繁琐的日常事，但是一个地域、一个族群一旦形成这种民风习惯，却能影响人们的心理和行为，甚至成为影响着民族文化发展的基本力量。

三

人常说一方水土养一方人，一个乡村一个例俗。

深圳的风土人情，是与它的地理位置、地形地貌和人文历史紧密相连的。深圳依山傍水，三面环海。南面沿海的多为平原、沙田、滩涂，土地肥沃，物产丰富；北面的山区多为峰峦叠嶂，丘陵起伏，山道崎岖，土地贫瘠。这里的海岛渔村和乡野山庄，数百年来聚居着不同的族群和民系。

最早来到河涌纵横、鱼米之乡的深圳西部开基立村的，是讲白话的广府人（以广州为中心的粤语民系而得称），后来移民在东部和北部依山而居的多为客家人。据史料所载，深圳广府民系的雷姓、陈姓、郑姓、黄姓、潘姓、文姓、曾姓、邓姓、赵姓、廖姓、刘姓等多数在一千多年前的宋代迁入，稍迟的也在元明期间落籍深圳。既然为"客"的客家移民，肯定比"本地人"（广府人）晚到，张姓、叶姓、方姓、詹姓、萧姓、袁姓、赖姓和欧阳氏等是在明清时期迁至，特别是有规模迁徙到新安县垦荒耕海的，是在清朝"迁海""复界"事件中的康（熙）乾（隆）年代（参见《深圳风物志·风土人情卷》第三章第172页）。至于由福建、潮汕流入南澳、盐田、蛇口等沿海捕鱼的"福佬"（土称鹤佬）的闽潮民系更迟，他们多数为清末民国时期迁入。至此，深圳比较明显地分布着西部为广府人，中东部是客家人，南面沿海的一些渔村居住着福佬人的局面，形成了汉民族中的三大民系。这三大民系突出的特点就是方言的多样性，带来风土人情的多元化。

首先，地方语言的丰富。全国七大方言（北方方言、吴越方言、赣方言、湘方言、闽潮方言、粤方言和客家方言）中深圳占有三席（粤方言、客家方言和闽潮方言）。深圳的广府语言中有围头话、基围（疍家）话次方言，次方言里又有沙头、南头、西乡、沙井和公明的土腔。客家人的语言又有羊台山的石（岩）龙（华）观（澜）布（吉）和龙（岗）横（岗）坪（山）葵（涌）东部的客家不尽相同，次方言里更与兴梅、闽西、赣南的客家话有所区别，还有大鹏古城的半白（粤）半客夹带北方话"四不像"的"大鹏话"（又称"军语"）。地域和语言不同，带来吃、住、行、穿、戴和嫁娶、生辰、寿诞等礼仪习俗的不一样。比如说吃的，广府人靠海生活，有爱吃"三鲜"（鲜鱼、鲜虾、鲜贝）的习好；客家人依山而居，条件所限，养成吃"三咸"（咸鱼、咸菜、咸肉）口味；潮汕人则习惯"三啫（食）"（"啫糜"即食粥，"啫藤"即食半汤半菜，"啫嗲"即饮茶）。比如说住的，广府人多数住砖瓦排屋，屋脊硬山式带镬耳封火墙，沙井、福永一带的房屋还用当地的蚝壳做墙，门窗和屏风的花纹镜片也用蚝壳片镶嵌，成为有别于其他地方的装饰艺术。客家人住的不少是泥砖屋，有钱人家盖青砖屋或用三合土舂墙，建方形、矩形的围屋。围屋是用灰沙舂的高墙，对外可防御，对内是族人生活的小天地，适应客家人移民到人生地不熟的地方，建立相互抱团照应过日子的居家环境。深圳 300 多座围屋从建筑材料到屋形外貌，跟粤东、赣南、闽西的圆形土楼很不一样。横岗茂盛世居围屋里还有一间西班牙建筑式样的小楼，观澜有上十座红楼式的多层洋楼，在传统客家民居中吸收外国风格，说明深圳民俗文化的开放性和兼容性。

其次，生产生活方式多样化。农耕时代，深圳有农民、渔民、蚝民、盐民、船民和香民。渔民、蚝民、盐民长年与海打交道，为避遮海风海浪，他们头戴的是铜鼓笠（俗称渔民帽），在丘陵山区的女人则戴客家凉帽。同是凉帽，大鹏一带的凉帽却将帽顶漆成红色，帽帘布的颜色不是黑色而是海水蓝，据说是沿袭大鹏卫所清军的头盔颜色。客家女人勤劳俭朴，上山割柴草，下田割禾插秧，在家养猪做饭，所以她们的服饰衫袖比广府女人的衫袖短三五寸，以方便做农事家务。

再次，深圳当地人中，不同的民系，嫁娶和寿辰礼仪习俗都不一样。广府人和客家新娘过门是在中午 12 时前进新郎家的，而潮汕人（含疍家人）梳头、拜神、接新娘过门等程序却在半夜时分进行,天亮前必须将新娘迎进夫家,这就是潮汕人的"夜嫁"习俗。长者做寿辰,深圳的客家人和广府人也不太一样。客家人"称寿必由六十一始,重一不重十",就是说逢六十一、七十一、八十一、九十一、一百零一岁做大寿。广府人则"男做齐头,女做出一",也就是说男性做寿在六十、七十、八十、九十、一百岁,女性则六十一、七十一……

深圳除了风俗具有本土特色之外,在风物和人文历史方面也有许多与外地不同之处。比如新安曾有"追月"习俗,有"做冬过大年"之说,有"放纸鹞""跨背囊""打棋螺"等儿童游艺。你还听说过"盐田风梅沙浪""七娘山之传奇"、梧桐山之"仙气"和深圳墟为何称"东门"的典故吗?赤湾港曾经是海上丝路驿站、沙头角曾有小铁路、沙鱼涌曾是繁华港口,它们又为何风光不再?你知道笋岗村有座"元勋围"吗?周家村为何古称"将军围"?南宋小皇帝在宝安有哪些遗迹?

四

历史文化是一个城市的根脉,也是一个城市历史价值的重要体现。弹指一挥间,星移斗转仅仅30多年,深圳不可思议地从一个人口30多万的边陲农业县,迅速崛起为一座有1000多万人口的现代化都市(2010年11月第六次全国人口普查,据公布深圳市有1036万常住人口),创造了世界城市化、工业化和现代化的历史奇迹。在这一伟大的历史变革中,深圳传统的历史文化、赖以存在的生产和生活环境都发生了翻天覆地的变化。物质民俗、社会民俗、精神民俗和语言民俗无不受到冲击，大量具有深圳特色的乡土文化日益消失，传统的建筑和古村落陆续消逝，许多习俗文化和民间艺术，也随着现代生活发展而逐渐衰落。如果没有了传统，没有了文化，没有了乡愁，没有了精神家园，这样的城市无法想象。

《黄帝宅经》曰："宅者，人之本。人以宅为家，居若安即家代昌吉，若不安，即门族衰微。"近年，笔者到日本、韩国和中国的台湾、香港等地旅游，发现当地的年轻人自觉走出都市，去寻找城市发展的印记，积极为乡村保留民间文化。人们越来越觉得同质化的城市、雷同的社区生活空间、同一产品化的商场食肆，令人索然无味。小桥流水，鸟语花香，帆影点点，山路悠悠，炊烟袅袅，鸡鸣狗吠的生活虽然不可重现，却叫人心生留恋……

我国著名民俗学家乌丙安教授在《本土文化田野上的红高粱》一文中说道："民间文化的根基在民间，它有自身的活动轨迹和传承路线，它在世世代代的发展和变异中，形成了自己独特的和丰富多彩的文化模式和规范。绝大多数民间文化事象几乎从不见经传，它们只贮存在民众生产生活的底层，展现在本土的田野山乡，深藏在广大民众的农耕文化记忆中。"

深圳的乡村田野没有了，但乡村田野的记忆还在。

趁我们这一代人对乡间文化习俗还没有忘却，为下一代留下一些鲜活的乡土文化的档案。笔者利用数十年走遍深圳的老镇、古村、渔港、海岛的经历和生活积累，在广泛进行田野调查研究的基础上，翻典籍，阅史料，看祠堂，查族谱，花了一年多的时间写成《深圳风物志·风土人情卷》一书，书中分风俗、风情、风景和风骨四章，收入42篇文章近20万字，力图记述深圳原汁原味的民间风情。欣喜地得到深圳职业技术学院艺术设计学院的师生尝试手绘插图，生动地还原乡间民俗场景，无疑给平凡的文字增添视觉趣味，抑或给人带来一种艺术冲击。

本书可以说以翔实可靠的史料、现代开阔的视野和优美简洁的语言，解读深圳从东部到西部、由广府到客家的一幅幅民风习俗画卷，为读者了解深圳这座既新且古的城市，尝试当一回导游，带着有兴趣的朋友探访这个现代化都市的文化根基。借此，拙书若能被视作一张入城示意图，甚慰。

是为序。

2015年8月

选自《深圳风物志·风土人情卷》序，海天出版社，2016年11月版

张樯

媒体人，现居深圳。作品散见于《萌芽》《雨花》《福建文学》《温故》《广西文学》等刊，著有散文集《带我走吧》。

旧时光里的主人公

大槐树下

不久前回到久违的新窑煤矿，我重又见到了阔别已久的儿时伙伴五堂。说五堂是我儿时的伙伴，实在有占他便宜的成分，他年长我许多，我本应叫他兄长才对，可因为他孩子气十足，儿时常常"屈尊"与我玩耍，自然与我结成了要好的伙伴。所以这次我回来第一个要找的人就是他。初秋的上午，细雨霏霏，他和我的一位堂哥陪我去新窑街道旧地重游。

新窑街道与矿区相连，与我当时的家仅一条长长的石墙相隔。作为矿区子弟，虽然偌大的矿区足够我们撒野，我们却并不满足，也常常将触角伸向新窑街道。站在石墙上，为捍卫矿区的领地不受侵犯，我们常常与新窑街道的孩子不顾危险地打石头仗，停战了，有时我们也去新窑街道的同学家中玩耍，或者随妈妈去职工家属家里串门。此外，我们去后河沟也不得不从新窑街道经过。

其实新窑街道根本算不上通常意义上的街道，不过是一个凋敝低矮的村落，由一幢幢高低错落东倒西歪的土屋相连，一到雨天，脚下遍布烂泥水坑，泥泞难行。

多少年过去了，在我眼中，新窑街道并无多少改观，依然低矮逼仄，只有村口的那棵大槐树比起往日，似乎更加伟岸也更加挺拔了。儿时这棵大槐树可谓远近闻名，树下放电影，马车来歇脚，大槐树是新窑街道最醒目的地标。

现在我们已经走到距离大槐树几米开外的地方，我被它苍翠遒劲的枝干所吸引，拿起手中的数码相机拍个不停。五堂忽然问道："还记得马三喜吗？他的家就在这里。他现在在新窑可有名了，是修理电器的专家，我们都离不开他。"

我当然不会忘记这个昔日的小学同窗，听了五堂的介绍，我不由得想，他的小聪明到底不曾偏废，如今发挥了作用，不过在内心也生出另一种滋味。

屈指算来，我不见马三喜已许多年了。记忆中的他，八字眉、斜眼，也许因为斜视，多少使得他的瞳仁看起来白多黑少。他还常常喜欢抽搐鼻子，于是鼻涕就流了出来，他就往袖口一抹。那件常年不曾换洗的黑棉袄，因为不断重复这个动作，那个部位已经灼灼闪亮。

别看马三喜同学寒酸、脏兮兮、其貌不扬，可在我们学校，却是大家公认的"小聪明"。他脑瓜子灵，反应快，课堂上总是抢先回答老师的提问。他最擅长的是算数，一道算数题我们在纸上鼓捣半天没有结果，他的两只手一比画就有了答案。

一日课间休息，我们被眼前的情景惊呆了。只见马三喜趴在太阳底下,拿着一块从矿灯上卸下来的玻璃片,将一小撮破棉絮烧着了。这虽然是简单的光学原理,但在当时的我们看来,却是一个了不起的举动。又有一次,马三喜在太阳底下支起几根树枝,想通过日光经过的位置,计算出时间的刻度。大家一时大为惊叹,我则从一旁站立的班主任眼中看到了发现天才的惊喜。

就是这位天才,却终因家贫,初中一毕业,连高中也未上,就中断学业,回到了家中。此后我只约略知道他在务农。

伫立在巍巍然的大槐树下,我忽然想起某个暮色苍茫的夜晚,我曾经还与马三喜有过一次惊心动魄的交易。

那时学校刮起学农风潮,劳动课开始在学业中占据了较大比例,每学期我们每人被分配了若干必须完成的硬任务,比如交上100斤农家粪就是其中之一。

农家肥主要是牲畜肥,农村的孩子好办,在自己家的粪堆一划拉用架子车拉到学校便可,可我们这些矿区的子弟,上哪儿去找这么多的粪?我只有早早地出门,架着铁锨和篓,从矿区到学校的路上捡拾。这条路上常有马车经过,如果运气好,赶在别的同学前头,就能抢到一堆堆新鲜、热气腾腾的骡马驴的粪便,顾不上臭气扑鼻,赶快铲了装进篓中。然而就是这样起早贪黑地辛劳,却常常被黑心的劳动委员缺斤短两地克扣,满满一篓粪团每次只能算上几斤,这样下去要完成100斤的任务比登天还难。怎么办?我想到了马三喜。

马三喜家门前的大槐树下,不是马车店吗?那里的木桩上一天到晚拴着骡马,从骡马身下不断滚落着粪团,铺了满满一地,铲都来不及。我早就侦察过,马三喜家的肥料堆成了一座山。

看到马三喜整天穿着露出脚指头的鞋子，我就想，不如我拿一双旧鞋子换他一架子车的粪，岂不是两全其美？一天我将这个想法偷偷告诉了马三喜，不料他却拿不了主意，说要回家先请示他的姐姐。第二天，他就带来了同意的消息。交易是在夜色降临时悄悄进行的，之所以选择这个时辰，就是为了避人耳目。万一被哪个同学发觉，传到学校，可是不得了的事。

我记得那个傍晚，当我拉着一个空架子车出现在大槐树下，马三喜，还有他的姐姐都来了，睁着一双警惕的眼睛。我先将从家里拿来的一双半旧不新的松紧鞋递上，马三喜的姐姐接过仔细检查了一番，然后飞快地让马三喜揣到怀里。接着我们开始在他家的粪山前铲粪，三两下就将架子车装满了。当晚在上晚自习前，我拉到学校过秤，一下子就完成了任务。那个黑心的班干部怎么刁难也不管用了。

什么时候开始下起了小雨，悄无声息地将眼前的街道房屋点染得绿茵茵的，头顶的大槐树也更加遒劲苍翠。五堂和堂哥站在人家的屋檐下聊天，我不顾雨滴，举着手中的相机，一阵乱拍。我记得马三喜的家就在大槐树的对面，如今那里却是一间间新砌的瓦房，早已换了旧时容颜。无法断定哪里是马三喜的家。街道静悄悄的，阒无一人，沿着小路，走过一户户人家，可以窥见那些篱笆编就的门扉虚掩着，里面的屋子黑黝黝的。或许这里有一户人家就是马三喜的家。也许此刻他正坐在一把椅子上，在鼓捣一台电视或电脑。我猜测着如果在此相逢，我们该说些什么？他是否还记得我们曾经的那一次惊心动魄的"交易"？他现在变成了什么模样？刚才五堂告知他如今那么"有名",可以想见他依然还是当年那个"小聪明"。那八字眉和眯缝的斜眼混搭的面孔,也必定依然像儿时那般充满喜感。

因为中午要赶往县城看望一位长辈,于是赶快叫上屋檐下正等着我的五堂和堂兄。就要离开了,雨却更大了。回头望望,新窑街道上如此宁静,周围的一切似乎被清洗了一番,熠熠闪亮。大槐树高高矗立着,沉默不语,仿佛伸展着巨掌,在与我依依不舍地道别。

姐姐回家

那年高考失利后,一心想继续参加高考的姐姐刚刚复读不到半年,遇到工行招干,居然偷偷报了名,结果凭着当年的高考成绩极为轻松地就被录取了。我在为姐姐的大学梦半途而废深感惋惜之余,也遗憾不能常常见到她了。以前她在外地上学时,每星期都会雷打不动地回家。

现在她只能偶尔探家一次了,间隔的时间也没有规律,有时半个月,有时一个月,有时则是更长的一段时间。这是因为姐姐工作的华亭县城距我们家所在的新窑有近40公里的路程。这当然不算很遥远的距离,但都是崎岖山路,尤其是新窑地处偏僻的山沟,从华亭没有直达班车,只能搭过路的班车到大弯岭,然后再找便车才能到新窑,如果搭不到便车就只能徒步了。但徒步谈何容易,从大弯岭到新窑还有十多公里。大弯岭听起来,就可知晓是一座极高极陡的山岭,汽车翻越这座山,都要费尽九牛二虎之力,更何况是两条腿行走。

于是，姐姐想要回家一趟就不那么容易了，她回家往往要搭乘凑巧开往那里的便车。当然，那时爸爸是煤矿的一矿之长，姐姐也可享受到一点小小的特权，比如矿区的汽车正好要去华亭办事，或者去邻省拉东西回来也会中途绕道华亭带上姐姐，但这只能偶尔为之，完全视情况而定。

通常姐姐回来前都会事先来信告知家里，满满一张的信纸上，除了介绍她工作的情况外，最后会写上她准备回家的时间，到时有可能会搭哪里的便车。得知姐姐不久就要回家，我自然很是兴奋，终于可以和姐姐一起玩几天了，而妈妈则张罗着为姐姐准备一些好吃的，好犒劳一番她一人在外被亏待的味蕾。

正值夏日的一个上午，事先没有任何预告，姐姐却突然回来了。那天正好是一个星期六，家中成员一个不缺，爸爸妈妈没有上班，我也没有上学。

这真是一个意外的惊喜。因为隔了很长时间都未回家，姐姐的突然归来，让全家喜出望外。可没有料到的是，姐姐却不是单独回来的，与她同来的还有一个年轻的后生。

我记得那个夏日的上午，姐姐疲惫不堪，她的额头上渗出了细密的汗珠，阳光铺满脸上，她因回家而兴奋异常。望着我们狐疑的目光，姐姐道出了原委：原来她刚刚结束了单位在平凉地区的培训，这天一早坐车回华亭，正好途经大弯岭，因为离家已久，姐姐就想借此机会回家一趟。虽然大弯岭到新窑还有十多公里的山路，但归心似箭的姐姐还是决意回家。那个与她一同来到家中的年轻后生叫小何，是姐姐单位里的同事。姐姐，一个年轻的女孩，沿路都是荒山野岭，当然不敢单独行走,于是就央求小何陪她一同回来。尽管小何家就在华亭县城,去新窑随姐姐回家纯粹是舍命陪君子,但他二话不说就爽快地答应了。

于是我们全家都对小何充满感激,一向严肃总是板着面孔的爸爸露出了难得一见的笑,一个劲地与小何聊天,询问他家中的种种。妈妈则是忙前忙后,又是倒茶又是递水果,旋即进了厨房忙开了。而我在一旁也总是设法与小何套近乎。

小何,这个小眼睛细鼻子的年轻后生,就像我们家一个长久不曾来访的客人,一个老朋友,并不因第一次到访就显得局促和陌生。他落落大方,嘴巴很甜,对爸爸妈妈也是礼貌备至,叔啊姨啊地叫个不停,很快也与我熟络起来,站在门口还谈起了某部我喜欢的外国电影。

时近中午,妈妈已将饭菜做好。我记得家门前白杨树下的小小圆桌摆满了碗筷,妈妈做了许多好吃的,这是因为姐姐回来了,更重要的也是为了感谢小何。妈妈不停地给小何夹菜,爸爸还拿出了自己储备的好酒,与小何喝起来。小何享受到了一个尊贵的客人才有的待遇。因为酒精,也因为兴奋,小何的脸变得红润,话也愈加稠密。他说了许多姐姐的好话,还透露今天这一路上他们谈了好多,对姐姐有了更多的了解。

饭罢,看看时候不早,小何提出要回家了,我们全家人少不了一番挽留,他还是坚持要走,毕竟从这里到他华亭的家还有几十公里的路程。于是爸爸亲自送他到矿区为他去找拉煤的便车。

很快爸爸就将小何送走了,不过,一回到家,爸爸却拉长了脸,一副杀气腾腾的模样。

到底怎么了？刚刚爸爸还是好好的，怎么突然之间就会"晴转阴"？难道是因为那个小何……

基于对爸爸的了解，我知道大事不妙，一场暴风雨马上就要降临了。

果然，很快我就看到爸爸站在家中，对着姐姐发起火来：你是一个女娃娃，怎么能和一个男娃娃单独走那么长的路，万一他是坏人怎么办？

见爸爸原来为此事生气，姐姐争辩，他们是一个单位的同事，小何是好人。爸爸却训斥道，即使是同事，也不一定就完全了解，他毕竟是个男的，叫他陪着回家，实在是欠考虑、太轻率，如果以这种方式，还不如不要回来！

我知道爸爸一开始就想发火，但碍于小何在场，不好发作。现在小何一走，爸爸郁积了一上午的愤怒就爆发了。爸爸越说越气，声音也越来越高，他全然不顾姐姐还沉浸在回家的喜悦里。就像突然被一盆凉水兜头浇下，这时姐姐的脸色由红变白，笑容也凝固在了脸上。

平心而论，如今这种行为极其普通，可在人们的观念和行为普遍趋于保守的那个年代，我们又处在偏远的山区，姐姐的举动无疑显得大胆和超前。妈妈一向偏袒姐姐，可这一次毅然站在了爸爸一边，也在不停地数落姐姐。我因为在学校与异性严格恪守着"三八线"，对姐姐的行为当然不能认同，尤其是听说他们还说说笑笑了一路，心里也愈加觉得姐姐的行为不妥了。

费尽千辛万苦好不容易才回到家里，不但没有令家人高兴，反而落得这样一个结果，姐姐感到说不出的委屈和伤心，她的嘴巴噘得高高的,终于泪珠夺眶而出……

那一天的风波当然不会很快收场,爸爸妈妈数落了很久很久,于是姐姐没像往常那样在家中多滞留几日,只住了短短一日,隔天就返回了单位。

从那以后,在我的印象里,姐姐再也不曾和哪个年轻后生一起来过家里。后来很多年之后也只有一个,那就是我现在的姐夫。

选自《飞天》2015年第8期

段作文

图书管理员、广东省作家协会会员，以小说创作为主，现居深圳。有中短篇小说散见于《长江文艺》《作品》《四川文学》《草原》《城市文艺》等。曾获中国工业文学作品大赛三等奖、深圳市"睦邻文学奖"年度大奖、"全国青年产业工人文学大奖"等文学奖项。

从故乡归来，从固戍出发

据M描述，那是一份相当松闲的工作，工资比工厂略低，但非常适合我。我把这个好消息告诉了家人。我说得赶紧返回深圳。

从广安北有直达深圳西的火车，从深圳西却无火车直达广安北。这趟车一到重庆北就改成了另一趟开往达州的慢车，令人难以理解。我们每次从深圳回家，要么从深圳西启程到重庆北转广安南，要么去广州站转广安北。从我老家去广安南，徒步不过半小时。从广安南到广安北，已通公交，快车也就四十分钟。对于小平故里广安，这些年的发展给我最直观的感受，除了大片大片楼盘，便是极为发达的交通，但真正能促进广大返乡民工就业的大型工业区并未形成规模，尽管越来越多的黄金地段已立起了大大小小的产业园牌子。

返深的车票定于8月15日，它离我递交辞工书的日子已一月有余。我在故乡整整待了半个月。这半个月里，最大的快乐来自孩子们。大女儿秋后将上初二,成绩较为理想,人也踏实听话,基本无须操心。小女儿刚满周岁,虽蹒跚学步,倒也能清脆地称呼着家人。为了接送女儿读书,岳父买回一辆三轮代步车。这些年里,就是他用这辆电动三轮车把我们从南站接回家门口,又从家门口把我们送至南站。岳父的哮喘在冬季特别令人揪心,但天气一暖和,看上去又无大碍。立秋刚过,秋老虎的威力毫不逊色于三伏天。路上,他一再叮嘱我们,家里空调冰箱洗衣机什么都齐了,手头多多少少有些积蓄,出去你就安心工作。

尽管晚上九点才发车,但每回下午四点不到我们就得从老家出发,因为火车不等人,只能人去等火车。七零八落的稻谷已被收割得差不多了。公路两旁依然泊着不少来自江苏、河南等地的收割机,它们正等待着主人开往川西北的成都平原或雅安山区。家里原本有两亩尚未被糟蹋的水田,但岳母忙于照顾小女儿,只好任其荒芜了。夏旱,菜价跟着肉价齐涨,除了饮水和房租,乡下的日常开支跟城里没什么区别。妻子常常唠叨,要是哪天不出门了,回去没个正经职业,一家六口怎么过日子?这大概也是她催促我快点订票回深圳的原因之一。

从广安北到深圳西,如果不晚点,耗时达三十五小时。秋收刚过,倘若在往年,车站已是人满为患,今年却格外冷清。候车室里,大多是老奶奶和小孩子,当然,也有三五成群的大爷。大爷们的装束较为特别,非常显眼:汗渍渍的迷彩服,打成捆的旧棉被,散发着烟酒味儿的汗帕子,颜色各异的胶桶以及形态一致的扁肚绿水壶……不用问,谁都知道他们是线路工,俗称"跑线路的"。他们走南闯北。年长的在地面打基桩拖电线，稍壮的在高空架线搭塔。他们已等不及稻谷熟透，相对于出门打工，八成黄的收成算不上损失。跟我同车厢的伙计们有23人，将前往广西一个我从未听说过的县城。他们大都来自广安区、岳池县，另几个跟我同乡，互相却不认识。在列车上，他们除了喝酒抽烟，也打长牌，说段子论时事，骂村主任咒镇长，家长里短偷鸡摸狗男盗女娼……口无遮拦，无所不谈。坐我对面的矮个子相对安静，看上去也较为年轻。我问他为何不去凑凑热闹？他说心情不好，从云南带回来的第三个女人刚跟隔壁村的杜老五跑了。前妻们留下的两个子女都已成人，女儿在重庆酒吧坐台，儿子在广安城里瞎逛。他问我，像他这般模样的男人在深圳能不能找点松活的职业？我想了想说，说句心里话，有点难，做保安或清洁工的机会还是有的。

一路上我就想，要是在深圳混不下去了，三五年后，我会不会成为他们中的一员？

车到东莞时，我给妻子的堂妹打去电话。我说如果不晚点，九点半左右能到达固戍，叫她家婆在宿舍等着，不然到了工业区进不了宿舍。

堂妹的工厂在C栋，三楼，宿舍在G栋，四楼。她嫂子怀孕了，家婆特地从湖北过来照顾，暂时住在她的宿舍。我们留在固戍的行李占去了她小半个屋子。回家前，那些陈旧简陋的家具和过期的报刊不得不叫老人家处理掉了，我们一到，小小的屋子将挤下五个人过夜，当餐时，加上她哥嫂就有七口人。

到达工业区门口时，我给M打了个电话。我说暂住在亲戚宿舍里，不方便，能不能先搬去沙井？他说工作尚未落实，具体地点也没定,沙井那么大,你搬去哪里?先在亲戚家住两天再说呗。

门卫还认得我,他们以为我去了龙岗过来拿尚未搬走的行李。我说刚从老家回来,没去龙岗。其中一个门卫说,你怎么不跟去龙岗呢?再干两年就退休了!我笑笑。另一个门卫则说,你以为国家干部?不去好!你没听说,车间又小又热,星期天都加班,有个湛江小男孩刚去两天手指头就被啤掉了!

没想到他们的消息还真灵通。到了411门口,借着堂妹家的网络,我点开QQ,发现小徒弟的"说说"里还真提到了这些事儿。我给小徒弟发了条信息,大概问问习惯不。没见回复,我想,毕竟那是龙岗,王小姐成天守在车间里,上班时间谁还敢闲聊?

411的门却锁着,妻子说热死了,凉都没得冲,你去六楼看看我们房间住人没有?我说住没住人那房间也不是我们的了,就算门开着,保安跟你再熟,人家也不会让你进去冲凉的。

我嘴上这么说着,但还是往楼上去了。其实,她叫不叫,我都想上去看看。

每个房间都大门紧闭。门前没有鞋,我不知道哪间住人了哪间没住人。

半小时后,老人家回来了,笑呵呵的,双手各提一个胀鼓鼓的米袋子。她说礼拜一,瓶瓶罐罐到处都是,最好捡,就是越来越不值钱了!天一亮就出去了,不晓得你们这么快就到了。

住进411后,一待就是三天。三天里,吃喝拉撒不成问题，但工作尚未落实，心里总不踏实。第四天早上，我给M打电话。他说那先搬过来呗，就住新桥，跟楚桥同村，暂时没班上，正好可以跟他学学写小说。

得先去沙井租好房子。到了新桥，我给楚桥电话。他说实在不巧，刚上车回老家办点事儿，大庙新村到处是农民房，随便住。曾经来过沙井几次，这大庙新村也曾有过一面之缘。记起来了，有年冬天跟几位朋友聚会，地点就在这附近，饭后跟楚桥聊小说，一聊就是深夜十一点半。宝安大道已无公交直达固戍，楚桥说你还可以走107国道。楚桥在此生活多年，熟路，便从一个奶茶店推出辆电单车，驮着我上了回固戍的大巴，后来听说那店是他小弟开的。这店子很有特色，一眼就能认出来，但店周围并无空房，我便选了稍远的一处。

之所以把住处租在这里，是因为它旁边有棵大榕树，将来哪位老乡或文友来了，便于寻找。租金谈妥后，第二天一大早，我就叫了工业区门口小店的店主用面包车把我们送了过来。

单间，月租三百四十元，在排骨卖到二十四元每斤的今天，它说不上贵，但是对于一对暂时尚未找到工作却又不得不养活六口人的夫妻来说，也不便宜。

不管怎么说，算是住下来了，还住在了楚桥笔下的"风流底"。但从住进来的那一刻起，妻子就显得烦躁不安，一是说这边的东西特贵，二是附近没有像样的工业区，难以找事。离这里最近的工业区在107国道旁，好些厂房都年久失修，低矮破旧，要么改装成了别的行当，要么空着。转了一天，除了两个小工厂每小时十元钱招临时工外，并没有她想要的工作。第二天往镇中心走，招工的倒有不少，除了酒店会所，便是商场铺面，工资大多在两千五之下，不但不适合她的性格，来来回回食宿也不方便。8月21日夜里，她便拨通了肥仔的电话。工资是她自己谈的，因为是熟手，她说包吃包住加班加点每月能赚三千余元。肥仔的意思是希望我也能一同过去上班，工资不会低于固成。他们厂下个月将实行承包制，多干多得，货源稳定，给你一条拉，收入相当可观。我说让她先干着看看吧，要是沙井这边工作落实不了，我还是想去广州跟着老乡学做皮鞋或炒菜，将来回老家开个小店比较实际一点，小平大道经过家门口，作为5A级景区，十年八年总会发展起来的。

妻子去东莞那天正好是礼拜六。肥仔带着我在车间转了一圈，表情极为复杂。他说，我晓得你心里想什么。但我不同，全厂三十来号人，除了儿子儿媳，不是亲戚就是朋友，如果不做表带，还能退到哪一步？他还说，逆水行舟，大环境是不好，但只要用心做，质量到位货期准时，死不了！这一波过了，一些小工厂将被淘汰，咸鱼躺在沙滩上，总会翻身的！我现在不计较什么，等老家的房贷还清了，三五年后，说不上东山再起，肯定会从头再来的。

面对着他的侃侃而谈，我无言以对。天生其才，必有其用，这些年从打工仔到工场主再到打工仔，肥仔没少折腾。用他的话说，做生不如做熟，就算死在一棵树上，也要把它做成棺材！

8月24日从南岸村回沙井的路上，我收到了小徒弟的一条短信。她说，真后悔来龙岗！厂房在顶楼，车间里要通风不能装空调，又热又累！最多坚持到年底，明年来深圳还是去广州说不定。短信之后，她又发了条彩信，那是七夕情人节晚上，他们五姐弟去奶茶店吃宵夜的自拍。面对着一张张青春活泼的笑脸，我不知如何给她回信。

文章写到这里差不多该结束了，但我离开固戍来到沙井的生活才刚刚开始，似乎还得多说两句。

妻子离开深圳的这些日子，几乎成了我有生以来最为孤独的时光。白天害怕出门，大街上空荡荡的，连个想招呼的人都没有。天黑不敢进屋，独自坐在电脑前，长夜漫漫，苦思冥想仍敲不出一个字。妻子一而再再而三地询问上班没有？我说等等，再等等！我知道，她很着急，她有她的理由，但那也仅仅是她的理由。

昨天，也就是9月7日上午，天气突变，雷声轰轰风雨交加。接完妻子的电话，我决定去趟广州石井。

这个决定非常突然，因为早上我已在新桥农贸市场买回一把空心菜和两根红苕，准备再次呆在屋子里漫无目的地度过一个糟糕的雨天。妻子在电话里说，过几天又要交房租了，你看着办好了，我8月份才上班，人家6月份的工资都没领！

那就去广州看看呗，是该去广州看看了！打完电话，我对自己说。

我们村子里有不少人在广州从事着各种职业。这些年里，那些年纪跟我相仿的，比如老唐，总是打电话叫我有空去玩玩，我却总是没空。前两天，老唐又打来电话说，天凉了，鞋厂开始赶货了，要是工作还没落实，你过来看看嘛。我说工作基本没问题了，但还得等等，有时间我会来看看的。

雨越下越大,来到沙井客运中心,买票前,我才想起墙角里那把空心菜和两根红苕。我不清楚这次广州之行有何目的,将待多久。我得回去把空心菜和红苕提去楚桥家。虽然它们值不了几个钱,总好过在屋子里烂掉。

老唐多次跟我提起做鞋工资多高多高,我总是半信半疑,实地一看,还真是那么回事。整个厂子就十来号人,但每人每天至少可以产出十三对真皮女鞋。每对鞋的工钱在二十五元左右,但每天的劳作不低于十六小时。我在车间里坐了一下午,傍晚出来时,早已被浓烈的胶水味熏得晕头转向。车间不足两百平方米,隐藏于红星村某栋非常老旧的农民房六楼里。嘈杂、闷热和胶臭,穿刺着人体的每一个细胞。我无法想象,这二十多年里,跟我一般年纪的老唐是怎么撑过来的。

第二天早上,我决定回深圳去。老唐说,你工作还悬吊吊的,既然来了,怎么也得考考电车吧,万一真来广州呢?几斤几两心里得有数!

鞋厂的电车大多是高车。这些小厂子出产的鞋子款式新颖,品质一般。但其规模都不大,从开料到包装,所有工序全计件。招车工的广告满大街都是,但要求熟手,配组,即一个车工须带两个折边贴合上胶水的面部女工。我虽然踩了二十年电车,但那全是平车或电脑车,跟高车不是一回事,而且对制鞋工艺极其陌生。他们说,你基本功扎实,人又不笨,学高车不难,你什么时候拉到两名熟手面部工再来试试吧。

我不知道他们是怎么看出我不笨来的,他们真会讲话,连拒绝都显得这么客气。

后来,在村外的工业区里,我终于找到了一个规模较大无须配组的鞋厂。这里仅车工就有七八十号人。车间分两层,一楼左边开料、铲皮,右边ＱＣ、包装;二楼左边勐鞋、定型、上底,右边台面、车位。流水作业,多劳多得,全计件。据老唐讲,鞋厂最累的是上大底,长年守在烤炉边,又热又臭,车位算是较为松闲的活路,但工资都相差无几。

我以见工为由,跑遍了每个车间,工位上难以见到一张年轻的脸。无论男工或女工,大都四十岁上下,年近六十的也有。他们动作娴熟,埋头工作,从不轻易喝水或上厕所,以有限的体力无穷的干劲以及对生活最原始的冲动制造出世界上最流行最受淘客们青睐的皮鞋。但是,通过车位考试被录用后,我又突然想起,自己曾经患过两次肾结石,哪能胜任如此繁重的工作?

从鞋厂出来,已近中午。不能再在广州耗下去了,我得趁早回深圳。

我拨通了Ｍ的电话。

Ｍ说,正准备给你电话呢,刚得到消息,工作没问题了,你就耐心等待上班吧。

回深圳的大巴上,我把这个好消息告诉了妻子。我说,你在那边太辛苦了,每天干十五六个小时,来沙井找份工作呗。这些天,我把沙井转遍了,其实还是有不少大公司招女工的。

她说,不是不想过来,也不是肥仔不让走,实在开不了口哇!做人要遇水搭桥,不能过河拆桥!再怎么样也得撑到年底吧!年一过,人家好招工,我也好找厂。撑多几天又何妨?

是啊,撑多几天又何妨?肥仔那一大家子,广州那帮乡亲,大街上那些走着的跑着的认识不认识的厂哥厂姐,几十年不都撑过来了吗?他们不仅撑起了自己的小家,曾经也撑起了这个国家。

不是吗?

选自作者2015年11月荣获第三届深圳市"睦邻文学奖"
年度大奖作品《再见,固戍》章节之一

张茂

笔名张谋,陕西省作家协会会员,广东省作家协会会员,现居深圳。有作品发表在《美文》《延河》《漳河文学》《芳草》《太湖》《散文百家》《东京文学》《当代人》等文学期刊,入选五十余种选本。出版作品集《南方》《摇晃的时光》《心上的秋千》《左眼沧桑》等多部。曾获陕西省第五届柳青文学奖、第九届深圳青年文学奖等奖项。

城中村

第一次进入城中村的时候,我对城中村没概念,我住的都是公司的集体宿舍。从来没有想要到城中村来租房住。我坐公交车从关外进入关内,在堂嫂说的一个公交车站下了车,堂嫂已站在站台上等我。她带着我走过一条繁华的城市街道,七拐八转就到了一个竖立着高大石牌坊的住宅集中区。进入村口,除了一条四五米宽的主街道,其他的都可以说是小巷子,就是主街道两边也摆满了各种摊位,显得拥堵与混乱。我跟着堂嫂转过几条小巷子,就到了一幢楼下面,门是时刻都关上的,谁进入谁开门,随后就又关上,门户很紧。顺着窄逼的楼道爬上五楼,就到了堂哥和堂嫂租住的房间,一房一厅的格局,还算好。这是我第一次到达城中村,对城中村的情况我完全是陌生的。

再次进入城中村,是在一个夜晚,时间已经接近凌晨两点。我去参加聚会，喝了些酒，聚会散后已很晚，公交车早停运了，没办法回到关外。我就打的按照记忆中的线路寻找这个我唯一一次进入过的城中村，准备去堂哥那里将就一晚，第二天再回关外工作地。我下车的地方下得远了些，幸好我记忆力不错，顺着路走。明明记得不远的，走了许久，走出了一身汗，方位才慢慢清晰起来，看到了那个城中村村口高大的石牌坊。我顺着村口进入，走到了头，才发现走错了。又是夜晚，我靠着感觉辨别方位，在城中村里徘徊了好多个来回，终于来到一幢楼下。我不太确定，试着按了楼下的对讲机，发出的声音听着陌生，我知道我搞错了。我知道就在附近，兴许是喝了酒，头晕着，反正就确定不了方位，再说了，大半夜的，我还是不要找了，也打扰别人。我又顺着城中村的街道溜了出来，知道旁边有个网吧，就去上网，第二天再去找总不会找错。在网吧玩了一会，就趴在桌子上睡到了天亮，第二天再返回去找，一下子就找到了，就是我按对讲机旁边的那幢楼。

大概一年后，我再次进入这个城中村，这一次，我是准备永久地待在这里了。我把行李全都带了过来，我暂时住在堂哥租住房子的客厅里，客厅还算大，占个角就睡着，也没有买床，一是没什么钱，二是根本没那个意识。从那个时候起，我开始频繁进出城中村。早上上班时，大量的人一群一群地从城中村的各条巷子里往主街道汇聚，然后从村口涌出，坐上村口两个方向的公交车，各赶各的路去上班。在城中村的主街道上，街道两边摆满了各种摊位，早上有卖各种早餐的，有粥、包子、豆浆、油条等，很多人拿着边吃边走往村口的方向。我上班的地方比较偏僻，坐公交车不顺路，两头都要走出很远，所以我只好走路，还好不算太远，走快点十多分钟能到。于是，我就每天走路上下班，这样的日子持续了大半年，我算是开始了解并熟悉城中村了。

我对城中村的了解开始于我堂哥与堂嫂的离开。作为在这个城市唯一的亲人，他们要去北方一座城市发展，他们一走，我就孤独无依了。这对我来说，也是一种挑战，从小到大，我都是在别人的照顾下生活的，而这一次只有自己。堂哥走的那天，请我喝酒，我们去了夜市边上一个烧烤摊位上，喝了很多酒。堂哥说这一走，不知道我们兄弟何时才能再见面。那一晚，我们放开来吃，放开来喝，畅快到了大半夜。我真不舍得他们走，平时都在忙着各自的工作，在一起的时间太少，虽然说住在一起，但晚上都很晚才回到家，寒暄几句就休息了，似乎还很少坐在一起喝着小酒聊着天。城中村的夜晚是灯火通明的，一直到半夜三点，都是人来人往，虽然比白天少很多，但总有人进出，不间断。

堂哥走后，我搬到了一个同事租住的一幢楼里，是两室一厅的格局，我去以后，我们两个人一间房间。我花了四十块钱从城中村的二手交易市场淘来一张旧的木板床。没有想到的是，这张床竟然陪伴了我四年多时间。去买这张床时，同事和我一起去的，他比我精明多了，对城中村也比我熟悉。他在前，我跟在后面，一连串街走巷看了好几家二手买卖店铺，他们以倒卖二手的用品为业，像床、床垫、凳子、桌子等，城中村里做这样生意的有很多家，只是我不知道而已。在城中村还集中着一批专门帮人搬家的人，他们人手一辆三轮车，车上写着一个牌子，搬家什么的。同事帮我选中了床，开始和摊主讨价还价，摊主要六十，同事只给三十，拦腰砍，后来在四十块陷入僵持。同事最后说，好了好了，我不跟你讲了，四十就四十，但你得给我送过去。摊主本想再说什么，想了想，还是默认了，开始装床板上车。

后来住久了，我就知道这里叫丁头村，但村口的石牌坊上并不是这三个字，而是塾溪里。城市里有很多像丁头村这样的城中村，我去过几个，但都只是短暂的居住或停留，最出名的就是白石洲和上下沙了。我在丁头村一住就是多年，直到最后离开这座城市，我从未搬出过丁头村，即使搬家也是在村里搬来搬去的。住在里面的同事也多，不夸张地说，丁头村的各个巷子都布满了我的脚印，我可以凭着记忆画一张地图，要是到现在没太大变化的话。我知道村口左边有一家面包店，右边是一家药店，村口第一家是烟酒店，中间有个理发店，对面有家小超市，再往前有家照相馆，旁边是一家水果档，再往里有家米粉店，对面是凉茶店，再往前是一家粮油店，带有肉类、蔬菜等。里面有几家火锅店，最有名的是鸡煲，当时二十五块钱一锅，我和同事们常聚在此，外加喝点啤酒。

我租住的楼下是一家糖水店，我和糖水店的老板关系很不错。长年累月的交往，已经算是老朋友了，每次休息都在他家店里坐着聊天。我离开后，每次出差只要一有机会，我就会回到这个叫丁头村的城中村，去他的店里坐坐，有时也去他家里住一晚。老两口都上了年纪，但小生意做得挺好。他们在城中村旁边买了一套二手的不算大的房子，靠在城中村的生计供在老家的子女读书，还算富足。城中村对我这样的打工者来说，是收容所，也是驿站。当我们在城市无法扎根时，城中村收容了我们，当我们终究有一天选择离开时，城中村就成了我们人生路上的驿站。

选自《南方：底层打工者的时代记忆(1999—2009)》，
中国文联出版社，2015年11月版

李江波

湖南人，现居深圳。有小说刊于《山花》《长江文艺》《山东文学》等刊，出版小说集《送你一只羊》。曾获第六届深圳原创网络文学拉力赛亚军、第十届深圳青年文学奖等奖项。

玩具厂

一

很久以后，我才知道，脚下这条路叫常黄路。尽管常黄路是我踏足东莞地域的开始，但第一次远走他乡，来到乡亲们口耳相传的南方，吸引我的东西太多。一条路的名字，与那些新鲜和奇异的事物相比，显得并不重要。

等待其他人从大巴上下车的空隙，带我南下的同乡，把抽了一半的烟头弹到地上，朝烟头踩了两脚，手则指着百米开外的厂房说，喏，就在那里。顺着那个方向，我看到一栋厂房的屋顶上，"嘉辉玩具厂"几个大字，闪着霓虹的光。来东莞之前，我反复咀嚼过这个名字，也无数次想象过它的模样。现在，工厂近在眼前，我有点迫不及待想靠近它。

老乡姓邓，是和我同村的乡党。他挺着啤酒肚，圆脸，声调高亢，说一不二，气势威严。"老邓"这个称呼，并不指他的年龄大，而是资历老，代表着一种身份。在玩具厂，无论私底下，或者公开场合，老板都喊他"老邓"。其他部门经理也这样叫他。老邓负责裁床部，经理级别，深受老板倚重。在他的安排下，我顺利地成了玩具厂的一名员工。

嘉辉厂以生产毛绒玩具为主，产品出口欧美。它的名字鲜有行外人知晓，但提及迪士尼则无人不知。迪士尼的米老鼠大部分由它代工生产。

那时，东莞的制造业正处于鼎盛时期。每天晚上，工业区灯火通明，机器日夜不休，打工者像上了发条的陀螺一样不停旋转。

玩具厂同样如此，我所在的裁床部，必须让啤机二十四小时运转，因此分成了白夜两班，每个班工作十二个小时。其他诸如车缝、手工、包装等部门，通常要加班到十二点，甚至更晚时间才能下班。

工厂极少放假，只有出粮日（即发工资），才会全厂休假一天。这也是玩具厂最喜庆的日子，厂里员工几乎倾巢而动。女工们用最漂亮的服饰武装自己，男工们也装扮一新，他们像鸟儿一样，从厂里飞出来，欢呼雀跃来到常黄路。然后从这里搭乘公交，去往常平镇或黄江镇。

服装街是女工们最喜欢去的地方，为选择一件价格合适，又好看的衣裳，她们可以在服装街待上大半天。那时，上班不用穿工装，厂里也没有统一定制的工服。发了工资，女孩子没有别的娱乐可以消遣，买衣服成了最好的选择。

手工部有个女孩，身材高挑，格外爱美。有一回发了工资，一口气买了七件衣服。每天穿一件新衣服上班，一周不重样。她像公主一样，在车间里来回走动。其行为引来车间里别的女孩注意，盼到放假那天，有两个女孩也跑去镇上，买来几套新衣服。像挑衅似的穿上，在她面前走动。

车缝部一位个子不高的女工，长发及臀，爱好时尚。在厂门口看到一位女孩的着装很漂亮，她决定买件同款式的衣服。放假那天，用一天时间，找遍了整个常平镇，但一无所获。当晚睡觉也不安宁，仍念念不忘。第二天她没像往常一样准时起床上班，清早就出了门，这次，她去了黄江。折腾一天一身倦累归来，仍两手空空。

次日上班，她收到了一张旷工通知单，她在上面签了字。下个月发工资时，她很清楚，会被扣除三天薪水，算是对旷工的处罚。旷工的代价，她早就掂量过，为了让自己变得更美，总得承受一些失去。让她不能理解的是，自那之后，工友们给她贴上了一个"爱慕虚荣"的标签。

年轻女工们，买回来的衣服越来越多，有些衣服没穿几回，就被新衣服取而代之。到了下一个出薪日，她们仍然将逛服装城当成首要选择。买衣服的目的已经从穿的基本功能，变成了对自己辛苦工作一个月的奖赏和鼓励。

在玩具厂的两年里，常黄路是我走得最多的一条路。玩具厂的行政辖区隶属常平镇张屋村，出了玩具厂，从常黄路往常平方向，步行十分钟，就到了张屋村的小街市。巷子里有家书店，售卖各类书籍和文具用品，书店显要位置，摆放着《佛山文艺》《江门文艺》《大鹏湾》《打工族》《飞霞》等当时风行的打工杂志。

每期杂志出刊，我会选择性地买上一本，然后趁机把其他杂志翻阅一下，看看谁又发表了文章。我已经开始写诗，并向杂志投稿。特别羡慕那些经常发表文章的作者，还把他们的名字记在笔记本上，希望有朝一日，有人像我记住他们一样，记住我的名字。

终于有一天，我迈出了第一步。《佛山文艺》发表了我的处女作，在杂志上看到自己名字的那一瞬间，不敢相信是真的，疑心在做梦。像用俗了的那个段子一样，我使劲掐了掐自己，痛。知道杂志社会寄样刊，我仍买了一本《佛山文艺》。买单时，戴着金边眼镜的书店老板，照例在杂志内页右下角，盖上椭圆形的书店印章。

我捧着杂志走在常黄路上，一遍遍地读那首诗。途中，差点撞到电线杆——这是影视剧中用烂了的桥段，却真实地发生在我身上。

我至今还记得，那首诗歌是这样结尾的：

  黑夜铺天盖地

  我害怕失眠、梦

  沉沦和痛苦

  花

  或许可以阻止我的堕落

虽然文字如此稚嫩和矫情，却真实记录了当时打工者的心境：对未来的迷茫与无奈。

隔了一两个月，我收到了人生中的第一笔稿费，三十元。虽然不多，但意义巨大。我跑到常平邮局取钱，挽着发髻的女孩看了汇款单，嘴角含笑瞄了我一眼。以前，我在邮局往家里汇钱时，从来没有瞧见过这样的好脸色。

兑完汇款，我去了书城，买了一本一直想买的《海子诗集》。坐公交回玩具厂的途中，我时而打开《海子诗集》读一首诗，时而望着窗外的建筑。内心祥和安宁，满怀喜悦。

海子的诗歌装满了春天，而在现实中的南方春天里，荔枝树茂盛生长。出厂门往左行数百米，是一片荔枝林。在这里，我见到了荔枝的模样。果实成熟季节，荔枝林由人把守，其他时间则任由人出入。那里是打工者幽会的好地方，但密林深处则隐藏着危险。经常听到工友说，又有人在荔枝林约会被抢劫了。

除了荔枝，我还认识了另一种南方水果。常黄路与玩具厂门口小路交会处，有一栋本地人居住的房子。门口有一棵比我的腰身还粗的芒果树。树上结满果子，还是青涩的颜色。树身挂着一块大大的警示牌，上面写着：偷摘一颗芒果，罚款二十元。门口常年蹲守着一只大狗，令人望而生畏。

芒果树斜对面，是一个名叫紫荆花园的小区，路边设有公交站台，也以小区名字命名。工友安告诉我，里面住的全是香港和台湾人。安说这话的时候，脸上流露出一种肃然起敬的表情。

紫荆花园是一种身份和地位的象征。从常平镇坐车回玩具厂，买票时，售票员问安到哪，他会用比平时高出几个分贝的声音回答：紫荆花园。安底气十足，好像他住在紫荆花园一样。

安身高不到一米七，体形偏瘦，说话喜欢以"噢"字收尾。他总是一副漫不经心的态度，给人一种不靠谱的感觉。他和我同年，但先我两年南下，会说一点白话，和我们聊天时，偶尔夹杂几句，能起到幽默效果。

你得学白话。他正告我。我不置可否。别的不说,至少这几句你应该会。他发现我积极性不高,主动放低了要求。告诉我坐公交到站了,不能说"下车",要说"有落";对人表示谢意,要说"唔该"。说几句白话,你的档次一下子就提高了。安最后这样总结。

的确如此,在东莞,白话更像一种官方语言。能说白话代表着你拥有更多话语权,也会得到更多尊重。

公交车司机和售票员也说白话,我一度以为他们是东莞本地居民,后来才知道,他们来自广东省的其他地方。地域相邻,学白话有着天然优势。学会了白话,他们可以用一种高高在上的姿态,睥睨外来打工者。譬如,他们把外地人称为"捞仔"。排斥他人的同时,他们忘了自己也属于东莞的外来者。

二

你吃过炒米粉吗?在玩具厂上班的第二天,安这样问。我摇头。等发了工资,我请你吃。安特意强调:炒米粉,加蛋。我不知道炒米粉加蛋是一种怎样的美食,但肯定不简单,要不然怎么要到发了工资,才去吃呢?安的郑重其事,让我对炒米粉加蛋生出了莫名的想象。

为了表示感谢,我回了句,好啊,等我发工资了,也请你吃。安笑,再过两天,我们就发薪了。你才上班,出粮还早着呢,不急。

出粮是南方对发工资的独特称呼。这个说法形象而生动,有了粮食,才有饭吃。打工者出门千里,不正是为了吃上可口的饭食,过上好日子吗?

然而,对新员工而言,出粮需要漫长的等待。玩具厂要扣押四十五天工资,也就是说,新人至少要工作四十六天之后,才能拿到上上个月最后一天的薪水。不仅仅是玩具厂,当时几乎所有工厂,对出粮时间的规定大同小异。

发饷的日子如期而至,工厂上下洋溢着节日的气氛。工资采用现金发放的方式,员工们按部门分批前往写字楼领取,玩具厂有近千人,逢发薪日,排队的队伍极为壮观。所有工资发放完毕,需要大半天时间。

员工排队时间太长,影响了生产效率。后来,工厂对工资发放方式进行改革,不再由财务部一对一发放,而由各个部门的经理,领取该部门的所有工资,然后转给主管,主管转给拉长,拉长再发给线上的员工。

安领到了去年十二月份的工资。他喜笑颜开,看起来收获颇丰。走,吃夜宵去。他没有忘记自己的承诺,带我出门。

厂门口早就有各式摊档守候着。出粮那天,也是他们生意最好的日子。这天晚上,领到了一个月辛苦所得,用一份炒米粉加蛋来犒劳自己,是大部分人的首选。

炒两份米粉,加蛋!安把我带到一家炒粉店前,大声对店主说。好咧。请坐,请坐。灶膛里的火在剧烈地燃烧,店主挥舞着手中的勺子,熟练地翻炒。店里已经坐了不少人。我们找位置坐下,安掏出一支特美思牌香烟,点上,很快吐出一个个烟圈,神情愉悦而满足。

第一次吃炒米粉的感觉,我已经无法用词语来准确形容。我只记得,端上来的炒米粉散发金黄的光泽,香味四溢,令人口舌生津。吃了第一口,我再没停下筷子。一大盘炒米粉,吃完了,仍有一种意犹未尽之感。之后好几天,味蕾都在怀想那种味道。

离开东莞后很长一段时间,我曾在深圳的很多地方吃过炒米粉,但再也没有找到过当年的那种味道。有好几次和朋友提及这段往事,他竟然也对东莞的炒米粉念念不忘,我们还开玩笑说,要不,改天组团去东莞吃炒米粉。

现在想来,当时我之所以对东莞炒米粉给予如此高的评价,除了味道的确令人难忘,还有一个很重要的因素不可忽略。那就是工厂的饮食太普通,经常吃粗粝的食物,偶尔吃到一次稍微精致的小吃,就会有惊艳之感。

玩具厂为员工提供一日三餐,但千人的大锅饭,本就食之乏味,又鲜少荤腥。饭菜难下咽,又必须填饱肚子,很多时候,工人们不得不依靠那碗寡淡的汤,把米饭吞进肚子里。

食堂紧邻厂房,米饭可自行添加,但打菜的窗口只有两个,若来晚了,要排很久的队,才能轮得到,休息时间就会白白浪费掉。

车缝部和手工部是玩具厂人数最多的两个部门,离下班时间还有三分钟,工人们已经停止工作,调转身体,对着门口的方向,随时准备奔跑。一些胆大的人,已经从二楼或三楼的车间,跑到一楼,侧身躲在拐角处,以免被门卫室的保安逮住。他们手里拿着饭盒,弓着腰,露出半个头来,朝食堂张望,像一颗子弹,等待发射。

下班铃一响,人们撒腿冲向食堂。脚步声、叫喊声、饭盒和勺子碰撞发出的声响,交错汇聚,形成一曲激荡的交响乐。

那种场面，像极了打仗。

裁床部在一楼，离饭堂最近，我们总能排在队伍的最前面。每排队伍最前方，站着一个厨师。菜已经炒好了，他们现在的职责，是在员工的就餐卡上，画一个记号。

就餐卡有四十平方厘米大小，上面分成密密麻麻的小格子，用餐一次，就在上面画一个勾。就餐卡每月一换，如果遗失，则无法用餐。补办不但需要去办公室，程序繁琐费时费力，且须缴纳补卡费。因而，很多员工把就餐卡打一个小孔，和工卡固定在一起，挂在胸前，以防遗失。

和我同在一个部门的阿忠，有两个搪瓷饭盒，一个拿来打饭，一个用于盛菜。他每天打一大碗，每次都剩下一半。即使如此，第二天，他照常打上满满一碗。

吃不完的饭，自然就倒掉。阿忠把剩饭倒进盛放饮食的垃圾桶里，还往里面吐上一大口痰，嘴上说，呸呸呸，资本家，我吃不了多少，但我会倒啊，我倒倒倒，倒死你。他认为资本家没有一个好人，对所有老板怀着同样的恨。

阿忠不高，圆脸，和不熟的人交流，他总用一种怪腔调，像一个冷漠的男子，让人难以接近。事实上，正好相反，他内心火热。尤其愿意维护老乡的利益，若有女性同乡受了欺负，他会挺身而出。只不过，很多时候，他能力不足，事情最终只能不了了之。

厂里的饭菜油水太少，吃过之后，很快就饿了。吃夜宵成了我们每天的必修课。工厂为加班的员工备有宵夜，但只有加班到十一点半以后，或者上晚班的员工才有资格享用。

裁床部晚上八点完成白晚班的交接，回到宿舍，冲凉洗衣服，再休息一会，十点钟就到了。此时，也到了吃夜宵的时候。我的夜宵通常是两包方便面。厂门口的士多店里，这种面的零售价是五毛钱。看舍友们整箱购买，我也买了一箱。一箱二十四包，每次夜宵，泡两包。

和阿忠熟了后，他告诉我一个泡面的新方法，还亲自示范了一遍：拿出搪瓷饭盒，撕开方便面，把调料扔掉，用滚烫的开水浸泡两分钟，再把水倒掉，取出一盒奶粉，往饭盒里倒入两勺奶粉，加入开水。三分钟后，面条熟了，屋子里散发一种麦子与牛奶混杂的香味。

用牛奶泡方便面，既有营养又好吃。阿忠坐在铁架床上，左手不停地摆弄着手上的勺子，说，试试看，你会大吃一惊。

这种方便面的吃法，我闻所未闻。但他已经把牛奶递过来，要我随意使用，他如此真挚，我不好拒绝。试了一次，竟然真的好吃。便也去买了奶粉，坚持下来。

然而，没有等到出粮，我就断炊了。有几个晚上没吃夜宵，阿忠知道了，递给我两包面，我要了一次，不好意思再接第二次。阿忠也觉得这样不是办法，把我带到厂外的士多店。

厂外有两家士多店，并排开在一起。老板都是潮汕人。阿忠告诉我，潮汕人最会做生意，但凡开在厂门口的士多店，十有八九是潮汕人开的。玩具厂门口的士多店，面积虽不大，但商品繁多。门口摆着席子、被子、桶子、床帘、蚊帐、拖鞋等进厂时的必需用品。进到里面，饮料、零食、牙膏、纸巾等各类生活用品琳琅满目。

到了晚上，老板搬一台大电视机摆在门口，再放几张塑料凳，就成了一个露天的放映厅，为打工者提供娱乐消遣。电视里播放着《神雕侠侣》，杨过由任贤齐扮演。电视剧播完了，老板会装上影碟，通常是陈小春等人主演的《古惑仔》，或者成龙主演的武打片。晚上十点过后，来观影的打工者越来越多，很多人站着看完一集戏，才意犹未尽地返回厂内。

阿忠带我走进左边那家士多店。老板五十来岁，穿着灰色背心，趿拉一双拖鞋，看我们过去，掏出香烟递过来。阿忠接了烟，夹在耳朵上，然后和老板说着话。大意是，我初来乍到，和他是老乡，在裁床部上班，还要一个月才发工资，想要救救急。

没问题，没问题。老板看了看我，笑着点头。阿忠问我要了厂牌，递给他，老板接了，看了看，打开桌上的账本。上面密密麻麻写着一些人的名字、日期和商品名称。翻开新的一页，老板从笔筒中，抽出一支蓝色的圆珠笔，写下日期、名字和一箱方便面的字样。他的字写得不错，我猜测他一定读了不少书。

靓仔。来，签个字。他把笔递过来，右手无名指上戴着一只金黄色的四方形戒指，上面写着一个"福"字。我接了笔，按他的要求，在那行字后面，签下我的名字。从此成了士多店的债务人。

三

下了班，无所事事的我们，蹲在安的宿舍门口选"妃子"。安住103号房，是女工下班回去的必经之路。

看，那个妹子怎么样？安把烟头扔进面前的沟渠里，半个身子立起来，说，左边那个穿红衣服的女的。我不置可否地点点头。安说，妈的个巴子，就这样定了，我选她。

顿了顿，安接着说，她旁边的女孩也不错，就给你吧。我们一起出马，以后成了，四个人一起约会，多美好。我来不及说话，安就把那个只看到了背影的女孩许配给了我。

打工生活单调乏味，爱情是温暖人生行程的良药。玩具厂女工数量多出男工数倍，且以年轻人居多。他们正是青春萌动的年纪，稍有对得上眼的，一来二去，就成了恋人。

我跟你讲呀，有一回在车间，安环顾四周，确定身边并无他人，赶紧说，有人凭一份炒米粉，就搞定了一个女孩子。

这个故事，其实我早就从别的工友嘴里听说过了。讲的是我们部门的一位同事，看中了一个女工，请她吃夜宵，只吃了一份炒米粉，他就成了她的男朋友。

在复述时，安的语气里，有着对这个女孩不屑一顾的态度。但更多的，是对自己空白爱情经历的无可奈何。他不明白，为何别人轻而易举就能抱得美人归，而他来玩具厂两年多了，仍一无所获。

即便如此，安仍认为，在爱情这件事上，他有责任当我的精神导师。

玩具厂的宿舍共四层楼，男工住一楼，其他楼层均为女工居住。楼层与楼层之间，没有门禁限制，虽是女工宿舍，但男工亦可串门聊天。来来往往中，一些情缘由此建立。

宿舍里通常摆着五张上下铺的铁架床，每张床都用床帘、纸板隔成一个私密空间。拉上床帘，就可以把床遮掩得严严实实。那个两平方米的小空间就是一个世界，可以避免外界的一切干扰。

玩具厂有个默认的"规矩"：男工不可在女工宿舍过夜，凌晨一点，保安会到女工宿舍查房，发现有男工留宿于女工宿舍，则会对男女双方进行罚款。女工留宿于男工宿舍，则不会受到惩罚。

安带我穿行于女工宿舍，二楼尽头的那间房子，门半掩着，里边有人影晃动，安在门口踟蹰。犹疑半天，正要离去。屋里人把门全部打开，我认识你。她笑着对安说。安大喜过望，以为她会让我们进屋，谁想她挡在门口不移步。你是裁床部的。女工继续说。安笑着点头。你不是在追那个河南女孩吗？她可不住这里，你找错地方了吧！女工不给安反驳的机会，把门拉上，扬长而去。

受了挫，安并不介意，照样串门子。我的精神导师不惧失败，从女工宿舍出来，对我循循善诱，追女孩子的秘诀，无非就是胆大心细脸皮厚而已。

这宝典，另一位工友也说起过。不过，这都不算他们的原创。士多店门口播放的港台电影中，早就介绍过很多遍。

我的工友们，将这条经验视为圭臬。身体力行，获益颇丰。

一边是海水，一边是火焰。安两年一无所获，有的工友则桃花朵朵开。不但如此，他们还在此基础上，结合各自性格及专长，将其发扬光大。

魏是教我开啤机的师傅，额前的头发遮住双眼，眼神里有种忧郁的气质。我在玩具厂上班的第一天，老邓把我带到他面前，和他交代了一些事。又对我说，你以后就跟着他，他的啤机技术在玩具厂是数一数二的。

他的技术的确很好，但比起开啤机，追女孩的本领似乎更胜一筹。魏和我同年，但已经谈了一个女朋友。对方条件不错，是手工部的女主管。车间普通员工，找了个女主管，在当时，这是足够劲爆的新闻。他因此被许多人羡慕过。

不知道魏用了何种法子，给女孩灌了哪样迷魂汤，让她死心塌地跟着他。但我知道，玩具厂里的爱情男主角，如同八仙过海，各显奇招：有人用苦情戏打动女孩，有人用眼泪换取感动，还有人假装自残寻求慰藉。

然而，再伟大的爱情，也经不起岁月的折腾。

有天下班，魏看到一位比他个子还高的女孩从面前飘过。女孩秀发披肩，脚步轻盈，眼神里池水碧绿。她和同伴说着话，音调里带"嗲"声。魏被她所俘获，当即决定征服她。他去她的宿舍，半路拦住她，死缠烂打，很快就感动了女孩。明知他有心上人，女孩仍扑火一般奔向他的怀抱。这时，他才和女主管分手，女主管伤心欲绝，一时全厂皆知。但时间消磨了一切，生活照常继续，没有人从玩具厂退出，三个人见了面就远远避开，实在避不了，权当视而不见。

而那些被《还珠格格》里的台词所哄骗的姑娘们，因为各种原因离开玩具厂后，一直以为比生命还宝贵的爱情，其实敌不过，从故乡吹来的一阵风。

风一吹，就散了。

2016年10月
选自作者2017年10月荣获第六届深圳原创网络文学拉力赛亚军
作品《玩具厂：悲欢或荣辱》，此次文字有删改

杨争光

国家一级作家、影视编剧。长期从事诗歌、小说、影视剧写作。著有《土声》《南鸟》《老旦是一棵树》《黑风景》《棺材铺》《从两个蛋开始》等小说,担任电影《双旗镇刀客》编剧,电视连续剧《水浒传》编剧之一,《激情燃烧的岁月》的总策划。

我和深圳

来到深圳,新的环境,新的人事是积淀的继续,也给了我重新审视和感受已有的积淀的距离和视点。当然,深圳给予我的并不止于此,不是几句话就可以讲述的。笼统地说一句,那就是:在深圳,我的创作还在继续,并拥有了更多的自由和空间。包括《从两个蛋开始》,其后的创作都是我成为"深圳人"之后的写作。

我从来没有掩饰过我对深圳的感情。深圳的朋友们让我真切地感受到了这座城市的体温。他们给我无私的帮助和厚爱,常常使我感慨。是的,从不言谢,唯有感慨。

我从来都认为,"文化沙漠"是对深圳的误判。面对这种误判,深圳以它包容开放的胸怀和着眼未来的视界,踏实、稳健地建设着自己的文化。来自五湖四海的深圳人,携带着他们各自的文化之根,就地栽培。移民,遗民,夷民,互不嫌弃,互不抵牾,欣然接纳,不拒杂交——深圳就是这么任性!养性之后的任性。现在完全可以说，深圳不仅是个经济奇迹，也创造了文化培育、积累和健康生长的奇迹。

作为一个写作者，我当然也关注深圳的文学。去年主编"深圳新锐小说家文库"，我曾写过几段文字——

文学是文化的组成部分，并处于文化最敏感、最精致的部位。深圳只有三十多年的历史。深圳文学曾有过短暂的浮躁。浮躁是一种内在焦虑导致的精神和行为变形。很快，这种浮躁就成为浮云而升天，留下的是平稳的文学耕耘。而且，这种文学耕耘的主流是非职业的民间写作。

深圳有"打工文学""青春文学""网络文学"，但以为这些就是深圳文学的标志，也是一种误判——对深圳文学的误判，正如"文化沙漠"说对深圳的误判一样。每一位作家都是打工者；许多作家都可能以"打工者"作为他们的文学形象。每一位作家都有或有过青春期；过了青春期的作家也可能叙写"青春"。在互联网时代，每一位作家都不可能或很难拒绝网络，"网络文学"作为一种瞬间现象，已经成为过去时。深圳文学将不在所谓的"打工文学""青春文学""网络文学"等标签的框定里打转。文学就是文学，不是别的。文学和"打工""青春""网络"遭遇，将是日常性的。深圳文学要的不是有形无义的标签，而是真正属于文学的品相。这品相既是深圳的，也是中国的、人类的。福克纳以一块"邮票大的地方"为文学地盘，写出了人类的精神境遇，以及充盈于胸的悲悯情怀。鲁迅以"未庄"为文学地盘，塑造出了可与堂吉诃德相媲美的人类精神形象。深圳的文学创作者性格不同，文笔各异，却都有着不甘平庸的文学野心。他们守着深圳，一个现代与后现代并存、移民与遗民甚至夷民杂居、物质与精神厮杀、灵魂与肉体纠缠、解构与建构时刻都在发生的地盘上，文学野心能否成为文学现实，我不敢妄言，但深圳有足够的耐心，等待和期盼。

这么说似乎高亢了一点。那就降低调门说几句：由于先天性营养不足——比如，长期缺乏不断发展的自然科学和人文科学的后援与支持；比如，白话文写作至今不足百年的实践；等等——从整体来说，中国的叙事文学，包括小说艺术的家底，并不丰厚。五千年中华文明固然伟大，但仅以此作为现代小说艺术的滋养，我以为是不够的，因为小说艺术要抵达的是整个人类。

鲁迅是清醒的："过去的生命已经死亡。我对于这死亡有大欢喜，因为我借此知道它曾经存活。死亡的生命已经腐朽。我对于这腐朽有大欢喜，因为我借此知道它还非空虚……"以汲取营养论，鲁迅是母奶和狼奶通吃的。正因为清醒，还在中国现代文学起步的时候，他的心血书写，创造了中国文学的高标。

精神荒芜，思想枯竭，是人的穷境，文学的死境。

在生命的关口，守住了人的底线，也就站在了人的高点。在文学的关口，守住了写作的底线，也就守住了文学的高地。

这几段文字是写给那套丛书的，也有对我自己的冀望。

如果能够，我当然还会写作。

我可能不会再调动了吧。如果不再调动，深圳就是我最后的归宿。

选自《杨争光：文字岁月》，深圳报业集团出版社，2016年11月版

张黎明

解放路

　　1979年还没有深南大道，有很长的日子她想都不想天天走的路到底是什么路，也知道十字街或者老街这笼统的名，好像它不是街道倒像自家的什么人可以大呼小叫了。长年累月没想到要强行记住这解放路和人民路，这当年深圳最繁华的大街。一直到了20世纪90年代中期，说要拆十字街了，为什么？1979年以后，人越来越多，能过两辆车的解放路变得太窄小了，车来车往的街开始挤满了人，骑楼下你贴我的肩膀我踩你的后脚跟。太小太窄太旧，大概1996年老街就拆了。这时候突然虚虚的，被猛击那样，被拿掉了什么一样，死活想记住它，还要把它放在心里的某个不被打扰的地方，这时候她就把解放路的路名记牢了。

　　当年的解放路从1996年5月改造成步行街，名字还是解放路，似乎什么都没有变，重建后也是两层的木框窗小楼，骑楼也伸在街道边，不过，它已经不允许车辆进入了。

　　她那1979年的解放路可不是供步行的、游览的、观赏的，而是贯通深圳市中心从东到西的交通大道。深圳所有的大商场店铺都集中在这里，喇叭震响的载重货车、振荡不已的农用拖拉机、深圳最早的从侨社到汽车站的几趟载客小巴，全都从这里穿过……

这些城市功能可以从当年的照片找到证据。

她的解放路记忆大多是关于吃的和用的。

百货公司在解放路的中段，只有地面一层，大概有400平方米至500平方米，这样规模的商店在2016年的深圳多如牛毛，可在当年独此一家。

1979年这家深圳最大的百货公司让她着迷，她着迷的仅是一种很香的洗衣皂。那时候洗衣服都用肥皂，千篇一律的表面粗糙和简单的长方块，没有任何包装，买的时候大概会包上一片黄色的糙纸，不香还很刺鼻。

她发现这里有一种"扇牌"洗衣皂，晶莹透亮的长方形，看上去就细柔柔的，且那清香味儿，她没用就迷上了，用罢更迷了，每每上百货商店，就是来找这香味的，这个"扇牌"洗衣皂用了好些年。没想到2016年它还活着，牌子香味都如旧，也许所有的超市都能找到它，只是百货公司"拆"了近20年了，替代它的是太阳广场。

解放路中段还有一间又小又窄的海鲜杂货店，里头挂满大小咸鱼、马鲛、红衫、银鱼、大眼……

最特别的是沙井蚝油和蚝罐头，这是绝对的深圳土特产。沙井蚝的历史很悠久，颇具盛名，生蚝和蚝豉都输出香港等地，抗战前全宝安县蚝井有两万井，蚝船350艘，蚝民一万多人。只是深圳沦陷期间，蚝船多被劫抢，蚝民被日军打死200多人，3000多人逃到香港和国外，蚝船剩下几十艘，蚝民大约600人……

1979年的蚝罐头和蚝油，这蚝的鲜味，即使蚝豉也美味甘甜。

整整一条街只有那个门面为四块门板的小海鲜杂货店才有。她很想十瓶八罐往她的旅行袋塞，佛山广州的亲朋和曾经的左邻右舍都喜欢它，每一次都不够分呢。不可以，这蚝罐头不敞开供应，要多少票多少证才购得一两罐。

这蚝罐头的确很特别，打开罐头盖子就是扑鼻的蚝香味。一颗颗油亮亮黄灿灿的蚝有点像蚝豉，那蚝肉比鲜蚝坚实又比蚝豉柔软，每一颗都饱含着甘香无比的蚝油，轻轻咬，刺破那蚝，鲜甜的味道真让人不愿意吞下，只想把它永远留在嘴里，也不让它化掉。

吃空了，空了也不要紧，罐头里面还有金黄色的浓浓的汁水，最后就把饭倒进罐头里，搅拌一番，才把一颗颗多少带点儿蚝香的饭粒送进嘴里。

还有那蚝油，只有吃过比较过的人才能知道区别，才知道真正的沙井蚝油什么味。那些别的一吃就知道差太远了，不能不怀疑是化学勾兑品。

事实上这沙井蚝罐头和蚝油还在生产，不过市面上绝迹了。2016年家人在网上发现了，还真的买到了这样的蚝罐头，还是那样的味道，不过，包装变得精巧无比，蚝的个头缩水了许多，以前的蚝个头是2016年的两倍，现在的蚝个头疑似还没有长大就被加工了。而杂货店彻底拆了，也变成了太阳广场。

解放路那糖烟酒公司的商店，她喜欢它，不为烟不为酒，只为那小小的猪油糕，摆在门边那些散装的糖果堆里，买一块可以，买一斤就多了一个粗糙的纸袋。倘若说要带去拜年走亲戚，卖货的大姐或小妹会扯一段麻绳，在上头捆一个结实的十字，贴一张红纸，旋几个圈才交到你手里。初来深圳那几年，每每逛十字街都会去新华书店附近这间糖烟酒商店。

  猪油糕，顾名思义，许是猪油和糖熬成的？也没法考究。如今它绝迹了，倒常常想那油油的甜甜的小零食怎么会如此诱人？不就是油和糖？都是吃肥人的东西，虽然那时的肥人胖人真少，油和糖的需求自然多，可它是千真万确的香甜好吃。来深圳没吃过深圳猪油糕的算白来，说这猪油糕是那阵子的深圳"品牌"，一点也不过分。闭上眼睛想它，它比广州佛山等地的猪油糕要大要厚，有三分之二的纸巾大小，剥了外头薄且透明的一层油纸，里头还有一张能吃的薄如蝉翼的玻璃纸。这裸了的猪油糕金黄金黄，像一块晶透的琥珀，隐约可见里头藏了几颗白玉似的榄仁，这时候的嘴很难抵挡那诱人之香甜。头一回吃的大都猴急猴急连纸带糖一口咬落，会吃的可是慢慢舔慢慢尝那似有似无的玻璃纸感觉，再轻轻咬那么一口。嘴里的甜不会迅速融化，它柔韧得像一个有力有气的小人儿，越咬越韧，越咬越香，那甜缠了一嘴，连牙缝都塞满了它的甜。你不得不认输，不得不耐了性子，让它自个儿去……

  别和它较力气，软软地像个乖孩子躺在嘴里，慢慢地融去，几颗凸着的榄仁如滑板摆上了舌尖，推进上下门齿间细细咀嚼，松软的小东西化作了清香。

  这东西也绝迹了。有一天在某家超市看到了有点像它的猪油糕，买几块，当即咀嚼起来，很想寻回往日的滋味。失望了，实在太甜太腻，不会再要了，那种感觉怎么也寻不回来了。

解放路能买到的深圳特产还有云片糕和老婆饼。如今猪油糕和云片糕都只剩下回忆,老婆饼几乎进入了所有的面包店,一元至两元一个,多了些香味,不知道为什么,甜得实在有点刺人。

步行街现在全国风行,她每到一个城市,都看到大大小小的这个保留节目。她还会想哪些是真保留的,哪些只是掏空了的一个壳,稀里糊涂的分不清。

开始,太阳百货也是很新鲜的,90年代末商家把小燕子赵薇请到商场宣传。那人山人海啊,多是深圳出品的第一代孩子,真是疯疯癫癫了。她也上上下下有两三回走过太阳广场,后来怕厌倦了,抑或是这样的"航空母舰"太大了,转进去就有种出不来的恐慌。里面有的,隔壁超市也有,何必舍近取远?所以也就没去了。

说起来也怪,老街拆的日子就开始想念,不知不觉地想,直到重开老街的一天,准确地说是在开张前的一晚,她已经有了上小学的女儿,母女俩迫不及待去看望它,那份情感很复杂,想看看自己心里存的宝藏还在不在似的。从东走到西,从西又走到东,狠狠地把许多日子没见的它看了个够,这老老的街!

看着看着像一回事,四五十年代的两层楼建筑还在,瓦灰色的墙,木头框子的窗户,那可挡风雨的骑楼。连更久远的思月书院也回来了……只是它们都穿上了新衣服,看上去还像它们。这些过去,这些女儿追逐玩耍的地方,这些留下很多童年梦想的地方还在,很亲切很熟悉。和它有一种血肉亲情,这看看那摸摸，每一个角落。

人诉说自己的时候也在诉说它，回顾它的时候也在回顾自己。

当有一天，女儿问她，老街现在还有那种蚝罐头吗？

噢，没有了，剩下的只是想念。

她这时候才仿若知道什么东西没有了，也不可能回来了。

她只能偶尔返回解放路，在这种想念中去看看，也许看到的已经不是原本的东西。

选自《她的老街：1979—1983》，
深圳报业集团出版社，2016年11月版

孙重人

自在独行者,深圳市作家协会会员,喜好阅读、旅行和写作,关注博物学和自然人文生态。已出版《书缘》《读来读往》《野性的旅程》《荒野行吟》等读书、旅行札记,其中《荒野行吟》一书曾入选"中版好书 2017 年度榜 / 文学艺术十大好书"和获得第四届"深圳十大佳著"奖(非虚构文学)。

不仅自然,而且文学(前言)

小时候,即 20 世纪 60 年代末,我随父母在赣西山区一个叫毛立山的小山村足足生活了三年。现在回想起来,那是我这一生至今为止充满野趣的几年生活。

山村距离小镇温汤不远,步行十里便可进入,但依然得翻越两道山梁,绕过一个山坳。村庄四面环山,一条小河自西而东穿越而过。小河之水源于西边明月山上的山泉,清澈透亮,水流潺潺。那时,村民的民宅大都建在山之半腰,清晨雾霭缭绕,傍晚薄雾朦胧。四面山上多林木,有杉树、松树、竹子、香樟树、茶树,以及成片的杜鹃林和灌木。山下则是农田,村民们种植水稻和供自家吃的菜蔬,田垄上种黄豆。在幽闭的小山村里,村民自给自足,他们的收入虽然不多,但生活无虞。用土砖筑就的房屋呈现原生态,冬暖夏凉,宽敞恬适。房前屋后种植或野生着诸多果树,有板栗、柚子、枇杷、李子和柑橘树,山上还生长着杨梅树。茶树,春开白花,秋结硕果,果实即种子,可榨成野生食用植物油;杜鹃,在当地人的称谓中,叫映山红。每到春天,杜鹃花开,漫山遍野,姹紫嫣红。对我来说,最心仪的还是田港中那条由鹅卵石堆砌形成的小河。每天放学后我便在河边放牛,在河里抓鱼。放牛是任务,抓鱼则在水中追着鱼儿跑,多数情况下未必能抓着,但充满快乐。当时,据老人们讲,再往山的纵深走一些,森林更加苍郁,有人还曾在挖竹笋时遭遇过老虎。

至今已四十余年过去。每次我回到江西,还是忍不住要回到小山村去。毛立山,山还是那样青翠,水还是那样清澈,公路修到了家门口。为了方便,现在村民的房子大多已搬建于山下,曾遭砍伐的林木,近年来也已复种。那些儿时记忆中印象深刻的果树只剩零星几株点缀着。山下的田畴里种上了大棚蔬菜,已经商品化,专供镇上的酒店。我心仪的小河里,也搞起了游乐设施,如漂流。山还是那座山,地还是那块地,但已物是人非。不远处的明月山已成旅游景区。温汤小镇,因为著名的富硒温泉而变得有名起来,每天游人如织。曾经的华南虎早已销声匿迹,或许已经灭绝。

这就是我所历经的四十年变迁故事,我的自然故事。这也是我们现在所处的所谓"人类世"。小山村,发生了大变迁。此时,文明成为一股力量,进步与倒退相向而行。在我看来,这还是一个充满悖论与矛盾的时代。自从人类先祖"露西"把我们从东非大裂谷的丛林中带出来,就没有哪一个时代的科技与经济会像今天这样发展得如此之快,也没有哪一个年代,地球上的物种会像今天这样如此快地"灭绝"。这是一个令人不堪回首的过程。

近年来,我的业余阅读,多沉浸于自然文学作品之中,阅读并收藏了不少这方面的书籍。2014年,我终于像1847年的福建人林针那样有了一次近距离看美国的机会。我们选择在新泽西州落脚,自驾穿越,先东部,后西部;从中部至北部,然后又从北部到南部。在近一个月的时间里,一口气穿越美国十几个州,深入了十几个国家公园或纪念地。

19世纪是人类社会受地理环境严格制约的最后一个历史时期。回溯美国自然文学的发展历程,这时,小木屋成为作家们生活的一种隐喻。从亨利·梭罗在瓦尔登湖畔建造小木屋,过着"鸟兽若比邻"的生活开始,到约翰·巴勒斯在河畔小屋演绎"众鸟欢乐颂",约翰·海恩斯在荒原小屋里做"远北极地古老的梦",安妮·迪拉德在蓝岭山谷溪畔小屋中寻找"自然真义",再到E.B.怀特在缅因州盖起一座湖畔农场小屋,享受农夫般"超逸的优雅"生活,小木屋俨然成为一个自由、静寂和向往孤独的实验台,一种慢节奏生活的试验田,一个"自然爱隐藏"的伊西斯形象,一枚奥古斯都"螃蟹与蝴蝶"金币的两面,让人充满遐想,想着要揭开其神秘的面纱。

事实上,阅读自然文学方面的书并非都如此赏心悦目。在美国,这类书或题材,写作者不少,关注者更多,但读起来依然显得沉重。这其中,既包括拉尔夫·爱默生的《论自然》,也包括亨利·梭罗的《瓦尔登湖》。即便我们能够浸淫于沃尔特·惠特曼的激情与浪漫之中,仍然能感受到他饱含的忧思;即便是像比尔·布莱森那样陶醉于轻松的旅行之中,也仍能体味到他的失落。爱德华·威尔逊《缤纷的生命》一书,篇幅很长,但全面而又平和。有人将威尔逊称为"最后的博物学家"。而他所做的,在通过与世人分享自然世界与生物多样性趣味的同时，告诉人们自然是我们的归属之地，我们要呵护它。威尔逊道出了自然文学所要表达的终极意义。

说起美国自然文学，有一个地方无法回避，这便是马萨诸塞州的康科德小镇。我不是说康科德有多大多著名，也不想说康科德有多漂亮多迷人，我想说的是那儿的人。近两百年前，生活于康科德小镇的拉尔夫·爱默生、亨利·梭罗和纳撒尼尔·霍桑等文人学者，他们立足于人的本体与归宿，倡导人的价值以及人性的解放与自由，为美国自然文学"大张旗帜"。

但众所周知，自然文学的起源并不在美国，早在古希腊的柏拉图和亚里士多德，古罗马的维吉尔和老普林尼，乃至中国魏晋南北朝的陶渊明、谢灵运和郦道元，这些先哲们已经写出了大量不朽的自然哲学文论和散文诗歌等作品。荷马史诗《奥德赛》就是一个"回家"的主题。而19世纪前的英国也涌现出了像托马斯·莫尔、约翰·弥尔顿、威廉·华兹华斯和塞缪尔·柯勒律治等自然文学大师，他们续写了英伦的自然传统，从而影响了世界。但真正形成自然文学流派的，只有美国，也只有在当年英国殖民者大量移民美国，对原北美大陆形成大规模垦荒或工业化之后，才催生了这一文学流派。康科德就是在这样一个恰当时期、恰当地点涌现出来的模范小镇；清教徒出身的拉尔夫·爱默生就是这样一个人。爱默生写作的《论自然》一书，成为自然文学流派诞生的宣言书，从而推动了美国"新英格兰文艺复兴"运动。

我们知道，美国自然文学鲜明的旨趣，与其发展的历史进程密切相关。围绕着"简单生活，敬畏自然，荒野思维，生态保护"十六字主题，涌现出了像亨利·梭罗、约翰·缪尔、奥尔多·利奥波德和约翰·巴勒斯等大批著名作家。他们走进荒野，走进自然，寻找心灵之慰藉。进入当代后，人们对环境问题的思考进一步凸显。从关注自然，到审视人与自然的关系，最终发展到对人类自身环境与生态的关注，探讨现实与人的最终归宿，使它具有强烈的时代感。这其中，蕾切尔·卡森是一位杰出代表，她发出了"旷野中的一声呐喊"。尽管这一声"呐喊"在强大的国家机器面前依然形单影只，甚至充满悲剧色彩，但毕竟是一种声音，让我们窥见了一股推动力量。

在我对自然的关注中，《海豚湾》和《汤姆斯河》两本书讲述的故事很典型，一个讲动物，一个讲人类，命运同样跌宕起伏。我想，它们所记录并反映的，正是人类目前生态和环境中暴露出来的严重问题。面对地球荒野的迅速丧失，荒野价值在哪里？比尔·麦克基本说："荒野是人类的空间，是使那些背负行囊的旅行者失去自我、使那些感受到压力的城市居民找到自我的空间。"我以为，荒野的价值远不止于此，并非只是"人类的空间"。爱德华·威尔逊根据地球生物已知栖息地所能维持的生物多样性定量关系做了一个估算，他说，到2020年，地球物种将有五分之一以上消失，或注定要提前灭绝。因此，拯救它们，已经刻不容缓。谁来做？当然是我们人类。

《荒野行吟》的本意是敬畏自然，遵从自然规律，并非对美国自然文学的研究之作，而是我跟随这些前辈，走进大自然，所进行的一次回望、行思的文学之旅……

选自《荒野行吟》，生活书店出版有限公司，2017年3月版

薛忆沩

工学学士,文学硕士,语言学博士。出版有20余部作品,其中包括《遗弃》《空巢》等六部长篇小说,《流动的房间》《首战告捷》等六部短篇小说集以及《文学的祖国》《与马可·波罗同行》等六部文学随笔集。作品被译成多国文字,其中短篇小说集《深圳人》的英法译本和长篇小说《白求恩的孩子们》的英译本获得主流媒体和普通读者的热情关注。

回归母语的"深圳人"(新版序)

2013年初,在"深圳人"系列小说准备结集出版的前夕,我对小说集的书名仍然犹豫不决。我在《深圳人》和《出租车司机》之间犹豫。我在"深圳人"系列小说受英语文学的影响和它对中国文学的影响之间犹豫。最后,"虚荣心"帮助我做出了决定。因为短篇小说《出租车司机》是小说集里最为中国读者熟悉和喜爱的作品,加上它也是小说集里最早完成和唯一完成于深圳及中国的作品,我最后决定用"出租车司机"做小说集的书名,而让"深圳人"屈居副标题之中。小说集出版之后获得的关注和赞誉多少也是对这个选择的肯定。

我完全没有想到这部小说集会成为自己第一部跨越母语边界的作品。2015年春天,当出版商第一次与我讨论小说集英语译本出版计划的时候,我首先想到的就是"正名":为了强调作品与英语文学经典 Dubliners(《都柏林人》)之间的联系，我建议改用 Shenzheners（《深圳人》）做它的书名。一段神奇的文学之旅就这样开始了。借助与精致的原作遥相呼应的翻译，Shenzheners 将"中国最年轻的城市"带到了地球的另外一侧。

这是我的第一个英语译本。它于2016年9月9日在加拿大正式出版发行。它包括了原作中的九篇作品（《同居者》《女秘书》和《文盲》这三篇作品因为整体篇幅上的考虑被排除在外）。在随后短短半年多的时间里，这部短篇小说集不仅在新的语言环境中获得了可观的声誉和可喜的销量，还在蒙特利尔的国际文学节上获了奖。它也很快激起了加拿大另外一种官方语言的热情关注，由一位迷恋深圳又痴情文字的知名作家翻译的法语译本将在今年年底上市。而最让我感动的是，在这短短半年多的时间里，我多次在住处附近的街边被热心的读者拦住：他们与我细致地讨论起了"深圳人"的性格和命运，他们对我笔下那些小人物的遭遇充满了理解和同情。这是我在这部作品的母语世界里都没有过的经历。

通过这部短篇小说集，越来越多的英语读者不仅熟悉了"Shenzheners"这样一个在目前的任何一部英语词典里都还不存在的词，也认识或者说更加认识了"深圳"这座他们以前根本就不认识甚至根本就不知道的城市。中国的奇迹用文学的方式打开了一座又一座异域的迷宫……

在这样的文学背景之下，"深圳人"系列小说集在母语世界里的重现绝不是这部作品生命的简单延伸。它更是一种升华，一次新生。怀着对母语至深的眷恋，《深圳人》向母语世界里的读者发出了阅读的呼唤。它渴望着通过母语的激情获得用其他的方式无法获得的升华和新生。

这些年来,一直有人问我,我笔下的这些"深圳人"到底生活在哪里。我总是用小说《出租车司机》腰封上的那一句话来回答:"几乎没有人是真正的深圳人,几乎所有人都是真正的'深圳人'。""深圳人"系列小说在英语世界里获得的认同正好证实了我的这种说法。而我相信,母语世界的读者对它新一轮的阅读会继续证实这种说法。

现在,就让我们开始这新一轮的阅读吧。

2017年4月29日于蒙特利尔

选自《深圳人》,华东师范大学出版社,2017年8月版

王先佑

作家，现居深圳。小说、散文作品在《中国作家》《长江文艺》《百花洲》《文学界》《作品》《边疆文学》《福建文学》《四川文学》《山东文学》《星火》《散文百家》等刊物发表。曾获"全国青年产业工人文学大奖"短篇小说奖等奖项。

在烈日和暴雨下

一

5月6日，星期六。天气预报说今天最高气温32摄氏度，有阵雨。早上八点十分，小韦准备出门。在这之前，他戴上了遮阳帽，还特意在随身背包里放进了雨衣——除了雨衣，背包里还有他每天上班必带的花露水、袖套、创可贴、毛巾、饮用水。饮用水是他在自家的饮水机上接的，装在1555ml怡宝纯净水空瓶里。自从干上小黄车修理员以来，小韦特别留意天气预报。这一点，像他在广西老家种地的父亲——阴、晴、雨、风，都是安排农事活动的依据，要是哪天晚上没在电视上看到天气预报，父亲就会大半个晚上睡不着觉。小韦不种地，但也和父亲一样，某种程度上要看老天爷的心情吃饭。

小韦住在天安花园。这个小区在坂田吉华路，名字听上去挺大气，但其实是一个城中村。他工作的地方不固定，今天这里明天那里，但一般都不会离住处太远。今天，他要去的地方是紧挨华为的岗溪路，公司在那里设了一个临时维修点。和往常一样，小韦在楼下找了一辆小黄车骑上。他昨天晚上就在地图上查过，从天安花园到岗溪路大约2.5公里，这个距离骑车刚刚好，不要20分钟就能到达。在这个时间点，找到一辆ofo共享单车并不需要费多大力气。ofo究竟在深圳投放了多少小黄车？对于这个问题，小韦也和普通市民一样搞不清楚。

　　八点四十分，小韦到达维修点，同事小曾也刚刚赶到。一大早就异常闷热，小韦和小曾骑车骑出了一头汗。八点五十分左右，一辆商务车停靠到岗溪路的十字路口边，开车的是他们的老大。老大是坂田片区小黄车维修点的总负责人，商务车里装着维修点要用的材料和工具：车胎、踏板、坐垫，其他自行车零件以及工具箱。小韦戴上袖套和手套，和小曾一起把今天要用的东西从车上卸下来。卸完货，商务车又开走了。老大还要赶往其他维修点，给另外几队人马输送"给养"。

　　维修点设在岗溪路边的人行道上。人行道宽约5米，一边是绿化带，一边是马路，绿化带外侧是隐隐散发出臭味的岗头河，两道铁栏杆把人行道与岗头河、大马路隔开。找车的同事已经从附近一带的城中村找到一百多辆坏车，这些车沿马路一侧的栏杆一字排开，看上去蔚为壮观。九点还差几分，小韦和小曾就穿上ofo的专用黄马甲开始工作了。他们每天工作八小时，标准上班时间是九点，下午六点下班，中午休息一小时；除了必须遵守上下班时间，他们还有定量维修任务，每人每天的定额是25辆，两个人加起来就是50辆。小韦和小曾干这一行都只有二十多天，修车技术还不算熟练，50辆车看上去不多，但也要抓紧时间才能完成。所以，早点开工，顺利完成当天任务量的可能性就会更大一些。

小黄车最常见的损坏情况有三种：车牌号、二维码被破坏；车锁被撬掉；车胎没气。车牌号被刮掉，但是二维码还能用的，小韦只需要用专用仪器扫描二维码，再把系统里显示的车牌号码用大头笔写在车牌、车架或坐垫上就行——用大头笔把车牌号写在车架或坐垫上，是为了防止有人恶意撬下车牌。车牌号和二维码都被刮掉，没法从系统里查出车牌号的小黄车，车锁密码便无法破解，只能用冲击钻把车牌和车锁拆下来，再重新安装新的车牌和车锁。车锁被撬掉的，也要重新安装。车胎没气，要先检查内胎是否损坏，没坏的加气，被扎破的换胎。前两天在黄金山维修点修车时，小韦一连换了十多条被人用刀扎坏的车胎。其他情况也有，比如链条掉了、坐垫丢了、踏板没了，这些都还好，再装上去就是了。最让小韦头疼的，就是碰上这儿那儿都有问题、全身是病的车子，这样的车子修起来既耗时又麻烦，修一辆的时间可以修好几辆别的车。另外，如果车子的中轴部分坏了，维修时也很让人伤脑筋。一般情况下，小韦修好一辆车要十五到二十分钟，小曾的速度也和小韦差不多。

岗头河的另一边，是一座叫中心围的城中村。从小韦开始上班起，就不断有进出城中村的人经过维修点。也许是第一次看到有人维修小黄车，一些人好奇地围过来，看看小韦他们身上穿着的黄马甲，又看看地上堆着的工具、零件。更多的人掏出手机，在那一长溜坏车里找出一辆，对着车身准备扫码。小韦看见了，远远喊一句：

"都是坏车，骑不了。"

这句话,小韦一天不知道要喊多少次。有人听到喊话就走了,但也有人低下头看看,发现面前的小黄车少了一只脚踏板,仍不死心,又找出一辆。扫过码,推出来,坐上去,踩一脚,才发现链条掉了。那人气呼呼地把车丢在路中间,边走边嘟囔:

"什么玩意儿,都是坏的!"

车子挡住了行人的去路,小韦不得不把它移到绿化带边。但这还不是最让人恼火的。前天,小韦在黄金山修车时,一个小伙子怒气冲冲地推着一辆瘪着车胎的小黄车来到修车点,一开口就是满口火药味儿:

"我找了六辆车,没有一辆好的。你们怎么修的?修得这么慢!"

小韦是个好脾气,他低头修车,装作没有听到。但小曾被这样的挑衅惹恼了,梗起脖子还击:

"你们不搞破坏,车子就都是好的!"

"什么叫我搞破坏?你这是什么意思,跟我说清楚!"

那人摆出一副不依不饶的架势。小曾不甘示弱,丢下手里的活儿,抄起地上的大扳手。那人看到小曾一副拼命三郎的架势,气势立马弱下来,嘴里不知道咕哝了几句什么,恨恨地走开了。小韦刚才提到嗓子眼儿的一颗心,也跟着放了下来。

二

小韦来自广西玉林的北流市,今年刚好三十岁;小曾二十九岁,湖南人。小韦的老婆在坂田雪象的航嘉厂流水线上班,两岁的儿子留在老家由父母照看。一个月前,他还是坂田一家工厂的保安。保安上班时间长、工资低,他干了三年,其间只涨过一百块的工资。看看再干下去也没什么前途,他辞了工,想去外面找找有没有工资高一些的工作。在路边的宣传栏,小韦看到一家劳务派遣公司招聘自行车维修工的启事,觉得挺新鲜,就照着上面的地址去面试,没想到顺利通过了。

4月13日,小韦应聘进了这家劳务派遣公司。小曾和他同一天进来,两人都被分配到相同的岗位:为ofo提供地面维修服务。单车修理工的招聘要求并不高:不需要工作经验,也不看学历,但要年轻、身体好、肯吃苦——车辆维修是在露天作业,随时要面对烈日和暴雨的考验,年纪大、身体差的人干不来,吃不了苦的人不愿干。这份工作月工资4500元,不包吃住,每周上班六天。对小韦来说,这样的待遇还算不错。他们的试用期是五天,这五天是自学修车的时间,老大让他们拿各种各样的坏车练手。五天过后,甭管有没有学会,都得被派出去干活。在坂田片区修理小黄车的有五十多人,刚开始是九个人一组,五个人修车、四个人找车。后来改成四人一组,两人修车、两人找车,小曾是这个四人小组的组长,但是谁修车、谁找车都由老大说了算,老大觉得修车不行的就换去找车,找车不行的就换去修车——整个坂田片区目前有十多个小黄车维修点,老大是这个片区的总负责人。他以前开过单车修理铺,后来共享单车兴起,修单车没生意,老大顺应时势,关了修理铺,转而为ofo服务,混得风生水起。

修车虽然辛苦,但小韦看中了这份工作的自由。以前在工厂干保安,他每天要守在门卫室,上个厕所还得找人顶岗;厂里的主管，谁都可以对他发号施令。现在，他和小曾两个自己管自己，每天只要能完成任务，基本上没有人来干涉——四人小组是一个松散的组织，小曾虽然是名义上的组长，但他不太爱管事。当然，自由也是相对的：占用人行道修车，对市民出行有影响。曾经有市民投诉到交通管理部门，说小黄车维修点给推婴儿车的妈妈、盲人等特殊人群造成不便，偶尔也有市民当着他们的面抱怨车多路窄。老大说，ofo和深圳市政府签过协议，可以临时占用一些非主干道边的人行道用于修单车。小韦不知道是否真有这样的协议，有时城管、交警巡逻到犄角旮旯的维修点时，会过来问问他们，提醒他们要尽量少占地、早点把单车修好。一般情况下，这些大盖帽不会太让他们为难。

除了交警和城管，清洁工有时也会来找小黄车修理员的麻烦。今天刚上班，岗溪路上的清洁工就过来打"预防针"，让他们注意一下环境卫生，不要把车辆停在绿化带上、不要把机油搞得满地都是、垃圾不要乱扔，小韦和小曾连连点头答应。这之后，穿着橙色工衣、提着扫帚和灰斗的清洁工时不时地过来看一看，好像是在监督他们有没有按照他说的去做。十一点，清洁工又来了。离维修点不远的地方有一块香蕉皮，清洁工捡起来，装进灰斗，拎到小韦跟前说：

"你们再这样乱丢垃圾，我可要投诉啦！"

小韦以前对清洁工群体并不反感，觉得他们一大把年纪还要在外面干这种辛苦的营生，本身就挺值得同情。但"阎王易见，小鬼难缠"，眼前这位清洁工有点像难缠的小鬼，似乎想方设法也要在他们身上挑出点毛病。这样想着，小韦的回应听上去就没那么友好：

"你看看，我们哪有时间吃香蕉？"

小曾说话更冲：

"看我们不顺眼，也不是这样找茬儿的！"

清洁工愣了一下，似乎意识到自己这样做确实有些过分。他想说点什么，但终于没说，提着扫帚和灰斗走远了。

这样的小插曲，几乎每天都会发生。老大说，公司也知道占用人行道修车不好——他们更大的担心倒不是与民争道被人投诉，而是觉得大量损坏的小黄车在公共场所集中存放影响不好。这等于是告诉所有人，小黄车容易遭人破坏（或者本身质量不好），这样一来，也许会影响消费者对ofo的使用信心。公司最近在寻找一处两千平方米左右的空厂房，打算租下来用于集中维修单车。如果这个目标得以实现，那就意味着小韦他们以后不必再在露天工作，可以告别和清洁工、城管与交警打交道的日子。

小韦当然希望公司能早点找到合适的厂房当作维修车间。那样，他们至少有一个固定上班的地方，像个打工的样子，不像现在这样，打一枪换一个地方，没有归属感不说，吃饭喝水都成问题。立夏过后的阳光火辣耀眼、热力十足，空气有些凝滞，小韦、小曾的身上、额上都是汗水。到中午十一点半，小韦已经在脖子和小腿上涂过五次花露水——维修点靠近绿化带，即使是白天，蚊子也敢于向人发起袭击；喝过七次水、擦过十余次汗，他随身带来的1555ml纯净水已经见底。看来，今天的天气预报很准。闷热的天气，总是让人感觉难熬。

三

十一点五十分,找车的两位同事老赵和小方开着电动三轮车送来了今天上午的最后一车货。卸完车,他们把电动三轮车开到维修点的树荫下,就去城中村吃饭了。公司规定要换班吃饭,老赵和小方去吃饭时,小韦和小曾需要留下来照看修车工具和材料。

十二点十分,老赵和小方吃饭归来,小韦和小曾骑上两辆修好的小黄车去中心围找吃的。转了一圈,他们还没想好该去哪儿:"湘攸"快餐店便宜,两素一荤七块钱,两荤一素也只要八块,但这里环境乱糟糟的,看上去不那么干净;"快乐老家"整洁卫生还有空调,但最便宜的套餐都要十块钱。在"快乐老家"门口,两个人商量起了吃饭问题。最终,他们还是决定去"湘攸",这样做的好处是:可以省下几块钱买水喝。吃饭过程中,他们各自都加了两次饭、喝下三碗紫菜蛋花汤。返回维修点时,每人又买了两瓶1555ml装怡宝纯净水——上午的太阳不算什么,对他们来说,午后的炎热才是真正的挑战。

小韦和小曾回到维修点时已经是十二点四十分。十二点到一点是他们的午休时间,午休地点就在维修点旁边的一株细叶榕下,节目通常是聊天。一般都是闲聊,但往往和他们的工作有关。这一天,老赵说到他和小方上午遇到的奇葩人、奇葩事:马蹄山一家照相馆门口有一辆小黄车被上了私锁,他们正准备把这辆车抬上电动三轮车时,照相馆老板却不让,还要动手打人。老赵打电话报警后,那老板才悻悻作罢——公司规定,只要发现小黄车上私锁,一律拉回维修点剪锁。还有一个小男孩,看上去只有八九岁的样子,骑着小黄车在大马路上兜风。小方过去告诉男孩:十二岁以下的儿童不能骑车,这车要收走。小孩急了,死死抓住车,哇哇大哭。一旁的家长听到孩子哭,过来找小方和老赵理论。老赵跟他们讲了半天道理,人和车最终才得以脱身。

小韦没有找过车。每次听老赵他们讲到这些事情,他就觉得找车其实也不容易。小韦、小曾、老赵和小方虽然同在一个小组,但每天能在一起的时间并不多,中午这短短的几十分钟就成了交流信息的时间。四个人中,老赵比较健谈。讲完上午的"惊险经历",老赵换了话题,说刚才去中心围的快餐店吃饭时,老板差点把他当成了从非洲来的黑人。一提到黑,大家似乎都有话说,于是都伸出胳膊,比赛说起了段子。

"我以前在工厂多白呀。你看看,现在都黑成啥样儿了。"老赵说。

"昨天我同学来找我,才半个月不见,他就差点儿认不出来我了。"小韦说。

"这算啥。我现在黑得,白天在外面自拍,手机都会自动开闪光。"小曾说。

"那天我和我女朋友在树下亲热,别人还以为她在啃树皮。"小方话一出口,大伙儿都笑了。

"比黑大赛"结束,小方荣获冠军。顺着"黑"这个话题,大家又聊到了高温津贴。面试的时候,老大说会给他们发高温津贴,可没说具体发多少,所以,他们对到底能不能拿到高温津贴心里没底。如果有,会是多少呢?大家又讨论起了这个问题。小韦觉得,每天能发10块钱的高温津贴就已经不错了。但老赵明显更乐观一些,他认为公司应该每个月给他们发500块才合理。

"吃饭先不说,光喝水一天10块钱都不够,对吧?按道理,除了给我们发高温津贴,还应该发降温饮料,只给我们发500块,公司已经赚大发了。"老赵说。

"要是公司找到了厂房,高温津贴是不是就没了?"小方抛出了这个问题。

"没有就没有了。每天在大太阳底下修车,又晒又累又辛苦,谁愿意啊?"

小曾的这句话,为这个中午的交流画上了句号。时间接近下午一点,大家都有些倦了。小韦在手机上看起了昨天晚上下好的电视剧《人民的名义》,他已经看到了第25集;老赵和小方各在细叶榕下垫起一块纸皮,坐在纸皮上,背靠着榕树打盹;小曾从随身背包里取出耳机,听起了手机音乐。不一会儿,小韦、小曾也有了困意,他们的脑袋像小鸡啄米一样,不时沉重地下垂。

下午的上班时间是一点,但他们通常会给自己放一会儿假,到一点三十分左右才开始工作。这个时候,城中村也进入了午睡模式,人行道上没有行人,马路上很少有汽车经过。周遭一片寂静,直到不知从哪一棵细叶榕上传来岗溪路今夏的第一声蝉鸣。没有一丝风,天上漫过一片乌云,很快把太阳遮住了。这一切,都是在小韦他们不知不觉间发生的。

四

大雨落下来时，小黄车四人组都还在梦里。"下雨了下雨了！"最先醒来的小韦大声喊醒了他的同伴——从细叶榕枝叶间落下的雨水滴到了他的鼻尖上。雨下得又急又大，细叶榕没法为他们提供足够的保护，远处还传来轰隆隆的响雷声。小韦来不及穿上早上出门时带的雨衣，便和同伴们冲到了维修点马路对面、中心围垃圾房旁的遮阳棚下。即便这样，他们的衣服也淋湿了大半。

这场雨，来得急去得也快，不到十分钟就偃旗息鼓了——它的意义，似乎只是为了把小韦他们淋醒，让他们早点干活。一点三十分，老赵和小方发动电动三轮车，踏破铁鞋去找车；小韦和小曾回到维修点，继续为今天 50 辆车的任务而奋斗。

雨后的空气清新了一些，但是太阳又很快现身，阳光蒸腾起湿气；刚才的急雨把蚊子从草丛和树叶间惊起，它们现在正四处搜寻作案目标，不时给小韦制造麻烦。这些，都让小韦觉得比上午更加难熬。一般来说，上午的精力和精神都好，修车效率高；到了下午，人困马乏，手上的动作慢了不少。所以，小韦和小曾都会在上午加足马力，以便确保能够完成任务。今天也是如此，中午吃饭前，他们已经修好了 30 辆小黄车。这意味着，下午只要再修好 20 辆，今天的任务就能完成。慵懒的午后两点，城中村似乎还未从午睡中醒来。传入小韦耳膜的，只有小曾用冲击钻拆卸车牌时的"嗞啦"声；除此之外，声息全无——在他们打盹时高声鸣唱的那只夏蝉，不知被那阵急雨惊吓去了何方。

被汗水和雨水反复打湿过，小韦都能闻到从自己衣服上散发出来的汗酸味儿。他正在给一辆小黄车换前轮的车胎，这辆车挡泥板上有大头笔写上去的车牌号，但前后车牌都是新的。他推断，它以前至少被修过两次：第一次，有人把车牌号和二维码涂掉了，修理员在车牌和挡泥板写上了号码；第二次，前后车牌都被人撬掉，挡泥板上的号码又被覆盖，修理员只好重新换了车牌；这一次，是车胎被扎破。像这样经历过好几次大修的车，他经手过不少。中午二十分钟的午休太过短暂，小韦此时只觉得头脑昏沉沉的，像是被人灌进了一瓢黏糊糊的糨糊。

"你们这车牌还要不？"

一位路经此处的大爷，打起了他们拆下的车牌的主意——他可能是想把这些车牌拿去卖给废品站。这突然响起的声音像一声惊雷，把小韦和小曾从昏昏欲睡的状态中解救出来了。

"要呢，我们要拿回去点数，交差。"眼前这位老人衣着寒酸，让小韦有些不忍心拒绝。但是，上面定下的规矩，他不能不遵守。

下午三点，城中村有人出来散步。有几个人围在小黄车维修点，看小韦和小曾修车，有一搭没一搭地说话。有人吐槽小黄车被破坏得太厉害；有人抱怨小黄车设计落后，跟摩拜相比差得太远。

"小黄车是空心轮胎，骑着舒服，但是坏的太多，找起来太难。那些摩的司机和修车店老板最喜欢搞破坏，他们要么把车座卸下来丢掉，要么扎烂车胎，要么把车胎换到自己的车上，还有的把车子大卸八块。你去看看，水斗新村公交站后面的臭水沟有好几辆小黄车,都是摩的司机干的。这是能看到的,还有好多看不到的,有的被人拉回老家,有的被锁到了出租屋。小黄车没有定位功能,他一藏起来,你找都找不到。新闻还说小黄车在共享单车市场占有率第一,光车多有用吗?"

"现在的小学生,也不知道学校和大人是怎么教的。有些小学生喜欢撬锁,把小黄车当成他们的玩具。有的还会破解密码,昨天我就看到两个小学生不到二十秒就把一部小黄车的密码解开了。大人看见了也不管,还觉得自家的孩子聪明。唉,中国人的素质就是这么差。"

"你们有没有想过,为什么被破坏的都是小黄车,摩拜很少有坏的?因为人家用的是电子锁,能定位,车子又结实,没人敢搞破坏,想搞破坏也很难搞。小黄车的设计漏洞太多,比如只能手动结束行程、密码固定不变,有的人骑上一天也只花一块钱,有的人把车牌弄掉就把小黄车变成了免费专车。摩拜就不一样。你看看路边停着的小黄车,有几辆是好的?你们辛辛苦苦地修车,前脚修好,后脚人家就弄坏了。修得再快,也赶不上搞破坏来得快。"

说这话的是一位戴着眼镜的年轻人。小韦觉得他的话有些道理,但这人突然话锋一转:"这些情况你们老板了解不?老想着圈钱,不改进设计有毛线用啊?这样玩下去,那些投资人的钱早晚会打水漂。我都不想用小黄车了,明天就退押金,卸APP。"

"我们老板太年轻,没什么经验,把人想得太好了。小黄车现在坏的是挺多,但以后只要安装定位、换成电子锁,就会好很多。上海的小黄车马上就要安装定位,深圳现在也投放了一种带车篮的小黄车，轮胎也改成了实心的，这种车应该不会那么快就被搞坏……"小韦并不是第一次面对这样的问题，刚开始这样回答别人时，他显得理直气壮。后来发现问这些问题的人越来越多，他的辩解慢慢变得没有底气——尽管他心里确实这么想。

虽然只是劳务派遣公司的员工，但小韦在心里总喜欢把自己当成是 ofo 的一员。所以，每当有人把 ofo 的创始人戴威说成是他的老板，他从来没想过纠正——做小黄车修理员才二十多天，小韦已经对 ofo 这三个字母有了感情。每次在手机上看到有关 ofo 的新闻，他都会特别关注，尽管他不懂融资，员工贪腐那些事儿也离他很远。他没有来由地觉得，所有这些问题都是暂时的，ofo 一定可以做得更好。

五

下午三点半，小韦清点了一下今天修好的小黄车，一共有 46 辆，再修 4 辆就能完成任务。离下班还有一段时间，如果抓紧点，今天超额完成任务基本上不会有问题。上个月的最后一周，他俩每天都差不多超额维修十辆。虽然上面说多劳多得、超额维修有绩效奖，但 4 月份的工资还没到手，不知道公司的承诺能不能兑现，所以他俩决定先观望一段时间，先不急着赶进度。要不然，白忙乎一场可不划算。另外，如果超额维修太多，公司可能还会提高他们每天的定额任务量，那就更是得不偿失了——这样的事情，他们以前在工厂可没少遇到过。

四点钟，路上的人和车都多了起来。不时有人骑着小黄车从这里经过，停下来借维修点的打气筒给自己的车胎加气。修好的小黄车沿着岗头河边的栏杆排成一排，吸引了路人的注意，不断有人过来问修好的车能不能骑。小韦一次次地告诉他们：这些车还没有上平台、没被激活，暂时还不能用。后来，他不得不从车胎包装箱上撕下一块纸皮，用大头笔在上面写下一行字：未验收、未激活，不可用。

小韦把这块纸皮用铁丝挂在位于打头位置的小黄车车把上。纸板有些小，小韦嫌它不够醒目，又从地上取一条刚换下来的自行车内胎，和纸板挂在一起。他看了看自己的创意，觉得比较满意，又回到细叶榕下接着修车。老大今天送过来的内胎型号不全，只剩下26、22寸两种规格，而很多车需要用到24寸的内胎，现在，他们只能从坏车里面挑车胎没坏的来修，这样，所花的时间就会更多一些。

"看那两个小孩，把你们的车骑走了！"刚过几分钟，旁边有人提醒小韦。他抬头望去，看见两个穿着校服的小男孩，正骑着两辆小黄车，在岗溪路的人行道上疾驰而去。小韦站起身，想了想，又叹着气蹲下来："唉，又要多修两辆了！"

下午五点，小韦又清点了一次修好的小黄车，一共有52辆，他们决定今天就修这么多。小曾一辆一辆挨个儿为这些车子拍照、上传到系统，接下来的事情，就是等着老大过来点数、验收了。老赵和小方又送来了十多辆坏车，看上去，那靠着马路栏杆停放的一长溜等待修理的小黄车比早上他们过来时看到的还要多——看来，小黄车的维修速度果然赶不上被破坏的速度。老赵和小曾商定，找到的坏车继续往这里送。这就意味着，小韦和小曾明天的上班地点，还是岗溪路的小黄车维修点。

离下班还有一个小时,小曾开始提前收拾材料和工具。小韦提着液压钳,在老赵他们找来的小黄车里寻找被加了私锁的车辆。私锁五花八门,有U形锁,有链条锁,也有那种比较原始的大铜锁。不管什么锁,小曾手上的液压钳都能对付得了:把锁的横断面放进钳口,逐渐加压,锁链就会被从中间剪断。老赵今天找来的车里,就有十多辆被上了私锁。其中有一辆,被人用一条一米多长的粗铁链拴上了,在处理这把锁时,小韦稍稍费了些力气。看到这条长长的铁链被剪断,旁边有人拍起了巴掌:"就是要这样对付那些上私锁的。他锁一辆,咱剪一辆,看谁更厉害!"被上了私锁的小黄车基本上都是好车,所以处理这样的车并不能算进小韦和小曾每天的任务量,但他们依然很享受这样的时刻。

"喂,那种单车怎么用啊,听他们说骑车还有红包。"一位大姐指着不远处停着的一辆摩拜,走过来请小韦帮忙。共享单车已经越来越深刻地影响到市民的生活,它们刚被投放到市场时,用户群体主要是年轻人和白领,但是现在,它几乎已经覆盖除了婴幼儿以外所有年龄段的人群,包括小韦眼前这位看上去五十岁左右、面相朴实的大姐。显然,她还不知道摩拜和ofo有什么区别;或者说,她以为所有的共享单车都归同一家公司所有。小韦拿过她的手机,给她讲了摩拜和ofo的不同,教她怎样下载摩拜单车APP、注册、交押金。教到最后一步,大姐有了疑问。

"怎么还要充值?这种车不都是不要钱的吗?"

"骑车不要钱,老板赚什么?他们只有在搞活动时才会让你免费骑。你要是想少花钱,不如再下一个小黄车APP,小黄车经常搞活动。"

听到这话，大姐又欢天喜地地请小韦帮她下载小黄车APP。小韦把同样的流程重复了一遍，还手把手地教她怎样获取密码、怎样开锁。他不知道，再过几天，这位大姐会不会像很多人一样抱怨：满大街都是车，就是找不到好的。

十八点零五分，老大终于开着商务车来到岗溪路。协助他验收完车辆，小韦和小曾把修车工具、材料和换下来的废旧零件都搬上商务车，至此，他们一天的工作全部完成。虽然经历了烈日和暴雨，但这一天总体来说还算顺利——最能说明问题的是：小韦几乎每天都会用到的创可贴，今天竟然没派上用场。

这不过是普通的一天。但对小韦来说，这一天又有些特别：今天是他老婆的生日。老婆今晚申请不加班，小韦要亲自为她做一顿晚餐——自从干上小黄车修理员以后，小韦每天都比老婆下班早，这也是他愿意坚持下去的动力之一。背上背包，他跨上一辆小黄车，向着天安花园的方向骑去。小曾的目的地，则是坂田的雪象新村。起了一阵风，风的凉爽让小韦觉出了自己腰背上的酸痛。在从岗溪路右转到坂雪岗大道时，小韦看见一辆没了后轮的小黄车被人丢在路边的花坛里。他的脑海里又冒出那个熟悉的问题：要是哪一天小黄车不再需要维修了，或者ofo公司倒闭了，他该再去找一份什么样的工作？他摇摇头，觉得这个问题有些遥远，便在脚下多用了些力气，继续赶路。

2017年5月
选自《宝安日报·打工文学》2017年7月23日

虞宵

本名虞霄。中国作家协会会员。定居深圳30年,现为深圳某街道办群文干部、内刊主编。作品散见于《中国作家》《中华词赋》《中国文化报》《作品》《广州文艺》《特区文学》《散文百家》《南方日报》《深圳特区报》等。出版散文集《越人城记》等多部。获广东省有为文学奖、深圳原创网络文学拉力赛佳作奖,《南方日报》"南方寻梦"主题征文优秀奖,"勒杜鹃文学奖"优秀主编奖,省市重点文学扶持等。

三城散记

在岭南,有几座山水相连的城市,它们有着连串的水路、陆路、飞天路。城与城之间,结成一至两个小时的生活圈,各色人群都可以来去自如。

这样一片土地,山水相连,同根同源,同声同气。这里的河涌、湖泊、芭蕉林、甘蔗林,一片连着一片,一湾连着一湾。人们逐水而居,村与村之间,常常撑了一支长篙,水蛇般在水面滑动,人情丰饶。遇到村里大事,家中小事,年轻的阿娇、阿明隔着岸大喊一声:各位乡亲,今晚叔公有嘢讲,八点埋来祠堂。哪家摆酒办红事白事,挨家挨户吩咐一声:记得过来饮啊。年长的炳叔一辈子捕鱼,每天一早,他把网抛向河里,然后燃上一根旱烟,静等鱼儿入网。这些村与村之间,河涌连着河涌,水路弯弯,于是有了咸水歌,有了龙舟赛,有了盆菜宴。这里的女人多叫阿容、阿娣、阿惠、阿珍。

这里的村庄仿佛都长在水里，到处是湿地，红树林。村子里的民居被修葺得扎实稳当，它们是祖辈传下来的，住了一辈又一辈，他们隔三差五就要修修补补一番。这些房子形形色色，锅仔屋，蚝墙，围屋，配着池塘、戏台，只是它们不像水浮莲般漂来漂去，它们像钉子一样深深扎进水里，就像他们的精气神。他们在水田里养水牛、养水鸭、养水鱼、养水蛇、养水龙虱，在水田种水稻、水芹菜，还种水水的马蹄、菱角、莲藕。在湿润肥沃的岭上种水灵的荔枝、龙眼、杨桃、番石榴。他们几乎没什么农闲时光，他们有太多的活要忙乎。所以他们普遍长得不够高大，皮肤有点黑，他们甚至被远方的一些人蔑称为monkey。

一

这里分布着大大小小的祠堂、书院、庙宇，这里的人爱拜神，爱香火。妈祖、龙母、侯王、观音、土地庙，遇神拜神，遇鬼让鬼，绝不恶语相向，就是图个心安，顺带着好玩。于是这里衍生出许多与鬼神有关的节庆，乞巧节、波罗诞、观音诞、行通济、三月三、端午、黄大仙诞、北帝祈福、冬至、鬼节、佛诞、农历新年，人们设法把寡淡无趣的日子变出各种好玩的花样，他们称之为"笋嘢"或"靓嘢"。女人在家里虔诚地拜佛祖和观音。

这里文武能人辈出，文武状元伦文叙、柳先开；大将军赖恩爵、刘起龙，东江英雄刘黑仔；一代宗师黄飞鸿、叶问；学贯中西梁启超、詹天佑；思想先驱康有为、黄遵宪；艺术娱乐界冼星海、何香凝、关山月、梁朝伟、刘德华、谭咏麟；政商界孙中山、李兆基；改革急先锋袁庚。今天，他们依然赢得万千推崇。

这里有古老得引人想象又想象的南海神庙、光孝寺、南越王墓、千年古栈道；有正气凛然得令人不敢动一丝邪念的黄埔军校、黄花岗七十二烈士墓、中山纪念堂、大元帅府；这里亦有美轮美奂得令人乐不离粤的四大名园：清晖园、梁园、余荫山房、可园；这里还有典雅精致得令人浮想联翩的陈家祠、祖庙、沙湾古镇；这里有仙风道骨得令人想大施拳脚的五仙观、黄飞鸿纪念馆；这里有充满市井味的猎德古村、黄埔古村。有丝竹悠扬的八和会馆、新光戏院；有越老越值钱的百年老店潘高寿、陈李济、莲香楼；等等。这些古老的玩意，千百年来基本上不受外面运动和战火的蹂躏，它们一直被民众守护着，延续到今天。我想，它们也将被传承到未来，留给子子孙孙。

这里有潮流热辣的长隆野生动物世界、渔人码头、维港、珠江夜游、星光大道、小蛮腰。它们是挥霍青春和金钱的地方，也是适合合家欢和迎接八方来客的玩处。

我喜欢这座城市有那么多文文雅雅的街名，那是我和家人、同学最爱逛的街。康王路、状元坊、光孝路、六榕路、上下九路、宝华路、高第街，我总是不厌其烦地走进去，寻找关于这座城市的种种痕迹和记忆，那是视觉上的、嗅觉上的、味觉上的一种享受。那个有着一千七百多年历史的光孝寺，总是香火缭绕，在闹市中有着不一样的源于隋朝的从容和贵气。而与它相隔不远的陈家祠里，满屋檐的瓷雕、灰雕、木雕怎可以美得如此惊人，让我以为是哪路神仙工匠亲手缔造的。北京路上的千年古栈道，当年的马蹄声响仿佛还在耳边轻绕，商旅们的背影瘦成斜斜的一道弧线，天涯孤客断肠人。高耸入云的圣心大教堂，清脆的钟声涤荡着每一位信徒的心，唱诗班的春天总是如约而至。

  这里的人，平时辛苦营生，善做买卖，善于变通，恪守底线，不越雷池半步。民众最热爱的当属美食，满街美食牵住人们的味蕾和胃，是普罗大众毕生最执着的追求。那些弥漫在街头巷尾的老火汤，鄙陋小巷里隐藏的和味牛杂、手磨芝麻糊、双皮奶、姜撞奶、莲子雪耳炖雪梨、竹升面虾子馄饨，别有一番滋味，是这座城最暖心、暖胃的诱惑。人们生于斯，更爱斯，不喜与人争端，既来之则忍之，少恶语相向，怒目而视。实在话不投机，就闪开，躲到一边过自己的小日子去，井水不犯河水，各自精彩。这里自古就接纳、收留来来往往的移民、流民。大官也好，贫民也好，来了就住下，要走也不强留，各安天命。这里的人勤劳又闲适，能挣会花，遵循"长命功夫长命做，命里有时终须有，命里无时莫强求"这样一种朴素的处世哲理。

  与大多数人一样，我从初来乍到的忐忑，到踌躇满志的融入，再到轻车熟路的自信，最后的结果都一样，希望自己从此深耕于此，成为这个城市的主人。我想，我们基本上达到了目的。我知道那些平时恪守当地语言、风俗、宗教、饮食的居民，自然而然地希望从他乡奔涌来的人，亦能迅速变成自己圈子里的人，跟自己讲一样的话，喝一样的老火汤。碰到外乡人有误解，有疏离，一笑置之，当中有妥协，也有坚守。

二

自小闻惯了山风，现在早已习惯略带腥味的海风。离开城市，我担心我会罹患水土不服症。每逢节假日，我习惯性地出现在罗湖、福田或龙岗的中心商业街。走得最多的是深南大道，这条最能代表深圳形象的大道，繁华热闹、整洁靓丽，熙熙攘攘的人流，鳞次栉比的高楼，令人赏心悦目的潮男潮女，都是我喜欢看的。如今，又多了一个去处，即福田中心区的市民中心广场，那里有最吸引我的中心书城和卖艺广场。

中心书城的购书区其实个人感觉一般，进去之后方向感奇差，要找一本认定的书困难重重，要东问西问，问完再自己摸索着去。空间太大有时是一把双刃剑，我总觉得此处旷阔有余而味道不足。我最喜欢的当属南北两个大台阶，"穿"上金黄色"木外套"的台阶给人一种温暖的颜色，一块地板竟可坐得如此舒适。人们随意而坐，管你什么身份。不见人来招呼你，待见你，这里没有大爷，也没有多卑微的人，只要不是衣衫褴褛，赤身露体，你大可大摇大摆坐下看书，叹空调。

书城广场的那些乐队"武器"装备齐全，低音炮、贝斯、键盘、电吉他、架子鼓一应俱全。每到夜幕降临，艺人们披挂上阵，你唱我也唱，一浪还比一浪高，谁也不服谁。流行歌手，民歌手，拉二胡的，吹笛子的，拉小提琴的，敲非洲鼓的，《海阔天空》《光辉岁月》《喜欢你》《千千阙歌》《我是一只小小鸟》《怒放的青春》《大海》《站台》《洪湖水浪打浪》《浏阳河》《贵妃醉酒》……一首比一首热门。别小看这些草根乐队和卖艺人，还真是卧虎藏龙，令人叹服。

在深圳这座城市呆久了，自认为算半个原住民，在这座城结识的朋友不亚于故乡。我仍深刻记得从初来乍到的生疏，到根深蒂固的人脉圈子。尽管有些仍有来往，有些已渺无音讯，但我仍把他们分为现世的友人和前世的友人。

那个叫阿蓉的惠东妹，自认识起，我就见她干着批发、出货的辛苦活。阿蓉起早贪黑，肩挑背扛，独立养育两个儿女，还有那个终日流离浪荡不愿伸手帮一把的懒惰老公。凡认识阿蓉的朋友皆一致认为，她是广东女人当中最能吃苦的一位，也是最"劳碌命"的一位。另一位惠东妹阿蓉，与上一位阿蓉命运迥异，没有老公孩子，却始终有男人愿意围着她转，供养着她。只是那些男人都不愿意跟她成婚。阿蓉其貌不扬却命带桃花，好吃懒做男人们也不嫌弃，无身材相貌男人们毫不计较。阿蓉整天吃香的喝辣的用好的过一天算一天。广东人常说的"人有三衰六旺"我觉得在理，"三分天注定七分靠打拼"更说到人心坎去。所以一个人整天亢奋地跟天斗跟地斗倒不如跟自己的内心斗，最好斗过那些不着边际的花花架子，一切都定过秤砣，自然吃得下睡得着。

前些年认识一位比我小一大截的湛江妹阿莲，广州大学毕业后被引进深圳，读新闻专业却没有入职媒体，而是进了一家港资金融公司，两年后被派往香港任区域经理代表，深港两地走。如今阿莲年纪轻轻却已薪水不菲，足以秒杀一众资深老员工。那天，与她在罗湖翠竹路一家西餐厅见面，当年青涩无邪的小姑娘蜕变成金融界女强人，令我刮目相看。我边喝咖啡边老套地问她有无男友，再催促她早点嫁掉。她笑说交友很难，在这个城市里，适婚男人貌似很多，但合眼缘的却不多。告别时，我们握手，挥手，唯独没有相约何时再见。我说，撞日再见吧。我不知道明日或明年，她已身居何处，世界之大，人只是一滴水，一颗尘土。在这些城市里，人如候鸟，身如浮萍。

女同学老温也是个爱折腾之人，深圳改革开放初期，全家从粤北老家的林场迁来，一家五口人挤住在罗湖村的一间铁皮房里挣扎求生存。当年刚毕业的我也曾在老温家借住过几晚，一家人都是古道热肠之人，待我如女儿和姐妹般。老温能操一口流利的英语，一直供职于 APL 国际物流公司，每天也是辛苦加班挣钱养家，抚养女儿，照顾老爸老妈。老公不争气，堂堂一名北邮本科生，国企下岗后一直无所事事，眼高手低死活不肯去打工。老温不但出钱出力买房，还东挪西凑给老公打本做生意，无奈均打水漂。万般无奈，老温只能提出分手。老温与老公磨蹭了两年，赔了一笔钱，终于换来自由身。老温总笑说自己是苦命人，就没享过老公的一丁点福。后来老温近水楼台，识得工作伙伴一名意大利男人，前两年两人拉埋天窗，好歹成就一段异国恋，可我私下有点阴暗地认为他们之间巨大的文化差异和生活习惯会埋下很多隐患，殊不知他们一直以来恩爱无比。这老外对老温珍爱无比，与她和前夫所生的女儿也相处甚欢，视如己出。如今老温风韵犹存，常常约了一家人到处游山玩水，出国游历，也是羡煞旁人。一直以来都喜欢老温，喜欢她的乐观、积极、坚韧、豁达，这些好品行一直感染着我，她与前老公分手后，为了女儿两人还常常联系。

身处深圳，与他们交集、碰撞、交融，那些来自不同省份、不同族群的同事、朋友，在我的世界里演绎着不一样的剧情,微妙而令人着迷。他们性格各异,却无一例外地热爱生活,热爱这座城市,以做一名深圳人为荣。他们凭着巨大的潜力和勤劳、聪明、精明、折腾,加上一点蛮,一点犟,一点倔,一点横,一点烈,再加上中国女人特有的温良恭让俭和男人般的埋头苦干,让这座城市闪烁着不一样的光。

这里与其他珠三角城市一样,曾经也有着诸多的灰色地带、灰色人群。这里曾案件高发,人流复杂,人们彼此防备、警戒,亦渴望内心的安宁。有人说这里人情冷漠,也有人说这里爱心洋溢。有人说这里是天堂,更多的人觉得这里是一个容易落脚和安身立命的地方。

三

每年大年初二,我定会携夫君和女儿回广州的娘家。例牌的喝茶、逛街、吃饭,母亲例牌吩咐:今晚早点吃饭,饭后我们早点去逛荔湾湖公园。晚饭后,一家老少坐上巴士,或打个的,来到游人如织、彩灯满天的荔湾湖公园,赏一年一度的花灯、花船、花树。灯的世界,女儿自然是欢欣雀跃的,我亦喜欢那些古色古香的西关大屋、文塔、戏台,流水潺潺的荔枝湾河涌,耳边不时传来夜莺般的粤曲唱腔,悠扬悦耳的高胡、扬琴的丝竹声。一路走来,我们看到卖鲜花的小姑娘,卖明信片和信笺的父女俩,卖马蹄爽糖水的老夫妻,卖棉花糖的大叔。最让女儿着迷的是扎草编的小伙子的玩意,经这个小伙子的巧手,一朵含苞待放的玫瑰,一只翩翩欲飞的蝴蝶,一匹扬鞭跃起的骏马就赫然出现在游人的眼前,每次女儿缠着必须买一只。年年如此地逛，看一样的风景，一样的人情，也不觉厌。当文塔周边的人潮逐渐散去的时候，我们也穿过排档一条街，手信一条街，穿过刻有"仁威庙"的牌坊，穿过荔湾桥，穿过渐渐沉寂下来的街，打道回府。

我愿意一直这样陪伴我的家人，在这座城，那座城。

那一段浮华朝代，那一段稍纵即逝的青春，那些行将逝去的亲情，那些熟络亲切的已逐渐老去的街坊，都令我此生不舍。他们没有多伟大，没有多冠冕堂皇，他们都是良善之辈，纯良之人，他们爱家，爱孩子，爱单位，不给社会添乱，也没有太多不着边际的幻想。他们有牢骚，有不满，有失望，但他们多选择隐忍，继续笑对生活。他们有一句话，笑也一天，哭也一天，不如每天都笑。

每当走过三城、四城，让我关注的不只是它的新楼旧楼，它热闹的街或冷清的巷，还有它城里住着的是蜗居小市民或大宅的达官贵人，于我，更多的是时时会思念城里的旧情、旧事、旧人。

这里的人与其他国人一样，离不开族群，离不开一些看不见摸不着的东西，他们也喜寻根问祖，但他们更趋务实、豁达，他们只追溯先祖入粤的珠玑巷即打住，对那些不切实际的有着臆造色彩的大而空的提法，只轻描淡写一笑而过，绝不纠结、沉湎。他们习惯向前看。

这里的人能从容面对百般谩骂和冷嘲热讽，只要不屠城，不灭族，不血流成河，不流离失所。只要自己的生活不受打扰，心安即是归处。

西伯利亚的刀风雨雪，一路呼啸而来，摧枯拉朽，越过五岭之巅，再一路往南吹到南海之滨，已是强弩之末，奄奄一息，在不动声色的温润气流的化骨绵掌之下，也只能偃旗息鼓。它们被浩渺的南海诸神乖乖收去了。这里的百越人依然喝自己煲的汤，吃自己蒸的鱼和炒的菜，不闻北边事。他们并不太关心什么官样文章，国家社稷，他们只在乎小民幸福，儿女听教。他们亦不喜为官当政，纵论天下，他们更热衷营商买卖，渔樵闲话。

比如我的家人，我的同学和女友阿英、阿赖、阿玲、阿荣，他们的确将这座城当成自己的第二故乡，爱之深，爱之切。我想我和大多数人一样，会感谢这一片大地，感谢这里的大江大河大海，重新赋予我不一样的情怀，让我在青年、而立之年、耄耋之年，经千锤百炼，终脱胎换骨，真正长成一棵独立的树。

选自《越人城记》，花城出版社，2017年5月版

黄宝琴

90后自媒体人,深圳原住民,发表小说《无证的婚姻生活》,曾获首届"大鹏文学奖"散文类二等奖。

是我的海

1994年3月1日,我出生在南澳人民医院。体重是标准的6.4斤,却因头围太大,险些让母上大人难产。此后,我在这个海滨小镇上度过了十五个春夏秋冬的每一天。

这里只有一所幼儿园,一所小学,以及一所中学。每个年级仅有四个班,每个班大约有三十个学生。一百二十多个同级生互相认识,甚至还叫得出对方父母的名字,因为父母当年也是同学。

某位小学数学老师是我的大伯,某位小学语文老师教过我的舅舅和小姨,初中三年的体育老师是我表姐……之后我弟上小学、初中,他们成为我弟的老师,还会和我弟提起我。就算是去水果摊、便利店买点东西,老板娘也会说"你是××的女儿吧",因此小时候想偷偷买点零食,最后都无所遁形。

小时候,几个小朋友一起玩躲猫猫,去海边游泳,就可以乐到不回家吃饭。可再长大一点,大自然的魅力就站不住脚了。没有书城,没有电影院,没有大型的购物广场,除了山和海外,这里什么娱乐设施都没有。

南澳就是这么小。你想出去只有一条路,那便是月亮湾旁的沿海公路。经过大鹏和葵涌,无论是去深圳市中心还是龙岗区中心,都需要大概两小时的车程。高中同学常常调侃我:"你出个门啊,都等于跨个市了。"说着说着,我真的跨市了,到广州念大学。

从每天都待在南澳,到每周回一次南澳,再到好几个月才回一次南澳,我的年龄和回南澳的频率似乎成了反比。时间的间距越拉越大,我也就越长越大,它没变,但我变了。那会,我内心信誓旦旦:"这块巴掌大的小海滩已经没什么可看、可挖掘的了,再怎么变也就那样,我需要更广阔的天地。"

大学朋友得知我家离西冲很近:"我们假期去你家玩好不好?"

"这里很偏僻,没什么可玩的。再说冬天又不能潜水和游泳,就更无聊了。"

"不都说西冲很漂亮吗?"

"海不就那个样。"

嘴上是这么说,但等朋友真的要过来时,我发现自己对南澳其实并不熟悉。说来也是讽刺,我最后做的安排和网上的游客攻略并无差别。更可笑的是,我在这里住了二十多年,从未踏足过冬天的海滩,一次都没有。

冬天的海和夏天的海不同,没了热浪的冲击,冷冷清清的风吹过后,是一片静谧的蓝。夏天,海水的蓝意被密密麻麻的人群切碎,只见明晃晃的波光化成剑影,刺在众人的身上,大家在肆意地玩水、尖叫。大概是看惯了夏日骄阳下的大海,站在四下无人的沙滩上，我忽然被陌生的美感震慑住了。尽管不再拥有年轻时的炽热，尽管无人欣赏，但经过四季的洗礼，大海变得深邃且悠然自得。

我和朋友来到西冲海边的小木屋时，已经是下午四五点的时候。收拾行李后再次踏上沙滩，脚底冰凉冰凉的。天边渐渐晕开一抹橙色，云朵沾上了，大海也沾上了。蓝色的海面浮动着细碎的橙光，就像被装扮过的待嫁新娘，多了一分温柔的神色。

朋友踩着浪花，笑得咧开了嘴："大海跟着光线的变化而在变化，某种程度上来说也是太阳的向日葵。"

我低头拨弄着浪花，它已带上夜的寒意："嗯，还真的每个时刻都是不同的，没有重复的时候。"

晴天时，海天一色，它是无边无际的蓝；阴天，仍旧是海天一色，只是它变成了灰色；雨天它被烟雾笼罩，无法分辨真容。到了夜晚，沙滩上没有开灯，海面和天际融在一起，披上夜的黑色。"哗啦啦"的海浪声和"呜呼"的海风声，透露出海的存在，却看不清海的真容。

那天夜里气温骤降，我和朋友来到初中同学开的烧烤场，木炭的热度抵不过寒风，东西很难烧熟，我们冷得在抖腿。最后，我们决定放弃，却忘记怎么从小道绕回木屋。朋友握住我的手，她说："要不我们沿着海滩走回去吧，这样就不会迷路了。"

这是一条捷径，但因为没有路灯，四周黑乎乎的。脚下是松软的沙滩，每走一步都会陷进沙子里面，需要用力抬脚迈出下一步。白天觉得沙子是可爱的，还能捡到星星点点的贝壳，夜里它却变成了一个陷阱。我们听到海风和海浪的声音,却看不清海的位置,害怕下一秒会被海水卷走。海在夜里化身为一头黑色的巨兽,吞没人们的安全感。这条路仿佛长得没有尽头,我们怎么走都走不完。

回到明亮的小木屋后,海浪声和海风声却变成了、交织成了一首静谧而不失雄浑的乐曲。其实不是它变了,而是我们的心境变了。海的模样一直在变,不仅仅是因为光线,也因为每个人的心境各不相同。它就是如此的变化多端,让你怎么捕捉都只能捉到它的表面。

我原以为出门再远、再久,回来后它仍旧会以我熟悉的模样迎接我,我原以为永远不会变的东西,却变了。写地址时,不再是"龙岗区",而是"大鹏新区";周围办起了民宿,到处都是指示牌;E11和833的总站从南澳搬到了新大……我没变,小镇却变了,这一切让我有些措手不及。

E11的总站从南澳搬到新大,是某次回家时我妈在电话里告诉我的。她说:"你坐E11不要在南澳下车,现在总站设在了新大。"原本睡得昏昏沉沉的我瞬间清醒了,原本六点半大鹏、南澳便没有车可以回我家,现在直到晚上十一点仍有公交车。而833的总站搬到新大,是我弟告诉我的:"你为什么要搭E11回来,上车要十元,833只要两元。"

"833也能到新大吗?"

"是啊,还刚好会停在我们家门口的站台那里。"

人们总渴望世界上有不变的事物,让自己心中多一份安定。曾经的信誓旦旦,不过是自以为故乡是不会变的。但这个世界没有什么是不会变的,故乡也不例外。我甚至害怕自己跟不上小镇的变化，会因此被它遗弃。

后来，也有其他朋友来我家玩。她们站在码头旁，皱着眉说海风很咸很涩，甚至有点臭。我疑惑地用力嗅了嗅，并没有嗅出一丝异味："没有啊，不是挺清爽的吗？"

朋友笑了笑："那是因为你习惯了海的味道，嗅觉疲劳了。"

没错，即使它在变化，但它仍是我的故乡。我的身体熟悉它的气味，这是异乡人无法在短时间内做到的。

现在每次回家，经过月亮湾那条沿海公路时，我便觉得自己已经到家了，因为那是我的海。

选自作者2017年8月荣获首届"大鹏文学奖"散文类二等奖的作品

金克巴

原名金学舜。自由撰稿人,现居深圳。作品散见于《福建文学》《雨花》《山西文学》《山东文学》《北方文学》《湖南文学》《天津文学》《四川文学》《散文》《散文·海外版》《散文百家》《黄河文学》《青春》《鹿鸣》等刊物。有散文集《寂寞如花落无声》出版。

在大鹏坐看云卷云舒

一

庄子《逍遥游》中说:"北冥有鱼,其名为鲲。鲲之大,不知其几千里也,化而为鸟,其名为鹏。鹏之背,不知其几千里也。怒而飞,其翼若垂天之云。"由鲲到鹏,经过神奇的化生。古人囿于对自然现象的认识,发展出一套化生论,如腐草为萤,石首鱼化为凫鸟,雀入大水为蛤。然而,我们不得不承认,正是那种察物未精,极大地拓展了人们的想象空间。而鲲鹏展翅,无疑可以看作一种令人振奋的精神的图景。

从地图上看,被南海揽入怀中的大鹏半岛的确像一只展翅高飞的大鹏,让我绕不开屡屡被人引用过的庄子的鲲鹏。大鹏半岛亦像一只色彩斑斓振翅欲飞的蝴蝶,它在庄子雄奇的意象里如斯灵动。早在六七千年前,就有一群人为了追逐这只熠熠生辉的蝴蝶,一头扎进大鹏半岛,从此将全副身心都交付给瑰奇的山海,歌于斯,哭于斯,创造出岭南早期的人类文明。

浩瀚的南海通过一个深邃的海盆,穿过台湾岛和吕宋岛之间的吕宋海峡,与太平洋的主要海盆相连,往南可抵达新加坡,穿过狭长的马六甲海峡去和印度洋相会。我们的先人自北而南,来到现在叫作"咸头岭"的地方,大自然的盛情让他们不由得停下脚步。有人站在突兀巉岩上,出神地眺望着波澜壮阔的大海,再也不想离开。他们一路风尘,渴望安居,自从踏入咸头岭的那一刻,惊悸的心立刻有了皈依。那么,留下来吧,接受大海热情洋溢的邀请,领受群山情意绵绵的挽留。他们兴奋难抑地讨论着,给这个地方取个美好的名字,毕竟这里的山海将连缀起他们永世的生活。

咸头岭,真是好地方!是大自然的鬼斧神工开辟了这个地方。海和山,前呼后拥,翼护着它。东北部有潟湖,起伏的海浪将沙坝堆在湖口,丰饶的大海让无尽的珠贝鱼虾留下。在人们还不曾到此定居之前,随着潟湖水位的下降,大海与潟湖之间便形成一片冲积小平原,为人们从事种植创造了条件。西南部面朝大海,只要驾一叶小舟,小心翼翼地在波涛上探寻,就能获取丰盛的海产。定居点后面的丘陵和高山,则是采集和狩猎的理想场所。当我尝试去了解那段历史,恍若穿越六千年的时间长河,邂逅某一位先人,只见他面容清癯,目光清澈,一如山涧流淌的泉水。在那个已经告别污尊抔饮的年代,他堪称烧制陶器的能工巧匠,他会在砂陶的沿口用贝壳画上纹饰,或者将贝壳上面的天然花纹压印到坯体上。辽阔的大海时常会将出人意料的新生命带到人们面前,牵动着他的思绪,譬如一条再也不能回归深海的矛尾鱼,入夜时分随着海浪晃荡的荧光……让他的发散性思维不乏活水源头。当然并不是所有的创意都能被时人理解，好比有一次，他在一件白陶杯的底部画出一串抽象的图案，既像顶天立地的人体，也像一排张开翅膀的蝴蝶。一时众说纷纭，他微笑着，不置可否。当我穿透时空的重重迷雾看到他，他就在海边的一块隆起的礁石上，坐看云卷云舒，似乎也在遥想未来。

用不着桑田沧海的时间跨度，咸头岭新石器时代的人类遗址就静静地沉睡在厚厚的沙丘之下，并不轻易告诉你曾经发生过什么。直到1981年的考古普查，这处古人类遗址才得以重见天日。2006年2月到4月，深圳市文物考古鉴定所协同深圳市博物馆又在遗址西北部进行第五次发掘。中国社科院将咸头岭遗址评为"2006年中国六大考古新发现"之一。

二

我早就听说过大慈大悲的妈祖，到了大鹏，还来不及深入所城的历史氛围，就先行前往天后宫，急切想去拜谒妈祖。大鹏天后宫在大鹏所城西门内，占地二百多平方米，始建于大明永历年间，迄今已有六百年历史。

妈祖是不凡的女子，短暂的一生都是甘于奉献和舍己为人的一生。

公元960年，赵匡胤没有断然谢绝手下将士的拥立，于是就有了建隆这个年号。天机大抵是玄秘的，但有时也有所征兆。该年农历三月二十三日傍晚，福建莆田九牧林六房的后人林愿激动不已，他的妻子王氏已经怀胎十月，全家人翘首以待，守候一个新生命的到来。林愿有引以为傲的家世，先祖披公于大唐天宝年间迁居澄渚村。披公有九子，个个出类拔萃，先后高中进士，且都官至刺史。他们的学识和人品在九州大地广为人知。随着林氏后裔在海内外开枝散叶，祖上的荣耀俨然是真金绽放的光芒，世称"九牧林家"。

对这个家族而言，更大的荣耀还在后头。夜幕就要落下，林愿在产房外的窗户下忐忑不安地踱步。其时，一颗流星划过西北的天空，一直向他们家的方向划过来，湄洲岛上的居民们大多都看见了那道耀眼的红光，掠过时甚至照亮了整个岛礁。这奇特的天象到底预示着什么？一时众说纷纭。恰在此时，产房里飘出一股香气，接生婆从门缝探出头来喜滋滋地告诉林愿，是个宝贝女儿。适才划过头顶的流星，让林愿不禁浮想联翩，这个女娃分明是上天送给他的最珍贵的礼物。一家人对她也倍加珍视。

女儿转眼就到满月，奇怪的是，她不像别家的婴儿不时用啼哭表达对世界的好奇，她是静默的。这些天来，林愿一直沉浸在浓酽的幸福中，还没有为她起名，此时他有所启发，干脆就叫她"林默"。他宁愿自己在做一个好梦，这个掌上明珠将来会大放异彩。

林默天赋异禀，她的异于常人连后天的启发都显得多余。她自小就在大风大浪里练得一身好水性，乘风踏浪如履平地。她熟识潮音，在大海发威的时候，能够屡屡帮忙周边的渔民和渡海的商旅化险为夷。她识得星象，仰望星空就能领悟上天通过星宿细微变化所予人的启示。她十六岁那年，有一次跟几个女伴一起去井边照妆，她们身后跟着一个捧着一双铜符的异人，非要把铜符送给她。女伴们把陌生人的神秘兮兮看作是神经兮兮，一个个披头散发吓得撒腿就逃，只有林默不慌不忙地梳好秀发。她接受了神仙赠予的铜符，从此变得神通广大。她让人挂席泛槎，降伏二神，解除水患。她解民于倒悬，忘我地奉献着自己的一切。有时竟然也会让自己的家人受累，有一次为了给迷航商船导航，她举起火把，情急之下，把自家房子给点着了，刹那间火光冲天。她的世寿以她在湄洲渡口救助遇险的船民时捐躯而仓促画上句号，年仅二十八岁，然而她的善举依然在继续。每当航海的人危难之际，她就会身着一袭红衣，立在云端指引人们化险为夷。

为了感念这个曾经来到我们身边的女神，自宋徽宗宣和五年（1123年）以降，历朝历代对她的封号从"夫人""天妃""天后"一直到"天上圣母"，并列入国家祀典体系。时至今日，妈祖信仰成为闽台海洋文化和东南亚海洋文化最重要的元素之一。

郑和七下西洋，其中第二次、第六次是从广东扬帆出海的，具体从哪个码头出发，至今还没有定论，有的学者推断，极有可能是从与大鹏半岛相去不远的赤湾出发的。据清乾隆年间的《敕封天后志》记载，永乐元年（1403年），郑和率领船队前往泰国，航行至赤湾附近的海域，台风突如其来，整个船队差一点就要倾覆，此时，郑和虔诚地向妈祖祝告："和奉命出使外邦，忽遭风涛危险，身固不足惜，恐无以报天子，且数百人之命悬于呼吸，望神妃救之！"当他濒临绝望之际，只听见鼓乐喧天，就闻到一阵香风飘过，众人恍惚看见妈祖正站在桅杆上，她一脸祥和，咆哮的风浪顿时平息下来。

大约六百年前，大鹏半岛上的渔民极有可能曾经与郑和的船队不期而遇。让他们引以为傲的是，咱们大明的船队规模宏大，十分壮观，一时百舸争流，千帆竞发。那是人类在大海上写下的瑰丽的诗章。郑和第一次下西洋，所率的船队共有各类船只208艘，船上共有27800人。其中有62艘是当时名副其实的大宝船，长151.85米，宽61.56米。郑和下西洋，是15世纪发生在东方的伟大的航海事件。事隔半个多世纪之后，西方才出现另一次备受瞩目的航海事件，哥伦布航行美洲，而后者第一次航海，仅有3条船和90余人。

据嘉庆《新安县志》记载："凡使外国者，具太牢祭于海岸沙上，故谓辞沙。"每当其时，朝廷的使臣都要在岸上向海神祷告，祈求神明启示，得吉，才好安心启航。我突发奇想：在大鹏天后宫周边的沙滩上，也曾经举行过隆重庄严的"辞沙"大典。

妈祖不仅是庇护航行的神祇，还是海防和海战的庇护神，因此每一处重要的海防军事设施附近几乎都可以看到天后宫庙。大鹏天后宫位于大鹏所城的西门内。曾经的海防将士，也许正是在他们虔敬的妈祖的激舞之下，奋勇杀敌，坚决捍卫我们的海疆，守护人民的生命财产安全。

三

到大鹏新区，不可不到大鹏所城去走一走，抖去繁华都市的仆仆风尘，去感受一下历史的气息。

广东沿海一带，自古以来就饱受海盗侵扰之苦。据《汉书》记载，东汉永初三年（109年）七月，海盗张伯路等侵犯沿海九郡，朝廷派遣庞雄率兵征讨。自此，朝廷对海盗用兵频频见载于史册。

大鹏守御千户所城，简称"大鹏所城"，位于大鹏半岛东侧的大亚湾畔，是明朝卫所制度的产物。洪武初年，平章廖永忠和参政朱亮祖挥师南下，一举平粤，朱元璋令朱亮祖镇守广东。自此，南粤大地也纳入明朝的卫所防御体系，又于咽喉要地设置了若干卫所。大鹏守御千户所城始筑于洪武二十七年（1394年），为广州左卫千户张斌所修筑，它跟同期修建的东莞守御千户所城同属南海卫。大鹏所城营建之初：周回一百二十五丈六尺、高一丈八尺，城墙呈梯形，下宽一丈四尺，上宽六尺，有一千一百个城堞，城池三百九十八丈、宽一丈五尺、深一丈。其后，迫于形势，大鹏所城的防御范围之内又增设五处墩台，分别是野牛墩、大湾墩、旧大鹏墩、水头墩、叠福墩。大鹏所城现存完好的还有三面城门，而城池已经被沧桑的岁月抚平。

大鹏所城为守护海疆而生，它果真不负众望，在历史长河里屡屡抵御住来犯之敌。我的脑海里不断浮现出一张张似曾相识的面孔。深圳，人们只当它是一座年轻的城市，其实大鹏所城和无数用鲜血捍卫这片山海的人，早就赋予了它深厚的历史底蕴。

穿过大鹏所城，来到龙头山西麓，我要去谭公庙拜谒一位德高望重的老人。我甚至不确定当他的生命凝结成永恒的时候，他是否已经年迈体衰，反正大家都尊称他"谭公"。除了年齿，我更愿意把尊称理解为是对其芬芳品德的仰慕，而我眼前的谭公庙，就是人们发自肺腑的永久纪念的处所。

我检索过俞大猷的生平轨迹。隆庆三年（1569年），海盗曾一度将广州和福建两地搅得鸡犬不宁。澄海知县屈节辱命，守备李茂才以身殉职，朝廷急调俞大猷暂率广东兵前去征讨。隆庆五年（1571年），广西黄朝猛、韦银豹作乱，俞大猷再次披挂上阵前去戡乱。大鹏所城大部分官兵都随俞大猷出征。如此说来，谭公之死当在是年。

一直以来，防守严密的大鹏所城让倭寇无从下手。打探到大鹏所城当前的防守力量十分薄弱，攻城抢掠的绝佳时机已经到来。尤其是在一个凉飕飕的冬夜，寒冷和黑暗增加了突袭得手的把握，倭寇的狼子野心再也按捺不住。出发前，倭酋伸出舌头舔了一口手中的倭刀，他狞笑着一挥手，却没发出声，其实他心里也没个底，不知此番前去，是索命还是送死。

大鹏半岛安卧在山海之间，俨然是夜色里的漱石枕流的巨人，看不出有什么异常。不远处的海岸是大海的嘴唇，海浪像舌头一般发出低沉的呢喃。自从大鹏所城的将士大多随总兵俞大猷出征，谭公的心就提到了嗓子眼上。白天，他在面朝大海的高坡上坐看云卷云舒。谭公，你也有看云的闲情逸致啊！谭公不言，只是一笑，与他相处，总让人饮醇自醉。他看惯世事，端的满是智慧，偏不改一副古道热肠。他的睡眠很浅，不是一直很浅，而是自打大鹏所城将士远征之后。他时常在夜里竖起耳朵，既为生养自己的这片水土在夜里发出的熟悉声音，譬如屋旁大树上的枯枝终于回馈脚下的根发出舒畅的响声，也为黑夜里不易为人所察觉的诡异声息，后者也许意味着突如其来的劫难。

大批倭寇正从较场尾海滩登陆，拿着刀枪，扛着攻城云梯，黢黑的夜色对他们是最具煽动力的蛊惑。谭公此时惊觉情况不妙，想脚底板儿抹油绝对来得及，只是他的字典里没有"逃跑"的字眼。他心里满是乡亲们那熟悉的面孔，一直以来，只有在他们中间他才能找到自己生命的核心。他一路拔足狂奔，没过多久就跑到所城里颇有人望的康寿柏舍人家，重重地拍响大门。由康舍人领导的一场对敌持久战旋即展开。在接下来的四十多天里，攻与守，在所城不断上演。绝望像大海的水，一点点地没过倭寇的头顶，让他们慢慢沉坠到幽邃的深海。是谭公拯救了全城百姓，可是在激战中，稍纵即逝的生的机会决绝地弃他而去。为了铭感谭公舍己救人的美德，人们在他倒下的地方建起一座庙，世世代代向他顶礼膜拜。

四

山海胜地的大鹏，也是一个将星闪耀的地方，除了赖氏一门五将，还走出了刘起龙将军。走，我且去探访赖恩爵将军的府第。

"振威将军第"大门紧闭，在等待游人到来和开启。门上五个金光闪闪的楷书金字，据说出自道光皇帝御笔。能得到皇帝赐字，在当时一定是至高无上的荣光。只是试想：赖恩爵将军一生戎马倥偬，大概很难在府中安享半日清福。

早在 17 世纪初，一个名为"英国东印度公司"的幽灵就进入南亚，随后鬼头鬼脑地来到我们这个令强盗垂涎欲滴的古老国度。曾几何时，东印度公司派出植物猎人深入中华腹地，妄图将最好的茶树引入到它在南亚的殖民地。虽然名为公司,其实差不多就是挂羊头卖狗肉的侵略和殖民集团。套用马克思的话来说,它"从头到脚,每一个毛孔都滴着血和肮脏的东西"。它所到之处,就给当地带去鸦片和战争。就那样,谋财与害命,曾经让大英帝国的国旗上污渍斑斑。

大清有识之士早就洞察鸦片是贻害无穷的妖孽,导致每年数百万两白银流失,不但严重破坏当时中国的经济,还恣肆地戕害国民身心健康。沿海地区有的街区烟馆林立,街上骨瘦如柴的烟鬼走起路来脚下打飘,好似行尸走肉,令人不寒而栗。有个将军接到作战任务竟然因为毒瘾发作而不能披挂上阵,他麾下自然不乏瘾君子。然而鸦片是弛是禁,道光皇帝还一时举棋不定,他本人也一度沉迷于吞云吐雾之中差一点不能自拔。他身边既有谔谔诤臣,亦不乏因鸦片而大发不义之财的王公贵族。最终令人惊悚的现实让道光皇帝偏向禁烟派一边。

身材发胖的林则徐年近花甲,他表情凝重,气度庄重。他刚刚被委任为钦差大臣,即将赴粤禁烟,弛禁派的琦善设计了一次路遇,好给他敲敲边鼓,叮嘱他"无启边衅",琦善似乎不愿相信夷人会蓄意挑衅。林则徐正如他两年后在诗中所写的,"苟利国家生死以,岂因祸福避趋之",他对琦善的话只当耳边风。一到广州,就掷地有声地宣告:若鸦片一日不绝,本大臣一日不回,誓与此事相始终。

大鹏营参将赖恩爵迎来一生中最重要的日子。他职责防守的范围主要是深港地区的海面,包括鸦片走私的重灾区——香港九龙洋面,那里正是鸦片集散地。随着林则徐入粤,赖恩爵肩负起九龙洋面缉查和收缴鸦片的重任。虎门销烟的烟土有相当大一部分是他缴获的，可以说，他是那个让中国人扬眉吐气的时刻的幕后功臣。1839年6月3日至25日，林则徐在虎门浅滩上将缴获的两百余万斤鸦片当众销毁，事先，他做了充足准备，销烟所采取的"海水浸化法"让一旁围观的英国人也不得不暗暗叫绝。看着一箱箱烟土被割成四瓣，扔到投入生石灰而沸腾着的盐水池里，赖恩爵脸上露出舒心的笑容。他浑然不觉自己正踏入那个令人拍手称道的历史事件的中心。此时，他来不及多想，志虑忠纯的将军仍将犀利的目光锁定在尖沙咀一带的洋面。

虎门销烟后，英国的烟商再难以在广州立足。臭名昭著的英国驻华商务总监义律，带着他的一帮人气急败坏地撤离了广州的"十三行"，他当然不会善罢甘休，因为他食髓知味，当然还要不遗余力地为东印度公司所确立的对中国的鸦片贸易政策张目。1839年7月7日，一群来自英国商船"卡纳特克号"及"曼加勒号"上的船员上岸酗酒，村民林维喜成了他们逞凶之下的无辜冤魂。林则徐义正辞严地要求义律必须交出凶手，义律则抛出子虚乌有的领事裁判权来搪塞。林则徐下令停止向英国人供应淡水和食物。

9月4日下午2时半，赖恩爵率领手下官兵奉林则徐之命巡视九龙、尖沙咀一带洋面。此时，义律也率领数艘装备精良的快艇和巡洋舰闯入九龙山炮台对面的海域。不可一世的侵略分子凭借火力优势蓄意炮击中国水师。赖恩爵强忍心中怒火，沉稳地指挥开炮还击。海面上顿时炮声轰隆，水花四溅。九龙海战，拉开了中英第一次鸦片战争的序幕，在赖恩爵的指挥下，战果不俗，侵略分子在海面上扔下十七具尸体，中国水师亦有两人为国捐躯。

然而在鸦片战争中，浮泛在为国牺牲的将士的血污之上的是一个病入膏肓的老大帝国的怯懦和悲情。随着第一次鸦片战争结束，中英之间签订了不平等的《南京条约》，香港跟内地的母子情被生生扯断。在第二次鸦片战争中，来自列强的强盗更是步步紧迫，又强迫清政府签订更多不平等条约，仍然是赔款割地。

赖恩爵在九龙海战的英勇表现、辉煌战功，为他赢得了"呼尔察图巴图鲁"的殊荣，而接下来形势急转直下，令英雄椎心泣血。我看见你用拳头捶打胸口，仰望天空不停地追问，如果用文字记录下来，不啻一篇屈原的《天问》。你看，连南海之上的云都显得怒不可遏，一时风起云涌。你多想换一种次第，在大鹏坐看云卷云舒。你在泣血。我想说，将军，生逢中国积贫积弱之时，像你一样血泪横流的男儿都是真正的勇士，有憾，却无愧。1849年，你因病回到大鹏，唯有故乡是你永远的皈依，你预感自己不久于人世，临终前留下遗言："吾忧朝政腐败而忧，吾乐收回香港而乐。"你的顾虑一点没错，你早就看清血淋淋的现实，而你期盼的时刻，像大海迷航的船只，迟迟没有靠岸。

盐灶村的银叶树和半天云村的秋枫又增添了一百四十八个年轮。深圳在南海之滨振翅高飞，扶摇直上，人们因古老的大鹏而赋予它"鹏城"之名，举世都惊羡于它美丽的嬗变。6月21日，赖氏族人聚集在大鹏"振威将军第"，其中还有许多侨居海外的赖氏后人，他们特地在墙上挂上"还我祖愿"的朱红金字牌匾，然后齐声告慰先祖的英灵：香港回归了！

五

你的故乡在重庆忠县,据你自己所述,你的原乡生活是寒微的。只是再贫瘠的土地也能让快乐和幸福蓬勃生长起来。你的原乡情结此生不渝。和许多人一样,南下的大潮把你带到深圳。男子汉总有站在悬崖峭壁上仰头长啸的时候。待到下一时刻,点着一支烟,在大都市里打拼的艰难和不易已经渐渐飘散。

当我捧读《眷恋这一方水土》(焦朝发著),服气的同时眼馋不已。不服不行,你的文字拽着我去神游大鹏。我也算是老深圳人,在深圳待过的年头,能让一个呱呱落地的男婴慢慢长出喉结。我一直在深圳许多小镇过着飘蓬断梗似的生活。怎么就不知道还有一个风光旖旎的山海福地,居然还是深圳的后花园?因此,我不能不眼馋你跟大鹏的缘分。你前脚走出故乡,走着走着,就走进被繁华大都市珍藏着的大鹏。你徜徉其间,在你文思泉涌的时候有许多虎斑蝶为你起舞,去葱郁的山间也许能够邂逅一株珍稀的香港马兜铃,抑或在某个山梁上坐看云卷云舒,该是一种多么美妙的缘分!

许多人都跟你一样,被一个大潮卷进南海之滨,不少人注定只是深圳的过客,而你一脚踏进大鹏,就在那块风水宝地扎下根,已然把它当作你的第二故乡。我也想寻访自己的第二故乡,但是那个物理的地点像一排琴键,我得在上面来回滑动,才能弹响属于自己的人生乐章。

读《眷恋这一方水土》,我突发奇想,要是能立足于大鹏新区,写一部自然与生态文学作品,将是生命里特别美好的一件事。众所周知,每逢节假日,大梅沙、小梅沙、深圳湾……总是人头攒动。因此,我有一点杞人忧天,会不会有不少人像我一样因为被你的作品深深打动而走进大鹏,或者因为它变成深圳的新型功能新区和新的增长极,就再也不能被好好地珍藏,多少会影响到它遗世独立的唯美存在。从前养在深闺人未识的大鹏,已经出落得光彩照人,该有多少人为之倾倒!而我的心里又有些矛盾,希望大鹏能够一直有些寂寞地唯美下去——这个难题唯有寄望于大智大慧的大鹏人,在建设国际化旅游度假区的过程中,也能翼护脆弱的自然生态。

大鹏可以慰藉我的泉石膏肓。说不定哪一天我会听从心的呼唤,不顾一切将当下围困我的小巷的聒噪挥之脑后,向大鹏奔去,投身那片魅人的山海,去大鹏追寻我原本浊重生命里的一只灵性的蝴蝶。

选自作者2017年8月荣获首届"大鹏文学奖"散文类二等奖的作品

马虹玫

作家,编剧,定居深圳。《证券时报》专栏作家,《北京日报》《中国文化报》《女报》特约撰稿人。出版有杂文集《刺探城市的虹》。发表作品近百万字,大量作品被腾讯网、新浪网、搜狐网、今日头条以及《读者》杂志转载,并被知网收录。曾获第六届深圳原创网络文学拉力赛冠军、首届中国工业文学作品大赛小说推荐奖等奖项。

摇摇晃晃穿越城市的人

一

许多年前,在感情上吃了苦头的我,跑到深圳来避难。下飞机,出机场,拖着两个硕大的行李箱,来到330路机场大巴跟前。看看那锃亮、高大的330路大巴,我顷刻间觉得自己更加渺小了。我的大箱子倒是坚挺硬朗、傻不愣登地支棱着,蓬头垢面、满脸愁容的我,望着它进行了绝望的计算:要怎样才能把箱子搬到车上去。立起来、放倒、侧放,无论从哪个面下手,我都没办法把箱子抬离地面放上车去。车上沿窗户坐着一溜儿乘客,此时此刻,他们在高大明亮的车窗内部居高临下,向我投来不抱丝毫同情的目光。

"小姐,箱子给我……"一身洋红色制服裙,不大不小,不长不短,勾勒出她窈窕的身材。她脚穿黑色中跟皮鞋,长筒丝袜庄重地贴在腿上,没有勾丝或破洞,头戴一顶小小的装饰性帽子。

她笑吟吟地来到我身边，说："小姐，你上车找位子坐好，行李交给我。"

她说着把大箱子提了起来，提到离地十几厘米的高度，保持了好几秒钟。随即，这个庞然大物轻飘飘地落进大巴车侧面的行李舱。

没有遭受毫不留情的抛掷，箱子自然没发出令人惊慌失措的响动。只是，我分明听见售票员小姐快速地嘘了一口气。再一看，她手上冒出几点血红。一定是箱子的某个地方弄伤了她的手。她轻轻甩甩，把手捏成拳头。

我以为要迎来一个抱怨或者恼恨的眼神。我已经准备好要迎接了，她却对我微微一笑，催我快些上车，仿佛她的手不是因为我的箱子而受伤。

以我多年的生活经验，售票员只管收钱卖票。乘客们不论老少，已经习惯在她们的冷眼旁观之下，费力把行李放置到指定的地方去，手脚慢了，招来训斥都是有可能的。

眼前的330路机场大巴售票员却是个另类，她像尽责的女主人，不带丝毫烦躁，体贴地照顾远道而来的我和我的箱子。在我之前和在我之后，享受这份照顾的人，不会仅我一人。

我对她的手起了歉疚——那手指肯定是有些痛的，因为那箱子确实重。不一会儿，大巴开出机场，她巡视一圈，检查乘客的安全带是否系好。随后，她安静地坐了下来。

330路大巴到达终点站后，一车人快速四散而去。待我收拾好行李，回头想问问售票员她的手要不要紧时，大巴上早已空无一人。

那位售票员一定没想到，凭一己之力和受伤的指头，她竟然把我的心牢牢地拴在了深圳。

二

深圳的公交车没有售票员专座。售票员是站着工作，移动售票的，没有一副好身板、好体力，干不了这活。夏天，满车汗味儿混在一起，有洁癖的人也干不了这活。她们在人们或胖或瘦的身体间钻来钻去地卖票。客流高峰期，通往梅林关的公交车上，售票员练出一身绝技。她们先下车，把人塞进前门，再到后门塞人，一趟再一趟。塞得不能再塞的时候，她们自己就像变魔术一样，以不可思议的扭曲角度，将自己送上车。接着，她们卖完后面的票，挤回前面接着卖票。她们一只手拿住票夹，饮料瓶盖儿装上海绵并捆在票夹上，滴几滴水，撕几张票，手指蘸一下海绵。车票极其薄，还极其小，非灵巧的手指不能将它们完好地撕下。经过改造的票夹就是她们的工作台，她们不需要专门的小桌，不需要四平八稳、颐指气使的特权。

深圳的公交车上，以售票员为圆心，人们互相传递钱和票已成风景。汗味儿充斥在拥挤的车厢，递钱买票是接龙进行的，致谢的声音也次第传播出去。递过去的整钱，经数只人手传递到售票员手中，拿到票和找零，人们颇为默契地再传递回来。得到帮忙的人连声道谢，帮忙传递的人，仿佛承担了某种使命，很有成就感的样子。

在深圳，搬运原生态农作物的农民虽然不多，但是提着千奇百怪大件行李的人却不在少数。移民城市，人们每时每刻都在移动,深圳公交车承载着大部分人的移动以及搬迁。提着油漆桶、切割机的装修队伍,工人们穿着拖鞋,像是要开装修工具展览会。捆着的大花被子、形形色色的箱子、插着衣架的塑料大桶,这显然是一场小型的搬家行动。上下车的紧要时刻,这些乘客恨不得多生出几只手来。售票员主动而快速地充当了他们的手和腿。一上车,她们帮忙拎上来,下车,又帮忙拎下去。装修工年轻,得了陌生姑娘的帮助,神色间有些不自然的羞愧。无以为报,只好在行动上做出表示,上得车来,赶紧归拢自己的物品,少占地盘。

深圳的公交车售票员,并未表现出对体力劳动者的歧视,相反还抱着极大的同情心,不嫌他们的行李占地方,不嫌他们身上脏。这是一个国际化的大城市应有的风貌,至少在公共场合,人与人是平等的。有些城市,有些售票员对某些特定人群歧视,也许因为他们并没有认清这一点——在特定情境中,人只有两类,服务者与被服务的对象。

抱孩子的人、腿脚不利索的老人、大肚子的孕妇,这些行动受限的人群,在深圳的公交车上,有极大概率被"区别对待"。售票员总会第一时间帮他们找好位子,安顿他们坐下去。年轻人常被售票员招呼起来,给这些人让座。有时候,一位老人上车会有三四个年轻人起来让座。人少的时候,售票员也会坐着歇歇,一旦上来的人多,她就主动把位子让给乘客,仿佛条件反射一样。

快要下车时,还有人没买上票,人实在太多了。这人气恼,把票钱托付给旁人,自己下了车。售票员似乎也不着急,她们拥有指挥若定,既泼辣又冷静的气势。乘客们已经习惯团结在她周围了——可不是吗？百年修得同船渡，公交车也应如此。

三

日复一日，年复一年，我混成了"老深圳"，日常出行以私家车和地铁为主。偶尔，我会怀念从前坐公交车的经历，也顺带想到那些公交车售票员。

两年前的暑假，正是热的时候，我带孩子搭了一趟线路颇长的公交车，大约是从蛇口到我家。公交车上，一个七八岁的小男孩跟着他的售票员妈妈一起搭车。售票员说，学校放假，孩子没去处，丢家里又不放心，只好带着他跑车。单程30公里长的路线，那孩子已经跟着妈妈来回两趟了。车上和车下的景物不再新鲜，小男孩只好在车上犯困、发呆、无聊，间或央求妈妈让他玩会儿手机游戏。人多的时候，售票员把儿子叫起来让座。到了关外某站，小男孩终于憋不住冲到车下，躲在站台旁边的大树下尿尿。虽然有违公德，但孩子"嘘嘘"的那短短几十秒，我分明感觉一车人都跟着松了口气。

每天早上，她们带你乘风破浪一路前行；每天晚上，她们陪伴着疲惫的你返程回家。她们是为乘客提供服务的售票员，是公交车上的女神。她们也是某人的女儿、某人的妻子、某人的母亲……也许，正因如此，在寂寞的夜行公交车上，寥落的乘客们，或多或少，从她们那里获得了陌生而微妙的安全感。

选自《女报》2017年第8期

存朴

原名李家淳,现居深圳。出版作品集《私人手稿》《慢生活》,作品散见于《天涯》《散文》《百花洲》《黄河文学》等各类文学报刊,曾获第三届广东省"九江龙"散文奖优秀奖、第十七届百花文学奖散文奖。

骑行笔记

一

天气略凉。日历上,再过一日即立冬。而岭南,季节的一只脚已踏入秋天的门槛,另一只脚还留在夏天。黄槐花的金黄与羊蹄甲花的紫红,像两条绶带,披挂于路沿;斜坡之上,草木深郁,无数植物在自身的格律当中,形色盎然。这两天,每至黄昏,乌云涌动,阵雨倾下,野地上湿气淋漓。路旁的草丛间,蛐蛐叫声将车轮擦过地面的响动覆盖,而在麻地村的大榕树下,落在水泥地面的几片黄叶,让身体内部有入秋的冷肃。此刻是正午,风过树林,铃铃作响,仿佛大自然的木铎金声,自有内在的教诲。

时令不分明,时间的边界混沌而模糊,但总能由最细微处,感受四季更迭的气象。绝对性地分割,非白即黑,非此即彼,不是自然万物的道德操守,与执迷此道的某些人类道德学家迥然有别。设若把所有植物分为两部分,一部分属于种子,一部分属于果实,从中确立"种"与"果"的必然性论断。这种二分法,将某株植物作为个体孤立的生长过程消弭于无形。而信仰或缺憾在于,是否注重"其一生所经历的"那部分。人世的墓碑上,尽是戴花载誉的虚饰性修辞,土里的人被最后虚构了一次;心有戚戚者,文辞仅止于"春秋笔法"。这与维特根斯坦的"语言游戏"并无关联,与"如何对待人及生死"息息相关。没有人保持耐心,打探生命之河的全部秘密,心灵的细节被尘封起来。没有真相。真相,只是用来左右他人的诠释而已,甚至不存在诠释。死者永远地沉默着。死者的骨殖,布满空洞。

鉴于此,讨论唯物或唯心之类,徒增羞耻心与屈辱感。

二

霜降日,无霜。清晨的日光让露水在草叶上圆满。露珠与草叶,纯净剔透,轻盈似幻,仿若孩提时代。如果想象一条溪流能够停在门前不走、一群蝴蝶必然株守油菜地之类,算得上轻盈之梦的话,它们属于童稚的心灵世界。骑行过山坳,与露珠和草叶对视,"此在的事物",因这一瞥而回到"过往"或"他处"。这一瞥,犹如身体的一次复活。

即便如此,我们仍无法清洗掉满身的尘垢,依旧沦陷于"白发如霜"的现实。悲伤的并不是"白发如霜",在一次次试图回忆"过往"或"他处"而最终徒劳的悲剧性里,通往露珠与草叶的道路上,大抵是孔子、赫拉克利特的著名论断;我们深信,眼前的露珠必然在日光里消失,草叶那层表面的晶莹之光也将黯淡，"此在"断然不是"过往"或"他处"。

"一切有为法，如梦幻泡影，如露亦如电"，这些类似真理的训示，回荡在耳边。然而，我们从未忘掉孩提时代的诸般向往。我偏执地认为眼前的露珠与草叶，在我看见它们的一瞬已成永恒。那是一瞬间的铭刻。所谓复活，无非就在这样的"一瞬间"，让自我枯萎得不那么阒然，不那么老无所依。宛若秋草，生生不息，三春来时，哗然而绿。

三

那些年，总渴望打碎身体的枷锁，奔往想象中近乎完美的"城堡"。枷锁包括：贫困、闭塞、愚昧、陈规陋习之类，以及厌恶繁重劳作带来的内心桎梏；而城堡，自然是大可期许的好去处，像《圣经》所记"流着奶和蜜的土地"。每个人心里藏着一处相似的迦南地，我们穷尽一生，东奔西走，孜孜以求。当我们费尽时间与精力，终于逃离那片土地，想象中的城堡依旧遥不可及，如同卡夫卡笔下土地测量员的命运。我们发现，当初的背离之地，从未离开过我们的内心视线，它一直在着，不管心里是否情愿。逃离与回归之间，在没有出口与入口的巨大房子里，在"故乡"与"流着奶和蜜的土地"之间，有着巨大的对立，抑或悖论。

在电影《杰出公民》里，移民作家丹尼尔获得诺贝尔文学奖后婉拒其他邀请，独自返回故乡萨拉斯，他有句台词是这样说的："离开并不意味着终结，曾有许多年，每当冬天来临，我的身体都会感觉到我故乡的夏日。"然而真正踏上那片熟悉的土地后，迎接他的还是未曾改变的一切。诗人兰波的"生活在远方"的"生活"，是名词。"存在"如此艰难，我们总是活在这个名词性短语里——生活在远方。

通往梧桐山的路上，偶遇一位观鸟者。我陪着他和他的望远镜，在林中转悠半天。他的眼睛被望远镜挡住，我只能看见鱼尾纹细密的眼角、胡子拉碴的半张脸。"看见熟悉的树木，总让人回到安徽的小镇。可也只是想一下"，他说。我猜测他年轻时也许做过诗人梦，相对各自的小镇，我们都是远方人。我们的身体可以离开，而往日的小镇，深植于内，如根系。也许，我们都知道一点，如丹尼尔阔别四十年后返回萨拉斯，未必能改变什么，我们不过是活在自身的反讽中。

深入一场交谈是困难的，观鸟者的目力不在我这里，在鸟的羽毛和鸣声里；我的目力，在前方的山路。我们注定，不断离开，不断回忆，纠缠于宿命。梧桐山下，并不都是我们这种游手好闲者。每次经过林边菜园，一对川音浓重的夫妻总要招呼着坐一会；茉莉花茶是实在的，锄头与青菜也是。他们愿意谈论眼前的园子，对我车载音乐中的柴可夫斯基无感。他们的日子是实在的。这种耕作的实在感，同样会拉着我的衣襟，回到丹尼尔的萨拉斯。这个"回到"，止于"回望"。

四

傍晚，朋友来电话，开口便问："你在骑行？"他听出风声。公路自东而南，穿越丘陵山地，十年之久，尚未全线贯通。起先，路上泥土与灌草混杂，修路者工棚里的灯火隐隐约约。又一年，路面铺满细沙，星光下，黢黑山影让起伏绵延的沙路形似白色天梯。走在这样的天梯上，脚底松软，如入梦幻，街市仿佛越来越远。只有风声，从坡上下来，穿过被露水打湿的身体，让夜行者暂时忘却尘埃里的一切；一阵虫音，教你知道季节正往深处走去。又两年，遇见一位黑暗里巡路的中年人，他沿途检点新装的路灯，不知道哪里出了问题，干脆坐在路基上。我们像老朋友一样抽烟、闲聊，谈及彼此，竟有那么多相似的异乡经历。夜深后分别，两人再未晤面。几天后，初绽的路灯，如同中年人微笑的面容，把公路及其周边照得分明，芒花摇曳，枝叶披离，可以看见台湾相思树的细长叶子在晚空低垂。又三年，一段路铺了沥青，道旁种上香樟、榄仁、黄槐、三角梅之类，而路南尽处，沙土之上，蒿草丛生。据说，前方街区房屋密集的一段，无法推进，公路依旧瘫在那里。

我不关心道路的长短。我所关怀者，围绕着山地车展开，局限于去向与视野。越过公路，沿林间小道，骑行一小时，抵达梧桐山，山南是大梅沙海域、沙头角，隔海相望，是香港新界。海洋暖湿气流吹来，被梧桐山抬升，云散云聚，雨水频密，植被由此繁茂，野生动物丰富。在这里，我少时一一爱过的事物有：山头清风、巨石与溪流、日落与日出、月明星稀、云雾、春雨、露水；萤火虫、山雀、鹧鸪、斑鸠、蝴蝶、蟋蟀、蚂蚁；干草香、杜鹃、石菖蒲、野菊花、山苍子、悬钩子、山乌桕、山茶、栎、秋枫。这些事物，记忆里有着永不凋敝的风姿，以至于每一次重逢，都有"他乡遇故知"的喜悦。

我新结识的朋友有：桫椤、深山含笑、藜蒴、沉香、凤凰木、刺桐、紫藤、橄榄、曼陀罗、吊钟花、铺地木蓝、菠萝蜜、薇甘菊、鸡屎藤、鸭脚木；蝶螈、金龟子、翡翠鸟、褐翅鸦鹃、虎纹蛙。

在这里，万物各从其类，春秋不废。

"神看着是好的。"

问题在于，自奥斯维辛以来，神在哪处云端栖居？

五

过西坑后山。山地车于动荡之途颠簸半个多钟，其映照内心者，让我想起上世纪八十年代老崔的摇滚曲。如果徒步，此程需费时一个钟；如徒步时面对枪械、手铐、岗亭之类大面积恐惧，要做到身藏而行远，殊非易事。一天，两天，一个月，两个月，乃至形似蚂蚁，死于界线之外。据说曾有异乡人不计代价，寄身山下一户人家，长达年余，每日以帮人耕作、砍柴为名，踏遍每一处路径，伺机越过那个禁区。一个风雨之夜，他潜行十里，功亏一篑于自己的一声咳嗽。鸟雀立于悬崖而不坠，风过罅隙而不断，人和蚂蚁最大的相同命运是，"身无彩凤双飞翼"，更缺乏穿透命运的勇气与能力。三十多年前很长的年月，西坑后山，石板路，铁丝网，这条宽三米、长十五里的警戒线，有多少只蚂蚁折断了头颈？那些嶙峋尖锐的石头不知道。我单薄的车轮声唤不醒它们。我的身体穿越衰破的铁丝网，在山风的掌声里冲下坡道。前方，新界山水隐隐在望。时近黄昏，在路边小店叫了份快餐：萝卜牛腩饭。白萝卜、牛腩片，配一杯豆浆。在江西赣南丘陵的风里，萝卜青青，豆苗半尺高，黄牛溯溪而上，豆苗、萝卜叶都是它的粮食；它一口一口，收割机一样吞没。那时年少无知，我想不出黄牛作为专制独裁者的隐喻。当暮色镀上额头，我发现低头享用萝卜牛腩饭的那个饕餮者，才是最大的独裁者，厨师、服务员、洗菜工，在其间扮演"帮凶"角色。我们分工明确，手段高超，目标一致，让萝卜们毫无还击之力。

六

听到雷声。先是沉闷的三声，继而，阵雷破空穿云，像人世的排爆，有振聋发聩之力。雷声高低排布，电光蛇形搏击，乌云在涌动中如宋代泼墨山水图。

我倾身赶路，希望在倾盆大雨前夕冲向对面山头的亭子里。那时我能够立于一寸险峻之所，观看大地如何被雷暴撕裂，那些风中往事和现时纷繁，又是如何在一场大雨的冲刷下显出原形的。对污垢堆积的大地，需要一场酣畅淋漓的雨水才足以冲刷那些块垒；对沉闷日久的空气，需要一阵飞沙走石般的电流才足以击穿那些平庸；对重负，需要掀开那层厚厚的云幕，看见神恩；对干涸，需要润湿以期生长；对内心，需要浇淋以清醒，以安魂。

风吹林下，乱叶纷纷。雨打亭檐，琅琅有声。一小时过去，云开雨散，大地新绿，阳光映照山川，新美如画。鸟雀鸣于梢，泉流漱于石，一时钟鼓管磬齐奏，羽籥干戚共舞。万物与天地同和，大地与天空同节。

立身亭中，我是天地间卑微的人，是一个心存敬畏的骑行过客。

七

骑车率性而行。至龙岗大道,汽车如一河乱石,拥堵在路面。我经历着胡里奥·科塔萨尔《南方高速公路》的情节:"只有一件事他不明白,为什么要这么匆忙……在这样一个人人目视前方,也只知道目视前方的世界里,要这样向前飞驰。"

信步由缰地误入这条大道,我很难原谅自己。起先,我从一条小水泥路拐进去,看见树林、菜地、池塘。此处从未走过。明白过来时,山地车已经越过菜地、池塘,来到水泥路与大道交会处。我不想回头,试图穿过大道,往东面水库区。车流大约拥堵了两个小时,找不到斑马线,我从汽车缝隙中穿过去。山地车在水库外面被阻住,一道铁门紧闭着,将绿道、林带封闭起来。值班室门卫说:"这里已经关闭,禁止自行车入内。"《禁止携带自行车入内》这个小说,收录在科塔萨尔的《克罗诺皮奥和法玛的故事》中,局部而深致地寓言了时代的真实。

当我气喘吁吁重新穿越那条大道,返回最初的菜地、池塘地带,我似乎看见已逝的科塔萨尔从遥远的巴黎投来一丝嘲讽与同情的眼光。一只克罗诺皮奥总是依靠智慧打败法玛于无形,我原也不如一只克罗诺皮奥。

也无法企及阮籍。从前不解阮籍,及至今日,我深知嵇康已是绝唱,如一曲《广陵散》;阮籍一生,实如钝刀割肉、钢丝上跑马;阮籍大人,其行止与人格,年代愈远,愈令人感叹——

"时率意独驾,不由径路,车迹所穷,辄恸哭而反。"(阮籍)

八

记忆的落叶:

上世纪八十年代初至九十年代初,整整十年,我居于赣南丘陵深处的小镇。我以载重单车驮负的白莲、烟叶、土茯苓、白糖、香菇、长筒丝袜、胸罩、青年运动鞋、纽扣、缝纫线、肥皂、中草药、黄豆等,换回:三本流水账、五首又痛又痒未能发表的现代诗歌、一篇长篇小说故事梗概、三个有头无尾的短篇小说、十七张欠条。我熟悉小松、木兰、丰山、高田、岩岭、珠坑、琴江、观下、坪山、驿前、赤水、贯桥诸乡镇。在那里,我爱过:杜甫、晓风残月、星光下发白的沙土路与陈年的村庄、夏天早晨百里莲花长廊、秋风带来的松香气味、雪后群山与旷野、冬阳里的党参与薯片、火盆前的书香与墨香。我遇见穿旧棉袄的臃肿老妇、满脸横肉的铁匠、失恋后在小酒馆买醉的乡村文艺青年、穿水红色外套的村姑、外号"鸵鸟"的村支书、额头尖狭的无政府主义者、在采茶戏《哨妹子》里扮演丑角的道士、抽旱烟的机会主义者、西服领带污迹斑斑的骗子、过早脱发的副镇长、被哑巴老公乱刀剁碎外号"潘金莲"的饭馆老板娘、偷看女人洗澡的乡干部、隐居深山制作包治百病灵符的哲学家、躲在种猪场手淫的中年兽医……

我把一一遭遇的"这些",都归于乡村的罪与罚。每念及此,总是怅惘而茫然,且对"这些"所隐含的一切,保持恒久的质疑之心。

九

感受大海有五种途径与图景：

A.往388线路公交车的自动投币箱里投入四枚一元硬币，表情茫然地混在同样表情茫然的乘客中，摇摇晃晃四十分钟（有时时间更长），在距离海边仅十米的站台下车，再花二十元买一张门票，进入闸口，与数不清的身体拥挤在沙滩，喝着可乐、王老吉、酸橙汁，啃着鸡翅，眼睛透过墨镜由近而远地"观察"。那些白花花的肉身，被天空与海面两块巨大的镜子映照，在灼热而腥咸的风里，如同渔民晾晒出来的各色咸鱼。一群鸥鸟俯冲而来，突然像受到惊吓似的扇动羽翅，急急地掉头飞向大海。

B.把私家车停在隐蔽的车库里，在临海半山腰买一幢房子，室内装饰极尽讲究，对着大海的那面墙壁必须有巨大的落地玻璃墙，墙内安装深色窗帘，帘子前摆放沙发、茶具和躺椅，客厅安置一架名贵的美国施坦威钢琴和博古架，架上摆满悉心淘来的古玩赝品；有地下储藏室，收藏欧洲各国红酒；墙上必须恰如其分地悬挂复制的名人字画，二楼靠窗处必须有纤尘不染的书架，格子里摆满中外名著；靠里面的墙边做一个吧台和大型酒柜，可以在需要的时候看见女佣衣着干净来回走动的身影；二楼必须有巨大的露台，监控设备与安全措施周全细致；各个房间的灯饰必须艺术性与实用性兼备……当夜的手掌拂过露台，当海面逐渐变得深幽渺远，红酒吐出火焰的舌头，壁灯发出暧昧之光，海水一样的"物质"漫过窗帘。

C. 骑行时速二十公里，自梧桐山北，过盐田坳，经汽车修理厂至盐田港。由灌木林与栈道构成的古典主义路径，挤满手握真理的垂钓者。穿过钓线与诱饵，往后印象主义的海岸线狂奔，抵达丝柏、向日葵、旋转的星空，以及岭南冬季的五色梅。骑行包里，仅一条泳裤、一罐清水、半瓣月色。夜里露宿海滩，我在礁石边点燃篝火。

D. 当深夜无声音符开始弹拨，一波波浪潮从海湾那边涌来，越过时间的峰峦与丛林，淹过头顶、眼睛、嘴唇和耳蜗，呼吸中充满盐分。

E. 小时候，我多次问二伯："共和县远不远？"他回一个字："远。"二伯在共和县地质队工作，每年夏天回乡度假。二伯寡言少语，喜欢喝酒、钓鱼。他总是让我看线、换饵、收竿，自己躺在草丛里喝酒、睡觉。我们一般去小镇外的大河湾垂钓，湾里水流平缓，岸边长满苇草、野蓼、芦笋，二伯喜欢这地方，说"像青海的海子，海子大，望不到岸"。二伯去世多年，我至今没去过青海。谷歌"青海共和县"，就能看见它上方一片蓝色区域，形似海螺。今年夏天，青海友人李万华在微信里邀约去青藏高原走走，我心有所动。我们的话题多在草木，譬如她那边的青杨、白桦、爬山虎，我这边的榄仁树、马缨丹、双荚决明。照片里，青海爬山虎长势葳蕤。我没有向她打听"青海的海子"，空闲时想，青藏高原深处，也许遗落着亿万年前的贝壳，我们一千次虚构亿万年前的大地图景而不能，却能不辞远途，为完成夙愿而寻找一颗贝壳。而回忆四十年前的二伯及其往事，也有类似困境与安慰。

——我偏爱后三种感受大海的方式。

十

在现实主义的绿道上,"贫穷而能听着风声也是好的"。罗伯特·勃莱的诗句,像一根白色羽毛,在山地车的前叉与车架之间滑过,划出一道轻盈而闪亮的弧线。

十一

我固执地认为只要登上峰顶,所有疲惫和自卑将随着抵达高处而驱散。这个念头驱使我不畏劳顿,借助山地车挡速变换和身体耐心。临近午后三点,我终于坐在海拔九百九十七米的制高点,俯瞰世界。与少时居高眺远不一样的是,"一览众山小"的优越感荡然无存,真正的沉重与沧桑、卑微与敬重还有凉意中的孤独,隐含在苍茫云海之上。

如此,如此。坐在峰顶大石头上,无由地想起两句古诗:"山气日夕佳,飞鸟相与还。"颇安静。

下山途中,破例没有御风而下,而是推车缓慢地走。骑行与徒步最大的区别在于,骑行是"鸢戾于天,鱼跃于渊"式自我解困,是庄子"怒而飞,其翼若垂天之云"的内心快意。一条鱼跃向水面之际,已非过往之鱼,它挣脱池水,如同苍鹰挣脱大地,语言到此挣脱了语言的牢笼。而徒步,则如曾子所冀望的那样:"暮春者,春服既成,冠者五六人、童子六七人,浴乎沂,风乎舞雩,咏而归。"

我倾心一条鱼跃向水面的弹力,也不排斥在缓慢的春日下午,蹲在一条溪涧边,观察一只南方蝴蝶经过花瓣与流水时的神韵。

行走当中,我们不断地戴上镣铐,又不断地打碎镣铐,形同疯子与诗人的凌空舞蹈。

十二

关于自行车题材的电影,相对于《山地自行车之旅》一类,我偏爱《偷自行车的人》和《单车少年》,我曾经反复观看这两部电影多达十来次。前者在我的现实主义神经里注入悲悯,后者让我在呼啸而过的风雨历程中充满爱的忧伤与苦涩。

我时常在骑行路上,想起那个面色苍白神情愁苦的罗马男人里奇和他的儿子布鲁诺,又在回忆童年时无由地想起单车少年西里尔。

如同写作。我对散文的沉迷,恰切地说是对《偷自行车的人》和《单车少年》相似现实的不断反刍;而数量不多的诗歌练习,则像纪录片 Follow Me,在电光石火般的语言奔跑中,试图寻求灵与肉的寄寓。那样的时刻浑然忘怀,不清楚是语言"与我相随",还是我被语言俘获。我需要这样的平衡,在人间烟火与精神枝头,寄养自我。

2017年11月30日
选自《散文》2018年第4期

吴晓雅

作家，现居深圳。著有《西潘庄札记》《白石洲：深圳的中心与边缘》，虚构、非虚构作品散见《中国作家》《天涯》《作品》等刊物。

牛尾、刺螺、香椿芽，小巷菜市

如果从天河路往沙河路方向走，看你的右手边，150 号；从沙河路往天河路方向，看你的左手边，154 号，拐进去，是一段细细长长的市场。青菜肉类、干品海鲜，你能想到的，都能找到，湖北的藕尖、湖南的香干、广西的酸笋、东北的蕨菜、阳江的豆豉、潮州的粿条……走不了二十米，就可以断定白石洲多方杂处，五湖四海。

清明前后，在这里可以看到香椿。接连几天，价格波动，一两从七元五角到三元五角再到六元七元，上市时候贵，下市前也贵。这种北方特产，树上的嫩芽，竟然按照时令一点儿不耽搁地从头摆到尾。

清明前后，一直到四月底，是一年当中蔬菜最全的时候。大棚菜四季不断，本地应季菜又正好全都出来了，芥菜、春菜、小叶白……新鲜水果也陆续上市，甜橙、桂圆、番石榴……摊贩们各有招数，有人靠价格取胜，有人靠服务取胜，有人靠品种取胜，每个摊位有每个摊位的心思，逛了这样的市场,去超市就觉得乏味。当然也不是人人都上心,生意不好的人家,人也懒了,越懒生意就越难好起来。卖菜是辛苦活,稍松懈就麻烦。路口有一家简陋至极、生意却特别好的店,白色泡沫箱从里面摆到路上。箱子边沿插着标签,也是泡沫的,小旗似的。菜价每样都比别家便宜5毛左右,来买菜的都是附近馆子的,量也大。居家客去了从不跟老板娘讲价,买得少,没法讲。

摊主很多是年轻人,有个小姑娘,把所有的果品功用都写在价格签上,枇杷润肺,雪梨清痰……或者直接把口感都写出来了,脆甜、香甜……而且,指出品种差别:"乡下土石榴,脆甜,4.98元;乡下甜石榴,香甜,6元。"此处石榴是番石榴,甜石榴是经过改良的品种,个儿大一些。有个40多岁的中年人,他进的东西,每一类绝不在两个品种之下:青皮茄子、紫皮茄子;洋红的胡萝卜、透明的红萝卜;粽子样的越南红薯、小长条的海南红薯;青瓜、黄瓜;苦瓜、珍珠苦瓜;大南瓜和拳头大的小南瓜(金瓜)在一起,已经隔代了。他说男人卖菜,懒得啰唆,进菜也是。他指给我看对面一家,他说你看去,所有的品种都有,他是懒得挑。果然,豌豆、毛豆、扁豆、蚕豆、荷兰豆、青瓜、苦瓜、蒲瓜、葫芦瓜……ABC,从头来,农产品大全,"看图识字"。

旁边的干货店,其实就是农副产品的小超市,品种也是全而又全。单粉条就有四五种,白的黑的、圆的扁的,土豆粉、红薯粉……鱼干也不下四种,小银鱼、角肉鱼、飞鱼……青梅、榄仁、白果、石斛……药材、调味料,杂置在一起,食疗不分家,可见一斑。不知如何判断干货店老板的籍贯。泡菜、榨菜、咸菜头……这是要横扫南北,包揽天下的意思。门口木柱子上挂了一块牌子,上写"正宗阳江豆豉"。散装的,一闻,确实是先香、后咸、透着甜,没有假货那种铁锈和毛皮的臭味。又从一坛米酒看进去,从虾皮虾仁绕过海带紫菜,见红米、糙米连着鹧鸪茶和橘普,已经没法判断老板是想搞个口味博物馆呢,还是想搞个天下厨房大团结的活展览。

从这条巷子走到底,就走到了江南百货南门附近。靠近出口处,有个卖海螺鲜贝的,货品让人眼花缭乱。扇贝、丁螺、沙白、青口、白贝,这些常见的不必说,七彩贝、黄金贝、蜡螺、刺螺、饺子螺才是一般食客少见的。我说丰富呀,卖家说,你天天来,肯定不一样,这不算多,也不算漂亮。从出口又折回去,路过几家海鲜店,有冰鲜,有活鲜,海鳗、鲍鱼、多宝鱼、黑鱼、海虾、马鲛、白鲳……一路过去,五彩斑斓。路口,看到一个男人拎着一只牛尾,连着一尺长的骨头,正要剥皮。从水上来到陆上,冷不丁要吓一跳。这家不吆喝,不起眼处写着"牛展牛利牛排牛尾牛百叶,可预订"。老板不出面,老板的电话写在下面,只留个伙计在此。

选自《白石洲:深圳的中心与边缘》,
深圳报业出版集团,2018年2月版

蔡东

小说家，生于山东，现居深圳，执教于深圳职业技术学院。在《收获》《十月》《人民文学》等刊发表中短篇小说多部，出版《星辰书》等小说集，获得郁达夫小说奖、十月文学奖、华语文学传媒大奖"最具潜力新人奖"等鼓励。

迷人的写作

写作是个既浪漫又现实的过程。它富有神秘感，像出家和学道，势必与佛法道术有着奇妙的机缘，灵气迫人而来，作家和自己的每部作品间都有点天赐神缘的意味，精彩的章节可能受某些神秘因素的影响，我就曾梦中得到佳句，在描写人物对话时也有"附体"的经验。写作又是实实在在要落地的，会经历一个慢慢熬的阶段，一笔一笔写出来，像漫长枯燥、毫无乐趣的修炼，一点都不美妙。

作家构思、酝酿、修改的过程，那些深陷泥沼、搁笔枯坐的窘境，那些灵光乍现、参透天机的瞬间，那些挪移、拼接的手工，那些攻坚克难的艰苦历程或偷懒耍滑的小心思，比作品本身更值得玩味。小说和小说家的秘密，恰恰就在创作笔记里，这是作家的文学课。写作过程中的想法瞬息万变且一闪而过，创作笔记试图将其诉诸文字，把本来难以言传的东西表达出来，并且是准确精妙地表达。那些流动的意识，一旦抓住了成型了，它的价值实际上不逊于小说。

大江健三郎在《小说的方法》中说"构思"一词大概是英语里"conception"的翻译。这个词还有怀孕的意思，母体内孕育着胎儿是肯定的，但是，胎儿自身也有生命力，那绝不是孕妇本人所能控制的。而创作笔记载录的，正是种种得心应手或遽然失控的经验，需要作家用超凡的记忆力和精准的文字尽可能复现出来，并汇总上升到理论的层面，使其系统而有条理。

　　尤瑟纳尔关于《苦炼》的创作笔记是朋友郝小平推荐给我的。郝小平是隐居在城市里默默读书写作的一类人，且读得多写得少，正是由于这类人的存在，使得深圳不那么贫瘠无趣，使得深圳有希望在文化上实现缓慢地沉淀和涵化。他说，如果这个创作谈是我写的，死了也甘心。如此隆重的"死谏"，由不得我不重视。我手头东方出版社的译本竟然没有附上创作笔记，为此专门购买了上海三联的译本。

　　从构思到出版，长篇小说《苦炼》用去了尤瑟纳尔半个世纪的时间。它横亘了女作家的大半生，包括一段最美好的年轻时光。这部小说之于尤瑟纳尔，恐怕比人生伴侣还要忠贞。她们的关系缠绵悱恻，彼此镶嵌咬合着对方，卯榫相接，灵魂交融，间不容发。

　　也因此，《苦炼》的创作笔记散发出一种特有的沧桑感，它将过长长的时光，将创作者和作品紧紧糅合在一起，重现了那些孤独而又热烈的日子。时下的创作谈，大都是作家接到编辑的指令，循例聊上两句套话，虽也是面世的文字，作家却不自觉地怠慢着，认为其不过是作品的附丽，当然，编辑预留的篇幅也很有限。读完这种敷衍成篇的创作谈，你感受不到作家创作的难度，体察不到那些微妙的、复杂的情味，似乎写作是件轻巧的事情，作品的形成毫无难度，作家和作品的契合程度不够，即使偶有心得，也透着一股雕虫小技的轻佻。

而尤瑟纳尔的创作笔记，兼具科学的规范精密和文学的敏感轻盈，它诚恳，零碎，细密，有趣，它向读者倾诉着，作家对于这部作品的能动和受动，作家能控制到何种程度，某个微小的细节是如何获取的，材料是怎么打乱重组的，某个故事的历史渊源，成书过程中旁逸斜出的衍生品（以短篇形式发表）……她谈论着小说里的人物，熟稔而又亲切，仿佛他们是人生密友，无比真实地活着。她谈论着小说里的事件、地点和季节，赫然那是个平行存在的世界。她说："1954—1955年冬天，在法央斯，我经常和泽农（小说的主人公）一起熬夜。"她说："我重读稿子时发现，泽农和亨利·马克西米利安都是在二月份死去的。我试了试改变后者去世的月份，但是做不到。"

没有创作体验的人，很难理解尤瑟纳尔的感受，认为这些东西过于玄虚，或煞有介事。对小说家来说，以上的创作谈则摄人心魄，完全能够心领神会，并感同身受。里面既有精准的探析，又有深情的回忆，纷杂的易逝的感受被凝固下来，它具备一种还原的魔力，我几乎能察觉到尤瑟纳尔创作时的体温和呼吸，她的专注和投入，以及，她的狂喜和落寞。即便如此，尤瑟纳尔仍然不满意，她严格地对待自己的文字，她宣布需要改动某些"僵硬"的段落，然后才交付出版。遗憾的是，女作家1987年在美国缅因州荒山岛去世，参与译著整理工作的加拿大学者伊冯说："不要忘记玛格丽特·尤瑟纳尔打算对不止一处进行修改。然而,如今我们不得不接受《苦炼创作笔记》现有的样子。"

"现有的样子"已足够震撼,似乎无足轻重的创作谈,竟是天地浩浩的阔大之境,有史诗般的厚重感。这位大气而学识渊博的女作家,印证了我一贯的想法,写小说是完美主义者该干的活儿,一部小说的完成,是一个漫长而艰难的"苦炼"的历程。小说的技术和工艺,要训练、领悟、实践、总结,成为优秀的小说家需要多方面的素质,天分和勤勉都不容有缺,并能够像苦行僧一样大量地阅读和长久地沉思。所谓博闻强记、著作等身,不过是艰苦劳动的成果。

尤瑟纳尔还揭开了很多作家不愿承认的事实:"一本书的作者自有理由比它的法官更加严厉,他将缺点看得最清楚,只有他一个人知道自己原来想做什么,以及应该做什么。"她多么睿智,又多么坦荡。的确,即使瞒过了眼尖的批评家,也瞒过了大多数读者,终究骗不了自己,写作也是天底下的良心活儿之一种。

我对电脑写作并不抵触,也无意于逆潮流而动,但这种写作方式产生了巨大的遗憾,那就是手稿的消亡。我很喜欢研究作家的手稿,手稿精确地记载了一部作品从粗糙混沌到精致完整的过程,一次惊险无比的精神活动,里面有作家的态度、情感、取舍、无数流动的芜杂的意识。对研究者和写作同行而言,它们是千金难得的资料,隐含着大量的创作秘密,比面世的成品丰厚得多,也可爱坦白得多。电脑写作不会产生手稿,而且,它将复杂诡谲的修改过程简化成最后的一篇文字,看起来单薄苍白,无比虚妄。鉴于手稿的逐渐消失,作家在写作活动完成后补写的创作谈,就显得更加珍贵。

那些伟大的批评家,像刘勰、钟嵘、苏珊·桑塔格、哈罗德·布鲁姆、瓦尔特·本雅明等,他们的著作横空出世,比评论对象的生命力还要蓬勃久远,深刻地影响了一代又一代的作家。而作家本身的评论著述,则另有一番景致。卡尔维诺的《新千年文学备忘录》、艾略特的《传统与个人才能》、帕慕克的《天真和感伤的小说家》、昆德拉的《小说的艺术》、福楼拜的《文学书简》、毛姆的《观点》《总结——毛姆写作生活回忆》,都是创作笔记的上品,阐释自己的文学观点,带点文论性质,具有理论上的深刻洞见,又无其弊端,术语少,概念少,文字美,不晦涩,作家来自一线的真实体验也很容易启发创作者,使你更清楚自己的优势和缺陷何在。这大概也就是蒂博代所称道的"大师的批评"吧。

毛姆是个尖刻而细致的小说家,所以我非常期待他的创作心得,以及他对作家作品的品评。毛姆不负我望地,用一万多字的篇幅,大量地引述资料、审慎地分析和雄辩地论证,只为得出一个结论,那就是,享誉全世界的歌德根本不知道小说是怎么一回事儿。歌德压根儿不会写小说。当然,他说服了我。我喜欢他的坦诚和犀利。

通过阅读毛姆的创作笔记,我发现这位大作家在习作阶段,进行了严苛的文体练习,抄录,背诵,默写。他的小说里透着聪慧,但显然写作并无捷径,他采用了小学生般笨拙但又非常实用的方法。他的写作,是在实验和失败的困窘处境里慢慢摸索提升的。他痴迷和模仿过很多作家,吃透了他们,便见异思迁,再去寻找另外的文学指引者。

我的经验也是如此，任何作家对我的影响都是阶段性的，他们在某一个时刻令我豁然洞开，令我灵感勃发，影响了我几部小说的写作。但作家大都是禁不起多读集中读的，看多了就会发现作品中有雷同的细节，有使用次数较多的高频词，有写作惯性，不免腻了、厌倦了，审美的疲劳霍然而至，随即搜寻新的名字和新的作品。我崇拜过的作家难以尽数，这保持了文学予我的新鲜度和刺激感，恍若在不同的岔路上探幽访胜，充满惊喜和生机。

毛姆的创作笔记，记录下写作应该遭遇的艰险、品尝的苦涩，以及自由创作能带给作家的最高礼遇。他说，作家不只在书桌旁写作，他整天都在写，思考的时候在写，阅读的时候在写，体验的时候在写，对其他任何职业，他都不能给予如此专一的注意力。的确，写作就是如此磨人，也如此迷人。

相较于言不由衷或潜意识伪装自己的访谈录，我更信任作家亲笔写下的笔记。就像毛姆用"总结"来为自己的笔记命名，这本书是其一生笔耕的完结篇，是作家倾囊相授、绝不藏私的精华所在，一个对创作负责任的小说家，他的创作笔记也不会让人失望。《天真和感伤的小说家》是帕慕克在哈佛大学六场演说稿的结集，也隐含着帕慕克的创作秘密，书中对小说"细节""时间""图画性"的论述，明晰透彻，说到了点子上，不会乱挠一气，适合正在学习写作的读者阅读，正如杜牧所言："杜诗韩集愁来读，似倩麻姑痒处抓。"

创作笔记相当于作家的文学课，虽非面授，却往往能带来最实际的帮助。他们善于从体例和文风上进行革新，少用概念和术语，突破了传统文学批评的枯燥沉闷，重视语言的辞采，发掘文学评论的美感，是文字漂亮、明白晓畅的创作型文论。他们说的都是行话，或者在某种程度上像暗语，会心人，自然会心一笑。生动，有效，弹无虚发，直达核心，作家的文学课，大抵如此。

选自《新世纪文坛报》2018年3月29日

吴君

广东省作家协会主席团成员,深圳市作家协会副主席。出版《我们不是一个人类》《亲爱的深圳》《皇后大道》等专著10部。在《人民文学》《十月》等发表作品多部;多次入选《新华文摘》等选本及排行榜;根据小说改编并公映公演的影视作品舞台剧4部。曾获"中国小说双年奖"、百花文学奖、《北京文学》奖、《北京文学·中篇小说月报》奖、广东省鲁迅文学艺术奖等奖项。

写到与命运狭路相逢

去年四月,我见到了失联二十多年的朋友。当年,工作的原因,我带了几只苹果到了宝安35区找她,只因她写了篇文章寄到了我供职的地方,文章反映的是工厂生活。见面之后,她便坐立不安,自尊心使然,她非要还我一件礼物,可是搜遍了她床上床下,却只找到了一块完整的肥皂。如今她是一家上市公司的部门老总,见面时,没有电视里那种亲密的拥抱,甚至我们还有过短暂的沉默。

不知何时,生活已经远远地在领跑,而文学呈现出无可救药的无力感,作家无时无刻不在被生活教育、影响。生活已经戏剧化,每一天上演的人间剧已经令我们震撼和目不暇接。而文学显然是生活的副产品和边角废料,它追随着生活,临摹着生活,却与真正的生活保持着距离。可惜的是这种距离并非我们要的那种高于或低于生活,而只是因为自话自说产生的隔阁,也就是说,生活再是精彩也无法照搬,而要等到作家目睹了,有所触动了,过滤了,思考了,变形后才能呈现出来。在传媒业发达得令人吃惊的现在,还有人从事这样一件事情,的确显得有些尴尬并难以自圆其说。

尽管文学和生活是两回事,比如说作家在生活和写作中的表现是很难统一的,甚至有的刚好相反,有的人在文字上气宇轩昂,剑拔弩张,而在生活里唯唯诺诺、胆小如鼠。我要说的是真正的写作者迟早要面对自己的人生。在某个地方交汇、对接,也就是说,你的际遇与小说中的人物相逢,而这样的时候你们合二为一,彼此裹挟,心手相连,共同经历人生的低谷,各种艰辛,甚至是生死。如果幸运,便可穿过黑暗的云端,来到那晴朗的天空下,回到具体的生活中。在这个过程中,这个作家可能已经暗自生出蹼和羽翼,可以上天入地、行云流水了。这样的作家,可以在我脑海里找出很多。

《结婚记》里的男女都是生活在城市边缘的人物,他们看似在一种合乎自身逻辑的泥泞轨道里行走,可最后的结局总是那样难以预料。两位年轻的女性,一位创作了开端,一位设计好结局。她们无意间把一对路人般冷到冰点的父子绑在一起,让好吃懒做的父亲,承担起他本来的义务,相亲的过程中,迁出东北人这个遍及了海南、北海、云南这些阳光地带的移民群体,他们背井离乡的真实境遇。小说的结局是父子二人由彼此嫌弃,到后面的抱团取暖。这是人物间的和解,同时也是作家与生活的一次妥协。

我的故事都在深圳。原因很简单,我人生最美好的时光都是在这里度过,并且被它深刻地改变,被改变的不仅仅是容颜、秉性,甚至我已经换了一副心肠,把他乡认成了故乡。在这里我清楚幸福里之前是个鱼塘,我也知道宝安科学馆前身是个土坡,而当年与我坐在上面纳凉的女孩曾是财富街上的强人,历经过轰轰烈烈的恋爱终于在蛇口下落不明。她的两个男同学也是她的追随者,一个出狱后艰难度日,另一个藏于市井再无交集。《前方一百米》主人公与我一街之隔,那里有他们破败的宿舍,虽然他们与财富街只有一百米的距离。徐怀林的故乡有他回不去的荣耀,财富街对面的地基里有潘彩霞的姐妹和她无法面对的过往。

原乡与他乡,是横在深圳人心里的坎,扎在肉里的刺。人流中藏匿了他们太多个背影和变异的故事,虽然肉身在一线而精神却在小镇的街头恍惚徘徊。深圳故事非桃园结义而是兄弟反目姐妹成仇,不是西天取经而是长途汽车在深夜里的抛锚。当年,这个群体被贫困的生活逐出了家门,如今他们或是成功或是失败,挣扎的后遗症在许多个角落,哪怕回到了故土,也会向南方回望这段来龙去脉以及无法复制的过往。

写作便是这样的神秘,踏上行程,便不知归期,是一个化腐朽为神奇,破茧成蝶修行和觉悟的过程。即便迷途也是必经之路。那是越过了一座座人生高山,历经了无数险峰和人生仙境的人,是变化的过程也是寻找和回归的过程。也许将重新回到起点,来人却早已脱胎换骨,不复当初。

这样的旅途令人迷恋。

选自《北京文学》2018年第4期

徐东

作家，现居深圳。出版小说集有《欧珠的远方》《藏·世界》《大地上通过的火车》《新生活》《诗人街》等，长篇小说《旧爱与回忆》《欢乐颂》等，诗集《万物有核》。曾获新浪最佳短篇小说奖、"林语堂杯"小小说奖、广东省鲁迅文学艺术奖、《小说选刊》2019年最受读者欢迎奖等。

作家的事业（三题）

写作是爱人的行为

一个人强大起来必有强大的理由，作家和艺术也是如此。托尔斯泰与卡夫卡，凡·高与罗丹都有弱点，也各有各的强大。有些作家强大，有些则弱，弱在什么样的地方呢？缺少情感力量，缺少自我，缺少思想，缺少对人类社会的责任感。作家的那种责任与使命感，是爱人的力量。也可以说人人都有爱，可问题就在于很多人的爱是无力的。爱别人不仅是情感上的，也是一种思想上的趋向。因此也可以说，写作是爱人的行为。

人们常常只爱自己，爱小家，为了私利而不惜损害别人。一个崇尚金钱万能的社会是无比可悲的社会，在这样的社会中生活的人们也会渐渐失去做人的底线，为了利益去损害别人，去破坏公平公正。这样富有起来的人，得势的人，反过来又看不起或更有资本去损害那些贫困者、落魄者、卑微者。而后者又会妒忌痛恨前者，有机会也要变本加厉地去做损人利己的事情。我们感受到这些，会对人性感到失望。一个作家不能那样失望，他应该像孩子一样天真，向圣贤看齐，去身体力行地改变那不正常的、不合理的一切。

艺术家为什么会对弱者葆有怜悯之心，并为他们说话？因为艺术家终究是希望世界大同的人，是希望人人都健康平安，幸福快乐，能够享受公平自由的人。扪心自问，面对这样的社会，我们是否像鲁迅先生当年那样去发声，去呼吁，去批判？我们是不是有些麻木了，也失去了爱别人的能力？我个人在小说中也会写到爱与自由，写到一些不好的人，不公平的事，一些坏的现象，例如我对都市人的物质化，对人类的自私与贪婪有所批判，然而那终究是软绵无力、流于形式的。这使我想到，我们处在一个无可争议的物质化的时代，仿佛人人都会受制于物质，为了获得基本的生存和发展，即意味着要与他人进行合作。在人人都言利的时代，人怎么可能纯粹地活在自己对真善美的追求中呢？当我们明白自己要虚伪一些，要坏一点，要丑一点，别人才更愿意接受，才能愿意与自己合作时，我们往往便有意无意间妥协了。我们不想与大多数人对着来，傻子都清楚那对自己不利。事实上一个作家是需要与大多数人对着干的，他要找到自己的力量之源，不断地向人类社会进程中存在的一些问题宣战。那是对人类的一种爱的行为，是可贵的！

鲁迅写阿Q，写出了国民的劣根性；写孔乙己，写到旧知识分子的迂腐可悲。他通过对人的生动形象的、入木三分的描写，对社会存在的一些问题也进行了无情的批判，令人深思。

社会的发展过程中总归是存在这样那样的问题，想来也正常，可作家却不能熟视无睹，作家需要艺术地揭示那些问题，使读者认识到自身的存在，他者的存在，认识到大家都在一个地球上，需要和平共处，共同发展。需要相互友爱，相互帮助。需要有理想，有追求，要相信真善美的力量。这些大的问题要具体到作家所创造的人物形象、故事情节中去。

我们经历过曾经让自己难过的、痛恨的人和事，了解和看到过种种不良现象、恶劣的事件，然而又觉得无能为力，久而久之也就见怪不怪，习以为常了。我们意识到自己那样的变化是可悲的，因为那意味着自己也成了跳入温水中的青蛙。一个人的力量虽说是有限的，然而人不应该那样去看自己，看大家，尤其是一个作家，应该有所担当，有种使命感，那是一种爱的表现。想一想古往今来的一些大师，无不是抱着改良人类、希望人类变得更加美好的祝愿，因此说，爱的能力的强弱决定了作家在文学成就上的大小。

大动物有着宁静的外表

大时代本身并不是个大动物，它喧哗不宁，有着各种问题与缺陷，有着萎败的、被破坏的，甚至是令人失望的整体性。如果个体受到生存与发展压力，反过来则有可能损耗和损害他的时代，包括自己。大时代不是大动物，大时代的影子对于作家来说则是个大动物。大动物都有宁静的外表，让人感到美好。而现代社会充满了松散的事实，各种事实背面，即事实的影子都具有一种寓言性，但尚未充分发掘和抒写。作家感受到这个时代的喧哗与躁动,需要化简与升华他的感受,看到时代的影子,去分析一些事物的影子,从而写出未进入大众意识的一种真实。

这个时代里的作家,是进入自己,挑战自己,超越自己,而作家对存在本身进行思考,这意味着他要进入一个无限敞开的领域,无法彻底进入自己,真正战胜自己,即使他可以超越,却注定要失败。"都云作者痴,谁解其中味"的曹雪芹通过《红楼梦》超越了自己,超越了时代,获得了成功,但他注定也要失败,因为他作品中有他的时代的局限性。许多大师级的作家也都或多或少地有这样的感叹,"不怜歌者苦,但伤知音稀"。事实上成为大师极其不易,大师几乎从来都是孤独的,不少大师都是逝后才被发现、被承认。所有的人最终都会走向失败,因为人皆有一死,人毕竟是人,不是全知全能的神仙。但也可以说,所有的人来到这苍茫人世间都是一种成功,因为他生活过,经历过,拥有过自己对世界的认识,形成了自己的精神世界。海明威说过一句名言:"你可以消灭我,却不可打败我!"说的是人的精神存在,超越了其生命肉体的存在。作家的工作就是要让人类相信,人类精神的存在超越生命肉体的存在,具有恒久性,尽管那未必能成为事实,却对人类有益。

作家的事业是关乎人类精神与灵魂的事业,这项事业无穷无尽没完没了。对于作家来说,真实存在于意义终止的地方,现实的单一、平淡、偶然性、无意义,需要作家通过作品超越那样的种种现实。大师之所以成为大师,是因为他超越了自己、他同时代的人、他的时代。不同的时代都会有不同面貌的大师出现。大师们通过他们的作品具有了大动物的外表，他们是宁静的。他们或许会被后来人超越，但却成了独一无二的自己，成为他的时代的精神引领者，成为人类精神圣殿的部分。"私订终身后花园，落难公子中状元。"这样的故事模式，已不再适合当下创作与阅读的实际，或者说这样的创作仍然会受到一批阅读能力低下的读者的追捧喝彩，但真正有追求的作家不能被其迷惑。作家应从事实之外开始他的创作，他的故事应在被寻物并不存在的情况下展开，换句话说，作家必须忠实于自己的感觉，最终写的是自己，创造的是精神世界的图景。对于一个作家来说，无论是现实中的人还是虚构中的人，人物总和行动分不开，而行动，即便是想象的人的行动也总需要条件和时空。意识流小说、魔幻现实主义小说也需要合情合理。人物在故事中与我们在现实事件中不一样，小说中故事的发生，与作家想象中的外部世界，与过去和未来，与抽象化的，特别的人建立了一种特殊关系。时下流行的讲述世俗故事、反映现实生活的写作，应有新的方向性的突破。突破，意味着不仅要看到和抒写这个时代的庞大，还要看到这个大时代的小，小事物的影子之大。不仅仅要感受到这时代的喧哗，还要从中获得宁静的力量与美好。

　　好的小说具有各种评价标准，在我看来好小说应该简单得像石头，纯净得像水滴，洁白得像绵羊。好的作家也具有各种评价体系，在我看来，好的小说家应该是他的时代里的一只鲸鱼，或者是一头大象，具有宁静的外表，内部自成一个世界。

好作家带着读者去远方

不管写什么、怎么写，基本上是在面对着芸芸众生喋喋不休地说话。说的意义重大，说是种交流，使人能够意识到自己和大家的存在要有意义。人类存在的意义需要不断深入去认识，因这个世界总有着那么多的人在寻求人生的意义，也总有人感到人生无意义，或者说忘记了或不知道人生有什么意义，只是一味浑浑噩噩地在活着。人当然也可以和朋友进行交流，只有朋友是不够的，朋友不能总在身边。书则可以随身带着，也可以在一个人时去读。许多优秀的文学作品，可以呈现和敞开人类存在的诸多可能性，为人的思想情感注入新鲜的活力，使人变得更优雅、更有深度，使人活得像一首诗、一片风景。

如果我们看到一个人面貌可亲，那个人十有八九是个爱读书的人。写作可以使人变得更美，那种美是通过阅读获得的一种气质上的、精神状态上的美。那种美才是人本质上的美，而不是通过化妆和整形后才具有的美。通过阅读获得了一些感受也可以作用于我们的创作，我们在阅读和创作的过程中也有了些看法：一切艺术呈现人类生活的多元化的目的，终究是为了使人的思想和情感形成精神上的统一。例如对真善美的认识上的统一，这种统一的必要性在于文学作品可以建构人类精神生活的文明秩序。这个重要，人类一直在追求这个。这个世界是众人共存的世界，如果没有对真善美的追求，对文明秩序的建构，那么我们这个世界将会比现在更要糟糕得难以想象。我们之所以这么说是因为人类还处在一个相对糟糕的世界上。世界上许许多多的作家都在为这个世界变得更好而努力，有托尔斯泰、雨果、蒲松龄、格拉洛夫、泰戈尔等一大批。作家通过文学作品使读者在思想情感上变得纯粹，在精神上变得有力量。鲁迅先生在《祝福》中写过的不幸的祥林嫂，在《故乡》中写的少年和中年的、前后有了很大反差的闰土，沈从文先生在《边城》中写的集真善美于一身的翠翠，这些人物形象深入人心，使我们的思想和情感得到洗礼，使我们认识到生活的沉重、社会的复杂。深入一篇小说时你或许会发现，原来我们可以通过文字穿越时空，与作家一起完成通过文字可以建构的想象世界。好的文学作品具有那样的神奇的作用，好的读者会从中体验到那种神奇，而人类的精神文明的发展与延续可以说也基于此。

  我做了近二十年的文学编辑，订阅了不少文学杂志，总希望能看到让自己印象深刻的小说，然而大体来说是有些失望。并不是作家不够多，写得不够好，有些作家也相当优秀，有的小说故事性很强，也具有一定的文学价值，然而过了一段时间我却忘记当初看到了什么了。当然也有使人印象深刻的小说，仅中国的作家来说，例如莫言的中篇小说《牛》，余华的中篇小说《活着》，毕飞宇的短篇小说《地球上的王家庄》，朱文的短篇小说《达马的语气》，等等。当然我细想的话还是能列举，然而却实在并不够多。我们在读卡尔维诺、读卡夫卡、读博尔赫斯的作品时会发现，他们的小说也未必好读，但却为我们提供了精神上的自由的可能，也可以说他们从自我出发到达了远方。好的作家不能只是带着读者转了一个圈，还要带着读者走出去，给他们一个方向。中国当下有不少优秀的小说家，不过很多人都有这样带着读者转圈子，而不能给出一个精神上的方向的问题。我喜欢的小说要有纯粹的内容和质地,那是作家生命内部散出来的芬芳,那种芬芳会使我认为世界将从他开始。我喜欢的作家即使不能心地单纯如孩童,智慧卓越如圣贤,但至少要对真善美有永远的追求,对爱有种类似于信仰的相信。严格说来,这样的小说家不多,我期待着这样的小说家多些。好作家带着读者去远方。

选自《文学自由谈》2018年第4期

徐扬生

浙江绍兴人,香港中文大学教授,现任香港中文大学(深圳)校长。机器人与人工智能领域的专家,中国工程院院士、国际宇航科学院院士、国际欧亚科学院院士、IEEE会士及香港工程科学院院士。

摆渡人

我下乡在一个临大江的小村,江的对岸是一个小镇。如果要出行必须从小镇出发步行几里路才能找到车站。小镇又是公社的所在地,这在当时是农村最基层的权力机构,因此有很多的会议在那里举行。这样,小镇就成了周边很多村庄的活动中心,虽然小镇其实就是一条只有几家店铺的小街,但当时还是挺热闹的。

从村里到小镇去,中间隔着一条大江,当时没有桥,必须靠摆渡。摆渡人是我们村的一位老人,他每天的工作就是摆渡,计我们村的工分。因为日晒雨淋、日夜兼备、工作辛苦,村里允许他对每位渡河者收费两分。这位摆渡人,大家都叫他S叔,个子较高,有点驼背,人还是挺壮实的,细细的眼睛,脸上没有表情,比较沉默寡言,常常是在他船上和他讲不过一两句话,即使他同你说话,眼睛也是看着大江,望着远处,一副对人爱理不理的样子。S叔总穿着一件黑色的旧棉衣,可能是因为年岁较大,或者是因为渡口的风紧,他总是穿得比别人要厚一点，特别的是，他腰上还总系一条红花的围裙，有点像人家主妇烧菜时用的那种短的围裙。这围裙显然不是他自己的，不知是从哪里拿来凑合着用的，渡口的风大，把身上近肚子的部位紧紧围住，是挡风的一个好办法。我在下乡时也是深知其中的道理，只是这个红花围裙与Ｓ叔那副木然的老农样子，似乎很不相配。

Ｓ叔有个儿子，年纪比我大几岁，长得高大壮实，脸长得与他父亲很像，细细的眼睛，但比他父亲开朗多了，常常笑眯眯的。他儿子有时也会来替他父亲摆渡，坐在他儿子的船上，大家的话就多一点，一般总是这样一句话开始："今天你替你爸爸来了！""是啊，让他歇会儿。"他儿子有一只小小的收音机，这在当时是很珍贵的东西，质量不是太好，找过我几次，让我帮忙简单地修一下。

时间一久，我才知道他母亲在他很小的时候就过世了，所以Ｓ叔既当爹又当妈把儿子拉扯长大，确实很不容易。因为很早就丧妻，生活又那么艰辛，所以Ｓ叔的表情总是很木然。但他又是很有善心的人，我遇到过几次，当人们都围在渡口争先恐后地想要上船的时候，他总是一脸严肃地说："小孩和妇女先坐船。"这种时候，即使有村干部在等，他也是不留情面的。他还有一个特点，就是总能记住村里哪个人今天渡船去小镇了晚上还没有回村，哪怕再晚，他总会在那里等着。

有一天，早春季节，田野里的油菜花已经开了，我从公社开完会回村，走着走着天就黑了。村里的人睡觉很早，从江的对岸向村里的方向远远望过去，黑压压的像一片坟地，看不到一丝灯光。风很大，我想今天糟糕了，这么晚了，如果没有渡船我可回不了村了。到岸边一看,那条方头的渡船还在,斜漂在水面上,很像"野渡无人舟自横"的样子。S叔不在船上,我心里有点慌,我想他或许不知道我会回来。再一想,渡船在,说明摆渡人应该在的。等了一会儿,S叔走过来了,我赶忙谢谢他,他也不说什么,让我上船后,他就开始撑船。

那天晚上的风实在太大了,摇了十几分钟,船驶出大概几十米的光景,整条船就原地打转,几乎不前,根本摇不动了。而且因为浪很大,我无法坐稳,站着更加不行,于是就爬到S叔旁边,蹲着。他身旁的那盏风雨灯,也被吹灭了。一个大浪过来,整条船就像要翻倒一样。S叔紧紧抓住我,低声说了一句:"没事,坐稳。"再过了十来分钟,他紧锁着眉头,说:"咱们回去吧。"意思是不要强行过江,我当然只能听他的。好不容易回到原先的岸边,把船绳系在岸边的大石头上,我俩坐在渡口的茅草房里,S叔重新点亮了风雨灯,开始抽烟了,我静静地坐在他身旁。

他是个不爱说话的人,我们俩就这么静静地坐着。我说:"这两天看不到你儿子,他上哪去了?"他没有吭声,过了一会儿说:"你可能不知道,他去邻村'进锁'了。""进锁"在绍兴话里指的是过女方的门,做上门女婿的意思。"啊!他结婚了?!"我由衷地为他们高兴。S叔表情依旧木然,没有喜气,淡淡地说:"以后就不来了,渡船很辛苦,那个村里生活好一点。"再后来,他有点感慨地说:"我这里就像渡船,他妈妈十二年前过世,我把他拉扯长大,现在给他送上岸了,有好的地方去了,也了了我的心愿。"

我突然明白了S叔悲凉的心情,也找不出什么话跟他说。

那个时候，我很想递给他一支烟抽，但我身上没有烟，我是不抽烟的。

过了许久，风小下来了，但雨下得很大，S叔从茅屋里拿出一件蓑衣，应该是他儿子平常穿的，他让我穿上，我们就慢慢地摇着船，回村里去了。

后来，我去外村教书，偶尔回村时还会坐S叔的船，但再也没有见到过他儿子。

其实，现在想来，人生很像摆渡，我们的一生中要经过很多次的摆渡。起初，家就是我们的渡船，父母把我们接上船，拼命地抵挡着风雨，把我们送到对岸。后来，学校成了我们的渡船，老师把我们接上船，从一个个不懂世事的毛头小子蜕变成知书达理的成年人，把我们送到称之为"社会"的岸边。我们的父母、老师、朋友、上司甚至路人，都可能是我们某一段重要旅途中的摆渡人。

每个人在自己的一生中都会遇到无数个摆渡人，同时，也会为无数个其他人摆渡。这个摆渡的过程，就像一条链子，一环接着一环，生生不息，随同时代的潮流，一直向前走去。

是的，我们的家，是最早的，也是最重要的"渡船"。父母含辛茹苦把我们培养成人，再送我们上大学，从此回家变成了偶尔的探亲。我自己就是这样，上大学之后，回老家的次数愈来愈少。后来到了大洋彼岸，那时交通不便，回家更是难得。到后来，每次我回到老家，见到父母，他们的第一句话总是："你什么时候走？"这句话听上去很平常，其实很难回答。我知道他们不愿听到我真实的回答，即使我明天要走，也不能这么说，但我也不能骗他们，所以，很是为难，总是支支吾吾,想办法把问题答得含糊一点。有人说,当两个人一见面就担心要分别的时候,说明这两个人可能已经爱上了。我父母对我就是这样的,他们总担心我要走,好不容易盼到见面的一天,又要走了!

再过两个月,就到了大学一年一度的毕业季。第一届本科生就要离开学校了。这批学生,因为是"黄埔一期",所以感情就格外深。我几乎都知道他们从哪里来,现在怎么样。他们每一个人的档案都在我办公桌左边,四年没有放回过抽屉,因为我要时不时地看看同学们的状况。现在,他们很快就要毕业了。前两天,在校园里见到一位同学,她在老远的地方就同我打招呼,我看到她都快认不出来了。我还记得她来报到时的样子,碎红花的衣服,旁边跟着一大群人。我问她:"这些都是什么人?"她有点受惊吓,都不回答我的话,后来才知道,那是她的爸爸、妈妈、奶奶和小弟弟。一看就知道这是个农村家庭,是坐了十几个小时的火车过来的。把这位同学送到我们这样的大学,当然是家里的一件大事。我记得她爸爸对我说:"我把孩子交给你了。"

是的,他们的渡船已经到岸了,这孩子坐上了我们的渡船。

时间过得真快,现在这位同学就要毕业了。我问这位同学的去向,她说她已被一所美国的和一所英国的著名高校录取为研究生。我心里着实为她高兴,我问她:"你什么时候走?"

当我说这句话的时候,心里不禁"哎呀"一声,这句话怎么这么熟悉?怎么现在就到了我说这句话的时候了?

朋友,你别笑,每个人都有这个时候。因为,我们每个人都坐过别人的渡船,同时也为别人撑过渡船。

也许，从整体讲，人生就是一次摆渡，大家挤在一条渡船上，有时欢笑，有时争吵，不一会儿，到对岸了，大家都匆匆忙忙上岸各奔东西，走自己的路去了。

人的生命是有限的，就像摆渡的时间是有限的一样。没有永恒，但我们可以有追求永恒的态度，正像大江口的渡船，一代代的摆渡人。感恩每一位渡过我们的人，再努力地去渡别人。渡船，渡人，生生不息，这就是人间追求永恒的尺度。

我现在还记得我最后一次坐S叔的渡船的情景。那是一个早晨，送我的一批农友早早地把我的行李铺盖搬到渡口，上了船后，S叔问我："今天就走了？"我说："是。"到岸后我给了他两分钱做船费，并向他道谢，谁知他一直不肯收。我知道S叔是全村公认的小气鬼，村民们说他平常不肯接人家一支烟，就怕村民们借此不付他的船费。我知道这船费对他来说特别重要，所以，我想还是应该付他。然而，这回他可是死命不肯收我的钱，来回争了好几次，最后我也只好顺着他了。

我背起行李，离开渡口，回头望了望对岸我的那个村庄，缕缕炊烟从村子里黑黑的屋顶上萦绕在半空，跟云彩连成一片。我又看了看S叔，他站在方头的渡船上，还是穿着那些黑色的棉衣裤，腰上围着那块红花的小围裙，一手护着船橹，一手挥动着他竹编的帽子，在与我道别。

选自《摆渡人》，海天出版社，2018年6月版

老亨

原名黄东和。中国民间智库因特虎创始人、深圳文化学者。著有《十字路口的深圳》《深商的精神》《深商简史》《深商赋》等。策划并运营深圳市"睦邻文学奖"。

马化腾：深大毕业生和他的"腾讯帝国"

1984年1月，深圳大学的校园还是一片荒山，什么也没有，但9月份学生就要在那里开学上课，这就是"深圳速度"！

深大不仅仅是深圳的大学。根在特区、魂系改革，因特区开办，随特区成长。深圳人来自五湖四海，深大的老师也来自五湖四海。这群老师云集了全国各地大学"大陆派"的精英，也吸引了留学世界各地大学"海归派"的精英。深圳大学可以说是"水木清华"的。清华大学是深大开办时的主要力量之一，深大首任校长就是清华大学原副校长、两院院士张维，而第二任校长罗征启也是清华大学原党委副书记，深大很多理工科的系主任都是清华的老专家老前辈，清华的精英奠定了深大理工科的基础。深圳大学也可以说有"未名塔影"。北大是深大开办的另一支基础力量。深大的人文学科如文学、法学、外语等科系都是依靠北大建立的。经管类主要是依靠中国人民大学而建立的。可以说，深大是国内三所顶尖大学联手打造的特区大学，兼具三所大学的遗传因子。

深大具有独特的教学方法和办学特征：所有的同学每学期都要提交读书报告和假期见闻；在课程改革方面，深大独创以体育俱乐部形式上体育课，同学们根据自己的兴趣自由选择，学会一技之长，终身受用，这个制度在全国还是开了先河；为了开阔同学们的视野，学校推行理科生修《文史哲通论》、文科生修《科学史纲要》的制度，以此提高学生综合素质；深大率先实行学分制、奖学金制、主副修制等教学管理改革，率先实行毕业生不包分配、推荐就业；率先实行勤工俭学制度，率先实行聘任制；率先实行后勤管理体制改革，等等。在深大就读，是没有饿肚子的机会的，各种形式的家教、兼职以及学校提供的勤工俭学机会已经足够学生的伙食费用，深大学生动手能力强，就业比例高是出了名的。

"一流的师资，先进的教学设备，创新的学生"，深大的辉煌最终要靠深大毕业的学生来演绎。掀起校园青春文学热浪的《花季·雨季》作者郁秀、上演"巨人电脑""黄金搭档"等商海神话的史玉柱、"经济学保姆"薛兆丰、"QQ之父"马化腾……深大正在影响深圳，影响中国。

1984年，13岁的马化腾跟随父母从海南来到深圳，中学毕业后就进入深圳大学攻读计算机专业。在深大的岁月，马的计算机天赋已经让老师同学另眼相看，他既可以成为各种病毒的克星，为学校的PC维护提供解决方案，也干过些将硬盘锁死的恶作剧，让机房管理员哭笑不得。

1993年从深圳大学毕业后，马化腾进入润迅公司。开始做软件工程师，专注于寻呼软件的开发，并一直做到开发部主管的位置。这段经历使马化腾明确了开发软件的意义就在于实用，而不是写作者的自娱自乐。而也正在这一年，他的大学师兄史玉柱开发的"汉卡"软件已经红遍中国，巨人集团名噪一时。从师兄的身上，马化腾得到了某种启示。

马化腾是潮汕人，潮汕人那种深入骨髓的商业细胞开始在马的身上"激活"。当时正是股市最红火的年代，于是聪明的马化腾与朋友一起开发了针对股民的"股霸卡"，结果这个软件一炮而红，在赛格电子市场甚至卖到断市。同一时间，马化腾亦弄潮股海，并在1994年完成了一次飞跃，为其后来独立创业打下了基础，那时马化腾最精彩的一单是将10万元炒到70万元。

"从1998年开始，我就考虑独立创业，我感觉可以在寻呼与网络两大资源中找到空间。"

1998年11月，27岁的马化腾创办了深圳腾讯计算机系统有限公司。1999年2月，腾讯自主开发了基于Internet的即时通信网络工具——腾讯即时通信（Tencent Instant Messenger，简称腾讯QQ），一个网络神话开始了。

腾讯QQ的用户群迅速成为中国最大的互联网注册用户群，而QQ的标志——那两只憨态可掬的企鹅更是风靡了无数年轻人。通过和中国移动的合作，腾讯移动QQ曾占据了移动梦网70%以上的业务量，几乎每一个网民都用过它来聊天，它的知名度超过了互联网上任何一个名字。"别call我！Q我"，不少人背着企鹅背包，穿着QQ制服，床头摆着QQ相架，床上放着QQ靠枕……要做QQ一族。有人说：马化腾打造了一个QQ江湖，而他就是这个江湖无可替代的帮主。

马帮主的江湖越来越大，并迅速成长为"腾讯帝国"。

2004年，腾讯在香港上市，"在线生活"主张得到了资本的支持。2005年上线"QQ空间"，先后打赢对51.com、人人网、开心网的三大战役，成为互联网社交化的大赢家。到2009年，腾讯网游收入超越盛大，"娱乐帝国"的规模初具。到2010年，腾讯拥有了4个亿级入口——QQ、QQ空间、QQ游戏、腾讯网，以其巨大流量，横扫互联网各个领域，几乎无坚不摧，成为互联网PC时代的"全民公敌"。2011年，微信上线，腾讯拿到了移动互联网的第一张"站台票"，并开始其"连接一切"的"互联网+"的时代。

2005年底，年仅34岁的马化腾被美国《时代》周刊和CNN评为"2004全球最具影响力商界人士"，因为马化腾不仅改变了数亿中国人的沟通习惯，创造了一种网络时代的文化，更引领出一个全新的赢利模式。说得太对了！马化腾本人就像大多数沉默的中国人，沉默寡言，有"社交羞涩症"，但是这不表明中国人不需要社交、不想表达。QQ和微信为中国人定制了最适合他们的社交表达方式，这也许是马化腾总是能赢的真正秘诀。

选自《深商简史：1978—2018》，
深圳报业集团出版社，2018年9月版

张子逸

大学在读。散文《我爱同里我爱古镇》获《人民文学》"人文同里"全国征文三等奖。诗歌《一个六年级小学生的梦》获《星星》诗刊全国中学生诗歌优秀作品二等奖。中篇小说《没有作业的校园》获首届深圳市青少年文学创作大赛一等奖。作品入选《中国校园文学》《红树林杂志典藏版》等。

难忘儿时茶粿香

小时候,我和哥哥最渴望的,莫过于蚝乡小镇里家族亲邻的婚嫁、过生日、起新屋入伙这样的喜庆日子。因为这一天,我和哥哥就能吃上外婆做的茶粿了。

一大早,外婆洗净手,坐在厨房里那张已被屁股磨得光溜溜的矮脚凳上,像一个会变幻魔术的大厨,又像一个指挥打仗的将军。她先用放凉的黄糖水缓缓混入糯米粉搓,再加入适量的白砂糖,等到粉浆变成稠糊状了,就有条不紊地将食用油倒入烧得滚烫的锅里头。火苗跳跃着,舔着锅底,映红了我们发烫的小脸。那"咕嘟""刺啦"的响声,像是我们急盼的心跳。外婆熟练地从盆内抓起一小块面团,轻轻揉搓着,"唰"地放入油锅里,小面团的四周瞬间"噼里啪啦"弹跳出无数个油星子,立刻喷香了我们的鼻子嘴巴,也给寻常冷清的节日平添了欢快的气息。

在我们沙井,外婆是个朴实的客家农村妇女。如今她已年逾古稀,一身的陈年老病都是在农业社期间落下的。她的记忆力出奇的好,话匣子一被打开,很多旧事仍可娓娓道来,鲜活如昨。说起1958年到1960年,外婆的语气中仍然带着一丝不易察觉的颤抖。或许,那是上上一代人整体的记忆创伤。在那个艰苦的时代,很多人在过大年的时节,一家人节衣缩食才能偷偷做几个茶粿饱饱口福。我们那时候,吃个茶粿就算过年了,外婆说。

我曾经傻乎乎地问外婆:"当年你干吗不多做些来吃呢?""傻细仔!"外婆总笑着说。外婆一边说,一边右手持筷,左手紧握着家里做茶粿专用的大勺子。她用勺子底部轻轻按压还在油锅中跳舞的面团,用筷子迅速翻转。一旁紧盯的我和哥哥眼馋得眼花缭乱,吸着鼻涕,口水直流。每当这时,外婆总细心地指点站在锅边张望的妈妈说:"做茶粿一定要选好材料,只能用糯米粉,不能掺杂其他米粉。油炸过程中要快速翻转,要努力控制好油温。因为锅里油温过高容易炸焦。油温太低又不能成型。炸成圆形是最漂亮的,要是冒出棱角就不好看了。"

在外婆灵巧双手的配合下,不到一分钟(我感觉似乎已过去了十分钟),锅里的面团就眼瞅着变成了一个一个圆形的薄饼,颜色也从淡黄色迅速转变成了金黄色,像一条条金鱼似的很不服气地冒出气泡。"有气泡证明糯米粉熟了,通透了。不过,最好还是要把气泡压下去了茶粿才会柔软好吃。"妈妈懵懂地点了点头,不停地"嗯"着。

眼看又半分钟过去了(我感觉似乎又过去了半小时),外婆捞起几个茶粿半成品搁在锅台上,用勺子底不断地将里面满溢的香油按压出来。这样,一个金黄透亮的茶粿就做好了。"茶粿要现炸现吃才好!"不等外婆的话音落下,我和哥哥早一手一个抓着放进了嘴里。茶粿外焦里糯,香脆却又柔软。喷香扑鼻的茶粿塞进小嘴里,啧啧有声。我和哥哥顿时眉开眼笑,口舌生香……

2015年,一个寻常的日子,茶粿又一次意外地出现在母亲的灶台边。那天我放学回家,一眼就看到母亲正在热气腾腾的油锅里翻滚着茶粿,高兴极了,突然感觉家里有种过节的味道。看着那一个个金黄的茶粿,就像看着一位久违的故人。就在我欢呼雀跃时,却发现母亲的神色有些不对。她低着头默默地煎着茶粿,一句话也不说。这跟以往不大一样,换作平时,母亲看着我手舞足蹈的样子总不免要笑着说我两句,使唤我去洗手什么的。可那天她的情绪太反常了,我纳闷地走进堂屋想问问外婆。外婆坐在藤椅上,手里拿着两张信纸,眼睛却看着窗外的芒果树。看着我进来了,她便把手中的信纸递过来说:"你细佬哥的信,你快念一遍。"听到哥哥来信了,我更觉得喜出望外。哥哥已在北京上学好几年了,每年的假期都难得回到家里。这学期很快就结束了,父母和外婆非常期待这个暑假他能回家来,但信里说他可能回来不了,还说他很想家,很想二老、妹妹和外婆,很想母亲做的美味茶粿。看到这里,我又难过又失望,差点哭出来,这已经是他不在家过的第三个假期了。

吃晚饭的时候饭桌上静悄悄的,我也不敢出声,当时已经15岁了,很多事都能明白,知道父母与外婆的心里很难受,特别是母亲。今晚的茶粿哥哥当然吃不到,可她还是做了出来，不知她是在安慰自己还是在安慰哥哥。但我知道，那一个个热腾腾的香甜糯米茶粿里面，包裹着的都是母亲对儿子深深的思念。也就在那天夜里，母亲突然在睡梦中哭泣着，梦醒后依然泪流不止。第二天一大早，父亲就出门了。他说他要到北京看望哥哥。后来我一直问母亲，她那晚到底做了个什么样的梦。母亲摇头不语。日子一天天过去，这件事便成了我心里一个缠绕许久的谜团，与这个谜团一起封存内心的，还有那顿茶粿的味道，它跟小时候吃到的每一次茶粿都不一样。那微微的甜香里混杂着些许淡淡的清茶和苦味儿。我想了很久才有些明白，母亲做茶粿的那个傍晚，心里是苦涩的。

2016年的初春，我也出门了。临走时，母亲站在大门口，一直看着我朝巷子外走去。巷子很深，我觉得每迈出一步便离母亲远了一分，那一瞬间距离忽然在我心里有了立体的感觉。背后传来母亲不停的唠叨和叮嘱，我不时回头劝母亲进屋去照看感冒卧床中的外婆。以往的时候没注意到，但在那一刻的回头中，我忽然发现，母亲不知何时已经老了，青色的围巾已掩盖不住鬓角那几根如银的发丝。大清早的天气很冷，我再次回头，母亲瘦小的身子微微发抖，嘴角交错的皱纹时不时下撇着。她紧抿着嘴唇，像是在克制着什么。顿时，我觉得背后被一种巨大的力量拉扯着。前行艰难，转身却很容易。但我知道，我不能转身，我要学会成长，我必须离开母亲的呵护。我藏在巷子的拐角处，偷偷看着母亲，她依然站在大门口，望着我离家的方向，很久很久都没动一下。

时光如流水，逝去了就再也追不回了。一晃两年就过去了，而这两年里，我在外地的时间总是多于在家的时间。南宋词人刘克庄"客舍似家家似寄"的况味,正是我在外读书求学的真实写照。独处他乡,与朋友同学在一起吃着异乡的风味,我总不由自主地说起家乡那好吃的茶粿,有甜有咸,有炸有蒸……那种味道是我吃到的任何小吃都比不上的。朋友与同学们很好奇,问我是不是因为有什么特别的食材与特别的制作方法,我却一时语塞。但我心里明白,那喷香扑鼻的茶粿是一代一代客家母亲用爱做成的。

儿时的茶粿,家乡的味道,此生此世,会永远珍藏在我的记忆里。民间传统的手工工艺加上普通得不能再普通的食材做成可口的美味,让那无数个清贫的日子变得活色生香,有滋有味,让香味滋润填满味蕾的记忆,无时无刻不在我心头流淌起那浓浓的化不去的乡愁。

选自《宝安日报》2018年10月21日

李双鱼

原名李剑飞，1984年出生于广西博白，现居深圳。作品发表于《广西文学》《南方文学》《作品》《山花》等。曾获深圳市"睦邻文学奖"、勒杜鹃文学奖、大鹏文学奖。

河西三坊

一

2014年7月，我辞职已有半年，当初为了方便上班而搬至固戍的房子，由于邻近地铁，便觉得租金已超承受之重，换房子就成了顺理成章的事。此事妻子一人张罗，不是我不愿参与，是我清楚到底仍是妻子的标准涵盖一切，无论是房子的地理位置、通风采光，乃至周围的朋友圈子，都以妻子的把握为准。不出所料，没费多大周折，房子便找好了，妻子跟我讲是住在那里附近的一个亲戚帮忙物色的，她去看了，甚是中意，虽没电梯，然而只在二楼，上下不至于费力，且向阳，小是小了点，租金便宜，才七百。在妻子的絮絮叨叨中，我为了表示关切，倒是问了一句，房子在哪里？妻子不答反问，你要不也去看看，顿了顿又讲，河西村，河西三坊。我一听，便说，定了吧。

河西三坊，我低声念了一次，这名字念起来诗意盎然。河西未必有一条清澈无比的河，坊与坊之间未必有我熟悉的朋友，可是那又如何，我欢喜这仿佛紧挨河流又略带烟火气的名字。

找个周末，我请两个朋友帮忙搬家。叫了一辆三轮车，几个人三下两下就把早前打包好的生活用品都装上了车。朋友往三轮车上装书的时候，开三轮车的中年男人不乐意了，嘴里一边说，装不下了，一边指着三轮车的车胎，你看看，车胎都瘪了。我一看这意思，还得再拉一趟，那意味着得再加一趟的钱。我试图说服中年男人，大哥，就几箱，肯定能装下，没事的，外面有打气的。中年男人说，不是气的问题，再打气车胎都要爆了。你这是什么，怪沉的。我连忙递支烟给中年男人，大哥，几箱书，帮帮忙。中年男人吸了一口烟，这样吧，我看你也是个有文化的人，车费我就少算一点，还是分两趟走吧。我只好作罢，让妻子和两个朋友先押车过去，我留在原地守着下一趟搬运的物什。

搬家前，妻子的意思，让我把书都卖了。我说，怎么能卖书呢？卖什么也不能卖书啊。妻子知道我的脾气，只是抱怨说，我看你啊，我和书如果必须卖一个，你指定把我卖了。我只能苦笑一声，这些年书是越积越多，每次搬家确实麻烦，每每想卖掉一些，可是翻来翻去，没有一本是能够割舍的，朋友送的，自己买的，哪一本都附着一层薄尘似的记忆，挥之不去。

搬到新房子，整理起来也是一件头疼事。从原先的两房一厅变成一房一厅，诸多东西就不得不压缩起来，空间有限，必须等妻子将生活必需品和装饰性用品全部落了定，归整成形，才轮得到我那些书，从前不曾有用的一个小书架派上了用场，纵使三格填满，大概不超过五十本书，它立在客厅我的电脑桌边，如何挑选这几十本书，也是绞尽了脑汁，取舍两难，不断地做减法，算作一个不叫圆满的圆满。余下的书封箱，掀起床板，码到床底，害怕回南天，洇湿了书，底下垫上了一层保鲜膜。我能想象某一天，突然想起某本书，而它恰好不在小书架上，那得费多大的劲，从这床底之下翻捡出来。又或者我的记忆出了错，它根本不在其中，拔出一无所获的失落，应该会让我呆坐在客厅，望向窗外的几盆绿植，如果恰巧花都开好了，失落感或许也就冲淡了。

二

新环境总该要熟悉熟悉的，其实也不过是三两处：能买到日常所需的百佳华超市，置办衣服鞋袜的西乡步行街，一日三餐离不开的乐群菜市场，逃不出时下流行的所谓"两公里生活圈"。最先去了菜市场，为庆贺新生活的开始，买了半斤基围虾之后，我决定掉头去多买一条鲈鱼。

白水煮基围虾、清蒸鲈鱼、蒜蓉空心菜、西红柿蛋汤，两个人的晚餐，算得上丰盛了。我从冰箱里拿出一支红酒，妻子说，我不喝酒，你又不是不知道，我一喝酒就过敏，浑身发痒。那你喝点饮料吧，我将头凑近冰箱才发觉冰箱里并无饮料。为了省下请搬家公司的开支，搬家前我们将冰箱基本都清空了，只剩下从老家带来的一罐蜂蜜、一支红酒和几袋桂圆干。

我下楼去买，雪碧还是王老吉？

妻子想了想说，算了，浪费钱，不是有汤嘛。然而拗不过我非买不可的态度，妻子说，那就王老吉吧。

我一向不大讲究喝酒的器具，啤酒杯既喝啤酒，也喝白酒，喝红酒原本应该找个高脚杯，我觉得没那个必要，依旧用啤酒杯。和妻子碰了杯，喝了半杯红酒，红酒在冰箱里呆久了，透着一股甜凉，妻子用吸管慢慢吸着王老吉，眼睛盯着电视。两个人各想各的，好像也没什么话题，结婚这些年，两个人有点老夫老妻的感觉了。

吃过饭，我去洗碗刷筷，妻子接着布置房间，像是施展魔法般地，不知从哪里又变出一样东西，原先看起来还有些空当的房间，渐渐地就被各种东西给占满了。这是一项不可能完成的工作，因为它是可持续发展的，新的东西会不断涌进，旧的东西会被适时清理。我手中的书才翻了几页，妻子提议说，我们去步行街转转吧。言下之意，明白得很，就是去买点东西吧。

西乡步行街我并不陌生，刚至深圳时，还在工厂里谋生的我，周末曾和朋友来买过衣服，是一条老商业街，彼时人潮汹涌，商铺沿西乡河西一侧绵延，仿佛临河而飞的一只大鸟舒展的一翼，河东的一翼则是西乡公园与南城百货。此时还能捞起沉入记忆底的各种叫卖声和音乐声，交错碰撞，以至于都听不清人语。

盛景不再，随着网上购物的兴起，人们足不出户便能购入一切生活所需。逛街已然成了一种休闲行为，购物的功能已隐入闪闪烁烁的灯影处。妻子挽着我的手，将我拉入一间商店，店员的表情仿佛已历尽一切的沧桑变化，显得波澜不惊，出于礼貌的一抹笑容很快便消失在慵懒的脸上。

这是一间类似于流布坊间甚广的2元店，只不过价格换成了9.9元，即店内商品一概等价。因此也就不需要店员的推销，却抹去了砍价的乐趣。妻子东挑西拣，最后只拿了一盆准备放在我电脑桌上的仙人球，她自己用的一支洗面奶。

　　临街的树木已高过房顶许多，出店门时我忍不住举头张望，妻子好奇地问我，看什么呢？我竟像从梦境里惊醒一般，嘴里说着，没什么。心下却有少许惆怅，多年前的友人及初逛此街的喜悦已成急坠而下的一片枯叶，无风可寄无处可依。

　　渡过西乡桥，发现南城百货已不知去向，幸好多年前的佳华超市虽已改称百佳华，却仍在原处。我推了购物车，与妻子挑了几样水果、卷纸、饮料，结账回家。

　　本是有意再去西乡公园逛逛，一看天色已晚，手提所购之物亦不便，只好作罢。再次渡过西乡桥，我拉住妻子，在桥上停驻半响，晚风袭来，西乡河水被投射的灯光营造出一种幽深意境，我不禁想到诗人卞之琳那首名诗："你站在桥上看风景，看风景的人在楼上看你，明月装饰了你的窗子，你装饰了别人的梦。"此时此刻，何人在楼上看你我呢？

三

　　让我意料不到的是，一个相交十年的朋友居然也住在此处。事情得从一通电话说起，搬家后不久，我打电话给朋友，朋友姓林，阳江人。我们的结识是诗歌搭的桥牵的线，他尚在学校之时，我们已经在文学网站榕树下相识，他写着风花雪月，我亦写着风花雪月，那样的青葱年纪也只能写着那样毫无生活印记的诗。

第一次见面,是他初出社会的2007年。而我早他几年,浸入社会这个染缸,身披五彩,脚踏五味,浑身都是世故人情所烙印的影子。然而当我坐在他的对面,我仍然是那个爱诗爱幻想的少年,我们匆匆吃罢晚餐,他往九围去,我奔赴安徽黄山。

两年光景,我在黄山沉溺于幽静,他在深圳,经受现世的洗礼。一晃两年,顿悟似的意识到,这般年纪不应辜负美好的光阴。于是我从安徽黄山转折回来,他已从这纷繁错乱的现世中理清了自己的方向,做到了一家集团公司的人事经理,有了女友,有了安稳的生活。紧接着结婚生子,在深圳打下了稳固的根基。我犹记得他带我去过他暂时安身的居所,起因是他给他怀孕的妻子泡了一坛甜米酒(那应当是他家乡的习俗),他说,女人生子后喝了有补血的功效。但酒精过高,他的妻子不能适应,可他天性不好酒,索性送给我。我从他那里带走那坛甜米酒,印象中我记得他家的门牌写着河西四坊,因此那通电话的开头,你应该也猜到了,我问,你是不是住在河西四坊?他说,对啊。我又继续问下去,那么,河西三坊离你有多远呢?他说,不远,只隔一条巷子。

电话两头的狂喜,在一个周末的下午连通了。我们在河西二小的后门见了面,然后拐个弯就到了他家。我们坐定泡茶,在客厅的地板上反复聊着这几年的写作和生活。晚饭不可推辞,他亲自下厨,蒸海鱼,豆瓣炒青菜,还炖了一锅汤,简单到极致,可是味道深入人心。

我们彼此的孩子都在老家,由老人带着,这是没有办法的事。两个女人早早就挽着手去逛街，我们继续喝茶，继续在烟雾缭绕中诉说着这些年的过往。

他换了好几泡茶叶，茶色一次次由浓入淡，他拿出这些年写的诗歌给我看，他说，没有发表，只是默默地写。我知道他放不下，我何尝不是呢？生活的种种压力与苦恼无时不在头顶盘旋，可是我们从没怕过它有一天像乌云压顶般降下来，后果无非是一场瓢泼大雨，让我们浑身湿透冷透，但想一想背后的女人和孩子，我们知道那颗初心从未僵掉，它怦怦直跳，像莽撞的牛头，不畏一切冲向那未可限量的前程。

友人虽近，毕竟不能日日叨扰。他自有他的生活半径，而我的生活半径，大抵如此：早晨散步至西乡公园，回来后开始打理网店；午饭通常是一份快餐或者自己煮一碗面，下午继续工作；待妻子下班返家，吃过晚饭，我们漫步至西乡河边。正当夜色初上之时，我们立于河边新立之栏杆处，此时后头石凳上三三两两落座之人，或说或笑，或遥望远处，或相视无言。

跨过西乡桥，左转便是西乡公园，偶有卖艺的团体，大多是残疾之人，唱歌未必动听，大概也听多了时下的新闻报道，背后有一组织，却抑制不住想要做些什么的冲动，比起粗暴直接的乞讨之举，我们愿意为这不是专业的艺能，献出一点绵薄之力，从裤袋里掏出一块五块的，投入他们面前纸糊的箱子。

步入西乡公园，迎面几棵芒果树，树影掩映下的溜冰场，可见青年男女在轻盈地回旋，充满活力的音乐从铁丝围栏的缝隙向外直窜，闪烁不定的灯光，摇滚在光滑的水泥地面上。出生于80年代的人，溜冰场承载着太多青涩的回忆，这里曾经滋生了无数以纯真开始以草率收场的恋情。

我们顺着溜冰场，往公园的小山上走，一阵粤剧的风刮来，与最炫民族风纠缠不清，在影影绰绰的树影下，弥漫着现代的广场舞与举手投足都有讲究的曲艺味。刚刚脱掉烟火气息的大妈，与稚气未消的孩童，混入一团花香中。

遇上妻子加班的情况，有时候我会独自一人，沿河西一侧，夕阳未尽，投射在河水之上，一闪一闪的金色，漆上去，像极一件年岁久远的漆器，有一层自然的陈旧感，不需擦拭，透出历史的微微底色。

偶尔可见，河道清洁工摇一只橡胶小船，以一根竹竿所制的网兜捞起河道中的生活垃圾，他近似一朵肆意生长的莲，于河水中自在招摇。小船渐渐堆满垃圾，从轻浮而沉潜寸许，他面无表情，于这枯燥而反复的动作里，拔出淤泥中的自己。西乡河之治理日见成效，河水未必清澈见底，但已无多年前让人掩鼻的恶臭，而泛着一丝丝入海之后更重的腥咸之味，我曾去过西乡河的上游，那里是铁岗水库，有一个动人的好名字：桃花源。

四

比西乡公园稍远的铁仔山公园，位于西乡大道与107国道的交会处，大多是我自己去，妻子不是一个爱爬山的人。偶尔她心情好的话，也会随我而去。我们走的路线有两条：一条是从西乡中学的后面，穿过乐群社区，再过新安市场的天桥，右转经华宝饲料公司，到达公园东门；另一条是从西乡中学的正门，出到龙吟二路，沿西乡河边转到107国道，跨西乡立交直抵公园东门。

有一次我们争论哪一条路线最短，相互说服不了对方，只好用数据说话，我用运动腕表，妻子用手机自带的计步器，我们分别从两条路线同时出发，相约在公园东门见面。我走第一条路线，共计4285步，妻子走的第二条路线，共计5714步。结果我们的争论以妻子的胜利而告终，她说，我的步子比你的小，所以走的步数自然比你多。我竟无言以对，相视一笑。

我大概记得，多年前，我是来过铁仔山的，那时还没修成公园，只是一座荒山，上面错落着坟茔，几棵松树枝叶繁茂，那应该是秋日，枯草漫地，一丛迎风摇晃的芦苇，我折了一枝，坐在地上，眼望着107国道的滚滚车流，茫然望不到前景。

那个初涉社会的少年，还没被繁华世界所浸透，此刻我看见他的消瘦背影，消失在沿着台阶密布的深深草木后。坟茔已不可见，这片古墓群现已被铁丝网保护起来，据考古鉴定，铁仔山古墓群的年代跨度为东晋至清代，历经约1700年，为深圳这座飞速发展的城市抹上浓重的历史色彩。

妻子渐渐气喘，在半山腰的凉亭，我们坐下透一口气，粉色的大叶紫薇正以灿烂的姿态，在身后吞吐芳菲。妻子额上的细密汗珠由着凉爽山风渐渐收了去，我们继续顺着蜿蜒的台阶上山，一声清脆的鸟鸣，纠缠着蝉鸣，擦身而过的行人，缓步向上，最后仿佛消失于郁郁葱葱的树顶。

山上有一座天后庙，规格略小，往常我一般爬至此处便折返。天后庙多见于沿海之地，大约是早期靠海为生的村民，为了保佑航海的安全和捕鱼的收成，而祭祀妈祖的场所。到了天后庙，妻子说，我们去拜拜吧。点了香烛，烧了金纸，念了愿词，我起身正要掸去膝上的香灰，被妻子一把拉住，我才醒悟过来，香灰沾身，是神灵的赐福啊。

庙侧有人居住，想是打理庙里事务的，屋内有一冰箱，卖些矿泉水、冰红茶之类的饮料，大概也不是每晚在此守夜，因而屋内那张小木床上堆了些香、纸。上山时，我见庙下路旁锁了一辆摩托车，应是每日下山搬运补给之用。庙前竟有几株芭蕉、黄皮、杨桃，时在夏季，黄皮结果累累，青色中隐隐泛出一层淡黄，一股酸水不禁涌上了舌尖。

妻子不想再从原路返回，于是我们便选择庙前的一条路下山，穿过一片荔枝林，下至山脚的环山路。天色已近昏暗，路上行人三三两两，或散步，或跑步。时不时有归巢之鸟飞入树林，我和妻子走走停停，她大概是脚力不济，又或者是腹中的饥虫在作怪了。

望着山下浮动的灯火，那繁华去处，已被"深圳速度"添上一把火，烧得沸腾。西乡河边的夜市尚未启动，炸鸡啤酒仍在腌制酝酿之中，烤串的烟火味再过三小时就开始四处乱窜。我和妻子走入了一间街边小店，点了一碗汤粉了却一顿晚饭。

回家途经北帝古庙，但见几个乞讨者竟已铺开纸板，横卧在紧锁的铁门前，他们已融入缠绵不息的香火里，睡意昏沉。

五

妻子有一天突然跟我说，她想养一条狗。那已是我们搬来河西三坊的一年之后，我下意识地想到妻子是不是因为我们的女儿在老家,她母性泛滥了。我问,是不是想女儿了?妻子答,当然想,这跟狗没有关系。是我一个同事养的狗,她离职了,不想带走,问我能不能替她养。我说,那就养吧。

那狗也是没心没肺的,我和妻子去牵回来时,它向原主人汪汪了两声,就跟着我们走了。妻子的同事将剩下的狗粮和沐浴露用胶袋装好递给我们,眼里仿佛还噙着泪花,她说,你们要善待它。

那狗呢,还算有教养,要如厕的时候,先是大叫几声,开头我会错意,以为饿了,拿了狗粮给它。这时它便上来咬我的裤管,妻子见状马上说,快,拉它下楼去屙尿。如此一来二去,我便摸清了它的套路,早晨和晚间必定要下楼去一次,中午天热,便由它在房间厕所解决了。

我问妻子,这狗可有名字?妻子说,同事让我们再取一个,免得叫它从前的名令它念旧主。我说,那你想想。妻子随口说,我们二人世界,它来了,岂不是小三?叫小三好了。我说,还有女儿呢,我们一家三口,它排第四,叫小四吧。妻子笑笑,你取名真是奇怪,以前养的猫叫杏子,我都想不通你脑瓜里装的是什么。

有一天,我带它下楼如厕,我试着解开套在它脖子上的绳扣,它愣怔一下,撒开四腿就跑,我以为它要绝尘而去,张嘴便叫"小四!小四!",没曾想它居然掉头回来了。我伸手欲扣,它又跑出去几米,拿眼望我,示意我继续这场追逐游戏。

看来它也认我这个新主人了。

四个月后,妻子抱怨屋子里到处都是狗毛。我们给小四的食物以粥饭为主,狗粮为辅,偶尔给点我们吃剩的猪骨和鱼骨，我们问过它的原主人，原来一直也这样，想来应该不是食物的问题。脱毛的烦恼加上小四愈来愈黏人，让我们不知所措。脱毛尚可费些力气处理，可黏人实在让人焦头烂额，妻子上班去，小四只是做做样子，我要出门，那绝对不能解开绳扣，否则我休想关门，门才拉开一点缝隙，它已经飞蹿出去，站在门口等我。无奈之下，只好将它拴在阳台的围栏上，如此我才得以脱身，可问题是，小四必定冲着阳台外狂吠不止，据房东的说法，短则半个小时，长则一个多小时，邻里纷纷告状。

有一回，小四估计是心情不好，挣脱了绳子，在屋里搞破坏，我的书四处散落，有的被撕扯得不成样子，最让妻子气愤的是，它将洗衣机的出水管咬了个稀巴烂。

妻子送小四走的那天，我低低问了一句，你不会给扔了，或者拿去给饭店宰了吧？妻子说，行了，知道你舍不得。一个同事家里本来养了一条狗，他说不介意养多一条。放心吧，亏待不了小四。

六

还有一只宠物，我们养了将近四年。

它是一只我都不知道品种的龟，我要讲讲它的来历，甚为传奇。

那要追溯到 2012 年底了，当时我们租住在新安街道的宝河大厦 23 楼，妻子怀孕七个多月的时候。有一天清晨，妻子开门看见一只小龟就趴在门口，一动不动。妻子拉我去看，我说，或许是邻居养的。妻子说，你看，它都没动，会不会死了？我俯身捏住它的龟壳，脚才离地，它就四脚扑腾，紧接着缩回了龟壳。我说，这么高的楼层，不可能爬上来吧。肯定是邻居养的，我们先帮忙照料着，晚点我去问问。

家里也没器具，就随便弄了个塑料盆，我盛了些清水，刚将小龟放进去，它的四脚就伸了出来，在水里吐出几个水泡，伸头打量了我们一眼，又埋头进水里嬉戏起来。

到了晚间，我便逐一敲开邻居的门，问他们家里是否有龟走失。他们的回答让我大吃一惊，有养狗的，有养鱼的，就是没有养龟的。

我跟妻子说，邻居们都没有养龟，它从哪里来的呢？会不会不吉利？

妻子抚了抚隆起的肚子说，管它呢，也许是我们的孩子带来的。我们养着吧。

那时的我们刚从一场重创中缓过来，对于生命我们有了更为深刻和透彻的理解。前一年我们失去了一个孩子，那个孩子意外而来又意外而去。

意外而来是我们还没有做好为人父母的准备，我们因她成婚。意外而去，是我们婚检时查出彼此都有轻型地贫，医生神情肃穆地说，你们的孩子会出现三种结果：一是小孩有二分之一概率遗传你们其中一个的地贫基因，像你们一样也能正常存活；二是有四分之一概率是正常小孩，不遗传你们双方携带的地贫基因；三是有四分之一概率是重度地贫儿，也就是说全部遗传你们双方的缺陷基因，没有造血功能，即便输血，也很难存活到成年。我建议你们慎重考虑一下要不要结婚。

可是我能因为孩子可能出现的问题，而否决这场婚姻吗？

我们虽然心有忧虑却也满怀希望完成了这桩婚事。

在深圳我们风风光光地摆了一场盛大的酒席，然后才去宝安妇幼保健院做了地贫筛查。因为妻子怀孕已有四个月，错过了抽绒毛的最佳时期，只能做羊水穿刺手术。手术结果让我们濒临崩溃，她患有重度地贫，我们不得不舍弃她。纵使我们撕心裂肺、痛如刀绞，也不得不放弃她。她已经长出了一个孩子的雏形，满心欢喜地等待来到这个世界，我们何其残忍又无可奈何，她在一个秋雨潇潇的寒夜被引产而去。

我见到手术完的妻子，妻子的第一句话是：护士要拿走时，我问她男孩女孩，护士说是个女孩。说完，妻子的眼角涌出了一串泪珠。

这就是为什么我一直说"她"而不是"他"的缘由。

2012年春天，我们的第二个孩子来了。我们当然希望这是一份补偿的礼物，却也不敢有丝毫侥幸，赶在十周之前我送妻子回南宁做了抽绒毛的手术。诊断的结果需要等待一个月，妻子时常在夜里辗转难眠，我只能晓之以理动之以情，安抚她弥漫的焦虑，毕竟腹中的孩子需要休息，虽然在等待一个未知的结果。

当结果快递至我们手中，我和妻子都没有勇气去打开。它像是一个潘多拉魔盒，是好是坏不得而知。无法逃避，亦无能更改，这个结果只能由我来开启，如今我完全不记得那个作为医学上的描述语句，我只记得，那是一个完全正常的孩子，只有四分之一的概率，那是一份上天补偿给我们的礼物。

那只龟见证了我们女儿的出生，追随着我们四处搬家。它甚至有时候消失大半个月不见踪影，当我们发觉并害怕它会不会饿坏或者发生意外时，它便从房间的某处杂物或角落里现身，带给我们惊喜。

我们搬到河西三坊之后，有一次我将它放在阳台，它竟从盆里爬了出去，不慎掉到了一楼。仿佛冥冥中早有安排，那晚妻子的堂哥恰巧来我们家串门，他在楼下见到了那只龟，他认得它，将它送还我们。

从此以后，妻子将原来的塑料盆换成了塑料桶，我知道妻子的担心。我们辗转流离，那只龟从未离开过我们。或许在妻子看来，它一定是那个意外而去的孩子，历经磨难，托生转世为龟，回来陪伴我们的。

妻子把我们给第一个孩子取好的名字给了那只龟。

七

女儿一岁多的时候，被我们送回老家，请她的外婆照料。我们没有办法抽身出来，陪伴她成长。生活的压力仿佛无处不在，无时不在，我们在深圳这个庞然巨兽的脚边，小心翼翼地行事、生活。

我自然能想象妻子扔下女儿，从老家返回深圳时，一定是痛如刀绞。

每到春节，我们是可怜的"探访者"，离家时，我们总要等女儿被哄走，才敢迈出家门。本应是欢喜万分的节日气氛却被一个无情的分离剥尽，透出一股洋葱切开后的催泪气息。

无可奈何，奈何不了。

日子就这样转到了2016年，我们搬到河西三坊将近两年，女儿已在老家上了半个学期的幼儿园。我们意识到，女儿已经长大，开始有记忆了。我们不能在她的记忆里留下一片本该有父母出现的空白。

我们去问了河西三坊周边的几所幼儿园，最便宜的一期学费五千多，稍好的则要将近七千。下学期的报名时间是6月份，稍好的那所学校还要求带孩子来面试。

时间紧迫，我当即买了第二天早晨回广西老家的车票。

当我抱起女儿，问她，还记得我是谁吗？女儿既没说话也没哭，只是瞪着大眼睛望我。

我多盼望她能叫一声爸爸，可是她没有。

三天后，她才肯跟我走。可当我抱她上长途客车时，她开始挣扎，伸出双手向送行的亲人哇哇大哭。我理解那种感受，也明白这三天的感情培养不过是一个虚幻的假象，三天就是三天，与三年的时光相比，连一个三岁小孩都蒙骗不了。

到了深圳，我拿女儿毫无办法，因为心存亏欠。

妻子上班后，我煮好早餐给她吃，吃完早餐去西乡公园逛，逛完公园去百佳华超市，买做午饭的菜，回家路过楼下的便利店，她要坐摇摇车，然后买瓶牛奶或者一颗棒棒糖，有时要买一件玩具。我都满足她，只要她开心。

做午饭时，我打开电脑放儿歌给她听，她有时乐意自己吃饭，不乐意时我来喂。吃完午饭，她如果想吃水果，我便给她削水果。她困了，哄她睡觉，等她睡着了，我才得闲看下书，看下手机，抽支烟。

下午我把玩具拿出来，她可以自己玩一会儿，中间她去撒些饲料喂乌龟，或者打开冰箱喝瓶牛奶。接着就不耐烦了，嚷着要出去，天气那么热，怕她热，我只好一手撑伞，一手抱她，去西乡步行街转一圈。她已经不是小不点了，我很累，我哄她下来走一走，没走几步，她又站住不动，伸出双手来要抱，抱就抱吧，抱着抱着她已入睡。

通常逛完步行街，我就带她去西乡海鲜市场边上的宠物店看动物，有金鱼、兔子、猫、乌龟、鹦鹉，等等，一一念给她听，指给她看。

有时去买条鱼、买半斤虾做晚餐，看她捉虾时又惊又喜的表情，笑着便把疲累抛在脑后。

吃过晚餐，妻子上早班的话，妻子带她去玩。妻子换到中班，我就要继续重走白天的路线：步行街—西乡公园—百佳华超市，偶尔去肯德基给她点份薯条佐以番茄酱，我知道这样的过分宠爱不是一个尽职的父亲。可是想想那曾经的缺失，我又不能狠下心肠来。

回家给她洗澡，吹干头发，讲故事哄她入睡，常常是我睡着了她还醒着。有时她支使我端水给她喝，有时说要上厕所，我知道她在等她妈妈下班，她不肯睡。有时候，朋友约了我去吃烧烤闲话，家里没人照看，只能带着她一起，给她来一串鸡翅，她吃到吮手指。在夜风和油烟四处乱窜的深夜街头，女儿正在慢慢熟悉这座城市的生活。

我们将女儿报读幼儿园的所有材料办妥交齐，离9月份开学的日子还有两个多月。摆在我们面前的问题是，我的所有时间都围绕着女儿转，工作的事无暇兼顾。

妻子试着和女儿谈，宝贝，你先回外婆家读书好不好？妈妈8月份回去接你。

没曾想女儿答应了，女儿最后像是要一个承诺，认真而肯定地说，妈妈，你8月份回来接我。我回外婆家了。

我以为女儿会哭闹着不肯回去，这个结果既让我欣慰又悲从中来。我想到或许女儿懂事了，或许女儿更喜欢乡村的安宁和任意可去的左邻右舍，不像在深圳，每天像一个孤独的孩子生活着。让女儿来深圳读书这个决定，饱含深情，而深情的背后，又隐含着一丝说不出对错的疑虑。

女儿交由妻子恰巧辞职的堂妹带回老家，临走前一天，我带女儿去玩具店，让她挑一件，她挑了一架飞机。

我问女儿，为什么喜欢飞机？

女儿说，爸爸，你坐飞机来接我，好不好？

我说，好。

我抱起女儿，女儿抱着那架银色的玩具飞机。

我说，爸爸带你去看大飞机好不好？

女儿说，好。

我们坐上380路公交车，到了西乡体育公园，我记得那里有航线。果然，我们刚刚走到羽毛球场，便传来飞机发动机的轰鸣，由远及近，一架飞机缓缓从天边出现，向着我们的头顶而来。

突然间，女儿撒开双腿，沿着公园的跑道奔跑起来，有一刻她和飞机是平行的，渐渐飞机越过了她，消失在水泥森林之后的苍茫云层。

选自《宝安日报》2018年11月18日，此次文字有删减

王国华

诗人、作家、媒体人,现居深圳。"城愁"散文的倡导者和书写者。已出版《街巷志:行走与书写》《书中风骨》等二十部作品。曾获第五届广东省有为文学奖散文金奖、第八届冰心散文奖、第八届深圳青年文学奖、第六届"深圳十大佳著"奖。

躲进南方的深夜里

我是到深圳两年之后才发现这里还有夜晚的。

忽然地,眼前一下子亮了。天空打开了。满满的蓝,满满的白云在流荡。有点刺眼。

然后,这一切都黯淡下来。我揉揉眼睛,才发现,哦,已经是夜晚了。

我一度以为深圳没有夜晚。尽管我也会躺下来睡觉,辗转反侧睡不踏实,有时候又鼾声如雷像头死猪。有时候也会跟朋友一起去吃宵夜,喝到不省人事,醒来嗓子冒烟一样,渴得难受。有时候几个人斗地主一直到天亮。

但我感觉不到夜的存在。

那么多天,我仿佛连续蹚过一个又一个二十四小时。

白和黑之间没有过渡。白天和白天像一个车厢和另一个车厢,互相连接着。从一个白天到另一个白天,你看不到挂钩。街道上那些面目模糊的人,步履匆匆。他们从昨天走向今天,从今天走向明天,你时刻都能看到他们。奇怪的是,你并不厌倦。

那些花,通红的粉红的浅黄的花朵,雕塑一样打开着。八个小时后看见它,是打开的;再过八小时,还是打开的;再过八个小时,没什么变化。它们用不着闭合,也不休息。它们的坚定实在不可捉摸。

气温也是。二十四个小时之内,可能都在二十六摄氏度上下。刚才是大汗淋漓,一会儿还是大汗淋漓。刚才是凉爽的风,这会儿还是。这一天哪里有什么变化。

甚至季节。春夏秋冬,有四个名字,换来换去。你从春季的白天走向秋季的白天,身上的衣服都不用换一件。如果是个懒汉,你尽可以躺在一棵树下,一个姿势冷眼看季节轮回,冬去夏来。

黑夜呢?它是白天的背面,是白天的反动和补白。它不是平白无故就存在的,它一定有一种神秘的力量,可以颠覆一些在白天形成的定见。而在深圳,也不知道经过了怎样的密谋,达成了怎么样的妥协,反正它们合流了。

直到那个恍惚的傍晚,忙忙碌碌的我,短暂性失忆,忘记了自己这些天到底做了些什么,忘记了自己说了哪些话,忘记了自己为什么从那么远的地方跑到这里来。还原到初始状态,脑子里灵光一闪,看见夜正一步步向我走近。

突然打开的这一个个夜晚,让我踏实下来。沉浸其中,一个人便不再孤单。

逆行而来的电单车拉客仔;背着背包、心事重重的学生;路边摊旁,期待着路人看自己一眼的摊主;打着领带,手里举着楼盘牌子的中介小哥，灯光一晃，依稀可见牌子上写着"仅售1045万元"；后背上标着明显logo（标志）的外卖小哥；一边骑车一边打电话的快递员；小区里摆布音箱准备跳广场舞的老人；牵着孩子匆匆走路的家长……

地铁里拥挤的人群，都晚上十一二点了，还是摩肩接踵的样子，面孔都很年轻。

单独的一个场景，会出现在任何你去过的城市。而深圳的夜晚，塞满了各种人和事，每天有比这些更多的事物杂陈在一起，它们让夜晚一点缝隙都没有。

你顾不得抬头分辨一下是白天还是黑夜。你沉浸在里面，卿卿我我，沾沾自喜，洋洋得意，乐不思蜀。

北方的夜没有这么满，那里要稀疏得多。稀疏让它显得浩大。抬头看见天空，穿越一座座高楼，不远处的虚空，是望不到底的黑，让你身不由己变得渺小。你是高官，你有钱，掌管着一个公司，你有人脉，你呼风唤雨，但如果紧紧盯着那块黑幕，你也会逐渐委顿下去。

那是斩钉截铁的不同。

所以天稍微黑一点，你就马上感受到了。它仿佛一道命令，让所有的事物都停止下来。再忙的事情，只要一句：天黑了，明天再说吧。别人就不好再说什么，没有任何理由反对和抗议。

也许夜本来就在你的身体里，隐藏在你的骨髓中。外边的夜只是将其召唤出来，内外趁机融为一体。你的身体也洋溢出一种说不出的浩大。

你在夜里没有自己。变大还是变小，都是黑夜说了算。

我是多么害怕天黑。在东北生活十八年时间，一过了九月二十三号，秋分，白天一日日变短。直到来年的三月二十一号，我都一天天数着。冬至前后，天最短的时候，下午两三点太阳就已经恹恹的，再过一会儿便黑透，像铁一样坚硬。

黑得毫无回旋余地，看不到希望。这种感觉会从心底逐渐扩散，漫延至全身，至身边的每一个事物，至整个外部空间，至你必须经历的半年时光。至少半年时间，都生活在这种凝固的漆黑里。

这段漫长的时间也是最冷的时候。积雪冻得梆硬，穿着大头棉鞋，踢到上面就像踢到了石头上。衣服厚得像个狗熊，脸都不能露出来，互相拥抱也感觉不到体温，所以这时候不适合谈恋爱。

也不适合在街上走路。那是一种钻进骨头的冷。超过十分钟，全身就冻透了。你和恋人或朋友走路的时候，往往谁也顾不上谁，各自匆匆忙忙地走，只想找个暖和一点的地方赶紧安顿下来。心里有多少爱，有多少话，都懒得说出口。那些话还没出口就被冻住了。

一个人走路，不小心滑倒，摔一个跟头，有的还会摔断胳膊腿。这时候千万别笑话别人，明天也许就轮到你。

黑只要是和冷结合在一起，那就是没有办法的。黑，笼罩着冷；冷，抱紧了黑。冷，让你无处躲藏；黑，拒绝接收你。你硬着头皮往里面钻，想躲藏起来，但始终钻不进去。太硬了。

整个晚上，昏暗的灯光都愁眉苦脸。谁都不愿意在这样的灯光下多待一会儿。

所以大家都早点睡觉，假装看不到外面的天，外面的黑。

躲在暖气笼罩的屋子里，酣然入梦。这样的夜晚，失眠真是一种巨大的惩罚。你要用自己的清醒去暖化这种冷，就像用哈气去暖化整个冬天。无能为力你也得忍着。大家都要假装睡得着，睡得香，像谎言重复上千遍，它便成真的了。

长途跋涉到了南方，可以庆幸不用担心失眠了。尽管我很少有失眠的时候。年轻时因为某些事曾彻夜未眠，不久就会发现那是一件根本无足轻重的事。越站在时间的高处，那些事越显得渺小，没有一件能够影响后来的方向。而人生真正的转折点，往往一下子就滑过去了，来不及前思后想。此后我时时提醒自己，做个没心没肺的人。

我经常上夜班，晚上十二点或者凌晨一两点，透过玻璃窗，看到前面的居民小区，每座高楼里都有灯光亮着。在这没有四季的地方，一张张四四方方的嘴，一个姿势张开着。它们绵延了自己的白天，让我看到了另外一种生活方式。

有那么多人陪着我，我就不必显得孤单。即使失眠了，我也是前呼后拥的。

这种放纵和放松警惕，让我睡眠变得不好。原先每天八个小时雷打不动的睡眠变成了五六个小时。偶尔有一天超过八小时，就觉得自己赚了，像是中了一次彩票。当然，这也跟年龄有关。年龄渐长，身体里或许发出了时不我待的信号，睡眠明显少于年轻时。

在南方的夜晚，我睡觉时经常盗汗，尤其是春秋季节。半夜醒来，后脑勺上都是汗，把枕头都打湿了。这时候就奇怪，我身体里怎么会有这么多的水。而我平时不怎么喝水。南方人喜茶，各种名目的茶道，我始终提不起兴趣。

身体里的水渗出来以后，我的体内会缺少什么？有人跟我解释了好多医学知识，应该注意这个注意那个之类，但我不以为意。多余的水可以把身体里不需要的东西带出去。每个盗汗的清晨醒来，我都觉得一身轻松。

有一次跟某画家吃饭。他只吃菜，不吃饭，并说米饭与面食含有太多碳水化合物，易发胖，所以其养生秘诀是从不吃饭。另一次是与某国学教师吃饭，他直接点了三碗米饭，很快吃完，没夹一筷子菜，荤素不沾。他说世上最有营养的就是米饭，配菜会影响米饭的本性。所以他从不吃菜。

记忆里，两人气色都不错，不胖不油腻。

各种养生理论，也许只是一个人的生活借口。有人借此让自己舒服，有人借此折磨自己。他们开心就好。

所以我把盗汗看作一件对身体有益的事。

如果晚上睡不着，我也可以出去宵夜。在北方，晚上九点就要关手机睡觉，此后给人打电话是很不礼貌的事。在这里，晚上十点多打电话约人宵夜都很正常。打几个电话，总有几个同样心境的人，匆匆从另一个深夜赶到你的深夜。

吃是连接白天与黑夜的利器。深圳人天天都在吃，他们从凌晨吃到天亮，从上午吃到下午，从下午吃到傍晚，从傍晚吃到深夜。他们一刻不停地吃，生怕耽误一会儿就丢失了什么。

那种名为早茶的东西，其实是早餐和午餐的综合体，包含各种小吃。虾饺、烧卖、枣糕、凤爪、皮蛋瘦肉粥之类的。各大酒店都有供应，乌泱泱的好像公共食堂。尤其周末，常见一个家族的十来口人团团站在门口等位。

然后是午餐，下午茶，晚餐，宵夜。

宵夜让岭南的夜更像一个白天。大街小巷的饭馆门前都是饥饿的人。不明白他们为什么总是这么饿。

　　单位对面有一个三毛砂锅粥，傍晚开门，营业到凌晨四五点。都说宵夜影响身体健康，但食客们依然孜孜不倦地吃。等吃早茶的人陆续出来了，宵夜者才准备回去休息。砂锅粥以粥为主，兼卖酒菜。我比较喜欢这家店铺里的蘸水豆腐，据说属于潮州菜系，单薄的油炸豆腐，放在盐水里蘸一下，吃进嘴里，仿佛没有。正好可以下酒。

　　去年夏天，单位门口冒出一个烤蚝的摊位。几个忙忙碌碌的年轻人，每天晚上十一点多出摊，开蚝、烧烤、端送、收费，各司其职。十来张小桌，每天都能坐满，还有人站在旁边等着。下了夜班，总能看到成双成对的年轻男女坐在那里吃，也有形单影只的貌似刚下班的白领。一打烤蚝，两三罐冰镇啤酒，在暑气渐消的晚上，在芒果树下的阴影中影影绰绰地吃着。他们是夜晚的魂魄。走过多次，我都看不清他们的样子。

　　他们也不知道有个路人的心中一闪念地想了他们一下。

　　蚝有什么可吃的呢？蚝本身没有味道。那是地沟油加粉丝加蚝，在烟火的烘烤下发生了化学作用。

　　他们主要还是吃作料。从食客中间穿过，我常常被浓重的味道吸引。

　　在一个地方待的时间长了，才能逐渐感受到这个地方的皮肤的跳动。到了一个城市，朋友领到一个饭馆，点一碗正宗的本地面，说这是本地最有名的。正襟危坐地仔细品了，心想，也不过如此嘛。领你来的朋友满含期待地问，怎么样？你只能说，好好。但脸上的表情暴露了你的心思。朋友张口结舌说不清,只为你的不贴心而失落。

一个事物的好,怎么可能是一惊一乍的好。一定是简单的,润物细无声的,让时间引领着走过去的。

一种小吃总要吃上几次几十次才能渐入佳境,得其妙处。一见倾心的食物,吃几次也就厌倦了。天下哪有神仙妹妹,往往是一个普通女人看得久了才成女神。有的女神看得久了又成普通女人。

一份炒米粉有什么好处?听一个朋友绘声绘色地讲自己对炒米粉的倾心,我怀疑他是沉浸于以炒米粉为标志物的一种生活方式,或者是往日的一个印记。

那些食客白天太忙了,有那么多事等待着他们。他们被暑气驱赶着,忙忙碌碌地跑来跑去。晚上,驱赶他们的人也累了,也要休息了。驱赶的和被驱赶的,都要用吃饭去打发一天中剩余的时光。这时候,他们都回归了自己。

再过些天,烤蚝摊不见了。应该是附近居民投诉,也可能是保洁员投诉了他们。每到晚上十点钟以后,人行道上便出现一个三轮车,三轮车上有一个大牌子,上面写着"烤蚝摊搬至对面三毛砂锅粥",连续好几个月都是这样。

那些吃一次就成为回头客的人们,被招牌牵引着,从芒果树下走到了砂锅粥铺,从黑夜走向了白天。

白天的酸甜苦辣全部散去,如同水落石出,只剩下一块无边无际的黑色的幕布。那是忧伤。忧伤像个无底洞,把生活最本质的一面暴露出来。

记忆里很深的一次是在十多年前,那时我还没来深圳。我们做都市报,每天都要抢各种新闻。一个寒冷的冬夜,报料人打来电话说人民大街上发生车祸。我们都要签版付印了,赶紧撤稿等稿。

一个年轻的清洁工下班骑自行车回家,昏黄的灯光下飘着清雪,一辆飞速而来的汽车把她撞到了人民大街的隔离带上,而她的家就在离事发地几百米的地方。

闻讯赶来的新婚丈夫抱着妻子的尸体号啕大哭,随后爬到轿车顶上又跳又跺,顿足捶胸。

记者一边赶稿子一边讲述,我转身看着外面越来越乱的大雪,想象着不远处那个从此将孤独一生的男人,想象着他悲痛欲绝的样子,感觉这雪夜实在是一个无底洞。

那是我对黑夜最深的感触。

那时我总是做各种各样的梦。其中一个是,我在屋子里睡觉,明确地感觉到门没有关严。外面有人在吵吵嚷嚷,我听得到,但深陷梦魇,拼命睁眼也睁不开,那种感觉太难受了。我听到喊声越来越大,听到有人在向我的屋子的方向噔噔噔地跑。我总得有所反应啊。但我的眼睛就是睁不开。

最后怎么样了,不得而知。

唉,我不要在这无底洞里过一生。

刚到深圳那年的暑假,妻子带着女儿来看我。朋友在一个饭馆请我们吃饭。吃完已是晚上十点多。我们把剩菜打包,一行人走出来。门口的暗影里站着两个人,其中一个白衣服的女孩儿说了句什么,我没听清,大家继续走。后来我听清了,因为她又说了一次:大哥,把你的剩菜给我吃吧。我饿。

我没犹豫,下意识地把打包盒递过去。朋友把车开出来,我们坐上去。擦身而过的一瞬,我看见那两个女孩端着打包盒，正捏着牛肉片在认认真真地吃，应该是饿坏了。她们穿得干干净净，吃相文雅。我们一帮人嘻嘻哈哈的，没人注意她俩。妻子注意到了。回到住处，她跟我说，当时想下去给她们五十块钱。

我说我也是。

繁华的大都市里，到底流荡着多少漂泊者？从三十年前一直到现在，他们还在漂泊。这注定是一个漂泊的城市。白天的他们都要紧绷着自己，夜晚来临，有人可以回家，有人无家可归。有人吃饱，有人暂时挨饿。

如果是今天，妻子也许会说给那个女孩一百块钱、二百块钱。她已不太在乎这些小钱。在深圳定居的第一年，一家三口去一个游览区。妻子说坐公交车回去，我说天气太热了，打车回去。那次打车花了一百多块钱，妻子唠叨了好多次。我跟她说，在北方没有稳定、满意的收入，我到深圳来，就是不想再因为这点钱吵架。

当然不仅仅是为了多挣一点钱，我更想改变我们的生活方式和生活态度。

也就是另一种生活。

从出来的那一天我就没打算再回去。即使将来有一天回到长春，也不是退缩，而是另外一种选择。

但是，从南到北，心中的惶惑没有减少。

离开了一种惶惑，一定有新的惶惑。在原来的境况中，这后一种惶惑可能一辈子都遇不到。如果自己不主动选择变化，就不会遇到新的惶惑。说到底，我不是选择了一种新的生活方式，而是选择了一种新的惶惑。

并且，我对这种新的惶惑一无所知和没有预想。

从一个深夜凝重的地方，来到一个深夜浅薄的地方。浅薄的夜晚藏不住什么，她绝不站在白天的对立面，绝不自己构建另一个世界，它只是白天的同谋。

而我注定还是离不开夜晚。

深圳的这个夜晚，在我的恍惚中已经出现了。出现了就将永远存在。

选自《街巷志》，深圳报业集团出版社，2018年11月版

范明

诗人，作家，资深主编。有作品发表于国内各文学期刊，并编入多种选本。出版诗集《多少日子淡成了浅蓝》等。曾获深圳青年文学奖提名奖、深圳第二届"籁杜鹃原创文学奖"、"2019年最受网民喜爱的劳动者文学好书"。

再写天台

  天台的朋友寄来一本他自己的书《家山影像》，朋友是个摄影家，爱好广泛，喜文学、书法、茶道、参禅，听他说还曾是陈式太极拳的高手，拿过全县比赛亚军。他在县文联从事着自己喜欢的工作，这在大多数人眼里是件幸运的事。这本《家山影像》有他拍摄天台的摄影作品，有他描写天台的散文。天台是他出生、成长的地方，是滋养他性灵的地方，是他精神的归属地。当身边有些人去沿海城市经济发达地区谋求发展的时候，他一直固守地处江南山区的家园，他说，不喜欢折腾，在家很好。

  朋友的家乡天台县，位于浙江省东中部，台州市北部。朋友在书中写他的老家贤投村，"在天台山下始丰溪南岸。出门见山见水，是最适宜生活的居所"。如果不亲身去过天台，这样的描述也算平常，中国的乡村像这样出门见山见水的地方很多，可我还是充满了羡慕之情。因为我出生、成长在大武汉，从小看见的是宽大的马路，整齐的树木，车水马龙，人流拥挤，修饰过的风光，霓虹闪烁的夜景……虽有雄伟的长江大桥，滚滚东流的长江水，位于蛇山峰岭上的黄鹤楼，广阔秀丽碧波万顷的东湖这些风景胜地，但我的童年没留下什么有着泥土气息的记忆，所以长大以后，随着年岁增长，我对乡村的景物越来越心向往之。我喜欢乡村的质朴和宁静，还有那些泛着旧日的斑驳时光，深藏百姓人家生活故事的老屋、街巷，那些几百年甚至上千年前就存在的自然风物。

朋友是个真诚热情的人，许是太热爱自己的家乡，许是希望更多的人能领略到天台的美，了解这个"唐诗之路"的神奇所在，他接待了全国各地很多的文人墨客、摄影爱好者，大多亲自带着去琼台、石梁、国清寺、华顶观光游览，去看老屋村巷的一片瓦、一堵墙、一扇门、一口井、一棵树，而这些地方都是他平日已经转过无数次、拍过无数照片的地方。他的办公室处在一个安静的院落，一个普通的二层楼房子里，院子简朴，面积不大，一进他办公室的门就能看见茶几上摆着一盆兰草，清风从窗外吹来，满室幽香。朋友也是个谦和之人，不喜夸夸其谈，也看不出有丁点儿的江湖味儿，又是个心思活跃的人，往往谈笑间云淡风轻，又不失诙谐风趣，与他相处轻松愉快。我们偶尔谈起喜欢的散文作家和作品，也许我们是同个年代的人，所以都喜欢民国大家的文章，那种冲淡与平和、孤清与洒脱的气质，那些散发着生活情趣、生命哲学，闪烁着理性光芒的文字。

阅读他的《家山影像》，他写他的老家贤投村，写华顶的雾、石梁的雪、琼台的仙、国清寺的秋，写古道忆徐霞客……

我边读边赞叹，认识他十几年，他的文字愈发细致、优美，沉淀着岁月的疏朗与静美。他个子不算高，眉宇清晰，不胖不瘦，喜欢穿当地小作坊做的像米袋子布料的布衣，如果混在人群里不是那种一眼就能被发现的人。可能常要去山野拍照，他的皮肤晒得有点黑，走路如脚下生风，说话不紧不慢，讲普通话时带有明显的江浙口音。我对他说："你的散文写得好，比我好。"同时也在自我检讨，在我虚度光阴的时候，他却在不断地进步。有时候，我会发些我拍的照片给他看，满以为自己拍了一个好的风景，一张好的照片，但经他讲解后，顿然开悟，他讲得既专业又通俗，并不多说，几个字，一句话，一语中的，然后全靠我自己再去琢磨。因为有了这样的朋友，于我是时常的鞭策，我可不能太落于他后了。

我们之间淡淡的、愉快的友谊，使我对天台产生了无比的好感。我先后去过两次天台，也只走了天台的几个地方，虽对天台了解不深，但就那么几个地方，足以让我觉得天台是个可以一去再去的旅行理想之地。

记得第一次去是 2012 年的 5 月，"去时下雨。人说江南雨多，但我们去时不是那种烟雨朦胧的三月。雨时下时停，是五月初夏的急雨，带来了许多清凉的况味，这种天气适合在雨的吟唱中品读山野的气质。"我当年记录下这样的文字。

天台山是我国浙江省东部名山，素以"佛宗道源、山水神秀"著称，又是活佛济公的故里。东晋文学家孙绰曾在《游天台山赋》中描绘道："天台山者，盖山岳之神秀者也""夫其峻极之状，嘉祥之美，穷山海之瑰富，尽人神之壮丽矣"。唐代诗仙李白也曾高吟"龙楼凤阙不肯住，飞腾直欲天台去"的向往之情，并在天台山结庐居住。明代大旅行家徐霞客三上天台山，写下两篇游记，赫然标于《徐霞客游记》篇首。清代著名学者潘耒在游览天台山后发出浩叹："吾足迹半天下，所见名山岳镇多矣，大率山自为格，不能变换。掩众美、罗诸长、出奇无穷、探索不尽者，其惟天台乎！……台山能有诸山之美，诸山不能尽台山之奇，故游台山不游诸山可也，游诸山不游台山不可也。"对天台山的自然景观做了高度的评价。名士硕儒王羲之、谢灵运、孟浩然、贾岛、刘禹锡、皮日休、朱熹、陆游、苏轼等都在天台山留下过诗章墨笔和足迹。难怪天台人说，天台山是唐诗之路，有一定道理。

　　我们去时，先是领略了天台山的云雾。驱车去天台山，沿途远远望去，就看见云雾缠绕着连绵起伏的山脉，这在我而言是从未见过的奇景。仿佛山体所到之处，云就紧紧相随，山在云中，云在山中，尤其是在雨中，使山峦更增添了许多仙气。我想，我去过的名山大川也不少，黄山、庐山、华山、武当山、峨眉山……但如此近距离地看这云山相依的奇景却是头一次，当我步行至天台山间，置身云雾当中，成了这山里画中人。虽已是5月初夏，山中还显清冷，犹如包裹在早春的寒气里，空气却极好。"细雨湿衣看不见，闲花落地听无声"，我边呼吸着清冷的空气，边踏着山间的一段石阶小路，路上飘落了一地粉紫色的杜鹃花瓣，当我在细雨中沿着这些花瓣铺成的路慢慢走上去再走下来，飘飘然地，一时间迷失了自己，仿佛我不是个匆匆过客，而是在此山居已久、过着一种超凡隐逸的生活。

　　接着，去国清寺。国清寺是保存完好的著名寺院之一，

605年隋炀帝敕建、清雍正年间重修。当我们远眺这座隋代古刹,只见国清寺四面环山,五峰拥抱,古老隋塔立在半山坡上,掩映在一片红墙灰瓦,古木参天,绿树成荫之中。待走进寺院里面,迎面而来的是清幽古静的建筑,照壁拱桥,碧水长流,殿堂齐全,气势恢宏,点燃的香火飘着一股好闻的清香。寺内古木繁多,松树高大,有的树龄达几百年甚至上千年,但见这些树木仍是挺拔苍硕,并无老态龙钟之相。两棵玉兰古树,玉兰花正好开了,花开得像一只碗那么大,远远看去犹如清水白莲,一尘不染。

随后,我们沿着雾中青翠的竹海,走在了一条徐霞客走过的羊肠小道上,如果不是朋友指出,谁又能知道这隐蔽在竹林深处、毫不起眼的山间小路是徐霞客曾经走过的呢?我说不清走在这条古道上的滋味,但想着总会沾一些大旅行家的文气吧。朋友在他的书中写道:"'癸丑(1613年)之三月晦,自宁海出西门,云散日朗,人意山光,俱有喜态。'这是《徐霞客游记》首篇的开头所写,游记首先从《游天台山日记》开始。"想是当年徐霞客早早从宁海出发,心情特别的好,是为了"急着看一看天台山这座神奇的山,这座前人无数描述的有着好多好多灵异的山"。

在山中,我们偶然碰见几头小黄牛,它们站在一个土坡上,身型长得好生漂亮。一头小牛远远地站着不动,透过雨雾看去像是从云山深处跑出来的一般,画面美如水墨写意。这时候,山上走下来几个收工的农人,扛着农具,从我们身边擦肩而过,其中一位还乐颠颠地哼着小曲一路小跑着,看起来很开心的样子,像个活神仙,我们不禁哑然失笑。待我们也准备下山继续往别处去时,陡然看见一位戴着斗笠、披着蓑衣、扛着锄头的人,从雨雾的山道上走下来,此时我的脑海中冒出"一蓑烟雨任平生"的意境,心中也暗笑自己尽往古诗古画中去联想了。

朋友说,一年四季,只要有时间就到国清寺周边转一下。国清寺的春夏秋冬景致不同,而他最喜欢国清寺的秋,他说国清寺的秋是安静的,有慈悲之胸怀,明净之秋阳,晨钟暮鼓,香火袅袅……我曾经有个想法,选一个秋天去国清寺静修,一个人在寺里住一段时间,远离俗事繁冗,直到我不堪清冷寂寞为止。我曾为游国清寺作诗一首,记录了当时的心境:"幽静的寺院/细雨纷飞/时间的碎步更轻了/石壁上的图腾古朴斑驳/历史的印痕与我的目光对视/我立于一角/来不及惆怅/人声将我唤回现实/高大的树借着凉风/为我解说内心的疑惑/踩在雨打湿的青石路上/脚印浅浅/我并不想急于离开/只愿多停留一会儿/洗一洗被蒙尘的心"。

第二次去天台山,是冲着杜鹃花去的。2013年的时候我刚买了部相机,想学摄影的热情很高。于是,那一年的5月初,我兴致勃勃地去到天台,专门去拍天台山华顶上的云锦杜鹃。一大清早,当我走在杜鹃盛开的山中,才知道杜鹃原来长这个模样:花朵大而艳,花瓣粉红,单是一朵一朵地细看,并无特别之处,最神奇的是她的树干和枝干,生得粗犷,生得妖娆,从弥漫的晨雾中观望,仿佛来到一个巨大的迷宫,神秘而诡异,人怕是一走进这迷宫就很难走出来。走在这奇形怪状的树林里,一眼望去,争相竞放的杜鹃花沐浴在缭绕的云雾里,而她的枝干就像探出的千条万条长长的手臂,随时随地会将你缠绕住，使你身陷其中，不能自拔。

我以为，看杜鹃花必是要雾里看才更好看，从雾里探出一些晨曦柔和的光线，山中人影、树影都是朦朦胧胧的，每株树上千朵的杜鹃一簇簇一团团，或只是几朵挨在一起，攀爬在黑色的树枝上，清晨的露水打湿了花瓣，浅浅的粉红，显得娇媚清纯，秀美可人。如果运气好，人站在山顶时，可以看到漫山遍野的杜鹃开得繁茂丰艳，似锦若霞，那山花烂漫的景象恍若人间仙境。晨雾中的华顶原始又迷离，像一个童话的王国。如果此时周围的一切悄无声息，会不会有一只美丽而优雅的仙鹿在这宁静的清晨中漫步，饮得花上的露珠呢？我一边联想，一边拿起相机拍了好多张照片，但总也抓不住杜鹃花的神韵，拍出的画面远远不如我所见到的那种独特的丰富的美，杜鹃花树仿佛灵异附体，舞出万种风情，这是一种野生的、不可抗拒的神奇力量。

云锦杜鹃的美让我难以捕捉，然而，她的美就在华顶上，在云山雾深处，这片神秘的树林，每年的春天，杜鹃花都静静地绽放。

天台山我还有好多地方没去，比如朋友书中所写的万年寺、桃源、螺溪、始丰溪、寒岩等。朋友喜欢带我们去一些清静之地，比如去山林，看石梁的飞流瀑布，清澈溪水，在茶棚处喝一杯清茶；去老街，看断垣残壁，一米天空，看斜阳落在木门窗上，落在一把生锈的锁、一个破旧的水壶上；去看寻常人家的小平房，老人坐在自家门口晒太阳，小狗绕膝，猫儿眯着眼趴在窗台上，一对夫妻安静地在院子里做农活，孩子们在矮旧的木桌上写作业。他还带我们看集市上的摆卖，拍摄集市上的人，那些人总是对着他咧着嘴笑，露出一脸的憨厚。我们还碰到过一场社戏，也不知戏台上演的是什么，只见台上的演员们一阵莲花碎步，长衣飘飘，台下的观众人头攒动，密密麻麻，好生热闹。我们想看个究竟，但人太多无法靠近戏台。朋友便从台下钻到台后，抓拍了好多镜头，跑出一身汗，他说这样的场景难得一遇。

他很多年前出了一本拍摄荷花的摄影集，想必也是在天台山所拍，集子是淡青色的封面，书里面都是那种淡淡的绿色，里面的初荷、夏荷、雨荷、残荷、枯荷，形态各异，意境淡而幽远，烘托出荷花的清芬脱俗。我喜欢他有一段这样描写："蛙声在荷花间跳跃，高亢、清亮，与草丛中不知名的低回缠绵悠长舒缓的虫声，组成一曲清晨的充满活力的乐章。"我以为，这本荷花影集也代表了朋友的心智，他充满感情地踏遍天台山每一寸土地，遍访山中自然，与山水奇石、花鸟虫鱼亲密接触，深切对话，用摄影和文字，挖掘、拍摄和描述天台山卓越多姿的美，组成了一曲曲充满活力的生生不息的乐章。

我想，今后有机会，我会沿着天台山的唐诗之路，再访天台，去领略它的古奇清幽，它的无限风光。

选自《特区文学》2018年第12期

陈小虎

广东陆丰人,现居深圳。广东省作家协会会员。有小说、散文、评论发表于《青年文学》《散文》《天涯》《作品》等刊物。著有散文集《九月阳光》。

蜘蛛

我贴着墙壁,放轻脚步,悄悄地、快速地往右边的方向窜,不时回头张望,他们还没有出现,但我听见了他们的声音,急促的脚步声和虚张声势的吆喝声——"我看到你了,快出来",在另一条巷子响起。我没有停下移动的脚步。我终于挨到了那门,然后,迅速地闪进去,靠着成堆的稻草,深深地呼出一口气——找吧,找吧,到了晚上,你们肯定也找不到我。

这是十月的一个下午。大人们到地里干活了,整座村子,就剩下我们这些孩子和干不了农活的老人。这样的下午,捉迷藏是我们首选的游戏。

划定一片活动的区域,规定每次躲藏的大致时间,用剪刀石头布决出藏的人和找的人。规定时间内,藏的人被全部找出,就算输。那可是很没面子的事。藏的人竭尽各种办法,甚至还爬到屋顶上,但往往躲的时间都长不了。我是侥幸发现这间屋子是一个藏匿的好地方。我相信躲在那里别人一定无法发现。因此,口令一出,我就朝着这间屋子来了。

说是屋子，其实并没有住人。在老家一带，每个村子总有一些空置的房间，用来祭拜祖先的，或者是堆积柴火的，或者是屋主搬家了，或者是那屋的人一个一个没了，甚至就是专门留给大人们闲聊、抽烟、打牌的。我躲进的屋子，是柴火房。

屋子很大，也很高，顶上排列整齐的瓦片中，镶着四块瓦片大小的玻璃，那是用来采光的。屋子有两爿小窗，长方形，但已被木板封死。靠里面的是稻草，中间的是花生藤，靠门的是番薯藤。我闪进去时，一片漆黑，一股混杂着霉和土腥的味道裹住我，鼻子极痒。我闭上眼睛，捏着鼻子，用嘴巴呼吸，慢慢地让自己安静下来。我必须迅速找到一个藏匿的地方，我必须在他们找到这间屋子之前把自己埋起来。

爬到稻草堆上面，不是一个好办法。就算那些稻草立起来就差不多挨到房顶，他们也肯定能攀爬上去。而且，那上面有蜘蛛。我怕。

在乡村，和一只蜘蛛的相遇是再平常也不过的事，就像一只苍蝇从眼前飞过，就像一只蚂蚁从脚上爬过。每一座乡村，都是一座动物园，所有的村民都是不下班的饲养员。每一寸土地，都留下它们生命的足迹和气息。我和村里的每个孩子一样，从小就和蚂蚁、蟑螂、蚯蚓、苍蝇等各式各样的小动物打交道，欺负它们，也被它们欺负。有时想想，人和其他的动物真的是平等的。那时，遭遇过蜘蛛网的缠绕，诅咒过树林里无处不在的那些网，一张张，一层层，总在不经意间糊贴在脸上、头发上。我也像别的孩子一样，捉过蜘蛛，养过蜘蛛，但没有一只能够养活两天。把它的长腿掰断，将它放在火柴盒里，或者塞进玻璃瓶子里，第二天，就没有了和它玩下去的兴趣，然后，就一脚把它踩扁了。

我对蜘蛛的恐惧并不因为它伤害了我，至少，那些年，村里还从没有哪个孩子被蜘蛛咬伤的说法。我不知道，蜘蛛是否有牙，能把人咬伤的牙，但蜘蛛有眼睛。蜘蛛的眼睛让我害怕，让我在和它对视时刹那间浮起了一层鸡皮疙瘩。

这种恐惧来自我曾经捉过的一只蜘蛛。

那只蜘蛛其实很小，褐色。我先是用小棍子扒拉下它的网。网晃晃悠悠地垂下来，然后，那只蜘蛛也掉下来。落在地上的那一刻，它好像被吓蒙了，呆呆地趴在地上，就在它醒悟过来即将逃跑的时候，我赶紧用手中的棍子把它按住。它应该害怕了，那些长腿拼命地蹬着。可是，一只小小的蜘蛛怎么可能逃出我的手掌心呢？我用小石子砸它的腿，一条，又一条。慢慢地，它就放弃了抵抗和逃跑的想法。一只没了腿的蜘蛛，又能跑到哪里去呢？我把长脖子的玻璃瓶对着蜘蛛的头轻轻伸进去，用棍子夹起它，把它塞进了玻璃瓶里，摇了摇，立在墙角边，玩别的东西去了。蜘蛛的腿全没了，想用身子从高高的、滑滑的瓶子里跑出来。那是不可能的事情。

再次和那只蜘蛛发生关系，已是第二天的上午。太阳把那个玻璃瓶照进我的眼帘，那刺眼的反光。

它就趴在瓶底，一动也不动，死了一样，但我知道，它没有死。灰白色的丝从它的肚子出来，向四周蔓延，在瓶壁之间连接，成一张圆圆的网。我提起瓶子，摇了摇，那网晃了晃，就不动了，还是原来的样子。但它动了，缩着的头长了，看着我。我也看着它。透明的玻璃瓶隔着我和它。我从未这么仔细地和一只蜘蛛对视，我也从未这么仔细地和任何一种小动物对视过。它稍稍地动了动身子，头正对着我。我就看着它，好奇地看着它。我没有感受到它的愤怒、不安和绝望。对于那时的我来说，我无法从一只蜘蛛的身上，乃至所有的小动物身上体验到这些悲观的情绪。但我的手，还是不由自主地颤抖了。

我清晰地记得，手的颤抖是因为内心，因为内心的恐惧。我看到了蜘蛛那张小小的脸上居然有六只眼睛。一边三只，一只大的，两只小的，均匀地对称地排列。那么一张毛茸茸的、小小的、怪异的、丑陋的脸，居然就长了六只眼睛。那六只眼睛就那样齐刷刷地盯着我，眨也不眨。诡异的，异样的，鬼脸一样。它又动了动身子，好像就要扑向我，好像就要咬上我。我感到一种从未有过的恐惧，浑身上下浮起了一粒粒的小珠子，"唰"的一下。我忍不住打颤。我丢下瓶子就跑，在巷子的尽头才停下脚步，扭过头，巷子空空荡荡。一只大大的蜘蛛从墙上张牙舞爪地向我爬过来，那张丑陋至极的脸朝向我。我"哇"的一声就哭，双腿软绵绵的，迈不出脚步，一点力气都没有。

从此，我对所有的蜘蛛惊恐不已。从此，我再也不敢去看任何一种小动物的脸，和眼睛。

我站在屋子的前方，犹豫着，如果爬到稻草堆上，那只蜘蛛出来了，怎么办？屋里有大蜘蛛，说不定还有小蜘蛛，大大小小的蜘蛛都出来，又该怎么办？我禁不住打了一个寒颤。

他们的叫喊声又响起来，他们从另一条巷子转到了柴火屋前面的这条巷子了。我听到了和我一起藏的另外四个人的声音。他们的声音软绵无力，像摇摇欲坠的风筝，他们被找出来了。

我能想到这一刻他们的脸色，沮丧、恼怒和无可奈何。他们的脸上写着大大的三个字——失败者。在一段日子里，他们会被别的小伙伴嘲笑，直至下一次玩捉迷藏，才可能有洗脱的机会。我不想像他们那么无能。我不是一个轻易认输的人。

村子安静。他们嘈杂的脚步声从巷子里涌起，撞击长满青苔的墙壁，顺着狭长的小巷向我射过来。他们越来越近了。我抬头，瞄了瞄稻草堆，迈出步，又缩回来。蜘蛛那毛茸茸的、畸形的、丑陋无比的脸实在让我恐惧，而且，攀爬上那样的草堆，对于我们当中的任何一个人，都不算是一件难事。我不止一次地目睹他们在这三堆柴火的上面奔跑、跳跃，轻松地从这堆草跳到那堆藤的上面。

我该怎么办？

一只老鼠不知从哪个地方钻出来，擦着我的脚，迅速地顺着墙角钻进番薯藤里面。它的动作给了我答案。

我蹲下去，用力拉出两捆花生藤。高高的花生藤的底部露出一个洞，我屈着腿倒着钻进去，然后，伏在洞里，扯散那两捆花生藤，再拨拉大部分堆在洞口。

他们在门口停住脚步。我听到一个人说，肯定就藏在这屋子里，进去找。屋子里那点弱弱的亮光被这一个一个的身影搅糊了。我趴着，屏着呼吸，透过藤叶之间的空隙看着外面。我看到了各种颜色的短裤，有的裤脚破了，有的屁股露着洞。我穿的和他们没什么区别。我身上的短裤是母亲用哥哥穿破了的长裤改成的。我从那些短裤的颜色、脚的大小去分辨究竟是谁。爬到草堆上去！我听到一个沙哑的声音。然后，是一阵窸窸窣窣的声音。上面没有人。我知道说话的是谁。他个子小，而且，他家是地主。每次大家在一起玩，捉迷藏呀爬树掏鸟窝呀，他总是第一个上阵。到外面找，我就不相信找不到人。那个沙哑的声音又响起来。他是大队书记的儿子，年纪比我们大，个子比我们高。每次玩，他理所当然地成了老大。

他们跨过了门槛，在屋子的门口聚集，然后，声音顺着巷子向两个方向奔突。我悬着的心落了下来。

屋子安静下来。因为他们的到来而升腾的尘埃坠落，屋子又亮堂了。我还趴在那里，没有动。我担心他们是虚张声势，又拐回来，被逮个正着。我就常用这样的手法捉到隐藏得很深的伙伴。我的鼻子在那一刻突然痒了，一种忍不住的冲动在喉咙和鼻梁之间穿梭。我用力捏着鼻子，张开嘴巴。就在这个时候，我看到了蜘蛛，一只很大的蜘蛛。它从番薯藤那边过来，朝向我藏匿的地方。它尖尖的、丑陋的头朝向我，它细细的、长长的脚朝向我，它密密的、宽宽的网朝向我，它的气息朝向我，它的危险朝向我。我的身子禁不住战栗起来，头"嗡"的一声，像被什么东西撞到了。我用双手撑起身子，我必须逃跑。他们在这个时候，又回到了这间柴火屋。

屋子的明亮像受到了惊吓，消退下去。那只蜘蛛伸了伸腿，还停驻在一枝颤颤抖抖的花生藤上。褐色的花生藤掉光了叶子，模样更难看了。

他们吱吱呀呀地说着。我不敢动。那只蜘蛛也没有动。我透过空隙看着它，它就趴在那里。它肯定看不到我。我知道它看不到我，但它就好像盯着我似的，恶狠狠地。我还是希望它快点走。我不想看到它。

有人用力地把身子靠在花生藤堆上。高高的花生藤堆脆弱得经不起这一靠似的，一些零乱的花生藤欻欻往下掉，往下掉的还有尘埃，下雨一样，落在我的头发和身子上。我的鼻子又痒了。我悄悄抬起手，张开嘴巴，用力地捏住鼻子。他们在讨论我究竟会藏在什么地方，又把目标落在那稻草堆上。有人爬上去，又跳下来。这一跳，那只蜘蛛往我这边爬过来。它会顺着缝隙钻进来吗？它爬到我身边，我该怎么办？

蜘蛛停下了前行的脚步，一边的腿伸出去，搭在另一根花生藤上，像一个大大的八字。它是感觉到了危险，还是在积蓄爬行的力量呢？我在心里祷告，别过来，别过来！我虐杀过它的伙伴，它们会是一伙的吗？它会不会找我报仇？村里有一个专门杀狗的，他不论走到哪里，身后总有几条狗不紧不慢地跟着他，不时对他吠上几声。后来，那个人疯了。

他们还没有走的意思，却突然不说话了。屋子里安静下来。我听到一阵"吱吱吱吱"的声音，然后，没了。一会儿，又响起来。尖锐，诡异，寒碜，恐怖。什么声音？我听到一个人问。他是我们当中胆子最小的，一只突然停下来的蝙蝠就可以把他吓傻。他的声音像筛子里的细沙，一粒一粒往下掉。怕什么，老鼠在磨牙。一个人接话。骗人，我们这么多人在这里，老鼠早就躲起来了。又一个人说。是那只蜘蛛在磨牙。胆子最小的那人说。哈哈，蜘蛛有牙吗？你这个胆小鬼。他们就都笑起来了。

那只蜘蛛并没有因为他们的笑声而驻足，它的身子又靠近了我隐藏的地方。我看着它，我多么希望它拐弯或者转身，但它没有，它就径直朝着我。我看到了它的六只眼，像画上去一样，就贴在那尖尖的、小小的脸上。那六个暗灰色的窟窿，像六个望不到底的黑洞，吸着我。我的身上又一次地浮起小小的疙瘩。

有一个人说出我的名字，他说我看起来那么笨那么傻，会藏在什么地方呢，说不定已经偷偷跑回家。我从未想过在别人眼中我是一个既笨又傻的人。好吧，那你们就找吧，直到你们承认输了，我才会走出来，看看究竟是谁笨谁傻。我的虚荣心撑起了我。我就不出去。我就不怕蜘蛛。蜘蛛只会吐丝，蜘蛛不会咬我。我不看它。

我闭上眼睛。他们应该不知道该去哪里找我了。嗯，我就藏在他们的眼皮底下。我咬住嘴唇，才没有让自己笑出来。另一拨找我的人也来了。没找到。一个人问。嗯，不知道他到哪里去了。一个人回答。我好像看到他们垂头丧气的样子。有人靠着墙壁，有人靠着稻草堆，有人坐在地上，还有的人站在门外。

那只蜘蛛不见了。就一会，它去了哪里呢？

他们都走出屋子，站在门前的空地上，大声地喊我的名字，说，你出来吧，我们输了！我扒开那些花生藤，从里面钻出来，站着，拍打身上的灰尘，这时，我看到了那只蜘蛛。它安静地趴在网上，头朝向我。我冲它用力地吹了一口气，那张网抖了抖。我转身向伙伴们走去。

选自《散文》2019年第6期

陈瑛

文化工作者、译者，现居深圳。主持本土历史文化项目"寻找光明记忆"；出版《银冰鞋》《寻找光明记忆》等译作或文学作品集；发表翻译作品20多篇；发表散文等文学作品100余篇。

心安处即故乡

2012年的冬天，我因工作调动，独自来到了深圳，远离了亲人，远离了朋友，在一个叫光明的陌生之地开启了自己新的职业征程。

那一年，我恰好进入"不惑之年"。此前的四十年，我在家乡湖南生活工作，连接我的家国情缘的都是那片故土。父母亲差不多都与共和国同龄，他们的日常唠叨里常常是对山乡巨变的感慨与如今幸福生活的满足。

我以为，广东与湖南如此相近，适应是件很容易的事。然而，应了那句老话"十里不同风，百里不同俗"，在深圳特有的"握手楼"里穿行，在已经没有农民的深圳看到村民的厂房与果树，在旧村子里看到本地人在宗祠里祭拜与讨论，在炮楼里看那些曾经架起枪炮的小孔……每一种本地人习以为常的事情都会让我感到那么的新奇和意外！光明仿佛是一块刚开发的热土，每一天在这块土地上发生的变化都冲击着我，仿佛我的父母曾经经历过的那些山乡巨变。而无数如我一般的"外地人"涌进深圳，来到光明，在心灵深处，依旧恋着故土，疑惑着这里是否能成为我们的家园。

如同人的记忆，童年、少年、青年、中年、老年……每个时期都有变化，每段经历都值得记录，城市也有她的记忆，有她隐藏在巨变中的沧海桑田。出于与书籍打了半辈子交道的图书馆人的职业习惯与敏感，我觉得我该为这块土地做些什么，记录属于这座城市的记忆。另一方面，在内心深处，我也需要更多地了解这块陌生的土地，她曾经的过往积淀，从而达成个体与土地的融合了解，以解"不惑之惑"。

于是，我和一些志同道合者共同开启了"寻找光明记忆"之旅。我们扛起摄像机，背着相机，带上纸笔，走街串巷，寻找这城市里曾经的村落，寻找村里的老人，寻找古旧建筑和背后的故事，寻找着这方水土独有的风土人情。我们试图从那些本土人的氏族源流、古旧建筑、传统习俗、特色美食中寻根光明，寻找到专属于这块土地的城市记忆。五年来，我们走遍了光明的每个角落，采访了200多位老人，拍摄、撰写、记录、展览……忙得不亦乐乎，无数次沉浸在光明的记忆里。

我们曾经在玉律守祠堂的老人晚叔的带领下，一睹"古新安八景"之一的"玉勒温汤"真容，赤脚踏上横亘在温泉里的清代沿用至今的青石板。夕阳下，晚叔边抽着水烟，边给我们轻声叙说着曾家祠堂里纪念的祖先当年是怎样从山东来到岭南，如何承继着祖训保持曾子后人永远的儒雅谦和。在这块土地上已生息发展了500年的曾氏，也曾经历了从异乡到故乡的过程。

我们曾经在白花洞的周叔的带领下，一连实地勘察了八处炮楼，虽然有的已经残破不堪，有的依然可以正常居住，但它们共同的历史，却指向了那些下南洋艰苦奋斗的归国华侨，回来后筑起了保卫家人与财富的特有建筑。可令人意想不到的是，这些家境良好的归侨子弟，却有不少人在抗日战争期间毅然决然地走向战场，为更多人的幸福生活抛头颅洒热血。最后，周叔带我们去了白花洞村村民自发建成的革命烈士纪念碑，当我们为碑上有名无名的烈士献上一束野花的时候，心里不禁想道：这里，可是他们的故乡？

我们曾经辗转找到住在光明某个老小区里的东江纵队老战士王冠忠爷爷，看着年逾九十的他拿出了一件佩满勋章的旧军装，为我们讲述他的士兵生涯。他曾经是东纵的"通信员小鬼"，说起1945年接到日本投降消息的时候，他依然忍不住骄傲地开心大笑："我是部队最先知道我们胜利消息的人！"一枚"东纵北撤"的纪念章上刻着当年运送他和战友从现在深圳出发北上直至山东烟台的舰艇，王爷爷指着舰艇回忆起海上七天七夜的波涛汹涌，像孩子一样开玩笑说："打仗没打死我，这个舰艇上的晕船差点把我弄死了！"看到一张又小又旧的纸片，居然是王爷爷在淮海战役中的立功奖状，我们不禁对着那一行工整的小字肃然起敬。王爷爷回顾淮海战役，流露了久远的伤心："我们一起北上后又分在同一个连队的四个人，淮海战役后只剩下了我一个。我眼睁睁地看着最好的战友牺牲在我的面前，好可惜啊，好可惜！"新中国成立后，他从部队来到地方，成了光明农场的一员。谈到过去无数的艰难与坎坷，王爷爷最后只有一句话："跟着党，是我走得最正确的路。"在他九十多年的人生里,从南到北,再从北往南,哪块国土是他的家园?这块工作生活了60多年的土地,是否已经是他的故乡?

我们曾经在光明农场的老书记梁鉴时家里听他回忆建场之初的故事。新中国成立后不久,在老红军女战士危秀英的带领下,广东省农垦厅一行5人带着安置南下干部与为香港供给农副产品建设农场选址的光荣任务来到这里,当时的梁鉴时还是毛头小伙,亲历了选址、开荒、拓土、建房、挖井等种种艰苦的创业过程,到他逐渐成长到壮年,这片荒芜之地上逐渐开出良田、种上了庄稼、养殖了生猪奶牛,待到他额头添皱白发渐长、成为农场的领头人时,光明农场一再创下无数个国内第一。作为亲历了整个光明农场创建与发展过程的老人,他在回顾那些辉煌成绩时忍不住哽咽难语:"我们有着一大批优秀的农场职工,是他们,创造了巨大的成绩!"在梁老书记和这些光明农场的老职工心里,这块土地,是否早已经是他们心里的故乡?

我们曾经多次到光明年轻人记忆里"儿时的味道"的那家"余记"肠粉店,和余阿姨一家长谈短聊。他们曾是第三代越南华侨,生在越南,长在越南,中国只是爷爷奶奶的追忆中遥远的故乡。世事的突变,他们成了无家的难民,陌生的祖国接回了流浪的儿女,余阿姨一家和4000多名越南归侨来到了光明农场。从不会干农活急得在田里哭,到大家帮助着学习创业,再到勇敢地开了一个越南肠粉早点摊,再到广受街坊邻居喜爱生意越来越好,余阿姨甚至成了联合国派来的记者采访报道的创业模范。端午节里,余阿姨包着越南归侨特有的枕头粽和方粽，追忆着从中国到越南，再从越南回到中国的艰苦奋斗家族历史，古稀之年的她深情而平静地说："我们一家已经完全融入了光明，这里就是我们的故乡。"

我们寻找城市记忆的五年，无数个这样的故事打动着我们内心。

每个人心里都有着自己的故土情缘与家国情怀，我们在城市的记忆里沉浸，也在他人的故事中观照自我。寻找光明记忆的过程，是我们了解这块土地的过程，更是我们了解生长于斯的人的过程。在这个过程里，我们发现光明的历史文化积淀之美，发现光明人建设家园的用情之深，发现一个经历着巨变的城市曾经蕴藏着这么多不该磨灭的记忆。通过对这块土地文化与历史的追寻，我们与共同生活在这里的居民了解她、认同她，并且融入她。我们寻找的过程是外来移民与原住民沟通了解的过程，也是搭建自我与土地之间从陌生到熟悉的桥梁的过程。这个过程看似琐碎，但身处其中，才能深深地体会自我在精神上解惑与认同的释然之乐。

光明记忆，是深圳记忆的一部分，也共同汇集成中国记忆里不可或缺的部分。我们因寻找而了解，因了解而热爱，因热爱而心安。在中国这块土地上，人也许扎根，也许流动，当我们跟随着国家的建设发展而离开故土时，城市的记忆会告诉我们，伴随着新的征程与心的投入，他乡终将成为故乡。

所谓故土家园，不过是心安。

选自作者2019年7月荣获"我和我的祖国"
主题征文活动一等奖的作品

刘艺彬

深圳市龙岗区作家协会会员,现为北京某高校大学生。作品在《少年文艺》《辽沈晚报》等报刊发表。曾荣获2019年"烟花三月"大学生网络原创大赛文学组一等奖、2019年深圳市"我和我的祖国"主题征文活动二等奖等。

时光之城

一、炎热中的清凉

"宁静的夏天,天空中繁星点点,心里头有些思念,思念着你的脸。"

炎炎夏日最喜欢猫在糖水铺中,烧仙草芒果双皮奶、雪梨海底椰马蹄糖水、杨枝甘露、车仔面应有尽有。店面不大,越简旧越有味道,现在糖水铺都有了空调,喷着薄薄的轻雾,空气中都是清凉和香甜。不过却少了份儿时的玩味,小时候刚放学,就和班里的同学一窝蜂去糖水铺占座,每个人都快速地扇动着手里的卡通扇子,时髦点的用电动小风扇,记得卖十五元一台,感觉特别贵。

当时的美食小布丁和绿舌头,凉粉和西瓜刨冰,配着小卖部的炒粉和鸡块,简直是炎炎夏日清凉和快乐的来源。

不过要是说最消暑的,应该是雨。古往今来,巴山夜雨和江南烟雨广为人们津津乐道,我们岭南连绵不断的阴雨天总是能驱赶炎热，但是让人倦怠，乌云蜷缩在天空里，像冬天迟迟不肯走，大家要么穿雨靴和拖鞋，要么凑合凑合蹚着水，回家用花洒冲脚。有时候一早起来，外面瓢泼大雨夹杂电闪雷鸣，这时候爸爸就会打开电视，调到深圳都市频道，随时关注天气预警，运气不好的话，遇上暴雨黄色和红色预警，很有可能就停课了。再遇上某个强大的台风，小初高就必须停课，学生们在家里默默地享受着老师布置的"台风补贴"，虽然美其名曰放假，作业却是台风吹不走的。

大雨每年都在下，我们像雨后春笋，快速地长大。彼此都为了痛苦的学业郁闷过挣扎过，为破裂的友谊感到辛酸和不解，为暗恋的少男少女投过很多目光和纸条，借着雨天总想共用一把雨伞或者静静地在同一个屋檐下避雨。青春的大雨劈头盖脸淋下，有人去远方求学，有人进入了社会，我们都仰望过很多地方的天空，邂逅过形形色色的人，却永远记得最初的那次雨中的心动。

二、成长驿站

"小酒窝长睫毛是你最美的记号，我每天睡不着想念你的微笑，你不知道你对我多么重要，有了你生命完整的刚好。"店主喜欢这首歌，不知道是因为她喜欢林俊杰还是因为曾经有个男孩爱她恬淡的笑。

学生年代的我们都很喜欢往杂货店跑，因为里面的空调特别凉快，我们可以在里面翻书和摆弄各类饰品，杂货店通常很安静，没谁打扰我们。对杂货店的情怀可能带着青春痘的伤痕，非主流的遗风，杂货店的存在有些像一个驿站，暂时收留那些被时间刻了痕迹的无主的小物件。或许童年时想要开店的梦不再做了，幸好还有一些尚且保留在城市快节奏里有平稳心跳声的角落，每次路过杂货店都要进去瞧瞧，毕竟那里有当年的影子，店铺看着我们长大，看着我们从留恋小卖部到浸泡图书馆再到拎着皮箱去外地求学。

总有个记忆小屋，默默为你归纳整理曾经的点点滴滴，就像偶像剧的经典桥段，那些青春期追过的星追过的动漫和歌曲。当我上大学后回家，路过杂货店，想起小学时我们几个女生为了争着扮演《巴啦啦小魔仙》里的严莉莉而互不相让，后来又乱七八糟地把自己和《一起来看流星雨》中的四大男主匹配，现在一想——完全不理解自己当初的审美！初中时每天好多课，一到中午就冲到饭堂买饭票，放学后在操场上跑个四五圈，跑饿了，就买个手抓饼，顺便在校门口的报亭看看漫画书。高中每周要拎着行李箱在杂货店前等校车，那时满脑子都是数学的补充题，想起令人颤抖的铺天盖地的卷子，想起学霸们奋斗的身影，然后怜惜着脑子不怎么灵光的自己。

那些年，看惯了电动车和宝马车交织，高档住宅和塔楼错落，潮汕美食与洋餐碰撞。

那些年，吃惯了烧鸭乳鸽胖头鱼，基围虾上汤豆苗芋头南瓜煲，白切鸡白灼菜心虾饺叉烧包。

那些年，听了好多陈奕迅的歌，读了很多书追了好多动漫，紫荆花木棉花每年都在绽放，榴莲菠萝蜜芒果一直那么香。

若问我为什么热爱这座城，因为我贪恋她的怀抱吧！

三、那一抹蓝

"熟悉的脸又会浮现在眼前,蓝色的思念,突然演变成了阳光的夏天,空气中的温暖不会很遥远……"

"请问,你是什么颜色?"

如果是英国,应该是亚麻色,夕阳下的伦敦塔桥和温莎城堡洋溢着淡淡的光辉。

如果是日本,大概是樱色,京都三四月,盛开在这儿的樱花犹如轻云。

如果是深圳,我想,它一定是蔚蓝,沁人心脾的蓝。温柔的蓝天在轻轻呼吸,沉不住气的海水总是一遍遍地挠着沙滩,学生们穿着蓝白相间的校服露出恬淡的笑容。

美丽的海滨城市自然以蓝色为画布,大小梅沙的人,西冲南澳杨梅坑的海水,较尾场桔钓沙的波浪,都是漂亮的蓝色呀!第一次见到大海,第一次眺望远方时的感动,直至今日仍能想起。我们喜欢在沙滩上打闹,喝椰汁,踩浪花,堆沙堡,翻贝壳,用手揽出来的大大的爱心,用手指轻柔地刻下一个人名字的英文大写字母。

小学初中高中十二年的校服也都是蓝白相间的,干净清爽,从小穿到大。对这座城市的记忆,就像在看电影《昨日青空》,不知不觉中落泪。曾经穿着校服的我们,简单的朴素的心。小学时最喜欢在夏天的夜晚疯跑,弄脏了校服还带着一身臭汗,回家被妈妈逼着冲凉。初中周六周日去邦德补习,好多学生都穿着校服,大家学习到连衣服都懒得挑了,现在想起来都敬佩那时的自己,因为那时很单纯,眼里只有梦想。后来高中真正经历了焦虑和成熟。因为高考,大家去了四面八方,却总能在五湖四海的大学里发现穿深圳校裤的同学,会心一笑。这是一份情感的寄托,带着我们对家乡的留恋和爱意。

如果让我执笔,写下时光之城,我会用文字带你进入这座城——深圳!

选自作者2019年7月荣获"我和我的祖国"
主题征文活动二等奖的作品

编辑说明

1979年3月5日这一天，深圳建市，这座有着6700年人类活动史、1700年郡县史、600年城镇史的南疆海江要冲和海防重镇，由此踏上都市化之旅。经过四十年高速发展，深圳拥有了如下身份：中国特色社会主义先行示范区、中国经济中心城市和国际化城市、国家三大金融中心城市、粤港澳大湾区引领城市、全球海洋中心城市、国际科技产业创新城市、联合国教科文组织授予的"设计之都"和"全球全民阅读典范城市"，造就了城市发展史上的奇迹。对这一奇迹的评价，观察者一般将目光聚焦于经济总量持续高速的攀升、科技创新成就强力发展的领先、先进公共设施大体量的高度发展和城市智能管理系统不断的优化升级等领域。不得不说，人们忽略了一件事——人是城市的第一目的和决定因素，在以文化离散为特征的后工业时代，创造城市奇迹的欲望当然不失为城市发展的催化剂，但具有强大凝聚力的价值认同才是真正有效的驱动力。短短四十年间，这座原住民不足35万、现有管理人口超过2200万的超大型城市就形成了大致趋同的文化认同和相近的价值观体系，进而在城市母体中快速滋生出与时代发展高度同轨的群体向心力和多元包容的独特人文构成,参照国内外有着数百年乃至上千年历史的诸多名城的传统发展历史,这才是"深圳奇迹"实实在在的内涵,而这正是学界尚未深度涉及的观察和研究领域。从另一个角度看——从现代性之于中国历史规旋矩折的意义看,深圳四十年沧澥桑田的发展历史,又何尝不是中国现代性发展历史、中国城市化发展历史的有力明证?

当代深圳人由原住民、深移一代、深移二代以及常居者组成,人口多数来自全国乃至世界各地,外来文化是城市文化的主要特征。说到深圳文学,它的一个彰显特点是全民写作。在中国的大城市中,深圳是体制专业写作者最少,自主写作者最多的城市。深圳的众多作者,他们从事的职业极其丰富:工人、教师、商人、设计师、科学工作者、金融操盘手、公司职员、企业家、传媒人、艺术家、公务员、警察……他们是城市建设的直接参与者、观察者和城市精神的探索者,其个人命运和社群生活无不建立在从无到有的城市发展基础上;他们亲历并见证了数以千万计的人由乡镇到城市、从故土到异地的创业者生活,经历了由筚路蓝缕到剥茧抽丝的命运扭转、从一脉相承到不拘一格的精神羽化,作为鲜活的书写对象,个人际遇和社会生活经由主体观察和内向观照,以前所未有的规模和剧烈程度进入文学创作中;他们彰显现代性叙事的作品在纷繁的意象中表达出精神困境的求变求新,进而以包容开放的心态和全新的审美意识寻求突围,引发个体与城市间的情感纠缠和共鸣,在社会成员中逐渐形成群体融合。同时,城市关于速度和品质的演变诉求,也让置身于其中的人们深度经历和深刻感受着时代和个人生活真实无妄的日新月异,反向设定出辞无所假的诗文场域;蹈袭前人即意味着对自己生活的旁观甚至否认,只有独开生面才能触及未曾描述的全部生活的全新审美体验。由此,在继承现实主义传统的基础上,相比内地同道,深圳文学在整体上更加与时俱进地审视传统文体的边界,以及写作方式和传播渠道的张弛,力图创造出具有现代意识和表征的作品,其多数文本在空间维度中赋予了美学意义主张下的高密度生活表象,在时间维度中则表现出对个体精神持续的心智解放和观念抒发诉求,这与深圳作为中国改革开放第一实验场和最大的移民城市的定位分不开,具有当代城市化进程中强烈的情感体验和精神探索特征。

在深圳走过它卓尔不群的第一个四十年这个历史节点,我们选择诗歌和散文两种体裁,选取部分在深圳生活和工作的(含曾经在深圳生活和工作的)作者的代表篇什,以及少量涉及深圳城市进程的重要篇什,编辑成此套书,包括《我的深南大道——深圳诗歌四十年》和《我的光辉岁月——深圳散文四十年》(全二册),对深圳四十年来的代表性诗歌和散文作品进行一次汇集,以此纪念城市出生至今的四十年光辉岁月。深圳不缺少文学样式,不缺少个性飞扬的文学探索者,然而,文学并非孤立的偶然现象,它与社会群体乃至全人类的整体性精神生活密切相关,并且相互参照与佐证,具有个体创作与整体人类的普遍意义。从这个思路切入,我们特意选择了以四个十年作为时间维度来呈现这些作品;读者会发现,每个十年的作品都突显出鲜活的当下社会生活和文化思辨,具有鲜明的时代辨识度,为人们了解和观察深圳人的情感流向和观念脉动、城市的文化初啼和思想辨考提供了清晰的参照。我们的目的不仅仅在于力所能及地记录深圳建市以来粲然可观的文学成就,以及从文学的某一视角观照城市进化和城市人当代精神的演变轨迹,同时也希望"以深圳文学讲述中国故事"——通过浓缩了改革开放以来整个中国城市化进程的深圳文学叙事,再现当代中国四十年来发生的巨大而复杂的历史变化,以及当代人与之风雨同舟的情感与心理变化。

编委会对入选作品进行了认真的编辑工作,因涉及年代著述甚多,寸简不尽天下,又因种种其他原因,我们无法将策划中拟定的和编辑过程中收集到的所有优秀作品纳入本套书,同时,因为我们水平有限,难以完全规避谬误,是为深深遗憾。

好在,人们的审美创造在路上,城市的持续发展在路上,深圳文学的创作和研究工作远远没有结束,我们将继续做出努力,在此,敬请广大读者提出宝贵的批评和建议。

编委会

2019 年 12 月

敬启

为纪念中国改革开放及深圳经济特区建立40周年的伟大成就,在深圳市宣传文化事业发展专项基金的支持下,本社致力于"以深圳文学讲述中国故事",先后组织、编撰和出版了一批反映深圳乃至中国改革开放成就的系列书籍。《我的光辉岁月——深圳散文四十年》(全二册)即为此系列之一。

在本书的编撰及出版过程中,我们联系到大部分选文的作者,他们同意将作品列入本书出版。但由于种种原因,仍有部分作者我们未能取得联系,未能联系到的作者,请在看到本书后与我社联系,我们将尽快奉寄样书和稿酬,并表达深挚的谢意。

此外,在本书的编辑过程中,在尽可能客观记录和呈现深圳文学筚路蓝缕足迹的同时,我们按照相关出版政策以及现代出版规范的要求,对选文中的个别字句进行了技术处理,敬请作者谅解。

诚致谢意!

联系人:简洁

电话:0755-83460012

海天出版社